ベンヤミンとパサージュ論
見ることの弁証法

スーザン・バック＝モース
高井宏子［訳］

THE DIALECTICS OF SEEING
by Susan Buck-Morss

勁草書房

THE DIALECTICS OF SEEING
by Susan Buck-Morss

Japanese translation published by arrangement with The MIT Press
through The English Agency (Japan) Ltd.

まえがき

本書は正統派の哲学書とは言い難い。言ってみればこれは哲学の絵本であり、マスカルチャーの瓦礫を本気で哲学的な真実の源泉と考えたヴァルター・ベンヤミンの「見ることの弁証法」を解明したものである。依拠するのは最終期のベンヤミンの主要な取り組み、未完の著書『パサージュ論』（アーケード論）である。彼が残したのは「著書」ではなく、パリで形作られ、パリを形作りもした一九世紀の産業文化についての膨大な覚書であった。これらの覚書は、広範な歴史的文献の引用からなっている。ベンヤミンはそれに最小限の注釈をつけ、それらの断片の最終的な配列法をごく大まかに示す見出しを加えて、ファイリングしていた。

私は本書において、ついに書きあげられることのなかった彼の著書の断片的性質を損なわないように気をつけた。だが『パサージュ論』を知る人には明らかなように、本書はその再現ではない。ベンヤミンが経験し、描写した世界に光をあてることを目的に、覚書をもとに、推量しながら模倣的に進めていくという方法をとったものである。このような研究が、パサージュ論を発見する行為であるのか、あるいは勝手に作り上げる行為なのかを決めることは難しいだろう。念のための警告である。本書はベンヤミンによる著述の要約ではない。ベンヤミンとは別のテクストであり、『パサージュ論』を形成する歴史的データの堆積中に眠る彼の著述の認識論的・政治的力をよみがえらすことを目的に、（ベンヤミン自身の歴史的経験という）物語の中で語られる（一九世紀のパリについての）物語である。

しかし何よりも本書は解釈の過程そのものについての物語でもある。『パサージュ論』の中のベンヤミンの注釈は謎めいている。彼自身の意図を語る解答はほとんどなく、読者には手がかりだけがたっぷり与えられ、しかもその手がかりは不可避的にテクストの外を指し示す。ベンヤミンは彼の著述を他から切り離された書物（文書製品）として論じることを許さない。むしろ『パサージュ論』は、読者を、自身の意に反してでも歴史の探偵にさせ、彼の著述の再構築に積極的に関わるよう要請する。『パサージュ論』の中を突き進んでいくには、まずは、いくら古典として崇めたくなっても、彼の眩い著述は、現実には、テクスト外の世界に対する一連の説明書きでしかないのだということを認めることから始めなくてはならない。ベンヤミンは彼の注釈の意味を解く鍵となる社会史の現実の形象《イメージ》を探求するよう求めてくる――まさに彼の注釈自体がその形象の意味を解く鍵であるのと同じく。しかしその過程において、私たちの注意はまた方向転換を求められる。ベンヤミンは意図的にあるものにスポットライトをあて、それが社会史の現象自体を煌々と照らし出すにまかせる。さらには、（これこそベンヤミンの教育的成果なのだが）、彼は、私たちに自力でこの現象の政治的な意味を発見したかのように感じさせるのだ。

ベンヤミンは、自分の仕事は歴史著述における「コペルニクス的転回／革命」だと述べている。その目的は、「現在《いま》」を無媒介なものとする神話を破壊することにあり、しかも文化の連続体に現在をクライマックスとして挿入することによってではなく、歴史の「連続体」の爆破を可能にする歴史の根源の状況配置《コンステレーション》を発見することによってそれを成就しようとしている。産業文化の時代においては、意識は神話的な夢幻状態にあり、それを覚醒させる唯一の解毒剤が歴史の知識なのだ。しかし現在を神話から解放するのに必要な歴史の知識は簡単にはみつからない。そのような知識は、権力者にはまさに無用の長物であるため、現在まで残った文化の内部に埋もれたまま、忘れ去られ、日の目をみないでいた。

ベンヤミンの言う「コペルニクス的転回／革命」とは、「歴史」が持つはずの正当性の保証人というイデオロギー的機能をはぎ取ってしまうことである。しかしたとえ歴史が、現在を変形する欺きに満ちた概念構造にすぎないものとして打ち捨てられるにしても、その文化の内容は、現在を唯一疑問に付すことのできる批判的知識の源泉として救出される。ベンヤミンは、この救出作業の中心対象である（ハイカルチャーと通俗カルチャー両方の）文化の伝承が、何よりも重要な政治的活動であることに気付かせてくれる。それは文化それ自体が所与の状況を変える力を持つからではなく、歴史の記憶が変化への集団的・政治的意志に決定的な影響を及ぼすからである。事実、それが変化への意志を育む唯一の栄養源なのだ。

『パサージュ論』について書くこと自体、ベンヤミンが問題化してみせた文化伝承の実践の良い例である。そう考えると、本書の試みは、形式と内容との間に矛盾の余地を許さない緊張感に満ちた概念空間の中に置かれるはずだ。しかしそれでも、ある種の葛藤は避けられない。形式から言えば、本書は学究的で、アカデミックな研究が定めるルールに厳密に従うことになる――たとえその内容が、アカデミズムの文化観自体に対する異議申し立てであるにしても。とは言え、後者に譲歩し、本書が哲学的厳密さをなくしてよい理由は見あたらない。それに、『パサージュ論』自体が明確にしているように、彼の著書を一般向けの市場用に簡便に要約してしまえば、ベンヤミン本人が警告した危険を避けることはできないだろう。

本書は分量が多く、議論も込みいっている。読者の側の努力が求められる書である。しかし、アカデミズムのカルト（そこではベンヤミンのカルトが中心的役割を果たしているが）の洗礼にあずかった者のみに語りかけるような専門用語《ジャーゴン》のせいで、余計な努力を強いられるということはないように心がけた。本書を読むのに専門的知識は必要ない。哲学的基礎があることを前提にして書いたつもりはない。ただ、産業文化における普通の日常的事物が、これまで長く尊ばれてきた規範的な文化の「財宝」に劣らず、私たちに多くを教えてくれる価値あるものなのだという主張を言下に拒むことはしないという基本姿勢は求められている。

ベンヤミンとパサージュ論——見ることの弁証法／目　次

第III部

凡例

一　〔　〕は原書の著者 Buck-Morss による補いである。出典表記と訳者による注や補いは、〔　〕を使った。
一　文献情報は巻末注で示した。

本文中の出典表記について

一　ベンヤミンのテクストについては、出典情報は簡略版の著書・エッセイ名のあとにドイツ語原書のベンヤミン『著作集』（全六巻　現在第七巻の準備中）の巻数をローマ数字で、ページ数をアラビア数字で表記した。
（例〔『ドイツ悲劇の根源』I, 704〕）
一　『パサージュ論』からの引用については、著書名を記さずに全集の巻数とページ数を記し、その後にベンヤミン自身の手による断片番号を（　）に入れて付した。（例〔V, 596（N11a, 1）〕）
一　『パサージュ論』におけるベンヤミンによる引用文は原著者名を先に示した。（例〔ラティエ V, 198（E7a, 4）〕）
一　複数の著者や複数の刊行場所を表示する際には／を使った。
一　ベンヤミンのテクスト以外からの引用は、著者名と著書名を簡略に記した後に、引用ページ数を付した。
（例〔ショーレム『ベンヤミン』56〕）

第Ⅰ部

序

一八五二年の『絵入りパリ案内』はセーヌ川とその河畔の都市とその周辺の細大漏らさぬ見取り図であるが、そこにはこう書かれている。「私たちはパサージュのことを、それがつながる大通り同様に、室内の大通りと考えてきた。産業による贅沢が生んだ新しい発明であるこれらのパサージュは、いくつもの建物を縫ってできるガラス屋根で覆われ、大理石の壁に挟まれた通路である。建物の所有者たちが、協働してこのような大冒険をしたのだ。上方から光を受けるこうした通路の両側には、商品を売る優雅な店が建ち並び、このようなパサージュは一つの都市、いや縮図化された一つの世界とさえなっている。(1)」

ベンヤミンは「これは、パサージュを描いた古典的な名文である」〔V. 83 (A1. 1)〕という注釈をつけ足している。ここから彼のもっとも大胆な知の企ての名前がつけられた。『パサージュ論』は、一九世紀という前世代の時代遅れの残骸である建物、テクノロジー、商品などの歴史的資料を使って「絶対的具体性」によって構築される「唯物論的歴史哲学」となる〔ショーレムへの手紙、一九二九年三月一五日付 V. 1091〕予定だった。モダニティの「根源現象」として、それらの事物は、最近の歴史の布置関係を解釈するための材料を提供するはずだった。

一九世紀初期に作られたパリのパサージュは、近代の商業アーケードの始まりであった。たしかに哲学的インスピレーションの対象としては、初期ショッピングモールはひどく日常的な場に見えるかもしれない。しかし日常の経験と伝統的なアカデミズムの関心との間隙をつなぐこと、ハイデガーが成就したふりをしただけの俗世界についての現

0.1　パサージュ・ショワズル，パリ．

象学的解釈(2)を成し遂げることこそがベンヤミンのねらいだった。ベンヤミンの目標は唯物論を字義通りに理解し、歴史現象自体が語り始めるようにすることだった。その企ての目的は「いかに「具体的」なものが哲学の歴史と結びつきうるか」〔ショーレムへの手紙、一九二八年四月二三日付 V, 1086〕を試すことだった。長い間打ち捨てられていたコルセット、羽毛のはたき、赤と緑の櫛、古い写真、ミロのビーナスの土産物のレプリカ、シャツの襟のボタン――「秘められた親近性の世界」〔初期覚書 V, 1045 (a°, 3)〕として廃れかけたアーケードに出現した産業文化黎明期からのみすぼらしい歴史の遺物こそが、具体的な歴史的参照点の布置関係としての哲学的理念そのものに相当するのだ。そのうえ、そのような大衆文化の時代遅れな産物は、「政治的ダイナマイト」〔アドルノからの手紙、一九三四年一一月六日付 V. 1106〕として、今現在、大衆文化の催眠効果の餌食となっているベンヤミン自身の世代に対して、歴史を教えるというマルクス主義の革命的・政治的教育となるはずだった。パサージュ論を考え始めたばかりの頃、ベンヤミンはゲルショム・ショーレムにこう書いている。「これほど失敗を危惧しながら書いたことはない」〔ショーレムへの手紙、一九二八年一月三〇日付 V. 1083〕。「だれにも僕が仕事を楽なものにしようとしたとは言わせない」〔ショーレムへの手紙、一九二八年四月二三日付 V. 1086〕。

アーケード論という企て（ベンヤミンが普段パサージュ論と呼んでいたもの）[3] は、もともとは、五〇ページのエッセイとして考えついたものだった〔ショーレム『ベンヤミン』[4]〕。しかし「昼のうちに一番遠くの水源からひいて飲ませないと、夜になって必ず小さな獣のように唸り声をあげる」〔ショーレムへの手紙、一九二八年五月二四日付 V. 1086〕この試論の「際限なく惑わせ、しつこく出てくる顔」は、彼をそう簡単に解放してはくれなかった。日の光にあてるため、そして「僕にとっては致命的となりうるシュルレアリスト運動にあまりに露骨に近づかないよう」にして〔ショーレムへの手紙、一九二八年一一月三〇日付 V. 1089〕、ベンヤミンは、空間・時間の両軸上において思索の範囲を広げ、基盤を掘り続けた。ついにはその探求は、エッフェル塔の高みから、カタコンベ（地下墓地）やメトロ（地下鉄）にいたるまで、パリ全体を飲み込んで、この都市の一世紀以上にわたる最も詳細な歴史の細部に及んだ。

ベンヤミンが『パサージュ論』に取り掛かったのは一九二七年のことだった。途中で中断はあったが、この企てに一三年間集中して取り組んだ。ベンヤミンがフランスからの脱出に失敗し、自殺を図った一九四〇年の時点では、この企てはまだ完成していなかった。しかし最初に計画された五〇頁のエッセイから、大量の資料の集合体へとふくらんでいき、一九八二年に初めて遺稿が出版されてみると、全体は千頁以上に及んだ。それは主としてベルリンの国立図書館やパリの国立図書館でベンヤミンが見つけた一九世紀と二〇世紀の文献から摘み取られた歴史的データの断片から成っている。それぞれにキーワードとなる語句がつけられ、それが時系列に沿って三六のファイル、通称「束(Konvolūt)」と呼ばれるものに整理されていた。ベンヤミンの注釈の間に埋め込まれたこれらの断片は、九〇〇頁以上にもなる。それらはテーマごとに緩やかにまとめられている。その意味を読み解くためには、計画していた章分けの内容を簡略に説明した二つの「概要」(一九三五年と一九三九年)と、ベンヤミンの探求を導いた全体構想に関する、十分とは言えないが重要な証拠を与えてくれる一連の覚書(一九二七年‐二九年、一九三四年‐三五年)に頼らなくてはならない。

ロルフ・ティーデマン[5]の綿密な編集のおかげで、ベンヤミンの死後に出版された『パサージュ論』は、驚くほど豊かで刺激的なアウトライン、調査覚書、それに断片的な解説の集合体となっている。このパサージュ論が、ベンヤミンという重要な知識人の取り組んだもっとも意味深い企てであったことは明らかだ。しかしベンヤミンが書き下ろした『パサージュ論』という「著書」は、草稿全体は言うまでもなく、最初の一頁すら存在してはいない。この不在のテクストが本書の研究対象である。

知識人向けの伝記においては、ベンヤミンの思想は、弁証法の三段階を擬した語られ方をするのが通常である。ゲルショム・ショーレムとの交友関係が最も密であった一九二四年までの形而上学と神学の時代の第一段階、ワイマール共和国末期のベルリンでベルトルト・ブレヒトの影響を受けるようになったマルクス主義者で唯物論者としての第二段階、そしてパリ亡命中に〔フランクフルト〕社会研究所とのつながりができ、知的にはテオドール・アドルノとの親交の深かった時期で、前の二段階の相反する二極を根源的統合に導こうとした止揚の時代としてとらえられる第三段階である。死後出版となった『パサージュ論』が、それ以前に出された彼の書物に常に見られる神学的要素と唯物論的要素の両義性の「総合」となっただろうと考えられていた。事実『パサージュ論』は、ベンヤミンの知的個性のすべての側面を単一の概念の内に集合させ、初期の著作も含めて彼の全ての仕事についての再考を促すものである。さらにそれは、彼がたんに才気縦横だが断片的な警句家にすぎなかったわけではないことを明らかにしている。このパサージュ論は、まさに「見ることとの弁証法」と呼ぶにふさわしいきわめて独創的な哲学の手法を編み出している。

ベンヤミンに関する研究書の多くは、ショーレム、ブレヒト、アドルノ、あるいは、ブロッホ、クラカウアー、さらにはハイデガーさえ含めて、彼に最も重要な影響を与えたのはだれかという問題に関わってきた。[6] 本書ではひとりの思想家の理論を別の思想家との関連において定義づけようとするアカデミズム的解釈の因習をあえて避けようとしている。そのような研究法では、すべてが自己言及的で理念的試みに堕してしまい、彼の著作が逃れようとしたあの黴臭いアカデミズムの廊下に結局はまた戻っていき、そこに閉じ込められてしまうことになるからだ。本書では実験としてベンヤミンの「見ることとの弁証法」にふさわしい解釈の新しい戦略、すなわち、テクストの外部世界を指し示して、概念を具体的に主張する形象《イメージ》を示すという解釈戦略を採用する。

ベンヤミンの隠喩を使えば、「ロザリオの数珠のように」〔『ドイツ悲劇の根源』I, 704〕次々手繰り寄せる論理的、時系列的展開として知の現象を理解する者には、彼の著作はあまり満足感を与えないだろう。彼の仕事はむしろ、はるか幼年時代にまでさかのぼる認識の経験によって閃光を発するような哲学的な直観に基づくものである。そのような直観が展開《ディヴェロープ》しうるとしたら、それは写真の原版が現像《ディヴェロープ》されうるという意味においてのみそうである。たしかに時間が解像度と対照性を強めるが、画像の印影自体は初めからそこにあるのだ。彼の著書では、文体や表現形式は変化するが、哲学的直感は頑固に守り通されている。理由は簡単で、それが真実であると彼が信じていたからだ。

さて、それでは、どこから始めることにしよう？

第一章　時間的根源

1

根源〔*Ursprung*〕は、完全に歴史的なカテゴリーではあるのだが、それにも拘わらず、生起とは〔……〕全く関係がない。根源という語は実際に出現したものの生成の過程ではなく、はるかそれ以上のもの、生成と消滅の中から出現するもの〔の生成の過程〕を意味する。その根源は、渦巻きとして〔……〕生成の流れの中に立つ。そしてその律動は二重の眼識にのみ感知できる。〔『ドイツ悲劇の根源』I, 226〕

『パサージュ論』の着想の時と場所という単純な歴史的意味でならば、この論の根源について語ることはできる。しかし、もしこの企ての「根源」を、「生成と消滅の中から出現するもの〔の生成の過程〕」というベンヤミン自身の哲学的な意味において捉えるなら、それは——異論もありうるが——通説とは異なり、一九二四年の夏、場所もパリではなくイタリアだと言える。『ドイツ悲劇の根源』を急いで仕上げるために、妻と六歳の息子をベルリンにおいて、ベンヤミンはイタリアに滞在していた。その論文で、フランクフルト大学の教授職を首尾よく手に入れることができればいいと思っていた。

そのときベンヤミンは、エルンスト・ブロッホも含めたベルリンの友人たちとともに、カプリ島にいた。ドーラ・ポラックとの結婚生活がうまくいかなくなってからだいぶ時が経っていた。[1] 三二歳で、経済的にまだ独立しておらず、不如意な経済状態のため、ときには父母のベルリン宅に同居せざるを得ないこともあった。父親は（デパートやアイススケート娯楽場なども含めた）革新的な都市計画への投資家で、ビジネスは常に好成果を生んでいた。ベンヤミン自身は両親のブルジョアジー的生き方に批判的で、きわめて皮肉な評価を下しており、そのため父親とは「激烈な口論」をすることになり、それが二人の関係を「すっかり損なってしまった」〔ショーレム『ベンヤミン』85〕。[2] フランクフルト大学での教授職は、ゲルショム・ショーレムに送った手紙によれば、ドイツの天文学的なインフレによって危機的状況に陥っている「暗雲の垂れ込める経済状況」〔ショーレムへの手紙 n.d. I. 875〕から逃れる彼の「最後の希望」[3] であった。

一九一六年にはすでに、ベンヤミンはショーレムに「自分の未来を哲学の教授職に見出した」と述べており、ドイツ悲劇についての研究の想を得たのはこの年のことだった。[4] その時点でも哲学的な問題が彼の頭を占めていた。しかしブルジョアジー哲学がベンヤミンに従順な敬意をかきたてるはずもなかった。ショーレムの回想によれば、ベンヤミンは「カントを激烈に攻撃し」、その経験論は不毛だと考えた〔ショーレムへの手紙、一九一八年一月三一日付〕。[5] ヘーゲルには「不快感」を覚え、その「精神の相貌」は「知的野獣のそれ」だと断じていた〔ショーレム『ベンヤミン』79〕。かといって彼に近い時代の哲学論議も彼の関心をひきはしなかった。[6] イタリアに来てすぐ、ベンヤミンは、ナポリ大学の七〇〇年祭を祝う哲学の国際学会に出席していた。それがまた「哲学者ほど不要なものはおらず、彼らこそ国際的ブルジョアジーの中では最も給料の低い追従者である」という従来の確信を強めた、とショーレムに書き送っている。

どこにも学問的コミュニケーションへの真の関心など見当たらなかった。当然そうなると、学会全体が例のクック旅行業者の手に陥り、いたるところに向かう「格安ツアー」が提供された。二日目には僕も学会をほったらかして、ヴェスヴィオ山［……］に出かけたし、昨日などは見事なポンペイ国立美術館にいた。〔ショーレムへの手紙、一九二四年五月一〇日付〕(7)

ベンヤミンが一九二三年に自分の教授職資格論文の提出先としてフランクフルト大学を選んだのは、仲間同士の知的な交流への希望よりもむしろ、経済的な理由によるものだった。(8) ヨハン・ヴォルフガング・ゲーテ大学〔通称フランクフルト大学〕は、新しく、自由で、他の大学ほどユダヤ人教授にたいして閉鎖的ではなかった。だがこの時ベンヤミンがこうした可能性に賭けていたのも、心から欲したからと言うよりむしろ窮余の策として、先例を辿ってみただけのような感じがする。(9) たしかに、彼は研究にうちこみ、不本意であってもブルジョアジーの社会的慣習や私的な家庭生活の慣例をかなり受け入れていた。さらには、その特徴的な文章スタイルやそれまでのところ彼が選んでいた論題の学問的性質を考えれば、(10) アカデミズム以外の場にいる彼を想像することは難しい。問題は、そのような伝統的な解決が望ましいか否かよりも、それが可能か否かであった。ベンヤミンは、ブルジョアジーの社会秩序はすでに崩壊していると思っており、明らかに自分の人生行路は流砂上にあると感じていた。一九二三年にドイツを旅行中に書かれ、後に「皇帝パノラマ館：ドイツのインフレーションをめぐる旅」という題をつけられた短章に、当時の彼の心境が明らかにされている。(11) 彼は、ブルジョアジーの衰退がすでに「確定」していた当時の「混乱状態」からして、個別に「例外的正当化」を求めようとする試みすべてを問題視し、現実味のある個人的解決などありそうにないとしている。(12)

過去数十年の間、安全と所有という観念に無力にしがみついているために、平均的ドイツ人は現在の事態の下にある全く新しい種類のきわめて驚くべき安定性を知覚できずにいる。戦前の相対的な安定期が自分にとって有利であったために、自分の所有物を奪う行為は全て、不安定なものと見なされなければならないと思い込んでいる。しかし確定した状況が必ずしも快適なものとは限らないし、確定的状況が戦前においてすでに確定した悲惨を意味していた人々は多数いた。〔「皇帝パノラマ館」IV, 928〕(13)

彼によれば、私的関係さえインフレの影響を免れることはできなかった。

親密な個人的関係は、浴びれば生き残ることが不可能なまでの鋭くどぎつい非人間的な光に照らし出されている。一方で、金銭は重要な利害関係全ての中心にありながら、他方で、それを前にしては自然と倫理のどちらの関係においても、ほとんど全ての人間関係が潰えてしまう障壁となるがゆえに、素朴な信頼、落ち着き、そして健全さがますます失われてゆく。〔同（M1）IV, 96〕(14)

ベンヤミンは、ゲルショム・ショーレムが同年にドイツから移住する際にこの文を巻物にして渡した。この文に漂うほとんどニーチェ的なペシミズムについて語りながら、ショーレムは「こんな文を書いた人間がドイツに留まる理由は見出しがたいと思った」〔ショーレム『ベンヤミン』119〕ので、パレスチナへの移住を誘ったと回想している。ショーレム同様、ベンヤミンもユダヤ思想への関心は持っていたが、当時は、哲学を神学的用語で表現することで満足していた。(15) たしかに後年ショーレムの誘いを本気で考えるようになったが、「インフレが破滅的なまでに進んで人間関係全体が潰え、移住の可能性が深刻に迫っていた」その時点においても、彼は「パレスチナに対して留保的な態度を見せていた」〔ショーレム『ベンヤミン』116〕。

この留保的態度には、ベンヤミンが自分の創造性は、崩壊しつつあるヨーロッパという土壌でしか育たないことに気づいていたという背景がある。彼の哲学的直感を真実であると主張できるのは、それが彼自身の歴史的経験に基づいており、その経験を共有する時代の人々に向けて語りかけるからだった。たしかに彼の主張は、シオニズムによって育まれたまったく別の土壌に移植されたら、生き残ることはできなかったかもしれない。シオニズムに対しては、ベンヤミンは懐疑的であったが、それはナショナリスト的選民意識[16]をもつという理由だけでなく、その「農耕的傾向」[17]に、産業化以前の世界への人為的な回帰という逃避性が見出されるという理由にもよった。生きた時代の歴史的現実が哲学者の材料となるのは余儀ないことだ。たとえそれが彼個人を、死の結末へと導くように見えたとしても。

2

こうした考察が一九二四年の夏のベンヤミンの心理状態を左右し、著者自身が意識しないままに『パサージュ論』の根源となる特定の布置関係が作られた。そこにはミューズもいた。アリアドネ同様、その女性は眼前に横たわる袋小路からの脱出を彼に約束した。彼女の役割は、二人が出会った古代地中海世界に相応しいものだが、彼女がとった手段はこのうえなく現代的であった。ラトビアから来たボルシェビキのこの女性は、革命後のソビエト文化の中で女優兼監督として活動しており、一九一七年の労農革命以来の共産党メンバーだった。ベンヤミンによると、彼女は「傑出したコミュニスト」で、「これまでに出会ったうちで、最も素晴らしい女性の一人だ」〔ショーレム『ベンヤミン』122〕。名前はアーシャ・ラツィスといった。六月の初め、カプリ島からショーレムにあてたベンヤミンの手紙は「曖昧なほのめかし」で満ちていて、ショーレムは「二と二を足すことはできた」〔同〕。ベンヤミンは彼女に恋したのだ。

アーシャ・ラツィスの回想記に二人の初めての出会いが記されている。彼女はアーモンドを買いに店に行ったが、イタリア語が全く分からなかった。ベンヤミンが通訳をかって出た。そのあと広場にいた彼女のところに彼が近づいてきて、ブルジョアジーらしい礼儀正しさで自己紹介をして、彼女の荷物を持たせてもらえるかと言った。その時の第一印象を彼女はこう書いている。

小さなスポットライトの光を放つような眼鏡、黒っぽく濃い髪、細い鼻筋、ぎこちない手――荷物がその手から落ちた。一言で言えば、富裕な生まれの完全な知識人だった。家までついて来て、別れの挨拶をし、今度お訪ねしてもいいですかと彼は聞いた。〔……〕

彼は翌日訪ねてきた。私は台所（あの狭苦しい場所をそう呼べるならだが）で、スパゲティを作っていた。〔……〕

二人でスパゲティを食べながら彼はこう言った。「ここ二週間ほど気づいていたのですが、あなたとあの長い脚の〔お嬢さんの〕ドガさんは、広場を歩くというより、ひらひら舞ってらっしゃいましたね。」〔ラツィス『革命』431〕[18]

ショーレムへの手紙にベンヤミンはこう書いている。

ここでは多くのことが起こっている。〔……〕執筆の妨げになりそうだから仕事上はベストと言えないし、あらゆる仕事に欠かせないブルジョアジー的な生活リズムにとってもベストではないが、生命力の解放のためには、そしてラディカルなコミュニズムのアクチュアリティへの眼識を得るという意味では絶対的にベストなことだ。〔……〕リガからきたロシア人の革命家と知り合ったんだ。〔ショーレムへの手紙、一九二四年七月七日付〕

今から考えると、ベンヤミンがその時に「ラディカルなコミュニズムのアクチュアリティへの眼識」を得たことより、むしろそれまでその経験がなかったことの方が驚きである。しかしそれは、ずっと若い時に彼が関わった、経済システムにというよりむしろ学校や家族に反抗し、階級よりもむしろ世代としての刷新を求めた青年運動（*Jugendbewegung*）のような時代遅れの社会主義政治とは全くかけ離れたものだった。[19] たしかにベンヤミンは、戦時中ドイツのコミュニストの行動、中でも、カール・リープクネヒトが国民議会で戦争債への賛成票を投じなかったことは大いに称賛したが〔ショーレム『ベンヤミン』7〕、ボルシェビキ革命が起こったときにほとんど政治的関心を示しはしなかった。[20] 結局、ベンヤミンは社会民主党に特徴的に見られる新カント主義的で実証主義的なマルクス主義の受容を、知的見地からは不毛でつまらないものと思うにいたる。しかしそれにも拘わらず、彼自身が育ち、いま目前で崩壊の一途をたどるブルジョア社会に対するベンヤミンの飽くことのない批判は、マルクス主義的認識に近いものであった。[21]

ベンヤミンは、自分自身を、左翼の、まさに同世代中のラディカルな知識人と考えていたが、戦前の学生時代以来、政党派を問わず、政党政治そのものにはずっと懐疑的であった。一九一三年にはこう書いている。「根本的には、政治とは少ない方の悪を選ぶということだ。理念が現われることはない。出てくるのはいつも党だ」〔シュトラウスへの手紙、一九一三年一月七日付 II. 842〕。[22] 実践的な政治参加を拒むという姿勢は、エルンスト・ブロッホとの交友においても、常に二人の争点となっていた。話を戻すと、ブロッホはこのときベンヤミンとカプリ島にいた。この時代のベンヤミンの神学への傾倒ぶりを考慮に入れると、ブロッホ自身のメシア的マルクス主義解釈に対しては、ベンヤミンが共感を示しそうなものだった。しかしブロッホの思想の諸要素にいくら親近感を覚えても、ベンヤミンにはブロッホ流のマルクスと黙示録、経験的歴史と神学的超越性との統合的融合を受け入れることはどうしてもできなかった。一九一九年、ベンヤミンはブロッホの『ユートピアの精神』を「苛立ち」を覚えながら読んだ。[23]

若きベンヤミンは、物質世界の形而上学的知識——啓示として真実を「絶対」哲学的に経験すること——の可能性を信じており〔ショーレム『ベンヤミン』56〕、（観念論の基本信条にさからって）それがたんに自己の投影を示すだけのものではないと考えていた。彼は、歴史には「何か知覚可能な実在性」があると主張したのだ。[24] ヘーゲル的な有意味なものとしての歴史の肯定は初めから拒絶していたが[25]、事物の歴史を最も確定的に含むのは、事物の中にある意味だということは信じていた〔ショーレム『ベンヤミン』37〕。ショーレムによると、一九一六年のベンヤミンの机上には、

三つ頭のあるキリストを描いたバイエルン産の青い光沢のあるタイルがあった。その謎めいたデザインに夢中なのだと彼は言った。〔……〕一九二〇年代、彼は息子のおもちゃを持ち出しては、哲学的な感想を述べていた。〔……〕パリの彼の部屋には刺青師の大きな型紙がかけてあって、それが特にご自慢の品のようだった。〔ショーレム『ベンヤミン』37〕

歴史的な事物に対する魔術めいた認識法は、唯物論についてのベンヤミンの理解の基本を成していた。ショーレムはベンヤミンによる「極端な説明法」を記録している。「コーヒーの出し殻占いの可能性が含まれていないような、そしてその意味も明かせないような哲学なんて本当の哲学ではない」〔ショーレム『ベンヤミン』59〕。ブロッホが述べているように、ベンヤミンにとっては、「世界は言語のよう」[26]だったのだ。事物は「無言」だ。だがその表出的（ベンヤミンに言わせると「言語的」）潜在性は、それを名づけ、その潜在性を人間の言語へと翻訳し、事物自らに語らせる注意深い哲学者には読み取ることができる[27]。マルクス主義にはこれに相応する事物の言語の理論はない。だがすでにベンヤミンが成すべき課題として理解していたことは、潜在的に神学よりもコミュニズムの方が適していた。その理由は、コミュニズムが、現在の現実に背を向けるよりむしろ、それを自らの基準としていたからであり、現代の資本主義形式を批判しながらも現代の産業主義の可能性を認め、そうすることで、ユートピア思想を現実の歴史の状況に立脚させていたからである。そのうえ、コミュニズムの普遍主義は神学のもつ宗教的なセクト性を横断する。ベンヤミンは、ユダヤ教を評価していても、そのセクト性を受け入れることはなかった。

他の点においてはひどく陰鬱であるが救済的な局面も示す一九二三年の「皇帝《カイザー》パノラマ館：ドイツのインフレーションをめぐる旅」では、神学的表現を多用している。そこでベンヤミンは、貧困と収奪に苦しむ者たちは「自らの五感を強く律し、その苦難がもはや憎悪の下り坂ではなく、祈りという上り坂となっている」と書いている〔IV, 931 M〕。これはショーレムが移住する際に受けとったバージョンである。それが一九二八年に出版された時には、大きな変更が加えられていた。今や苦難は、「もはや悲嘆の下り坂」ではなく、「反逆という上り坂」〔IV, 97 a〕となるとされている。ショーレムからすれば、「ささやかな修正」〔ショーレム『ベンヤミン[28]』118-19〕である。なるほど全くの間違いとは言えない。事実彼自身が経た「政治的急進化[29]」をあとから組み入れても、ベンヤミンの思考枠はごくわずかしか変化しなかったことは特筆に値する。とはいえ、ショーレムはこれをベンヤミンのユダヤ教神学へのコミットの深さを示す例としてあげているのだが、その実、それはベンヤミンにとって神学的定式化〔表現法〕が歴史哲学の体験に比べれば、いかに二次的なものであるかを示しているのだ[30]。言うまでもなくこの「ささやかな修正」の政治的意味は測り知れない。

　アーシャ・ラツィスの仕事は、最初、ベンヤミンの疑問を掻き立てた。「プロレタリアートが雇用者であるような国においては、知識人とはいったいどんなものなのか[31]」。一九二四年はレーニンが没した年で、ソビエトの文化生活にはまだ革新の可能性があった。ラツィスは共産党の知的アヴァンギャルドの一員で、社会の内実についてだけでなく、美的形式においても急進的であった。二人が出会う前年には、彼女はミュンヘンでブレヒトの表現主義劇場に加わって仕事をし、後にはアジプロ劇団のディレクターであるエルヴィン・ピスカートルのアシスタントになる。ラツィスは自分の仕事を社会の革命的変容に欠くことのできない要素であると考えていた。プロレタリアートの子供劇場の改革者であり、権威主義的教化に対するアンチテーゼとして、子供のための革命的教育法を創案していた。ステージ上での即興劇を通して、子供たちが「熱心に耳を傾ける教育者を教え、教育する[32]」ことが意図されていた。そのような実践は、ベンヤミン自身が当時まで自分の進むべき世界と思い定めようとしていたアカデミズムの黴臭いホールに批判的な光を投じるものだった。

教授職資格論文の執筆には時間がかかっていた。この論文についてベンヤミンがラツィスとカプリ島で論じたことが、ラツィスの回想録に残っている。

彼は『ドイツ悲劇の根源』に没頭していた。それが一七世紀ドイツのバロック悲劇の分析に関するもので、この文学を知る専門家はごく少数しかおらず、またそれが上演されたことは一度もないと知った私は顔をしかめた。死滅した文学にいったい何のために関わり合うのか？　彼はしばらく黙って、それからこう言った。「まず第一に、僕は美学に新しい用語を持ち込むつもりだ。劇についての現代の議論においては、悲劇と悲劇的な劇が、単なる単語として区別されることなく用いられている。僕は、〔両者の〕根本的違いを示すつもりだ。バロック劇は、現実世界への絶望と軽蔑感を表現していて、本当に悲しい劇なんだ。〔……〕

第二に、僕の考察は単なるアカデミズムの研究論文ではない。それは現代文学のアクチュアルな問題と直接的なつながりがある。この論文でバロック劇を、言語形式を探求するものとして説明しているが、そんな特異なものは、現代の表現主義に通じる。そういう理由で、アレゴリー、象徴、儀式という芸術上の問題枠を、これほど細部に至るまで扱ったのだ」と彼は言った。今までは美学者連中はアレゴリーを二流の表現様式と評価してきた。それに対して彼は、アレゴリーは芸術的に高い価値を持つ手段であり、さらには、それは真理を理解する特殊な芸術形式であることを証明したかったのだ。〔ラツィス『革命』43-44〕(33)

半世紀たってからラツィスによって語られたこのベンヤミン自身による論文の弁護は、彼のドイツ悲劇研究の意図を最も明瞭に要約しているが、彼女の批判は彼の痛い所を衝いたようだった。ベンヤミンはこの論の理論的序文を書くのに苦労していたが、それはこの恋愛に気を取られていたせいだけでなく、研究の「テーマの制約」のために、自分自身の考えを表現しにくいと感じたからだ〔ショーレムへの手紙、一九二四年六月一三日付[34]『書簡』I. 347〕。秋までには論文の草稿を完成させ、（コミュニズムへの彼のコミットの痕跡は全く残っていないが）その結果にも大いに満足していた。だが同時に、彼は新しい執筆企画を練り始めていた〔ショーレムへの手紙、一九二四年一二月二二日付『書簡』I. 365〕。新しい企画には、その夏の「コミュニストからの呼びかけ」に対する彼自身の反応が反映されていた。それは、

自身の内部で、一つの転換点を印した。自分の思考の中の現実的《アクチュアル》で、政治的な瞬間を、かつてのように、時代遅れの形式の仮面をかぶせることをせず、むしろその瞬間性を発展させ、しかもそれを極端な形で実験的に発展させる意志を覚醒させたのだ。当然、この意味するところは、退くべきはドイツ文学解釈であるということだ。〔……〕〔同 368〕

「僕のアフォリズム、冗談、夢」からなる「友人のための小冊」〔同 367〕というこの新しい企画は、短いセクションから成り、その多くは、日刊新聞に断片的にバラバラに発表されていた。それが一九二八年にまとまった形（『一方通行路』を指す）で出されたが、そこにはおそらくは最も古い時期のものであろう一九二三年の（修正され、政治化された）「皇帝パノラマ館：ドイツのインフレーションをめぐる旅」も含まれていた。

このアフォリズム本は、たんに教授職資格論文と執筆時期が重なっていただけでなく、内容が資格論文の基部に切り込んでいた。『一方通行路』は、『ドイツ悲劇の根源』において彼が自分の刻印を残そうとした旧世界が、引き返しようのない道を辿るのを描いている。『ドイツ悲劇の根源』の臆面もなく抽象的で秘義的な方法論的序説は、作品の形式を決定的に「哲学論文」に規定した〔『ドイツ悲劇』I. 209〕。そこに含まれる観念の哲学的理論はプラトン、ライ

1.1　ドイツ悲劇の根源

1.2　『一方通行路』サーシャ・ストーンによる表紙デザイン

プニッツに始まり、ヘルマン・コーヘンやマックス・シェーラーに至るまで伝統的でアカデミックな哲学の全正典に依拠しながら、同時に「真理を考えるうえで〔……〕欠くことのできない神学的題目」〔同 I. 208〕も認めている。『一方通行路』の始まりほど、この抽象的序説と大きな対照をなすものはないだろう。そこでは「前書のもったいぶった普遍性を主張する身振り」を拒み、「文学枠内において生起するありとあらゆる文学的活動」〔『一方通行路』IV. 85〕を不毛なものと切り捨て、代わりに、唯一「直接的効果をあげられるものとして登場する」という理由で、「ビラ、パンフレット、新聞記事、プラカード」などの「既成品言語」を称揚する〔同〕。最初の一節は、「ガソリンスタンド」である。「現在のところ、生の構築は、確信よりも諸事実の力にかかっている」〔同〕という文で始まり、そのような確信は、「社会生活の巨大な装置にとって、機械にとっての油にあたる。タービンによじ登って機械油を機械全体に浴びせかけようとは思わないだろう。場所がわかっている隠れた錨や継ぎ目に数滴たらせば事足りるのだ」〔同〕と結ばれる。『悲劇』の研究と『一方通行路』の間で、この著者の生業が秘義的論文執筆者から機械工へと様変わりしたのだ。

3

『ドイツ悲劇』における表現の抽象性は、読者をテクスト内に閉じ込める働きをし、それが結果として窓のない独特な密封された世界を作り上げた。風通しが悪く、装飾過多の一九世紀のブルジョアジーの室内空間同様に、閉所恐怖症を催させる世界である。(35) それに対して、『一方通行路』をめぐる雰囲気は、グロピウスやコルビュジエ等の新しい建築のような明るさ、風通しのよさ、浸透性に満ちている。知的集中が途切れそうなガソリンスタンドや、地下鉄、道路の騒音、ネオンの光などの外の世界が、テクストの中に組み込まれているのだ。これらの事物が思考と摩擦し合い、そこで認識の火花が散り、読者自身の生――世界――を照らし出す。朽ちかけたブルジョアジーの世界の陰鬱な描写が、この上なく変化に富んだ警句的表現と肩を並べる。「夏に目立つのは太った人たち、冬には痩せた人たち」〔同 V. 125〕。「自動車の病――〔……〕その病因とは、全般的な衰退の中から、自殺する最速の方法を発見しようとする密かな願望」〔M^2. IV. 917〕。「純粋な議論は、カーニバルで赤ん坊を用意するのに似た愛おしさで、書物を手にとる」〔『一方通行路』IV. 109〕。「南国の乞食のことをこぼす人がいるが、彼らが私たちの鼻先でねばるのは、難解なテクストを前にした学者の執拗さ同様に、正当化できることであることを忘れてしまっている」〔同 IV. 146〕。こうした解説は、サイズの違いや種類の不連続性に関わりなく集められ、フォトモンタージュやキュビズムにおけるコラージュのバラバラな断片さながらである。つまり『一方通行路』はアヴァンギャルドなモダニスト美学を表現しているのだ。(36)

しかしこの二作のスタイルがこれほど正反対であるとしても、旧式な著書と新しい著書は驚くべき類似性を保っている。『ドイツ悲劇の根源』は、理論的にアレゴリーを「救出」しようとしている。『一方通行路』は救出を実践的に行い、その過程の中で救済の意味を変えてしまう。アレゴリーの対象（悲劇）ではなく、アレゴリーの実践が救済されるのだ。バロック劇研究においては、自然の形象――犬、石、老婆、イトスギ――が観念の寓意的表象である〔『ドイツ悲劇』I. 329-33参照〕。他方後者のモダニスト的断片においては、都市や商品の形象が同様の働きをする。つい先ほど見たように、ガソリンスタンドが知識人の実際的役割を説明する。「手袋」が近代人の自身と動物性との関係を示す象徴となっている。(37) 中には、その断片的内容の上に、店の看板さながら、表題がかかっていることもある（「眼鏡店」「古切手商」「時計・貴金属」「裁縫用品」）。あるいは市の注意書きめいたもの（「注意　階段あり！」「物乞い、物売り、お断り！」「貼り紙禁止！」「改装のため閉店！」）が、私的な行為と思われたもの（書くこと・夢見ること）の上に貼られ、公的警告となっている。一方で、「火災報知器」は革命的実践についての議論の頭上にかけられた警告の看板である。『一方通行路』はバロック劇の様式化したレトリックや、大げさな身振りの模倣からは程遠い。ベンヤミンを動機づけているのは、古風な劇のジャンルを復権させようという願望ではなく、(38) アレゴリーをアクチュアルなものにしようとする願望である。ベンヤミンにとってアレゴリー様式は、世界における断片的な経験を触知可能にするものなのだ。そこでは、時の経過は、進歩ではなく崩壊を意味する。

『一方通行路』の各節は、廃墟の都市、(39) 空虚な社会儀式、(40) 病的なまでに冷たい事物などによって悲劇に劣らぬ悲しさとメランコリーをこめて社会状況に関する所見を述べている。(41) しかし時には――特に子供、あるいは恋人の――幸福の瞬間について語ることもあり、その際には、過ぎ去る一瞬の充実の時のように、象徴的表現が求められている。硬直した自然や朽ちゆく事物がアレゴリーにふさわしい形象を与えるとすれば、逃げゆくものに救済の光をあてる象徴の形象は（悲劇研究で論じられたように）(42) 有機的性質を持ち、活動的で生き生きとし、それゆえに例外なく過ぎ去っていく。

たとえば恋について。

私たちの感情は女性の輝きの中で、眩《まぶ》しさに眩《くら》み、一群れの鳥たちのようにはためく。鳥たちが木々の葉むらの影に隠れ場所を求めるように、私たちの感情は、黒ずんだ皺や、ぎこちない身振り、愛する身体にある目に見えない欠点へと逃げ込み、そこに安息を得るのだ。〔『一方通行路』IV, 92〕(43)

あるいは子供時代の読書経験を回想して。

一週間の間、風に舞うような文章の動きにすっかり身をゆだねていた。その動きは自分を、優しく、ひそやかに、ひしめきあって次から次へと、雪片のように包み込んでくれた。限りない信頼の念を抱いて、そのなかへ歩み行った。〔……〕子供には主人公の冒険が、活字の渦巻きのなかにまだ読みとれる。ちょうど、人物の姿や何かのメッセージが、雪片の舞うなかに読みとれるように。子供はもろもろの出来事と同じ空気を呼吸し、そしてすべての人物の息が、子供に吹きかかってくる。子供は大人よりはるかに親しげに、登場人物たちの中にまぎれこんでいる。出来事に、そして交わされる言葉に、子供は言いようもなく心を打たれており、そして立ち上がるときには、読んだことが雪のように、体じゅうに降り積もっている。〔同 IV, 113〕

ベンヤミンは読書についての経験に対置させて、書く経験をアレゴリー的に「書き終えたものはその概念のデスマスクである」と表現する〔同 IV, 107〕(44)。アレゴリー的に表現しようと（逃げ去る永遠）、象徴的に表現しようと（永遠の通過）、ベンヤミンが言いたいのは、時間性はあらゆる経験に入り込むということである。それもハイデガーの言

1.3　アーシャ・ラツィス

1.4　ドーラ・ベンヤミン

うような存在の「歴史性」としてではなく、具体性をもって。かくして永遠に真実であるものとは、歴史自体の移ろう物質形象においてのみ捕捉可能であり、「子供や、私たちを愛してくれていない女性同様に、真理は、こちらが黒布の下にかがんで待っていても、じっとしてレンズに向かってにっこり笑いかけてくれることなど、絶対にない」〔同 IV, 138〕。

『一方通行路』も『ドイツ悲劇の根源』も一九二八年一月にベルリンのローヴォルト社から出版された。『一方通行路』への献辞は、書名と同様に歴史の不可逆性と新しい出来事の決定性を表現している。「この通りをアーシャ・ラツィス通りと名づける。この道を、技術者として著者の中に切り開いた女性の名にちなんで」〔同 IV, 83〕。一方『ドイツ悲劇の根源』の献辞は、後ろを振り返りながら回想している。

一九一六年に想を得、一九二五年に執筆。
当時も今も変わることなく、本書を妻に捧げる。〔『ドイツ悲劇』I, 203〕

4

ベンヤミンはこの二冊の本が出版される一年前に『パサージュ論』の最初の構想と覚書を書いている。『一方通行路』と同じく、「世俗的モティーフ」を含むが、それをさらに「悪魔のように強烈にして」いると述べながら、彼はこの企てが、『一方通行路』で始まった「生産のサイクル」を閉じることになるはずだと言っている。ちょうど『ドイツ悲劇の根源』が、ドイツ文学についてのサイクルを完結させたように〔ショーレムへの手紙、一九二八年一月三〇日付『書簡』I. 455〕。しかし最初の「サイクル」が閉じられたと言っても、先ほど述べた意味では、ドイツ悲劇研究の理論にとって本質的なものは何ひとつ置き去りにされなかった。(45) だからこそ、私たちはパサージュ論のプロジェクトの根源を二つの「サイクル」の重なり合う歴史的局面に求めるのであり、二つのサイクルを分かつと言われているこの二冊の書を細部にわたって検討しようとしているのである。根源についてのベンヤミンの定義を悲劇という文学ジャンルではなく、彼自身の文学生産にあてはめてみると、『パサージュ論』は、一方に消えゆく悲劇の研究という時代遅れな形式と、それが表象するブルジョアジーの知的世界、他方にベンヤミン自身の新たなアヴァンギャルド的文学性と、「変化のプロセス」を決定づけたマルクス主義への政治的な関与という、二つの対立的な動きの間の潮目から出現したのである。ショーレムも書いているように、これは「彼の真の確信とぴったり一致しており、この確信ゆえに、古い思考法に終止符を打ち、アルキメデス的転換をもって新しい思考法を始めるということはできなかったのだ」〔ショーレム『ベンヤミン』124〕。

なるほど彼の性格と「一致している」にしても、ベンヤミンの立場は哲学的に曖昧である。『一方通行路』を決定づけている時の不可逆性と、容赦なく避けがたい衰退という結果は（いやそれを言うなら、真理一般の時間性という概念自体が）、永遠的観念の表象としての哲学という『ドイツ悲劇』研究の形而上学的理解と矛盾して見えるであろう。

まさに〔『ドイツ悲劇』の〕真理の「布置関係」が、〔『一方通行路』の〕真理のもっとも基本的性質であるはずの一時性を受けつけないように。言い方を変えてみよう。もし物理的《フィジカル》な世界の歴史的移ろいこそが真理であるなら、それについての形而上学的《メタ-フィジカル》な考察がどうして可能となるのか。それに対するベンヤミンの答えは視覚形象で与えられる。「形而上学的研究と歴史研究の間の方法論的関係。すなわち裏返しにされた靴下」〔『ドイツ悲劇』覚書 I. 918〕。つまり、問題は解決されてはおらず、それは私たちが後で戻らなければならない問いなのだ〔第七章参照〕。

アーシャ・ラツィスのベンヤミンへの影響は決定的で、かつ覆しようのないものであった。それにはパレスチナへの移民を断固として拒むということも含まれていたと彼女は回想している。

〔カプリ島で〕ベンヤミンは一度、ヘブライ語のテキストを持ってきて、今、ヘブライ語を勉強しているんだ、と言った。友達のショーレムがそこに何とか安全な場所を確保してくれようとしているのだと。私は黙り、それから、二人の間で激しい口論があった。まともな感覚を持つ進歩的な人の行先は、普通に考えれば、パレスチナではなくモスクワのはずだった。ヴァルター・ベンヤミンがパレスチナに行かなかったのは私の仕業だったと言っても言い過ぎではないだろう。〔ラツィス『革命』45〕

少なくともラツィスは事の成り行きをかなり圧縮して述べている。現実にはベンヤミンがパレスチナへの移住を最も真剣に検討したのは、この「激しい口論」から四年後（それにモスクワ訪問の一年後）のことだった〔ショーレム『ベンヤミン』143-56 参照〕。最終的に彼をヨーロッパに留めたのは、「モスクワという行先」ではなく、『パサージュ論』であったろう。しかし哲学者、著者、そして一人の人間として、ラツィスと会ったことで彼が経験した「生命力の解放」は、明らかに「彼女の仕業」であったし[46]、エロスと政治が二重の覚醒として創造的な強さをもち、仕事と情熱が人生の切り離された領域ではなく、むしろ一つに融解することを知る者なら、二人の関係の決定的な意義を驚きとは呼ばないだろう。

とはいえ、ベンヤミンは、慌ただしく自分の人生行路に変更を加えようとはしなかった。彼はそのままベルリンにいる妻ドーラと息子のもとへ帰った[47]。そして相も変わらず、フランクフルトでの教授職を得ようとしていた。一九二五年四月までには、ドイツ悲劇研究の校正を終えていた。この論文が多くのアカデミズムの伝統特有の言葉遣いに挑戦しており、またその理論の独創性が危険をはらむものだということは、彼にもわかっていた。たしかにその序説が「途方もない生意気さで知の理論そのものに対する文字通りの序説」〔ショーレムへの手紙、一九二五年二月一九日付『書簡』I, 372〕を書こうとする試みだったことは彼も認めていたが、試み自体は明らかに真剣そのものであった。たとえラツィスが後に述べているように、彼が成功の可能性について楽観的だったという意味でナイーブであったにしても[48]、ベンヤミンは五月に論文を提出した。審査委員会はそれを受け入れることができなかったが、それはあまりに大胆であったからではなく、むしろ委員の一人が後に述べているように、「どんなに繰り返し努力しても、そこから理解可能な意味を見出すことができなかった[49]」からであった。ベンヤミンは論文を却下されるような事態にいたらないよう教授資格の申請自体を取り下げるように忠告された。九月に不本意ながら忠告に従った。翌春、彼は、フランクフルト大学宛の新たな序文を書いた（とはいえ、実際にはショーレムに送っただけだった）。彼はこれを「自分の論文の中で最も成功した章」〔ショーレムへの手紙、一九二六年四月五日付『書簡』I, 416〕の一つに数えた。それは以下の通りである。

私は、「いばら姫」のおとぎ話を、いま一度語りたいと思う。

いばら姫がいばらの垣の中で眠っている。そして、それから何年も、何年もたって、彼女はようやく目を覚ます。

けれども彼女を目覚めさせたのはひとりの幸運の王子のキスではない。料理番が姫を起こしたのだ——下働きの小僧に料理番がびんたをくれてやったところ、その音が、長い間蓄えおかれた力に反響して城じゅうに鳴り響いた、そのときに。

以下に続くページのいばらの垣の背後に、ひとりの美しい子供が眠っている。どうか、眼を眩ませる学問の知識に身をかためた幸福の王子だけは、この子に近づけないように。婚礼のキスのときに、その子は彼をぴしゃりと打つだろうから。

むしろ本書の著者が、みずから料理番の役割をして、この子を目覚めさせた方がいい。学問の数々の広間につんざくように鳴り響く、あのびんたは、もうとっくの昔にくれてやってしかるべきだったのだ。

そのびんたの音できっと目覚めるだろう——禁じられながら、がらくた骨董品の教授のガウンの仲間に入ろうとして、古ぼけた紡錘《つむ》でちくりと刺されて眠りこけてしまったこの哀れな真理も。〔『書簡集』I, 418〕(50)

5

アカデミズムは「時代遅れ」になっていた。著者としてのベンヤミンが、「目覚めさせる」ことができると思っていた長く眠りこんでいた形而上学の真理も、禁じられたアカデミズムのガウンとは別の衣装をまとって登場しなくてはならなかったのだろう。もっとふさわしい衣装を求めてショッピングモールの探求をすることがそれほど途方もないことであっただろうか。エルンスト・ブロッホはベンヤミンに『一方通行路』についての自分の解説を見せたときのことをこう語っている。「ほらいよいよ——僕はそう書いたんだ——ショーウィンドーに形而上学の春の新しいモデルを飾って〔……〕哲学の開店だ」という表現に、ベンヤミンはずいぶん嬉しそうな顔をした〔ブロッホ「思い出」22〕。おそらくモードは、移ろいやすさの形而上学の本質を象徴的に表すと思ったからだろう。『一方通行路』でベンヤミン自身も「永遠性というのは常に観念よりもむしろ襟飾りに似ている」〔V, 578（N3, 2）〕と書いている。しかし「靴下を裏返しにして」、問題を社会史的立場から眺めるためにアカデミズムを去るということは、自分自身の知的産物を市場の条件下に置くということである。そこではモードが真の別の一面を、つまり物象化され、物神化された商品としての、そしてまた階級イデオロギーとしての一面を見せる。フリーランスの物書きとして、彼はラジオや新聞というマスメディアに接近できた。この文化装置は資本主義的形式であるが、それを内側から転覆することは可能であったのか。近代のメトロポリスにおける仕事と余暇の両方に科学技術が及ぼした影響といえば、経験を断片化したことであり、ジャーナリズムの文体はその断片性を反映していた。新しい技術の形式原則であるモンタージュを用いて、哲学的考察に必要な視点の一貫性を与えるべく、経験世界を再構築することは可能なのか。さらには、ブルジョアジー資本主義文化の最高位にある消費のメトロポリスが、神秘的な魅惑の世界から、形而上学と政治の啓示の光を放つ世界へと変わり得るものなのか。これらの問いに答えることがパサージュ論の要点なのだ。なるほどたしかにベンヤミンは仕事をたやすいものにしようとはしなかった。

一九二〇年代の終わりに、『パサージュ論』のテーマをまとめている間、ベンヤミンは一所に落ち着かず、ヨーロッパの各地を転々とした。一九二五年九月にスペイン経由でナポリに戻った。同年一一月にアーシャ・ラツィスを訪ねてリガに行った。その地で彼女は（不法行為とされる）コミュニスト劇場を率いていた。一九二六年はじめ、彼はベルリンに戻った。春にパリに移り、そこでほぼ毎晩エルンスト・ブロッホと会い、「約半年の真の共生生活」〔ブロッホ「思い出」16〕[51]を送った。秋にはまたベルリンに戻り、そして年末にはラツィスに会いにモスクワへと旅した。翌年の春から夏の間（一九二七年四月から一月）、彼はパリに戻った。そこで再び、カバラ運動の一環としてサバタイ主義の研究を始めたばかりであったショーレムと会い、彼の「時々どこか誇示的なまでの自信」を受け入れがたく感じた〔「ロワール旅日記」VI, 410〕。とはいえ、彼のためにエルサレムでの永年教授職を用意しようとするショーレムの動きを止めようとはしなかった。パリのパサージュ論について書かれた覚書の最も早い日付はこの夏になっている。一一月にベンヤミンは再びベルリンに戻った。一九二八年春、彼はエルサレムに行くことについて真剣に検討した。彼はその夏ドーラと別れた。離婚に至るまで、痛ましく遅々とした歩みの一年を過ごした。彼はその冬、ソビエト貿易使節団の映画部門で働くために一一月からベルリンに来ていたアーシャ・ラツィスと二か月間一緒に暮らした。ベンヤミンがベルリン左派の劇サークルに関わり、ベルトルト・ブレヒトと出会い、友人となったのは彼女を通してのことだった。一九二九年秋、彼はラツィスとフランクフルトへ旅した。ケーニヒシュタインのタウヌス山地付近で数日過ごしたが、そこで、マックス・ホルクハイマー、テオドール・アドルノ、そしてグレーテル・カルプルスとの「忘れがたい」会話を通して、ベンヤミン自身の哲学アプローチの「歴史的」転換点を迎えた。「呑気で古風で、自然に傾倒した哲学者ぶる時代の終焉」〔アドルノへの手紙、一九三五年五月三一日付 V, 1117〕を迎えたのだ。ベンヤミンが『パサージュ論』の最初の覚書を読んで聞かせたのはこの数人の集団に対してであった。彼らは哲学の新しいエポックのモデルとして、この企てに熱狂した。

一九三〇年にベンヤミンは「新生活」を始めることについて語っている〔ショーレムへの手紙、一九三〇年四月二五日付『書簡』II, 512〕。歴史的にはこれほど幸先の悪いタイミングはなかった。世界の資本主義の危機がドイツに厳しい雇用状況をもたらし、ベンヤミン自身の経済状況も逼迫し始めていた。ナチスが権力を握るという政治的危機がさらに止めを刺した。一九三三年三月、ベンヤミンはグレーテル・カルプルスに説得され、ドイツを永遠に離れることにした。パリに移り、パサージュ論を再び取り上げるが、今度は、そこに国立図書館での広範囲にわたる歴史研究が加わった。パサージュ論はパリでしか仕上げられないと確信して、ブレヒトとともにデンマークのスヴェンボルに長期に滞在したときと、息子と前妻とともにサンレモに滞在したときを除いては、彼はパリを離れなかった。だが一九四〇年にパリがヒトラーの手に落ちるにいたって、そこを離れるほかに道はなくなった。彼のために亡命中のフランクフルト社会研究所がアメリカのビザ取得に奔走し、ベンヤミンも、アドルノやホルクハイマー、その他研究所のメンバーのいるニューヨークに向かうつもりで、自分がまず行くはずの保護収容所のありかに思いを馳せて、執筆中の小論に「セントラルパーク」というタイトルをつけた。だがスペインとの国境越えに支障ができ、彼は多量のモルヒネを服用して自らの命を絶った。彼の研究ノートと、パサージュ論についての二つの概要、そして（ケーニヒシュタインで読んだものも含めた）構想の一連の覚書は、パリに残されて生き延びた。一九八二年に最初に出版された『パサージュ論』はこれら生き残った文書から成る。

第二章　空間の根源

ある場所についてできるだけ多くの次元において経験をして、初めてその場所を知り得たことになる。それを自分のものにしたければ、四つのすべての主要点からその場所に近づかなくてはならないし、何より、同じく、その四つの地点すべてからその地を出発しなければならない。さもなければ、心構えもできないうちに、自分の行く先々でまったく思いがけず三度も四度も、その場所を横切ることになる。〔「モスクワ日記」VI, 306〕(1)

一九二〇年代から三〇年代のベンヤミンの放浪の下に『パサージュ論』を地理的に位置づける構造がある。この構造は、単純に「モスクワに至る道」からだけ成るのではなく、コンパス上の四方位すべてを含んでいる（図解A）。西には政治革命的意味におけるブルジョア社会の根源であるパリがあり、東は、モスクワが同じ意味でその終焉を印している。南には西欧文明の神話にくるまれた幼年時代である地中海文明の根源をナポリが記しており、北にはベンヤミン自身の神話にくるまれた幼年時代の場であるベルリンが位置する。

パサージュ論のプロジェクトは、概念的には、社会と技術の可能性という観点から実証的歴史の進歩を示す軸と、他方で実現されなかった過去の廃墟として歴史を後顧的に定義づける軸とが交差する両軸のゼロ地点に位置するもの

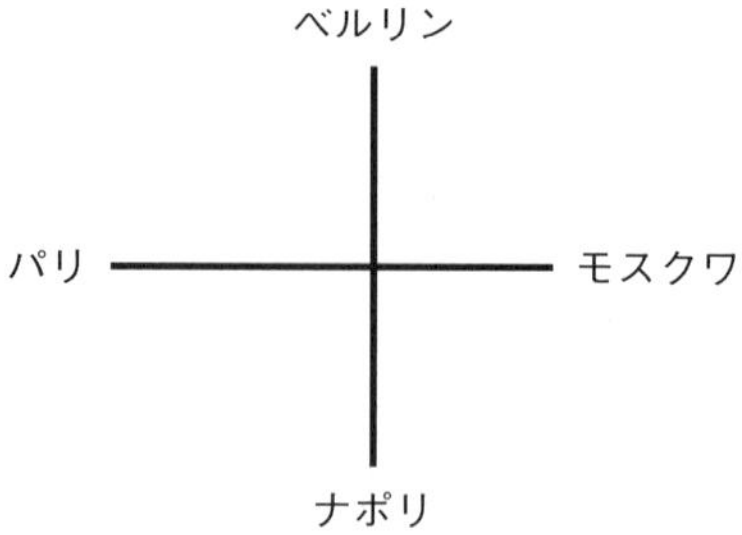

図解A

である。図解としてだけではなく、経験の上で、これら四つの都市は、『パサージュ論』の概念にとって決定的なものであった。

ナポリ

パサージュ論は、ブルジョアジー文明の途絶えることのない系図と、永遠の真実としての西欧の帝国主義支配を表象するイデオロギー的企みとして、一九世紀の新古典主義を考察することを意図していた。イタリアの古代文明の廃墟はそのような神話的な時間性の主張に挑むものであり、むしろ帝国のはかなさについて語る。一九二四年にベンヤミンとラツィスはこれらの廃墟を旅した。[2] だが腰を下ろして、二人で一緒に記事を書き始めると、それは現在の衰退のプロセスに関わる二人の注釈となった。それは現代のナポリについての描写であり、〔ラツィスの提案した〕「多孔性」という中心テーマは、近代の資本主義を構成する――公と私、労働と余暇、個人と共同体を画する――境界線はまだ確立されていないという事実を明らかにした。「もう一度、居間が通りに現われ、通りが居間へと移住する」〔「ナポリ」IV.314〕。「食事や睡眠のために特に予定された時間はなく、場合によってはその場所もないことがある」〔同〕。マルクス主義理論が過渡的社会として捉えるものが、空間上の無秩序、社会的な混淆、そして何より、非永続性というイメージでここに現われている。「建物と活動が相互に浸透しあう〔……〕」。そこでは定義や刻印は避けられる。どんな状況も永続しそうに見えない。いかなる姿形も「そうでしかありえない」などと主張されることはない」〔同 IV, 309〕。

イタリア南部で前資本主義的秩序という空っぽの割れた貝殻の上に、近代の社会関係が不安定にいびつに立っている。理論的な一般化を避け、ベンヤミンはこの真実を逸話という視覚的身振りで示して見せる。

ざわめく広場《ピアッツァ》で太った婦人が扇を落とす。太りすぎた女性は自分で拾い上げることができず、困った様子であたりを見回す。騎士道精神あふれる男性が現われ、五〇リラでひきうけましょうと言う。二人は商談をし、夫人は一〇リラで扇を取り戻した。〔同 IV, 313〕

「子供たちが想像しているように、貧困と悲惨が伝染性をもつように見える」〔同 IV, 308〕発達しきっていないナポリのきわめて資本主義的な様式を表す詐欺の常態化と物乞いの専門化について「ナポリ」は語っている。ベンヤミンとラツィスは労働者階級の無秩序ぶりも伝えている。「質屋やくじを使って、国はプロレタリアートを悪徳のうちに封じ込める。一方の手で彼らに差出し、もう一方の手で取り上げるのだ」〔同 IV, 313〕。この階級にとっては、自意識は政治的ではなく、むしろ劇場的なのだ。

悲惨きわまりない生活でさえも、本人が次の二つのことをわきまえていれば、堂々たる人生なのだ。つまり、貧しいながらに暇を楽しみ、同時に大いなるパノラマを目で追って、あらゆる腐敗と、ナポリ人の街路の生活という二度と戻らない像に加わっているということを意識していれば。〔同 IV, 310〕

伝統的な生活はたしかに続いているが、ただしそれは今では、旅人用の見世物として、金銭のために成されるだけだ。ポンペイの廃墟のツアーも複製品も売り物である。(3) 地元民は、支払われる金銭の代償に、伝統的な食べ方としてマカロニを手で食べて見せる〔同 IV, 311〕。芸術家はパステルで路上に絵を描き、行き交う足で消えてしまう前に、その絵に硬貨が放られる〔同〕。牛が五階建ての共同住宅で飼われている〔同 IV, 315〕。政治的催しが、祝祭に変えられる〔同 IV, 312〕。(4) そこに見出されるのは、古代社会でも近代社会でもなく、都市の急速な衰亡によって、解放され、養分を与えられている即興の文化である。

「ナポリ」というエッセイは一九二六年にフランクフルト新聞に載せられた。それは日曜版の「旅行」欄に載る記事に似ている。ユーモアもあれば、娯楽性もある。明確な政治的なメッセージはない。ただ読者にはほとんど気づかれずに、都市の街路を歩く人物が集めた形象《イメージ》がいかに観念論的文学スタイルの肌理に逆らって解釈されうるかという実験がひそかに行われているのだ。その形象は、主観的印象《インプレッション》ではなく、客観的な表象《エクスプレッション》なのだ。事象――建物、人の身振り、空間の状況布置――が、歴史的に一時的な真理（そして歴史の一時性という真理）を具体的に表現する言語として「読まれ」、知覚される経験のなかで、都市の社会編成を読み取ることができるようになる。この実験がパサージュ論の中心的方法論としての意味をもつはずだ。

モスクワ

一九二六年から二七年の変わり目に、ベンヤミンはモスクワへと旅した。ロシア語を知らないために、会話に加われないベンヤミンは、ラツィスと二人でナポリのエッセイで用いたはかなさの知覚的経験という形象分析と同じ方法を使って、革命の存在を「見る」ことにした。自分の雑誌『被造物』にモスクワについてのエッセイを書くよう依頼したマルティン・ブーバーに、彼は自分の意図を次のように説明した。

僕の提示には理論は近づけさせない。〔……〕「事実は全て理論である」〔ゲーテからの引用〕という方法で、今現在の瞬間におけるモスクワという都市を示してみたいのだ。だからこそ演繹的抽象化や予断、そして、ある程度までは〔……〕判断すらまったく混ぜないものとなるはずだ。〔ブーバーへの手紙、一九二七年二月二三日付『書簡』I, 442–43〕

エッセイの中で、最も印象的であったモスクワの「具体的な生の外観」が、「理論への回り道なしに」、政治的な意味における「内的位置」を明示するようにするのである〔ホフマンスタールへの手紙、一九二七年六月五日付『書簡』I, 443–44〕。ナポリ同様、モスクワも村の要素が都市の要素と「かくれんぼ」〔「モスクワ」IV, 343〕している過渡的な状態にあった。しかしその向かう先は社会主義であり、したがって、ナポリではかなさが生に劇的感覚を与えていたのに対し、ここモスクワでは、「あらゆる生、一日、思考が、ひとつ残らず〔……〕実験室の台の上に載せられている」〔同 IV, 325〕感覚を与える。ナポリでは、移ろいやすさは運命に任された社会的帰結の即興性や危うさを表現していたが、モスクワでは、オフィスや路面電車、停車場の位置の変更や家具の絶え間ない配置換えが、自意識的で、社会の「驚嘆すべき」実験と「動員の可能性への絶対的な心構え」〔同 IV, 325–26〕を強調している。

それでもモスクワのイメージは両義的である。そこでは物乞いは、「社会の良心の呵責というもっとも強い存在根拠」〔同 IV,324–25〕を失い、「死にゆく者たちの一団」としてのみ存在する。しかし同時に新しい経済政策（NEP）は、新たな富裕層を創り出してもいた。ナポリでは人々が自分たちの過去を余所者に売っているのに対して、ロシアでは、プロレタリアート自身が美術館に行って、しかもそこにいて何の居心地の悪さも感じない[5]。村めいたモスクワの広場は、ヨーロッパのように記念碑によって「汚されたり破壊されたり」〔同 IV, 343〕したことがない。しかしレーニンの偶像《イコン》が旅行者用に革命の複製品として売られており、それはかつての宗教同様に、物象化され、それを生み出した人々を支配する恐れがある[6]。このような形象の両義性は、どの階級が支配するかが違いを作るということの証

左となっている。(7)

驚くべきことに、ベンヤミンは革命の成否がどの局面にかかっているかを鋭く知覚していた。それは政府による生産商品割り当て量にではなく、政治の力と消費の力が接合する点にかかっているとベンヤミンは考えていた。資本主義下では貨幣によって「あらゆる市場価値が計算できる」のに対し、ロシアでは、NEPメンバー〔新経済政策を実践する富裕層〕を党と引き離しておくことによって、ソビエト国家は「貨幣の権力への交換可能性」を「切断した」〔同 IV, 333〕のだ。この「必須条件」こそが、革命の成否を決定するだろう。

〔……〕決して起こってはならないことがある。それは(かつて教会にさえ起こったことだが)権力のブラック・マーケットが開かれることだ。権力と金銭のヨーロッパ的相関関係がロシアにも侵入してくるとしたら、なるほど国や党が破滅することはないかもしれないが、ロシアのコミュニズムは失われてしまうだろう。ここにはまだヨーロッパ的な消費概念や消費欲求はない。これはとりわけ経済的理由による。だがそれに加えて、この件については、党の賢明な戦略も預かっている。つまり党は、ボリシェヴィキ官僚にとっては火の試練というべき、消費水準の西ヨーロッパとの同等化を、自ら選んだ時点に、鋼のような意志を持って、しかも絶対的に確実な勝利をもって成し遂げるという戦略である。〔同 IV, 335-36〕

ソビエト社会は「革命の努力を科学技術の努力に変換」している最中であり、社会変革によりも、「電気化、運河建設、工場建築」〔「モスクワ日記」VI, 367-68〕に切迫した関心が向けられていた。しかし同時に、そしてまたこのためにこそベンヤミンは、党の大量消費に対する態度があれほど重要だと考えたのだが、この革命の主要な点は経済的なものではなく社会的なものなのだ。生産レベルを増すことは、たんに欠乏を克服するだけではない社会――物質だけでなく、美的必要と共同体的必要を満たすことができる社会——という目的のための手段に過ぎない。集団的幻想の活気こそこれらの欲求の健康的な発達を示す決定的な指標であるのだ。非言語的表現の分析に限ったことで、ベンヤミンはこの集団的ファンタジーを、非公式の民衆文化形式、つまり雪に覆われた街路上を色とりどりな色彩を散らす臨時の屋台や、紙製の魚、絵本、塗箱、クリスマスの飾り、個人の写真、砂糖菓子——ほかにも、「靴クリームと筆記用具、ハンカチ、人形の橇、子供用ブランコ、婦人用下着、剥製の鳥、洋服ハンガー〔……〕」〔「モスクワ」IV. 320〕——など、市場で物売りが無許可で売る非必需品に見出したのである。

ここでも他と同じく、商品は（かつての宗教の象徴と同様に）物象化された形で社会変化のための幻想のエネルギーをため込んでいる。しかし堆積した社会主義者の要求が、このエネルギーを資産へと置き換えるよう求め、一方、消費は無限に延期される。さらには、モスクワの街路の市場の非公式な文化は、たとえ集団的ファンタジーを表現しているにしても、大半は前工業化時代様式のものである。そこに芸術家の新しい意義が生まれる。新しい科学技術において人間と文化の潜在的可能性を発見するまさに実験者としての社会的有用性を持つのだ。こうして党にジレンマが起こる。経済革命は、本来の目標である文化革命の前提となる必要条件であるが、前者を成し遂げようとすると後者が軽んじられ、あるいは抑圧されることさえある。ソビエト連邦においては、経済計画が優先され、公的文化は反動的になる。

今日のロシアにおいてはヨーロッパ的価値観が、最終的に帝国主義のおかげでとることになったあの歪曲されたどうしようもない形態で、一般に普及されつつあることが明らかである。第二アカデミー劇場は——これは国家の補助を受けている施設だが——現在『オレスティア』〔古代ギリシアの劇作家アイスキュロスの悲劇三部作〕を上演しているが、そこでは、埃《ほこり》を被った古臭いギリシア精神が、ドイツの宮廷劇場に負けないほどのインチキ臭さで、舞台上をふんぞり返って歩いている〔同 IV, 337-38〕。

アヴァンギャルドの実験はもはや奨励されていない。

形式論争は、内戦の時期にはまだ時折、かなり重要な役割を果たしていたが、今ではすっかり沈黙している。今日の公式見解では、ある作品が革命的姿勢をもつか、反革命的姿勢をもつかを決定するのは、形式ではなく、内容である。そうした説によって、作家は地盤を奪われてしまう〔……〕。つまり知識人は何よりもまず幹部であり、検閲部門や司法部門や財務部門で働いていて、もしも没落の憂き目に遭わなければ、活動に関与する者なのだ。ところで、ロシアでは活動は権力を意味する。知識人は支配階級の一員なのだ。〔同 IV, 338-39〕

二か月（一二月六日―二月一日）の間、ベンヤミンは、モスクワのホテルで暮らし、ソビエト国家から年金を受け取りながらソビエトの文化生活を観察した。(8) ベンヤミンは、アーシャ・ラツィスと共産党の両方にコミットしようと思ってロシアにやって来た。(9) この旅の個人日記が証言しているように、(10) どちらの期待も裏切られた。ベンヤミンが接触した芸術家や知識人は、左派の対立文化側におり、革命党と関われば、自分には知識人の革命的作品と見えるものを抑圧せざるを得ないというダブルバインドに陥っていると感じていた。苛立たしいことに、ブルジョアジーの中心地（ベルリン、パリ）の方に新しい技術の諸形式を創り出す自由がもっとあり、しかもそれらはその成果を取り込んでしまう。選択肢は、自由のない力か、力のない自由か、いずれかしかない。知識人が、真に社会主義的文化の創造に貢献することができるには、両方が必要なのだが、両方が存在する場所はなかった。ベンヤミンは日記にこのジレンマについて書いている。

党内に残るとする——自分自身の考えを既成の権力領域のようなものへと投射できるという途方もない利点。党の外に残ることを認めうるとしたら、それは、最終的にブルジョア側に寝返ったり、あるいは逆に自分の作品に影響を与えたりすることなく、周縁的立場を確実で客観的な利点に変えることができるか否かにかかっている。〔……〕ブルジョアジーの著者たちの間に不法に人知れず混じっていることが何らかの意味を持つか否かに。そして自分の仕事のために唯物主義の極端さを避けるべきか、あるいは、党の内部で自分と彼らとの意見の相違を何とか解決すべきかに。〔同 VI, 319〕[11]

党に入らないのは間違っているとは思いながらも、ベンヤミンはやはり「左派のアウトサイダー」としての独立した立場に惹かれていた。そのような立場が、経済的に成り立ちうるものであるのか、「これまでの自分自身の領域と見なすものにおいて、広範囲な成果を上げる可能性を与え続けてくれるか」〔同 VI, 358〕を自問していた。

ベンヤミンは自分が交わした会話をここで記録しているのだが、会話の相手はラツィスではなく、オーストリアの劇作家ベルンハルト・ライヒで、彼はコミュニストとしてロシアに移住したが、今では、党の文化路線に批判的になっていた〔同 VI, 294〕。ライヒはベンヤミンのソビエトの知識人サークルへの紹介者であっただけではなかった。彼はラツィスに恋愛感情を持ち、後に彼女と結婚することになる人物だ。ベンヤミンが滞在していた大半の期間（ラツィスがライヒのアパートに移り住むまでの間）ラツィスは「神経衰弱」からの回復期にあってサナトリウムにおり、日中は抜け出してベンヤミンと会うことができたが、それでも二人きりで会える時間は限られていた〔ラツィス『革命』54〕。当時ラツィスも、ライヒも、ベンヤミンも、三人そろってほかの異性と関係をもっていた。[12]日記は出来事の簡潔な記録という形をとっているので詳述されてはいないが、ベンヤミンの当時のこの状況の痛ましさは、彼の日記に付きまとっている。モスクワ滞在の初めごろは、ベンヤミンはラツィスに自分たちの子供が欲しいと言っていた

〔「モスクワ日記」VI, 317〕。しかし彼はじきに〔時にはラツィス本人よりも〕後ずさりし始めた。二人の関係には気楽なところが全くなかった。激しい喧嘩をしては、おそるおそる愛情表現をした。ベンヤミンは自分が書いたものを通して自分の気持ちを伝えた。ラツィスは政治上の異論を通して自分自身の独立性を主張した。緊張の緩和が政治においてだけでなく個人生活においてすらも妥協と感じられるような戦いの場に、二人の恋愛は宙づりにされていた。

ベンヤミンの文学テクストの解釈は、彼自身の経験のアレゴリーにすぎないという批判がこれまでなされてきた(13)。しかしむしろ問題は逆で、ベンヤミンは、自分自身の人生を社会の現実のアレゴリーとして象徴的に捉えており、そして決然ともしていなければ断定的でもない社会世界においては、だれも決然とした断定的な存在として生きることはできないとひしひしと感じていた。読者は〔おそらくは当時のラツィスがそうであったであろうように〕苛立たしさを感じるだろう。この男性の性格には、なぜもっとジャック・リード〔アメリカ人のジャーナリストで、ロシア革命のルポルタージュなどで有名。モスクワで死去しクレムリン壁に埋葬される。妻は作家で女性運動家〕のようなところがなかったのか。この男性はなぜ、愛情にも政治にもコミットできないのか。ベンヤミンがモスクワで過ごした最後の日々は、自らの蒐集用にロシアのおもちゃを買うことに費やされた。日記は次のように締めくくられている。「去っていく彼女は振り返ったように見えた。だが私は彼女を見失った。膝の上の大きなスーツケースを抱えて、私は薄明りの街路を揺られて駅へと向かった、一人涙を流しながら」〔同 VI, 409〕。彼のこの不能性は子供っぽさの表れなのだろうか、それとも分別の表れなのか？　あるいは、その両方だったのか？

パリ

モスクワでの滞在のはじめに、ベンヤミンはユーラ・コーンにこう書き送っている。「いろいろあって今後は海外から、ロシアのジャーナリズムにかなりの量の記事を投稿することになりそうです。それにソビエト大百科事典の仕事をすることになるかもしれません」〔ユーラ・コーン・ラートへの手紙、一九二六年一二月二六日付『書簡』I, 439-40〕[14]。彼は実際に百科事典用にゲーテについての一項目の記述を完成させていた〔「ゲーテ」II, 705-39〕。それはゲーテの作品、受容、そして歴史的継承に対する階級問題の影響について明確に書かれたきわめて独創的な解釈であった。しかしソビエトの編集委員会は、皮肉にもブルジョアジーのアカデミズムの判断をなぞり、その記述が正統的でないとして、ベンヤミンの原稿を却下した[15]。ベンヤミンが一九二七年にホフマンスタールに書き送ったとおりである。「〔モスクワで〕僕自身がこの目で見た通り、〔編集委員会は〕マルクス主義的知的綱領とヨーロッパ的威光めいたものへの欲望との間で日和見的に揺れたようだ」〔ユーゴ・フォン・ホフマンスタールへの手紙、一九二七年六月五日付『書簡』I, 444; ショーレムへの手紙、一九二七年二月二三日付　同 441-42も参照のこと〕。

ベンヤミンはパリから手紙を書いており、延長された滞在期間中に、パサージュ論の構想についての最初の覚書を書いた。その中の一部は、ベルリンの編集者で、その時同じくパリで暮らしていたフランツ・ヘッセルと二人で書いた。二人はプルーストの『失われた時を求めて』を数年かけて共訳した仲だった[16]。覚書の残りはベンヤミンが一人で書き、じきに最初の計画をはるかにしのぐ量になった。ベンヤミンの手に成る覚書の方は、パリの前衛的なシュルレアリスムの影響のあとがはっきり見られる[17]。ベンヤミンはパサージュ論はルイ・アラゴンのシュルレアリスト的小説『パリの農夫』から刺激を受けて着想を得たと回想している。アラゴンの小説ではパサージュがその中心的な存在となっている。

> 夜に寝床でそれを数語読み出すと、すぐ鼓動が高まり本を置かなくてはならなくなる。〔……〕そして実際パサージュ論の最初の覚書はこの経験がもとになっている。それからベルリンでの日々があって、その間、頻繁な対話の中でパサージュ論について話したことで、「フランツ・」ヘッセルとの間のこの上なく素晴らしい友情が育まれた。そこから副

題の「弁証法のおとぎの国」が生まれたのだ。〔アドルノへの手紙、一九三五年五月三一日付『書簡』II. 662-63〕[18]

ベンヤミンの初期の覚書〔V. 993-1039 V. 1044-59〕は、パサージュ論のテーマの大半を概説した注釈が集まった断片集である。それは特に順序だてて並べられているわけではない。パサージュ、モード、倦怠、キッチュ、土産、蝋人形、ガス燈、パノラマ、鉄骨建築、写真、売春、ユーゲントシュティール〔ドイツ版アールヌーボー〕、遊歩者、蒐集家、賭博、街路、容器、デパート、メトロ、鉄道、看板、遠近法、鏡、地下墓地《カタコンベ》、室内、天候、万国博覧会、建築、ハシッシュ、マルクス、オースマン、サン＝シモン、グランヴィル、ヴィールツ〔ベルギーの画家、著述家、歴史画家 1806-1865〕、ルドン〔フランスの画家・石版画家 1840-1916〕、シュー〔フランスの大衆作家 1804-1857〕、ボードレール、プルースト。そこには中心的な方法論的概念——夢の形象、夢の家、集団的夢、根源の歴史、認識の瞬間、弁証法的形象——も記されている。

今あげたリストは都会の事象へのシュルレアリスト的熱狂を示している。それらの事象を彼らシュルレアリストは客観的であると同時に、夢の中で見たものとして経験する。一九二七年にベンヤミンはシュルレアリスムについてのエッセイを書き始めた（出版は一九二九年）。共産党がアヴァンギャルドに対して批判的であった時期に[19]、このエッセイは、シュルレアリストたちが声を与えた「自由についてのラディカルな概念」〔「シュルレアリスム」II. 306〕に対して、そしてまた彼らが物質世界を「不敬に照射した」〔同 II. 307〕[20]ことに対して、ベンヤミンがいかに熱狂したかを示している。「物質世界の中心であり、最も夢見られた対象」〔同 II. 300〕であったパリの「シュルレアリスト」的な顔を、無意識の中の記憶の痕跡という心理的力に満ちた形象で表現する[21]。アンドレ・ブルトンの小説『ナジャ』（一九二八年）は、本のタイトルになった捉えどころのないヒロインよりもむしろパリについての本であるとベンヤミンは評している〔「シュルレアリスム」のための覚書 II. 1024〕。ブルトンは、読者の知るカフェや通りのどこか具体的な場でその移ろいゆく経験が立ち現れたと感じられるかのように、語られている出来事の場を示す閑散としたパリの写真を作品内に含めている。ルイ・アラゴンの小説『パリの農夫』は、物語空間として、あるパサージュを――オースマン大通りの計画によって取り壊され消失する直前のオペラ小路を――詳細に描いている。どちらの本においても、物質世界のはかなさが意味で充たされる。初期のパサージュ論覚書は「思考の展開」における「十字路」に言及し、「歴史世界を眺める新しいまなざし」について、「それが反動的価値をもつか、革命的価値をもつか」の決断が迫られると言う。「その意味では、シュルレアリスムとハイデガーに、同じ作用が働いているのだ」〔初期覚書（一九二七–二九）、V. 1026（O°. 4）〕。

だが同時にベンヤミンのこの論は、シュルレアリストたちのニヒリスティックなアナーキズムを、「反抗を革命へとつなぐ」〔「シュルレアリスム」II. 307〕建設的で鍛錬された専断的な側面が欠けていることを批判してもいる。シュルレアリストは現実を夢として認識する。それに対し、パサージュ論は、読者を夢から覚ますために歴史を呼び起こすのだ。だからこそパサージュ論の初めのタイトルが「弁証法のおとぎの国」だったのだ。ベンヤミンはいばら姫の物語をもう一度語るつもりだったのだ[22]。

ベルリン

一九二八年秋から一九三三年の春にかけて、ベンヤミンはその大半の時をベルリンで過ごした。ヴァイマール共和国の最後の数年間、彼の言う「小さな書き物工場」〔ショーレムへの手紙、一九三一年四月一七日『書簡』II. 531〕で執筆しながら生計をたて、結果的にはかなりの成功をおさめた[23]。ベルリンの文学雑誌『文学世界』の定期的執筆者となり（一九二六―二九）、彼の記事は「ほぼ毎週」〔ブロッホ「思い出」[24]〕掲載され、「フランクフルト新聞」へは年に平均一五回ほど投稿していた（一九三〇―三三）。書評の体裁を取りながら、彼はこの文芸娯楽欄を文学者の社会的立場について政治的議論をする公開討論の場に変えていった[25]。

さらに革新的だったのは、ラジオという新しいマスメディアでのベンヤミンの仕事だった。一九二七年から三三年の間、フランクフルトとベルリンのラジオ局は、ベンヤミンが執筆し、出演した八四の番組を放送した[26]。そこにはベルリンの若者向けのレギュラー番組が含まれており、アラゴンやブルトンが作品の内容だけでなく背景でも読者に共通したパリ経験に依拠したように、その番組ではベルリンについての視聴者の共通経験に訴えた。ただし、アラゴンやブルトンと違い、それはフィクションではなかったし、またそのスタイルもシュルレアリスム風ではなかった。娯楽性とユーモアを持たせながらも、番組は若者たちに、都会の風景とその社会史を表現した文学テクストの両方の読み解き方を教えるという教育的目的を持っていた。政治的に批判的なスタンスは明瞭だった。たとえば「旧フランス国家のバスチーユ監獄」という題目の放送では、最後は「こうしたことすべてから、バスチーユがいかに権力の道具であったか、いかに正義の道具として働かなかったかが明らかになります」〔一九三一年四月二四日放送[27]〕という言葉で結ばれた。教育的とは言え、番組は権威主義とは無縁だった。それどころか、その教育的なメッセージが論争とはかけ離れたかたちで、歴史的逸話や冒険物語や文学者の伝記などを通して、気楽に届けられるのだ。物語の語り手として、ベンヤミンは子供たちと――またこれまでずっと教育とは知的屈辱を受けながらのレッスンでしかなかった労働者階級と――共謀しようとしているように見える。彼は番組内で、一九世紀の児童書のリトグラフ画家であったテオドル・ホーゼマンについて、こう語っている。

さてベルリンの人々は自分たちの都市を詳細に余すところなく描いたこの芸術家のことをさぞや誇らしく思ってちやほやしただろうと思うでしょう？　ところが実際には大違いだったのです。〔……〕ホーゼマンの作品はどれも、洗練されておらず教養にも欠けていて、いささか平俗すぎるように思えたようなのです。ちょうどその頃、彼らの頭は芸術的難問に悩まされていたようですね。歴史画や大戦、議会の場面、王様の即位式を描くか、それとも日常生活の場面を描くいわゆる風俗画——例えば、ぽっちゃりした坊さんがワイングラスを持ち上げて、グラス越しに日の光が射していて、坊さんはそれをひどく満足げに眺めているとか、若い娘がラブレターを読んでいて、背景ではドアの隙間から父親が覗き込んでいて、娘がびっくりさせられたシーンとか——の方がいいだろうかってね。〔……〕だけどありがたいことに、それとは別の立場もありますね。そう民衆と、子供たちです。そしてホーゼマンが丹念に描いたのはまさにそれだったのです。〔『子供向け放送』「テオドル・ホーゼマン」69〕

こうした番組は、そもそもラジオが持つ進歩的で反エリート主義的可能性を、新しい形の民衆文化を確立するコミュニケーション・メディアとして肯定的に捉えている〔IV, 671-73参照〕。政治教育への反権威主義的方法という意味で、そこにはラツィスのプロレタリアート子供劇場の仕事の影響がみられる。そしてまた教育内容のために娯楽性を利用するという意味で、ブレヒトとの交友からの刺激を色濃く反映している[28]。

ベンヤミンはブレヒトとともに『危機と文化』〔正しくは『危機と批評』〕という雑誌の発行を計画していた。それは党派性を避けて次のような働きをするはずだった。

ブルジョアジー陣営から出た専門家たち〔ギーディオン〔スイスの美術史家〕、クラカウア、コルシュ〔ドイツの政治学者〕、ルカーチ、マルクーゼ、ムジール〔オーストリアの小説家『特性のない男』〕、ピスカートル〔ドイツの演出家〕、ライヒ〔オーストリアの精神分析学者〕、アドルノ、その他の名をベンヤミンは挙げている〕に、彼ら自身の必然性〔……〕によって弁証法的唯物論の方法が要求されていることをはっきり示すために、科学・芸術の危機の叙述を試みさせるような機関紙となるべきなのです。ブルジョアジー知識人が自身の問題であると認めざるを得ないような諸問題に、弁証法的唯物論を適用することによって、雑誌は、弁証法的唯物論のプロパガンダに役立つべきなのです。〔ブレヒトへの手紙、一九三一年二月 VI. 826〕[29]

ベンヤミンはこのようにモスクワで共産党員になるよりも魅力的な代替案だと思っていた「左翼のアウトサイダー」の役割をみずから引き受けた〔「モスクワ日記」VI. 358-59〕。彼は一九三〇年一月にパリに短期間滞在し、その間にショーレムに自分の目標は「〔現代〕ドイツ文学の批評での第一人者と見なされること」で、その目標には文学批評というジャンルを「再建する」ことも含まれていると書き送っている〔ショーレムへの手紙、一九三〇年一月二〇日付『書簡』II. 505〕[30]。しかしたしかにベンヤミン自身も辛抱強く試みたのだが、彼がアウトサイダーとして生きることを可能にした文化的危機は、一方で、右翼批評が幅を利かすことも可能にしたのだった。ベンヤミンの努力は、ブルジョアジーの知識人に、自分たちの客観的な利害関係を考えれば、プロレタリアートの側につかざるを得ないと確信させることに向けられた。ただしその間に、プロレタリアート自身が、自分たちのつく側を〔右翼側へと〕乗り換えたのだった[31]。

ナチスのスローガン、「ドイツ国民よ、目覚めよ！」は、ベンヤミンの概念とは全く別の目覚めを求めていた。現代の歴史からの目覚めではなく、過去を似非-歴史的に、つまり神話として捉え直すようにという要請である。ヒトラーはラジオというマスメディアをベンヤミンの意図とちょうど正反対の政治文化を育てるために利用したのだった。ファシズムは現実を舞台上に載せようとするアヴァンギャルドの実践を反転させて、政治的な見世物だけでなく歴史的出来事すら舞台上に挙げ、そうすることで、「現実」自体を劇場に変えたのだ。さらに全体主義者によるこの左翼文化プログラムの反転は、政治的成功という点で、左翼には不可能だった勝利を収めたのだ。「自省」を心理的な意味ではなく、「歴史哲学的」意味〔マックス・リヒナーへの手紙、一九三一年三月七日付『書簡』II. 523〕において理解しているベンヤミンは、このような展開を個人的な危機として経験した。ファシズムという背景をもつ今、近代を脱-神秘化する歴史の提示というパサージュ論の教育的計画は、いっそう差し迫った企てとなった。一九三〇年にはベンヤミンはショーレムにパサージュ論の企ては、いまだに「僕の奮闘とアイデアすべての劇場」であり、「堅固な足場、より真剣な理論的基盤」、すなわち『資本論』の一部と、ヘーゲルのある面の研究」を必要とさせると書いている〔ショーレムへの手紙、一九三一年一月二〇日付『書簡』II. 506〕。ベンヤミンはこの企てが、どれほど多くの労力と、したがって多くの時間を要するものかを認識し始めていた。しかしながらこの左翼知識人の「アウトサイダー」に残された時間は刻々と過ぎていった。

一九三一年の夏、そして一九三二年に[32]、再び、ベンヤミンは自殺について思いをめぐらしていた。アーシャ・ラツィスは一九三〇年にモスクワに戻った。その同じ年、ベンヤミンの母親が亡くなり、彼の離婚にも決着がついた。一万二〇〇〇冊の蔵書のあるベルリンのアパートにいるにせよ、イビサの原始的なサマーハウスにいるにせよ、今後の孤独については、折り合いはつくと主張していたにしても、ファシズムの台頭によってますます耐え難くなる経済的な「生存のための闘争」〔ショーレムへの手紙、一九三一年一二月二〇日付『書簡』II. 544〕には倦み果てていた。一九三二年ショーレムに宛てて、彼は「小さな仕事で成功し、大きなことで失敗している」と書き送っており、その中心的なものとして、「パリのパサージュ論」を挙げている〔同、一九三二年七月二六日付　同 556〕。一九三三年までには「公的見解〔ファシズム〕に完全には一致しないあらゆる立場や表現方法を脅かす怯え」が広がり、成功していた「小さな仕事」すら、出版社を見つけることができなくなった〔同、一九三三年三月二〇日付　同 566〕。ベルリンの政治をめぐる状況は「息さえできない」〔同、一九三一年二月二八日付　同 562〕圧迫感に満たされてきた。一九三三年一月、ベンヤミンはラジオの青少年向け番組の最後の放送をした。それは一九二七年のミシシッピー川の氾濫という現実の出来事についての話だった。それは一見「自然」災害に見えたが、その実、国家が引き起こしたものだった。ニューオリンズの港湾都市を救おうとして、合衆国政府は、緊急権限を発動し、上流の何マイルにも及ぶ川岸を防御していたダムの破壊を命じたのである。結果として思いがけないほどの大災害が農業地域に及んだ。ベンヤミンはナチェスの農民の兄弟二人についての話を視聴者たちに語った。兄弟の生産手段のすべてが、この大災害によって損なわれ、二人は押し寄せる水に囲まれ、水から逃れようと、屋根のてっぺんによじ登った。だが川の水面は上昇し続け、兄弟のうちの一人は、死を待ち続けることに我慢できず、水流に飛び込んだ。「さらばだ、ルイス！　これでは生殺しだ。〔……〕俺はもうたくさんだ」〔『子供向け放送』「一九二七年ミシシッピー川氾濫」188〕。ところがもう一人は、しがみつき続けて、やっと通りかかった舟に助けられて生き延び、後にこの話を伝えたのだった。この兄弟は、経済的壊滅に対するベンヤミン自身の二面的反応を人格化したものだった。一九三一年、彼は自分のことをこう表現している。「難破し、すでにバラバラになったマストの先端にしがみついて漂流している。だがそこから助けを求める信号を送るチャンスはある」〔ショーレムへの手紙、一九三一年四月一七日付『書簡』II, 532〕。

次の洪水が押し寄せるまでの七年間、ベンヤミンの人格のうち優勢だったのは、この生存者の方だった。

パサージュ

一九世紀に消費者の夢の世界を最初に屋内に収容したパサージュは二〇世紀になると、打ち捨てられた過去の残骸を含む商品の墓場のように見えてくる。ベンヤミンの時代の人々にとって、パサージュが歴史を喚起する力については、ベルリンの皇帝回廊《カイザーガレリ》（パリのパサージュを模したもの）を描いたフランツ・ヘッセルの一九二九年の『ベルリン散策』によく捉えられている。

そこに入ると必ず湿った冷気に包まれ、もう二度と外に出られないかもしれないという恐怖におそわれる。壮大な入

2.1　ガレリア・プリンシペ，ナポリ

口のアーチの下の靴磨きと新聞売りのスタンドを通り過ぎるや否や、もう混乱したような感覚がおそってくる。ショーウィンドーが毎日のダンスと、どんなパーティーでも完全であるためには必須のあのマイヤーを揃えている。だが入口はどこだ？　美容院の隣にはまた別のディスプレイがある。切手と、あの蒐集家御用達の妙な名前の道具一式――無酸保証付きゴムの粘着性ポケット、セルロイド製の目打ちゲージ。「賢明に！　ウールを着ましょう！」と隣のショーウィンドーが命じる。［……］覗き見ショーのところでつまずきかけたが、そこでは足元にかばんを置いた男子生徒が立って、実に惨めそうに、「寝室の場面」に夢中になって見入っていた。［……］

なるほど最高の品のクニップ・クナ

ップのカフスボタンの辺りをしばらくうろつき、それから狩りの女神に恥ずかしくないダイアナ空気銃のあたりをぶらぶらする。白骨のカクテルセットの恐ろしげなリカーグラスのニタニタ笑う骸骨を前に思わずひるむ。道化顔の騎手がついた木製のくるみ割りが、オルゴール付きのトイレットペーパー・ホルダーの端を飾っている［……］。パサージュの中心はがらんとして誰もいない。私は大急ぎで出口へ向かう。青ざめた過ぎ去った時代から来た隠れた人群れが、壁面近くを通りながら、安っぽくけばけばしい宝石、服、絵画［……］に物欲しげな視線を投げかける。やっと出口にある大きな旅行代理店のショーウィンドーに行き着いて、呼吸が楽になる。街路、自由、現在！(33)

自由に連想され、長い間忘れ去られた形象として、この人気《ひとけ》のないアーケードで直面する過去は、ヘッセルとベンヤミンが共訳したプルーストの『見出された時』において描かれる無意識の追憶という内的・精神的経験と好一対をなす外的身体的経験である。自殺をもくろんだ時期のすぐ後、一九三二年に、ベンヤミンはベルリンでの幼年時代についての断片的な思い出を書いた。この回想はプルーストの個人的記憶とベンヤミンがパサージュ論の構想において想起させようと考えていた集団的歴史とのちょうど中間の位置を占めるものだった〔『ベルリン年代記』及び「一九〇〇年頃のベルリンの幼年時代」IV, 235-403〕(34)。プルーストの記憶は、自分が暮らす部屋に誘発され、ブルジョアジーの室内という私的な世界に閉じこもり、あくまで個人的なままに終始した。他方ベンヤミンは過保護に育ったブルジョアジーという出自にもかかわらず、公的空間である都市ベルリンが、いかに彼の無意識に入り込み、彼の想像力を大きく支配したかに関心があった。ベンヤミンの回想は、屋根のある市場、わびしい教室、鉄道駅までの遠乗り、買い物の遠出、スケートリンク、学生会館、売春宿、カフェに及び、幼い時分については、ライオンの石像がある神話的なティーアガルテン、迷宮の生垣、そしてヘーラクレース橋に向かった。こうした公的空間と結びつくことで、彼自身の最初の階級意識や性の目覚めの記憶が、共通の社会歴史的過去を形成する。読んでいると、自分自身の子供時代と出

2.2　GUM，モスクワ

会う気がすると言ったショーレムの感想ほどベンヤミンを喜ばせたものはなかった〔ショーレムへの手紙、一九三二年七月二六日付『書簡』II.56–61〕。

このような回想録の執筆によって、ベンヤミンは故郷に別れを告げており、明らかにそれはホームシックに対する免疫を得ようとする試みであった。(35) 一九三四年再びパリでパサージュ論に取り掛かったとき、この構想は「新しい顔」〔グレーテル・カルプルス・アドルノへの手紙、一九三四年三月付 V. 1103〕をもつようになった。かつてヘッセルと書き始めた覚書よりも、社会学的で科学的になり、当然ながら、ベルリンについてのテクストより個人史から遠ざかるものとなった。しかし同時に、プルーストが描いたのが、彼自身の「ありのままの生」でも、追想された生でさえなく、「忘れられた生」であったように、このパサージュ論は、近代の集団的歴史を提示するのだという信念は保持した〔「プルーストのイメージについて」II. 311〕。夢の形象同様、前世期の遺物である都会の事物は、忘れられた過去に至る象形文字《ヒエログリフ》めいた鍵であった。ベンヤミンの意図は、歴史の痕跡が化石となって生き残っているこれら夢の物神を自分と同世代の人々に翻訳して見せることであった。彼は「プルーストが個人として回想という現象の中で経験したものを私たちはモードに関して経験しているに違いない」〔V. 497（K2a, 3）〕と書いている。そしてさらにこう続ける。

プルーストが自分の生の物語を目覚めとともに始めたように、歴史の作品はどれも、目覚めとともに始めなければならない。実際それは目覚めにのみ関わるべきだ。この本は一九世紀からの目覚めに関わるものなのだ。〔V. 580（N4, 4; O°, 76も参照のこと）〕

一九世紀の屋根で覆われたパサージュこそ、ベンヤミンの中心的形象であったが、それは夢を見ている集団の内的意識の（いや、むしろ無意識というべきか）正確な物理的複製品であるからだ。そこに見出されるのは、ブルジョアジーの意識のユートピア的夢のすべて（モード、売春、賭博）であり、また同時にその過ちのすべて（商品の物神化、物象化、「内側」としての世界）でもある。さらにパサージュは最初の国際的な近代建築スタイルであり、そのため世界中でメトロポリタン世代の経験の一部を成していた。一九世紀にパサージュは「モダン」なメトロポリスの、そしてまた西欧帝国支配の証しとなり、クリーブランドからイスタンブール、グラスゴーからヨハネスブルク、ブエノスアイレスからメルボルンに至るまで、世界中で模倣された。そしてベンヤミンも十分気づいていたように、彼自身の知的羅針盤の要となった都市――ナポリ、モスクワ、パリ、ベルリン――のいずれにもパサージュはあった。

2.3　パサージュ・ショワズル，パリ

2.4 カイザーガレリー，ベルリン

第Ⅱ部

序

1

さていよいよパサージュ論の資料自体に入る用意ができた。ここまでの長々しい前置きは、ベンヤミンの著作本体に飛び込むのを避けるための遅延作戦だったのではないかと怪しみ、もう十分本論に入っていい頃だとお思いになる読者もいるだろう。ここまで遅らせた理由は、ベンヤミンのパサージュ論という構想が埋め込まれた背景として個人史と社会史を先に確立させる必要があったからだ。この必要性は形式的なものではない。『パサージュ論』は二重のテクストなのだ。表面上は一九世紀パリの社会史と文化史の体裁をとっているが、その実、ベンヤミン自身の世代の人々に政治的教育を施そうという目的もある。それは、現代という歴史の瞬間の根源の歴史、つまり「根源-史」であり、大部分が見えないままだが、ベンヤミンの過去への関心の決定的な動機となっているのだ。そしてこの二つめのレベルに関しては、テーマ別に扱う第Ⅲ部を待たなければならないが、読者が最初からベンヤミンの歴史経験の本質を意識しておくことは大切である。

まずベンヤミンが書き上げた『パサージュ論』という著作は存在しない、ということを忘れてはならない。私たちが向かい合っているのは、本当の意味での「空白」である。このタイトルがついている事象、すなわち『著作集』の第五巻の文書は、意図された書物には完成されないまま、その書物の大量の痕跡を与えているのである。分量という面だけからいえば、この巻はベンヤミンの知的産物の六分の一を占め、その調査と解説の断片は、ベンヤミンの成熟した思考と著述すべての指針となった関心事に関係している。『パサージュ論』として出版されたこの本は、全体性をもつように構成されてはいない。それらをつなぐ一貫性は、ベンヤミンの他の著述と関係づけて初めて得られるもので、しかも他の著述との区分はあくまで人為的なものでしかない。実際パサージュ論の資料は直接他の著述に貢献していることもあるが、他の著述が最も明瞭にその断片的資料の意味について説明を与えてくれることもめずらしくない。図解Bはこの相関関係を示す年表である。これは関連する著述を網羅するものではない。（無数の小論用のアイデア――現代文学、映画、写真の批評――が、ときに『パサージュ論』からそのまま丸ごと借り出されていることもある。）しかしこの表は一九二〇年代の終わりから三〇年代のベンヤミンの主要な著述を示しており、彼の知的活動の目に見える氷山の一角として、パサージュ論の複合体と関連づけられている。[1]

図解Bが示すように、パサージュ論は三段階に区分することができる。第一段階（一九二六―二九年）は以下のような結実をみた。(a)フランツ・ヘッセルと一緒に書いた初期の覚書をもとに「練り上げ内的結合性を持たせた唯一のテクスト」〔編者による覚え書きV. 1341。共著用の覚書はV. 1341–47参照〕である短いテクストの「パサージュ」〔V. 1041–43参照〕、(b)一九二七―二九年の断片的な覚書で、編者〔ロルフ・ティーデマン〕の手によって、「パリ　パサージュI」（A°シリーズ）と、概念的により展開の見られる「パリ　パサージュII」（a°シリーズ）として編まれたもので、モティーフを明示したもの（例　倦怠、埃、ファッション、地獄としての一九世紀）、歴史上の人物（グランヴィル、フーリエ、ボードレールなど）、いわゆる社会的タイプ（売春婦、蒐集家、賭博師、遊歩者《フラヌール》）、そして哲学-歴史的理由からベンヤミンが関心をもった文化的事象（特にパサージュとその内実）として統合できるもの、(c)テクスト中で唯一完成された小論「土星の輪、あるいは鉄骨建築」[2]の三つである。マルクス主義路線でいばら姫の政治的バージョンを「目覚め」のおとぎ話として語り直すというベンヤミンの最初の着想では、「古典的な歴史の語りである「むかしむかし、ありましたとさ」の内部で眠る巨大な歴史の力を解放する」ことを意図していた〔V. 1033（O°, 70）〕。

図解B

	パサージュ論			関連著述
			1923	ボードレールの翻訳
				「翻訳家の使命」
			1924	「ナポリ」
			1925	プルーストの翻訳
			1926	
	「パサージュ」		1927	「モスクワ」
	「パリ　パサージュⅠ」(A° シリーズ)			
第一段階			1928	『一方通行路』
	「パリ　パサージュⅡ」(a° シリーズ)			『ドイツ悲劇の根源』
	「土星の輪、あるいは鉄骨建築」		1929	「シュルレアリスム」
				「プルーストのイメージについて」
			1930	ハシッシュを試す
			1931	「カール・クラウス」
				「写真小史」
			1932	「ベルリン年代記」
				「1900年頃のベルリンの幼年時代」
			1933	「模倣の能力について」
		束　第一段階	1934	「生産者としての作者」
				「カフカ」
	1935年概要のための覚書		1935	「複製技術時代の芸術作品」(1936年発表)
	1935年概要			
第二段階		束　第二段階	1936	「物語作者」
			1937	「エードゥアルト・フックス―蒐集家と歴史家」
		束　第三段階	1938	「ボードレールにおける第二帝政期のパリ」(「セントラルパーク」)
第三段階	1939年概要		1939	「ボードレールのいくつかのモティーフについて」
			1940	論文「歴史の概念について」

一九三四年に亡命中のベンヤミンがパサージュ論の仕事を再開したとき、「弁証法のおとぎの国」というタイトルを「救いがたく詩的」であるという理由で放棄した〔グレーテル・カルプルスへの手紙、一九三五年八月一六日付 V. 1138〕。一九三四年に最初の構想から真に切り離されたわけではないが、それに「新たな媒介となる社会学的視点」〔アドルノへの手紙、一九三五年五月三一日付 V. 1118〕を加えた。二二個の概念の覚書を書いて第二段階を開始した。彼はこの構想の「大きく変わった側面」〔ショーレムへの手紙、一九三四年一〇月一七日付 V. 1104〕に言及し、今やこの企ては「過去を活性化するというより、むしろ人間の未来の期待」となったと書いている〔アドルノへの手紙、一九三四年三月一八日付 V. 1102〕。この一連の新しい覚え書きが「パリ――一九世紀の首都」という題で社会研究所用に書いたパサージュ論構想の概要へと結実した。(3) 一九三四年–三五年に起きたこの転換は、この構想全体をマルクス主義的視点に基盤を置いたものにするための意図的で自意識的な試みであった。(4) ベンヤミンは「商品のもつ物神的性質」という概念を構想の「中心」に据えたと書いている〔ショーレムへの手紙、一九三五年五月二〇日付 V. 1112〕。

パサージュ論の構想の第三段階（一九三七–四〇年）は、同じく社会研究所に依頼された詩人シャルル・ボードレールに関する本のための仕事で占められていた。一九三八年にベンヤミンは研究所にこの本の中心部分を渡したが、却下された。書き直したものは一九三九年に受け入れられた。どちらのバージョンもパサージュ論の注釈と所見に完全に依拠しているので、最近になってこの計画されたボードレールの本が、パサージュ論全体に取って代わったのだという説も出てきた。(5) しかしベンヤミンは一九四〇年までずっとそのほかの箇所への書き足しを継続していたし、一九三九年にはフランス語版で新しい修正も加えてパサージュ論のもう一つの概要を書いている。

ベンヤミンが分類システムを練り始めたのは第二段階のときであった。それはパリの国立図書館で毎日調べ物をしながら、初期のメモのモティーフに沿って一九世紀の広範な文献資料を読み進めていた時期だった。(6) 出典を明記した調査資料の覚書を蓄積していけば、当然、純粋に実際的な理由によって、分類の根本的な再編が必要になる。彼は初

束のタイトル	書き込みの時期		
	第一期	第二期	第三期
A パサージュ、流行品店、流行品店店員	A1–A5a	A6–A10a	A11–A13
B モード	B1–B4a	B5–B7a	B9*–B10a
C 太古のパリ、カタコンベ、取り壊し、パリの没落	C1–C3a	C4–C7a	C8–C9a
D 倦怠、永遠回帰	D1–D2a	D3–D4a	D6*–D10a
E オースマン式都市改造、バリケードの闘い	E1–E6a	E7–E10a	E11–E14a
F 鉄骨建築	F1–F4a	F5–F7a	F8–F8a
G 博覧会（展示方法）、広告、グランヴィル	G1–G8a	G9–G14a	G15–G16a
H 蒐集家	H1–H2a	H3–H3a	H4–H5
I 室内、痕跡	I1–I4a	I5–I5a	I6–I8
J ボードレール	——	——	J1–J92a
K 夢の街と夢の家、未来の夢、人間学的ニヒリズム、ユング	K1–K3a	K4–K4a	K5–K9a
L 夢の家、博物館、噴水のあるホール	L1–L2a	L3–L4a	L5–L5a
M 遊歩者	M1–M5a	M6–M13a	M14–M21a
N 認識論に関して、進歩の理論	N1–N3a	N4–N7a	N8–N20
O 売春、賭博	O1–O6a	O7–O10a	O11–O14
P パリの街路	P1–P2a	P3–P4a	P5
Q パノラマ	Q1–Q2a	Q3–Q3a	Q4–Q4a
R 鏡	R1–R2a	——	R3
S 絵画、ユーゲントシュティール、新しさ	S1–S4a	S5–S6a	S7–S11
T さまざまな照明	T1–T2a	T3–T3a	T4–T5
U サン＝シモン、鉄道	U1–U9a	U10–U16a	U17–U18
V 陰謀、同業職人組合	V1–V3a	V4–V8a	V9–V10
W フーリエ	W1–W6a	W7–W16a	W17–W18
X マルクス	——	X1–X2a	X3–X13a
Y 写真	Y1–Y4a	Y5–Y8a	Y9–Y11
Z 人形、からくり	——	——	**
a 社会運動			
b ドーミエ	——		
c ………			
d 文学史、ユゴー	d1–d1a	d2–d14a	d15–d19
e ………			
f ………			
g 株式市場、経済史	g1–g1a	g2–g3a	g4
h ………			
i 複製技術、リトグラフ	——	——	i1–i2
k コミューン	k1–k1a	k2–k3a	k4
l セーヌ河、最古のパリ	——	l1–l1a	l2–l2a
m 無為	——	——	m1–m5
n ………			

o	………			
p	人間学的唯物論、宗派の歴史	——	p1–p3a	p4–p6
q	………			
r	理工科学校	——	r1–r3a	r4–r4a
s	………			
t	………			
u	………			
v	………			
w	………			

期のモティーフが、関連する歴史文書を集合させるキーワードとなるように分類システムを作った。これらの文書の集合が「束（*Konvolut*）」と呼ばれるものである。一九三四年の一二月までにはベンヤミンは初期のメモの多くをこの新しいキーワードシステムに書き写し〔V, 1349〕、厳密な記号・番号（A1, 1……; A1a, 1……; A1, 2……など）をふって、後からの調査や解説も足して書き写したものを並べ変えた。項目は最終的には何千もの数に達した。番号は大体において時系列に準じており、ベンヤミンが途中で資料の束のフォトコピーを二度とらせているため、この束の項目については、第一期（一九三五年六月以前）、第二期（一九三七年一二月以前）、第三期（一九四〇年五月まで）の三つの時期に区分することができる。[7] キーワードの一覧は前出の表の通りである。[8]

2

一九三四年秋、ベンヤミンはホルクハイマーに「本の明確な構想がはっきり見えている」〔ホルクハイマーへの手紙、一九三四年秋〕と書き送り、また春にはアドルノ宛てに「パサージュ論」のための「主な計画」ができたと書いている〔アドルノへの手紙、一九三五年五月?日付 V, 1112〕。五月二〇日にはショーレムに初めて「遠くから眺めるとほぼ本の構想に近いものになった」〔ショーレムへの手紙、一九三五年五月二〇日付 V, 1112〕と知らせている。同じ日に彼はブレヒトにこの「本」のために、調べものをして「多くのこと」を知る必要があったと書いている〔ブレヒトへの手紙、一九三五年五月二〇日付〕。[9]

一九三五年の概要では、この構想の六つの「暫定的な章分け」〔カルプルスへの手紙、一九三四年三月?·日付 V. 1103〕を説明している。各章が歴史の事象と特定の人物を繋いでいる。[10]

I フーリエ、あるいはパサージュ
II ダゲール、あるいはディオラマ
III グランヴィル、あるいは万国博覧会
IV ルイ・フィリップ、あるいは室内
V ボードレール、あるいはパリの街路
VI オースマン、あるいはバリケード

一九三五年の概要が、その時までにベンヤミンが思い浮かべていた本の「明瞭な構想」に最も近いものだと考えるのは当然に思えるだろう。[11] しかし実際には、この概要はすでに集められた資料についてのきわめて不完全な記録でしかなかった。アドルノが鋭くも指摘しているように、最初の覚書の重要な概念が含まれていないだけではない〔アドルノからの手紙、一九三五年八月二日付 V. 1128〕。この最初のテーマをさらに展開した一九三四年の覚書の重要な面も無視している。一九三五年の概要を繋いでいるのは、伝統的な文化形式に対する工業生産の影響という中心的な問題であった。それは、「今日の芸術の隠れた構造」を明らかにすることで、一九三六年のエッセイ「複製技術時代の芸術作品」に直接つながる。[12] 芸術に対する産業化の影響と、現代の文化実践に対するその影響の意味という概要の中心的な関心は、束の断章をひきつける磁石のような働きをしているが、同時に、最初の覚書で示していた以前の布置関係を攪乱し、その結果、それらをまったく異なる方向に向けているのだ。もしベンヤミンが最初の布置関係を捨ててしまおうとしているなら——そしてまた全く新しい布置関係を構築しようとしているのでないなら——一九三五年の概要がパサージュ論でありえたかもしれない。しかしベンヤミンの意図は違っていた。

ベンヤミンは、(パサージュ論でその社会的相貌を見事に生き生きと描いて見せたあの一九世紀の人物像である)蒐集

家のもつ懲りない粘り強さをもって、資料にエネルギーを与える関心事項のどれ一つとして手放そうとはしなかった。それどころか彼は、すべてを重ね合わせていき、その結果、このプロジェクトの断片は、困惑させるほど多重決定されることになる。さらに概念が互いに重なり合うために、時系列の区分が、テーマ区分に対応しなくなっている。たとえば、「マルクス」のファイル（束X）は第二段階ではじめて登場する。ところが「マルクスの理論」は「O°、67」というそれよりずっと前の項目群で言及されている。そして『資本論』を本格的に研究した形跡は第二段階で初めて登場するのに、それ以前の覚書（「Q°、4」）で、稀覯本である『資本論』初版中の商品の物神性についての重要な一節への言及がある〔編者の覚書 V. 24 注参照〕。一九三九年の概要におけるもっとも重要な追加資料を代表するブランキの宇宙論は、実際には、一九三五年の概要から抜け落ちたとして、アドルノがあれほど嘆いて見せ、一九二七―二九年の覚書においてきわめて際立った役割を果たしていた「地獄としての一九世紀」というテーマを反復するものである。「弁証法のおとぎの国」というタイトルは第一段階のあとで放棄されたが、「夢の世界」と「夢の形象」というモティーフまで手放されたわけではなかった〔第一〇章参照〕。ボードレールの束が展開されたのは第三段階に入ってからだが、第一段階はすでに最終段階のボードレールの「本」の中心テーマとなる「ボードレールのアレゴリー」という「きわめて重要な」テーマを予期している〔V. 1009（G°. 3）〕。さらにこのボードレールの「本」が最初の覚書に戻っているだけでなく、さらに『ドイツ悲劇』の研究にまでさかのぼっており、その中の一節が、第三段階の束において、直接、断片的に引用されている。一九三九年のボードレールの二つ目のエッセイ中で大いに称賛された経験についての理論の中心となる感情移入の概念は、しばらくの間無視されていた最初の覚書中にあったアイデアへの復帰を記している〔V. 1014（I°. 2）参照〕。

パサージュ論を単一の語りの枠に捉えようとする試みはどれも必ず結局失敗に終わってしまう。断片が解釈者を意味の淵に突き落とし、バロック劇のアレゴリーのメランコリーに匹敵するような認識論的絶望で、そのような試みをした人間を脅かすことになる（私自身、この七年間のあいだに何度かそのような絶望を――あるいは反対に、すでにベンヤミンを我が物と主張しているポストモダニズムの旗の下、自由な記号の落下という享楽にふける甘美な誘惑を――覚えたことを認めよう）。しかし後で論じるように、この企てを単なる恣意性から救ったのは、ベンヤミン自身の政治的な関心であり、それがそれぞれの布置関係をまたぐ大きな方向性を与えているのだ。実際、この膨大な量の調査資料の集合を解釈しようとする試みに正当性があるとすれば、それは、ベンヤミンという名をかこむ偶像崇拝的伝記を増やすという個別的価値によるものではなく、この全体をまたぐ彼の政治的関心が、現在もなお、私たち自身の関心事でもあるという事実によるのだ。

以下に続く各章におけるパサージュ論の資料の配置は、たしかに恣意的なものであるが、解釈の焦点に恣意性はない。パサージュ論には必然的な物語的構造はなく、そのため、断片は自由にグループ化できると言ったからといって、この労作の意味それ自体が完全に読者の気まぐれに任されるかのように、概念構造が全く欠けていると言っているわけではない。ベンヤミン自身が言っているように、混乱の提示が必ずしも混乱した表現である必要はない〔V, 416（J56a, 7）〕。そして現代において、自分自身の認識論的恣意性を支持するためにベンヤミンを引用している多くの人々には愉快な事実ではないだろうが――彼らはそれを解放的で、民主的な行為だと主張するが、それが原理をまったく欠いている場合、それはむしろ文学的暴虐でしかない――パサージュ論という企ては、ベンヤミンがそのような気まぐれは、現代という歴史の特定の特質であり、批判的に理解されるべきであり、盲目的に肯定されるべきではないと考えていたことを十分に示している。また美学理論や文学理論は哲学の代替にはなりはしないし、むしろその伝統的主題材料を哲学的解釈に手渡すべきであろう。

3

ベンヤミンは、『パサージュ論』を「歴史哲学」（*Geschichtsphilosophie*）の企てだと説明している。この語を英語に翻訳すると不正確にならざるを得ない。ドイツ語なら、二つの概念（歴史 *Geschichts*／哲学 *Philosophie*）をその結びつき方の意味を明示しないで合成することができるのに、英語では面倒な話になってしまう。通常されるように、これを「歴史の哲学」（philosophy of history）と訳すと、歴史は哲学的に有意義な形で展開するという意味にもなって、目的論的な計画や目標を明示することになる。一方「歴史的な哲学」（historical philosophy）と訳せば、進化していく時代精神として、哲学は歴史的に相対的なあり方で発展していくことを含意してしまう。歴史の哲学ではなく、歴史から発する哲学を構築しようとする、言い換えると（結局同じことになるのだが）歴史的材料を哲学として再構築しようとするベンヤミンの真意を、どちらの訳も伝えきれず、いっそ、「哲学的歴史」(13)（philosophical history）とでも訳す方が、害の少ない命名法になるかもしれない。〔日本語ではドイツ語同様結びの関係を明示することなく名詞を二語を並べることができ、一般的に「歴史哲学」と訳される。〕

『パサージュ論』においてベンヤミンがこだわったのは、「真実」の図像的で具体的な表象を示すことであり、歴史上の過去の形象によって哲学的観念が可視化されることだった。そこでは全体化の枠組みなしで、歴史が真実の核を貫く。ベンヤミンもこのような観念が「不連続」(14)であることは承知していた。そのため、同一の観念要素が、複数の形象となって、しかも多様な相対的配置のなかで現われるので、抽象的にその観念の意味するところを固定することができなくなる。同じく形象も全体として矛盾のない絵を結ぶように繋ぎ合わすことはできない。哲学の観念要素がそれ自体不連続な歴史形象の中で、変化する様々な意味として表現されるような歴史の哲学的再構築であると同時に、哲学の歴史的構築でもある（つまり弁証法的な）企てを一般論で論じても仕方がない。そのような企ては目で見えるように示すしかないのだ。

次に続く四つの章では、この概念において何が問題となっているかを示そうとしている。どの章も同じ三つの概念——神話、自然、歴史——を、それぞれ四つの異なる理論パターンの枠内で扱うので、当然（数は膨大だが、無限ではない）『パサージュ論』の特定の概念の重心に焦点を絞ることになる。ベンヤミンの詳細な歴史調査をそのアプローチの哲学的意義を明らかにする概念枠に入れて示すために、あえてこの「概念の重心」（それはベンヤミンの資料の見出し語で暗示されているが）を明示しておいた。第三章「自然史（博物学）」では、パサージュ論の概念を一九世紀の根源史として扱う。そこでベンヤミンが、工業製品の世界を化石、すなわち残存する事象の表面から読み取る生きた歴史の痕跡と見なしていることを明らかにする。さらに、根源現象の概念について議論する際にベンヤミンが用いる弁証法的形象という方法において、視覚的「具体性」がもつ意義を示していく。

第四章「神話的歴史」では、ベンヤミンによる「進歩」概念の批判を扱う。前半は、それまで社会歴史家たちが系統だって研究することのなかった材料に注目することによって、いかに一九世紀の言説に進歩の幻影《ファンタズマゴリア》が深く埋め込まれていたかを記録したベンヤミンの膨大な量の調査を要約している[15]。しかしそのような知の考古学はベンヤミンの「歴史哲学」の仕事のごく一部でしかない。後半は、ベンヤミンが、「進歩」の正体が近代の一時性が物神化したものでしかないことを示す痕跡を発掘することによって、対抗言説を構築しようとしていた様子を明らかにする。近代の一時性とは「いつも同じもの」として「新しさ」を際限なく繰り返すことであるのだ。この反復としての新しさという一時性が現われ出る判じ絵とはモードである。

第五章では、集団意識における願望形象というベンヤミンの異論の多い観念を、言語学的な細部まで検証し、ユートピア的想像力と新しい技術の可能性との弁証法として上部構造をとらえる彼の理論に照らして論じてみる。モダニティと古代性、有機的自然と工業生産による新しい自然という両極の概念を中心に回転する近代文化についてのベンヤミンの哲学‐政治的理解を検証し、これらの両極性の真正な止揚と似非‐止揚を区別する基準を示し、過去を繰り返すのではなく、救済するような文化様式を進歩的なものと認識できるようにする。第六章では、ボードレールの詩に表現される近代のアレゴリーについてのベンヤミンの分析に焦点を絞っている。ベンヤミンはボードレールの詩を文学的事象ではなく社会的事象として扱っている。その結果、かつて悲劇の研究で示したアレゴリーについての初期の理論が驚くべき形態変化をとげたものとなり、この文学形式が再活性化されるまったく新しい条件を明らかにする理論となった。それはボードレールの美学的関心や文学形式の継続性についてよりも、廃墟というイメージの中で捉えられた商品社会の本性について多くを語ることになる。

かなり大まかな意味で各章は時系列に沿っている。根源史としての一九世紀と根源現象としての歴史的事物という概念は、初期の覚書や最初の資料の見出し語段階にまでさかのぼる。同じく、ブランキについての資料を別にすれば、第四章のモティーフ（地獄、埃、賭博、モード）はすべて、ベンヤミンが一九二九年にケーニヒシュタインで読んでみせたパサージュ論という企ての最初の（アドルノが呼ぶところの）「輝かしい草稿」の一部である。第五章で論じられる問題は、一九三五年の「概要」（および一九三六年の芸術作品についてのエッセイ）の構造を成すものに対応し、一方第六章は、主としてプロジェクトの第三段階（一九三七年終わりごろ）になってはじめて始まるボードレールに関する資料束Jに依存している。とはいえ、この時系列は決して発展的展開を示そうとしているのではない。一九三五年の「概要」については、初期草稿を何も手放してはいないし（カルプルスへの手紙、一九三五年八月一六日付 V: 1138）、事実これまで何も捨てていないとするベンヤミンの言葉を文字通り受けいれる根拠を十分与えてくれる。三つの「段階」は、連続するのではなく、材料の複層性や関心の重なりを示している。

アドルノが一九四八年の夏に、残された文書を調べた後に書いているように、『パサージュ論』の再構築が「そもそも可能である」としたら、それができるのはベンヤミンだけだったはずだ（アドルノからショーレムへの手紙、一九四九年五月九日付 V. 1072-73〕。私のここでの配列をそのような再構築であるふりをするつもりはない。またこの長さにも拘わらず、三六の束にわたる途方もなく豊かな材料の蓄えを網羅してもいない。目的は教育的なものである。第二部では、これら断片的な資料群や歴史的細部の下に、一貫性のある持続的な哲学的構想があるということを示すために、ベンヤミンの一九世紀のパリの歴史研究の概念的配列として、単純な理念から始めて、その上に順に築きあげていくという方法をとったのである。

第三章　自然史（博物学）——化石

1

歴史的なものや、客観的精神の諸徴表や、「文化」などをあたかも自然であるかのように見なす能力を［ベンヤミンほど］持っていた人はまずいないだろう。彼の思考の総体が「自然史／博物学《ナチュラル・ヒストリー》」であったと言えるかもしれない。化石化したり、凍りつき、あるいは、古びてしまった文化の在庫品たちが、ちょうど標本室の化石や植物が蒐集家に語りかけるように、彼に語りかけてくるのだ。〔アドルノ「ヴァルター・ベンヤミンの特質[1]」〕

歴史の概念においては、時間は社会的変化や人間の出来事の特異性や不可逆性を示す。伝統的に歴史は、時が周期的反復という意味においてのみ変化する「自然」と対立する意味を帯びてきた。しかしチャールズ・ダーウィンの進化論は、自然自体が特異で、非反復的な歴史的コースを辿るのだと論じることによって、この伝統的な二項対立を覆した。一九世紀末に社会進化論者はダーウィンの自然史（博物学）の用語を「社会進化」に応用した。もともとダーウィンの理論は、神学的神話や聖書のドグマに挑み、科学的で実証的観点から歴史を理解することも含めて、批判的衝動をもっていた。ところが、社会進化論においてはそのような批判性は失われてしまっている。結果として、社会進化という考えは、人間の歴史がたどった盲目的で経験的な進路を賛美した。それは社会の現状維持に対するイデオロギー的な擁護となった。競争資本主義は真の人間の「自然」が現われたもので、帝国主義的競争は避けることのできない生存競争の健全な結果であり、優勢な「人種」は「自然」の優越性であるという論拠により、支配者として正当化される。この似非《えせ》科学的言説においては、社会的不平等という主張は論理的に不可能となってしまう。

社会進化論は、内在的矛盾に基づいており、ベンヤミンの時代にその矛盾を暴いた批評家は複数いた。(一九三三年以前にすでにフランクフルトでベンヤミンの知人だった)ドルフ・シュテルンベルガーは[2]、彼の一九三八年の著書『パノラマ——一九世紀の風景』において、社会進化の「延々続くパノラマ」は「自然の選択」による戦いの場の跡をほとんど知覚させないとして、こう述べている。

文明ははっきりと絶滅や消滅を確証づけており、まるでそれは文明ではないかのようだ。つまり、もし「文明化された人種」が現実に優位であるとすれば、まさにその理由によって、それが他の野蛮人たちよりも野蛮であったということだ。このパラドックスは、ダーウィンの変遷の理論では隠されている[3]。

一九三二年にテオドール・アドルノは、フランクフルト大学の教授に任じられたばかりで、「歴史哲学の新たな方向づけ」と呼ばれるようになる講演を行った[4]。「自然史という概念」という題目で行われたこの講演は、自然史という用語に内在するパラドックスを弁証法的議論に変えた。この講演には一九二九年にパサージュ論について議論したケーニヒシュタインでのベンヤミンとの対話の影響の跡があり、また数年前にフランクフルト大学がベンヤミンを拒んだ理由となったあの『ドイツ悲劇の根源』にも直接言及してもいる。「歴史性」は存在の「本質」であるとするハイデガーの前提に見られる自然と歴史の哲学的統合に反論しながら、アドルノは、自然と歴史を弁証法的に対立する概念として取り上げ、両者は、それぞれが他方を批判しつつ、またそれぞれが同定するとされる現実を批判するものであると論じた。(5) その分析においては、

〔……〕自然と歴史の局面は互いの中へと消えていくのではなく、それぞれ同時に互いから分かれ出てきて、自然なものが歴史の記号として現われ、歴史がもっとも歴史的に見えるときに自然の記号として登場するという風に互いに交差しあう〔アドルノ『全集』I, 360-61〕。

ベンヤミンも最初のパサージュ論の覚書において、「神話的思考を避けるための公理」として、同じ考えを表明し、「自然の物質を持たない歴史のカテゴリーなどない。歴史のフィルターを通さない自然の物質などない」と述べている〔V, 1034 (O°, 80)〕。この思考法は言語コードの言語記号の二項(ここでは歴史/自然)を並置し、これらの記号を物質的指示対象に当てはめるプロセスにおいて、転換点で交差させるというものだ。この操作がもつ批判力は、指示対象から独立した記号表現/記号内容の二項から意味が生じる〔言語〕コードと、言語記号に従順に従うことなく、むしろ記号を疑問に付す意味論的力を持つ物質存在としての指示対象との両方に依存している。

自然史についての批判的で弁証法的な「観念」は形象《イメージ》においても示すことができることは、数年後に新しいフォトモンタージュというテクニックを考え付いたジョン・ハートフィールドが立証した。「ドイツ自然史」(図3.1)という題がついた彼の作品はヴァイマール共和国からの「進化」を批判し、ヒトラーの第三帝国に対する直接的な政治的攻撃を加えている。この作品は『労働者挿絵雑誌』〔正しくは『労働者挿絵新聞』〕の表紙として一九三四年八月に登

場した。

ハートフィールドは、ブレヒト、ラツィス、ラインハルト、ピスカトールらベルリンのマルクス主義サークルのメンバーであった。ヴァイマール共和国末期に、彼らの舞台セットをデザインし、写真をそこに統合して、新しい形象複製技術を「意識的に［……］政治的アジテーションのために用いた」(6)。彼はブレヒトにきわめて近い人物で、ベンヤミンはハートフィールド本人も、その作品も知っていた(7)。ベンヤミンを魅了したのは、ハートフィールドの作品が表象のアレゴリー形式をフォトモンタージュという最もモダンな技術と結びあわせて使用していた点であろう。

ハートフィールドの他のほとんどの作品同様、「ドイツ自然史」のポスターは、現代の寓意画であり(8)、題辞と絵解き文という因習を使い、図版が道徳や政治の教育の一形式として機能するようにしている。ドイツの「自然史」は、「死頭蛾」が成長していく三つの生物学的段階をアレゴリー的に表している。ヴァイマール共和国とファシズムの因果的関係性（エーベルトはヴァイマールの初代大統領兼首相でヒンデンブルクはその最後の大統領で、彼がヒトラーを首相として認めた）を暗示する変態の過程である。同時に枯れた枝上のこの進化は、退化にも見え、ここにおける「発達」とは野獣性がますます明白化し、最終的にはヒトラーの形態――髑髏、すなわち死の頭という目に見える印――に帰結することである。私がこのポスターについて論じることにしたのは、ベンヤミンに対するハートフィールドの影響を強調しようとしてではなく、教育的主張をしようという意図をもってのことである。（代わりに例えば、カフカの『変身』をとりあげ、人間の主人公が虫に変わるという動物から人間への進化過程が同じように逆転されたアレゴリーの形象として、論じてもよかったかもしれない。）ベンヤミンはパサージュ論のために同様のモティーフをすでに思いついていたが、そのかなり後に、このフォトモンタージュに出会い、強い印象を受けているのは明らかだ。ハートフィールドのパリでの大きな展覧会〔本節注7を参照〕の一年後にあたる一九三六年のベンヤミンの書簡中にフィヒテ以降のブルジョアジーの知の発展について批判的コメントが書かれているが、そのなかにまったく同一のイメージ――

3.1 「ドイツ自然史」(ジョン・ハートフィールドによるフォトモンタージュ 1934年)

「ドイツブルジョアジーの革命的精神は、蛹へと変態し、後にそこから、民族社会主義という髑髏の蛾がはい出してきた」――が出てくる。(9)

ハートフィールドは「ドイツ自然史」の解説において「変態」には三つの意味があると教えている。一つは自然史的意味（昆虫の成長の段階）、もう一つは歴史的意味（エーベルト―ヒンデンブルク―ヒトラー）、そしてもう一つが（一番最初に挙げられている）神話的言説――「神話において、人間は木々、動物、石に変身する」――から得られる意味である。この最後の意味こそが、この表象を説明し、かつ指示対象に対する批判的判断を与えている。ハートフィールドはドイツの政治史の進化の過程を人間が自然へと変身するという神話的形式で示しているが、それは進化の過程を社会が進む自然の行程であると信じるのは、幻想であり、誤謬であり、イデオロギーという全く否定的な意味での「神話」であるという批判的な主張をするためである。ハートフィールドはコミュニストだが、彼が攻撃しているのは、資本階級が自らの支配を正当化するために社会進化論を肯定していることに対してではなく、社会民主主義者が歴史の進歩という観念を認めたことに対してなのである。そのために危機感が抑えられ、社会主義政策のためのヴァイマールの議会主義の妥当性に関して、誤った安心感を持たせてしまったからである。(10)

自然と歴史のイデオロギー的な融合も、ハートフィールドがフォトモンタージュをアレゴリー的に用いることで、記号と指示対象の間にある間隙が可視化され、それによって、そのアイデンティティを批判的な形で表象することが可能になったことに注目してもらいたい。ベンヤミンは『一方通行路』で、写真の代わりに言葉のモンタージュを構築して同じことを行っている。自然と歴史を混同して一つにするのではなく、ヴァイマール共和国の経済インフレとブルジョアジーの社会的衰退という客観的本質を批判的に同定するために、この二つの用語の間の意味論的間隙を拠り所にしたのだ。「皇帝《カイザー》パノラマ館」で彼はこう述べている。

STIMME AUS DEM SUMPF
„Dreitausend Jahre konsequenter Inzucht beweisen die Überlegenheit meiner Rasse!"

3.2 「沼からの声：「3万年に及ぶ厳密な同系交配がわが民族の優越性を論証した」」（ジョン・ハートフィールドによるフォトモンタージュ　1936年）

一つの奇妙な逆説。人々は行動するとき、狭量極まる私的な関心だけを頭においているのだが、しかし同時に、その振る舞いにおいて、かつてなかったほど大衆の本能に規定されている。そしてこの大衆本能が、かつてなかったほど狂ってしまい、生に縁遠いものになってしまっている。動物の暗い本能ならば――無数の逸話が語るように――まだはっきり表れていないように見えても実は差し迫っている危険を感じて、そこからの脱出口を見つけられるような場合に、だれもが自分自身の低級な安寧にのみ目を奪われているこの社会は、動物のような愚鈍さをもち、しかも動物のもつおぼろげな知を欠いているため、盲目の大衆として、あらゆる危険に、ごく見やすい危険にさえ、捕まってしまう。〔……〕結果として、この社会においては、愚鈍さはその極みに達した姿を見せる。すなわち自信のなさ、それどころか、生にとって大切な本能の倒錯、そして無力、いやむしろ知性の凋落。これがドイツブルジョアジー総体の精神の状態なのだ。
〔『一方通行路』皇帝《カイザー》パノラマ館」IV. 95-96〕[11]

今や消えゆく種の兆候のすべてを示すブルジョアジーの、動物的でありながら、自己破壊的な行為に対して、ベンヤミンは新しい産業時代の構築的な可能性を対立させる。「種としての人間は一万年も前に進化の果てにたどり着いた。だが種としての人類は、発展の始まりに立っているのだ」〔『一方通行路』「プラネタリウムへ」IV. 147〕。技術の社会的約束、すなわち真に人間的な歴史の始まりは、事物の「自然な」状態から根本的に切断されている。マルクスも同様の論を展開し、新しい産業主義の可能性が実現されるまでは、歴史は全て「根源の歴史」にすぎず、結果的にはインフレ、不景気、失業という反復的サイクルに陥る資本主義の「自然な法則」に支配されるとしている。人々がこの盲目的力の下に捕えられている限りは、普遍的な人間の歴史の約束が実現されることはありえないと言う[12]。

技術という「新しい」自然の約束についての極端な楽観主義とプロレタリアート革命がなければ、前歴史の段階を出ることはありえないとする歴史の進路についての完全なる悲観主義――これがパサージュ論の企てのすべての段階を特徴づけている。ベンヤミンはすでに『一方通行路』において自然と歴史のモンタージュを実験し、その中でそれを今日の歴史の前歴史状態を表現するものにまで発展させている。ただしパサージュ論にはそれと異なる点がある。それは、パサージュ論は現在の歴史的根源を扱っているという点だ。つまり自然史が根源史となるのだ。その目的は、いまだ野蛮なレベルにある近代という時代を問題化するだけではなく、歴史哲学理論自体に論争を仕掛けながら「新しい自然」の本質が古い自然よりもっとはかなく捉えがたいものであることを明らかにするところにある。この根源史としての自然史とは、有史以前のものとしてのブルジョアジーの前歴史のことだ。これこそがパサージュ論の中心形象であった。

　技術と商品の短命さ、スタイルやモードにおける急速な回転は高度資本主義においては、極端な時間の衰弱として経験される。一九二〇年代に生きる者たちにとって、自分たちの親の世界の青年時代の新しさ――ネオンの看板ではなくガス燈、ボブヘアや水着ではなく束髪やバッスル――は、はるか過去に属するものだった。「つい最近の過去が初めて遠くはるかなものとなった」〔「一九三五年概要覚書二四　V, 1250〕古びたパサージュで何とか生き延びていたそれら初期ブルジョアジーの品々は、廃れた遺物、近代の根源形式が化石化されたものであった。

> 子供時代に『宇宙と人類』『新しい宇宙』あるいは『地球』などの叢書をプレゼントしてもらったら、何より最初に目が向くのは色刷りの石炭紀の風景とか「第一期氷河時代の湖沼や氷河」ではなかったろうか。あらゆる都市に分散していたパサージュを覗き込むと、過ぎ去って間もない太古の理想化されたパノラマが開けている。ここに棲んでいるのがヨーロッパ最後の恐竜、消費者なのだ。〔V, 1045（a°, 3)〕[13]

後のバージョンでは表現がより具体的になっている。

中新世や始新世の岩石の所々に、それらの地質時代に生きていた怪獣たちの痕跡が残されているように、今日のパサージュは大都市のなかで、すでに見当たらなくなった怪獣たちの化石が発見される洞窟のような具合に存在している。その怪獣とはヨーロッパ最後のディノザウルスである資本主義の、しかも帝政以前に生息していた消費者たちのことである。〔V, 670（R2, 3）〕

一八五〇年以前の消費者は「根源動物」の怪獣であるが、それは消費が絶滅してしまったからではなく、もはや初期資本主義の形式では存在していないからである。二〇世紀には、もとのパサージュは経済的に立ち行かなくなっていた。奢侈品を売る小さな専門店は、薄利を十分補う速いペースで大量生産品を販売する新しい巨大なデパートと競合できなかったのだ。そのため、ベンヤミンは初期ブルジョアジーの消費者をブルジョアジー自身が解き放った産業資本主義の「自然」の進化によって絶滅しかけた「ヨーロッパ最後のディノザウルス」と呼んだのである。消滅しかけたパサージュにおいて、初期産業商品は、洪水以前の大昔の風景、「消費の原風景」〔V, 993（A°, 5）〕を創り出し、「夢見る集団」が「世界の衰退」と間違えた「一つの経済時代の衰退」〔V, 670（R2, 3）〕を目撃したのだった。発掘現場の洞窟のように、そこには前世紀のモードが元の場所に残されているのだ。

理髪店のショーウィンドーには長い髪をした最後の女たちがいる。彼女たちは豊かな「永遠のウェーブ《パーマネント》」――化石化したカール――の波打つ髪をしている。〔V, 1048（c°, 1）〕

遺物としての商品は、この人気《ひとけ》のない洞窟の「壁面に〔……〕消費者の行きかう「生気」から隔てられ、奇妙な形で互いに絡み合う古代の野生の植物」の瘢痕《はんこん》組織のように「生えている」〔V, 93（A3a, 7）：R2, 3も参照〕。壁に貼られた色あせたポスターには、「今日では昼夜を問わず、都市で間断なく降り注ぎ、〔……〕エジプトの疫病のように受け取られる最初の文字の滴」〔V. 1048 (b°. 2)〕が含まれる。光が、原始の海洋生物の水族館のように曇ったガラス屋根を通して入ってくる〔「海中的なものとしての大気圏」V. 1013 (H°. 4)〕。そこにかかっている看板は動物園の解説看板よろしく、「居住者そのものより、捕獲された動物の原産地（根源）や属名を表示している」〔V. 1047 (b°. 2)：a°. 3、c°. 4、H°. 4も参照〕。一九世紀にはすでにブルジョアジーの住居は「一種の容器」となっており、そこに物の「蒐集家」としての個人のブルジョアジーが「自然が花崗岩に埋め込まれた化石植物を気遣うように、自分の痕跡を気遣いながら」〔「ボードレールにおける第二帝政期のパリ」I, 549; V.1035 (P°. 3) 及び V. 292 (I4, 4) 参照〕、付属品とともに埋め込まれている。社会の諸力が形作ったパリの相貌は、ベンヤミンによって噴火山の風景の魅力にあふれた地学的形成物にたとえられている。

> 社会的構造としてのパリは、地理的構造としてのヴェスヴィオ火山と好一対をなす。脅威的で、危険な大衆《マ》／山塊《ス》、永遠に活動する革命の六月。だがヴェスヴィオ火山の斜面がそれを覆う溶岩層のおかげで、楽園のような果樹園となったように、パリでも革命の溶岩から、芸術やモード、そして祝祭的生活が他のどこにも見られないほど花開いたのだ。
> 〔V. 1056 (f°. 3)〕

最後の引用で特に明らかになるように、パリの光景を構成する新たな自然には、「脅威的な面だけでなく誘惑的な面」もある〔V. 496 (K2a, 1) 参照〕。同じように化石となった商品の遺物は、たんに「失墜した物質」〔V. 1215 (H2, 6)〕であるだけではない。過去の生活の痕跡として、それらは歴史を解く鍵であり、しかもベンヤミンの自然史の「観念」をハートフィールドのモンタージュのような単純で論争的形式と隔てる客観的意味を伴う鍵なのだ。歴史の自然を、ベンヤミンは、矛盾しあう両極において真理がその本質的なはかなさを表出したものとして——つまり一方で消滅と死として、他方で創造的な潜在性と変化の可能性として——認識していた。

　自然だけでなくベンヤミンの理論構築におけるカテゴリーのすべてが、意味と価値を二つ以上もち、そのため、それらが多様な概念の星座（布置関係）に入り込むことが可能になる。「自然史」についての講演で、アドルノがベンヤミンからの影響を特に顕著に示しているのが、自然と歴史、神話とはかなさなどの概念が、その意味において「不変」であるために互いにはっきり区分されているような伝統的哲学とは異なる「論理構造」について語ったときである。その論理構造においては、「それらの概念は具体的な歴史的事実の周囲に集まるのだ。ただ一度限りの特異性を帯び、それぞれの概念の局面との結びつきの中で自らを開示するその具体的事実の周囲に」〔アドルノ『全集』I. 359〕。それに対し最終的にアドルノとベンヤミンの葛藤の原因となる二人の相違点は、[14] ベンヤミンの方はそのような哲学-歴史の星座《コンステレーション》（布置関係）は、弁証法的議論よりもむしろ弁証法的形象によって表象されうると考えていた点にあった。「弁証法的形象」という概念は、ベンヤミンの思考においては多重決定されていた。それはヘーゲル的弁証法に負けないほど哲学的含意に富み、その複雑さを解きほぐし展開することこそ、本書の各章すべての目的なのだ。今現在の文脈においては、それは、商品の「自然／本質」について何が歴史的に新しいかを同定するために、時代遅れの形象を使用することを指す。この概念の構築原理はモンタージュであり、そうすることで、形象の観念的諸要素が、単一の「調和的視点」へと融合されることなく、和解されないまま残ることになる。[15] ベンヤミンにとって、モンタージュ技法とは、「それが挿入されたコンテクストを切断し」、そうすることで、「幻想に対抗する」という意味で、進歩的形式としての「特別でおそらく全ての権利」さえ持つものであり、だからこそ彼はそれをパサージュ論構築の支配原則にするつもりだった〔「歴史哲学テーゼ」II. 697-98〕。「この仕事では、引用符なしで引用する技を最高度にまで上達させなければならない。その理論はモンタージュの理論に最も密接に結びついている」〔V. 572（N1, 10）〕。

3.3　パリコミューンによる牧師への暴力を捏造した写真（E・アペールによるフォトモンタージュ，1871年）

もちろん写真の誕生とほぼ同時に出現した偽の写真の記録（図3．3）に見られるように、不合致や矛盾の証拠、あるいは人為的操作の証拠もすべて消し去るほどに、見事に諸要素を人工的に融合することによって幻想を創り出すというモンタージュのまったく別の使用法もある。それは一九世紀に人気があった娯楽で——戦場からアルプスの眺望に至るまで——歴史や自然のあらゆる場面についての本物そっくりの人工的な複製品を見せる「パノラマ」の原則でもあり、パサージュ論のキーワードにはこの「パノラマ」も含まれていた[16]。ベンヤミンの「パノラマ」はシュテルンベルガーによって「盗作」され〔本章注2参照〕、その著書のタイトルとなった。その本はダーウィンの理論の大衆化は、「目や理性の目がそれ自体進化しながら、滑らかに上から下へ、前から後ろへと滑るように眺めることができるように」歴史を猿から人間への「自然な進歩」のように見せる「進化のパノラマ」（図3．4）であると批判している〔シュテルンベルガー『パノラマ』83〕。

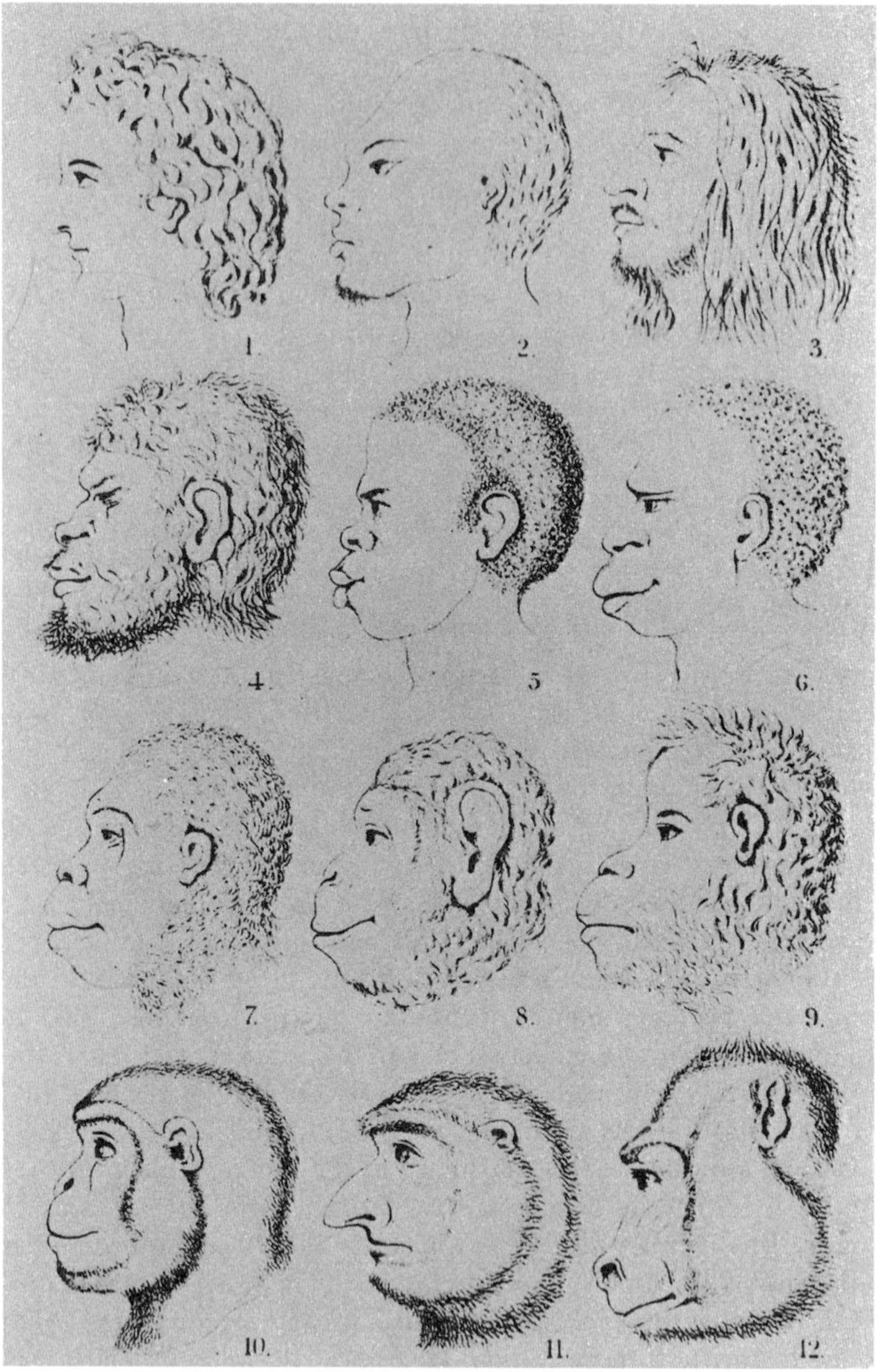

3.4 「カタールヒネン家の一族」 作者不明 E・ヘッケル『自然の天地創造物語』（1902年）より

たんに表象の媒体、つまり形象やモンタージュ形式が持つ具体性が重要なのではなく、形象構築が記号と指示対象の間のギャップを可視化するのか、それともそれらを偽りの全体性へと融合し、つけられた表題が形象を疑問に付すこともなく、その記号内容をたんに複製するだけなのかが、重要なのである[17]。歴史的指示対象が無批判に肯定され、「自然」であるとされ、それが辿った行程を「自然」と見なすなら、そこに生じるのは神話である。逆に歴史的に近代的なものを名指す行為を通して、前歴史的自然が想起されるなら、それは神話からの脱却である。ただしベンヤミンの目的はたんに「自然史」をイデオロギーに過ぎないとして批判することではない。むしろ、正しい布置関係におかれたら、自然と歴史の観念的諸要素がいかに近代の現実、すなわち、その原始的段階とはかなさを顕現させうるかを示すことにあった。

ベンヤミンの理論にとっては、哲学的理解という目的のためには技術と自然の間には究極的なカテゴリー区分は存在しないということが決定的に重要であった（反動的思想家のルートヴィッヒ・クラーゲスはその正反対のことを主張していたが[18]）。技術はもちろん社会的、歴史的に生み出されたものであり、だからこそジェルジ・ルカーチは所与の形式の世界が存在論的意味において「自然」であるという思い込みを批判するために、それを「第二の自然」と名づけているのだ。ベンヤミンはルカーチの著書を読んでいたが、パサージュ論においては、ルカーチのこの「第二の自然」という概念は全く使われていない（アドルノの方はこの用語を使用し、引用元をルカーチと認めていた〔アドルノ『全集』I. 356ff〕）[19]。この概念はマルクス主義のカテゴリーとして意図されていたが、ルカーチはこの概念をきわめてヘーゲル的な哲学的思考枠において理解していた[20]。第二の自然は疎外され物象化された主観であり、人間によって作り出された世界であったが、人間はその世界を自分のものと認識していない。対照的に、ベンヤミンにとっては、物質の自然は、人間主体とは「別物」であり、人間の労働がどれだけそこに投じられようと、これは変わらない。だがモダニティは、その形式に決定的な切断を加えたのだ。パラドックスとしか言えないのは、通常、古い有機的自然のものとされていた属性――衰退や消滅だけでなく、生産性やはかなさ――が、産業主義の産物であった非有機的な「新しい自然」を説明するのに用いられると、まさにその新しい自然に関して根本的に新しいものを名指すことになることである。

　私自身は自分の解釈をはっきりさせるために用いたが、この「新しい自然」という用語をベンヤミンは使用しておらず、しかも私には、例えばマルクス主義用語である「生産の諸力」という語よりも、〔ベンヤミンの意図することを表すのには〕こちらの方がはるかに的確であるように思われる。ベンヤミンは「生産の諸力」という用語で、単なる産業技術ではなく、その技術によって形を変えられた（人間も含む）全物質世界を意味していたからである。(21)いずれにしても、そうなると、自然には二つの時代があるということだ。第一の時代は何百万年もかけてゆっくりと進化し、一方私たちが生きる第二の時代は、産業革命とともに始まり、日々その相貌を変えている。この新しい自然の力はいまだ未知のもので、その新しい自然自体というより、人間とその自然との関係性をまだ習熟できていない「これらの世代のきわめて原始的な観念形式」〔V. 282（II. 6）〕を考えれば、初めて直面した世代には、この新しい自然は不吉で恐ろしげに見えたであろうことは想像するに難くない。そのような段階においては、機械を操る技ではなく、事物の表現力を受けいれることができる技術、つまり模倣の技術が求められる。模倣技術の習熟こそ近代の知の主要な責務なのだ。

　産業の自然の初期段階においては、初期のモダニティが原始的で古風なものとの近似性を感じるのは偶然ではない。一九世紀には古典的な古風さが〔第五章参照〕、「流行り（モード）」であった。ベンヤミン自身の時代には原始主義《プリミティヴィズム》が流行していた。だが強調しておかなくてはならないのは、ベンヤミンが前歴史的と見なしたのは、歴史のなかの新しいものだけであったということだ。この概念は弁証法的である。歴史的変容を寄せつけない生物学的、あるいは存在論的「原始性」などありえない。彼はそのような論ははっきりと批判していた。「最近ではユングによって想起させられたが、いかなる時代においても想起される前歴史の古風な形態は、歴史における仮象を作りだすが、その仮象に故郷としての自然という属性を与えることによってそれはますます目を欺くものとなる」〔V. 595 (N11, 1)〕。

2

三〇年代半ばに、ベンヤミンはパサージュ論に図版を含めると決心した。彼はグレーテル・カルプルス宛てにこう書いている。「これは本当に新しいのです。私の研究の一部として、重要で珍しい図版材料について覚書を書いています。この本――ここまでずいぶん時間をかけてきました――に、とても重要な例示的図版資料を備えることができるのです」〔グレーテル・カルプルス・アドルノへの手紙、一九三五年九月一〇日付 V. 1142〕。一九三五年五月から九月まで、そして一九三六年一月に再び、彼はパリの国立図書館の版画室のアーカイブで仕事をした。図像資料の研究は、歴史家の間では「まだ珍しい」状態であったし[22]、哲学者の間ではまさに前代未聞のことだった。ベンヤミンはそこで見つけた関連図像からなるコピーを持っていて、それを彼のパリのアパートに「一種のアルバム」として保管していた〔編者の覚書 V. 1324〕。

そのアルバムは失われてしまったようだ〔同〕[23]。とはいえ、ベンヤミンの哲学的関心にとってはこの構想のために見つけた一九世紀の「形象」が、視覚的形象として表象されようと、言葉で表現されようと、ほとんど違いはない。どちらの形をとろうと、その形象は「歴史の全体の出来事」が発見される具体的な「微小な個別的契機」であり〔V. 575 (N2, 6)〕、現在の根源が見出されるような「眼に見えるような根源現象」なのである〔V574 (N1a, 6)〕。ベンヤミンは根源現象という用語をゲーテの自然の形態学についての著述から借りてきている。ゲーテによると、物理学や化学においては知識の対象は主体が構成した認識的な抽象物であるが、生物学においては、それは「還元不能な観察」〔VI. 38〕活動において視覚形象として知覚されうる。ゲーテはこれらの構造の原型的な根源-形態は生物学的生命の本質を顕現させ、さらには、一つの植物、あるいは動物として経験的に存在し、プラトンのイデアの具体的な物象化でありうると考えていた。一九一八年にベンヤミンはゲーテが根源現象と呼ぶものは、詩的アナロジーにおけるシンボルではなく、むしろプラトンの言うイデアの本質が知覚的形態をもって出現する「イデアのシンボル」であると書いている〔同〕。ジンメルは一九一三年の彼のゲーテ研究においてこの概念を詳細に説明している。

根源現象――光と闇からの色彩の出現、地球の重力の律動的な満ち引き、天候の変化の源、葉形からの植物器官の成長、脊椎の型――は、自然の存在の関係や、結合、あるいは成長の中で最も純粋で、典型的な例である。この点において、それは一方で根本的形態を薄汚れた混合や分散を経た形で示す傾向にある平凡な現象とは別の物である。だが他方で、それはまさに出現するものにほかならず、知的な見世物としてのみではあるが、ときに「注意深い観察者の目の前ではいずこかでむき出しにされる」〔ゲーテ〕こともある。〔ジンメル『ゲーテ』56-57〕(24)

ジンメルはこの概念の哲学的な意義を指摘している。

私たちは通常、事物の一般法則というのはその物のどこか外側にあるものと考えている。部分的には客観的で〔……〕時間と空間におけるその物質上の実現の偶然性に左右されることなくあり、他方部分的には主観的で〔……〕想念としてでしかなく、したがって特殊なものだけ知覚し、一般的なものは知覚できない私たちの感覚エネルギーには現前しないものであると。根源現象の概念はこの分断を克服したがっている。それは時間的観察における無時間の法則に他ならない。それは特定の形態において直接自らを顕現させる一般性である。そのようなものが存在するがゆえに、「ゲーテは」こう述べることができるのだ。「最上のこととは、事実は全てすでに理論であるということを把握することだ。空の青さは私たちに色彩の基本的法則を明らかにする。そうなれば現象の背後に何かを探そうなどとしないだろう。現象それ自体が理論なのだ」〔同 57〕。

ジンメルはこの本質と外観の「婚姻的統合」〔同 56〕は「知の問題におけるきわめて驚くべき転換」を生み出すと指摘している。

概してリアリズム形式は、第一義的で直接のものとしての理論的知識を出発点とし、その知識が客観的存在を把握し、模倣し、忠実に表現する能力をもつとされるが、それに対し婚姻的統合においては発散点は、まさに事物のみに帰する。事物と知識内思考との融合は、認識論的事実ではなく、形而上学的事実なのだ。〔同 57 強調はジンメルによる〕

ジンメルの議論を長々と引用したが、それはベンヤミンがその議論から直接影響を受けているからである。ドイツ悲劇の研究の後註として、ベンヤミンは次のような解説を書いており、さらに後にそれをパサージュ論の資料に加えた。

ゲーテの真理概念について記したジンメルの叙述（特に、根源現象についての見事な解析）を勉強すると、悲劇論で用いた根源という私の概念は、まさにこのゲーテの基本概念の、自然の領域から歴史の領域への厳密かつ異論の余地なき転用であるということがはっきりとわかった。〔V, 577〈N2a, 4〉〕[25]

ベンヤミンが一九世紀のはかない歴史の物象を根源現象として語るとき、彼はそれらが自らの発展的な概念の本質を視覚的に——そして形而上学的に「真正な統合」として〔V. 592〕[26]——明示しているということを意味している。パサージュ論は、抽象的な因果要因ではなく、根源現象である経済的事実を扱っているのだ。

〔経済的諸事実は〕パサージュの具体的な、歴史上の一連の形態を自分自身の中から出現させて——むしろ展開させてと言った方がいいかもしれないが——初めて〔根源現象に〕なる。ちょうど植物の葉が経験的植物界の豊潤な全容を、自らのうちから展開させてみせるように。〔V. 577 (N2a, 4)〕

資本主義・産業経済の形態を純粋で胚胎期段階にあるままの状態で眺めることができる歴史的形象の具体的で現実的な表象がパサージュ論の材料となり内容となるはずだった。初期のメモにはこうある。「一般原理——事実からの構築。理論を完全に削除した中での構築。ゲーテが形態学の著述において試みたもののみ」〔V. 1033 (O°, 73)〕。アドルノが「弁証法的形象」という概念に慎重な態度をとったのは、形而上学的本質は事実の範囲内で直接見え得るとしたベンヤミンの信念のためだった。アドルノはベンヤミンの「この著作の方法——文献のモンタージュ。私には語ることは何もなく、ただ示すのみだ」〔V. 574 (N1a, 8)〕という主張を文字通りに受け取り、完成されていたらパサージュ論は「資料の衝撃に満ちたモンタージュ」〔アドルノ V. 1072〕からのみ成っていただろうと考えていた。一九四九年にアドルノはホルクハイマーに宛ててこう書いている。

昨年の初めにやっと私は国立図書館に隠されていたパサージュの材料を受け取った。その夏の間、私は丹念にこの資料を調べ、そこでいくつか問題にぶつかった。〔……〕一番重大な問題は、莫大な量の抜書きの宝庫に比して理論的思考を定式化したものが類を見ないほど抑制されている点だ。これは部分的にはある箇所ではっきりと示されている（私にはすでに問題含みに思われる）定式によって説明できる。つまり解釈が挿入される必要のないまま、並べられた引用中から理論が飛び出てくるように並置された引用の純粋なモンタージュとしての著書というわけだ〔アドルノからホルクハイマーへの手紙、一九四九年五月九日付 V, 1072〕。

アドルノの考えるベンヤミンのモンタージュの使用法が唯一可能な考え方ではなく、パサージュ論の編者のロルフ・ティーデマンはこう述べている。

後に、アドルノはモンタージュの概念をさらに字義通りに受け取り、ベンヤミンの頭には、引用を次々と積み上げていくことしかなかったと主張した。編者である私は、アドルノと何度も議論を重ねたが、ベンヤミンが方法論として考える文献のモンタージュとは普通の引用のモンタージュに等しいということを彼に納得させることはついにできなかった。〔……〕媒介する理論の代わりに、「現実に対する解釈」〔N2, 1〕とベンヤミンが定義した注釈という形式が登場する予定だった。しかし解釈や注釈は表象として以外思い描きようがない。〔……〕代わりに引用の方は、ベンヤミンによる提示が用いることになる材料となるのだ。〔編者の覚書 V, 1073〕

証拠からするとティーデマンの読みに軍配があがる。重要なのはベンヤミンによる「モンタージュ」の理解であり、その理解では、それは初めの頃のパサージュや万華鏡や、店の看板やショーウィンドーのディスプレイ（図3．5）の偶然の並置の中にすでに見えていたにせよ、一世紀かけて技術が意識的構築原理のレベルにまで引き上げた形式であった。万華鏡そのものは一九世紀の発明であった〔V, 226-27（F6, 2）〕[27]。しかしその先駆けとして、チャイニーズパズル（図3．6）があり、それはその並置された諸要素がランダムに配置されているのではなく、ある中心的思考の周囲に集められているという意味で、構築的原則としてのモンタージュの原則の真の根源現象であった[28]。

この新しい原則の技術的な可能性は、モンタージュの原理による最初の建築形式であるエッフェル塔（図3．7）の建設によって具現化された。

> ここでは、彫塑的な造形力は沈黙する。無機的な素材のエネルギーを極小の、きわめて有効な形に仕上げて、これらを互いにきわめて有効に組み合わせる知的エネルギーの途方もない緊張のためである。……一万二〇〇〇個もの金属部分、二五〇万個もの鋲の一つ一つがミリ単位で正確に決められている。〔マイヤー V, 223（F4a, 2)〕

これとまったく同じ意味で私たちはベンヤミンのパサージュ論のプランを理解すべきである。

> 大きな構築物を作るには、厳格かつ精密に規格生産された最小の部品の組み合わせによること。いやまさに、微小な個別的契機の分析を通じて出来事の全体の結晶を見出すこと。つまりは歴史についての通俗的自然主義と縁を切ること。歴史の構築をそれ自体として捉えること。注釈という構造で捉えること。〔V, 575（N2, 6)〕

パサージュ論においては、これらの「微小な個別的契機」の一つ一つが現在の根源現象として同定されるはずであった。これらの事実が埋め込まれたベンヤミンの解説が断片をつなぐリベットとなって「全体的出来事」として歴史の哲学的な提示が成されるのだった。

ベンヤミンは、技術の専門用語はともかく、その概念は知っていた。ゲーテの根源現象の理論をプラトン的「イデアのシンボル」とするベンヤミンの初期の覚書（一九一八年）において、彼は、そのようなシンボルそれ自体を「哲

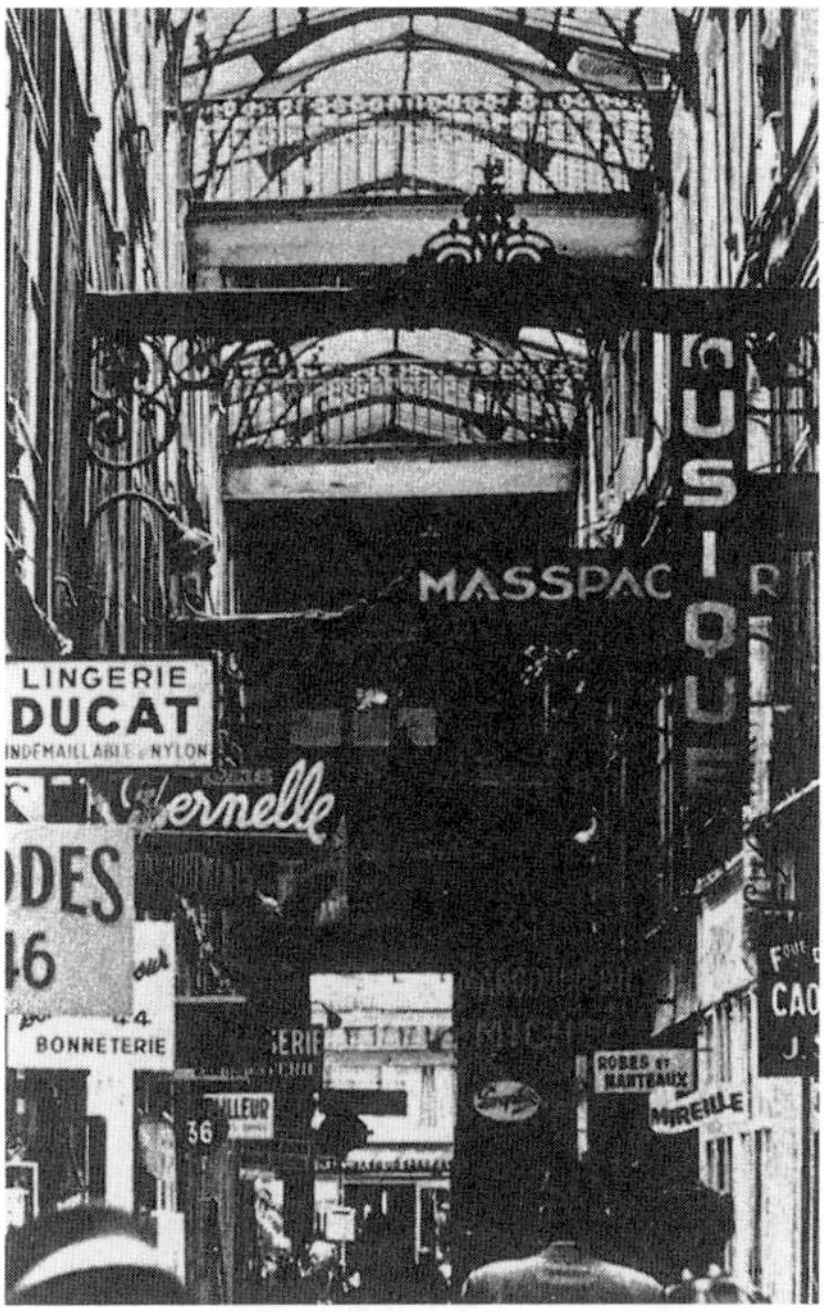

3.5　パサージュ・グランセール，パリ

3.6「チャイニーズパズル，またの名を最新の熱狂的流行」19 世紀

3.7　エッフェル塔外部の細部（ギュスターヴ・エッフェルによる建造，1889年）

学の宮殿」と勘違いしないように警告している。むしろ哲学者の仕事とは、「宮殿の壁面を形象が現われ出るまで満たしていくこと」であるとする〔VI, 39〕。断片的形象に本質が具現的に表れるのだが、たとえ、目に見えなくとも、全体を支え、結合させているのは哲学的な構築性にあるのだ。ベンヤミンがモンタージュを「挿入された文脈を分断する」という理由で讃えたとき、彼はモンタージュのもつ（そしてアドルノがその所見で唯一認識できた）破壊的で批判的次元のことを指している。しかしパサージュ論には、現代の哲学を唯一構築しうる形式として、モンタージュのもつ建設的次元を供給するという仕事もあった。

第四章　神話的歴史——物神

1

神話の内部においては、時の経過は、事前決定の形をとる。出来事のたどる筋道は、神々によってあらかじめ定められ、星々に書かれ、託宣によって語られ、あるいは聖なるテクストに刻まれている。厳密に言えば、神話と歴史は、相容れない。前者が述べているのは、人間とはあまりに無力で運命の作用に手を出すことができず、ゆえに、何も新しいことは起こらないということで、他方、歴史という概念は、出来事に対する人間の影響の可能性を含みもつものであり、だからこそ、自らの運命を形作る意識的行為者として、人には道徳的政治的責任が生じる。

神話は、経験的因果関係が見出せないとき、あるいは、それが思い出せないときに世界がどうして今あるような形になったのかという問いに答えを与えてくれる。そして意味に満ちた世界を求める人間の欲求を満たしてくれるが、それはその世界が逃れようもない運命として投げ返されてくるという高い代償と引き換えである。明らかに神話的時間は特定の言説に限ってみられるものではない。神学だけでなく科学も、迷信だけでなく合理主義も、出来事は取り返しようもなく決定されていると主張することができる。神話的説明が特定の時代に限定されているわけでもない。

その（西欧的）起源はギリシア、ローマなどの古典古代や聖書の物語にあるが、それは核によるホロコーストを聖書の預言の実現として解釈するような最近の宇宙論的思考にも登場してくる。しかし「歴史」の批判的視点から眺めれば、それは人間自身が作りだした戦慄すべき状況を神の責任にしようとする悪魔めいた試みと言えよう。

核戦争を神意によって定められたものとする解釈は、人間のコントロールの可能性を否定し、そうすることで歴史自体の可能性を否定する。しかし科学も、神学的運命論よりさらに、神話的アルマゲドンをもたらしうる技術の「進歩」に対する盲目的信仰を助長する可能性がある。いずれも、政治的要点は、時間性を事前決定という神話記号のもとで了解すると、人々は現在の出来事の進行は抵抗不可能なものだと信じきってしまうことにある。

神話的歴史理論がどんな形をとるにしても――継続的進歩としてにせよ、避けがたい破局としてにせよ――パサージュ論は、本来的にその虚偽を暴くことに専念している。中でもベンヤミンが一貫して行っているのは、歴史の自動的な進歩という神話に対する攻撃である。彼が生きたのは、核時代の直前、無邪気な技術の黄昏の時代で、この進歩の神話はいまだ揺るぐこともなく、ベンヤミンはそれこそが最大の政治的な危難であると考えていた。かつて批評家たちはベンヤミンのペシミズムをナチスとソビエトの不可侵協定と、迫りくる戦争への反応として、彼の思想の後期に生じた特徴と考えていたが、パサージュ論は、（たしかにますます強まってはいったが）進歩への不信が彼の長期に渡る関心事であったことを明らかにしている。[(1)] 最初の構想メモはこの企画の目的を明瞭に語っている。「歴史の形象から「発達」の痕跡を完全に消し去ること」〔V. 1013（H°. 16）〕、「あらゆる面において、進歩のイデオロギー」〔V. 1026（O°. 5）〕[(2)]を克服することである。一九三五年以前に彼はこの論題について詳述している。

この仕事の方法上の目標の一つは、自らの内部で進歩の理念を無効にした史的唯物論のあり方を提示することであると見てもよい。まさにこの点にこそ、史的唯物論はブルジョアジー的思考習慣から明確に袂《たもと》を分かつべき十分な理由があ

る。史的唯物論の基本概念は進歩ではない。それはアクチュアリティを呼び起こすことである。〔V. 574（N2, 2）〕

ベンヤミンがパサージュ論で直接ダーウィン的社会進化論を扱うとき、それは進歩的発展という前提を攻撃するためであっても驚くに当たらない。彼が「自然淘汰の理論」を批判するのは、「それが進歩は自動的に遂行されるのだという考え方を拡げるからだ。さらにそれが進歩の概念の適用を人間の行為の全領域にまで拡大することを容易にする」〔V. 596（N11a, 1）〕からである。それとは対照的にベンヤミン自身の「自然史」の観念布置では、幸福な結果が前提とされることはなく、それどころか、必然的な社会的結末すら存在しない。

歴史の進行について自然なものなど何もない。しかし自然は歴史的に進む（ベンヤミンが主張しているのはこの点である）。産業と技術という新しい自然は、生産手段のレベルにおいては現実の進歩を表象しているが、他方、生産の関係性というレベルにおいては、階級間搾取は相変わらず残っている。ここでもまた誤謬へと導くのは自然と歴史の融合である。すなわち社会の進化は、歴史の野蛮を自然とみなせば神話となるが、他方、産業の進歩を出発点とみなすとき、自然における前進を歴史の前進と見誤るという神話的誤謬に陥るのだ。

「歴史哲学テーゼ」として知られるベンヤミンの最後期のテクスト「歴史の概念について」（一九四〇年）は、技術の進歩と歴史の進歩を同一視したことが、ドイツの労働者階級を誤った政治的目標設定へと導いたと論じている。

技術の発展を彼らは、自分たちが乗っていると思った流れの必然の道筋と見なした。そこから、技術的進歩の一種である工場労働は政治的成果の一つであるとする幻想までは、ほんの一歩でしかなかった。〔……〕労働者は工場の生産物を自由に使えなくても、それをいかに労働者に役立つようにするかという問いに〔真剣に関わらなかったのだ〕。〔……〕この労働概念はただ自然支配に進歩を認めるだけで、社会の退歩を認めようとしないのだ。〔「歴史哲学テーゼ」I. 699〕

もともと進歩という概念は、啓蒙主義思想家たちが歴史を判断するときの基準であって、歴史にそれが欠落していることを見つけるための基準であった〔V. 596 (N11a, 1)〕。この概念が、「疑問視するという批判的立場ではなく、無批判に現実として実体化する前提」となるのは、「進歩が歴史の経過全体を表す印」となったときである〔V. 598 (N13, 1)〕。ベンヤミンはこの誤まった同一視の根源を探しあてた。彼はきわめて因習的な新マルクス主義用語を用いて、進歩の概念は、「ブルジョワ階級が一九世紀に権力を掌握した」ときにその批判的な機能を喪失したと主張している〔V. 596 (N11a, 1)〕(3)。ただしきわめて非因習的なことに、彼はこの主張を、パリという都市の物理的変容を用いて視覚的に実証づけようとしたのだ。

2

一八世紀の市民階級の啓蒙思潮は、天上の都市と地上の都市は、罪と災難に満ちた都市と、救済と永遠の祝福に満ちた都市という対立しあう二つの極であるとする神学的立場に反旗を翻した。啓蒙主義は神から与えられた理性を用いて、現世のこの地上に「天上」の都市を創り出すよう求め、そして地上の楽園としては、物質的幸福がその建設の新基本的構成要素となる。一九世紀にヨーロッパ中の首都が、そして最終的に世界中の首都が、地上の天国のための新しい産業と技術の約束を陳列する華麗なショーケースへと劇的な変貌をとげたが、その中でもパリほどの光彩を放つ都市はほかにはなかった。その生涯がほぼ一九世紀全体をまたぐボストン市民のトマス・アップルトンは、新旧両方のその概念をこう捉えている――「良きアメリカ人は、死ぬとパリに行くのだ」〔アップルトン、エヴェンソン『パリ』中の引用(4)〕。「この地上の都の広々とした並木の連なる大通り、商店、カフェ、劇場、それに美味な料理とワインという具体的な形象(5)」が伝説となるあまり、「天国の真珠の門と金の階段という漠としたビジョンをくすませてしまうかもしれない」〔エヴェンソン『パリ』1〕。

都会の眩さと豪華さは歴史上新しいものではなかったが、そこに一般民衆が立ち入ることができるようになったのは新しいできごとだった。大通りや公園をそぞろ歩き、デパートや博物館、アートギャラリー、国の記念建造物を訪れる者すべてが、近代都市の壮麗さを経験できた。「のぞき鏡」のようなパリ〔V. 1049（C°, 1）〕は、目にまぶしく、同時に民衆を欺きもする。光の都市は一世紀かけて夜の闇を——ガス灯で、次に電灯で、そして最後にネオンで——消し去った〔東T「さまざまな照明」V. 698-707 参照〕。鏡の都市では、群衆自体が都市の光景となり、生産過程の階級的関係性を鏡の背後において見えなくしながら、人々を生産者よりもむしろ消費者の像として映し出した。ベンヤミンはパリの光景を「魔術幻灯《ファンタズマゴリア》」——めまぐるしく大きさを変え、互いに入り混じる視覚幻想から成るマジックショー——だと評した。マルクスの場合は、この語を、市場において「物神」となる商品が人を欺く外観を指すのに用いている。パサージュ論では商品の物神的性質に関する『資本論』中の関連個所を数節引用して、交換価値がいかに生産労働における商品の価値の源を曇らせ見えなくするかを説明している[6]。だがベンヤミンの論の出発点は、資本の経済的分析よりもむしろ歴史的経験の哲学であり、新たな都会の魔術幻灯の意味を解く鍵は、市場における商品ではなく、陳列される商品であり、そこでは使用価値に劣らず、交換価値すら実際的な意味を失い、純粋に表象的価値が前面に押し出される。性から社会的地位に至るまで、人が欲する物はすべて、個人的所有という意味でははるかに手が届かないものさえ、群衆を魅了する陳列台の上の物神として商品へと変えられるのだ。事実手に入らないほど高額な値札は、商品の象徴的価値を強めるだけだった。さらには、新しさが物神と化すようになるとき、歴史自体が商品の様相を呈するようになったのだ。

3

パノラマ〔図4．1〕はパサージュではよく見かけられる呼び物で、見物人の目の前で広大な風景を繰り広げて、世界の中を全速力で通り抜けていくような幻想を与える。それは商品が陳列されるショーウィンドーの並びに沿って進んで行く経験に似る。この第三節では「パノラマ的」ツアー方式で、ベンヤミンが調査の中で掘り起こした進歩の魔術幻灯の根源形式をめぐっていく。そうすることで、ほんの小さな空間でパサージュ論の領域のかなり多くの部分をカバーできるだけでない。パノラマ的提示の原則を複製することによって、ベンヤミン自身がしようとしていた弁証法的に構築した形象群によって、中断から成る歴史を構築する感覚を味わってもらうことができるだろう。

パサージュ

パサージュは「商品資本主義の根源的殿堂」であった〔V. 86（A2, 2）: L°. 28も参照〕。「パサージュ――それは妖精の洞窟のように第二帝政のパリに光りを放っていた」〔V. 700（T1a, 8）〕。（実用上、周囲の四つの道路すべてとつなぐため）教会のように十字架の形に建造され、この私的所有物でありながら公共的に通過されるパサージュは、教会の壁龕《ニッチ》に置かれたイコンさながらに、ショーウィンドーに商品を陳列する。そこに見られるきわめて現世的歓楽の建物では、完成された料理、酔いを誘う飲み物、ルーレットの回転円盤上で労役なしに得られる富、ボードヴィル劇場の陽気さ、そして一階のギャラリーの着飾った夜の女たちの天国のような一団などが道行く人々を誘う。「パサージュの二階の窓は「ツバメ」と呼ばれる天使たちが住みつく二階天井桟敷である」〔V. 614（O1a, 2）: c°. 2も参照〕。

アンジェラ

4.1　パノラマの観客

一階《フライト》〔フライトには天使の群れの意味もある〕上の右側〔V, 90（A3, 3)〕

ナポレオン三世の第二帝政期に都会の魔術幻灯はパサージュという狭く囲まれた場から花開き、パリ中に散種し、そこで商品の陳列はますます壮大で気取った形式構成を成し遂げた。パサージュは「デパートの先駆者である」〔一九三五年概要 V, 45〕。陳列の魔術幻灯は万国博覧会で絶頂を迎えた。

万国博覧会

最初の万国博覧会は一八五一年ロンドンで開かれた。その時の有名な水晶宮はもともとパサージュで用いられていたのと同じ鉄骨とガラスからできていたが、パサージュよりははるかに大胆で記念碑的な規模となっていた〔V, 239（G2a, 7）及び（G2a, 8）参照〕[7]。木全体が一一二フィートの高さの屋根で覆われた。工業製品が芸術品であるかのように陳列され、装飾的な庭園、彫像、噴水が、人々の注目を競い合った。博覧会は当時の人々に「比べようもなくおとぎ話めいている」と形容された〔ロタール・ブーヒャー、レッシングの引用 V, 248（G6-G6a）〕。水晶宮はヨーロッパの人々の世代全体の想像力に入り込むおとぎの世界で、古い自然と新しい自然――ヤシの木とポンプやピストン――を混ぜ合わせた。一九〇〇年にユリウス・レッシングはこう書いている。

子供のとき水晶宮のニュースがドイツまで届いた時の様子を覚えているし、辺鄙な田舎町のブルジョアジーの居間の壁にもこの写真が貼られていたことも覚えている。ガラスの棺に入れられた王女、水晶の館に住む女王と妖精たち、私たちが思い浮かべるそういった昔ながらのメルヘンのイメージのすべてが、そこに具現されているように思われた。〔レッシング V, 248-49（G6; G6a）〕

最初の万国博覧会の場にこそならなかったが、パリは何度も最大級の万国博の開催地となった。最初は一八五五年で[8]、「怪物のような巨大なガラスの屋根」〔『パリの一週間』V, 257（G11, 1）〕の下に、「ヨーロッパ全体が商品を見るために移動してきた」〔モラン V, 243（G4, 5）〕。そのあとの一八六七年のパリ博のために建てられた建造物はコロッセウムに比された――「それはまるでほかの惑星の、それこそ木星か土星で、私たちのあずかり知らぬ趣味に従い、私たちの目には親しみの薄い色調を使って造られた建物のような感じだった」〔ゴーティエ V, 253-54（G9, 2）〕。それに続く一八八九年と一九〇〇年のそれぞれの万国博はパリという都市に永続的な痕跡――グランパレ、トロカデロ宮殿、そしてパリの商標であるエッフェル塔――を残した〔V, 243（G4, 4）及び V, 268（G16a, 3）参照〕。博覧会で陳列されたものをジークフリート・ギーディオンは総合芸術にたとえた〔V, 238（G2, 3）〕。その理由はまさしくその品々の魔術幻灯めいた性質にあり、機械技術とアートギャラリーの混合、軍備用の大砲とモードの衣装、仕事と快楽が、目に眩しい一つの視覚的経験へと統合されたからである。

4.2　水晶宮，ロンドン，1851 年

万国博は「娯楽産業」の根源であり、それは

〔……〕大衆の反応行動のあり方を洗練し、多様性を促す。そうすることで娯楽産業は、大衆を広告に順応させる準備をしている。したがって娯楽産業が万国博覧会と結びつくのには十分根拠があるのだ。〔V, 267（G16, 7）〕

博覧会で群衆は広告の原則――「見よ、ただし触れてはならぬ」〔V, 267（G16, 6; m4, 7も同様）〕[9]――に慣らされた。そして見るだけで喜びを得るよう教えられたのだ。

ウィンドーショッピングが遊歩者の活動から発したように、ガラスの幅広なショーウィンドーは、もとはパサージュから始まった。「新奇なもの」でいっぱいの店や娯楽商店は富裕層の一般顧客に依存していた。それとは対照的に、万国博では資本主義の「民衆祭」としての幻想創造という機能の方が、商品の売り買い自体より重要であり[10]、この幻想創造機能が大衆娯楽そのものを大きなビジネスにしたのだ[11]。パリの一八五五年の博覧会では出品者は八万人いた〔V, 255（G9a, 5）〕。一八六七年の博覧会への一五〇〇万人の来場者〔V, 253（G8a, 4）〕のなかには四〇万人のフランス人労働者が含まれており、また海外からきた労働者たちはフランス政府の金銭的援助を受けて滞在した〔V, 250（G7, 5）〕。プロレタリアートは権威者たちから、彼ら自身の階級が生産しながら所有することのできない驚くべき陳列品を見て、そしてまた彼ら自身に取って代わるはずの機械に驚嘆するために、この産業の神殿への「巡礼」に赴くよう促されたのだった[12]。

政治の幻想創出《ファンタスマゴリア》

パサージュ論は基本的には労働者や労働者階級組織への博覧会の影響に関心を寄せている。三つの異なった労働者

派遣団が一八五一年にロンドンに送り出された。「そのいずれも、本質的な成果を上げることはなかった。うち二つは〔ひとつはフランス国民議会、もうひとつはパリ市当局から派遣された〕公的な派遣団であった。私的な派遣団は報道機関、とりわけエミール・ド・ジラルダンの支援のもとで成立した。これらの派遣団を結合することに、労働者たち自身は何の力も及ぼすことはなかった」〔V. 252（G8, 4）〕。

万国博覧会は様々な国々からの労働者が一堂に会し、共通の利害について議論する機会を与えたのだから、国際労働者協会〔ＩＷＡいわゆる第一インターナショナル〕の誕生の場だとする主張もある。(13) しかし権力者側の当初の懸念とは裏腹に、博覧会は全く反対の効果を示した。政治の幻想創出《ファンタズマゴリア》は商品の幻想同様、産業と技術が平和と階級間の調和や豊かさを産出することのできる神話的力として展示される万国博にその源泉を置く。(14) おとぎの国としての万国博覧会が放つメッセージは、革命なき社会的進歩の約束である。事実、博覧会は、大衆に対して階級間対立の存在すら否認している〔V. 256（G10a, 2）参照〕。労働者たちが自分たち自身の代表を選ぶことを許されたとしても、そのようなプロレタリアートの集会が持ちうる革命的な結末は取り込み済みだった〔V. 252（G8a, 1）参照〕。ベンヤミンは（マルクスの初期の著述をはじめて世に出した）『マルクス・エンゲルス全集』のソビエト人編集者Ｄ・リヤザノフを引用している。

……前面に出されていたのは……産業団の利害であって、労使間の了解が不可欠であることが特に強調されていた。この了解こそが労働者の置かれている苦境を改善しうる唯一の方法とされているのだ。……私たちは……この集会をＩＷＡ〔国際労働者協会〕……の生誕の場と見なすことはできない。それは伝説にすぎない。〔リヤザノフ V, 245–46（G5, 2）〕

ロシアのマルクス主義者Ｇ・プレハーノフは、万国博は全く別のことを教えることができうると考えた。興味深いことにフランス革命一〇〇周年を祝った一八八九年のパリ万博の後、彼はその進歩的効果についての楽観的意見を公表している。

フランスのブルジョアジーがいわば意図的に心がけたのは、社会変革の経済的可能性と必然性をプロレタリアートの眼前に突きつけることだった。万国博覧会によってプロレタリアートは、あらゆる文明化された国々において生産手段が途方もない発展段階に到達していることを、手に取るように理解することができた。それは全盛期のユートピア主義者たちの大胆きわまりない想像力すらはるかに凌駕するものだった。……さらに目下のところアナーキーな状態が生産場面を支配しており、この状態のもとでは現代の生産力の発展はますます強度の産業危機——世界経済の進展にますます破壊的な作用を及ぼす産業危機——に、必然的に行き着くほかないのだということ、このことをも万国博覧会は示していた〔プレハーノフ V, 244（G4a, 1)〕。

万国博の歴史的論理はまさにその正反対であったので、このような見方は事実よりも願望充足的思考法であったと言えよう。生産手段の進歩と世界経済の「無秩序」（危機と失業）との間のギャップが大きければ大きいほど、プロレタリアートが革命的教訓を引き出さないようにし、世界の自動的な進歩という神話を浸透させるために、このような資本主義の民衆の祭典が必要とされるのである。

陳列された国家の進歩

こうして一九世紀の終わりごろ、万国博はまた別の意味を帯びるようになった。それは大衆の驚嘆を引き起こすユートピア的おとぎの国をただ供給するだけで終わらなかった。万国博の一つ一つが、その前の博覧会よりさらに記念

4.3　パリ博覧会（エミール・ゾラによる写真，1900 年）

未来に対する深い信念

過去の博覧会がどれほど壮大であっても，人類に開かれた道をしるし，その後に続いた征服を要約する新しい博覧会が必ずそれをしのぐことになる．

これこそがこの産業の周期的祝祭の成功のゆえんであり，博覧会が大衆を強力に惹きつけた主たる原因であった．博覧会は人々の骨折り仕事の間にはさまれた余暇と陽気な数日間であっただけではない．それは，長く待たされたあと，私たちが辿った道を測ってみる高みとして登場する．人類は慰みと勇気を得て，未来への深い信念に元気づけられるために出かけていくのだ．この信念は，かつては前世紀のごく少数の高貴な精神の人だけのものであったのが，今日ではますます広く普及するようになった．それは近代の共通の宗教となり，実り多い崇拝となり，そこでは万博が主要で有用な儀式として——勤勉に拡張を求める抗しがたい必要に動かされる国民の存在を示すために必要なデモンストレーションとして——執り行われる．そこから流れ出るあらゆる種類の物質的恩恵よりもむしろ博覧会が人間精神に与える強力な起動力によってその存在意義が実証される企てとして．

［一九〇〇年の博覧会は，］科学と経済の途方もない上昇の世紀の終結の時となるだろう．それは同時に，新しい時代の幕開けでもある．その壮大さを専門家や哲学者たちが予言し，その現実は，疑いもなく，私たちの想像力が夢見ることを凌駕するはずの新しい時代の．

碑的で、壮観の度合いを増すスペクタクルとなることによって、このユートピア的目標の実現に向かいながら、歴史の進歩の可視的「証拠」を与えるように要請されたのである〔図4．3〕[15]。最初の万国博は純粋にビジネス上のプロジェクトで、貿易自由主義の原則を促進するためのものだった。ところが一九〇〇年までには、政府は企業家とほとんど区別がつかなくなる地点まで関与していくようになる[16]。帝国主義の新しい一部として、「国家」のパビリオンが国家の壮大さを宣伝し、愛国心自体が陳列商品へと姿を変えた。そして国家は顧客ともなった。万国博は政府の買い物用に、最新鋭の武器を陳列しながら、世界平和の促進を主張したのだ〔V. 247（G5a, 6)〕。

都市計画

現代の幻想空間《ファンタズマゴリア》を構築する国家の役割は、万国博覧会だけに限られていない。ベンヤミンは主として国家財政による新しい都市計画の問題を扱っている。それはちょうど万博開催と同時期のことで〔V. 1219（覚書19）〕、パリではナポレオン三世の大臣オースマン男爵がとり憑かれたように行った仕事だった〔編者覚書 V. 1218を参照〕[17]。この「取り壊し専門芸術家」が育んだ魔術幻灯的幻想は、歴史の進歩という神話形象においておおいに異彩を放ち、進歩を成しとげる国家の記念碑の役割を果たしている。都市の「再生」計画は、物象化の古典的ならいで社会関係には全く手をつけないで、建物や道路――空間内の物体――の配置を変えることによって社会的ユートピアを創り出そうとしていた。オースマンのもと、学校や病院が建設され、空気と光が都市にもたらされた〔V. 187（E3, 2）参照〕が、それによって階級間の反感は隠されただけで消し去られたわけではなかった。

オースマンのスラム・クリアランスは労働者階級の近隣関係を破壊し、貧困層の醜悪な眺めや健康への危険要素をパリの中心部から郊外へと追いやっただけだった[18]。オースマンの公園や「遊園場」は社会的平等の幻想を与えたが[19]、陰では彼の建築計画は不動産の投機ブームを生み、結果的には、政府は公共の資金で資本家の私的財産を拡大したことになる〔V. 182（E1a. 4）参照〕。鉄道がパリ中心部まで達し、鉄道駅が都市の玄関口の機能を受け継いだ〔V. 182（E2a. 5)〕。パリの取り壊しは大規模に行われ、古いパリにとってはいかなる軍隊の侵攻にもまさるほどの壊滅的結果となった[20]。オースマンが広々とした大通りから創り出した都会の「遠近法的展望」には、永遠に伸びていくような錯覚を与えるように統一された建物の正面《ファサード》が延々と連なり[21]、所々に国家記念碑が配され、断片化した都市に一貫性を持った外観を与えた。実際この計画は帝国の中央化の政策に基づいており、それはこの都市の「ありとあらゆる個性的な部分や自発的な発展を抑圧」〔ホネッガー V. 181（E1a. 1)〕し、「パリ市民が〔……〕もはや全くくつろげない人工的な都市を生み出した」〔デュペック／デスプゼル V. 189（E3a. 6)〕という意味で、全体主義的美学の権化であった。
万国博と同じくパサージュ論が関心をもったのは、都市計画が労働者階級の革命の可能性をそこなう方向に及ぼした効果だった。

> オースマンの事業の真の目的は、内乱に対してこの都市を守ることであった。彼はパリ市内でのバリケードの構築を未来永劫にわたって不可能にしようとしたのだ。〔……〕道路の幅を広げて、バリケードの構築を不可能にし、兵営と労働者地区を最短距離で結ぶ新しい道路を作ろうとするのである。当時の人々は、この企てに「戦略的美化」という名前を与えている。〔一九三五年概要 V. 57: V.190（E4, 4）及び（E8, 1）参照〕

オースマンの「戦略的美化」は近代国家主義の文化の根源形式である。

神性を与えられた進歩

「ヴォルテールが一八世紀の人であったと同じく、一九世紀の人であった」と言われるヴィクトール・ユゴーは

〔ユゴーへの追悼文 V, 905 (E3, 6)〕、第一回パリ万博の開かれた一八五五年に、「進歩とは神御身の足跡である」〔V, 905 (d2, 2)〕[22]と宣言した。進歩は一九世紀の宗教となり、万国博はその聖なる神殿であり、商品はその崇拝物であり、オースマンの新しいパリはバチカン市国であった。サン＝シモン主義は自称この新しい宗教の世俗僧となり、工業の前進を讃える詩を書き、自分たちの小冊子を何百万部も（一八三〇年から三二年のあいだに一八〇〇万ページ分）配布した〔V, 736 (U14, 3)〕。この大量生産の廉価出版物は、万国博も含めて大企業家たちの企てに神聖な是認を与える。鉄道建設に使命感が吹き込まれる。ベンヤミンはサン＝シモン主義のミシェル・シュバリエを引用している。

今日、文明諸国が鉄道の建設に注いでいる熱意と情熱は、数世紀前の教会建立のための出来事に比べられるものだ。……俗説通りに宗教（*religion*）という語が結びつける（*religare*）という語源から派生したとすれば、……鉄道は、ふつう思われているよりも、宗教的精神と深い関係を持っていることになる。各地に散らばった人々を結びつけるために、……これほど強力な装置はかつて存在しなかった。〔シュヴァリエ V, 739 (U15a, 1)〕[23]

このような人々の「結合」は産業主義それ自体が階級の壁を無くし、従来宗教の目標であった共通の親族愛を成し遂げることができるという幻想の形成に貢献した。実際サン＝シモン主義の理論の決定的な政治的特徴は、労働者と資本家が、同一の「産業階級」の中に結び合わされるという彼の考えにあり〔V, 717-18 (U5, 2) 参照〕、彼は、企業家も「利子を支払うので」搾取されていると考えた〔V, 716 (U4, 2)〕。ベンヤミンは「サン＝シモン主義者は民主主義にごく限られた共感しか抱いていない」〔V, 733 (U13, 2)〕と評した。サン＝シモン主義者によれば、「すべての社会的対立は、進歩はごく近い将来に見込まれるというおとぎ話の中で融解してしまう」〔V, 716 (U4a, 1)〕はずなのだ。

大きいことはいいことだ

空間移動が歴史の動きという概念とあまりに強く結ばれていて、両者がもはや区別不能となるにつれ、鉄道がその指示対象に、進歩がその記号になっていった。しかし進歩との神話的同一視をとげるメタファーはスピードだけではない。競争的資本主義の条件のもとでは、純粋な数字や、大量、過剰、実物以上の壮大さ、そして拡張が、この意味論の星座の中に入り込み、「進歩」の極めて効果的な広告となる。

こうしてショーセ・ダンタンと呼ばれる［店］では、近頃新たに仕入れた品物をメートル単位で表示するようになった。［……］合わせて一一〇〇万メートル近くの工場製品が宣伝されていた。さて、ショーセ・ダンタンを「世界でナンバーワンの商店」として、また「もっとも堅実な商店」として女性の読者たちに推奨したあとで、『タンタマール』は、こう注記している。「フランスの鉄道は合わせても一万キロメートル、つまりは一〇〇〇万メートルにも達していないのです。ですからこの商店一軒がその布地を提供すれば、フランスの鉄道全体をテントで覆うようにすっぽり包むことだってできるのです。それはとりわけ夏の暑い盛りには快適なことでしょう」。三、四軒の類似商店が長さを尺度とした、似たような宣伝を行っている。たとえば、布地を全部合わせればパリのみならず……セーヌ県の全土を大きな廂《ひさし》でおおうことができる。「それはまた雨のときにもたいへん快適であるでしょう」。［……］

こんなふうにも謳われている。「首都で最大の店舗ラ・ヴィル・ド・パリ」、「帝国で最大の店舗レ・ヴィル・ド・フランス」、「ヨーロッパで最大の店舗ショーセ・ダンタン」、「世界で最大の店舗ル・コワン・ド・リュー」。世界で最大！　それならこれ以上大きなものはこの世に存在しない。これが限界ということにきっとなるのだろう。いや違った、ルーヴル百貨店がまだあった。この百貨店は「宇宙で最大の店舗」という呼称を掲げているのだ。〔「現代のパリの姿」

V, 236-37〔G2, 1〕

巨大主義は国家権力の想像力にも同じく浸透していた。

パリの改造を支配してゆく新しい精神を一言で定義するとすれば、それは誇大妄想狂と呼ぶことになろう。皇帝とその知事〔オースマン〕はパリをフランスだけでなく、世界の首都にしようとしている。〔デュベック／デスプゼル E5a, 2〕

パリは世界となり、宇宙はパリとなる。〔……〕パリはやがて雲の上に乗り、天の天まで登り、惑星や星をその郊外にしてしまうだろう。〔ラティエ V, 198〔E7a, 4〕〕(24)

宇宙的な規模、壮大な重厚さ、そしてパノラマ的視野がこの新しい都会の魔術幻灯《ファンタズマゴリア》の特徴だった。その場面のすべて——鉄道駅、博物館、ウィンターガーデン、スポーツ・パレス、デパート、展覧会ホール、大通り——がかつてのパサージュを狭小なものに見せ、陰らせてしまう。かつて幻想を生み出した魔術的な「妖精の洞窟」はかすんでしまった。その狭さは息苦しく、その閉ざされた視界は閉所恐怖症を呼び、ガス燈はあまりに薄暗く見えた。

4

新しいもののなかでは、現実と外観の境界線はいったいどこに走っているのか。〔一九三五年概要、覚書 14 V, 1217〕

この幻想世界《ファンタズマゴリア》をどうすれば見通すことができるのか。公共の言説に浸透している進歩というメタファーの仮面はどうすれば剝がすことができ、大衆の意識を迷わすごまかしにすぎないその正体をどのようにしたら暴くことができるのか。しかも近代の大都市のけばけばしいほどの輝きがまさに進歩の物理的証拠を眼前に差し出しているように思われるちょうどその時代に。神話への反証を求めて、ベンヤミンは、技術の変化を社会改良と同一視し、地上の楽園の不可避的な到来というイメージを持つ「進歩」の意味論に対して、その肌理に激しくさからう対抗形象を発見するために、学問的想像力の限りを働かせ、それを自在に利用した。マルクス自身が進歩の言説の魔術に捉えられ、革命を「世界の歴史の機関車」と呼ぶのに対して、ベンヤミンはこう反論した。「おそらくそれは見当違いだろう。革命とはおそらくその列車に乗って進む人類が非常ブレーキに向かって伸ばす手であるだろう」〔「歴史の概念について」の覚書V. 1232〕。「大きいことはいいことだ」という現実を超えた大きさを求める巨大信仰が資本主義と帝国拡大を歴史の進歩の行程と見なすのに対し、ベンヤミンは、小さな、打ち捨てられた、まさに歴史の「ゴミ」であるがゆえに先例のない物質の破壊の証拠である時代遅れの建物やモードを追い求めたのだ。歴史に正統性を貸し与えるために、サン゠シモン主義者が当時いまだに強力な意味論的力を保っていた宗教的言説を利用したのに対し、ベンヤミンはこの言説の方向を逆転させ、歴史の前進という免罪符的正当化を反転し、歴史への徹底的な批判に向かわせたのだ。

ポルト・マイヨ改造デザインコンテストの受賞作を見てみよう（図4．4）。（実際に建造されそうにないアイデア・コンクールとされた）このコンテストは、一九三一年パリ市がスポンサーとなって実施された。ビゴー作の受賞作品のドラマチックな焦点は、ラ・デファンス円形広場に建立されるはずのフランスの軍事的勝利を祝う「勝利の天使」という巨大な翼をもつ彫像であった。古典的な像は、落ち着き払って未来の方を見ている。その記念碑的な巨大さによって群衆は矮小化され、その結果、宇宙的スケールの世界の出来事や国家の運命などに対して、人々は無力感にとらわれ、子供のように大きな力に依存するしかないように感じさせられる。対照的に、観る者との関係においてはあくまで人間的スケールをたもち、ベンヤミンが「歴史の天使」を具現化したと考えたポール・クレーの「新しい天

4.4　ラ・デファンス円形広場のために提案された「勝利の女神像」（ビゴー，1931 年）

使」（図４．５）の像ほどに、この神話的な進歩の記念碑からかけ離れたものはあるだろうか。ただし、この新しい天使の像がもつ批判力は、それにつけたベンヤミンの解説文が生み出しているのだ。

> 「新しい天使《アンゲルス・ノーヴス》」と題されるクレーの絵がある。それには一人の天使が描かれていて、この天使はじっと見つめている何かから、今まさに遠ざかろうとしているかに見える。その眼は大きく見開かれ、口は開き、翼は拡げられている。歴史の天使はこのような姿をしているに違いない。彼は顔を過去の方に向けている。私たちの眼には出来事の連鎖が立ち現れてくるところに、彼はただ一つの破局《カタストロフィ》を見るだけなのだ。その破局は、手を休めることなく瓦礫の上に瓦礫を積み重ねては、それを彼の足元に投げつけている。［……］［楽園から嵐が吹きつけていて］彼が背を向けている未来の方に抗いようもなく彼を押しやり、その間も彼の眼前では、瓦礫《がれき》の山が積みあがって天にも届かんばかりになる。私たちが進歩と呼んでいるもの、それがこの嵐なのだ。［「歴史哲学テーゼ」I, 697-98　強調はベンヤミンによる］

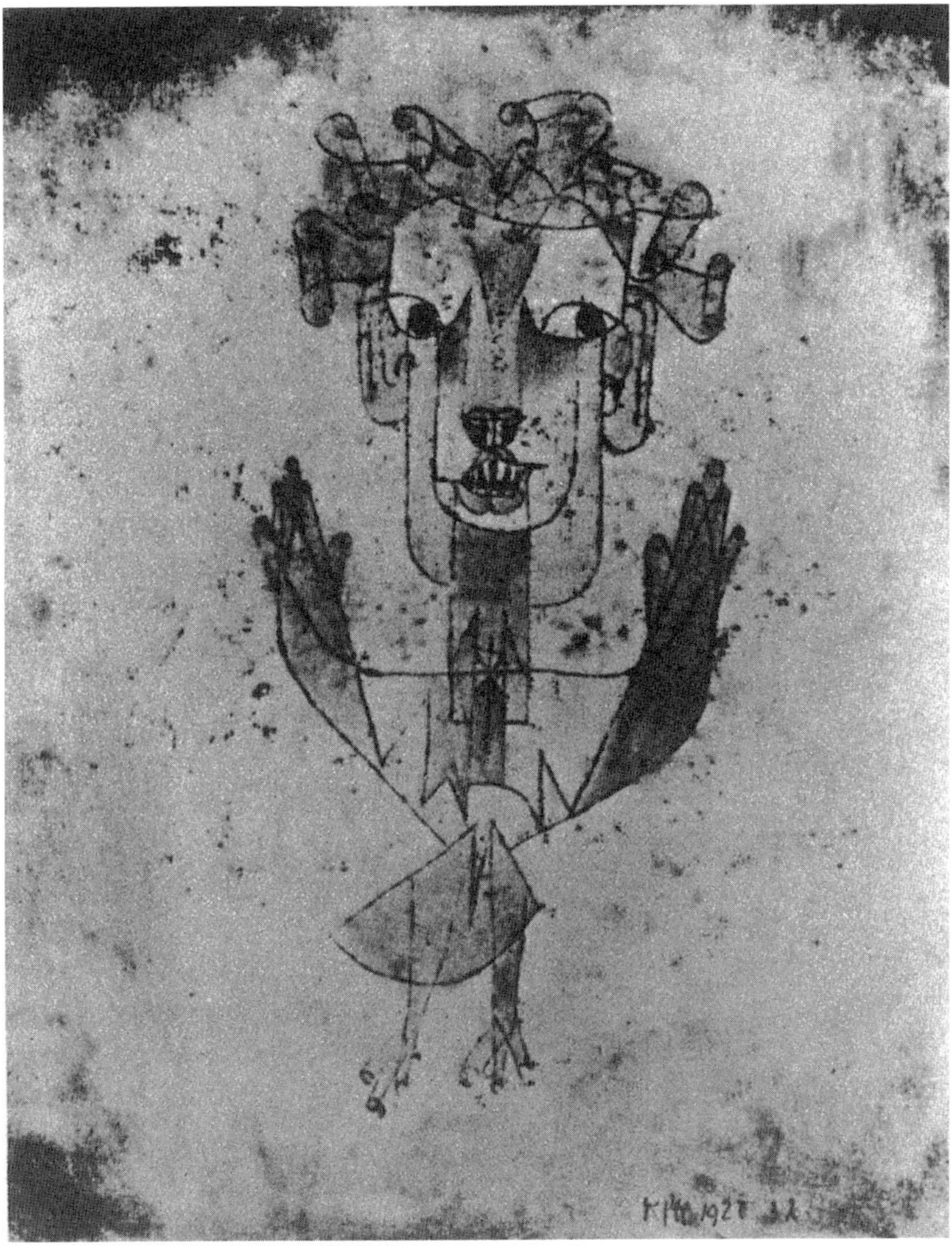

4.5 「新しい天使」（ポール・クレー，1920年）

前方ではなく後方を向いて物質的な自然の破壊を実際に起こるままに見るという歴史の構築は、（実際に起こったことを忘れなければ保つことができない）「歴史の進歩」という未来主義の神話に対して、弁証法的な対照を成す。

埃

モダニティを、社会のユートピア、すなわち階級の調和と物質的潤沢さという「天国」の実現にいたる出来事の連鎖という歴史的連続性として理解する魔術幻灯《ファンタズマゴリア》——この概念の星座が、天文学的な力のように、革命的意識を妨げるのだ。ベンヤミンは歴史の源泉の中で看過されてきたそのような概念を爆破する小さなモティーフに注目した。神話が歴史を前進させる動力として機械の力を思い描くのに対し、ベンヤミンは歴史が変動させていない物質的証拠を与える。たしかに身じろぎもせずにたたずむ歴史には埃がたまる。歴史の記録がその証拠となっている。

〔一八五九年、〕マルシュの競馬場からの帰り道。「埃は思ったよりもはるかにひどかった。マルシュから戻ってきた「お洒落さん」たちはポンペイ並みにほとんど埃に埋まっていた。つるはしでとは言わないまでも、ブラシをかけて埃の中から掘り出さなければならないのだ。」〔ペーヌ V, 165 (D3a, 5)〕

埃はパリに降り積もり、攪拌され、そしてまた積もる。[25] それは漂ってパサージュへ向かい、その隅に積もる。[26] ブルジョアジーの居間のベルベットの襞《ひだ》や詰め物に溜まる。[27] グレヴァン蝋人形館の歴史的な像たちにまといつく〔V, 1006 (F°, 8)〕。女性のドレスの流行りの引き裾が箒《ほうき》さながら埃をはいていく〔V, 158 (D1a, 3) 参照〕。「ルイ・フィリップの治下で埃は革命の上にすら積もった」〔V, 158 (D1a, 1)〕。[28]

壊れやすさ

歴史がじっとしているからといってパリがより安全になるわけではない。それどころかオースマンのパリの記念碑的ファサードが確立しようとした永続性の幻想の背後で、都市は実ははかない。むしろ驚くべきは、「パリがいまだ存在している」〔ドーディー V. 155（C9a, 1）〕ことだろう。シャルル・メリヨンがオースマンによる破局的壊滅が行われる前夜に描いたインクのスケッチ画〔正しくは腐食銅版刷り〕にベンヤミンが見出した価値は、このはかなさを捉える能力であった。オースマンによるパリの「近代化」は、パリの痕跡を拭い去ってしまうことで歴史を抹消してしまった。それに対してメリヨンの描く光景は、近代の歴史の本質的にはかない性質を捉え、その痕跡を記録することによって生きた人々の苦難の記念とした。

ある都市が近代的《モデルン》かどうかの基準となるのは、記念碑の不在である。（「ニューヨークは記念碑のない都市である。」デープリーン）――メリヨンはパリの兵営風住宅からモダニティの記念碑を作り出したのである。〔V. 487（J91a, 1）〕(29)

進歩のない移ろい、歴史に何も新しいものをもたらさない「新奇さ」の飽くなき追求――この移ろいやすさの輪郭を可視化させながら、ベンヤミンは近づきつつある地上の天国に対する直接的な対抗イメージを与えている。それは「モダニティ、地獄の時間」〔V. 1010（G°, 17）〕だ。地獄のイメージは近代の現実を黄金時代として描く一九世紀の描写法に対する弁証法的アンチテーゼであり、ラディカルな批判である。一九三五年概要の覚書はこの「弁証法的スキーマ」を与えている。

地獄――黄金時代。地獄のキーワード――倦怠、賭博、貧窮。この弁証法の規範――モード。カタストロフィーとしての黄金時代。〔一九三五年概要　覚書7　V, 1213〕

ベンヤミンは進歩の神話に代えて、地獄めいた反復こそが全体としての歴史の本質であるとする保守的、あるいは虚無的視点を提案しているわけではない。〔ベンヤミンは「永遠の繰り返し」への信念はそれ自体「根源の歴史に関わる神話的思考」であるとして批判している〔V, 177（D10, 3）〕。〕それどころか古めかしく神話的な地獄のイメージの一つである「時《とき》の死のような反復性」は、商品社会の近代的で新奇なものを描いていると言っているのだ。逆に言えば、新奇さとは古さの欠如ではない。「地獄の罰はいつでもこの領域に存在する最も新しいものである」〔V, 1010–11（G°, 17）〕。地獄の時間としてのモダニティの形象が問題にするのは、

「くり返し同じこと」が起こるということではなく、〔ましてや、これは永遠回帰に関する話ではない〕、地球と呼ばれるこの巨大な頭の表層では、まさにもっとも新しいものは変化しないということなのだ。つまり、最も新しいものが、あらゆる部分においてつねに同じままであるという事実だ。それが地獄の永遠性と、革新へのサディスティックなまでの欲求を構成している。この「モダニティ」を銘記する諸特徴の全体を規定することが、地獄を描写することにほかならないのだ。〔V, 1011（G°, 17）〕

モード

反復、新しさ、死からなる星座群としての地獄の形象によって、ベンヤミンは哲学的知に資本主義的近代に固有の「モード」と言う現象を切り開いた。(30)「モードの形而上学」は『パサージュ論』のために考えられ(31)、初期の覚書はそれ

をどのような筋道で理解できるか説明している。モードは単なる近代の「時間の尺度」〔V. 997（C°. 2)〕ではない。それは商品生産の「新しい」自然の結果まったく変わってしまった主体と客体の関係を具現化している。商品の「魔術幻灯《ファンタズマゴリア》」はモードにおいて、皮膚にもっとも肉薄するのだ。

衣服は主体と客体、個人と宇宙の文字通り境界線に位置する。この境界線という位置が、歴史を通して衣服が象徴的意味を担ってきた説明となる。中世においては「正しい」服装とは社会階層が押印されたものであった。化粧は神聖な宇宙秩序を反映するものであり、宇宙における自分の場を示す記号であった(32)。もちろん、当時、階級は人間の生が反映されると見なされていた自然と同じく不動のものだった。誕生の偶然がその社会条件を決定し、その社会条件が、死の確率を決定するのだ。そのような生物学への歴史の介在は運命として受け入れられ、衣服のスタイルは社会階層を反復することによって階層性を強化した。そのような過去を背景にすると、現代のモードの肯定的局面は際立つ。「新しさ」や所与からの離脱を絶えず求めようとすることが、一つの世代の集団性を示すものである。その服装は、子供時代の依存や自然の決定性への終止符を、そしてまた歴史を担う一員としての世代の集団的役割への参入を象徴している。肯定的に解釈すれば、近代モードとは伝統に対する不敬であり、社会階級よりはむしろ若さの祝典であり、したがって、社会変化の寓意画となる。『パサージュ論』によれば、モードは一九世紀に低い階層へと広がった。一八四四年、「綿布がブロケードやサテンに取って代わり、……じきに〔一七八九年の〕革命的精神のおかげで、下層階級の服装が快適で魅力的に見えるようになった」〔E・フーコー V, 125（B6a, 3）; B8, 3も参照〕。「下層階級」の服装の特徴自体がファッショナブルになった〔E・フリーデル V, 125（B6a, 2)〕。特に女性にとっては、モードの変化は新しい社会的自由を視覚的に示すものだった。ベンヤミンは一八七三年の文献を引いている。

ブルジョアジーの勝利は女性の服装を変える。ドレスや髪型は幅広になり、……肩幅がマトン袖によって広がり、……

フープ入りペチコートがまた流行るようになって、膨らんだスカートが作られるようになるまで長くはかからなかった。こんな服装では、動こうと思ったり、動きたそうに見えたりするはずがなく、女性たちは家庭内で座っているよう定められているようだった。第二帝政が到来すると形勢は逆転した。家族の絆は緩み、際限なく進む奢侈はモラルを蝕んだ。〔……〕こうして女性のドレスは頭のてっぺんからつま先まですっかり変わった。フープは後ろに引き寄せられ、突出したバッスルとなった。ありとあらゆるものが、女性が座ることを不可能にし、逆にあらゆるものが、女性の歩行を妨げないようにされた。横から眺められるためであるかのような髪型やドレスになった。実際、プロフィールとは通り過ぎ、去っていく……人のシルエットである。〔C・ブラン V, 123-24（B5a, 3）〕

ベンヤミンはモードを、歴史的変化を予言するものと説明することもあったが、[33]（特に一九三〇年代にその傾向が目立つようになるが）それを歴史が変化しない理由を説明するものと解釈することもあった。[34] 一九三五年の「概要」では、ベンヤミンは「モードこそが商品という物神をどのように拝むべきかの儀式を定めている」〔一九三五年概要覚書 V, 51〕と述べている。「古き」自然が尊ばれ、有機的自然の循環する生命サイクルをしるす祝日や季節の祝いという伝統的な儀式から、これほど程遠いものはないだろう。モードの春の儀式は反復よりも新しさを祝う。つい最近の過去についてすら、記憶ではなく忘却が求められる。ギリシア・ローマ神話の冥界では、忘却の川は、その水を飲んだ者に生前の生を忘れさせる。モードによって新しさへの渇きをいやすという集団的歴史の記憶への効果もそれと違いはない〔V, 1001（D°, 5）〕。[35]「流行は、集団的スケールでの、忘却という致命的影響の効力を消す薬物である」〔V, 1001（B9a, 1）〕。

はかないモードが示すユートピアの約束は、商品において物象化され、弁証法的な反転をする。すなわち、変化し無限に多様化する生きた人間の潜在能力が疎外され、非有機的な事物固有の性質としてのみ認められるようになる。対照的に、人間主体の理想は（モードの指令に厳密に従うよう求められ）[36]、永遠の若さという生物学的に過酷な苦行となる。〔もちろん失敗する運命の〕儀式において、商品が崇拝されるのはこのためである。ヴァレリーは「新しさというばかげた迷信」〔V. 123（B5a, 2)〕について語る。ベンヤミンが、「地獄の時間」としてのモダニティについてのロジックを明かすことによって、私たちにも見えるようにしてくれているのはこの問いだった。

なぜ、この〔地獄の〕時間が死を認めようとしないのか、そしてなぜモードが死を嘲るのか、どうして交通の加速化と新聞編集者がしのぎを削るニュース伝達の速さが、すべて突然の終止を消し去ることを目指しているのか、また切れ目としての死が神の司る時間の直線的連続とどのように結びついているのか。〔V. 115（B2, 4)〕

不毛性

女性はベンヤミンの「モードの形而上学」における中心的存在であるが、それはたんにパリが特段に女性のモードの首都であるから[37]だけではなく、女性の肥沃さが古い自然の創造性を具現化しており、自然のはかなさは死よりもむしろ生にその源泉があるからである。女性の生産性は、一九世紀の工業主義の機械的生産性と対照的に有機的であり、マルサスが世紀の初めに論じたように、あるいは唯美主義的スタイルが世紀の終わりに端的に示したように、資本主義社会には脅威的に見えたのだ。「技術による世界のコントロールの要点は、子を産むことの抹殺にある。ユーゲントシュティール〔アールデコ〕の美の理想は冷感症の女において形成される。〔ユーゲンシュティールはあらゆる女の中に、ヘレナ〔ギリシア神話の絶世の美女〕ではなくオリンピア〔ホフマン『砂男』に登場する自動人形の娘〕を見る〕」〔V. 694（S9a, 2)〕。だが女性の肥沃さが商業社会を脅かすとすれば、新しさの崇拝《カルト》が反対に女性を脅かす。死と衰退はもはや有機的生の単なる一部ではなく、特殊な罰や運命として、女性に向かって投げつけられるのだ。女性の「美しくあろうとする不断の努力」〔H・グルントV. 123（B5, 3)〕は地獄の反復的罰の残響である。「女性の社会的地位の弱さから」

〔G・ジンメル V, 127（B7, 8）〕[38]モードのただならぬ魅力が生じてくる。「みんなの同時代人」〔概要覚書7 V, 1213; V, 1211（B2, 5）参照〕であることは、すなわち、決して老いないことを意味する。常に「ニュース／新しさの価値があること《ニューズワーズィー》」――「これはモードが女性に与える最も熱狂的で、もっとも秘めやかな充足である」〔V, 115（B2, 59）〕。しかしモードはそもそも女性の生物学的可能性を弱さに変えてしまう上に[39]、生きた花すら「罪の象徴」と見なす〔V, 1015（I°, 7）〕。モードは最小限の変化を伴って現実を覆い隠す。オースマンの都市改造よろしく、所与のものを並べ替え[40]、たんに歴史的変化の象徴となっているだけであり、変化そのものを招き入れはしないのだ。

自然のはかなさを商品に置き換えるプロセスにおいて、セクシュアリティの生命力も同じように置き換えられている。欲望されるものはいったい何なのか。それはもはや人間ではない。セックスアピールは、人が身にまとう衣服から現われ出るのだ（図4．6）[41]。人間は帽子掛けと変わるところがなくなる。

人間と自然の和解というユートピア的夢想の不気味な反転において、モードは「人工的人間を発明する」〔フォション V, 131（B9a, 2）〕。衣服は有機的自然を真似る。（袖はペンギンの翼に似せられる〔V, 115（B2a, 5）〕。果物と花は髪飾りとして登場する〔V, 117-18（B3, 5）; B1, 5も参照〕。魚の骨が帽子を飾り、羽毛は帽子だけでなくイブニングパンプスや傘にもつけられる〔アポリネール V, 118-19（B3a, 1）〕。）それに対し、人間の身体は無機世界を真似る。（肌は化粧品によってタフタのバラ色〔V, 132（B10a, 2）〕を獲得し、クリノリンのスカートは女性を「三角形」または「X字」〔一九三五年概要覚書2 V, 1207〕、または「歩く鐘」〔A・ブランキ V, 129（B8a, 3）〕[42]に変える。）

死

誕生が「自然」な状況であるとすれば死は「社会的」状況であるとベンヤミンは言う〔V, 130（B9, 2）〕。モードは新しさの新しい源泉として、前者を「超越」〔止揚 Aufhebung〕する〔V, 130（B9, 2）〕。またモードは無機的商品を人間の

4.6 「人前で装身具が身代わりとなっている上流階級の人々」（グランヴィル，1844年）

欲望の対象にすることによって、後者を「超越」する。モードは「性をますます無機的世界の奥へと誘い込む」〔V. 118（B3, 8）〕媒介である。それは「女性と商品――欲望と死体――の間の弁証法的な交換局である」〔V. 111（B1, 4）〕。リビドー的欲望を無機的自然へと差し向ける力によって、モードは商品の物神を現代の官能性に特有な性的物神と結びつけ、「有機的世界と無機的世界の間の障壁を取り払う」〔V. 118（B3, 8）〕のだ。賞賛されるマネキンが分解可能である（手足を外せる）ように〔V. 126（B6a, 4）〕、モードは生命体の物神的断片化を促す[43]。自然な衰退に抗う戦いにおいて、モードの新しさと手を結ぶ現代の女性たちは、自らの多産性を抑圧し、マネキンを真似て〔V. 139（B8, 4）〕、「色とりどりに着飾った死体」〔V. 111（B1, 4）〕という死せる物体として歴史に参入する。娼婦が流行のドレスの商品アピールに依存し、自分の生きた体をモノとして売っているそのときに[44]、モードは「生きた身体を無機世界へと身売りさせる」〔一九三五年概要 V. 51〕[45]のだ。

というのも、モードはいままで、色とりどりの死体のパロディー以外の何ものでもなかったからだ。モードとは、女を使った死の挑発であり、（騒々しく陳腐なスローガンのはざまで）苦々しくひそひそ声でささやかれる腐敗との対話にほかならない。これこそがモードである。それゆえにモードはめまぐるしく変わる。モードは死をからかい、モードに反撃しようとして死がそちらを振り返ると、途端に別の新たなものに変わってしまっている。だからモードはこの一〇〇年の間、死と対等に渡り合ってきた。いまようやくモードは撤退を始めようとしている。しかし死の方は、パサージュを通り抜けるアスファルトの河を流れる新しい冥府の河の岸に、戦利品である娼婦たちを配備する。〔V. 111（B1, 4）; F°. 1〕[46]

他の時代遅れの欲望の対象とともにパサージュに集まる老けた娼婦こそ、モードの真実を解く鍵であり、彼女たちは身体を性的商品に変えて死の真似をすることによってのみ死から逃れられることを知っている。

地下世界のパリ

地獄を現代都市の本質として描きながら、『パサージュ論』は文字通りにパリの地下通路システムを詳査する。地下墓地《カタコンベ》――中世においては代金を払えば中へと案内され、「地獄王の悪魔」を見せてもらえたし、フランス革命時には差し迫る反逆についての内密の知らせは、露見することなくそこを通り抜け、そして「今日でもなお二フラン払えば、パリのもっとも暗い――だが地上階のどこよりもはるかに安くしかも安全に訪れることのできる――夜の世界探訪の入場券を買うことができる」〔V. 137（C2, 1）〕。古い石切場――「餓死するはめになりたくなければ」、ガイドを伴わずにはこの採鉱済みの石灰岩層の中をうろつかない方がよい〔ベンツェンベルク V. 143（C3a, 2）〕。シャトレーの洞窟――ガレー船に送られる前に囚人たちはこの「地獄のような墓場」に入れられる〔ユゴー V. 146（C5a, 1）〕。「とても広くて、パリの人口の半分までがそこに入れるほど」〔エングレンダー V. 142（C3a, 1）〕のパリの城砦の地下道は、一八四八年六月の暴動煽動者を収容するのに用いられた(47)。パリの下水溝——都市の水路系統——についてのオースマンの技術的成功のせいで、彼は「天上よりも地下の神々に霊感を与えられた」〔デュベック/デスプゼル V. 142(C3. 8)〕と言われるようになった。そして最後に、パリのもっとも近代的な地下こそがベンヤミンに古代を想起させた。

地下鉄《メトロ》、ここでは、晩になると、灯火が赤々と輝き始め〔……〕、駅名の氾濫する冥界への道を教えてくれる。コンバ、エリゼ、ジョルジュ・サンク、エティエンヌ・マルセル、ソルフェリーノ、アンヴァリッド、ヴォージラールといった一連の駅名は、街頭や広場といった趣あるしがらみを自分から脱ぎ捨てて、稲妻のような電車のライトと汽笛が貫通する暗闇のなかで、形も定かならぬ下水溝の神々やカタコンベの妖精たちになってしまっている。この迷宮はその内部に、一頭とはいわず多くの盲目の凶暴な牡牛を飼っており、しかもこの牡牛ときたら、そのぱっくり開いた口にテーバイの若い娘を毎年一人だけくれてやれば済むというのではなく、毎朝何千人という血色のよくない若い洗濯女たちや睡眠不足の店員たちをくれてやらねばならないのだ。〔V. 135-36(C1a, 2)〕

パリの「神話的地誌」〔V. 1020(L°. 22):(C2a, 3)〕の一部として、パサージュはこの地下世界の星座へと入り込むが、それはもとのおとぎ話の国の形式をとらず、むしろ幽霊のように現在に存在している。夜になるとパサージュから通行人に向かって飛びかかってくるように見える「濃密になった闇」は、彼らを怖がらせて足早に立ち去らせ、「古代ギリシアで冥界まで案内されて降りていく入口」のようである。パサージュの「歴史と状況と消散」は、「パリが沈んだ地下世界」という過去を解く今世紀の鍵となる〔V. 1019(L°7):C1a. 2 参照(48)〕。

反復

モダニティの神話的はかなさは、冥界の古めかしい像を現代の社会タイプとして生き返らせ、彼らの冥界の罰が近代の存在の反復性の中で反響する。

神話的出来事の本質は反復である。神話的出来事に隠れた特徴として書き込まれているのは、冥界の英雄たちの何人か（タンタロス、シジフォス、ダナエの娘たち）の額に書いてあるむなしさである。〔V. 178（D10a,4）〕

大衆社会の「英雄」にとってむなしさの経験はどれも変わりない（私たちはすでにモードがいかにこの罰を分け与えているかを見てきた）。一九世紀の魔術幻灯はカフェのウィンドーのレジ係を妖精の女神として描いた。ベンヤミンは、彼女らを冥界でふるいを使って水を汲み、それを底のない器に注ぐという罰を与えられたダナオスの娘たちにたとえた〔V. 1008（F°. 31）: Cl. 4〕。「金銭という形でしか認識され得ない特殊な運命の構造、そしてまた運命という形でしか認識されえない特殊な金銭の構造」〔V. 1033（O°. 74）: O3, 6参照〕が存在する。この種の運命は幸福を追い求め、お金でそれが買えることを望む人々につきまとう。現代のタンタロスは、自分の目が「象牙のボールのように、赤か黒のスロットに痙攣するように落ちていく」のを眺めている賭博師なみに、通行人や通りすがりの人からの愛を永遠に求め続ける(49)。ルーレットの回転盤上でラッキーナンバーに賭けながら

彼はパサージュをカジノへと、感情という赤や青や黄色のチップを女たちに賭ける賭博場へと変えてしまうのだ。そこで彼は現われるその顔に——彼の眼差しにそれは応えてくれるだろうか——賭け、あるいは物言わぬ口に——それは

語るだろうか――賭けるのだ。賭博台の緑の布の上で、どの数字からもカジノ客を見つめるもの――幸運――が、ここパサージュでは、あらゆる女の肉体から、性的なもののキメラ〔ライオンの頭、ヤギの胴体、蛇の尾をもつギリシア神話の怪物〕となって、彼に目配せしてくる――彼の好みのタイプの女として。〔V. 1046（g°. 1）：O1. 1〕

罪

ベンヤミンの形象においては、地獄は現実を直接名づけたもので、[50]生きる者たちの罪自体が彼らの罰である。罪には源があり、それは欲望そのものではなく（「無知な理想主義だけが、種類の別なく、肉体感覚の欲望は神学上の罪の概念にあたると信じることができる」〔V. 1056（g°. 1）〕）、欲望が運命に対し、迷信（神話）的に服従することにある。これはモードにおいて起こることで、肉体感覚の欲望がモノに屈服し、新しい感覚を求める受動的欲望へと堕ちてしまう〔V. 114（B2, 1）参照〕。同様に、

賭博師や娼婦には、迷信が運命の様々な姿を出現させ、それがあらゆる艶っぽい会話に、運命のおせっかいや好色さを注ぎ込み、またそれが欲望をすら運命の座る王座へと貶めるのだ。〔V. 1057（g°. 1）〕

初期の覚書においては、ベンヤミンは明らかに神学的言語を用いて、名前によって欲望と結びつけられているもう一つの「神に結びついた生」をこう説明している。「名前はむき出しの欲望の叫びである。この神聖で冷徹で、それ自体運命なき「名」には、運命以上の大敵がいるだろうか」〔V. 1057（g°. 1）〕。ベンヤミンはここで、言語に関する初期の著述のまったく異なる文脈内からの引用を行う。そこでは「名」という観念は、全ての生物の中で人間だけに神が与えた認知力、すなわち現存在を言語へと翻訳する、言い換えればその意味の真実を露わにする力を指す。こうし

てアダムは最初の哲学者として、楽園の生物たちに名前を与えたのだ[51]。人類が、神話的な運命によって名づけられることを許し、その前にひれ伏した時、罪深くも投げ捨ててしまったのはまさにこの認知力であった。その罪を政治的形式にすればファシズムとなる。

運命のうちには〔ファシストの〕「全的体験」という概念が潜んでいるが、この全的体験なるものはそもそもの成り立ちから言って死につながっている。戦争こそはこの全的体験という形象をあらかじめ形作るという点では、無比のものである（――「ドイツ人として生まれたことに私は殉じる」）。〔V, 962（m1a, 5）〕

倦怠

単調さは新しいものを養分にする。〔ヴォダル V, 168（D5, 6）〕

地獄のように繰り返される時――「中断」の「不連続」なシークエンス[52]によって時折区切られる永遠の待機――は、退屈のきわめて現代的な形式で、パリでは一八四〇年にすでに広がって「流行病のように感じられ始めた」〔V, 165（D3a, 4）〕。「フランスは退屈している」〔V, 167（D4a, 3）〕とラマルティーヌは宣言した。オースマンによる大改造も助けにはならなかった――「大きな通りや大きな河岸通りや大きな建物や大きな下水道、下手な模写あるいは下手な夢から生まれたその表情は［……］退屈《アンニュイ》を発散させている」〔ヴィヨ V, 160（D2, 2）〕[53]。ベンヤミンは「生活が行政的に規制される度合いが増すにつれて、人々は待つことを学ばねばならなくなる。偶然のゲーム〔賭博〕は、人々を待つことから解放するという大きな魅力を持っている」〔V, 178（D10a, 2）〕[54]と述べる。こうして終わりのない待ち時間は、運命という決着を魅力あるものにする。しかし倦怠から簡単に逃れることはできない。倦怠は賭博師、ドラッグ中毒者、遊歩者、そしてダンディを脅かす。彼らが運命について選べる自由度は、[55] 機械の前に縛られて自由に運命を選べない労働者と変わりないように見える。[56] ベンヤミンは倦怠を「集団の眠りに加わっていることの指標」〔V, 164（D3, 7）〕と呼ぶ。[57] ただしそれは階級差が決定的な意味を持つ夢である。歴史が技術の進歩のペースとは程遠く、現代の社会関係の構造の中で、壊れたレコードのように一か所にとどまっているとすれば、それは労働者が労働の休みを取る余裕がなく、かつ労働者の労働の糧で贅沢に暮らす階級には歴史を前進させる余裕がないためである。「私たちが倦怠感を覚えるのは、自分が何を待っているのかわからないときである」〔V, 161（D2, 7）〕。上流階級は倦怠の客観的な源泉は歴史が疲弊している――自らの階級の転覆の時が遅れている――からだということを知らないし、知りたがってもいない。彼らは退屈に中毒しており、[58] それは嗜眠に中毒しているのと同じである。一般人――それに詩人[59]――は、倦怠感を天候のせいにする。[60] しかし労働者階級に関しては、責めるべきは社会でなく自然だとする幻想を工場労働が打ち砕く。倦怠は上流階級にとっては単なる流行にすぎないが、その「上流階級のイデオロギー的倦怠の経済的下部構造が工場労働」であることを説明するため、ベンヤミンはエンゲルスの『イギリス労働者階級の状態』（一八四四年）を引いている。

> 幾度も幾度も同じ機械的行程が果たされていくだけで、いつまでも終わりなく続く苦しい労働の陰鬱な単調さは、シジフォスの仕事にも似ている。労働の苦しみは、疲れ切った労働者の上にシジフォスの岩のように何度も何度も落ちてくる。〔エンゲルス V, 162（D2a, 4）〕

ベンヤミンは多様な社会的タイプを倦怠への態度という観点から政治的に分類している。すなわちただ時間をつぶしている賭博師、[61]「時間をバッテリーのように充電する」遊歩者、そして「最後に時を充たし、今度は異なった形――つまり期待という形――にして、放出する第三のタイプ」〔V, 164（D3, 4）〕である。ベンヤミンが第三のタイプと呼ぶのは革命家のことであり、彼にとっては「倦怠は偉大なる行いのための入り口なのだ」〔V. 161（D2, 7）〕。しかし現代の時代の真に地獄めいた恐怖は、革命自体がその倦怠の犠牲となることである。繰り返しては失敗に終わる運命にある普遍的民主主義と正義の名のもとの四つの革命——一七八九年、一八三〇年、一八四八年、一八七一年——のそれぞれが、同一の特定の利害と、特定の階級支配の強化という結果を招いた。しかも最初の革命を除いては、どの革命も一時的な中断にすぎず、社会の階級関係に根本的には関わらないままで終わったのだ。

5

パリ共和制時代には、同世紀の三つの革命すべての戦士であったオーギュスト・ブランキが、年老いてトロー城塞に投獄されていた。彼は宇宙について考察した論文〔『芸術教育』（一八七二）〕を書いており、その論文がパサージュ論の地獄としてのモダニティという描き方にきわめて類似する歴史のイメージを含んでいた。一九三七年の終わりに、ほとんど知られていなかったこの書を偶然見つけたベンヤミンは〔ホルクハイマーへの手紙、一九三八年一月六日付 I. 1071 参照〕、あまりに自分のイメージに似ているので、それを自分の仕事を文書によって具現化したものと思わずにはいられなかった。二人の立場の決定的な違いは、ブランキが魔術幻灯《ファンタズマゴリア》を天国的なものというより地獄的なものと捉えながらも、だからと言って自分自身の生涯の立場であった反乱唱道者というアナーキスト的政治が不十分なものだとは認識しなかった点にある。さらにブランキは商品社会の地獄性を、記念碑的壮大さを与えて描き、そうすることで絶対化してしまうという過ちを犯した。[62] ブランキが全宇宙に投射したのは、進歩ではなく、破局であった。

ブランキはここで、市民社会の機械論的自然科学からデータを取ってきて、宇宙に関する世界像を展開するわけですが、これは、地獄観であり、同時に、ブランキがその人生の最後にあって、自分を打ち負かした勝者と認めざるを得なかった当の社会の補完物でもあるのです。衝撃的なことは、このブランキの構想にはいかなる意味でのアイロニーも欠如しているところです。それは無条件の屈服ですが、同時にまた、この宇宙像を自ら投影として天空に映し出している社会へのもっとも恐るべき抗議なのです。〔V, 169 (D5a, 6)〕[63]

ブランキの見解は、「人は偶然にまかせようと、選択を行おうと同じである」〔ブランキ V, 176 (D6, 1)〕というものである。人間存在は大量生産を特徴づけている複製再生産とまったく同じプロセスを経るのだから逃げ道はないのだと。

……〔人間の〕生活は二つに分かれ、各々に対して一つずつ惑星があり、さらにまた二回、三回、数千回と枝分かれし、〔……〕人は何万という別の生涯を生きる。〔ブランキ V, 170 (D6, 1)〕

あまねく宇宙のそのすべての惑星において

よその天体も同じような単調さ、同じような退嬰。宇宙は限りなく反復を行い、足踏みをする。〔ブランキ V, 170 (D6a, 1)〕

冥府の罰ですらブランキが描く現代を生きる人々の歴史ほどに堪えがたくはないだろう。

私がちょうど今、トロー城塞の牢の中で書いているこの文章は、永遠にわたって、卓上でペンを使って、まったく同一の服装と状況で書いてきた文章であり、書くであろう文章である。こうしたことは、どんな人間についても当てはまる。

これらいくつかの地球は、すべて刷新の炎のなかに次々に落ちていっては、その中から蘇生し、再び落ちてゆく。それは自ら逆さになり空になってゆく砂時計の単調な流れそのものである。常に古く新しいものであり、常に新しく古いものである。〔……〕私たちの分身は、時間と空間の中に、無数にいるのである。〔……〕これらの分身は肉も骨もあり、ズボンや外套、またはクリノリンに束髪といういでたちである。これらは幽霊では決してない、永遠化された現在なのである。しかしながら、大きな欠点がここにある。進歩がない、ということだ。悲しいかな、俗悪な再現であり、繰り返しなのである。〔ブランキ V. 171（D7, D7a)〕

ベンヤミンはブランキが進歩の幻影性《ファンタズマゴリア》を見通したことは認めているが、ブランキにはその源泉が見えていない。歴史を周期的なものにしているのは「経済危機の加速された進行」である〔V. 429（J62a, 2)〕。ブランキが現実に見出した地獄は、弁証法的にではなく直接に、つまりそもそも疑問に付されている歴史の進歩という観念そのものを介在せずに、彼の理論に反映されているのだ。「永遠回帰という思想は、歴史上の出来事自体を大量生産品へと変えてしまう」〔V. 429（J62a, 2)〕[64]。ニーチェにとってと同様ブランキにとっても、この幻想創出《ファンタズマゴリア》の歴史的決定要因（ゆえにその限界）は、認識されていない[65]。永遠の反復の呪縛が彼らをその「魔法円」[66]の中に捉えてしまっている。パサージュ論の概要の第二のバージョン（一九三九年）において、ベンヤミンの新しい序文は次のような一節で結ばれている。

文明そのものの魔術幻灯はと言えば、オースマンの手によるパリの変貌に顕在化した。しかしながら、商品生産の社会がそうしてかもし出すその輝きや豪華さにしても、社会の安全という錯覚にしても、安心できるシェルターとはなっていない。第二帝政の崩壊とパリ・コミューンはそのことを社会に思い起こさせてくれる。同じころに、その社会に最も恐れられた敵ブランキは最後の著書でこの魔術幻灯の恐しい相貌を社会に明示した。彼の書のなかで、人類は劫罰に処せられているかのように見える。人類が新しいものとして期待できるすべてのものは、常にすでに存在した現実であったことが暴かれる。さらにその新しいものは、新しい流行が社会を刷新できないのと同様、人類に対して解放に向かう解決策を与えることができない。ブランキの宇宙論的思索は、魔術幻灯がそこにあるかぎり、人類は神話的不安にさいなまれるという教えを含んでいる。〔V. 1256（一九三九年概要）: V. 61 参照〕

6

「現代をすでに常にあったものとのつながりにおいて新しいもの」と定義すること。〔V. 1000（G°, 1）〕
最新のもの、もっとも現代的であることの刺激的感覚は、すべて同一の永遠回帰と同じく、実は出来事についての夢の形式なのだ。〔V. 1023（M°, 14）〕

本章で扱った二つの形象領域——「前歴史としての自然史」と「地獄としてのモダニティ」——においては、一九世紀の最も近い歴史的現象の根源を、もっとも古いものの再来と名づけてみると、それを批判的に理解できるようになる。どちらの形象も同じ概念要素——歴史と自然、神話とはかなさ——を含みもつが、その概念配置が全く異なっているので、その意味が正反対の方向に向かうのだ。一世紀後、もとのパサージュが前歴史的に見えるとしたら、それは工業技術が都会の風景に及ぼした極端に急激な変化のせいである。しかしこの急激な変化がもたらした時間経験はまさにそれとは反対のものだった。すなわち地獄めいた繰り返しである。どちらの形象も、歴史の性質に関する神話的な前提を批判している。一つは急速な変化は歴史的進歩であるとする前提である。もう一つは、近代には進歩などまったくないという結論である。

弁証法的経験にとってもっとも特徴的なことは、歴史がいつも同じという見かけ、つまり歴史は繰り返しに過ぎないという見かけを追っ払うことである。真に政治的な経験は、こうした見かけから絶対的に自由である。〔V, 591（N9, 5）〕

モダニティの本質を抽象的に定義すると、論理的矛盾を免れない。抽象論は理性の自己言及的な反映にすぎず、実質的真理を表わすことはない。それに対して、モダニティの「名前」として、「新しいもの」も「古いもの」もともに、その矛盾する両極において、この特定の歴史の観念の星座の弁証法的真実を表すために必要になる。

進歩への信仰、無限の完成可能性への信仰——道徳における無限の課題——、これらと永遠回帰という考えとは、相互補完的である。これらは解決不能な二律背反であり、こうしたアンチノミーから出発してこそ歴史的時間についての弁証法的概念を展開しうるのである。こうした弁証法的概念と比べると、永遠回帰という考えは、進歩信仰がそう悪評されているところの「浅薄な合理主義」そのものということになる。そして進歩信仰そのものも、永遠回帰という考えと同じく、神話的様式に属しているのである。〔V, 178（D10a, 5）〕

新しい自然が本当に新しい社会をもたらし、そうすることで神話を置き去りにできるというような歴史的変化はまだ起こっていない。そしてこの事実によって、私たちはさらに大きなパラドックスに直面する。それは、概念要素は決して不変のものではないということをはっきり示すようなパラドックスである。そのような根本的な歴史的変化は、歴史上存在したことがないのだから、神話として表現するしか方法はない。つまり神話はある観念星座群から排除されても、別の観念星座群において救出されることになるのだ。

第五章　神話的自然——願望形象《イメージ》

1

集団的夢と願望の形象《イメージ》としてのパサージュ。〔一九三五年概要　覚書5　V, 1212〕

ベンヤミンは抗しようのない経験的事実に直面した。近代的革新が近代の歴史に登場すると、常に一貫して、それは歴史の復活という形をとるのだ。新しい形式は古い形式をそのコンテクストから抜き取って「引用」してきた。こうして「都市についての新しい経験を自然についての古い伝統的経験の枠内で制しようとする試みがなされる」〔V, 560（M16a, 3）〕。そして一九世紀は「過去への渇き」(1)を強めたのだった。

「革命期及び帝政初期のフランスにおけるモードが、モダンな裁ち方と縫い方を使いながらギリシア時代の様子を真似しているのはばかげたこと」である。〔F・T・フィッシャー　V, 115（B2a, 3）〕

パサージュ論の素材はこのような新旧の混合の証拠で満ちている。モードは常に過去に依拠してきた。「一八七五年のミュンヘン展覧会によってドイツルネッサンスが流行となった」〔V, 1017（K°, 20）〕。ヨーロッパの機械織機がオリエントからの手織りのショールの真似をする一方で、（サイクリング用に一八九〇年代にデザインされた）初の女性用「スポーツウエア」は、「［ぴったりとしたウエストとロココ調のスカートによって］エレガンスについての因習的な理想のイメージを追い求めた」〔V, 110（Bl, 2; Bl, 3）〕。ボードレールが都会の詩人固有の近代的苦闘を説明する語を探し求めたとき、彼は「剣士の古風なイメージ」〔「ボードレールのいくつかのモティーフについて」I, 634〕を復活させた。社会的ユートピアが新しい共同社会を思いついたとき、それは小規模農業生産の復活としてであった。フーリエのファランステールはきわめて複雑で近代のコンテクストでしか考えつかないような機械じみた社会組織であるが、それは「逸楽の国、余暇と豊富さの［……］根源-古代願望の象徴」〔一九三五年概要 V, 47〕を生み出すとしている。[2]

新しい技術自体がとる形式ほど復古的衝動が明白になるものはなく、それは自らが克服するはずの古い形式を真似ていた。初期の写真は絵画を真似た〔V, 838（Y7, 5）〕。最初の鉄道車両は、乗合馬車に似せて設計され、最初の電球はガス燈の炎のような形をしていた〔V, 228（F7, 3）〕。新しい工程で製造された鉄は、葉状のフォルムをとったり、木材に似せられたりし、構造を支えるためよりも装飾のために用いられた。[3] 工場生産された台所用品は、花や葉、貝殻、それにギリシアやルネッサンス期のアンティークに似せて作られた〔I2a, 3; I2a, 4〕。アールデコの煙草のポスターには「ワイルドのサロメ」が登場した〔V, 287（G°, 22）〕。発明されたばかりの自転車は詩人によって「黙示録の馬」と名づけられた〔V, 152（C8, 2）〕。初の飛行機旅行は天空神ウラノスの地上からの上昇の上演によって祝われた。

気球の操縦士ポワトゥヴァンは、大きな広告会社の援助を受けて、神話の登場人物に扮した少女たちを連れゴンドラで天空神ウラノスの上昇を演じた。〔V, 260（G12a, 2）〕

建築の分野では最初は鉄道用に開発された錬鉄と鉄鋼〔V. 216（F2, 8）〕が近代的な摩天楼建築のために最終的にガラスと結びつけられた〔同〕。しかし鉄とガラスの最初の建造物であったパサージュはむしろ教会に似せられ〔V. 105（A10a, 1）; F4, 5〕、また一方、巨大なガラス張りの屋根がついた最初のデパートは「東洋のバザールを手本にしたように見えた」〔V. 98（A7, 5）〕。ベンヤミンは鉄とガラスが「早く到着しすぎた」〔V. 1044（a°, 1）;（F3, 2）〕ことについて「前世紀半ばには、ガラスや鉄による建築はどのようにしたらいいのか分かっていなかった」〔d°, 2; F1, 2 F3, 2〕と言っている。パサージュ論の最初の覚書では「神話段階の輸送。神話段階の工業。（鉄道駅と初期の工場）」〔V. 1031（O°, 42）〕と書いている。一九三五年の概要はそれをさらに詳しく述べている。「〔一九世紀初め〕建築家たちは、柱を作るにあたってポンペイ風の円柱を、また工場を作るにあたって住宅を模倣した。後に最初の駅がシャレー〔スイス風山小屋〕をまねしたのと同じである」〔一九三五年概要 V. 46（F2, 7）〕[4]。「まだ木造建築法を鉄に応用しただけだったのである」〔S・ギーディオン V. 215（F2, 6）〕。

古典時代の神話（図5．1）と伝統的な自然（図5．2）の古風な仮面の下で、「新しい自然」――機械や新しい工程で製造される鉄など、科学技術やあらゆる種類の工業資材――がもつ内在的な可能性は認識されず、意識もされていなかった。同時にこれらの仮面は、人間が自然界と調和していた神話の時代への「回帰」を求めている人間の欲望の表れでもあった。

ベンヤミンによれば「モードも建築も、それが生きられている瞬間の暗闇の中に〔in Dunkel des gelebten Augenblicks〕身を置いて〔……〕いる」〔V. 497（K2a, 4）〕。彼はこのフレーズをエルンスト・ブロッホから借りている。それはブロッホの社会ユートピア哲学の中心的な位置を占めるもので、ぼんやりと予期された「いまだ存在していない」現実の実現を、ほんのつかの間経験する神秘的な瞬間〔nunk stans〕を表している。ベンヤミンによれば、新しい自然の「いまだ存在していない」現実が、それにつり合った新しい形式ではなくむしろ古風な象徴で表現されるとすれ

5.1　見えないようにされた蒸気エンジンで動く噴水に飾られたポセイドン，水晶宮の展示品（ロンドン，1851 年）

5.2　イルカと，貝殻と，海生植物の形をした鉄製の噴水，水晶宮の展示品（ロンドン，1851 年）

ば、この近代の意識の情況は、経済基盤における発達の不十分さと好一対を成す。パサージュ論の概要は彼のこの考えをもっと明瞭に示している。それは「どんな時代もそれに続く時代を夢見ている」というJ・ミシュレからの引用で始まる。引用に続いて、ベンヤミンはこう述べる。

集団意識においては、当初はまだ古い生産手段の形態によって支配されているような新しい生産手段の形態〔マルクス〕には、新しいものが古いものと混じり合っているような形象が対応している。こうした形象は、願望の形象であり、その中で集団意識は、社会が生み出したものの出来の悪さや社会的資産秩序の欠陥を止揚すると同時に、それらを素晴らしいものに見せようとする。それと並んで、このような願望の形象のうちには、もう時代遅れになったもの――ということはつい最近すたれたばかりのもの――と一線を画そうとする強い志向が現われている。こうした傾向は、新しいものからその衝迫力を受け取っている形象のファンタジーを太古〔根源-過去〕へと差し戻す。どの時代にとっても次の時代は様々な形象を帯びて夢の中に現われるが、この夢の中で、次の時代は根源の歴史の要素、つまりは階級なき社会の様々な要素と結びついている。階級なき社会についてのさまざまな経験は集団無意識の中に保存されていて、こうした経験こそが、新しいものと深く交わることによってユートピアを生み出す。このユートピアは、長く残る建築物からつかの間の流行にいたるまでの、人間の生活の実にさまざまな形式のうちにその痕跡をとどめている。〔一九三五年概要 V. 46-47〕(5)

近代に「続く時代」における階級なき社会の真の可能性は、夢の形式をとった社会ユートピアを求める古代の願望の表出として過去の形象を生き返らせる。ただし夢の形象はまだ弁証法的形象ではなく、欲望はいまだ知識にはなっていない。願望も夢もベンヤミンにとっては哲学的真理としての直接的地位はもたない心理的カテゴリーである。エルンスト・ブロッホのロマン主義と袂を分かちながら（ブロッホの方も、ベンヤミンの「シュルレアリスト的哲学化」は主観性に欠けると批判している）[6]、ベンヤミンは革命の希望をいまだ存在しないものを予期する想像力に直接委ねる気にはなれなかった。願望形象としてさえ、ユートピア的想像力はそれが表現された物象を通して解釈される必要があった。なぜなら（ブロッホも分かっていたように）ユートピアの希望が最終的に依存するのは、物を変形する媒介物――いまだ知られていない物を作り出す技術の可能性――であるからだ。

2

先に引用した集団的願望形象についての文章は議論するというよりむしろ理論的主張をしており、しかもそれは決して自明のことではない。ベンヤミンのこの主張についてもう少し精密に考察することは有用であろう。次の主張は言葉遣いがかなり違っており、それほどは省略的ではない。初めの方の概要の一節を見てみよう。

当初はまだ古い生産手段の形態によって支配されているような新しい生産手段の形態（マルクス）に対して、社会の上部構造におけるその対応物としては、新しいものが古いものと風変りに混じり合っているような願望形象が現れる。
〔一九三五年概要のM¹バージョン V, 1224-25; 編者覚書 V, 1252 も参照〕

ところでマルクスは新しい生産手段が存在するようになると、その社会主義的可能性は、まだ残っている資本主義関係に足かせをかけられ、そのため、経済的基盤の発達は不十分なままになると論じている。しかし束Fの「鉄骨建築」が明らかにするように、ベンヤミンはこれらの足かせについては、集団的想像力という観点から、社会関係の不十分さだけでなく形式の不十分さとして、理解しなければならないと考えていた。そしてベンヤミンの理解ではマルクスの言おうとしていたのもそこであったはずだった。ベンヤミンは『資本論』を引用する。

> 新しい生産手段の形態が生まれてもその当初はいかに古い形式によって支配されているものであるか、……おそらくそれを他のなににもましてよく示しているのは、現在の機関車が発明される前に試みられたある機関車の形であろう。実際、その機関車は二本の足をもっていて、それを馬のように交互にもち上げるようになっていた。機械工学がさらに発展し、実際の経験が蓄積されてようやく、形式は完全に力学上の原理によって決定されるようになり、それとともに道具がもっていた伝統的な身体形式からの完全な解放がなされ、道具は脱皮して機械となった。〔マルクス V, 217 (F2a, 5)〕

ベンヤミンはマルクスのこの文に対してこう評している。「今はまだ機械の中に隠れ住んでいるどのような形式が、私たちの時代を決定づけようとしているのかを私たちはようやく予感し始めたところである」〔V, 217 (F2a, 5)〕。これはまだ神話段階にある「新しい自然」[7]だ。科学技術はいまだ「解放」されておらず、廃れつつある古いものの連続としてしか新しいものを見ようとしない因習的想像力に抑え込まれているのだ。ベンヤミンは書いている。「パリの生活の保守的傾向。一八六七年になってもなお、五百台もの椅子籠をパリに循環させようという計画を立てた事業家がいる」〔V, 139 (C2a, 2)〕。

ベンヤミンはこの新しい自然の形式の不十分さは「願望形象」と（ただ「対応している」のであって）同義ではなく、願望形象の方は、新しいものを所与の形式に拘束するどころか、因習的形式から決別するためにはるか昔の過去にまで手を伸ばしていると述べる。概要の初めのバージョンはこう続けている。

> この混合がもつ風変りな特徴は、社会の発達の行程において、古いものがけっしてきっぱりと新しいものから分かれ出ようとしないという事実に負う。それどころか、新しいものはつい最近時代遅れになったものから離れようとして、古めかしくて根源‐時間的な要素を更新するのだ。新しいものの出現に伴うユートピアのイメージは常にこぞって根源‐過去へと手を伸ばすのだ。どの時代も自分の眼前で何らかの形象をまとった次に続く時代を夢見るが、その夢においては、その形象は根源史の諸要素と深く結びついて現われる。〔一九三五年概要のM^1バージョン V, 1225〕

ここで次の区別が必要だろう。自然においては、新しさはその可能性がまだ実現されていないのだから、神話である。皮肉なことに集団的想像力はつい最近の過去からの革命的決別を果たすための力を、それよりはるか遡った根源‐過去に蓄えられている神話やユートピアのシンボルなどの文化的記憶庫を呼び起こすことによって可動させる。「集団的願望形象」とはまさにこのことである。「その形象の推進力を維持するため」新しいものから衝迫力を受け取りながら、[8] 社会的ユートピアを求める集団的「願望」の古風な形象を呼び起こすことによって、その革命的可能性を思い描くのだ。こうして、ユートピアの想像力は、革命的分断の可能性として歴史的発達を遂げている科学技術の連続体を横切るのだ（図解C）。これはそれぞれ「対応している」要素——神話的自然と神話的意識——の各々が他方を神話から解放する働きをしている。「願望形象」はそれらが交差するところに出現するのだ。

　ベンヤミンは過去の神話が未来の青写真を与えると主張しているわけではない。そんなことができると信じるのはたんなるユートピア主義者だ。彼の著述のどこを見ても、根源‐形象には夢の象徴以外の座は与えられていない。根源‐形象は未来における解放の刺激を与えるが、それは文字通りの過去の復活ではなく、「私たちがようやく予期し始めたに過ぎない」新しい形式に基づくものだろう。「どんな時代もそれに続く時代を夢見る」が、それは未来の夢の形式としてであって、未来の現実としてではない。集団的無意識の表象はそれ自体が革命的であるわけではなく、何

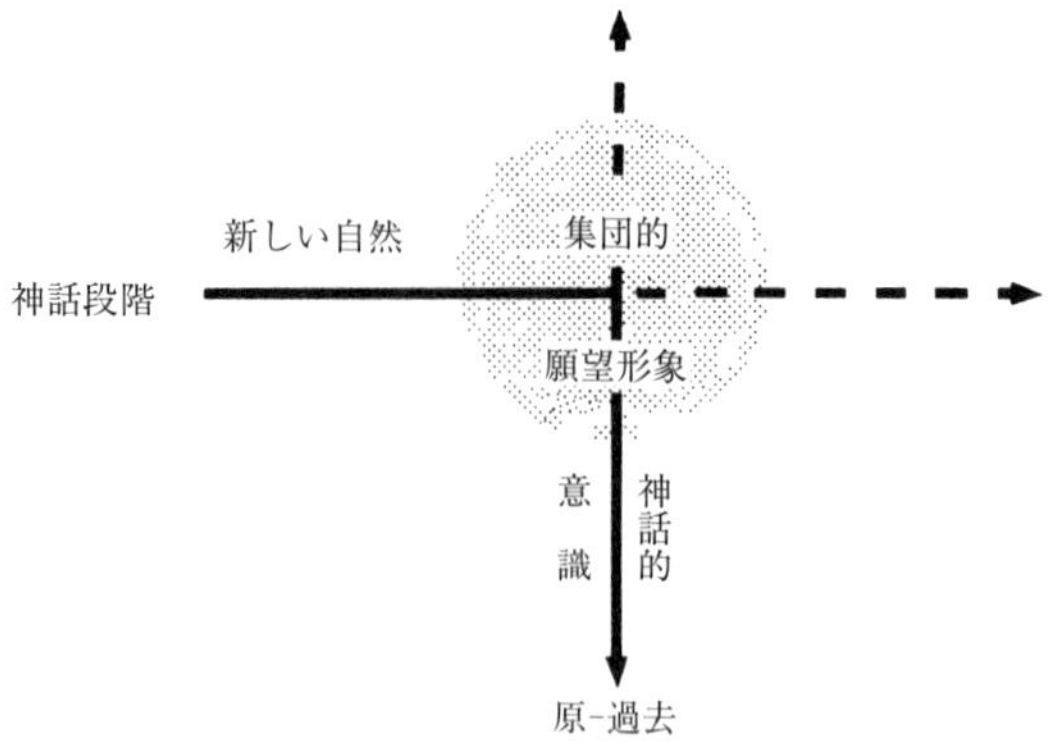

図解C

か物質的なもの、「新しい」自然——集団的夢を実現する可能性を唯一もっているいまだ想像されていない形式——が介在して初めて革命的になるのだ。したがって形象は革命後の社会についての予言的ビジョンであるというよりむしろ、急進的な社会実践に必要な予備的ビジョンであるのだ。だからこそ「神経伝播」としての革命というベンヤミンの理論が出てくる。すなわち願望形象は、「集団の技術的器官に革命的行為を促す神経刺激を与えることで、「神経伝播」をする——「ちょうど子供が「できはしなくとも」月を捉えようと努力するなかで物をつかむことを学ぶように」〔V, 777（W7, 3)〕。

存在するようになったばかりの工業と技術の形式につけられる表層的な装飾として、集団的願望形象は、たんに新しいだけのものに急進的な政治的意味を吹き込み、新しい生産手段の生産品の表面にその発達に望まれる社会的目的の根源-形象を目に見えるように刻み込むのだ。つまり、たとえ新しいものを覆っていても、このような古いイメージは、技術の変化がもつ人間的社会的意味は何であるのかを示す象徴的な表現を与えてくれるのだ。だからヴィクトール・ユゴーが、大量生産は、多数に食物を与えるキリストの奇跡のパンの分割が歴史的に現実となった物質的形式であるとしたことには、大きな政治的意味があるのだ。「本を読む人間が増えていくということは、パンが増えたのと同じことなのだ。

キリストがこの象徴を見出した時、彼は印刷業とは何かを垣間見たのだ」〔ユゴー V. 907（d3, 7）〕。同様に魚がレモネードの川で泳ぎ、サメが人間の漁を手伝う〔V. 765-66（W1a）〕というフーリエの一九世紀初めのユートピアが「新しい生命で満たすのは、この太古からの余暇と豊かさの願望のシンボルである」〔一九三五年概要 V. 47〕ということ、そしてまたユートピア社会主義者が起源となる黄金時代のイメージを一般的に復活させたということは、決定的に重要である。

そうです、神聖なるサン＝シモンよ、あなたの教理に、パリから中国まで全世界が従うとき、黄金時代は輝かしく甦ることでしょう。河川には紅茶とココアが流れ、平野にはすっかり焼きあがった羊が跳びはねて、セーヌ川には、クールブイヨン煮のカワカマスが泳ぐでしょう。ほうれん草は砕いたクルトンを周りにあしらい、調理した姿で世に現われる。果樹にはコンポート煮のリンゴが実り、幅の広い外套やブーツを収穫するようになる。葡萄酒が雪となり、鶏が雨となって降ってくる天から、蕪の添え物とともに鴨が落ちてくるでしょう。〔ラングレ／ヴァンデルビュク 一九三五年概要 V. 50〕

そのようなビジョンは技術と想像力の両方が「あまりに初期」段階〔V. 852（a1, 1）参照〕にある証拠だ。その奇抜な形式は「初期の技術的生産が夢においてどのように捉えられていたか」についてのもっとも「真正な証人」である。(9) しかしながら同時にそれは、最初からこの新しい自然にユートピア的欲望がついてまわっていたことも私たちに告げている。(10) その形象の痕跡が歴史の中で失われてしまったのなら、それらを救い出すことは政治的に必要なことである。ベンヤミンがこの形象が「階級のない社会」に「つきまとう」と述べるのは、その形象が表す幸福願望のおとぎ話的性質が、階級支配に基づく社会構造の核である「物質の欠乏と搾取的労働」の終わりを前提にしているからである。概要の最初のバージョンではこう結論づけている。

下部構造の上部構造内への反映が不十分なのは、支配階級のイデオロギーが故意に歪曲するからではなく、新しいものが目に見えるような形をとるためには、いつもその要素を階級のない社会に固有の要素と結びつけなければならないからである。集団的意識よりも集団的無意識の方がそれにかかわっている。そこから、建築物からファッションにいたるまで、人間の生活の実にさまざまな形式のうちにその痕跡をとどめているユートピアの形象が生じるのだ。〔一九三五年概要のM[1]バージョン　V. 1224-25〕

時代《エポック》の始まりには常に未来について「早すぎる」という本能的な不安がある。過去の文化的想像の残留物がその証拠である。だが創造物に痕跡を残す期待の願望形象が「無意識」のままであると言うなら、それは、集団は自分たちが夢を見ていることにさえ気づかないということを言い換えているのと同じである。その結果シンボルが物神へと変じて、現実化と間違われてしまう。商品物神と夢物語の区別がつかなくなってくるのだ。加工食品がサン＝シモンの空から降ってきたように商品棚に並べられると、商品は「神学的きまぐれ」〔V. 245（G5, 1）〕(11)を始めて、願望形象は魔術幻灯となり、夢は妄想に変わる。マスメディアが自らをキリストによる食物の分割さながらに奇跡的に配給される文化の民主化と見なすとき、それもまた物神と化すのだ。

新しい技術がもつ途方もない力は、それが生み出す富を私的に占有しながら、しかもいまだにそれを支配の力として振るう支配階級の手に残される。このコンテクストにおいては、夢の象徴は商品を広告する物神化された欲望である。そして集団は眠り続ける。だがそれが目覚めさえすれば、ユートピアの象徴は真実の表示として救い出される可能性がある。この真実にとって必須なものははかなさである。移行期における標識である願望象徴は、そもそも夢の源泉である物質的必要や、欲望を満たすように、新しい自然を再機能化させることができる。願望形象が直接人間を解放することはない。しかしそれは解放の過程にとって不可欠なのだ。

5.3 「フーリエ的ユートピアにおける人間の幸福——求めると出てくる食物」（グランヴィル，1844 年）

3

どのような大衆的……「関心」でも、それがひとたび世界の桧舞台《ひのきぶたい》に登場すると、「観念」あるいは「想像」のなかでその現実的限界を踏み越えて、人間的関心一般と取り違えられることは、容易に理解できる。この幻想は、フーリエがそれぞれの歴史的時代の主調音と名づけるものである。〔マルクス／エンゲルス「聖家族」V, 778 (W7, 8)〕

技術的生産能力は、ユートピアの夢みる能力に媒介されており、逆もまた成り立つ。ベンヤミンは想像力の自律性は史的唯物論と相容れないと考えていたのだろうか。アドルノは彼がそう考えていたと思っていた。アドルノなら集団的願望シンボルのはかなさがそれを救済する十分な理由になるとは考えなかったろう。最終的にアドルノは、この夢形象と因習的意識はいずれも階級社会という歪曲的なコンテクストの中で生み出されたものであるという理由で、両者に違いを見出さなかった。アドルノをあれほど当惑させたのは、先に考察した願望形象についての概要のまさにこの部分であった(12)。彼にはそれが集団心理の内容を最も反歴史的方法で永遠化するように見えたのだ。夢の形象が弁証法的な純粋で単純な形象であるかのように、アドルノは、すべての時代はそれに続く時代の夢を見るというミシュレの言葉をベンヤミンが文字通りに肯定していると考えたようだ。それゆえにアドルノはベンヤミンにこう反論している。

もし弁証法的形象が、集団的無意識内で捉えられる物神的性質に他ならないとすれば、実際、サン゠シモン的な商品世界の概念が明るみに出されるかもしれない。ただしその裏側、つまり地獄としての一九世紀という弁証法的形象には光はあたらないだろう。〔アドルノからの手紙、一九三五年八月二日付 V, 1128〕

地獄のイメージはパサージュ論構想の「輝かしい第一草稿」の中心であり、概要においては抑圧されてしまったとアドルノは考えていた。それに対し、「願望形象」という概要に残された観念の方は、ユートピア的未来と、「非弁証法的」（つまり「本質的内在的」だと言いたいのだが）でほとんど「進化的」ですらある関係にあると主張している〔同〕。そしてアドルノはこの点についてこう批判している。「商品の物神的性質は意識の事実ではない。むしろそれが意識を生み出すという顕著な意味において弁証法的である」〔同〕。さらに彼はこう論じる。「物神としての商品という概念は――もちろんあなた自身の意図もそうだろうが――それを発見した人物によって実証されるべきだ」〔同〕――つまり、マルクス自身によってということである。

（グレーテル・カルプルス経由での）ベンヤミンの返答は、アドルノの省察の「ほぼすべて」について同感の意を表しているが、ただ一点、概要における彼の概念が元の考えと違っているという点にだけは反論している。初期の覚書においてあれほど本質的で異彩を放っていた地獄というテーマを捨てたわけではない。むしろ覚え書きと概要は「著作のテーゼとアンチテーゼ」を表していると述べている〔カルプルスへの手紙、一九三五年八月一六日付 V, 1138〕。アドルノは納得しなかったようだが、概要の曖昧な言葉遣いを考えると驚くにはあたらない。だがパサージュ論の資料は、ベンヤミンの主張の正当性を実証している。全体を通して、（これまで見てきたとおり〔第四章参照〕）地獄としての一九世紀というイメージは突出している。実際にベンヤミンは『資本論』の商品の物神に関連する箇所を読んでいた[13]。概要中の「古いものと混じり合っている」ものとして新しいものについて論じている箇所について、アドルノはその逆の、すなわち「たんに外観と幻想としてのもっとも新しいものは、それ自体もっとも古い」〔アドルノからの手紙、一九三五年八月二日付 V, 1132〕という論がないのを残念に思うと述べている。しかし変わることなくベンヤミンの中心的概念であった「自然史」は、まさにそう主張しているのだ〔第三章参照〕。二人の間の意見の食い違いは実際には集団的ユートピアの欲望に対する評価（そしてそれゆえの、大衆文化が救済される度合い）に、限定されていたのだ。

ベンヤミンはこのユートピアの欲望を文化の移行プロセスにおける一時的局面として肯定していた。アドルノはそれを救いがたくイデオロギー的なものとして退けていた。集団的欲望の自律性を否定することで、アドルノは自分の立場の方が、弁証法的唯物論の観点からするとより厳密であると考えていた。しかしこの問題に関しては、実際はベンヤミンの方がマルクスの感覚に近かったという議論ができそうだ。いくつかの著書で、なかでも『ルイ・ボナパルトのブリュメール一八日』において、ベンヤミンよりはるか以前に、最も明白に、根本的な歴史の断絶の局面において、古い時代のシンボルや神話を呼び起こす形象が果たす決定的な役割について論評したのはマルクス自身であった。マルクスはこう述べる。

〔人類が〕自分自身と事態を根本的に変革し、今までになかったものを創造する仕事に携わっているように見えるちょうどそのとき、まさにそのような革命的危機の時期に、不安そうに過去の亡霊を呼び出して自分たちの役に立てようとし、その名前、鬨の声、衣装を借用して、これらの由緒ある衣装に身を包み、借り物の言葉で、新しい世界史の場面を演じようとするのである。こうしてルターは使徒パウロに仮装したし、一七八九年から一八一四年の革命はローマ共和国に扮した〔……〕のだ。〔マルクス「ルイ・ボナパルトのブリュメール一八日」[14]『マルクス、エンゲルス全集』V8, 115〕

マルクスは、過去の参照法が一七八九年の革命を繰り返そうとする喜劇的試みでしかなかったという意味で一八四八年のブルジョアジー「革命」はパロディ的な再引用に過ぎなかったという批判をしている。マルクスは一九世紀が古代ローマに向き直ったのは、「自分たちの戦い」の階級的限界を自分の眼からも隠すためにブルジョアジーが自己欺瞞の必要に迫られたからだと考えていた〔マルクス『ブリュメール』116〕[15]。同時にマルクスはそのような歴史的仮面は隠ぺいできるだけではなく、現在の歴史劇の新しさ自体を栄光化することも可能にし、その仮面が一、時、的、なものであ、る、限、り、は、これは前進的目的に利することを認識していた。

発展段階は異なるが、その一世紀前に、クロムウェルとイングランドの人民もまた同じように、旧約聖書から自分たちの市民革命のための言葉、情熱、幻想を借用した。現実的目的が達成され、イングランド社会の市民的変革が成し遂げられてしまうと、ロックがハバクク〔情熱的で詩的な言葉で有名な旧約聖書の小預言者。ここではピューリタン革命期の宗教的熱狂の象徴〕を押しのけることになった。

> それらの革命の中で死者を蘇らせたのは、新しい闘争を賛美するためであって、昔の闘争のパロディを演じるためではなかった。与えられた課題を空想の中で誇張するためであって、それを現実の中で解決するのを恐れて逃げ出すためではなかった。革命の精神を再発見するためであって、革命の幽霊を再び出没させるためではなかった。〔同〕

マルクスは「一九世紀の社会革命はその詩情を過去から得ることはできず、未来から手に入れる以外はないのだ」〔同〕と警告する。しかし彼はブルジョアジーのイデオロギーのヘゲモニーが転覆されたら、すぐに労働者が新しい「詩」を無から生み出すことができると論じているわけではない。彼はそのプロセスを新しい言語の習得にたとえている。

> 新しい言葉を覚えたばかりの初心者はそれを常に自分の母語に訳し戻すものだが、訳語を思い出さないでその言語を使えるようになり、それを使う際に先祖伝来の言葉を忘れるようになったときはじめて、彼はその新しい言語の精神を身につけたのであり、その言語を自由に使いこなすことができるようになったのである。〔同 115〕

たしかにベンヤミンが新しい技術と対照させて集団的意識の不十分さについて考察しているとき、まさにこのことを意味していたのだった。ベンヤミンはこう問う。

機械装置や映画や機械製造や近代物理学などにおいて、私たちが何もしないでも立ち現れてきて私たちを圧倒するまでになった形式世界が、己の内なる自然を私たちに明らかにするのは、いつ、どのようにしてであろうか。これらの形式、あるいはそれから生じてくる形式が、私たちの目の前に自然の諸形式として現われるような社会状況を達成するのは、いつのことであろうか。〔V. 500–01（K3a, 2）〕(16)

ベンヤミンとマルクス自身の説明がこれほど近いのに、先のマルクスの文がパサージュ論の資料に含まれていないのは驚きであるに違いない。ベンヤミンは『ブリュメール一八日』の他の箇所は含めているが(17)、（マルクスのテクストの最初にある）この議論には言及していない。この省略が偶然であるということはありそうにない。むしろベンヤミンは自分の議論がマルクスと平行はするが、一致はしないと認識していたことを示唆している。マルクスの関心は政治的革命の局面にある。ベンヤミンの関心は革命の後に来る社会主義への移行にある。

『ブリュメール一八日』においてマルクスは社会主義社会が始まるのは「過去に関するあらゆる迷信を捨て去り」、そして「死者を埋葬することを死者に任せて」からのことであると書いている〔同 116〕。しかしどのようにして過去を捨て去るかについてはマルクスは語っていない。その結果マルクスの理論にはギャップが存在し、彼自身が意図していたか否かとはかかわりなく、そのギャップを超えるためには経済的に決定された歴史の進歩を暗黙のうちに信じていることが必要であった。あたかも社会主義的生産関係が確立されさえすれば、工業技術による生産が、全く新しい文化を生み出し得る社会主義的想像力を自然と生み出すようになるかのように。ベンヤミンはモスクワへの旅で、社会主義の変化の前‐状況にある間は、政治的権力を握って経済を国有化したからといって、その保証はないこと、さらにはソビエト政府が文化的革新を抑圧する限りは、政治的革命自体が失われる危険があることを確信するに至った〔第二章参照〕。一九三五年の概要が社会主義文化は資本主義において存在しているいまだ形を成さない胚芽から構築する必要があるという考えを押し出しているとすれば、それが十分に上部構造の理論にはっきりと示されるのは、同年に書かれた芸術作品に関するエッセーにおいてである。[18] マルクスが資本主義経済の基盤に、プロレタリアートの搾取を拡大するにいたるであろう条件の創造だけでなく、「資本主義そのものを廃止することを可能にするであろう」条件をも発見したのに対し、ベンヤミンの方はそれとは別に上部構造の中に〔相対的に自立した〕弁証法的プロセスが存在し、そのプロセスは経済におけるのと同じく「目につかない」で、ただし経済におけるよりも「はるかにゆっくり」進んでいると論じている〔「厳密なる学問」II, 435〕。そして社会主義社会への移行を可能にするのはこちらの弁証法である。[19] それは集団的想像力と、人類がその存在をもたらしたが意識の上では理解しきっていない新しい自然のもつ生産の可能性との間で展開している。さらにこの弁証法は過去の死者を「埋葬する」ことによってではなく、蘇らせることによって展開されるのである。そもそも、もし未来の歴史が決定されておらず、したがってその形式がいまだ知られていないで、意識が自らの社会史のコンテクストの水平線を超すことができないのなら、「いまだ存在していない」世界の概念を得るために想像力が向かうことができるのは、死せる過去以外のどこにあるというのか。さらにそのような動き自体がユートピア的願望を満たしもするのだ。死者を蘇らせるという〔宗教的神話に明示される〕「過去の苦痛を未完結なものにし」[20]、回復しようがないほどに失われた未完結の過去を成就したいという欲望である。

産業技術の衝撃をうけて資本主義内で始まった上部構造の社会主義的変容は、しぶとく、未決定なままで、大半は意識されていないプロセスによって、過去を救い出すことも含んでいる。資本主義的社会関係の歪曲の結果としてこのプロセスの前進と後退の動きは容易には識別できない。ベンヤミンがパサージュ論において自分の成すべき責務と考え始めたのは、この二つの傾向を振り返ってみて、可視化させることであった。彼はそれぞれの根源を、芸術と技術の間の戦いの場にまで辿っているが、一九世紀に誤ったことにこの二つは対立関係にあるものと捉えられるようになり、その結果、両者を調和させようとする試みさえ反動的な文化形態を生み出すにいたったのだ。

4

芸術と技術の関係はパサージュ論の中心テーマである。一九三五年の概要はこの関係を綱領的に示しているが[21]、なかでも一九世紀の芸術に対する写真の、建築に対する工学技術の、そして文学生産に対する大衆ジャーナリズムの影響を追及している[22]。その成果は、たんに唯物論美学と芸術社会学の基盤を構築したにとどまらず、マルクス主義理論に対する独創的な貢献となった[23]。それは意識と現実の——なかでも空想と生産諸力の——関係において起こる構造的変形を見分けているが、それは、一般的な理論的意義も有しており、あらゆる種類の批判的文化実践をも活気づけることができるものであった。ベンヤミンにとって進歩的な文化実践とは、社会ユートピアを求める集団的欲望を意識させ、その欲望を物質的形態という「新しい言語」に翻訳することによって、新しい自然がその欲望を実現させる可能性をもつことを意識させ、それによって、技術と想像力の両方を、その神話的夢の状態から抜き出すことを意味していたと言えるだろう。ベンヤミンは「まさに一七世紀に科学が哲学から自由になったように」、一九世紀には生産技術力の発達は、「創造形式を芸術から解放したのだ」〔一九三五年概要 V, 59〕と述べている。これはきわめて異例な主張である。それは、理性（「科学」）が世俗化する（「哲学から自由になる」）と、社会生産プロセスの道具として自由に用いられうるように、想像力も、技術の「創造的形式」に刺激され純粋な唯美的目標から逸脱する（つまり「芸術から解放される」）と、集団的社会生活の新しい基盤を構築する仕事に適用されうると述べているのだ。

かつては、ブルジョアジーの芸術は、社会現実からの分離という事実そのものによって定義づけられ、新しい形式の創造的発見を自らの領域として占有していた。アドルノに倣って、この分離は恩恵的なもので、想像力を維持して、現状に抗することができるので、ブルジョアジー芸術に固有のユートピア的衝動の源泉であったと論じてもいい。あるレベルにおいてはたしかにベンヤミンもそれに異議を唱えはしないだろう。しかし現実の物質的形態を常に革新している工業生産の途方もない創造性に照らしてみれば、「芸術の自律性」というのは、虚しいフレーズに聞こえるようになると主張するだろう。マルクス主義の理論的主張に完全に依拠する（ただしマルクス自身の文化的上部構造の理論には依存しない(24)）議論においては、ベンヤミンは物質的（で進歩的）産業主義の傾向は、芸術と技術を、空想と機能を、意味あるシンボルと有用な道具を融合することであり、この融合こそが社会主義文化の本質そのものであると示唆していたのだ。

ベンヤミンが技術と芸術の融合を歴史の現実の進路と同義ではなく、構造的傾向と捉えていたことはきわめて重要である。事実一九世紀は技術と芸術の分離の制度化が歴史上例を見ない程度にまで進んだ。この分離は、理工科学校《エコール・ポリテクニク》が、芸術学校《エコール・デ・ボザール》とは別の、あるいは競合するものとして設立された（一七九四年）ことに如実に表れている。前者は、建造者や「技師(25)」に産業建築物、海軍船舶、軍事要塞などの建築のための教育をした(26)。後者は芸術家や「装飾家」〔V, 219（F3, 6）〕を教育したが、彼らの仕事は美的想像力を機能的目的に従わせることを拒むからこそ評価された(27)。この分離が起きたとき建築は芸術学校側に入れられたが、この事実は「建築にとっての厄災」〔ギーディオン V, 217（F3, 1）〕となった。それ以前は建築には工学技術も含まれていた(28)。すべての学術の中で、建築は「芸術という概念から最も早く抜け出た〔……〕。あるいはこう言った方がいいかもしれない。建築は「芸術」として鑑賞されることを最も嫌うものとなった」〔V, 217（F3, 1）〕。

パリのパサージュの建築スタイルは工学技術と「芸術」の間の戦闘的傾向の象徴であった。それは両方の術を要求するのだが、どちらの学校からも教育に値する対象とは認められなかった[29]。一八二〇年代にその代名詞ともなった連なるガラス屋根は、科学技術の面で進歩した天井採光の建築物であった。他方そこに並ぶ店舗ギャラリーの内側の「壁面」は、もっとも模倣的ファサードで、建築上の「上品な趣味」の象徴である新古典主義的な柱やアーチ、三角形切妻壁が並んでいた。弁証法的形象として、パサージュは他のところでは完全に敵対しあいながら、別々に発展していく二つの傾向を一つに融合する「両性具有的立場」〔V. 222（F4, 5）〕にあった。

産業形態——鉄道[30]、機械[31]、そして橋——という「新しい」自然に形を与えたのは、労働者に加えて工学技術者であった。ベンヤミンはジークフリート・ギーディオンの書に示された写真についてこう述べている。「新しい鉄骨構造の上から町を見渡せるようになったときのすばらしい光景〔……〕は、長いこともっぱら労働者と技術者にしか許されていなかったことは注意しておかねばならない」〔ギーディオン V. 218（F3, 5）〕。この「すばらしい光景」への熱狂をギーディオンと共有しながら、ベンヤミンは（彼が「倦怠」と結びつけていた）建築の「装飾的スタイル」〔V. 1016（K°. 6）〕とギーディオンの挿入図中の橋脚の「すばらしい例」とを対照させている。ギーディオンの著書中のマルセーユの運搬橋〔つりさげられた運搬台に載せられた人や貨物を岸から岸へ運搬する装置〕の写真（図5．4）について、ベンヤミンはこう書いている。「マルクス主義。なぜなら、技術者とプロレタリアート以外に誰がその階段を上がったりしただろうか。ところが、この階段のみが、この建築についての、新しいもの、決定的なものを、つまり空間の感覚を十全に開示してくれるのだ」〔V. 218（F3, 5）〕[32]。

一九世紀全体を通して、建築という「芸術」は自衛的に工学技術の革新に近寄ろうとしなかった。「芸術的良心、とくに繊細な感受性をもつ人々は、芸術の祭壇から建築技師たちに罵詈雑言を次々に投げつけていた」〔マイアー V. 224（F5, 1）〕。一九世紀に受け入れられていた建築スタイルは、相変わらず工業化以前の過去志向のものであり、もっとも尊ばれていたのは新古典主義であった。「一九世紀に古代ギリシアの建築術が古《いにしえ》の純粋さのままに再び花開いた」

5.4　マルセーユの運搬橋，1905年建造

――いや、少なくとも、ベンヤミンが「卑俗な意識」と呼んだ者たちにとってはそう見えた〔ジャーナリスト（一八三七年）V, 219（F3a, 2）〕。鉄が足場材料に使用された場合、それが内側からしか見えないように、「石の覆い」〔V, 229（F7a, 1）〕をつけられるか、たんに装飾効果を目的に用いられた。「簡素で厳正な建築の才能をもつ芸術家アンリ・ラブルーストは、サント・ジュヌヴィエーヴ図書館［一八五〇年代］とパリ図書館［一八六〇年代］の建設において、初めて鉄を装飾的に使用し、成功を収めた」〔ルヴァスール F1a, 4〕（図5．5）。外側のファサードには、鉄は、垂直的強度という新しい可能性に直接矛盾するように、表面デザインとして水平に連続するバルコニーとして用いられており、「技術上の必要を芸術上の目標設定によって箔をつけようとする一九世紀に再三認められる傾向」〔一九三五年概要 V, 56〕のよい例となっている（図5．6）。

「［建築家の］感覚は、家屋が次第に横に伸びていこうとする傾向が……表現されることを要求するようにな

5.5　上　国立図書館の大閲覧室（アンリ・ラブルースト建造，1868 年）〔楕円形のこの閲覧室は今日まで手を加えずに使用されている.〕

5.6　下　オペラ座通り（19 世紀後半）

っていた。……そして彼らは伝統的な鉄柵を継承する手段を発見し、一つの階もしくは二つの階のファサードいっぱいに横並びにバルコニーを作ったのである。〔……〕家が建ち並んでくると、こうしたバルコニーの手すりが互いにつながって連続した一本の線となり、通りが壁を成しているような印象を与える。〔シュタール V, 231（F8a）〕

鉄は有史以前から人類に知られていたが、一九世紀に「鋳鉄から、錬鉄へ、さらには軟鉄」へと急速に変化していき、「無限の可能性」を示していた〔マイアー V, 219（F3a, 1）〕。ベンヤミンは声を大にして「革命的建築素材としての鉄！」〔同〕と言う。しかし建築家はいまだに伝統的なアルベルティ〔イタリアルネッサンスの建築家・理論家〕の訓練を受けているため鉄という「人工的な」形式のすべてに対して、「地下から掘り出してそのまま直接使えず、加工材料にして手を加えなければならないために、ある種の不信感」〔同 V, 220; F3a, 1 参照〕をいだいていた。その上、数学は「建造物の強度を保証する力はない」〔一八〇五年パリの建造物について頻出した議論 V, 228（F6a, 3; F4, 3）〕と主張され、工学の不可欠な道具である静力学の数学に異が唱えられた。

「よい趣味」の規定から追放され、工学は実用の傘下に入った[33]。「現在言うところの鉄とガラスで作られる建造物すべての根源は温室なのである。」〔マイアー V, 221（F4, 1; F2a, 1）も参照〕。そのような「植物用の建物」が（建築家ではなく技師の）パクストンによって作られた水晶宮の設計モデルとなった[34]。その後の博覧会会場は新しい機械のための隠喩的「温室」として、パクストンのプランを模倣した〔V, 216（F2a, 1）; F6a, 2〕。鉄とガラス建築の原則が初めて、「純粋に実用的建物という旗印の下」で増殖したのは新しい大衆文化用の建物においてであった。「鉄のホール」が倉庫、作業場、工場、屋根付き市場そして鉄道駅として建てられた〔マイアー V, 222（F4, 5）〕。大衆用の実用的で防御的なシェルターとして、鉄のホールはそのような建築が可能にしてくれる広がりゆえに、「壊れない空間の必要性」〔マイアー V, 222（F4a, 1）〕に十分応えていた。ベンヤミンはこの建造物は（鉄道駅のように移動の場としての）空間的な意

5.7　切り取られたピラミッドの形のブルギン製カメラ．両脇にブロンズのドラゴンが添えられているが，装置を重く，装飾的にしただけだった（パリ，1844年頃）

味と、〔万国博のギャラリーのように閉会後解体されるような〕時間的な意味の両方において、移行性と結びついていることに気づいていた。

「芸術」の自意識的な媒介を免れて、そのような建造物の構造は無意識な形で鑑賞よりもむしろ実用のための建造物として集団意識の中に定着した――少なくともしばらくの間は。最終的に鉄とガラスの建築は、建築スタイルの挑戦に屈服し、それ自体が一つの建築スタイルとなって、〔予測通り〕過去と競い始めた。

> 一七八七年頃、人々は鉄骨の建築に救いを見いだしたと思った。サロモン・レーナック氏が言うような、垂直への憧れ、〔……〕詰め込みすぎた空間への偏愛、そして透けて見える骨組みの軽やかさは、ゴシック精神の主要なものが蘇るかもしれない一つの様式が生まれようとしているという期待をあおった。〔デュベック／デスプゼル V, 223〔F4a, 5〕〕[35]

5.8　アングル・ギャラリーの絵画の写真（パリ万国博，1855 年）

一八八九年のパリ万博は「鉄の勝利」〔ペレ V, 230（F8, 4）〕として歓迎された。そのために建てられたのは機械館（一九一〇年に「芸術のサディズム」〔V, 222（F4, 6）〕から解体された）とエッフェル塔で、後者は新しい「無線伝信のための塔として実用性の英雄時代」〔「土星の輪、あるいは鉄骨建築」V, 1062〕の「比類ない」記念碑となった〔V, 223（F4a, 4）〕。鉄の部品をリベット鋲でつないで作られたエッフェル塔は、レース模様のような外観にもかかわらず、実は鉄道と同じ建造原理を用いており、まさに摩天楼を予期させた〔V, 216（F2, 8）〕。建築における「モダニズム」が到来していたのだ。エッフェル塔は大成功を収めた。しかし「芸術家たち」はいまだに抗議していた。

私たち、作家、画家、彫刻家、建築家は……脅威を受けているフランスの芸術と歴史の名のもとに、無益で醜悪なエッフェル塔を我が国のまさしく中心部に建設することに抗議するものである。……

その野蛮な大きさによって、ノートル＝ダム、サント＝シャペル、サン＝ジャック塔など、我が国の建造物すべてを侮辱し、我が国の建築物すべてを矮小化して、踏み砕くに等しい。〔シェロネ V, 230（F8, 2）〕

5

写真の発明は自然を正確に描くため、技術が芸術家の仕事に追いつくことを可能にし、画像を大量生産できるようにしたことで、芸術作品の一度限りの「アウラ」という独創性を切り崩した。〔V, 826（Y1a, 4）〕

写真が展示された初めての万国博覧会は一八五五年のパリ万博だった。写真の発明の前身となったのは、「技術的な工夫によって」、日の光の変化、日没、昇る月など、時間の動きまで含めて「自然の完全なる模倣」を試みたリアリステックな背景の中に置かれたあのガラス張りの三次元の像を見せる一八二〇年代のディオラマ〔V, 826（Y1a, 4）；Q2, 7〕であった。あまりに見事に現実を真似ているので、画家のダヴィッドは弟子たちに写生の練習をディオラマを使ってするように言った〔V, 658（Q1a, 8）〕。ディオラマ〔V, 655（Q1, 1）〕（そして蝋人形館〔V, 659（Q2, 2）〕は言うまでもなく、それに続くコスモラマ、プレオラマ、パノラマ館、ディアファノラマ）は、（そのような施設が数多く見受けられた）パサージュが近代建築の早すぎた予感であったように、写真〔V, 659（Q2, 5）〕や映画〔V, 658（Q1a, 8）：Q2, 6〕の早すぎた先駆者であったのだ。「鉄骨建築とともに建築が芸術から離れて独り歩きし始めたとすれば、絵画においても、パノラマによって同じことが起きた」〔一九三五年概要 V, 48〕。

ベンヤミンが称賛していた石版画家のA・J・ヴィールツは初期のエッセーで、写真について「政治的な意味で、絵画に対する哲学的啓発の機能がある」としている。つまり形象が知的に反映され、それゆえ「煽動的」になるというのだ〔一九三五年概要 V, 49〕。ヴィールツは「ダゲレオタイプが絵画を抹殺したなどと考えてはならない。そうではなくて、それは忍耐仕事を抹殺し、思考の仕事に敬意を表しているのだ」と言っている。そして彼は最終的に写真と芸術は共働すると信じて、この原理を自らの作品にもち込んだのだ[38]。

写真の登場によって、自然を模写しようとする芸術家の試みは科学的になった[39]。それは一八四四年の「経済学・哲学草稿」におけるマルクスの考えと比例するような人間の視覚の拡張であった。マルクス曰く、「真の人類学的〔すなわち社会的〕自然」における人間の感覚は、「産業を通して達する自然」〔マルクス『初期著作集』V. 802（X1a, 3）〕であり、たとえそのような自然が、「私有財産」のせいで、現在は「疎外された形態」でしか存在できない〔同〕にしてもそうであると。「人間の眼」が「粗野で非人間的な眼」と異なった見方をする〔マルクス V. 801（X1a, 2）〕という事実は、たんに美しい像だけでない、自然についての新しい発見を私たちの眼前に示すことによって、写真が実証している。フランソワ・アラゴは一八五〇年に技術の歴史における写真の位置について論じたとき、「写真の科学的応用について様々な予言をした。それに対して、芸術家は〔予想どおり的外れなことに〕写真が芸術としての価値をもつか否かということについて議論を戦わせ始めた」〔一九三五年概要 V. 49〕。

写真は像を近づけることによって、そこから聖性をうばった。一八五五年のパリ万博の写真展について。観衆は数多くの著名人たちの肖像写真の前に群がった。それまでは遠くから眺め賛嘆するだけだった、劇場や演壇における、つまり公的生活における著名人たちが突然生き生きと眼前に眺められるということが、こうした時代にあって何を意味したかを、私たちは思い浮かべることができる。〔フロイントによる引用 V. 826（Y1a, 4）〕

そもそも初めから、写真は大衆文化の仲間であった。ナダールのようなパイオニアは、パリのカタコンベや下水道の一〇〇枚もの写真をとり〔V. 827（Y2, 2）〕、ポートレートにあらゆる階級や階層を含める〔Y2, 3〕ことによって、題材の幅をおし拡げた。その写真の手法はアマチュアの実践を促し、芸術家と一般人の境界線を曖昧にし始めた。アラゴがこの発明の効果を議会で報告した。

「眼鏡屋にお客が殺到した。これほど多くの熱心な愛好者の情熱を満足させるには、レンズも暗室も足りなかった。人々は地平線に傾く太陽を残念そうに目で追いかけながら、実験の材料を自宅にもち帰った。だが、その翌日夜が明けるとすぐに、家々の窓には、隣家の天窓、あるいは暖炉の煙突がずらりと並んだ光景などを用意済みの乾板に写し取ろうと、おっかなびっくり苦労している大勢の実験家たちの姿が見られた。」〔アラゴ、フロイントによる引用 V, 830-31（Y4, 1）〕

写真は芸術作品すら大衆の眼前にもってくることで、視覚イメージの受容を民主化した。[40] ベンヤミンは対象への非アウラ的、科学的アプローチだけでなく、生産と受容の民主化が、この写真というメディアの生来的傾向であり、[41] それは進歩的であると思っていた。[42] 写真が画家たちの形象保存に対してきわめて決定的な介入をしたために、画家たちは挑戦を受け、その仕事の仕方を変えざるを得なくなった。

かつて一度でもその生涯において写真家の魔法のマントで自らの頭を覆い、あのすばらしい自然のイメージのミニアチュアによる再現を見るべくカメラを覗き込んだ者には……次のような問が迫ってくるに違いない。すなわち、もし写真家が形態と同様に色彩をも乾板に定着させることに成功するとするならば、私たちの時代の近代絵画はいったいどうなるのかという問いである。〔クレイン V, 828（Y2a, 5）〕

芸術の擁護者は「人間の顔を機械で捉えることなど不可能だ」〔V, 832（Y4a, 4）〕と主張した。だが肖像画は、たとえ描く内容を変えても、写真の進出にもっとも被害を受けやすいジャンルであった。「初期の写真を比類のないものにしていたのは、おそらく次の点である。すなわち、初期の写真は機械と人間の出会いを始めて形象として表現しているということである」〔V, 832（Y4a, 3）〕。芸術家は自分たちの職の優越性を主張したが、無意識においては、自らの弱さを認めている。[43]「深刻な価値標準の転倒の兆候――画家は写真を基準にして評価されるのを甘受しなければならない」〔V, 837（Y7, 5）〕。芸術家は写真が（まだ）太刀打ちできていない方向へと向かい始めた。

ドラクロワの絵が写真と競い合いを免れたのは、色彩の力によってだけではなく、描かれた対象の激しい動き――当時まだスナップ写真は存在しなかった――にもよる。こうして写真に対して、彼は好意的な関心をよせることができた。[44]〔V, 832（Y7, 5）〕

そしてその後「やがて印象主義に代わってキュビズムになると、絵画は色彩に加えて、写真ではひとまず手の届かない広い領野を獲得することになった」〔一九三五年概要 V, 49〕。

こうして画家たちは新しい技術に対して自分たちを擁護しようとするようになる。そのために彼らは自分たちの文化的創造性に対する真の脅威である資本主義市場の影響を見逃したのだ。初期のパサージュにおいてすでにショーウィンドーでの商品の陳列で、「芸術が商売に仕えて展示されていた」〔一九三五年概要 V, 45; 例として V, 98（A7, 1）〕。調べているうちにベンヤミンは広告としての芸術の始まりを描いている石版画を見つけた。

九〇センチほどの長さの細長いカンバスを二つ抱えて歩いている画家が描かれている。そのカンバスの両方ともに、肉屋のいろいろな商品がきれいに飾りつけられ、陳列されている様が描かれている。タイトルは「諸芸術と貧困」「豚肉屋諸氏に捧ぐ」。解説文「仕事に行きづまった芸術の人」。〔国立図書館版画室 V, 908（d3a, 7）〕

もう一つは労働者の搾取という観点から芸術生産のプロレタリアート化を示している。

石版画。哀れな画家が、自分の描いた絵に若い紳士がサインするのを悲しそうに見ている。タイトルは「一九世紀の芸術家と芸術愛好家」。解説文「私の署名があるのだから、これは私の作品だ」。〔国立図書館版画室 V, 908（d3a, 6）〕

資本主義の社会関係がもつ歪曲的効果のせいで、芸術と技術が交わる大衆文化も同じく両者を衰退させた。芸術の側では生産方法が他の商品に似通い始めた。写真と競う必要のため芸術家は制作速度を上げ、機械による複製を手で真似て、その題材に典型的なものだけを描く迅速さで、「個人の」肖像画を速やかに産出するように強いられ、他方「風俗画」の新しいスタイルは、反復可能という概念に基づくようになった。（肖像写真では明らかに強みがあった[45]）写真の側では、画像の際限のない複製が市場社会の領域を「途方もなく」拡大し、そのため、今度は、売り上げを伸ばすために絶え間なく「流行にのった撮影技術の変化」を迫られるようになった〔一九三五年概要 V, 49〕[46]。さらに芸術スタイルの逆行的規範は、美的基準の名の下で、写真家が被写体を画趣ある背景や舞台装置の前に置き、小道具を用い、姿形を修正したり、「美化」して、その画像をより「絵画風」にさせたりした[47]（図5．9）。

6

文学生産におけるほど、資本主義による歪曲効果が明らかになるところはない。この分野では伝統的芸術形式は高

5.9 「アルプス登山家」に扮したヴァルター・ベンヤミンと弟のジョージのスタジオ写真（1900年頃）

5.10 「繰り出され，切り身の塊で売られる文学製品」（グランヴィル，1844 年）

速度印刷技術[48]や、大衆新聞が雨後の竹の子のように出てきた結果生まれたジャーナリズム的スタイルが脅威となった。「生産者としての作者」[49]（一九三四年）〔II. 683-701〕においてベンヤミンは、新しい文学技術の潜在的効果を描いて見せながら、それは政治的な意味では進歩であると考える自分の立場を明らかにしている。その理由として、それは情報を供給する民主的な公開討論の場を生み出し、また文学生産者と読者の間の垣根を壊す傾向にあり[50]、さらには、個人としての芸術的才能とか、完結され自己充足した「作品」という古い観念を破壊し、また書き物について「傑作」という概念に代わって、「組織化する機能」をもつ「介入」という政治的概念が出て来るように促すからである〔「生産者としての作者」II. 686-88, 696〕。作家のもっとも戦略的な仕事は、新しい文学形式に革命的な内容を詰め込むことより、形式自体の革命的可能性を開発することにある。しかしながら、大衆ジャーナリズムが「資本主義にぶら下がったまま」でいる限り、この仕事は「解消不能な二律背反」に惑わされるようになる〔同 II. 688-89〕。「新聞はものを書くということに関する混乱の現場となっている」〔同 II. 688〕。資本主義のジャーナリズムは受動的な読者に消費される生産物として扱うことによって、著作物を商品化する。伝統的な「文学」の基準に頑固にしがみついているコンテクストにおいては、その結果は「書きものの凋落」、すなわち「言葉が貶められること」〔同〕となる。だが読者や事実を「選別せず」に集めて、「自分たちにも自分の利害のために語る権利があると信じている従来のけ者にされてきた」読者たちの「切羽詰まった切望」〔同〕に届ける必要から言えば、そこには「弁証法的契機が隠れている」。すなわちブルジョアジーの新聞・雑誌における書き物の凋落は、社会主義の下では、その復活の根源であるということが明らかになる」〔同〕。ベンヤミンは社会主義の新聞・雑誌の状況を（それをソビエト連邦に現存していた新聞・雑誌と等式で結びながら）、「専門家」としての労働者が、能動的な意味で読み書きできるようになる状況と定義づけている。男女を問わず労働者が、「自ら作者となりうる道を獲得し」、ものを書く資格は、「万人の共有財産」となる。「生活状況」自体が「文学」となるが、他方で純粋に美的形式としては文学から失われるものもある〔同〕[51]。

パサージュ論の資料は産業資本主義の初めの時代から、この弁証法の肯定的極と否定的極が歴史現象自体と絡まり合いながら現われるままにその両方の証拠を示している。ベンヤミンは特に文学作品が商品へと変容することに[52]、そしてまた資本主義の関係性が生産過程に与える影響に関心をもっている。彼は劇作家のユージン・スクリーブの生産革新が原型的であると考えた。

彼は大企業家や金満家を嘲笑しつつ、そうした連中の成功の秘訣を見て取った。彼の鋭い視線は、あらゆる富が基本的には他人を自分たちのために働かせる技術のおかげであることを見逃さなかった。かくして彼は画期的といえる才気をもって分業の基本法則を、仕立て屋や家具屋や金ペン製造業者の工房から、劇作家たちのアトリエへと転用したのである。こうした改革以前には劇作家たちも、一人一人の労働者が得るプロレタリアートとしての賃金を一個の頭脳と一本のペンでもって得るのが精いっぱいだった。〔F・クライシッヒ V, 824（Y1, 2）〕

サラリーの多寡は別にして、このアトリエ内にいる作家たちは、生産装置に対する支配権を失ってしまっているので、言葉の文字通りの意味において「プロレタリアート」であった。そしてたとえ労働者――作家――のサラリーが上がったとしても、彼らの労働力の所有者としてのスクリーブの富はさらに指数関数的に伸びるのである。

スクリーブは素材を選び、全体の筋立てを決め、効果的な箇所と輝かしい幕引きを指示した。彼の弟子たちがそれに会話やちょっとした韻文をつけ加えた。弟子たちが進境を示すと、それに相応しい報酬として、彼らの名前が劇のタイトルに（アトリエ名と並んで）添えられた。それは弟子の中のもっとも優秀な者たちが独立し、自分自身で制作の仕事を受け継ぎ、ひょっとすると彼ら自身でも新しく助手を雇うようになるまで続いた。こうしてフランス出版法の庇護のもとでスクリーブは億万長者になったのである。〔同 V, 825（Y1, 2）〕

アレグザンダー・デュマも同じく、一人の小説家というよりは他の書き手たちが「彼の」作品を大量生産する「小説工場」[53]の所有者であった。デュマは二〇年間の間に四〇〇作の小説と三五の劇を創作し、しかもその過程において「八一六〇人もの人々を食べさせてきた」ことを自慢している〔J・リュカ＝デュブルトン V, 908（d4, 2）〕。

デュマ氏の名を冠したすべての本の題名を知る者などあるだろうか。彼自身にもわかっているのだろうか。もし彼が借方と貸方に分けた複式簿記の帳簿をつけていないなら、……自分にとって嫡子であったり、私生児であったり、あるいは名づけ子であったりする幾人もの子供たちを、きっと忘れてしまっているはずだ。最近数か月の制作量は三〇冊を下っていないのである。〔P・リメラック V, 903 (d1, 4)〕[54]

世紀半ば以前までは新聞は大衆読者にはまだ高嶺の花だった。

新聞は少なかったので、カフェでは何人も一緒に新聞を読んだ。このほかに新聞を手に入れるには、年間八〇フランで定期購読するほかなかった。一八二四年には、もっとも普及度の高い一二の新聞の定期購読者数をすべて合わせても約五万六〇〇〇だった。ちなみに自由主義者も王党派も下層階級を新聞から遠ざけようとしていた。〔V, 717 (U4a, 7)〕

一八二八年に新聞・雑誌がより下層の階級の手に届くようになったが、これは潜在的には民主的な変化であったが[55]、同時にそれはニュース情報を商品へと変え始めたまさにあの力——有料広告——によって可能になったことだった。最初のうちは広告されたのは文学そのもので、依頼によらない書評という形式をとっていた〔V, 725 (U9, 1)〕。次のステップはその原則を押し広げることだった。

新聞広告を書籍のためにばかりでなく、工業生産品の流布の役にも立てようという考えは、ヴェロン博士に由来する。彼は新聞広告をすることで、鼻風邪薬であるルニョー軟膏に、一万七〇〇〇フランを投資して一〇万フランも儲けた。〔J・ダルセー V, 731 (U12, 3)〕

広告の挿入と新聞の一部売りとともに、新聞発行者エミール・ド・ジラルダンは「文芸欄」――大衆新聞の中の文学と書評のための特別欄――を導入し、その中に本として出版される前の小説を連載した〔V, 734 (U13, 4)〕。この形式は一九世紀半ばまでに増殖した文芸定期刊行物や書評とともに[56]、文学形式に重大な影響を与え、結果としてエッセーや短編や連載小説が盛んになった。資本主義の関係性のもとで文体はメディアの要請に応えた。「連載小説の原稿料は一行あたり、場合によっては二フランにもなった。多くの作家は行をいっぱいに埋めなくても行数をかせげるように、できるだけ対話ばかりを書いた」〔V, 726 (U9a, 1)〕。

新しい大衆読者は作家たちを国家政治の世界にも引きいれた。ベンヤミンは私たちの時代特有のこの現象の根源を探し当てたのだ[57]。この現象によって民衆を楽しませる文化の創造者は、大衆的政治家となったが〔ラマルティーヌ、シャトーブリアン、シュー、ユゴー〕、必ずしも(いやたいていの場合ほとんど)もっとも賢明な結果を招くことはなかった。ブルジョアジーの文学にはまり込んだ哲学的理想主義[58]が、政治的立場までもち出された。バルザックは「ブルボン家の失脚を嘆いているが、それは彼にとっては諸芸術の没落を意味していた」〔リュカ゠デュブルトン V, 903 (d1, 3)〕し、農民「社会主義」を封建制の復興と同一線上で擁護した[59]。シャトーブリアンは「漠たる悲しみ」という政治的立ち位置を流行りのものにした〔マレ/グリエ V, 904 (d1a, 3)〕。ラマルティーヌは同時代人の批判によれば、「まるで詩人は国家から追放すべきであるとしたプラトンの命題の正しさを証明することを自分の課題としたかのように」〔ソルヴァディ V, 905 (d1a, 2)〕ナショナリスト的栄光化のために彼の詩的レトリックを駆使して、愛国主義を社会主義より優れたものとして熱心に勧めた[60]。

まず大衆に向かって語る立場にあったこれらの作家たちは、大衆に味方して語ったわけではなく、少なくとも彼らに自分たちの客観的な歴史的状況を理解させようとはしなかった[61]。なぜなら彼ら自身が作家としての自分の客観的状況を理解していなかったからだ。ヴィクトール・ユゴーのフィクションはまさに社会の貧民の苦悩を正確に記しており[62]、その彼はこの事態の典型である。一八四八年一一月にユゴーはカヴェニック将軍による労働者の六月の反乱弾圧には反対票を投じた〔V. 907（d3, 6）〕が、その後、彼は「つねに右派に同調する票を投じ」〔スピュレール　メイエールによる引用 V. 918（d8a, 5）〕、大統領候補としてのルイ・ナポレオンに対しては、（徒労に終わったが）彼のもとで文相となれるよう働きかけ〔V. 918（d8a, 5）〕[63]、「熱い推奨文」〔V. 935（d17, 3）〕を書いた。言葉自体を革命と同等視し[64]、ユゴーは、政治的プロパガンダにとっての文学の新しい意義――大衆政治の幻想創出――の実例となった。彼のあてにならない政治的判断は、作家においては珍しいことではなかった。大土地所有の細分化に反対していたバルザックは、小市民たちにコツコツためて小土地所有者になるようにという矛盾した案を与えるほか解決策を見つけられなかった〔V. 917（d8, 4）〕。アレグザンダー・デュマは、一八四六年に、政府からの補助金でアルジェに行き、五〇〇万人のフランス人読者に「植民の願望」を広めるような本を書くことをもちかけられた〔リュカ＝デュブルトン V. 908（d4, 1）〕。ラマルティーヌは、大衆が寄り集うことができるような「一つの言葉」「一つの信念」のレトリックを与えるべく、自分の文学的技術を国家に役立てた〔ラマルティーヌ V. 937（d18, 5）〕。これらの作家の認識力は、社会の外観を描くところまでに限られており、その下に潜み、かつ彼ら自身の作品創出の条件に深い所で影響している社会的傾向を暴いて見せることはできなかった。

文芸欄がおもて紙面の下方の四分の一を占めている一九世紀の新聞の体裁（図5．11）を眺めさえすれば、政治的事実と文学的虚構の間の境界線がいかに曖昧なものであるかが分かる。ニュース記事は文学的構築物である。文芸欄の小説家たちは、ニュースの記事をその内容として利用する。マスメディアは芸術と政治の区別を無意味にする傾向にある。ベンヤミンは二つの領域が混じり合った時に起こることに強い関心を寄せていた。彼は、両者は「文学形式の激しい解体過程、すなわち、私たちが常に用いてきた対立関係という思考法がその重要性を失うであろう過程」〔「生産者としての作家」II, 687〕のおかげで、必ずや融合することになるだろうと信じていた。問題は、その境界線が

Le Petit Journal

Bureaux : rue de La Fayette, 61 — Librairie du Petit Journal | QUOTIDIEN — UN NUMÉRO : 5 CENTIMES | Septième Année : n° 2,438 — Vendredi 24 Septembre 1869

L'abondance des détails que nous publions sur l'assassinat des six victimes de Pantin, nous force à retarder la publication du Souvenir judiciaire.

Tirage du Petit Journal

NUMÉRO D'HIER

Jamais crime n'a excité à ce point l'émotion et la curiosité.

Et ce qui est plus épouvantable encore… la qualité des meurtriers : UN MARI! UN PÈRE! UN FILS! UN FRÈRE!…

De quoi pourrais-je m'occuper aujourd'hui, si ce n'est de cette terrible affaire, de cette mystérieuse tragédie.

Je reprends donc mon récit où je l'ai laissé hier, en m'attachant à donner les détails les plus minutieux mais en même temps les plus précis.

J'ai raconté hier comment la justice avait été mise sur la voie : je dois ajouter que le maître de l'*Hôtel du Chemin de fer du Nord*, boulevard Denain, 12, par son intelligence et son activité, a été d'une grande utilité dans l'enquête judiciaire.

On sait que Jean Kinck, jeune homme d'une vingtaine d'années, était descendu à l'hôtel du Chemin de fer du Nord il y a quelques jours ;

Que dimanche dernier une dame, accompagnée de cinq enfants, était venue le demander. Ne l'ayant pas trouvé, elle s'était retirée, annonçant qu'elle reviendrait :

Depuis, on ne l'a plus revue.

Ou plutôt on a retrouvé son cadavre mardi, dans une basse fosse, à Pantin…

J'ai négligé hier un passage du récit du *Figaro*, sur lequel je voulais prendre des renseignements.

Les détails en sont exacts. Les voici :

A la Villette, rue de Flandre, 209, en face de l'entrée principale des Abattoirs, se trouve un établissement singulier. C'est une petite maison noire, basse, sur la porte de laquelle on lit :

De la barrière part une grande route conduisant à la station de Pantin. C'est dans cette route que débouche le *Chemin vert*, sur le bord duquel ont été trouvés les cadavres.

Il est donc plus que probable que la fosse avait été creusée d'avance.

Cette supposition est pleinement confirmée par la *Gazette des Tribunaux* de ce matin. Ce journal, qui ne parle jamais qu'à bon escient et qui s'était abstenu jusqu'ici, entre aujourd'hui dans de grands détails.

Après avoir raconté le séjour de Jean Kinck à l'hôtel du Chemin de fer du Nord, la *Gazette des Tribunaux* ajoute :

JEUDI 23 SEPTEMBRE 1869

L'HORRIBLE CRIME DE PANTIN

NOUVELLES INFORMATIONS

Feuilleton du 24 Septembre 1869

DEUXIÈME PARTIE

LES

VOLEURS DE NÈGRES

VIII

REMORDS

5.11 『プチ・ジャーナル』紙の一面（1869 年 9 月 24 日発行）

越されるか否かではなく、いかに越されるかにあった。ベンヤミンには二つの可能性が見えていた。一つは〔ラマルティーヌやユゴーらのように〕、現実の修辞的表現を政治的プロパガンダへと滑りこませる手段として文学生産の新しい技術が用いられるということで〔V. 926（d12a, 2）参照〕、あと一つは、この新しい技術形式自体に注目して、その潜在的解放性と、現在のところその効果を歪めてしまっている政治的現実のどちらをも作家が明らかにし始めるというものである。要は大衆を振り回すか教育するかの、つまり政治的操りか技術的覚醒かの間の選択なのだ。後者は社会秩序の現状の欠陥を念入りに描くよりも、むしろその欠陥を矯正するためにすでに存在している手段に現秩序がいかに足枷をはめているかを示すことによって、政治化するのである。[65]

だが一九世紀の芸術家と作家は、一般にこれらの技術を大衆政治の美化に用いることの危険性に気づいていなかったし、それに劣らず、この新しい技術が文化生産に対してもっていた肯定的可能性も理解していなかったのだ。バルザックは新聞を「近代の作家生活にきわめて有害である」〔バルザック　バトーによる引用 V. 907（d3, 5）〕と宣言している。ゴーティエは（バルザック同様、君主制擁護者で）シャルル一〇世の新聞の禁止命令を讃えて、「芸術と文明に多大な貢献をした」と主張した。

> 新聞とは芸術家と公衆、王と民衆の間に介在するブローカー、周旋屋のようなものだ。……あれらの絶え間ない吠え声は……人々の精神の中に……非常な不信感を生じさせるので、……王政と詩という、この世でもっとも偉大な二つのものが、成り立たなくなってしまうのである。〔ゴーティエ　ミシェルによる引用 V. 906（d3, 1）〕

さきほど見たように、建築は数学を信用しなかった。だが技術家は千里眼ではなく、「新しい製法が産業に浸透していく」のは「緩慢に」であった〔V. 216（F2, 8）〕。[66] 芸術家が「芸術のための芸術」を説き、新しい技術を軽蔑し、

「ドラマと鉄道を一緒にはできない」〔V, 906（d2a, 5）〕と主張するとしたら、「写真に対して有名な推薦意見を述べた当のアラゴが、〔……〕同じ年に、政府が計画した鉄道建設に対して、否定的見解を述べている」〔V, 826（Y1a, 5）〕ことも事実である。（「議論の種となったことのなかには、トンネルに入るときと出るときの温度差が生命に関わるほどの熱気と冷気を生じさせるだろうというものもあった」〔デュベック／デスプゼル V, 826（Y1a, 5）〕）[67]。だが、「進歩的」な別案が、ただ鉄道自体の芸術的オブジェを作るということになるだろうか。

「幾両かの優美な客車」を牽いた汽車が舞台に登場した。（一八三七年一二月三〇日　リュクサンブール劇場）〔クレールヴィル兄／ドラトゥール V, 834（Y5a, 2）〕

7

一九世紀の建築と工学、絵画と写真、文学とジャーナリズムという形象は、予告的であると同時に拘束的な要素である。現に生きている最中の見えにくさを考えると、芸術家も技術家も両者をすっきりと区分できなかったのも無理はない。たしかに技術は生来的に進歩的で生活や文化の新社会主義的形式を約束する。しかしその発達が資本主義や国家の目的のために利用される限り、技術が生み出せるのは、その約束を形にして見せた夢の形象、「新しい自然」の幻像《ファンタズマゴリア》でしかない。同じく芸術や文学の産業再生産が本来的に民主的なものであっても、商品生産のもとで文化が啓蒙としてよりもむしろ操作として生み出され、能動的な協働よりもむしろ受動的な消費を育むものである限りは、大衆文化の民主的潜在性は実現されずにいる。

技術家にしても芸術家もいずれも無条件に是認できる存在ではない。どちらも生産手段に対する支配権をもたず、[68]

市場の要求に従い、それゆえ、社会的有用性と資本主義の営利性の食い違いを永続化させる助けをしてきた。戦略的美化や愛国的演説の生産者として、両者はともに政治的反動の利益のために仕えたのだ[69]。両者ともに、夢の状態にある技術に捉えられていたのだ。同時にそれにもかかわらず、両者は自分たちの作品の中に進歩的要素を表現してもいた。ベンヤミンはこう結論づけている——「芸術と写真を全面的に対決させようとする試みは、最初失敗せざるを得なかった」〔V. 828（Y2a, 1）〕。むしろ他の文化生産の分野でそうだったように、それはせいぜいで「歴史が成し遂げた芸術と技術の対決の一契機」と理解されるしかない。ただし、「歴史」が自動的にそのような対立を解決することはないだろう。美術学校と理工科学校は、歴史の過程のテーゼとアンチテーゼではなかった。むしろそのライバル関係は、歴史の過程の兆候であって、それ自体がその矛盾を解決する弁証法であったわけではない。技術は芸術への挑戦だった。生産の力は生産の関係と矛盾した。だが、この二つの事実がきれいに重なりあって、前者の技術対芸術という対立項が進歩対反動という線上にすっきり収まることはない。

その上、現在の生産様式を考えると、芸術と技術のいかなる「統合」も時期尚早であった。ベンヤミンの知的風景の中では、両者は夢の予告的領域に属している。屋根のあるパサージュは初めての大衆用の近代建築だった。しかしそれは商品崇拝のために設けられた最初の消費者の「夢の家」でもあった。一九世紀において、技術の変化のテンポが、芸術家が適応できないまでに速まりかけたとき、広告が技術の力と社会の欲望を繋ぐ結び目を再構築する手段となった。「広告とは夢が産業に押しつけられるときの詭計である」〔V. 232（G1, 1）〕。同時に広告の発達は情報がプロパガンダへと変化した兆候であり、商業芸術においては、空想は肯定的な意味で社会的な「実用性」をもつ「準備」をしているのだ〔一九三五年概要 V. 59〕。同様に写真が「革命的使用価値」を獲得するには、写真家は「商業的流行」から写真を救い出し、正しい解説文をつけることができなくてはならない〔「生産者としての作者」II. 693〕。作家は、文芸欄において大衆読者とつながり、日常生活についての解説者でいるための正当な場を見出すだろうが、その商業的ジャンル――群衆の観相学、大通りのパノラマ、遊歩者の夢想――は、当のコミュニケーション装置を夢から目覚めさせる道具へと「再機能化」させるよりもむしろ、現実を夢の形そのままに受動的に心地よく消費できるものへと変えてしまう。(70) この現象の両義性を考えれば、新しい社会的圧力を避け、「芸術のための芸術」という主義を信奉した芸術作品は、別の理由ではあるが、新しい形式に美的「仮面」をつけようとした試みと同じ程度には救出可能であるかもしれない。その試みは空想が新しい社会的有用性をもつようになったからと言ってそのユートピア的側面が不要になったわけではないことを警告的に示している。つまり、空想のユートピアの約束が実現されないうちは、伝統芸術を根絶しようとするのは時期尚早だろうということだ。

もし状況が単純で、実際に芸術と技術が上部構造における歴史的弁証法の対立極であるなら、その「統合」ほど簡単なものはなかっただろう。もしそうであれば技術を美化する過程として、あるいは逆に技術を芸術と宣言する過程として、新しい文化が登場しただろう。実際にこの両方の形式が二〇世紀の初めに試みられている。一つは「技術によって条件づけられる形式を大事にし」〔「土星の輪あるいは鉄骨建築」V. 1062〕そこから芸術を革新しようとしたユーゲンシュティール〔アールデコ〕で、自然のシンボルとして「装飾によって」その形態を「様式化」しようとした〔V. 692 (S8a, 1)〕。(71) もう一つは未来派で、技術は美しいと宣言し、それを芸術形式の位置へと引き上げようとした。ベンヤミンは両者を同じ根拠によって批判している。すなわち、「技術によって条件づけられている形態をその機能連関から引き離して自然の定数にしようとする――つまり様式化しようとする――反動的な試みは、ユーゲンシュティールの場合と似た形で、しばらく後に未来派においても登場した」〔V. 693 (S8a, 7)〕。

アドルノは留保的であったが、ベンヤミンの大衆文化理論は、資本主義のもとでの文化生産に対する批判のための基準を与えたのは確かだった。だがそれは、このような条件にも拘わらず、社会主義的想像力は生まれ出ることができるということ――いや、現に生まれ出ようとしていたことも確認していた。ベンヤミンが探求していた文化の変化を単なる新しい美的スタイルと考えるべきではない。そこには主観的な芸術の想像対客観的な現実の物質形態などという深くしみこんだ思考習慣を捨てることも含まれているのだ。下部構造に劣らず上部構造でも「可視的」弁証法なら、これら二つの社会構成要素の関係のあり方自体を変えるだろう。そして下部構造と上部構造という二項性自体が「融解過程」へと引きずり込まれていくだろう。[72]

8

産業主義の新しい時代の始まりに解き放たれた集団的想像力は、根源-過去にまでさかのぼっていたことを思い出そう。時間の次元においては、古代の形象、西欧文明の神話的根源が顕著になった（その一つの表れが新古典主義である）。物質的には科学技術によって生み出された「新しい」自然は、風変りな古い有機的自然の形を借りて登場した。『パサージュ論』は、一九世紀に出現したモダニティが、過去と時代遅れのものへのノスタルジーが集団的に表現され、いかにこの神話的根源と有機的自然を想起させたかを繰り返し記録している。しかしベンヤミンは私たちを別の動機の理解へも導く。一方でそれは、神話と「自然の古き伝統的経験の枠において」、技術と「都市の新しい経験を習得しようとする試み」〔V, 560（M16a, 3）〕である。他方でそれは、夢の「願望」の歪められた形式であり、それは過去を救出するためではなく、人類が絶えず表現し続けてきたユートピアを求める欲望を救い出すためのものである。このユートピアこそ、一八四四年にマルクスが「経済学・哲学草稿」[73]において語った共産主義のゴールに他ならなかった。それは自然を人間化し、人間を自然化することによって、主体と客体の調和的和解を図ることであり、それこそ実際、聖書と古典神話の両方の根源史的モティーフでもある。ギリシアの古典時代には、現実の「地上の楽園」にではなく、文化形式においてそのような和解を象徴的に達成していた。しかしあたかもその中に何らかの「真実」が永遠に存在するかのように、ただその形式を模倣することは、真理にとって欠くことのできない歴史を否定することである。むしろ根源-ユートピア的テーマは、美的装飾のようにたんに象徴的にではなく、事物のもっとも近代的布置において、現実的に再発見されるべきなのだ。

人類が和解しなくてはならない相手は、新しい技術の自然であるのだ。これが社会主義文化の目標であり、すでに引用したベンヤミンの問の意味であるのだ。

機械装置や映画や機械製造や近代物理学などにおいて、私たちが何もしないでも立ち現れてきて私たちを圧倒するまでになった形式世界が、己の内なる自然を私たちに明らかにするのは、いつ、どのようにしてであろうか。これらの形式、あるいはそれらから生じてくる形式が自然の諸形式として私たちに明らかになるような社会状態が達成されるのはいつのことであろうか。〔V. 500-01 (K3a, 2)〕(74)

パラドックスとしか言えないことに、過去のノスタルジックな模倣を止め、新しい自然に厳密な注意を払うことによって、はじめてその根源-形象が再活性化されるのである。それが歴史の形象の論理であり、そこでは、集団的願望形象が否定され、抑圧されながら同時に弁証法的に救い出されるのである。この論理はヘーゲル的な意味での言説システムを形成しない。一瞬の爆発のなかで、消えようとするその瞬間に古いものが正確に照らし出され、止揚の瞬間が出現するのだ〔V. 578 (N3, 1)〕。この捉えがたい真理の形象は、「秘密を破壊する暴露の過程ではなく、正義をなす顕示である」〔『ドイツ悲劇』I, 211〕。

9

本書の議論のコンテクストにおいてそのような認識の経験（文字通り、私たちの想像力を教育《エデユケイト》し、いまいる神話的段階から外《エ》へと‐導《デュケイト》き出す）を例証することはできるだろうか。結論の代わりに、捉えがたい真理として、二つの試みを示そうと思う。その二つは、ブルジョアジー文化のイデオロギーを暴くという「見ることの弁証法」における批判的な否定の契機と、真実のつかの間の開示としての救済の契機の両方を示している。最初の例は、極端な古代性とモダニティから作られており、過去の繰り返しと、過去の救出との違いを可視化している。二つ目の例は、人間と自然が和解する予期的形象の中で、新しい自然が古いものとともに一瞬閃光を放つ。

古代的／近代的

一九世紀には建築だけが新古典主義の美学に支配されていたわけではない。ブルジョアジーの劇場では、古代ギリシア悲劇を盛んに再演しており、「古典」を、歴史の経過によってもその真理が影響されない作品と定義づけた。（芸術形式として低い地位にあったため石版印刷《リトグラフ》という新しい複製技術を受容しやすかった）戯画のジャンルで、画家オノレ・ドーミエは自分自身の階級を描き、[75] ブルジョアジーの主体を対象とすることで、その視覚表現に「一種の哲学的操作」〔ドリュモン V. 899 (bl. 1)〕を加えた。彼のユーモアはブルジョアジーがまとうもったいぶった古代風の外套を見抜くために必要な批判的な距離を与えた。[76] ドーミエは新古典主義が永遠に正当な形式の繰り返しであるわけではなく、歴史を歪めるブルジョアジーの特有のスタイルであることを見せつけたのだ。彼は古代の永遠性ではなく自分たちのはかなさを明示するような方法で、ブルジョアジーが古代を描いてみせているところを描いたのだった（図5.12と図5.13）。ボードレールは古代の歴史についてのドーミエの本のモットーを示唆した——「誰が私たちをギリシア人やローマ人から解放してくれるのか」。そしてそれゆえに彼はこの画家にモダニストの仲間を見出したのだ。彼はこう書いている。

5.12 「ベルニケ〔夫の死後，叔父と結婚し，その死後も別の男性と結婚した聖書の中の人物〕，ティトゥス〔サビニの女たちの略奪への報復のときの指揮者．ローマを裏切って味方した女に，約束の報償を与えず，代わりに投げつけた盾で圧死させた〕，アンティオコス〔娘との姦通を疑われた古代の王〕」（オノレ・ドーミエ『ル・シャリヴァリ〔共同体の規範を逸脱したものに成される儀礼的制裁〕』）

5.13 「ペネロペーのオールドミスたち」（オノレ・ドーミエ『ユリシーズ』シリーズ）

ドーミエは猛然と古代と神話体系に襲いかかり、その上に唾を吐きかけた。血気盛んなアキレウス、慎重居士のオデュッセウス、貞淑なペネロペイア、大ぼけ野郎のテレマカス、そしてトロイアを破滅させた麗しのヘレネ、あのヒステリー女たちの守護聖人の怒れるサッフォー、こういった面々が一人残らず、ある滑稽な醜さを身にまとって私たちの前に現われることになったのであり、その醜さは舞台裏で嗅ぎ煙草を一服やる古典劇の俳優たちの老いさらばえた骨格を思い出させる体のものであった。〔ボードレール V, 901 (b2, 3)〕

たしかにドーミエの画像《イメージ》はブルジョアジーの古典主義を批判的に否定している。だが古典的演劇の厳正な力の再活性を求めるなら、ベンヤミンのブレヒト擁護の文が明らかにしてくれているように、私たちは近代劇の形式の中で技術上もっとも実験的であったブレヒトの叙事演劇の「劇的実験室」にこそ向かわなくてはならない。

〔ブレヒトは〕新しいやり方で、劇の最大で最も古い機会に立ち返る。すなわち、現在を曝《さら》すという機会である。彼の実験の中心には人間がいる。今日の人間である。したがって冷たい世界の冷たい氷の上に置かれた、力を削がれたみすぼらしい人間である。しかし私たちには彼しかいないので彼を知ることは私たちの利益となる。彼はテストされ、観察される。〔……〕アリストテレスの演劇論で「行為すること」と呼ばれる人間のふるまい方の最小の要素から構築すること——これこそ叙事演劇の目的である。〔「生産者としての作家」II, 698-99〕

同様に、建築のモダニズムの創設者であるル・コルビュジエが気づいた事実であるが、技術的構造にも古典様式が戻っている。明らかにベンヤミンは移行の時代に相応しい（歴史的に移り変わる）形式として新しい建築を肯定している。彼はこう書いている。「一九世紀の最初の三〇年ほどの間は、ガラスや鉄を使って建築をするにはどうしたら

5.14, 5.15　現代の穀物昇降機（ル・コルビュジエ）

5.16, 5.17　パルテノン宮殿細部（ル・コルビュジエ）

いいのかまだ誰も分かっていなかったからである。だが現在ではもうとっくに格納庫やサイロによって、答えが見出されている」〔V. 218（F3, 2）〕。あたかもこの主張を例証するかのように、一九二三年版のル・コルビュジエの蒐集した項目の中には格納庫やサイロの写真が含まれている。さらに、そこでは近代の建築が、古代を意図的に模倣するというより、意図せずしてその形式を新たに発見した技師たちから手本を得たことを示すために、そのような近代的形式を古代の建物と並べて見せている（図5．14―5．17）。ベンヤミンは修辞的な疑問を投げかけている。「形式の分野における偉大な達成は全て、技術的な発見として生じたのではなかろうか」〔V. 216-17（F2a, 5）〕。

古い自然／新しい自然

最初のパサージュ論覚え書きにはグランヴィルの作品は「ヘーゲルの現象学に比される」〔V. 1022（M°. 3）〕と書かれている。実際（シュルレアリストもサイレント映画製作者も自分たちの先駆者と認めている）この画家は、自然を自分たちの主観的カテゴリーのもとに収めようとするブルジョアジーの理想主義者の試みにみられる「ユートピア的要素とシニカルな要素の両義性」〔一九三五年概要 V. 51〕を可視化させている。彼の画像は最もブルジョワ史固有の形式たる純粋な主観として、すなわち商品として自然を描いている。マルクスの同時代人であったグランヴィルの「モードの宇宙」は、すべて最新のスタイルで飾り立てた自然を「特選品《スペシアルテ》」として描く〔同〕。グランヴィルは「マルクスが商品の「神学的気まぐれ」と呼んだものをうまく表現して」〔V. 246（G5a, 2）：一九三五年概要〕おり、商品の物神化を「その極限まで〔追求し〕、その本質を暴いている」〔一九三五年概要 V. 51〕。彼の作品において自然と和解した人間の表象にはシニカルなひねりが加えられている。「人間の歴史についてのパロディ」〔V. 267（G16, 4）〕として自然は、物神化した人間の形式を真似る。「グランヴィルのファンタジーは宇宙までも商品の性格をもつものにしてしまう。それは宇宙を近代化する」〔一九三五年概要 V. 51〕。[77] 彗星に惑星、花々、月、そして宵の星が生物にされ、結局商品へと変えられるという「人間的」属性を受け取ることになる〔V. 526（G12a, 3）〕[78]（図5．18―5．20）。しかし「モードと自然の闘い」〔V. 120（B4, 5）〕を描きながら、グランヴィルは自然を優位に立たせる（図5．21）。活動的で反抗的な自然が、それを商品として物神化した人間たちに対して復讐をするのだ（図5．22）。

人間が作ったものが自然を支配し、自分の思い通りに世界を再創造できると信じる人間全能の神話が近代的支配のイデオロギーの中心である。ベンヤミンは〔技術力を他者に対して振り回す人々に救いようのない真剣さで信じられている〕この幻想を「児戯」と呼んだ[79]。グランヴィルはそれを「何とまあ、穏やかならぬやり方で」、人間の性質を自然に押しつけ、広告の形象の「基本的原則」となるあの「グラフィックのサディズム」を実践して見せた〔「花についての新刊」III. 152〕[80]。グランヴィルのカリカチュアは新しい成功に膨れ上がって、自らをあらゆる創造の源と見なし、野蛮にも古い自然が完全に人間の作る形式のもとに包摂されると考える人間の傲慢さを真似て見せている（図5．23）。

しかしこの認識の経験は、新しい写真の拡大技術（図5．24―5．27）が、狡知に満ちた自然が人間の技術の形式を予期して、ずっと私たちを助けていたことを示した時、完全に逆転される。こうして写真は「リリパット族」〔スウィフトの『ガリバー旅行記』に出てくる小人の国の住民〕のような私たちを、巨人の国と「友好的な」有機植物の形式へと導いてくれる〔同 III. 153〕。一九二八年のカール・ブロスフェルトの『芸術の原形――植物写真集』の書評でベンヤミンは、ブロスフェルトとグランヴィルを比べてこう述べている。

ここ〔ブロスフェルトの本〕では広告のもう一つの原理である拡大が植物世界を巨大なものにしているが、〔グランヴィルの〕カリカチュアが植物世界に与えた傷を、この手法がやさしく癒しているのを見られるようになったというのは驚くべきことではないだろうか。〔同 III. 152〕

5.18 「来たる春に喜ぶ花々と果物」(グランヴィル，1844年)

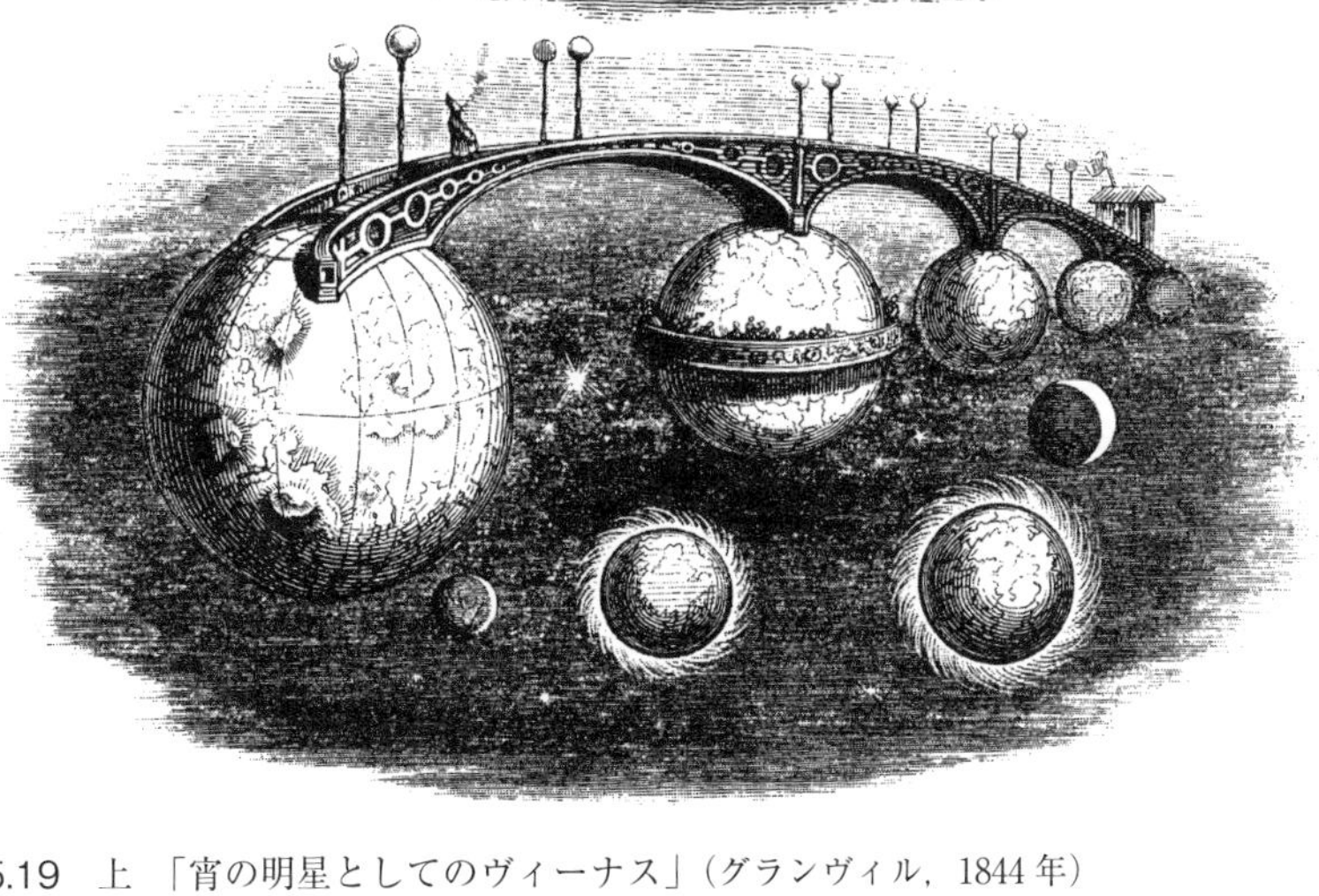

5.19　上　「宵の明星としてのヴィーナス」（グランヴィル，1844 年）

5.20　下　「惑星をつなぐ橋——土星の輪は鉄製のバルコニー」（グランヴィル，1844 年）

5.21　「人間を散歩させる犬」（グランヴィル，1844年）

自然を支配するためではなく、私たちの「怠惰」ゆえに古い自然にかけられていた「覆い」を取り払い、植物中に「まったく思いもよらなかった類似性や形式の宝庫」〔同〕[81]の存在を私たちに見出させてくれるためのテクノロジーの用途がここにある。

芸術の根源-形式――たしかにそうだ。だがそれは自然の根源-形式以外の何ものでもありえない。それは芸術の単なる模範像としてではなく、そもそも最初から、創造的なもののすべてにおいて働いている根源-形式なのだ〔同〕。

5.22 「欲しがりそうな品々を餌に人間を釣る魚」（グランヴィル，1844 年）

5.23「海中の植物や生き物が人間の発明したフォルム——扇，鬘，櫛，ブラシ——に基づくことを示す海生生物コレクション」（グランヴィル，1844 年）

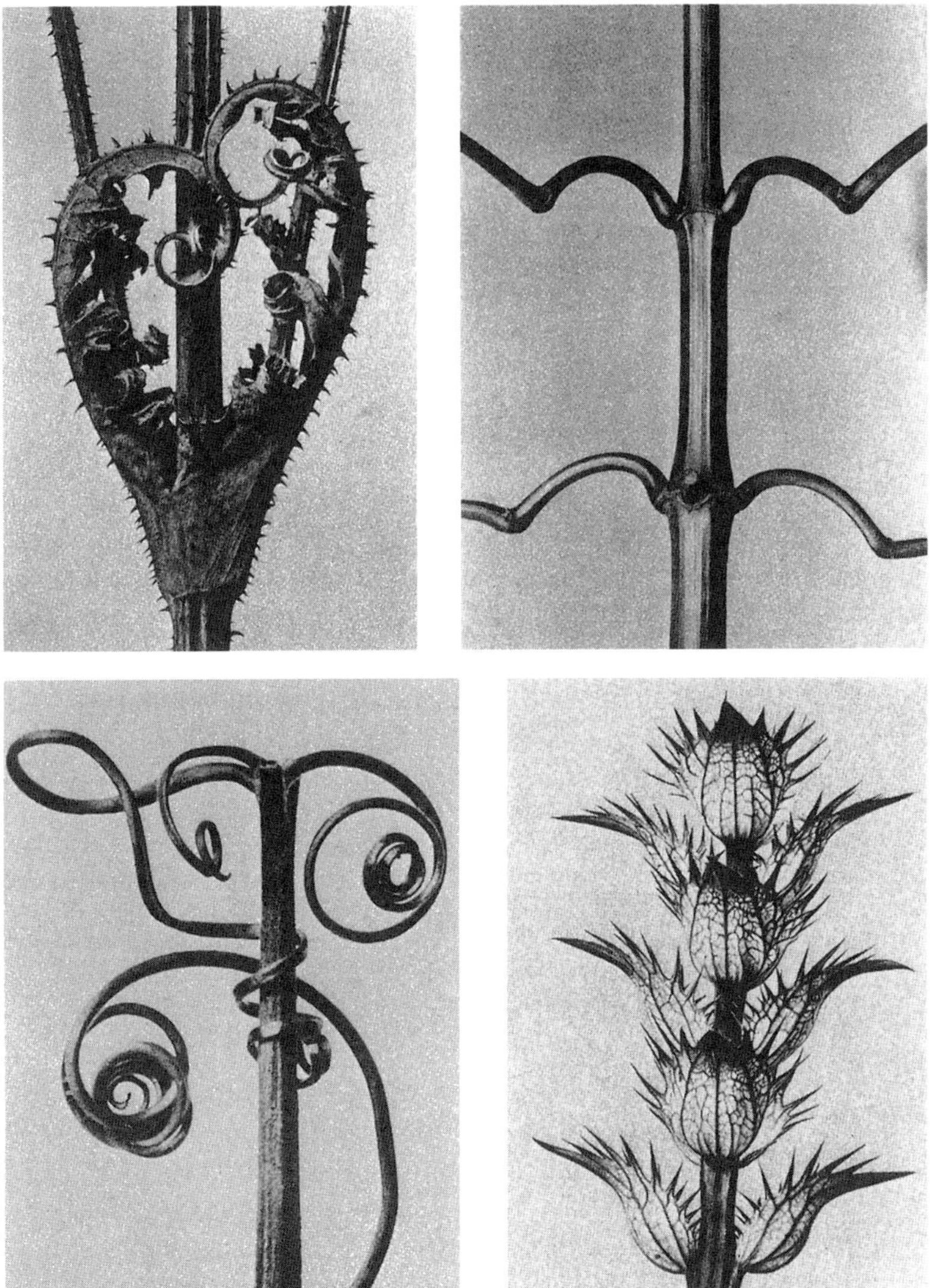

5.24, 5.25, 5.26, 5.27　芸術の根源—形式としての植物の写真（カール・ブロスフェルト，1928 年）

第六章　歴史的自然——廃墟

1

はかなさこそ、文化的事物の中にある神話的要素をベンヤミンが肯定する鍵となるものである。はかなさは、ユートピアへのつかの間の期待として、近代技術の「早すぎた」根源-形式に付着する願望形象を救済してくれるからだ。しかし願望形象は商品化の過程で物神へと凍結し、神話が永遠性を求めてしまう。「硬直した自然」は商品の特性そのもので、そこには近代の幻想《ファンタズマゴリア》が含まれており、そのため人間の歴史があたかも魔法にかけられたかのように凍りついてしまうのだ。[1] とはいえ、この物神化された自然も移ろいゆく。大衆文化の地獄めいた「新しさ」の繰り返しの裏面には、もはや流行らぬものどもの無念の山がある。ひとときの神々は時代遅れになり、偶像は解体され、その崇拝の場——パサージュ——も朽ちていく。ベンヤミンは街灯設置（一八五七年）が「パサージュの見事な輝きを消してしまい、その輝きを見出すことを「難しくしてしまった」と述べている〔V, 698（Tl, 4）: Tla, 8; D°, 6とa°, 2 参照〕。街灯設置の一〇年後に書かれたゾラの小説『テレーズ・ラカン』を、ベンヤミンは「パリのパサージュの死、一つの建築スタイルが朽ちていく過程」〔V, 1046（a°, 4）〕[2] を描いたものと解釈した。この廃れゆく構築物は、もはや集団的想像力を支えきれなくなり、そうなるとそれを常に本来そうであった幻想の夢の形象として眺めることが可能になる。アウラが解体されたという事実自体が、結果としてそれらは重要ではなかったことを演繹的に伝えるのだ。

問題の要諦をなしているアラゴンの所見を引用しよう――「今ここにいる私たちにとってのパサージュは、それ自体がもはやかつてのそれと違うものであるという事実からできている」。〔一九三五年概要　覚書 9V, 1215; C2a, 9　参照〕(3)

こうしてぐるりと一周して再び「自然史／博物学《ナチュラルヒストリー》」の看板のもとに戻ってきたというわけだ。そこでは、歴史は事物の世界の無念の山として具体的に目に見える。思い出してみよう。「自然史／博物学」という概念はモンタージュとし〔モンタージュによって語を組み立てるドイツ語においては、はるかに具体的に表現されているが〕、前歴史――ただの自然であって、真の人間的意味においては歴史となっていないもの――としての近代の歴史の批判的形象を与える。これが、ベンヤミンが一九世紀をはるかかなたの工業化氷河期と見なすことの要諦であるのだ。だが化石という形象において、ベンヤミンは、現在の中に残る過去の歴史の生存を記す自然の朽ち行く過程をも捉えているのだ。生命が抜け落ちて空洞化し、物質としての貝殻だけが残るようなうち捨てられた物神のなれの果ての姿を間違いようのない明快さで描くのだ。

ベンヤミンのアプローチの知的なマッピングを描いて見せたのはアドルノであった。「自然史という観念」〔一九三二年〕において、彼はルカーチは「第二の自然」という概念――「もっとも内なる魂が取り出された」固定化された美的形式と空虚な文学の因習という「疎外され、モノ化され、死した世界」――を使って、同じことを伝えていたと指摘している〔アドルノ「自然史という観念」I, 356〕(4)。ベンヤミンもルカーチも、「自然の中の硬直化された生とは結局、歴史が発達した結果に過ぎない」ことを示している〔同　357〕。しかしルカーチがヘーゲル哲学の遺産に頼り、最終的に形而上学的超越という全体化の概念にいたるのに対して、ベンヤミンはバロックのアレゴリーという全く異なる伝統を研究してきたためか、断片的ではかない対象から関心をそらすことはなかった。歴史哲学にとってのバロックのアレゴリーの意義を示すことで、ベンヤミンはルカーチと「本質的に異なること」〔同〕[5]を成し遂げたとアドルノは主張する。ベンヤミンは歴史という観念を「無限の遠さから、無限の近さへと」近づけたのだと〔同 357〕。

ルカーチが従来と同じく歴史を自然へと変容させたと言うならば、ベンヤミンはその現象には別の一面があることを示した――自然自体が一時的自然として、つまり歴史として示されるのだ。〔同 358〕

ここで強調しておかなくてはならないのは、アドルノによるベンヤミンのドイツ悲劇研究の評価は、(ベンヤミンは意図していなかった)歴史についての唯物論的――まさにマルクス主義的――概念への貢献に基づいている。そして逆にこの概念がパサージュ論にいかに貢献したかを理解したいなら、一九世紀や、その時代のアレゴリー詩人であるシャルル・ボードレールについてのベンヤミンの分析について考える前に、彼の初期のアレゴリー研究について考えてみなくてはならないだろう。

まず、自然を歴史のアレゴリー表象と見るバロック的見解にとって中心となるのは、視覚表象と言語記号のモンタージュ合成であり、そこからジグソーパズルのように、事物の「意味する」ものを読みとることができるということを思い出してみよう[6]。もちろん商品物神を化石として提示することで、ベンヤミン自身もそのような寓意表象を創造している。そこでは、歴史という看板のもとで、硬直化した自然の形象が、歴史の成れの果ての姿を解く鍵となるのだ。寓意家は、かつては生き生きとした人間の顔であったものが、虚ろな眼差しを向ける髑髏《どくろ》となった髑髏の寓意画《エンブレム》に同様の意味を読み取っている(図6.1)。

MAIOR AD-
ÆQUATUS.

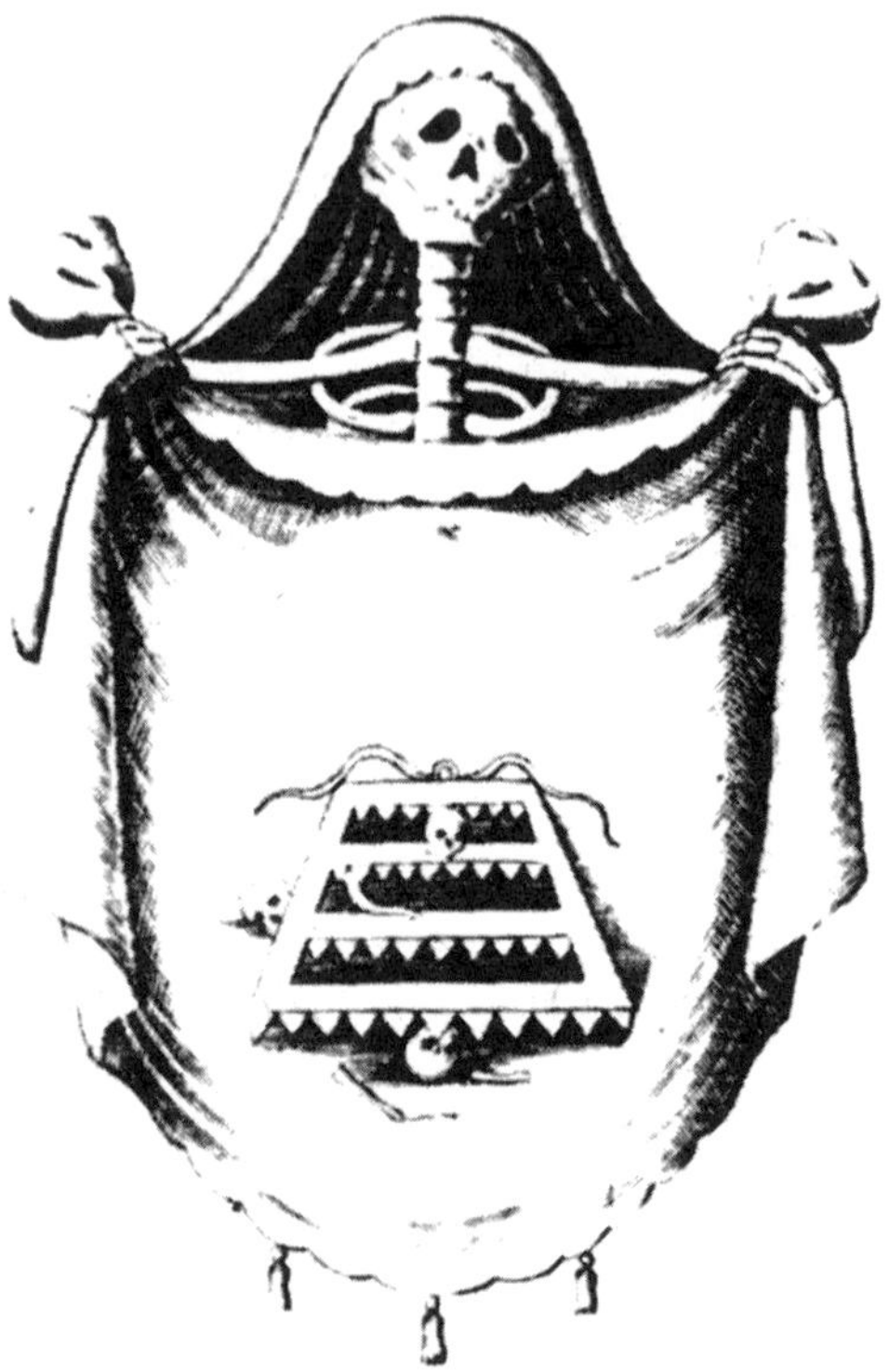

Quos diversa parit SORS, MORS *inamabilis æquat,*
Et pede metitur TE *PARI cæca pari.*
At major virtus majori funere donat.
MAIOR ADÆQUATOS *sic PARIS inter erit.*

図 6.1　死の平等化の力を意味する人間の髑髏というよくあるモティーフをもつバロック時代の寓意画

歴史にはそもそも初めから、時期を逸し、痛ましく、失敗したことなどが付きまとっており、それらのことすべてに潜む歴史は一つの顔――いや髑髏の相貌――のなかに、その姿を現わすのだ。〔……〕そしてこの最大の自然の朽ちゆく姿において、一つの判じ物として、純粋に単なる人間存在の自然《あるすがた》だけでなく、個々人中の生物学的歴史性の自然《あるすがた》を表しているのだ。〔『ドイツ悲劇』I. 343 アドルノによる引用 同 358-9〕

髑髏の寓意画には二つの読み取り方がある。一つは化石となった人間の精神である。他方で、それは朽ちゆく自然でもあり、骸骨へ、そして塵へと変わる亡骸の変化でもある。同じく自然史という概念においては、空洞化した自然(化石)は「石化された歴史」の表象であり、ということは自然にも歴史があるということであり、歴史的なはかなさ(「廃墟」)は、朽ちゆく自然の表象である。長引く戦争のために宗教組織が瓦解した一七世紀のヨーロッパでは、バロックの寓意家の観想において、髑髏は人間存在の虚しさと、地上の権力のはかなさの形象となる。廃墟は同じく不毛性や、人間の文明の「つかの間の壮麗さ」〔『ドイツ悲劇』I. 354〕の表象であり、そこから歴史は「容赦ない解体の過程」〔同 I. 353〕として読み取られる。ベンヤミンが歴史的にはかない自然のこうした「判じ物めいた姿」に見出したのが、

アレゴリー的見方の核心であった。歴史を世界の受難史として見るバロックの現世的な歴史解釈の核心。歴史はその凋落の道行〔キリストが磔の地ゴルゴダまで十字架を運んだ道行を示唆〕においてのみ意味深いものになる。意味に満ちているとは、その分、死の手に捕われているということだ。それは死こそが、物理的身体の自然と意味との間の鋸歯状の境界線を最も深く掘り出すからなのだ。〔同 343〕

フロレンチウス・スクーノヴィウス〔図6．2〕の寓意画はこの観念を表している。絵解き文にはこうある。

支配者は倒れ、都市は滅び、
いにしえのローマの跡形もなし。
過去は空であり、無。
名誉と敬意を賦するは、
学問と書物のみ。
時と死が作り出す葬儀の薪を
唯一逃れうるもの。(7)

この寓意画の意味は、ベンヤミンによるバロック文学の引用文と見事に対応する。

ピラミッド、記念柱、肖像画を形成しているあらゆる材料は、時とともに破損し、暴力によって損なわれ、朽ち果ててしまう。……都市全体がすっかり陥没するか、滅ぶか、浸水することがある。これに対して書物はそのような破損を免れる。なぜなら書物なら、ある国なりある地なりで欠けるか消失しても、他の無数の地において、難なく見出せるからだ。したがって、だれしも知るように、まさに書物ほど永続性のあるもの、不滅のものはないのだ。〔アイラー『ドイツ悲劇』I, 320に引用(8)〕

一九三五年の概要を準備しながら、ベンヤミンは「物神と髑髏」〔一九三五年概要　覚書11　V, 1216〕という短い覚書

Vivitur ingenio.

EMBLEMA XXIX

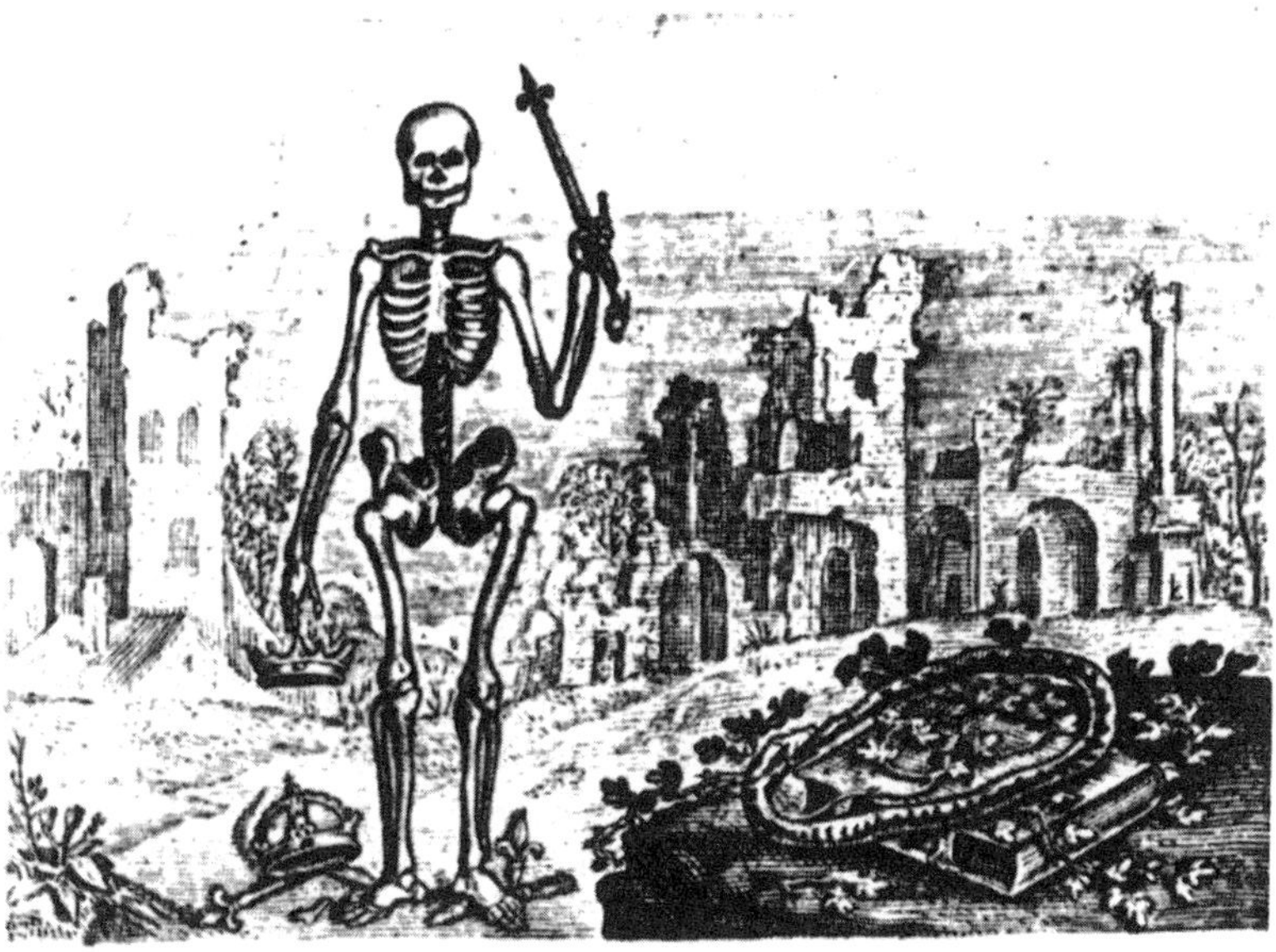

Regna cadunt, urbes pereunt, nec quæ fuit olim
Roma manet, præter nomen inane, nihil.
Sola tamen rerum, doctis quæsita libellis,
Effugiunt structos Fama decusque rogos.

図 6.2 「人は才にて生きる」（フロレンチウス・スクーノヴィウスによる寓意画 一六一八年頃）

を残している。より一般的に言っても、パサージュ論の材料全体を通して、資本主義文化のはかなさや脆さ〔例 V, 153（C8a, 2; C8a, 3）等を参照〕だけでなく、その破壊的性質を表す寓意画〔例 V, 152（C7a, 4）を参照〕としての「廃墟」のイメージは突出している。そしてバロック劇作家が廃墟に「きわめて意味のある断片」〔例『ドイツ悲劇』I, 354〕を見ただけでなく、自身の詩を構築するための物理的決定要素（その一つ一つがほころびのない一つの全体へと統合されることはない〔同 I, 355〕[9]）を見出しているのと同じように、ベンヤミンは一九世紀の文化の朽ちゆく断片から、「物理的自然と意味の間の鋸歯状の境界線」を可視化させる形象を構築するために、モンタージュという最も近代的方法を用いたのだ。

自分の時代の「失墜した物質」が「アレゴリーの地位にまで高められる」〔V, 1215（H2, 6）〕ことをベンヤミンに示して見せたのは、バロックの詩人たちだった。モダニティを弁証法的に表象するうえで、この事実がきわめて重要なのは、アレゴリーと神話がまさに「対立」〔V, 344（J22, 5）〕しているからである。アレゴリーは神話の「解毒剤」であり、まさにそのことがパサージュ論において「示されなければ」ならなかったのだ〔「セントラルパーク」I, 677〕[10]。だがバロック時代のキリスト教徒は、物質的指示対象からなる世界は崩れゆくため、最終的にはそれは現実ではなく、「無」にすぎず、それに対して、書かれたテクストは、精神的産物であるがゆえに、歴史の物質的破壊ののちも生き残るのだと結論づけている。哲学と政治の両方の理由から、ベンヤミンは、断固としてこの結論を拒絶せざるを得ないと考えていた。

2

事物の世界における廃墟は、まさに思考の世界におけるアレゴリーにほかならない。〔『ドイツ悲劇』I, 354〕

パサージュ論においてと同様、古典古代の形象領域は、『ドイツ悲劇の根源』におけるベンヤミンの議論の中心を成す。古代の神話世界は（古い）自然の力を人間の姿をした神々に擬人化し、自然と人間と聖なる領域の連続性を表していた。この異教の万神殿《パンテオン》は極めて物理的な意味において、後の歴史によって破壊された。神々のすばらしい彫像や神殿の柱は破片としてのみ残った。建造物には人間の暴力の歴史の跡や傷が残り、[11] 勝ち誇ったキリスト教徒によって、古代の神々は「異教」として追放され、かつて生き生きとした活力を与えていた聖なる霊の抜け殻となった自然が残された。対照的に、新しい宗教〔キリスト教〕は、肉体と罪深い自然を克服すべきものだと信じている。[12] 古代の神々の神殿は「その出自の諸連関から切り離され」〔同 I, 399〕、「死した姿」と成り果て、かつては生きたシンボルとして具現化していた哲学的観念を恣意的に表すだけのものとなった。「それゆえ死した具象的姿形と概念の抽象性は、万神殿が魔術的な概念被造物の世界へとアレゴリー的に変貌する前提となっている」〔同〕。

　これら古代の神々は、バロックの宗教的雰囲気のなかでは異教性一般と結びつけられ、なかんずく肉体性とセクシュアリティに繋がれ、零落した姿でしか生き延びられなかった。[13] 古代の神々は悪魔として、占星術の記号として、タロットカードの一面として生き残り、情欲を擬人化したものとして道徳的目的のために利用された。[14] たとえばヴィーナス／アフロディテは人間のエロスを神聖な愛という高位に引き上げる自然のシンボルであったのだが、地上の情欲を表す不敬なアレゴリー的象徴たる「地上の女性」として生き残った。もともとはその裸体は「万神殿において擬人化された神々の純粋な性質」〔同 I, 400; V, 409（J53a, 1）に引用〕に調和するように官能性の姿を変えていたのに、キリスト教文化においては、ヴィーナスは同時代のファッションを身にまとって登場する。あるいはその裸形は、「肉欲の罪は覆い隠すことができない」ことの道徳的アレゴリーとして解釈される〔同 I, 395〕。同じくクピド〔キューピッド〕は、ジョットーの絵で「蝙蝠の翼と爪をもった不貞のデーモン」としてしか生き残れなかった。そして神話の「ファウヌス、ケンタウルス、セイレーン〔上半身が人間で、下半身がそれぞれ、山羊、馬、鳥の姿をしている〕、ハルピュア〔頭が人間で首から下が鳥の姿〕」は、「キリスト教的な地獄の圏域に描かれるアレゴリー的な像」として残った〔同 I. 399-400〕。消えずに残った「古典古代の大理石像やブロンズ像は、バロックにとって、いやルネッサンスにとってさえ、かつてアウグスティヌスがそれらの像のうちに「神々の肉体」を認めたときに抱いたあの恐怖の戦慄を呼び起こすものを、まだ何とか保持していた」〔同 I. 398-99〕[15]。神性の喪失と悪魔的なものへの変身は、これらの神々がキリスト教の時代に生き残るために支払わねばならなかった代償だった。アレゴリー的解釈は「神々の唯一考え得る救済」〔同 I. 398〕であった。それがなければ、「そぐわない環境、いや敵対的でさえある環境において〔……〕古典古代の神々の世界は死に絶えていたはずである」〔同 I. 397〕[16]。

ここでパサージュ論と関わりがあり、また重要でもあるのは、ドイツ悲劇研究においてベンヤミンが行ったアレゴリーとシンボルの区別である。シンボルとアレゴリーの違いは、理念《アイディア》と概念《コンセプト》が、特殊と一般といかに関わるかによって決まるとする（ゲーテの定式化に基づく）既存の規範を、ベンヤミンが「支持不能」として退けていることは重要である〔同 I. 338-39 第一章三節参照〕。決め手となるのは、理念と概念の区別〔前者が知覚等に基づいて心中に描かれる観念、後者が事物の一般化された観念を指すとされる〕ではなく、「時間のカテゴリー」〔同 I. 342〕なのだ。アレゴリーにおいて、歴史は朽ちゆく自然あるいは廃墟として現われ、その時間様式は一種の回顧的観想である。それに対してシンボルでは、時間は経験的なものと超越的なものがはかない自然形式のなかで[17]一瞬姿を現す瞬間的現前——神秘的瞬間〔同 I. 342〕——として登場する。「流動的で変化する」〔同〕有機的自然がシンボルの材料であるとすれば（図6．3）、それに対しアレゴリー（図6．4）においては、時間は活力を失った自然、「つぼみや花ではなく自然のもろもろの被造物の爛熟と凋落」〔同 I. 355〕として現われ出る。

『ドイツ悲劇の根源』においては、アレゴリーは決してシンボルに劣るものではないと論じられている。アレゴリーは単なる「戯れの比喩法」などではなく、言語や文字と同じように、一つの「表現形式」〔同 I. 339〕であり、芸術

図 6.3　象徴の無常——短命な永遠性
ヘレニズム式自然美のはかない形態をとる神の愛の象徴，ヴィーナス／アフロディテ像

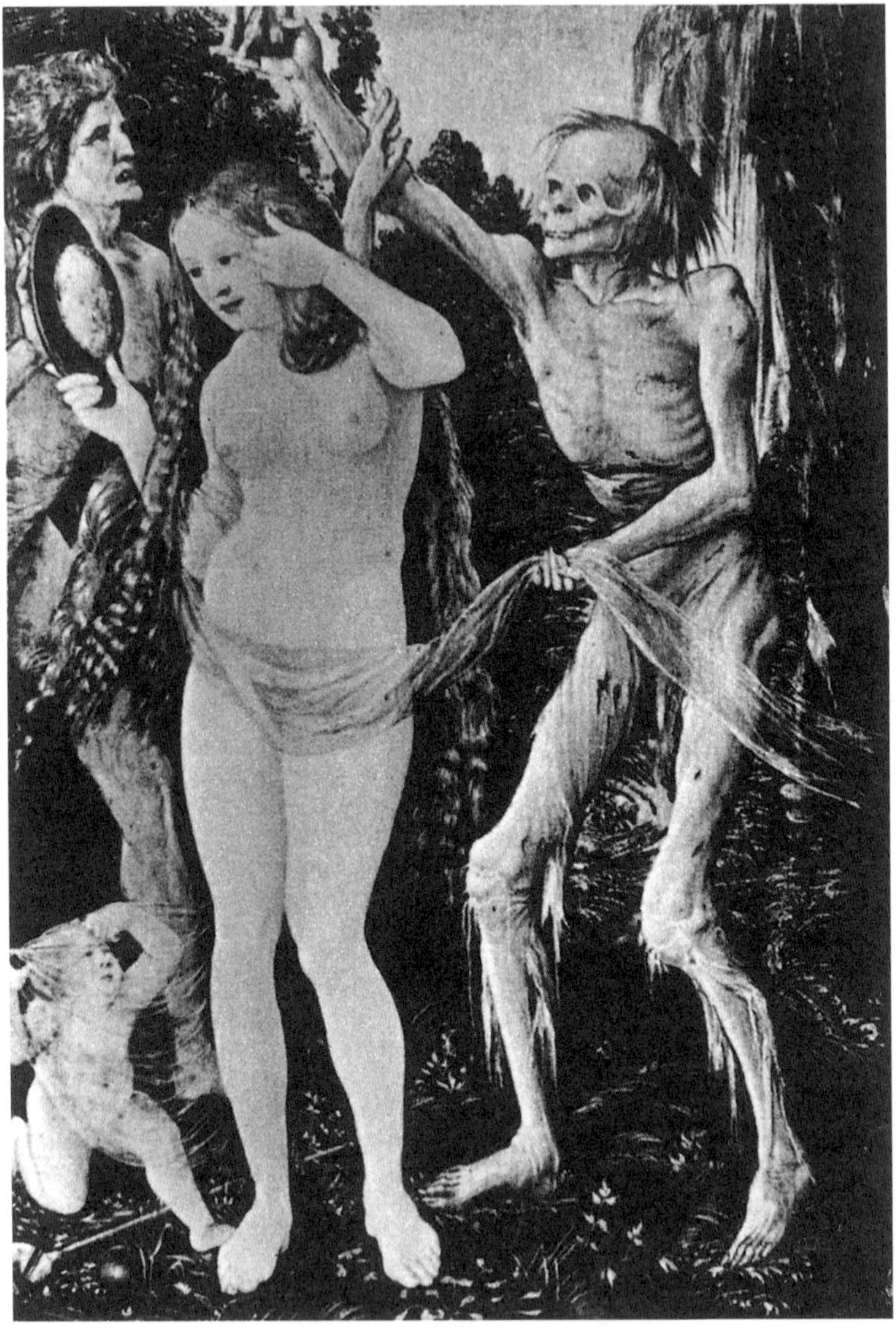

図 6.4　アレゴリーの無常――永遠の短命性
現世の美のはかなさをアレゴリー的に表した「ヴァニタス―人生の三段階」(ハンス・バルドゥング・グリーン（デューラーの弟子), 1510 年)

家が美的技法として好き勝手に選ぶものではなく、客観的世界が主観に対して認識的命令として課す表現形式なのである。ある種の経験（つまりある時代）が、アレゴリー的なのであって、特定の詩人がそうであるわけではない。中世においてはキリスト教に征服された異教の古代の廃墟は、「直観から得られたまぬがれ難い事物のはかなさの知見」に変えられ、それは「ちょうど幾世紀か後に、三〇年戦争〔一六一六―四八〕の時代にヨーロッパの人々が直視したのと同じ知見であった」〔同 I, 397〕。意義深いのは、「一七世紀には悲劇（*Trauerspiel*）という語は、劇の出来事と歴史の出来事の両方に同じ用いられ方をした」ことである〔同 I, 244〕。ベンヤミンの時代は、ヨーロッパの人々が再び戦争の廃墟を直視しており、歴史とは慰めのない「髑髏が累々とした場」〔同 I, 405〕であるという知見からまたもや逃れ得なくなっていた時代だった（図6．5）。

ベンヤミンがパサージュ論の想を得たときすでに意識的にアレゴリーの技法を復活させようとしていたことは間違いない。弁象法的形象は近代におけるアレゴリー形式なのだ。ただしバロック劇が凋落と解体の必然性についてのメランコリーに満ちた観想であったのに対し、パサージュ論では（新しい）自然の価値の低下と廃墟としての位置づけが、政治的に啓発的なものとなっている。産業文化の瓦礫が私たちに教えてくれるのは、歴史の破局に従わざるを得ないという必然ではなく、この破局が必然的なものだと告げる社会秩序そのものの脆さである。文明の永続性を表現するために建造された記念碑が崩壊すれば、それはむしろそのはかなさの証拠となる。そして一時的権力のはかなさは悲しみを呼び起こすのではなく、政治の実践に活気を与えるのだ。そのような実践性の重視が、『ドイツ悲劇の根源』ですでに含意されていた、ベンヤミンのバロックアレゴリーに対するある種批判的距離感の理由であった。ただしその時点ではその批判性は革命的社会主義からというよりも、むしろ急進的な反戦争という政治的立場からだった。読者にはドイツ悲劇という難解で秘義的な領域への脱線をもう少し我慢してもらいたい。ベンヤミンのバロックアレゴリーへの批判がパサージュ論にとって重要な意味をもっていたうえに、その哲学的含意が、本章と後の章の議論の

図 6.5　髑髏の山（作者不明，ドイツ，1917 年）

基盤となる以上〔第七章参照〕、論を進める前に、ドイツ悲劇論のベンヤミンの論のアウトラインをここではっきりと示しておくことが必要なのだ。

3

もろもろの情動を押し殺すこと、［……］周りの世界から距離をとること、［……］みずからの身体からの疎遠化、［こうしたことはすべて］、重度の悲しみとして人格感喪失の兆候と［なってしまう］。そこではもっとも取るに足らぬ事象でさえ、自然で創造的結びつきを欠いているために、比類なく豊かな意味連関における謎めいた英知の暗号として現われ出るのだ。この概念に相応しく、アルブレヒト・デューラーの「メランコリア」〔図6．6〕の周囲には、日常生活で用いられる道具類が、使用されることもなく、観想の対象として床面に散在している。この版画は多くの点でバロックを先取りしている。〔『ドイツ悲劇』I, 319〕

ベンヤミンのバロック悲劇の分析は文学的であるよりはむしろ哲学的であった。彼は、〔ルネッサンスに始まった〕「近世のアレゴリー」は哲学的二律背反に捉えられたと主張する。音声文字というより、自然の形象をまとった神のエクリチュールであると信じられていたエジプトの象形文字《ヒエログリフ》を解読する学問に端を発し、近世アレゴリーは一方で、絵にされたものは実際に意味されたものである、すなわち、存在すなわち意味であることを前提にしていた。「つまり、象形文字は神が抱いている理念の写像である、というのだ！」〔同 346〕そのような形象言語が意味するのは、記号と指示対象との間の繋がりには恣意的なものは何もないということだ。自然の形象が、神みずから、その創造の意味を人間に伝える普遍的言語を顕現させることを約束する。[20] そして物質世界の神聖な意味を解読するために、エジプト象形文字だけでなく、ギリシア神話やキリスト教のシンボルも、拠り所とされた。[21]

図 6.6 「メランコリアⅠ」(アルブレヒト・デューラー，16 世紀)

だがもう一方で、一七世紀までには、歴史の中に蓄積され、真実のありかと信じられていた権威あるテクスト中に保存されてきた異教とキリスト教の宇宙観のために、自然現象は多重決定され、多層的な意味を課された。「ある着想が浮かぶと、その表現の瞬間に、真の形象の噴出が起こり、無秩序にまき散らされていた無数の隠喩が塊となって具現化するのだ」〔同 I. 349〕。体系的な知の完結を求める衝動は、記号論的恣意性にぶつかる。その恣意性は、「同じ一つの事象が徳を表せば悪徳も表す形象となりうるばかりか、挙句の果ては、それがありとあらゆるものを意味することになってしまう古代から伝承された意味の独断的な力」〔ギーロ、同 I. 350〕によってより強められるのだ。明白な意味の恣意性によって、寓意家は自分の意図する意味を表象する異形を選ぶよう強制される。こうしてアレゴリーも恣意的な美的技法となっていき、根拠とする哲学的主張と矛盾することになる。ベンヤミンは「純粋に美学的考察にとどまる限りは、逆説が最終的発言者でなければならない」のだから、このジレンマを解消するために、寓意家と同じく、「神学という高次の領域」に移らなくてはならない〔同 I. 390〕と主張する。バロックの神学の言説においては、自然は「寓意家に不確かに読まれるしかない」〔同 I. 398〕という事実は、楽園喪失後の自然の神学的「罪」として説明されていた〔同 I. 398〕。キリスト教はこの自然の世界における異教の「多数性」を、「神学的に厳密に輪郭づけられたただ一つの反キリスト像」、すなわち「物質的なものと悪魔的なもの」が「解きがたく結び合わされた」「サタンという姿形」へと統合させたのだ〔同 I. 400〕。「サタンの笑い」は、「言語を越えた」「地獄の侮蔑的笑い」であり〔同 I. 401〕、堕ちた自然の記号である事物の意味の過剰と結びついている。「アレゴリーの記号表現は、罪により、自身のうちでその意味を成就することが拒まれている」〔同 I. 398〕。サタンは、歴史が作り出される虚ろな物質の深淵を支配する。「先行者として、罰に値する行為の根底を成す知見へと誘い導く」〔同 I. 402〕のは彼なのだ。

寓意家は、あたかも単に意味の量の多さが、その恣意性や統一の欠如を補うかのように、寓意的形象を次々と積み上げていく[22]。その結果、自然は有機的全体となるどころか、恣意的に配置された生命のない断片的な寓意表象の乱雑な寄せ集めとして姿を現す〔同 I. 363〕[23]。言語の一貫性も同じように「打ち砕かれている」〔同 I. 380-84〕。意味は多層化されるだけではなく、「何よりも」、反定立的に〔同 I. 404〕になる――王冠は糸杉〔悲しみの象徴とされる〕の輪を、ハープは処刑人の斧を意味する〔同 I. 404〕。寓意家は、錬金術師さながら、ただ一つの神の言葉とは対照的に、意味の無限の変化を支配する。[24] 物質世界についての知識である以上、寓意家の知識は「悪」についての知識であり、その矛盾や恣意性は、地獄への墜落として経験される。この墜落を捉えるのが神学の啓示である。

墜落するものが落下中にもんどりを打つように、アレゴリー的志向は、表象から表象へと堕ちてゆくときに、底なしの深みのめまいに己が襲われることだろう。ただしこれは、アレゴリー的志向がそれらの表象の最極限のものにおいて一回転し、アレゴリー的志向の邪悪、傲慢、神からの遠ざかりが、すべて、自己欺瞞に他ならないものに見えてくるということがなければの話である。〔同 I. 405〕

自己欺瞞としての悪――サタン本人――についての知識、これこそが、バロックの神学が事物のパラドクシカルな意味を解決する方法なのだ。それはメタレベルに向かう弁証法的な動きを含み、そのメタレベルにおいて、寓意表象の矛盾する意味自体が、一つの寓意表象、すなわち自らの反対――ただ一つの永遠性、真の「精神」――を意味する記号となる。現世の領域が反定立においてのみ知りうるのなら、真理は、これらすべてのものの反定立として現われる。ゴルゴタ〔キリストが処刑された地〕は、「髑髏の累々とする場」として、はかなさを描くことで自然の救いがたさを表象する。キリスト教において、この寓意表象は姿を変える。自然の死はそれ自体永遠の生への、つかの間の移行に過ぎないものと了解される。

髑髏が累々とした場の慰めのない混乱した有様は、この時代の数多くの銅版画や言語による描写からアレゴリー的表象の図式《シェーマ》として読み取れるが、それはあらゆる人間存在の荒涼を表す寓意表象であるばかりではない。その慰めなき混乱の様相のうちに、はかなさが意味され、アレゴリー的に表現されているだけでなく、このはかなさ自体が記号となり、アレゴリーとして提示されているのだ——復活のアレゴリーとして。〔同 I, 405〕

ゆえに、「最終的にバロックの死の記号においては——たとえその大いなる弧が描く救済としての回帰においてのみであろうと——アレゴリーの眺望はほぼ一回転する」〔同 I, 406〕ことになる。ベンヤミンはローエンシュタインの劇を引用する——「そうだ、墓地で神が取り入れをするとき／髑髏の私も天使の顔貌《かんばせ》になっていることだろう」〔同 I, 406〕。ここでは目くるめく墜落が逆転され、サタンの悪夢のような悪が姿を消す。かくして「寓意家が目覚めるのは、神の世界である」〔同〕。

ドイツ悲劇研究でベンヤミンが明言した目的は、このキリスト教の解決法の評価をすることではなく、むしろバロックのアレゴリーにおいては、そのような神学的志向は第一義的で、したがって悲劇を純粋に文学的に解釈しても不十分であることを例証することであった。『ドイツ悲劇の根源』の結びは、アレゴリーの反定立を神学的に解決する過程が描かれるにとどまる。しかしベンヤミン自身の立場については、疑いようのない手がかりが示されており、それは是認としてではなく、根本的な批判として読まれるべきであり、哲学的意味だけでなく政治的な意味も有するものである。この批判の概要は、ナイーブな読者には気づかれないかもしれないが、ベンヤミンの他の著述と関係づけてみれば、表現は直接的でなくても、十分読みとれるものである。(25)

バロックの詩人ははかない自然に人間の歴史のアレゴリーを見出している。そこにおいては、人間の歴史は神による計画に従って、「救済へと至る道筋」〔同 I, 260 中世の考え方〕を辿る出来事の連鎖としてではなく、死、廃墟、破局として現われる。アレゴリーが単なる美的技法を超えるものだと主張できるのは、この本質的に哲学的な姿勢のためである。見捨てられた自然は神学的真理として理解され、それが寓意家の憂鬱の源だった。「哀悼の意図に現われる執拗さは、事物世界にささげる忠誠から生まれてきている」〔同 I, 334〕。だがその世界は「死せる事物」の世界であり、「無限の絶望」の領域である〔同 I, 406〕。そこでは政治的活動は単なる恣意的な陰謀と見なされる[26]。重大な局面においてアレゴリーは――介在せず観想するというメランコリーの政治的在りかたからは当然そうなるが――歴史も自然も捨て去って、(その後に登場する観念論的哲学の伝統全体と同じく) 精神に避難場所を求める。すべての希望は、「ほとんど知覚できないほどの世界の息吹まで含めてあらゆるものが虚ろにされる」〔同 I, 246〕「以後」の世界に取りおかれる。バロックのアレゴリーが無価値となった自然を、その反対の意味、すなわち救済の記号として意味あるものに転じて救い出そうと試みるその瞬間に、忠誠は裏切りに転じる。

アレゴリーにおいてしか存在しないようなそのような悪は、アレゴリー以外のなにものでもなく、己自身ではない何か別のものを意味する。実際はその純粋悪は、それが表象しているものの非在をこそ意味している。専制君主や陰謀家に代表されるように、絶対的な悪徳とはアレゴリーであるのだ。つまりそれは〔……〕実在しない。〔同 I, 406〕

悪は姿を消す。だがなんという代償を支払ってのことだろう! 神に忠実であるために、ドイツの寓意家は自然と政治の両方を捨てるのである。「その志向は、最後に髑髏の転がる光景に忠実にとどまるのではなく、背信的に、復活へと寝返る」〔同〕。アレゴリーの名の下で行われるこの「悲しい劇」としての歴史の痛ましい光景から復活の奇跡への「背信の」跳躍は、哲学的な意味においては、その否認に他ならない。「アレゴリーは、もっとも固有であるものすべてを失う」〔同〕。ベンヤミンは一六五二年の詩から「涙ながらに私たちは休閑地に種を播き、/そして悲しみにくれつつ帰っていく」〔ローエンシュタイン 同〕という一節を引用し、それからこう言い足す――「アレゴリーは空手で帰っていく」〔同〕と。堕ちた自然の断片は実はその反対の、神の言葉によってのみ保証される魂の救いのアレゴリーなのだと寓意家が主張するなら、そしてまた悪を「自己欺瞞」として、そして物質的自然を「実在しない」と宣言するのであれば、その場合、実際の目的にもかかわらず、アレゴリーは神話と区別しがたいものになる。ベンヤミンは、アレゴリーが恣意的主観性から脱出しようとする試みはそれ自体純粋な主観性であるとして批判する。それは客観的な外の世界全体を魔術幻灯として「一掃する」ことであり、あとには主観が「まったく一人ぼっちで取り残される」〔同 I, 406–07〕(27)だけになる。

つまりベンヤミンはバロックのアレゴリーをその観念主義ゆえに批判しているのだ。ティーデマンが書いているように、「『ドイツ悲劇の根源』のときから、ベンヤミンの哲学のもくろみは、知覚可能な世界の反観念論的構築であった(28)」のだ。『ドイツ悲劇』を『パサージュ論』につなぐのは、このもくろみである。一九三一年、ベンヤミンは前者を「すでに弁証法的であった」と考えており、たとえそれがマルクス主義的意味では「たしかに唯物論的ではない」にしても、媒介をへて、弁証法的唯物論と繋がっていると見なしていた〔リュヒナーへの手紙、一九三一年三月七日付『書簡』II, 523〕(29)。ベンヤミンがパサージュ論の一九三五年の概要を書いているとき、アドルノ宛てに次のように書き送っている。

この計画の以前の段階よりはるかに明瞭に〔事実僕には思いがけないほどに〕この著書とバロックの本との類似性が見えてきた。あえて言わせてもらえれば、この状況に、あの融かし直しの過程の特に意義深い裏書きが見出だされると思うのだ。形而上学によって起動された思考の総量を、形而上学が誘発するあらゆる反対に対抗して、弁証法的形象世界が安全なものにされる凝集状態へと導く、あの融かし直しの過程のね。〔アドルノへの手紙、一九三五年五月三一日付

『書簡』II, 644〕[30]

この「融かし直しの過程」は、実際アドルノとベンヤミンが共有していた企てであり、ベンヤミンが一九二九年初めてパサージュ論の構想について話し、初期の覚書の一部を読み上げて見せた「ケーニヒシュタインでの忘れがたい会話」〔アドルノへの手紙、一九三八年一一月一〇日付『書簡』II, 783〕のときに始まったものだった。この時読みあげた覚書にはこう書かれていた。「この本と『ドイツ悲劇』との並列関係。両者は同じテーマをもつ――地獄の神学。アレゴリー、広告、タイプ――殉教者、専制者――娼婦、理論家」〔V, 1022–23 (M°, 3)〕。私が別の著書で論じたように、ケーニヒシュタインでの議論はアドルノに大きな衝撃を与えた[31]。そのとき、パサージュ論の構想は二人のいずれにも、『ドイツ悲劇』の哲学的方法をマルクス主義的に再機能化することと捉えられていた。ベンヤミンによれば、その哲学的方法の真理の要求を完全に物質世界と結びつけることによって、たとえ形而上学自体からは守られなくとも、その「形而上学が誘発する反対」からは安全に保護される〔第七章参照〕。アドルノもこの試みには熱心で、若き哲学教授として『ドイツ悲劇の根源』を〔ベンヤミンの教授資格論文として提出されたこの書を拒絶した当の大学である〔第一章参照〕〕フランクフルト・アム・マインの大学のゼミで教えただけでなく、観念論の哲学的融解そのものをめざして、キルケゴールを批判的に解釈しようとした[32]ときにこの方法を実践したのだった。本書ではアドルノのこの論の詳細に立ち入ることはしない〔バックモース『根源』111-21〕。ただし〔アドルノによる〕『パサージュ論』の出版努力はこの大きな企てに関する二人の協働の密接さを示すもう一つの証左となっている。「ブルジョアジーの室内」が産業資本主義を目に見える形で示す「弁証法的形象」として[33]、キルケゴール論とパサージュ論の両方において重要な役割を果たしているだけではない[34]。パサージュ論のなかの認識論に関する重要な束〔N〕において、ベンヤミンは『ドイツ悲劇の根源』の一節を直接引用するのではなく、キルケゴール論でアドルノがその一節をコンテクストに沿わせて引用し

たものを際立った対話的スタイルで引用して見せている。(35)

一九三二年の講演(「自然史という観念」)においてアドルノが、ドイツ悲劇研究におけるベンヤミンのアレゴリー分析を、ルカーチの文学の「空洞化された」因習としての第二の自然の理論と関連づけて、いかに褒めたたえていたかについてはすでに見てきた。次に進むべき方向は、(二人がともに理解していたようにルカーチ自身が『歴史と階級意識』において進んだ方向でもある)「空洞化の過程」とは、事物の商品形態、すなわち資本主義の生産様式に他ならないことを確認することである。そのような議論はアドルノのキルケゴール研究においても重要な要素となっていた。だがパサージュ論においては、それはまさに中心的概念であり、ベンヤミンは、ボードレールをこの無言の都市産業主義の「新しい」自然の口を開いて語らせた著述家として位置づけ、このブルジョア詩人の歴史哲学的真実を解読する方法を与えたのだ。

4

私の意図は、ボードレールがどれほど一九世紀に組み込まれているかを示すことである。彼が一九世紀に残した痕跡は、ある石が数十年間同じ場所にとどまっていた後に、ある日そこから動かされたときに残す痕跡のように、はっきりと完全な形で浮かび上がってくるに違いない。〔V, 405 (J51a, 5)〕

目に見える世界全体は、イメージと記号の倉庫にすぎない。〔ボードレール V, 313 (J7, 3)〕

一八五七年に発表されたとき公衆道徳の冒涜であると非難されたボードレールの詩集『悪の華』は、近代都市の「頽廃的」な感覚の経験をもとにした作品だった。同時にこれらの詩は前近代のキリスト教徒の罪と悪の問題に関わっており、バロック期以来文学形式としてすっかり廃れていたアレゴリー形式で表現されていた。その新しい美学の感受性は後に続く詩人たちに影響を与えたが、ボードレールの解釈者たちの関心を占めていたのは、詩人の前近代的な倫理-宗教的テーマへの回帰であった〔V. 460（J77, 2）〕。彼らは迷わずに彼を同じくカトリック信仰とアレゴリー形式を共有していたダンテと比べた[36]。彼らは（ボードレール本人もそうだが）、この詩人の特異で天才的な貢献は、普遍的な人間の悪の問題を表現するために、「原初的で最も自然な形式の一つ」〔ボードレール V. 273（H2, 1）〕であるアレゴリーを近代生活のすっかり変わってしまったコンテクストにおいて保持し、そうすることで、近代の経験の分断的な衝撃にもかかわらず、文学伝統の継続性を保証している点にあると考えていた。

対照的に、ベンヤミンにとってはボードレールの作品にみられる過去と現在の融合は、彼の新しい美意識の感受性が目撃した経験のまさに脱連続性ゆえに、きわめて問題含みのものとなっていた[37]。彼は中心的問題設定として、「寓意家同様に、少なくとも外見上は徹頭徹尾、反時代的な振る舞い方が、この〔一九〕世紀の詩作品〔『悪の華』〕のなかで最高の座を占めるということがどうして起こりうるのか」〔「セントラルパーク」I. 677〕という問いを掲げていた。そしてベンヤミンは詩人の伝記的事実も、「普遍的」人間の関心も、その問いの説明にはならないと考え、答えは自明のものではないと考えた。

ドイツ悲劇研究においてベンヤミンは、バロックのアレゴリーは社会的分断と長引く戦争の時代に特有の知覚様式であり、そのような時代には、人間の苦難と物理的な廃墟が、歴史経験の材料となると論じている。そうなると、ベンヤミン自身の時代におけるアレゴリーへの回帰は、第一次大戦の恐怖を呼ぶ破壊性への反応であることになる。だが『悪の華』を誕生させた歴史経験についてはそれに対応しうる事象はない。ボードレールの詩が書かれた一九世紀半ばのパリは、前例のない物質的豊かさがあふれ出た時代であった。デパートがはじめて出現し、オースマンの大通りが完成し、博覧会が開催された時代で、バルザックが一八四六年に次のように描きえた時代であった。「マドレーヌ教会広場からサン＝ドニ門まで、陳列された商品の大いなる歌が色とりどりの詩句を歌っている」〔バルザック V. 84 (A1. 4)〕[38]。たしかに一八四八年の革命の流血の六月の日々は全く異なるイメージを与えた。だがこの政治の暴力的局面はボードレールの詩の内容になることはなかった[39]。むしろこの詩人から最も原型的なメランコリーに満ちたアレゴリーを引き出したのは、進歩としての変化の約束とともに新たに構築された都会の魔術幻灯的な壮麗さの方だった。「ボードレールにおいては、近代的なものが、一つの時代の特徴としてのみならず、その時代が直接古代を取り込むためのエネルギーとしても現われることは大変重要である」〔V. 309 (J5. 1)〕――しかも、それはアレゴリー様式を帯びているのである。「白鳥」という詩の中で、詩人はできたばかりの回転木馬広場を横切ったが、そのとき、ふいに彼の記憶の中でトロイの破壊によって未亡人となったヘクターの妻アンドロマケーのイメージがあふれ出てきた。近代のパリのイメージの上に重ねあわされて、古代の女性の姿がアレゴリー的意味を帯びる。

アンドロマケーよ、私は貴女を想う。
……
古きパリはもう無くなった（都市の形態《すがた》の
速く移り変わることは、ああ！人の心も及ばぬほど）。
……
パリは変わる！　だが私の憂いの中では
どこにもいかない。新しい宮殿、組まれた足場、石材
古い場末の町々、そのどれもが私にはアレゴリーとなって、
私のなつかしい思い出の数々は岩よりも重い。〔ボードレール「白鳥」[40]〕

いったいなぜボードレールが新しいものに向かうとき、「ちょうど一七世紀が古代に対したように」〔「セントラルパーク」I. 658〕なるのだろう。なぜパリのもっとも近代的な顔がすでに廃墟と化した都市のことを彼に思い起こさせるのだろう。モダニティの全く新しい経験のいったい何が、その事物をバロック時代に異教の神々が生き延びたあのアレゴリー形式と調和させるのだろうか——もとの意味をすっかり空洞化したために、ここでは、詩人自身の憂鬱な記憶のアレゴリーの記号と化すあの形式に。ベンヤミンの答えは大胆だった。[41] アレゴリー的知覚の特殊な性質を辿って、自然を非難するキリスト教時代に、自然の形態をとって古代の神々が生き延びた方法に行きつく『ドイツ悲劇の根源』を引用しながら、彼はこう述べている。

ボードレールの場合、この定式を逆にした方が真相に近いであろう。ボードレールにとっては、アレゴリー的経験がそもそも一次的なものだったのである。彼は、古代的経験からもキリスト教的経験からも、この一次的経験を彼の詩作のなかで起動させるために必要なものだけを、自分のものとして奪ったのだと言えるだろう。〔V. 409（J53a, 1）〕

ベンヤミンは、バロックのアレゴリーにおいて自然の地位が低下したのはキリスト教が古代異教と対立したからであるなら、一九世紀の「新しい」自然の地位の低下は、生産過程自体にその原因があると主張している。「アレゴリーにおいては事物世界の価値が引き下げられるが、これをさらに凌駕するのが、商品による事物世界そのものの内部での価値引き下げである」〔「セントラルパーク」I. 660〕。ベンヤミンはマルクスを引用する。「価値の概念を考察するならば、物それ自体はたんに記号に過ぎないものと見なされ、それ自身としてではなく、それが値するものとして通用する」〔マルクス V. 805（X3, 4）〕。市場における商品とその価値の関係は、バロックの寓意象徴における事物とその意味との関係に劣らず恣意的である。「象徴は商品として回帰する」〔「セントラルパーク」I. 681〕。[42] その抽象的で恣意的な

図 6.7　店のショーウィンドー，ゴブラン通り（写真ウジェーヌ・アジェ，パリ，1925 年）

意味がその値段である（図6．7）。再びベンヤミンはマルクスに向かう。

値札をつけて商品は市場に入ってくる。その商品の物としての個性や質は、ただ交換のための刺激となるにすぎない。商品の価値の社会的評価にとっては、それらはまったく取るに足りないものだ。商品は抽象物と化している。ひとたび生産者の手を離れ、その現実の特殊性から自由になるや否や、商品は人間に支配される生産物であることをやめる。商品は「幽霊じみた物象性」を獲得し、独立生活を営み始める。「商品は一見したところでは、自立したつまらない物のように見える。だが分析してみると、商品は形而上学的深遠さと神学的気まぐれでいっぱいの、やっかいな代物であることが明らかになる。」〔マルクス、オットー・リューレによる引用 V, 245（G5, 1）〕

これについてのベンヤミンの所見は以下のようである。

マルクスによれば、商品が得意げに語っている「形而上学的深遠さ」は、何よりも価格決定にまつわるものである。商品に価格がどのようにしてつけられるかは、その商品の製造過程においても、後に商品が市場に出回るようになっても、決して完全に見通すことはできない。だがこの事態こそがアレゴリー的なあり方をしている事物について起こることなのだ。寓意家の憂鬱によって事物にどんな意味が付与されることになるかは、その事物からは少しも予想できなかったのである。しかし事物がそのような意味をひとたび受け取るや、事物からその意味を剥奪し別の意味と取り換えることがいつでも可能となる。〔バロックのアレゴリーにおける〕意味の流行りすたりの速さは、商品の価格が変動する速さにもほとんど劣らないのである。実際のところ商品の意味とは価格なのであって、商品は商品である限り、それ以外の意味をもたない。だからこそ寓意家は、商品とともにあるときその本領を発揮するのだ。〔V, 466（J80, 2; J80a, 1）〕

一九世紀にはアレゴリーがバロック期のように流行ることはなかった。「ボードレールはアレゴリー詩人として孤立していた」〔「セントラルパーク」I, 690〕[43]。しかし彼が近代的なものにアレゴリー形式を与えると――たとえ、それが本人の意図ではなく[44]、また彼はアレゴリーの位置の客観的根源についてまったくわかっていなかったにせよ――この世界の事物が本当のところ何になるのかを表現したのだ。「この詩はハシッシュ吸飲者の夢を書きとめたものだということが立証されるかもしれないが、だからと言ってこの解釈を少しも覆すことはない」〔一九三九年概要 V, 71〕。

しかし商品の社会的価値（したがってその意味）がその値段であるとしても、商品が、消費者の私的夢の世界である寓意表象《エンブレム》の本において願望形象として消費者に利用されるのを妨げはしない。このようなことが起こるには、人間の労働が生み出す使用価値としての最初の意味から、商品が遠ざけられることが実際上の前提条件となる。結局、最初の意味が一旦空洞化され、新しい意味が恣意的に挿入されてしまえば、その意味も「いつでも別の意味が取って代わるように空洞化されてしまう可能性がある」というのが、アレゴリー的な事物の性質である。アドルノはそのプロセスをこう説明している。「疎外された事物が空洞化され、暗号としての意味を吸い入れる。主観性がこれらの事物を願望や不安といった志向で充たすことで、そうした意味の支配権を得る」〔アドルノ V, 582 (N5, 2)〕。それにベンヤミンはこう付け加える。「このような考え方に関しては、次の点を考慮しなければならない。つまり一九世紀においては、技術の進歩によって、使用価値をもった品物が次々と通用しなくなってしまうので、意味を失って「空洞化」した事物の数がこれまで知られなかった規模と速度で増大しているという点である」〔V, 582 (N5, 2)〕。ボードレールのアレゴリー表象は、願望形象としての事物の神話的形式に対するアンチテーゼであった。彼が示したのは、私的な夢で満たされた商品ではなく、商品同様に空洞化された私的な夢だったのだ。そしてボードレールの新しい自然の詩的な表象が文字通りには値段に関わりはしなかったにせよ、彼がアレゴリー的態度にひきつけられたのは、まさに陳列された商品の特徴であるそのはかない価値ゆえであったことは事実である。それを「告解」という詩が明かしている。

美しい女であるというのは、つらい勤め
それは、機械的な微笑を浮かべて気を失う、
うっとりする、うきうきして冷たい踊り子の、
月並みな仕事と同じもの

人の心の上に建物を築くのは、愚かなこと
全てが――愛も美しさも――崩れる定め
〈忘却〉が背負い屑籠に投げ込んで
空っぽにしてそれを永遠に返すまでは。
〔ボードレール「告解」『悪の華』〕

ボードレールの詩は、当時商品の周囲に凝固しかけていた神話の魔術幻灯の調和のとれた見せかけを切り裂いて見せた。「この世紀は、ほかのところでは繁栄し多様に見えるのに、彼〔ボードレール〕の周りでは砂漠のような恐ろしい姿をとるのである」〔エドモンド・ジャルー V, 366（J33, 2)〕。ベンヤミンは同様の主旨でこう書いている――「ボードレールのアレゴリーは――バロックのそれと異なり――憤懣の痕跡を帯びている」〔「セントラルパーク」I, 671〕。ボードレールの使うアレゴリーの破壊性は意図的なものだった――「ボードレールのアレゴリーには、彼を取り巻く世界の調和のとれたファサードを取り壊すのに必要だった暴力の痕跡がつきまとっている」〔V, 414（J55a, 5)〕。このファサードの背後に露わにされた形象は、彼自身の内面生活の寓意画となった。それらの寓意画に対する絵解き文として、彼は詩を書いたのだ。

「ボードレールが、その歩む道の傍らでぽっかり口を開けていた神話の深淵に陥らずにすんだのは、アレゴリーの才能のおかげである」〔V. 344（J22, 5）〕。ボードレールの「神話に対立するアレゴリー」[45]の使い方の典型として、ベンヤミンは「都市を素材に表わされた目覚めゆく者の啜り泣き」〔「ボードレールの詩への注釈」I. 1144-45; V. 419（J57a, 3）〕を表現した詩である「朝の薄明」を挙げている。「朝の風が神話の雲を吹き払ってしまう。人間たちとその雲を動かす営為に向けられた視線を妨げるものは何もない」〔V. 344（J22, 4）〕[46]。「空気は逃げ去ってゆくものどもの震えに満ち、／そして男は書くことに、女は愛することに倦む」〔ボードレール「朝の薄明」『悪の華（第二版）』〕。しかしボードレールが神話に対抗して用いる力は、都市の疲れ果てた住人達という形象——愚鈍な眠りをねむる娼婦、寒さに目覚める貧しい女たち、病院のベッドで死にかけている病人たち、足を引きずって家路につく夜の道楽者たち——を使って、魔術幻灯《ファンタズマゴリア》を引き裂いて見せるところで終わる。それは不活動につながる。

その描写は、その手を対象に触れさせようとするものではない。その仕事は、眠りの守りから新たに切り離されるように感じる震える者にただ毛布を掛けてやることなのだ。〔「ボードレールの詩への注釈」I. 1145〕

ボードレールの詩の結末に漂うのは諦観である。

バラ色と緑色の衣装を着た曙が、寒さに身を震わせて、
人影もないセーヌの上をしずしずと進んで来れば、
陰気な〈パリ〉、この年老いた労働者は、

両の眼をこすりこすり、仕事の道具を手に取った。〔ボードレール「朝の薄明」『悪の華（第二版）』〕

都市の魔術幻灯《ファンタズマゴリア》に対するボードレールの「憤怒」は、第二帝政期のパリの「調和のとれたファサード」にもっとも貢献した一九世紀の流行のスタイル――新しい自然を古い有機的形式で表そうとし、他方で、古典古代の形式を反歴史的に使用するスタイル――を彼が拒絶したところに表れる。新しい自然の表現としてはメトロポリスやうねるような群衆を海のイメージを使って描くことを好んだユゴーのような同時代の詩人とは対照的に〔ユゴー V364（J32, 1）参照〕[47]、ボードレールは、有機的自然自体を機械化する（悪の「花々」は都市を話の種にする。[48] 人間の体は機械の形態をとる〔V, 465-66（J80, 1）〕）。[49] 古典古代の形式についてはボードレールは、古代を物質のはかなさではなく永遠の真実性の記号と見る新古典主義に侮蔑の念しか抱かなかった。ベンヤミンは、異教のテーマを理想化した表象に対するボードレールの罵りは、「中世の聖職者のそれを思い起こさせる。彼は頬の膨らんだ愛の神クピドーには特別の憎しみの念を抱いている［……］」〔V, 415（J56, 3）〕と書いている。これはボードレールの「新ギリシア主義批判に際してのクピドーに対する激しい罵言」〔V, 365（J32a, 5）〕のことを指している。

しかしながら私たちは、絵の具や大理石が……この助平爺のために浪費されるのを見るのはうんざりではないでしょうか。……彼の髪は、御者の鬘《かつら》のように濃くて縮れています。丸々とふくらんだ頬は鼻孔と目を圧迫しています。それは間違いなく世界のエレジーの印で、彼の体は、というよりむしろ彼の肉は、肉屋の鉤に下がった脂身のように、詰め物がされ、筒状で、空気を入れてふくらまされています。山のようなその背中には、蝶の羽が二枚はりつけられています。〔ボードレール V, 365（J32a, 5）〕[50]

クピドーの姿はもちろん、まったく反対の効果を意図していた。商業化された愛のイコンとして、それはサロンの絵画から、食品にいたるまで、一九世紀のいたるところに登場した。ベンヤミンは「寓意象徴と広告との緊張関係」[51]に言及している。広告では、新しい見せかけのアウラが商品に注入され、消費者の私的な夢の世界へ容易に移動する。対照的に、アレゴリーの意図は、まるで当惑しながら無くしてしまった元の意味を思い出そうとしているように、時間を逆行することにある。

広告の目的は事物の商品としての性格を覆い隠すことである。アレゴリーは商品世界のこの欺瞞的な美化に対抗しようとして、その美化を暴くのだ。そして商品は自分の顔を直視しようとする。〔「セントラルパーク」I. 671〕

広告のイメージは、製品の商品という特性を否定するために製品を「人間化」しようとする。消費者はこの努力を引き継ぎ、家財道具を容器に入れたりカバーをかけて、感傷的にそれらに「家」を与えようとする〔同〕。それに対してボードレールは、「英雄的に」〔同〕商品そのものを人間の形で提示しようとしたのだ。キャンディボックスに描かれたクピドーへのアンチテーゼとして、彼は「［商品が］娼婦の姿となって人間になるのを祝った」〔同〕。娼婦は生き残るためにわが身を売る賃金労働者の原型である。[52]事実、売春は資本主義が物象化された寓意画であり、ルネッサンス時代にエジプトの象形文字について考えられていた意味で〔本章三節参照〕、そしてマルクスが（「価値は……各々の労働生産物を一個の社会的象形文字に変える。後になって人間は象形文字の意味を解読し、自分自身の社会的生産物の秘密を探り出そうとする」〔マルクス『資本論』V. 807（X4. 3）〕[53]と）言った意味で、社会の現実の本質を示す象形文字であるのだ。娼婦という形象は判じ絵のようにこの秘密を明かす。商品が陳列されるために諸連関から抜き出されたら、それを生産する賃金労働者の痕跡はすべて消えてしまうのに対して、[54]娼婦の場合、両方の局面が見えたままである。娼婦は、弁証法的形象として商品の形式とその内容を「統合／止揚」〔V, 422 (J59, 10)〕する。娼婦は「商品でありながら同時に売り手でもある」〔一九三五年概要 V, 55〕のだ。

ボードレールは近代のメトロポリスの娼婦を「彼の詩の主たる対象」〔「セントラルパーク」I, 687-88〕にした。娼婦は彼の抒情詩の主題になるだけではなかった。彼自身の活動の手本になっているのだ。「詩人の身売り」は「避けがたい必然」であるとボードレールは信じていた〔同 I, 687; V, 425 (J60a, 2) 参照〕。初期の詩の中で（道行く人に向けて）「思想を売り物にし、作家になりたい私だから」〔ボードレール V, 341 (J21, 2)〕と語りかける。『憂鬱と理想』という作品群の中の「「身を売るミューズ」から、ボードレールが、詩作品の発表を、ときとしてどれほど売春と同一視していたかがわかる」〔V, 416 (J56a, 3)〕。

毎晩食べるパンをかせぐためには、否応なく、
君も、聖歌隊の子供のように、香炉を振ったり、
心にもない讃歌を歌ったりせねばならぬ。

あるいは、すきっ腹の大道芸人よろしく、媚態をさらし、
こっそり流す涙にぬれた作り笑いを振りまけば、
俗衆どもは、腹の皮をよじって高笑い。〔ボードレール「金で身を売るミューズ」『悪の華（第二版）』〕

5

一九世紀の文化生産者たちがみなそうであったように、詩人の生計は詩を売るための新しい大衆市場にかかってお

郵 便 はがき

恐縮ですが
切手をお貼
りください

112-0005

東京都文京区
水道二丁目一番一号

勁 草 書 房
愛読者カード係行

(弊社へのご意見・ご要望などお知らせください)

・本カードをお送りいただいた方に「総合図書目録」をお送りいたします。
・HP を開いております。ご利用ください。http://www.keisoshobo.co.jp
・裏面の「書籍注文書」を弊社刊行図書のご注文にご利用ください。ご指定の書店様至急お送り致します。書店様から入荷のご連絡を差し上げますので、連絡先(ご住所お電話番号)を明記してください。
・代金引換えの宅配便でお届けする方法もございます。代金は現品と引換えにお支いください。送料は全国一律100円(ただし書籍代金の合計額(税込)が1,000以上で無料)になります。別途手数料が一回のご注文につき一律200円かかりま(2013年7月改訂)。

愛読者カード

10230-3　C3010

書名　ベンヤミンとパサージュ論

名前《りがな》　　　　　　　　　　　　　　（　　　　歳）

ご職業

住所　〒　　　　　　　　　　お電話（　　　　）　　－

書を何でお知りになりましたか

店店頭（　　　　　　　　書店）／新聞広告（　　　　　　　　新聞）

録、書評、チラシ、HP、その他（　　　　　　　　　　　　　　　　）

書についてご意見・ご感想をお聞かせください。なお、一部を HP をはじ
広告媒体に掲載させていただくことがございます。ご了承ください。

◇書籍注文書◇

寄りご指定書店

市　　町（区）

書店

（書名）	¥	（　　　）	部
（書名）	¥	（　　　）	部
（書名）	¥	（　　　）	部
（書名）	¥	（　　　）	部

り、ボードレールはそれに抵抗したがゆえに財政的代償を払わざるをえなかったが[55]、その事実自体ははっきり意識していた[56]。ベンヤミンによれば――「文士が実はどんな状況にいるか、ボードレールは知っていた。つまり文士は遊歩者として市場へ行くのだ。本人は市場を見物するためだと言っているが、実はもう買い手を見つけるためなのである」〔「ボードレールにおける第二帝政期のパリ」I, 536; 一九三五年概要 V, 54 参照〕。

じじつボードレールが詩を創るのは、街中をぶらぶら歩きながらだった。仕事机をもたないときもあったという〔「ボードレールのパリの人々の描写について」I, 746; V, 383 (J41, 3) 参照〕。彼は当てのない街路のぶらぶら歩き自体を生産的な働き方に変えたのだ。「太陽」という詩を見よう。

私はひとり、わが気まぐれな撃剣の稽古に出かける、
あらゆる危険に満ちた街角に印を嗅ぎづけ、
語に躓《つまず》くことあたかも敷石に躓くかのごとく
時にはひさしく夢みてきた詩句に突き当たりつつ。〔ボードレール「太陽」『悪の華』〕

パリの街はボードレールの詩に何度も描かれる、というよりむしろ、それは詩の「舞台」〔V, 437 (J66a, 6)〕[57]であり、ボードレールが忍耐、あるいは「受難[58]」として経験した存在の瞬間をイマジスト的に描くために必要な装置であった。それらの存在の瞬間は、不連続な視覚の陳列として彼の記憶に入り込んだ[59]。いくらパリをよく知ろうと〔V, 424 (J60, 1)〕、自分がそこに帰属しているとは感じられなかった。群衆は彼の避難所で〔一九三五年概要 V, 54〕、通りは彼の仕事部屋だった。それでも、そこで生まれていながら、「ボードレールほどパリでくつろげなかった者はいない」〔V723 (J59a, 4)〕[60]。詩人はこう書いている――「文明社会の日々の衝突や紛争と比べれば、森や大平原の危険などなんだろう

か」〔ボードレール V, 555（M14, 3）：（M14, 3 と M15a, 3）参照〕[61]。これらの衝撃を受け流しても、個々人の孤立を深めるだけになる[62]。ボードレールが「通暁」するようになる世界も、「それだからといって親しいものになるわけではない」〔V, 466（J80a, 1）〕。「アレゴリー志向には、事物とのどのような親密さも無縁なのである。事物に触れることは事物に暴力を加えることである。［……］アレゴリー志向の支配するところでは、習慣さえ形作られないのだ」〔V, 423（J59a, 4）〕。

ベンヤミンは書く――「商品の魂のうちでは、地獄が荒れ狂っているのである」〔V, 466（J80a, 1）〕。まさにバロックの地獄のビジョンがここに回帰している――「自身のうちでその意味を成就することが拒まれて」おり、恣意的ではかない意味の深淵に飛び込み、知識を欲望するがゆえに、「表象から表象へと」転げおちながら、「底なしの深み」へと堕ちていく「アレゴリー的志向」に追われる打ち捨てられた自然と罪悪感という地獄が〔本章三節参照〕。そこは悪が至上の力をもつ領域である。深淵の幻影がボードレールにつきまとう。「しばらく前から……私は悪い夢を見ているようで、私が虚空を転げ落ちると、本や鉄や、金や銀の偶像の大群が私と一緒に落ちてきて、落ちていく私につきまとい、私にぶつかり、私の頭や腰を打ち砕くような気がするのだ」〔ボードレール V, 395（J47, 2）〕。ボードレールの「救われ得ぬもの」で、パリの悪夢の街路が地獄の「寓意のカタログ」〔V, 413（J55, 12）〕[63]と化す。

呪われた男が一人、ランプも持たず降りていく
……
深い穴のへりを
……
そこにはぬるぬるした怪物どもが見張りをしていて

その大きな眼が燐光を発すれば
闇はいっそう暗くなる。〔ボードレール「救われ得ぬもの」『悪の華』V, 446（J70, 4）〕

遊歩者として、ボードレールは「商品の魂に感情移入していた」〔V, 466（J80a, 1）〕。彼の感情移入は模倣能力から発しており、それ自体様々な意味をもちうる商品の能力に対応する。それは彼の身体的外観にまで影響した——「役者の顔のようなボードレールの顔について。〔彼の肖像画を描いていた〕クールベが伝えているところでは、彼は毎日違う顔になったという」〔V, 419（J57a, 4）〕。ボードレールは「彼自身の興行主」〔「セントラルパーク」I, 665〕で、自分を様々なアイデンティティ——あるときは遊歩者、ときに娼婦、または屑拾い〔V, 441, 42（J68, 4）〕、そしてダンディ——として陳列した。彼は「詩人という役を〔……〕もはや真の詩人をすでに必要としなくなった社会の前で演じた」〔「セントラルパーク」I, 662; V, 415（J56, 5）〕のだ。彼は「英雄の役でも演ずるかのように神経を張りつめ」〔ボードレール V, 461（J77a, 3）〕ていたという。[64] 忘れてならない役は悪魔そのものの役で、サタン的身振りの「地獄の甲高い嘲笑」で完成される〔『ドイツ悲劇の根源』V, 409（J53a, 4）に引用〕。[65] ベンヤミンによれば「ほかならぬこの甲高い笑いこそは、ボードレール特有のものだった」〔V, 409（J53a, 4）〕。「彼の笑い方にはぞっとさせるものがあったと、同時代の人たちがしばしば指摘している」〔「セントラルパーク」I, 680; V, 414（J54a.3）参照〕。彼の詩の中で、

神を讃える交響曲のなかで、
私は調子はずれの和音ではなかろうか、
私を揺さぶり、私を噛む
貪欲な皮肉のおかげで。〔ボードレール「ワレトワガ身ヲ罰スルモノ」『悪の華』V, 411（J70, 4）〕

商品に感情移入して、ボードレールはその罪悪感を自らのものと考えた。「ボードレールが背徳と悪習を描くとき、つねに自分をそこに含めている。彼は風刺詩人の身振りとは無縁である」〔「セントラルパーク」I, 689〕。注意すべきは、この「背徳」は肉欲ではなく「欲望が満たされ得ないこと」(66)であり、性的快楽ではなく未来のない反復性であり(67)、性的な美ではなく物神的断片性であり(68)、そして有機的生命が不要なものとして捨て去られる速さであることだ(69)。つまりそれは、肉体の性質ではなく、商品形態が帯びる質にある。「破壊」という詩はこのような質のアレゴリーに満ちた表現を与えてくれる。

絶え間なく私のそばにうごめくのは〈悪魔〉。
手ごたえのない蒸気のように、私を取り囲む。
私は飲み込み、悪魔が肺臓を焼け爛れさせるのを感じる。
終わりのない罪深い欲望で満たすのを感じる。
……
悪魔が狼狽し、惑う私の眼に投げ込むのは、
穢された衣類や、開いた傷口、
果ては血まみれの、破壊の道具立て。〔ボードレール「破壊」『悪の華』〕

ベンヤミンはこう書いている。

悪魔が詩人に見るようにと迫る「血まみれの破壊の道具立て」とはアレゴリーの作業場である。そこには道具が散らばば

っていて、それを使ってアレゴリーは物の世界を、観想の対象としてただ断片しか残らなくなるまで、歪め傷つけるのだ。〔V, 441 (J68, 2)〕(70)

ベンヤミンはこの詩における破壊の道具立てをセクシュアリティと見てはいない。むしろ、商品社会の最高位にある偽りの幸福の約束としての性愛の神話を切り裂き、快楽の場面を侵すのは、詩人の「アレゴリー志向」であると主張しているのである。「〔破壊〕のすぐ後に置かれているために結びつきの深い」〔V, 440 (J67a, 7)〕「殉教の女」という詩は、絵画的描写であり、文字通り死した自然である「静物画《ナチュールモルト》」である。描かれているのは、恋人に殺され、血まみれの寝台にいる首のない死体、「記念品のごとく片脚に残る」金と薔薇色の靴下、そしてその頭は「ナイトテーブルの上の金鳳花《きんぽうげ》のように、憩っている」〔ボードレール「殉教の女」『悪の華』〕。ベンヤミンは、「この殉教についての詩にはアレゴリー的意図が働いている。つまりこの女はばらばらになるまで砕かれているのだ」〔V, 440 (J67a, 7)〕と言う。

ボードレールは商品——アレゴリー的事物——を「内側から」〔V, 415 (J56, 2)〕経験したのだ。つまりその経験自体が商品であったということだ。「〔〔ボードレールの詩の〕アレゴリーは、商品がこの世紀の人々の経験から何を作り出すかを表している」〔V, 413 (J55, 13)〕。それは最も生物的欲動にも影響する。

そして最後にわれらは、
……
竪琴の傲《おご》り高き司祭たるわれらは、
……

渇きもなく飲み、飢えもなく食った。〔ボードレール「真夜中の反省」『悪の華』V. 410（J54, 7）〕[71]

それは何より、リビドー的欲望に影響し、快楽の性本能を生殖という生の本能から切り離してしまう。ベンヤミンは「自分の仕事に疲れはてて」いる恋人たちを描くボードレールについての所見としてこう述べている。

サン＝シモン主義者たちのあいだでは、工場労働は性行為という観点のもとに現われる。労働の喜びという理念は、生殖の快楽のイメージにしたがって構想されているのだ。二〇年後にはこの関係は逆転する。つまり性行為そのものが、産業労働者に重くのしかかる喜びのない行為という特徴を帯びるのである。〔V. 464（J79, 5）〕

ボードレールの詩においては、商品の形態は、自己疎外、「婉曲的に「生きられた体験」と呼ばれる」〔「セントラルパーク」I. 681〕「内的生活の空洞化」〔V. 440（J67a. 5）〕として表現される。

ボードレールの比類なき重要性は、彼が最初に、そしてもっとも断固として、自己疎外された人間を語の二重の意味において逮捕された（*dingfest*）——つまり捕まえられ、拘束された——状態に置くという点にこそある。〔I. 681（J51a. 6）〕

経験は「枯れ果て」〔「セントラルパーク」I. 681〕、一連の「記念品」となる。「「記念品」は、商品が蒐集対象へと変質するときの典型的パターンである」〔「セントラルパーク」I. 689〕。ボードレールの詩においては、詩人自身の内面生活が、同じ運命に陥る。ベンヤミンの説明によると、記念品は「経験」を補うものである。記念品には人間の自己疎外の増大が現われている。つまり人間は自分の過去を、死んだ財産として記録しておくようになったのである。アレゴリーは一九世紀において外界を一掃したが、それは内面生活に棲みつくためであった。〔「セントラルパーク」I, 681〕[72]

「観想する者の中で比類のない存在」〔「セントラルパーク」I, 669〕であったボードレールは、自分の過去の人生の局面を打ち捨てられた持ち物の散乱した山にして、その目録を作り、その意味を思い出そうとし、それが「照応するもの」[73]を見つけようとした。「憂鬱Ⅱ」が明らかな例だ。

千年生きたのよりもなお多い思い出を、私はもつ。
銀行の勘定書きや、詩稿や、恋文や、訴訟の書類や、
恋唄や、領収書に巻き込んだ重い髪の房などが
ごたごた詰まった、引き出しの大箪笥も、
私の惨めな脳髄ほどに秘密を隠していはしない。
私の脳髄はピラミッド、巨大な地下の納骨堂、
共同墓地よりもたくさんの死者が埋まっている。
――私はお月様にもうとまれる墓場、
そこには、悔恨のように長い蛆虫たちがのたくり、
わがこよなく愛しい死者たちに、絶えず襲いかかる。
私はしおれた薔薇でいっぱいの、婦人の居間、

そこには、流行おくれの衣装が雑然と散らばる
〔ボードレール「憂鬱Ⅱ」『悪の華』V. 447（J71, 2）参照〕

ベンヤミンの主張は、これらうち捨てられた物がボードレールの空洞のメタファーではなく、源泉だということだ。[74] ベンヤミンは「ジャンヌ・デュヴァルが、ボードレールの最初の恋人だったことをつかんでおくこと」と書いている〔V. 360（J30, 8）〕。ジャンヌ・デュヴァルは、詩人の愛人となる娼婦で、彼女が本当に彼の最初の恋人だったなら、彼の成熟した欲望の根源そのものに、商品の経験があったことになる。彼女に書いた詩の中では、彼女は物象化され、動かず、無機的に——そしてそれゆえに、長くもつように——見える。物神に関して、

磨かれたその両の眼は、魅惑の金属でできているし、
この奇怪で象徴的な自然の中には
侵されぬ天使がスフィンクスに混じり、

すべてが黄金、鋼、光とダイヤモンドで、
そこに永久に輝くものは、無用の星さながら、
不妊の女の冷ややかな威厳。〔ボードレール「真珠母色の衣装をまとい」『悪の華』V. 411（J54a, 5）〕

そしてまた、「黒玉の眼をした彫像、青銅の額をした大いなる天使よ！」〔ボードレール「無題」『悪の華』V. 416（J56, 9）〕とも。

そのようなイメージは、性的快楽も「心地よさと根本的に対立する」〔「セントラルパーク」V. 675〕ことを露わにする。ジャンヌ・デュヴァルとの長い情事はボードレールにとってもっとも親密な人間関係であった。しかし「「有機的なもの」への深い抗議」〔同〕に満ちた彼が抱く彼女に対する欲望は、死体性愛に融け込む。ボードレールは彼女を「残忍な仕打ちにかけては多産な、盲で聾の機械」と描写しており、ベンヤミンはそれを受けて「サディスティックな想像力は、機械的構造物へと向かいがちである」〔V. 447（J77, 1）〕と述べる。ジャンヌ・デュヴァルに語りかける「お前を崇める」について、ベンヤミンは「この詩ほど明らかに、性がエロスに対抗している詩はほかにはない」と言う〔V. 450（J72a, 2）〕。詩の結びはこうである。

死骸目指して這いよる蛆虫の合唱隊のように、
私は進んで攻撃し、よじ登って襲いかかる。
私にはいとおしいのだ、おお情け容赦なく残酷なけだものよ。
君をわたしには一段と美しくする、その冷たさまでもが。〔ボードレール「夜の大空にも等しくお前を崇める」『悪の華』〕

6

最古の職業の売春は近代のメトロポリスにおいてはまったく新しい性質を帯びる。

売春は、大衆との親和的な交換の可能性を開く。しかし他方で、大衆が成立したのは大量生産が成立したのと同じ時期である。だが同時に売春は、私たちがごく日常的に用いる事物がだんだん大量生産品になってきた生活空間で、何とか我慢して生きてゆく可能性を、同時に含んでいるように思われる。大都市の売春においては、女自体が大量生産品になる。大都市生活がもつこのまったく新しい固有の印こそが、原罪という［古い］説をボードレールが受容したことの真の意味を与えるものなのだ。〔「セントラルパーク」I, 668〕

近代の売春はその「個人的表情」を覆い隠し、認められる類型へと包装するファッションと化粧のおかげで、「正確な意味」で大量生産品である。そして「のちに、お揃いの衣装を着たレビューの踊り子たちがこうした事態をさらに強調することになる」〔V. 437（J66, 8）〕。ベンヤミンによると、

娼婦のこの一面こそがボードレールの性的関心を決定づけていたことの何よりの証拠は、彼が娼婦を登場させるやり方はいろいろだが、その際、売春宿が背景になることは決してないのに対して、街路が背景になる例は数多いという点である。〔「セントラルパーク」I, 687〕

大量生産品には特有の魅力がある〔V. 427（J61a, 1）参照〕。ベンヤミンによれば、「新たな製造方式は様々な模造製品を生み出すことになるが、それとともに仮象が商品のうちに現われることになる」〔V. 436（J66, 4）〕。ボードレールもその陶酔を感じないわけではなかった。「群衆の中にいる楽しみは、数の増大の喜びの不思議な表れである」〔ボードレール　V. 369（J34a, 3）〕。しかしボードレールの「鍵となる位置を占めている」〔V. 4474（J84, 4）〕詩である「七人の老人」においては、この群衆の心地よい見せかけがはぎ取られる。この詩は大量生産の人間の観相学を暴いているとベンヤミンは言う。それは「ぞっとするような姿の老人が繰り返し七回現われる」という「不安を掻き立てる幻想」の形をとる〔一九三九年概要 V, 71〕。

腰はまがっているのではなく、二つに折れて、
背骨は脚と完全な直角をなしていたから、
手につく杖がそれに加わって仕上がる姿は、
不具《かたわ》の獣か［……］

同じ姿が後に続いた——鬚《ひげ》も、眼も、背も、杖も、襤褸《ぼろ》も、
同じ地獄から出てきた百歳のこの双生児を、
見分ける徴は何もなく、そしてこの無様な妖怪どもは、
いずこともしれぬ目標へ、同じ足取りで歩いて行った。

どんないかがわしい陰謀に私は引っかかったのか、
どういう邪な偶然が私をこんなに辱めたのか、
七回までも私は数えたのだ、刻一刻と、
数の殖えてゆくこのまがまがしい老人を！〔ボードレール「七人の老人」『悪の華』〕

この折れた老人は、そのぞっとするような奇怪さにもかかわらず、商品としての女性（図6．8）に劣らず産業都市の反復される「類型」であり、ベンヤミンは「七人の老人と［……］レビューの踊り子たち」〔V, 413〔J55, 10〕〕を直接結びつけている。両者はともに「最盛期資本主義における商品生産の弁証法」〔V, 417〔J56a, 109〕〕を——新しさの衝撃と、その同じものの絶えざる繰り返しを——表している。

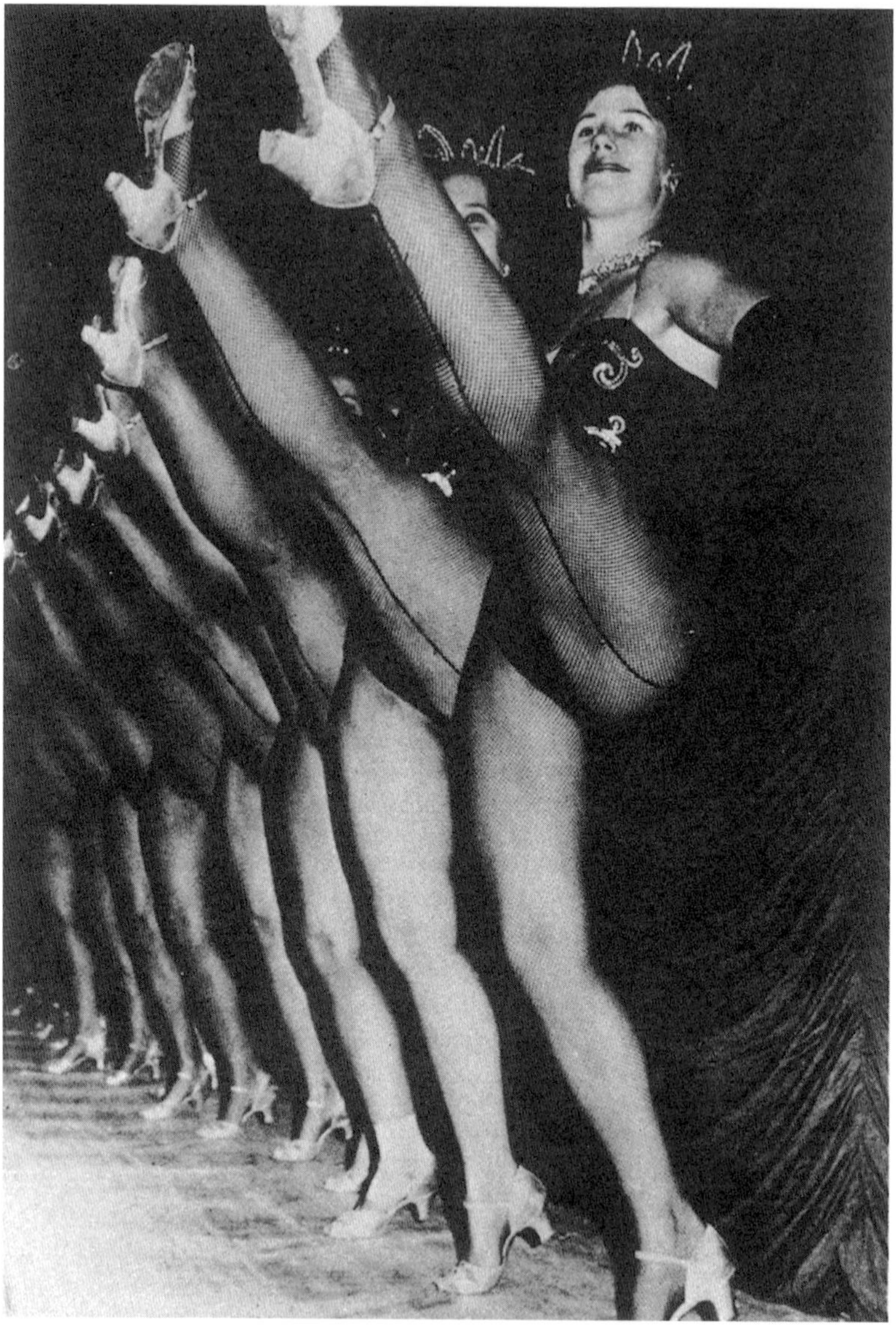

図 6.8 「ティラー・ガールズ」(ベルリン，ヴァイマール期)

大量生産商品が一般的な不安の源となる理由を説明して、ベンヤミンはこう述べる。

この〔「七人の老人」における〕ようにいつも同じものとして増殖してくる個人が描かれるということは、都会人がいくら奇抜な特異性を動員しても、もはや類型の魔法の環を断ち切ることができなくなってしまったことに対する不安の証拠である。〔一九三九年概要 V, 71〕

そして、ベンヤミンは特にボードレールについてこう述べている。

ボードレールの奇抜な性格は、自分の生き方が、そしてある程度までは自分の経歴さえもが、個人を超えた必然性をもつことを、こう言ってよければ、羞恥心から包み隠そうとするための仮面だった。〔V, 401 (J50, 1)〕

ボードレールのボヘミアン的な奇抜さは、順応を嫌う身振りであるだけでなく経済的必然性〔V, 370 (J35, 2) 参照〕でもあった。市場という新しい状況においては、詩の「独創性」は「アウラ」の喪失の犠牲となるだけでなく、工場生産の大量品となってしまうのだ。ベンヤミンはボードレールの初期の注目されずにいた詩篇「後光の紛失」は、「どれほど過大に評価してもしすぎということはない」意義をもつ詩であると主張する。それは、詩の天才の地位の変化を認め、「ショック体験を通じてアウラが脅かされている」〔V, 474 (J84a, 5)〕ことを明らかにしているからだ。この詩篇において、ボードレールは自分の後光をぬかるんだ舗道上で失くした話を語る。馬や馬車の「動く混沌」のなかで自分の首が折れてしまわないよう、彼はそこを去り、誰か「へぼ詩人」が、それを拾って、「自分を飾る」〔ボードレール「後光の紛失」『パリの憂鬱』〕かもしれないと面白がる。ベンヤミンは「後光の紛失に真っ先に見舞われるのは詩人である。詩人は己自身、市場に身を晒さざるをえない」〔V, 422（J59, 7）〕、したがってこれからは「アウラをひけらかすこと」は「五流詩人のやること」〔V, 475（J84a, 5）〕となると述べている。

ボードレールの詩におけるアウラの欠如には客観的な拠り所がある。「大量生産品はボードレールの目には縮図と映っていた」〔「セントラルパーク」I, 686〕。彼の詩は、星ですらその衝撃を免れえなかったことを証言している。「商品の判じ絵」として、星々は「大量のなかの常なる同一の反復」〔V, 429（J62, 5）〕であるのだ。

ベンヤミンは、ボードレールの空で「星が遠のいていく」のは、「遠さの魔術の断念」の手本であると考え、「まやかしの消失」であると考えていた〔V, 433（J64, 4）〕[75]。「ボードレールの作品のなかの星に関する主な箇所」を挙げながら、ベンヤミンは星の不在に関するもの（「闇夜」「星のない夜」など）が何より多いことに注目し〔V, 342, 43（J21a, 1）；（J58a, 3）参照〕、そこでは星の光が都市の照明にかなわないことについて語る〔V, 433（J64, 4）〕。

> 大気のなかには、不健康な魔物どもが、
> 事業家よろしく、重苦しく目を覚ましては、
> 飛び舞いながら、鎧戸や庇に頭をぶつける。
> 風に揺り動かされる微かな明かりの間を縫って、
> 売春が方々の街路に灯と点る。〔ボードレール「夕べの薄明」『悪の華』〕

「遠さという特異な現象」〔「セントラルパーク」I, 670〕[76]の他にアウラについて特徴的なのは、「眼差しが返される」〔同〕[77]という感覚である。ボードレールの形象ではまさにこれが拒まれている。

私は知っている、より憂いを帯びた眼を
［……］
御身自らよりも、おお天よ、虚ろで深い！〔ボードレール「嘘への愛」『悪の華』〕(78)

そしてまた、

きみの目の輝くさまは、まるで飾り窓か、
［……］借りものの力をあつかましくふりまわしている。〔ボードレール「きみは全宇宙を……招き入れかねない」『悪の華』〕

詩人は「眼差しを返さない、虚ろな眼の虜となって、いかなる幻想も抱くことなく、その支配下に赴いた」〔「ボードレールのいくつかのモティーフについて」I, 649〕。「心理の経済においては、大量生産品は強迫観念として出現する」〔V, 429（J62a, 1)〕。「ボードレールは限られた数の根本的な状況に繰り返し惹きつけられた。［……］彼は少なくとも一度は自分の主要モティーフの一つ一つに戻っていかなくてはならないという強迫感を抱いていたようだった」〔V, 414（J55a, 2)〕とベンヤミンは指摘している。これこそが『悪の華』の構造を決定づけるものであり、「詩の配列上の何らかのうまい工夫とか、ある秘密の鍵」〔「セントラルパーク」I, 658〕などがそうするのではないとベンヤミンは主張する。この反復の拠り所は、「ボードレールだけに固有の苦悩に満ちた経験の刻印が押されていない抒情的な主題を、すべて厳格に排除するところ」〔同〕にあった。さらに、ボードレールはこの内的心理的特性を市場の利益に変えたのだ。特に詩は脆弱な商品となる文学市場で勝ち抜こうとして〔V, 424（J60, 6; J59a, 2; J59a, 3）〕、自分自身の作品を他の詩人のものから際立たせなければならなかった〔V, 306（J3a, 4）〕。「彼は「紋切り型《ポンシフ》」を作ろうとしたのである。ルメートルは彼がそれに成功したと請け合っている」〔V, 423（J59a, 1）；（J52, 6）参照〕。

ボードレールは——商品の本性についての深い経験を通じて——市場を客観的な法廷と認めることができた、あるいはそうせざるをえなかった。［……］彼は市場にふさわしい独創性という観念をもった最初の人だったかもしれない。まさにそれゆえに彼の独創性（紋切り型を創造すること）は当時、他のあらゆる独創性にもまして独創的であった。この創造は、ある種の不寛容を含んでいた。ボードレールは自分の詩のための場所を作ろうとし、この目的のために、［……］競争相手である他の詩を排除したがった。〔「セントラルパーク」I, 664-65; V, 420（J58, 4）参照〕

ボードレールに憑きまとって離れない苦悩、彼の「特選品」(79)（いや、むしろ彼の商標〔V, 470（J82, 6; J82a, 1）〕）は「新たなるものの感覚」〔ボードレール V, 369（J34a, 1）〕であった。新しいものを「最高度の価値」〔一九三九年概要 V, 71〕にするのは、一八五二年にボードレールがとった美学的立場、「芸術のための芸術」(80)という戦略だった。順応を拒むものとして、それは「市場への芸術の従属に対する反乱」〔一九三五年概要 V, 56〕を行っている。しかし皮肉なことに、この「芸術の抵抗の最後の防御線」がそれを脅かす商品と混じりあうのだ。新しさは「モードが飽くことなくその代弁に当たる虚偽意識の精髄である」〔同 V, 55〕。それは、「鏡が他の鏡に映るように、絶えず同一なるものという仮象として映る」〔同〕。時間についての同じ弁証法がボードレール自身の感性のなかに隠されている。ボードレールは「ノスタルジーというものを知らなかった」〔「セントラルパーク」I, 673〕。同時に彼は進歩も放棄していた。

ボードレールの場合、「新しいもの」は進歩に何らの寄与も果たさないことは非常に重要である。〔……〕彼が普通の誤謬ではなく、異端、邪教としてとりわけ憎しみをこめて弾劾するのは、「進歩信仰」である。〔同 I, 687〕[81]

したがって、ボードレールが彼の時代の魔術幻灯《ファンタズマゴリア》に破壊的な攻撃を行う際の攻撃対象には、連続的な歴史の進行という「調和に満ちたファサード」が含まれる。それに代わって、彼の詩で表現されているのは（プルーストの言によれば）「奇妙な時間の切断」〔プルースト V. 390 (J44, 5)〕、「空虚な時間」〔V. 444 (J69a, 1)〕[82]の衝撃に似た区切りであり、その一つ一つが「警告」[83]のようである。彼の「憂鬱」は現在の瞬間とたった今過ごした瞬間との間に一世紀分もの長い時間を置く」〔V. 423 (J59a, 4)〕のだ。

連続性もなく、未来への確信もなく、ボードレールの「旅、未知のもの、新しいものに対する情熱」は「死を思わせるものへの愛着」〔ジャルー V. 366 (J33, 4)〕となる。「『悪の華』の最後の詩（「旅」）は詠じる――「おお死よ！ 老船長よ、時は来た！ 錨を揚げよう！」――と。遊歩者の最後の旅とは死出の旅なのだ。その目指す地は新しいものだ」〔一九三九年概要 V. 71〕。実際、「今日の人間のあり方からすれば、根本的な新しさはひとつしかない。そしてそれは常に同じ新しさである。すなわち死」〔「セントラルパーク」I, 668〕である。「憂鬱に満たされた者にとっては、埋葬された者こそが歴史の超越論的主体となる」〔V. 418 (J57, 5)〕。

ベンヤミンはボードレールの近代の時間の知覚は、彼だけに特異なものではなく、「永遠回帰の観念が、ほぼ同じ時期にボードレール、ブランキそしてニーチェの世界に入り込んだ」〔「セントラルパーク」I, 673〕[84]ことを「力をこめて」立証したがった。それゆえ、「ボードレールが彼の世界から追放する星々こそは、ブランキにおいて永遠回帰の舞台となるものである」〔同 I, 670: VI74 (D9, 1) 参照〕し、それが「宇宙のアレゴリー」〔V. 414 (J55a, 4)〕として「歴史を材料に大量生産品を作り出してしまう」〔V429 (J62a, 2)〕[85]ことになる。最盛期資本主義時代のこの三人は、幻想をもたずにいたことだけが共通しているのではなく、政治的な反応が不十分であったことでも共通していた。ニーチェが示したのは、ニヒリズムと断定であったし（「新しいことはもはやなにも起こらない」〔V. 425（J60, 7）〕）、ブランキは反乱の唱道と絶対的な宇宙についての絶望〔第四章五節参照〕であり、ボードレールに関しては、「雨か風につきかかっていくような無力な怒り」〔「セントラルパーク」I. 652〕となる。ボードレールにあったのはその程度の政治的知見でしかなく、そのせいでブランキと同じく陰謀にもてあそばれ、最終的にはその立場は憤怒から諦観に変わった。[86]

まこと、この私はと言えば、心安んじて出ていくだろう、
行動が夢の同胞ではないような世界からは。〔ボードレール「聖ペトロの否認」『悪の華』V. 456（J75, 2）〕

7

ボードレールの政治的立場への鍵は、「硬直した動揺」というイメージ、すなわち「いかなる発展もない」恒常的な不穏さにある――「硬直した動揺とは〔……〕ボードレール自身の生きざまを言い表したものである」〔J55a, 5〕。[87]アレゴリー的知覚が同じく陰謀としての政治という理解（宮廷の陰謀家〔本章三節参照〕）に結びついていたバロック時代には、「硬直した動揺を表す形象」は「髑髏の累々とした場の荒涼とした混乱」〔『ドイツ悲劇の根源』V. 410（J54, 5）〕である。だがバロックが外の自然に見出していた空虚さは、近代では資本主義固有の経験として内的世界をも侵犯している。かくして「バロックのアレゴリーは屍体を外側からだけ見ている。ボードレールはこれを内側からも見る」〔「セントラルパーク」I. 684〕ことになる。これはつまり、彼はまだ生きている身体で魂の死を経験し、物質の歴史をすでに「死後硬直に陥っている」〔同 I. 682〕世界として読み取っていたということだ。そしてまた、ボードレールにとっては、「地獄とは私たちの目前に迫っているものではなく、ここでのこの人生のことだ」とする「ストリンド

べリの考え」〔同 I, 683〕は逃れようのないものだった。

今あげた相違点は次の出来事におけるボードレールの反応を説明するのに役立つはずだ。イアサント・ラングロワの死の舞踏の歴史についての本で見つけた一六世紀の木版画（図6．9）に想を得て、ボードレールは一八五八年にブラックモンにこの版画を手本に『悪の華』第二版の口絵を描くように指示した。

ボードレールの指示はこうだった。「骸骨が高木状になっていて、脚と肋骨が幹をなし、十字に広げた腕には葉や芽が繁って、温室の中で見られるように、きちんと並べた数列の小さな鉢に植わった有毒植物を守っている。」〔V, 352（J26, 2）〕

ブラックモンのデッサン（図6．10）は、手本の主要なイメージにはきわめて忠実だが、ボードレールはひどく不満だった。ベンヤミンはこう書いている。

ブラックモンは明らかに面倒なことを言い、しかも詩人の意図を捉えそこなっている。というのも、骸骨の骨盤を花で覆い隠し、腕を枝の形に描いていないからである。さらにはボードレールの言うところによれば、ブラックモンはまた骸骨が高木状になっているとはいったいどういうことなのか理解しておらず、どうやって花の形で悪徳を表現していいのかも分からないのである。〔同〕

「結局ブラックモンによる詩人の肖像画が代わりに採用され」、この案は断念された〔同〕。しかし一八六六年フェリシアン・ロプスがボードレールの『漂着物』の口絵としてこの図案をふたたび取り上げた。ボードレールはこの新

図 6.9 『悪の華』第二版の口絵の手本としてボードレールが選んだ一六世紀木版画

図6.10　ボードレールが突き返したブラックモンによる『悪の華』第二版の口絵デッサン

図 6.11　ボードレールの『漂流物』の口絵（フェリシアン・ロプスのデッサン，1866 年）

しい絵（図6．11）は上出来だと考え、受け入れた。

「世界の歩みを妨げること――これがボードレールのうちにある一番強い決意だった」〔V. 401（J50, 2）〕。この意味では彼は、バロックのアレゴリー詩人たちのような受け身の憂鬱を超越していた。「ボードレールのアレゴリーは――バロックのそれと異なり――この世界に侵入し、その調和的な形成物を粉砕するために必要であった憤懣の痕跡を帯びている」〔「セントラルパーク」I. 671〕。しかしボードレールがそこに成功しているとしても、そしてまた彼が魂の救済というキリスト教の解決を拒んで、バロックのアレゴリー詩人たちが古い自然に対したよりも新しい自然により忠実でありつづけたとしても、(88) 彼は「廃墟に拘泥し続ける」〔V. 415（J56, 1）〕ほかに道はなかった。

ボードレールの破壊衝動は衰退していくものの廃棄には一切興味を示さない。その衝動はアレゴリーという形で表現されているが、このアレゴリーこそがその退行的傾向を構成するのである。しかし他方では、アレゴリーはまさにその破壊的狂乱において――芸術の仮象であれ、生の仮象であれ――耐えられるものに見せかける全体性とか有機性という変形を加える秩序から発したような、すべての「既成の秩序」なるものから生まれてくる仮象の追放に関わっているのである。そしてこれこそがアレゴリーの進歩的傾向なのである。〔V. 417（J57, 3）；（J56, 1）〕

パサージュ論において、ベンヤミン自身も神話に対抗してアレゴリーを実践した。しかしベンヤミンはアレゴリーの「退行的傾向」にも気づいていた。パサージュ論ではバロックのキリスト教的アレゴリーのもつ精神的超越性に含まれていた「自然への裏切り」を避けただけでなく、最終的に商品の歴史的経験の空虚さ、つまり常に同一のものとしての新しさを存在の本性として論じるにいたるボードレールや彼の同時代人の政治的な諦観も同じく避けようとした。物質世界を救済するためには、ボードレールの「アレゴリー的志向」よりはるかに大きな暴力性が求められることを示すことが必要だった。

破局の概念によってあらわされるような歴史過程は、思考する人間にとってはそれほど理解困難なものではない。それは回転させるごとに、秩序立っていたものが全部崩れて新しい秩序が作られる、子供の手に握られた万華鏡に比すことができる。このイメージの正当性には十分な根拠がある。支配者たちの概念は常に、秩序のイメージが作り出すのを手伝う鏡であった。万華鏡は打ち壊されねばならない。〔「セントラルパーク」I. 660; I. 1139 参照〕

第Ⅲ部

序

1

パサージュ論中の「ボードレール」というタイトルがついた束「J」は、数ある束のなかでも分量が一番多く、資料全体の二〇％以上を占める。一九二〇年代の終わりに書き始められ〔編者の覚書 V, 1262 参照〕[1]、最終的に独立したエッセーとなった。一九三七年にベンヤミンはボードレールに関する別の本の構想を得、それをパサージュ論の「ミニチュアモデル」〔ホルクハイマーへの手紙、一九三八年四月一六日付 V, 1164〕[2]にしようと考えていた。この構想は社会学研究所の財政援助を得て、一九三八年秋にその中心部分が仕上げられた。これが三節から成る現在では評判の悪い「ボードレールにおける第二帝政期パリ」となったのだが、アドルノは研究所を代表してこのエッセーを猛烈に批判した。アドルノは、形象と注釈のモンタージュ風な並置（ベンヤミンの概念の試金石そのもの）をひどい失敗だと考えたのだ。アドルノは「単純な事実を驚嘆したまま呈示」するのでは理論的（弁証法的）介在が欠けると主張した〔アドルノからの手紙、一九三八年一一月一〇日付 I, 1096〕[3]。エッセーの書き直しを求められ、ベンヤミンはその中心セクション（「遊歩者」）だけを取り出して書き直し、「ボードレールのいくつかのモティーフについて」というタイトルの論文とした。大きな変更を加えて事実より「理論的」なバージョンとなった中心部分の中心を一九三九年に研究所は喜んで受け取った。『パサージュ論』が出版された現在、その厖大な事実の集合を見れば、ひどく批判された最初のボードレール論の形式は、完成されたパサージュ論の「ミニチュアモデル」以上の意味をもつものだったことは異論の余地なく明らかだ。そうなるとベンヤミンが苦労して作りだした構築物の独創性に対するアドルノの否定的見解は、なおのこと致命的であったことがわかる。

最初のボードレールのエッセーが雛形的性質を持っていたことについては、ベンヤミンがジョルジュ・バタイユに託していた文書がつい最近発見された（現在はフランス国立図書館のバタイユ・アーカイブに収められている）[4]ことで、より明確な論拠が得られた。この文書の中に、ボードレール本の詳細な予備計画を含むフォルダーが入っていたのである。テーマ（「アレゴリー」「倦怠」「売春婦」「文学市場」「商品」など）に対応する見出し語がついた長いリスト中に、ベンヤミンはパサージュ論から、束「J」やほかの多様な隅まで漁って断片を集め、それをアルファベットと数字によって整理している。このリストは大まかに順序づけられており、ボードレールの「本」[5]を作り上げていく途中段階のつもりであったようだ。一九三八年夏に実際に最初のボードレールのエッセーを組み立てるとき、彼はそのリストを見直し、（およそ半分程度までに）数を減らしたうえで、三部構成の概要に合わせて組み直した。その中の第二部を練り上げて、完成版の「ボードレールの第二帝政期パリ」と完全に一致する順序に記述を配置した（それに対して二つ目のボードレールのエッセーの概要はフォルダー中には入っていない）[6]。この最初のエッセーはパサージュ論の断片をつなぐ理論的モルタルがほとんどない状態で構成されていたので、乾いた壁のように直立し、アドルノが正しく見極めたように（そして彼にとっては嘆かわしいことに）モンタージュ原理が全体を支配していた。

バタイユのアーカイブに入っている文書には、パサージュ論全体のプランが含まれているのではないかという初めの予想は外れた[7]。ボードレールの構想がベンヤミンにとってどの程度重要な意味をもつようになったかについてはいまだに議論が分かれる。このアーカイブの文書に関する徹底した報告文の中で[8]、ミヒャエル・エスパーニュとミヒャエル・ヴェルナーは、ベンヤミンはボードレール研究を「失敗に終わった」〔エスパーニュ／ヴェルナー 648〕パサージュ論に取って代わらせたのだと強く主張している。彼らの主張は、パサージュ論の資料中のきわめて大きな割合を占める部分がボードレールの覚書に入り込んでいるという事実を根拠としている。しかしこの資料の大半が束「J」からのもので、他の三五の束に関しては、多少は反映されているが、きわめて限られた数になっている。しかも一九三五年と一九三九年の概要でボードレール同様に重要な位置に置かれていたフーリエやグランヴィル、オースマンのような歴史的人物は、事実上まったく含まれていない。さらに、もし本当にパサージュ論をあきらめたのだとすれば、どうしてベンヤミンが一九三七年から四〇年の間にも、束「J」を含めた三六全ての束に資料を足していったのか、いや実際、「歴史的状況」一般についてとベンヤミンの経済的苦境に言及しただけで、彼の最大の論考企画を止めてしまうような差し迫った知的動機があったと言えるのかについて、彼ら二人はまったく答えを出していない。[9][10] 彼らはボードレールのエッセーはパサージュ論からの「借出し」としては独自なものであると考えさせたがっているが、実際には一九二七年以降、ベンヤミンはパサージュ論と直接関連がないものはほとんど書いておらず、しばしばパサージュ論から直接「借用」しているか、時には同じ引用や想念を異なった〔コン〕テクストにおいて、しかも、異なった目的のために利用している。パサージュ論のファイルは、ベンヤミンにとって研究や考察のための有用な語集の役を果たしていたのだ。いやより正確には、それは歴史の記録の倉庫であり、理論的装備への供給源であった。三〇年代にはベンヤミンはそれをもとに広範な文学・歴史関連の著述を行ったのである。[11]

バタイユのアーカイブはこうしたことすべてを明らかにしてくれた。しかしながら、ベンヤミンがパサージュ論を「失敗に終わった」構想であると考えたとか、ボードレールの研究がそれに代わるものとなったとする証拠はまったく見当たらない。それどころか〔最初のボードレールのエッセーをちょうど書き終えた〕一九三八年八月にベンヤミンは両者の関係についてはっきりと述べている。「この本は「パサージュ論」と同じではない。しかしそこには後者の題目の下に集められたかなりの量の情報資料が含まれているだけでなく、相当数のより哲学的な内容も含まれている」〔ホルクハイマーへの手紙、一九三八年八月二八日付 I. 1086〕。翌月、完成したエッセーとともにホルクハイマーに宛

てた手紙はこの間の事情を、より明らかにしてくれる。(12)

知っての通り、ボードレール論はもともとパサージュ論の中の一章として、終わりから二つ目の章として計画されたものです。したがって進行中のこの論が完成できなければ書けるものではないし、前の数章を欠いては理解できないものになるでしょう。僕自身このボードレール論はパサージュ論の一章としてではなくても、少なくとも最大限の視野をもった拡張的エッセーとして［研究所の］所報に載せることができるだろうと考えることは、長い間差し控えていました。しかしこの夏のあいだに、もう少し控えめな分量でただしパサージュ論の構想を裏切らないボードレール論は、ボードレール本の一部としてのみ存在しうるということを認識したのです。同封したのは、正確に言えば、一緒にまとまればある程度自足的になり、ボードレール本の第二部となる、そのような三つの独立したエッセーです。この本は、パサージュ論の哲学的要素の決定的なものを、願わくば、決定的な形で定着させようとしたものです。もとのアウトラインの他に、パサージュ論の基本的構想を実現する別の機会を与えてくれる材料があるとすれば、それはボードレールだったのです。だからこそ、パサージュ論の欠くことのできない構成的要素と素材的要素の方向性が、このボードレールという主題自体から、おのずと展開していくことになるのです。［ホルクハイマーへの手紙、一九三八年九月二八日付 V, 1167］(13)

ベンヤミンの言葉を信じれば、パサージュ論はいまだに彼の関心から外れていない。それは彼の主要な関心であって、ボードレールの本はパサージュ論の下に置かれ、その逆ではない。(14)言いかえれば、研究所から「ボードレール本」を出すように要求されているなかで、ベンヤミンは新たな別名のもとで、パサージュ論の仕事を続けていたということだ。

計画されたボードレール本が最初もっとも大きな仕事の一章として思いつかれていたとして、二つの概要の文章にあれほど凝縮され、要約されていた「章」のすべてが、最終的に単独で存在しうるし、事実すべきであるというところまで拡張されたかもしれないと考えるのは、それほど理にかなっていないことだろうか。[15] ベンヤミン自身はこの可能性について少なくとも二つのケースを想定していた。[16]「ボードレールの章が今経ている展開の仕方は、パサージュ論の二つの章に、一つはグランヴィル、もう一つはオースマンの章のためにとっておくことができると思う」〔ホルクハイマーへの手紙、一九三八年九月二八日付 V. 1168〕。[17]

今では一〇年以上も継続している研究が持つ歴史的意義をさらに発展させるために、ベンヤミンがパサージュ論を、同一の理論的装備のうちにおかれた一連の著作へと分解するかもしれないという可能性は、パサージュ論が「失敗に終わった」どころか、反対に成功しすぎたことを示す証左ではないだろうか。

2

最初のボードレールのエッセーを同封したホルクハイマーへの手紙の中で、ベンヤミンはこのエッセーは、形式と言う意味でのみ「自己充足」していると書いている。なぜなら、「本全体の哲学的基盤を可視化しておらず、またそうすべきでもない」〔同『書簡』II. 774〕からだ。それは、この本の結論部分で初めて起こり得る〔アドルノへの手紙、一九三八年一〇月四日付『書簡』II. 778〕。彼はこの本の弁証法的形式となる「テーゼ」「アンチテーゼ」「止揚」という三部構成についてのプランを説明している。「この構成において、最初の部分はアレゴリー詩人としてのボードレールと言うテーゼだ」。〔彼が送付したエッセーである〕第二部は、「第一部の美学的理論の問題に背を向けて、詩人についての社会批判的解釈をする」というもので、「詩人の業績の限界」を指摘するものである。この部分は「マルクス主義的解釈の前提条件であるが、それ自体で自足するものではない」。「詩的物象としての商品という題になる予定」の第三部に入ってはじめて、マルクス主義的解釈が成り立ちうるはずだ〔ホルクハイマーへの手紙、一九三八年九月二八日付『書簡』II, 774-775〕。ベンヤミンがボードレール研究の理論的モティーフを展開した一九三八年の「セントラルパーク」を読むと、「この本の結論のためにとっておきたい」特別の問題があったことが分かる。

アレゴリー詩人同様に、少なくとも外見上は徹頭徹尾、反時代的な振る舞い方が、この一九世紀の詩作品のなかで第一等の地位を占めるということがどうして起こり得るのか。〔「セントラルパーク」V, 677〕

読者はこの引用に覚えがあるだろう。この問いに対するベンヤミンの解答について第六章で考察したばかりだからだ〔第六章4参照〕。パサージュ論の議論とその時点でのボードレール本を融合することに正当性はあるだろうか。ベンヤミンはイエスと答える理由を十分与えている――ただしパサージュ論自体を止めてしまうという含みはまったくない。一九三八年にベンヤミンはホルクハイマーに「古いパサージュ論の基本テーマである新しいが常に同じであるもの」がはじめて「展開されるはず」のボードレール本の第三部の「モティーフの自律的集団」について書き送っている〔ホルクハイマーへの手紙、一九三八年九月二八日付『書簡』II, 774〕。また翌週にアドルノに送った手紙で、ベンヤミンはこう続けている。「基本思想がパサージュ論とはっきり一致してゆくのを証明することは第三部に委ねられている」〔アドルノへの手紙、一九三八年一〇月四日付 V, 1168〕。

「失敗に終わった」パサージュ論という自分たちの立論に沿って、エスパーニュとヴェルナーはその後に続く一九三九年の概要の大幅な変更に反映されたボードレール本の仕事は、パサージュ論の哲学的概念における基本的な転換を表すものであり、そのため、それがきわめて深刻な内的矛盾に至り、ついには全体を覆しそうになっていたと論じている（しかし実際には一九三九年の概要の変更には、新しい序論の追加や、ブランキのテクストに基づく結論[18]、それに「フーリエ」や「ルイ・フィリップ」における「拡張的変更」〔ホルクハイマーへの手紙、一九三八年九月二八日付 V,

1171〕も加えられている）。それらは特に「商品形態の継続的現象」と「弁証法的形象が含意する不連続性」[20]の矛盾に言及している。[19]

重要なのは、この両義性が新しいものではなかったという点である。そのもとを辿れば、パサージュ論のそもそも始まりからつきまとった解釈の歴史的極と形而上学的極の間の緊張に至る（いやそれを言えば、もっと以前のドイツ悲劇研究の覚書にあった「形而上学的追求と歴史的追求――裏返しになった靴下」〔第一章4節参照〕を思い出させる）。この理論枠がいかに問題含みであったにせよ〔第七章で検討〕、一九三八年に突然そうなったわけではない。「弁証法的形象」にはヘーゲルの概念と同じ数だけの理論レベルがある。それは座標軸を与えることで、対照的概念を結晶化させる見方である。ベンヤミンの概念化の仕方は、（たとえ弁証法的形象が照らし出す真実は、歴史的には過ぎ去るものであっても）本質的に静的である。[21] 彼はもろもろの哲学概念を、対立しあう観念の座標上の和解し合わない一時的な対立の領域に、視覚的に配置する。そこでは対立の「止揚／統合」が向かう先は、解決ではなく、両軸の交差点となる。事実――両者が同時に存在することにエスパーニュとヴェルナーがあれほど困惑した――連続性／非連続性という項が古いと同時に新しいものとしての近代性の弁証法的な「視覚性」と結びついて、パサージュ論の最初の覚書に登場したのは、まさにこの交差する座標軸としてであった。それは近代世界の「基本的座標」として理解されるべきものなのだ〔アドルノからベンヤミンへの手紙、一九三八年一一月一〇日付 I, 1096〕〔V, 1011（G°, 19）〕。[22]

3

ここでベンヤミンが座標という形で考察したこの観念を展開してみることにしよう。両極へと概念が展開されていく様は、互いに交差しあう座標軸の対照的な極として視覚化され、両軸の座標領域として矛盾しあう「局面」をもちながら、ゼロ地点で「弁証法的形象」を顕現させる。エスパーニュとヴェルナーの疑念に対して、座標のパターンは

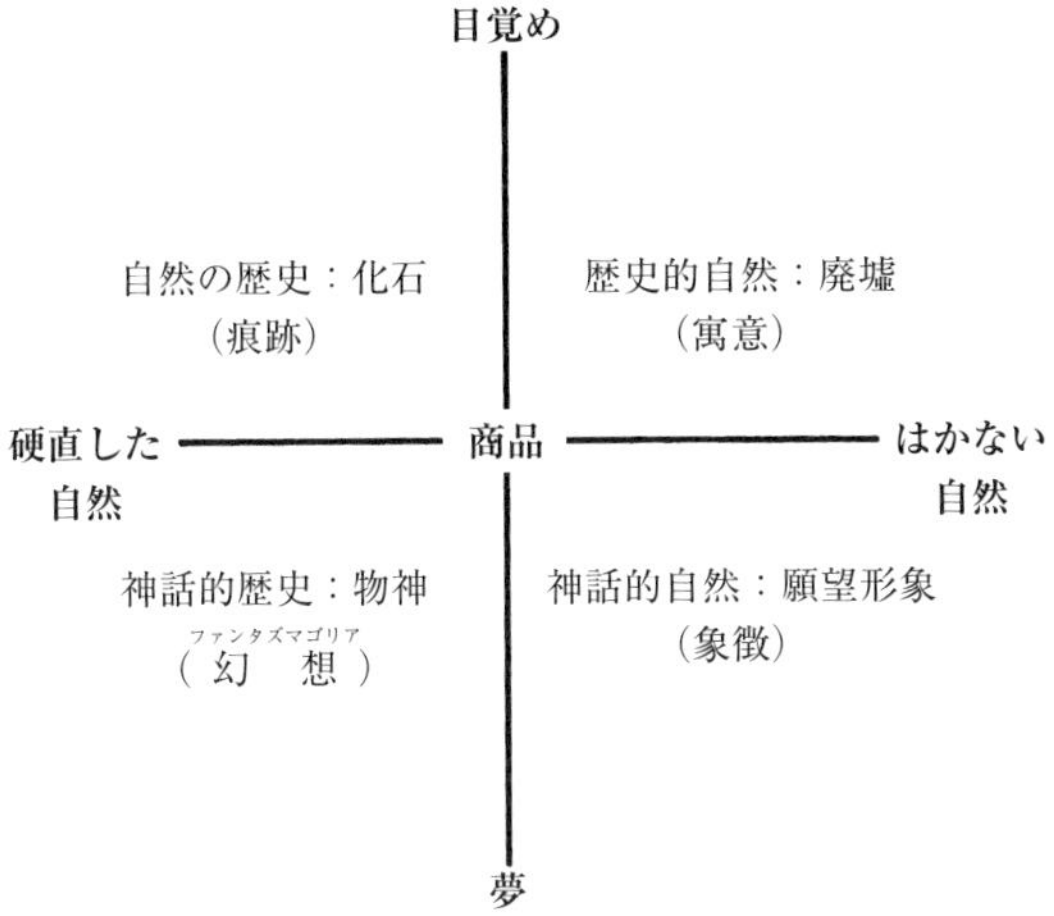

図解D

パサージュ論の歴史研究調査の目に見えない構造の役割を果たしており、パサージュ論の一見バラバラな概念要素が一貫性を保てるようにしているとまで示唆してみようか。この座標におなじみのヘーゲルの両極の名称——意識と現実——を用いることもできる。終端を対照的両極とすれば、現実の座標軸上には、「硬直化した自然／はかない自然」を置き、一方意識の座標軸上には、「夢／目覚め」を置くことができるだろう。座標が交差するゼロ地点には、一九三五年頃までにはパサージュ論の構想の「中心」[23]に立つにいたった「弁証法的形象」である「商品」を置くことができるだろう。座標軸で区切られたそれぞれの領域は、商品の矛盾する「複数の顔の一つ」を示して、その顔貌のそれぞれの特性——物神と化石、そして願望形象と廃墟——を描いて見せているのだ。領域の位置づけをするとき、はかなさの記号のもとにあるものが、是認されるべきものとなるだろう。図解Dはパサージュ論の目に見えない内的構造を表している。

ここでは化石は、「根源現象」の目に見える遺物として、根源史の言説における商品を呼ぶ名となっている。ベンヤミンが初期に用いていた消費者の恐竜や近代の氷河期という比喩は後退していっても、「痕跡」という観念[24]において、ベンヤミンは化石の顔貌——ブルジョアジーの室内のプラシ天や、ベルベットの容器の裏張りなどに特に可視化された事象の刻印（ここで根源史が歴史の「痕跡」を手掛かりとする探偵小説に変わる）——は用い続けた。物神は、捕えられた歴史形式である神話の幻想《ファンタズマゴリア》としての商品を示すキーワードである。それは新しい自然の物象化された形態であり、近代の常に同じである新しさという地獄行きが言い渡されている。しかしこの物神化された幻想は、人間的な社会主義の可能性が凍結され、それを目覚めさせることができる集団的政治的アクションを待ち受ける産業化された自然の形態でもある。願望形象は、その可能性がもつはかない夢の形態である。そこでは時代遅れな意味が目覚めの「弁証法」を期待して回帰するのだ。ボードレールのアレゴリー的な詩において意図的に創り出された廃墟は、過去の世紀の願望形象が現在において雑多な瓦礫の山として現われ出る形式である。しかしそれはまた（意味論と物質の両方の）緩んだ建物のブロックも指しており、そのブロックから、新たな秩序が構築されうるのだ。蒐集家、ゴミ拾い[25]、そして探偵が化石や廃墟の領域をさまようのに対し、売春婦や賭博師や遊歩者の活動領域は願望形象と、幻想としての物神の座標領域であることに注意してもらいたい。オースマンは新しい幻想を構築した。グランヴィルはそれを批判的に表象した。フーリエの空想は願望形象であり、夢の象徴として表現された未来の期待である。ボードレールの形象は廃墟であり、アレゴリー的事象として表現された失墜した物質である。

4

すでに気づかれたかもしれないが、この座標のイメージは、第Ⅱ部でみてきたパサージュ論の歴史的資料の提示を支えている。読解の図式としてこの座標を用いたのは、この図式によってパサージュ論構想の濃密で複層的な要素を「不連続な」対照的二極性を損なうことなく、連続性や一貫性をもって扱うことを可能にしてくれるからだ。実際にパサージュ論のどこにもこの座標は置かれていない。それはバーチャルなものであって、明白な姿を現すものではない。しかしベンヤミンがごく若い時から座標を思考法の一つとして用いていたことは資料から分かる。ショーレムによれば、ベンヤミンは自分の新しい思考をよく「座標システム」として語ったらしい[26]。ドイツ悲劇研究では、悲劇（*Trauerspiel*）の観念を「自然と歴史の特異な交差」と説明して、その「中立点」が「はかなさ」であると述べている。そして大体において「観念」は、諸要素が秩序付けられる「概念領域」を区切る両極から生じるものとされている。しかし座標への最初の、そしてもっとも強烈な言及と言えば、一九一九年の論文「ドイツ・ロマン主義における芸術の概念」における言及で、意識的に意図されていなくとも、そのような秩序付けを明白に正当化している。ロマン主義は体系的に考えないという批判に対して、ベンヤミンはこう述べている。「彼らの思考は、体系的傾向によって決定されており」、

あるいは、正確に無難な表現をすれば、〔彼らの思考は〕体系的思考プロセスと関係づけられることを許容し、事実、正確に選択された座標系に投入されうるようになっている。ただし、ロマン主義がこの体系をすべて自分で完全に生み出したかどうかは別の話である。〔「ドイツ・ロマン主義における芸術の概念」V. I, 41〕

なるほど、ベンヤミンの出版された著作においては明白に座標系として考えられた「観念」の例は一つしかない[27]。それも一時的で重要ではないものである。それは二つ目のボードレールのエッセーの注のなかにあり、エッセー全体を覆うものとしてではなく、身体活動全般の観念中の一つの領域である「怠惰」という単一のモティーフの概念的位置づけを説明している（図解E）〔I. 1177〕。

たしかにこの座標は「弁証法的形象」の概念やベンヤミンの思考の視覚的図式まで網羅したものではない[28]。図解Dの座標系に、一九二七年から一九四〇年の間に集められたパサージュ論の素材の全体をひと目で見渡すことができる

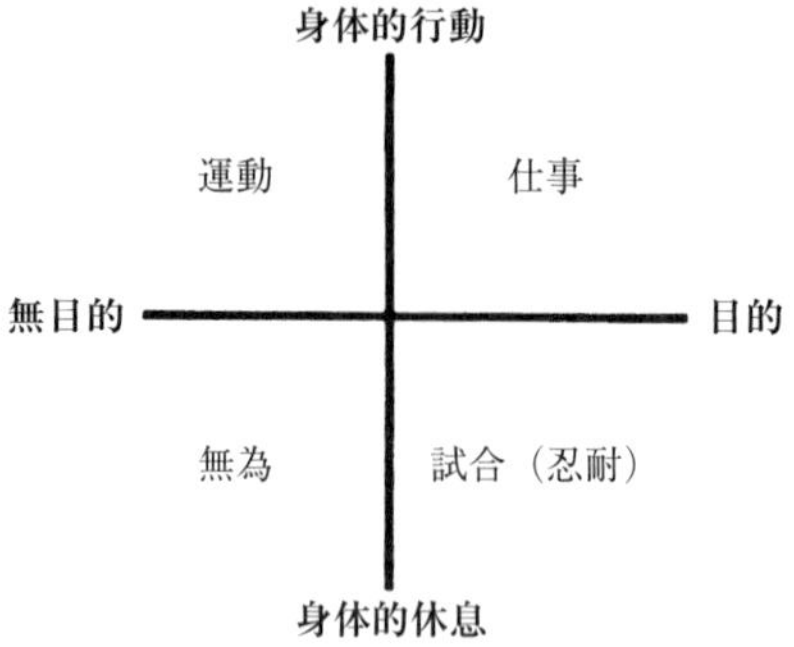

図解Ｅ

ように一貫性を持たせるために最初に作ったという自己発見的価値以上の地位を要求する根拠はない。そしてまた、ベンヤミン自身が、著者自身が明白に述べていない時でさえ、そのような「体系的傾向」の発見を促している――少なくとも、そうであると著者である私バックモースがこの座標を概念枠として用いたときに思った――という事実を除いては。したがって、（エスパーニュとヴェルナーが見ていたちょうどその箇所に[29]かつては直観的にしか正しいと思われなかった座標化の試みが、遠回しにではあるが明瞭な確証として見出されたのは驚きだった。バタイユ・アーカイブのなかのベンヤミンのパリ草稿はボードレール本への注（図解F）を含んでいた。思い出していただきたいのだが、それはパサージュ論の「ミニチュアモデル」となるはずのもので、そこには言葉によって座標系の説明が含まれている――「座標の図式は、視覚化された場合、一一の概念を含むことになる。四つは座標軸の終端で、四つは領域、二つは座標軸、そしてあと一つは交差する点である」[30]。さらにその本の「第三部」（それがパサージュ論の思考との「顕著な交差」を示すための部分であったことを思い出していただきたい）の図式として、「交差する座標軸の中央」に、一九三四年以来パサージュ論の「中心点」であった「商品」が立つことになっていた。

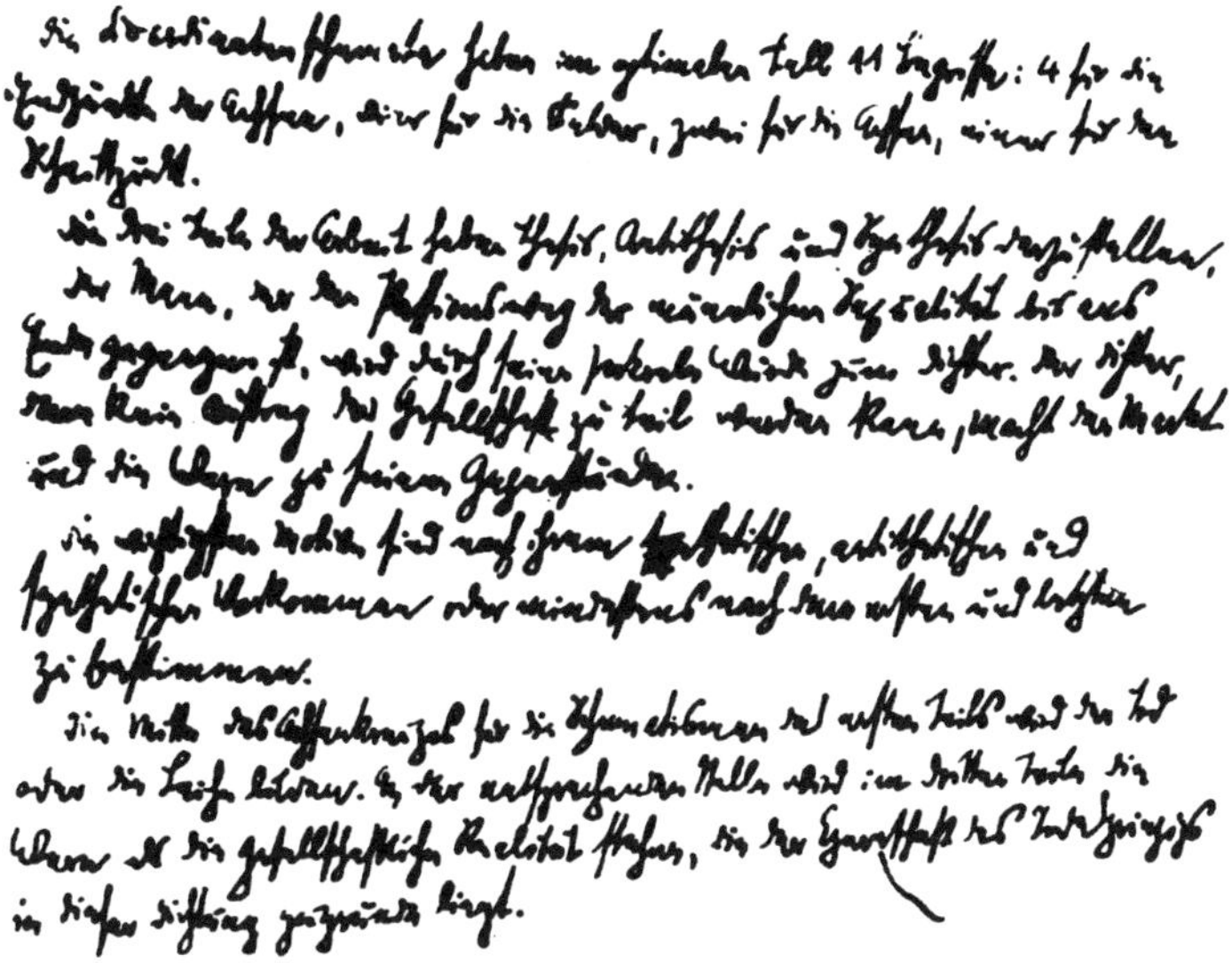

図解F

座標の図式は，視覚化された場合，11の概念を含むことになる．4つは座標軸の終端で，4つは領域，2つは座標軸，そしてあと1つは交差する点である．

論文の3つの部分は，これまでのところテーゼ，アンチテーゼ，統合をもっている．

男性のセクシュアリティの道をはるばる進む人は，その聖なる価値によって，詩人になる．社会的使命が与えられない詩人は，市場と商品を自分の目的にする．

死，あるいは死体が，第一部のスキーマの交差点の中心となる．それに対応する第三部の交差点には，この詩における死の原則の支配を支える社会的現実としての商品が立つだろう．

5

しかしながらそのような概念の筋書きは、パサージュ論の第二の時間レベル、すなわちベンヤミン自身が生きた歴史的時代について考察するまでは、本当には意味深いものにはならない。パサージュ論の意味深長な構造全体は、一九世紀をベンヤミンの「現在」につなぐ時間軸において眺められなければならない。言い換えれば、寓意表象を歴史哲学に、歴史形象を政治的教育に変えることによって、爆発的な推進力に満ちた弁証法的形象を与える次元において、眺められなければならない。この歴史的座標軸を構築することが次の三章の要点である。

第七章　これは哲学か

1

この仕事はどのようにして書かれたのだろうか。偶然がわずかばかりの足がかりを提供してくれるかどうかに左右されながら、一段一段登っていくようにして書かれた。それは、危険な高所にまでよじ登る人が、もしも眩暈を起こしたくなかったら一瞬たりとも周りをみてはならないのと同じだ（だが、それは、彼の周りに広がる眺望《パノラマ》の迫力を味わうのを一番最後にとっておくためである）。〔V, 575 (N2, 4)〕

一九三五年にアドルノはベンヤミンへの手紙でパサージュ論を「歴史社会学の研究調査」としてではなく、「第一哲学」と考えたいと書いている。

私の見るところでは、「パサージュ」論は、単にあなたの哲学の核心であるだけでなく、今日哲学が語りうる決定的な言葉でもあるのです。かけがえのない名作であり、あらゆる意味で——私的な意味でも、客観的な成果という意味でも——決定的な仕事です。ですから、この仕事の内的な要求が少しでも低められることは、そしてそれに必然的にともなって、あなたの本来の諸カテゴリーがひとつでも断念されることは、私には、大惨事であり、救いがたい事態だと思われます。〔アドルノからの手紙、一九三五年五月二〇日付　バタイユ・アーカイブ封筒5〕

アドルノによれば、ベンヤミンはブレヒトの影響を避ける必要があるだけではない[1]。社会研究所への理論的な「譲歩」さえも「不運」[2]なのだ。そしてアドルノはベンヤミンに研究所からの財政的支援は他の論文については受け入れられるが、このケースでは避けるべきだと警告している[3]。

翌週、グレーテル・カルプルスが、〔夫の〕アドルノの懸念をなぞるように、ベルリンからこう書いている。

今、一番私の心にかかっているもの、それはパサージュ論です。去年の九月のデンマークでの会話を思い出して、とても当惑しています。どちらの企画を実現しようとなさっているか、本当にわからないのですもの。フリッツ〔研究所のポロック〕が、覚書〔ポロックにベンヤミンが書くことを同意したばかりの一九三五年概要のこと〕に肩入れしていると聞いて驚いています。それでは、『社会研究誌』〔研究所の紀要〕に書くつもりなのですか。私から見ればそれはとても危険なことです。枠がずっと狭まるでしょうし、あなたの本当の友たちが数年来待ち望んでいる[4]〔……〕大きな哲学的論文を書くことはできなくなるでしょう。〔カルプルスからの手紙、一九三五年五月二八日付　V, 115〕

二人の手紙は、研究所の「批判的理論」がベンヤミンの著書の知的コンテクストとしてふさわしくないのではないかという懸念だけでなく、ベンヤミンの友人たちがパサージュ論に対して抱いていた並々ならぬ期待の高さも示しているという意味で、大いに参考になる。現実的にはベンヤミンはこの構想を研究所の経済的支援なしで仕上げる余裕はなかった。研究所が残り数篇の論文にしか支援をしないとなれば、パサージュ論の仕事はあきらめなければならなかっただろう〔一九三五年五月三一日付、アドルノへの返答 V, 1116-19 参照〕。そのうえ、ベンヤミンはこの概要は研究所に誘われて書いたとはいえ、「どこにも譲歩などしていないし、私の知る限りでは、今のところ、どの派も、あわてそんな申し出をしそうにもない」〔ショーレムへの手紙、一九三五年五月二〇日付 V, 1112〕。研究所が彼の構想に知的な拘束をかけようとするかもしれないという可能性は、財政支援を失うかもしれないことに比べたら、ベンヤミンからみればはるかに小さな危険であった。パサージュ研究が哲学の傑作を生み出すだろうという期待に関しては、ベンヤミン自身の評価はそれほど英雄めいたものではなく政治的立場に基づいていた。一九三五年の概要は、「正統マルクス主義」を避けながらも、「マルクス主義的議論」に「しっかりした足場」を確立し、その意味で哲学的貢献をしたのである。

ある仕事に内在する哲学は、用語より立場に結びつくものだから、私としてはすでにこれは、フェリーツィタス〔G・カルプルス〕のいう、あの「大きな哲学的論文」——この呼び方は僕にはあまり迫ってくるものがないが——の概要そのものであると考える。君の知るとおり、僕にとって何より重要な問題は、「一九世紀の根源史」であるだからだ。〔アドルノへの手紙、一九三五年五月三一日付 V, 1118〕

2

ということは、この「一九世紀の根源史」は哲学的構築物として意図されていたことになる。束「N」に集められた断片的な覚書において（その多くが歴史哲学テーゼに投入されたが[5]）、ベンヤミンは自分の方法について説明しており、それは歴史と哲学の両方の伝統的概念を破壊寸前まで歪ませるものだと言わなくてはなるまい。それは近代史の

「ゴミの山」〔V. 575（N2, 6）〕――哲学に蔑まれた経験的特殊性、転換する意味、そして何よりはかなさといった性質に完全に染まった商品生産の廃墟、「屑とゴミ」〔V. 574（N1a, 8）〕――に真理を求めることで、哲学の規範と完全に手を切ったものだった。

「時代を超えた永遠の真理」などという概念とはきっぱり袂を分かつのがよい〔V. 578（N3, 2）〕。

「真理が私たちから逃げていくことはないだろう」〔……〕ここで表現されている真理概念こそ、この仕事のなかで決別されるべきものである。〔V. 579（N3a, 1）〕

過去の再構築として、事象を「本当にあったままに」見せるというフォン・ランケの神聖な原則を、ベンヤミンの方法は容赦なく踏みにじった。彼によればそのような歴史は「この〔一九〕世紀のもっとも強力な麻酔剤であった」〔V. 578（N3, 4）〕。ベンヤミンは感情移入した「理解」〔V. 594（N10, 4）〕という因習には全く関心を持っていなかった。むしろ彼が目指したのは、歴史的事象を、伝達のプロセスにおいて挿入された虚構の欺瞞的物語――法、宗教、芸術など(6)――の発展的歴史から切り離すことで、「救い出す」〔V. 591（N9, 4）参照〕ことであった。根源史は徹頭徹尾、政治的知識であり、革命的マルクス主義的教育以外のなにものでもない。ただしマルクス主義と言ってもその理論装備はやはり非正統的であった。(7)パサージュ論に取り組んでいる過程で、ベンヤミンは自分のことを「史的唯物論者」と呼ぶようになったが、自分がこの名称にまったく新しい意味を与えていることを十分認識していた。

もっとも重要で、もっとも困難なのは、本の「構成」となりそうだった。彼はグレーテル・カルプルスへの手紙で一九三五年の概要には「構成的な契機」がいまだ登場していないと書いている。

A5 判上製 320 頁　定価 3990 円
ISBN978-4-326-50391-9

都市の環境倫理
持続可能性、都市における自然、アメニティ

吉永明弘

多くの人が都市に住む現在、望ましい都市環境の姿を考えることが環境倫理を自覚的・具体的に構築する為の有効なアプローチである。

A5 判並製 244 頁　定価 2310 円
ISBN978-4-326-60260-5

社会の音響学
ルーマン派システム論から法現象を見る

毛利康俊

法現象を方法的かつ体系的に観察するためにルーマン理論を使い倒す！

A5 判上製 372 頁　定価 4410 円
ISBN978-4-326-60262-9

A5 判並製 256 頁　定価 2415 円
ISBN978-4-326-60258-2

子どものいない校庭
都市戦略にゆらぐ学校空間

高久聡司

「子どものため」という善意？　校庭にひそむ「教育」「子ども」「望ましい空間」をめぐってせめぎ合う大人の欲望を歴史的に明らかにする。

A5 判上製 224 頁　定価 3360 円
ISBN978-4-326-60261-2

はじき出された子どもたち
社会的養護児童と「家庭」概念の歴史社会学

土屋 敦

「理想の家庭」像がつくられる過程を、家庭からはじき出された子どもたちへの処遇変遷を通じて描く、もうひとつの近代家族形成史。

A5 判上製 320 頁　定価 4200 円
ISBN978-4-326-60263-6

それがきみたち〔カルプルスとアドルノ〕の暗示する方向に向かいうるかどうかは、今はまだはっきりとは言えない。とにかく確かなことは、構成的な契機がこの本に対してもつ意味は、錬金術に対して賢者の石がもつ意味に等しいということだ。さしあたり言えることは、構成的な契機が、本書の立つ位置と従来の伝統的な歴史研究との対立関係を新しく、簡明な仕方で要約して見せるに違いないということだけだ。どのように？　それはまだ見えてきていない。〔カルプルスへの手紙、一九三五年八月一六日付 V. 1139〕

ベンヤミンは少なくとも一つのことは確信していた。必要とされるのは線状的ではなく視覚的な論理だ――つまり概念はモンタージュの認識論的原理にしたがって[8]イマジスト的に構成されるべきである――と。[9]一九世紀の事象は現在の根源として可視化されるべきで、[10]同時に進歩という前提すべてを厳密に排除しなければならなかった。[11]「過去の断片が現在のアクチュアリティに触れるためには、両者の間に連続性があってはならない」〔V. 587（N7, 7）〕。さらにベンヤミンは「「構成」は「破壊」を前提としている」〔V. 587（N7, 6）〕と付け足す。歴史的事象はまず歴史の連続体を爆破しそこからもぎ取られて構成される。[12]それらは「モナド的論理構造」をもち、そこに歴史の「諸力や関心の全体が新たに若返った形で加わっていく」〔V. 594（N10, 3）〕のだ。「真理は［……］、認識されたものと認識するもののうちにともに潜む時代の核に結びついている」〔V. 578（N3, 2）〕。現在との緊張に満ちた配置において、[13]この「時代の核」は「前史と後史の間に生じる対決の力の場」〔V. 587（N7a, 1）〕として、政治的エネルギーに満ち、弁証法的に両極化される。

事象は、前史としてどれほど現在からかけ離れて疎遠に見えても、現在の先駆けとして認識されうるひとつの原型であり、根源現象である。ベンヤミンが言いたいのは、事象の前史が（そのユートピア的潜在性も含めて）自らの可能性を示してくれるものであるとすれば、後史は、自然史の事象として、現実に成ったものであるということのようだ。両者はどちらも、歴史の連続を爆破しもぎ取られた歴史的事象の「モナド的論理構造」の内部において判読可能となる〔V, 594（N10, 3）〕。事象の後史が残す痕跡、つまりその衰退の条件と文化的伝承のあり方に、過去の事象のユートピア形象を、現在において真理として読みとることができるのだ。事象の前世と後世が無理やり向き合わされて初めて、事象が政治的な意味でアクチュアルに──「知的な機敏さ」[14]を持つように──なるのであり、根源史の頂点とは進歩ではなく、「アクチュアリティを呼び起こす」ことにあるのだ〔V, 574（N10, 3）〕。「こうして認識の瞬間において、一瞬ひらめく形象として、かつてあったものが捕捉されうる」〔V, 591-92（N9, 7）〕。ベンヤミンはこの認識の衝撃が、夢見る集団を揺さぶって政治的「目覚め」〔V, 577（N2a, 3）〕をもたらすだろうと信じている。過去と現在の充電された力の場のなかで、歴史的事象を提示することこそが「弁証法的形象」であり、それが真実の「稲妻の閃光」〔V, 570（N1, 1）〕となって政治的電流を生み出すのだ。ヘーゲルの論理とは異なり、それは「静止した弁証法」〔V, 587（N3, 1）〕である。

> 思考が緊張に満ち満ちた状況配置《コンスタレーション》において停止するとき、そこに弁証法的形象が現われる。それは思考の運動における節目である。その節目の場所は決して任意なものではない。それは一言で言えば、弁証法的に対立するものの間の緊張が最高潮に達したところで求められなければならない。〔……〕弁証法的形象は歴史的事象と同一である。こうした形象が、歴史の流れの連続から歴史的事象を爆破しもぎ取ることを正当化する。〔V, 595（N10a, 3）〕

ベンヤミンはこう要約する。

再：史的唯物論の基本的理論

（一）歴史の事象は認識行為がその救済として行われるものである。（二）歴史は解体し、物語にではなく、形象となる。（三）弁証法的プロセスが遂行されるときは常にわれわれはモナドと関わっている。（四）唯物論的歴史叙述は、進歩の概念に対する内在的な批判をともなっている。（五）史的唯物論の方法を支えるのは、経験、常識、知的機敏さであり、そして弁証法である。〔V, 595–96（N11, 4）〕

「常識」とは経験的に与えられる表面から意味を読みとるという単純で自明なことではない。なかんずくそれは、弁証法的形象が与える認識経験は、空間の拡張だけでなく（拡張による）歴史的時間の経験でもあるという理由による。「知的機敏さ」とは、現在のコンテクストにおける過去の事物のアクチュアリティを指しており、それが過去の事物にかつてなかった意味を与えるのだ。「弁証法」は、現在と過去の両方が革命的意味という点で生き返るように、両者それぞれのつかの間の形象を重ねあわせることを可能にしたのだ。「革命的歴史の意識」の経験を描こうとして、ベンヤミンはボードレールがハシッシュの影響下にあった一時的な経験を説明した文を引用している。「［夜は］どんなに長く感じられてもおかしくはなかったのに、……私にはたった数秒の経過にすぎず、また永遠のうちに位置を占めることもなかったようにさえ思われた」〔V, 602–03（N15, 1）〕。

直接的で、神秘めいた理解であるという意味で、弁証法的形象は直観的であった。しかし哲学的「構築物」としてはそうではない。ベンヤミンによる過去のテクストの骨の折れる詳細な調査、そこから拾い集めた断片の注意深い一覧表、そしてそれらを慎重に構成した状況配置のなかで計画的に使用すること、こうしたことすべてが、冷静で自省的な手順による仕事であった。それは因習的な歴史書の虚構が覆い隠した真実の絵が見えるようにするためには、必要な手続きであると彼は信じていた。この虚構を暴く行為は、啓蒙的精神で行われた。

いかなる土地も耕作可能な土地へと理性によっていつかは変貌させられねばならない。そして、狂気と神話の錯綜した藪を除去しなければならない。一九世紀という土地についても、このことがここでなされなければならない。〔V, 571 (N1, 4)〕

ただしそれは社会が、自分の生産した製品の重みによって夢と神話の薄明地帯へと沈み込んだ時代における啓蒙であった。ベンヤミンが描く批判的理性は、啓蒙主義時代の陽光あふれる時代に述べられたものとは歴然とした違いがある。

これまで狂気がはびこるだけだった地域を耕作できるようにすること。原始林の奥から誘いかけてくる恐怖に引き込まれないように、理性の研ぎ澄まされた斧を手にして、右顧左眄《うこさべん》せずに突き進むこと。〔V, 570–71 (N1, 4)〕

3

パリのパサージュ論は個別存在の本性についての観察よりも多くの哲学が含まれているとする挑発的主張は、ベンヤミンの仕事の意味に近いと言える。〔アドルノ「ベンヤミン回想」『ヴァルター・ベンヤミン』[15] 15〕

前のセクションで引用したパサージュ論の方法についてのベンヤミンの注釈は全て束「N」(「認識論に関して、進歩の理論」)からのものである。この束は間違いなく、ベンヤミンの著作の「結びか始まりに置かれる独立した章」となる予定であった認識論的論文のために準備されていた。著書を構成するのは資料であり、「その資料において、確証されることになる」という意味において、この章は『ドイツ悲劇の根源』における「認識批判的序章」の役をするはずだった〔アドルノへの手紙、一九三五年五月三一日付V. 1117〕。束Nの方法論的意図は極めて鮮烈である。ただしだからと言って簡単に理解できるようになるわけではない。

この方法論的意図はベンヤミンが蒐集した歴史的資料によってどのように「確証される」はずだったのか。「弁証法的形象」を哲学的表象の形式としていかに理解すべきなのか。「埃」はそのような形象であったのか。モードはどうか。娼婦は？　博覧会は？　商品は？　そもそもパサージュ論自体はどうなのか。それらは間違いなく弁証法的形象に他ならなかった〔同〕[16]。ただしそれは経験的に与えられるからではないし、商品社会の寓意表象として批判的に解釈できるからでさえもない。それは歴史の連続体から「爆破によってもぎ取られ」、現在において「アクチュアリティ」を与えられ、政治的エネルギーで満たされたモナドである「歴史事象」として、弁証法的に「構成」されているからなのである。この歴史事象の構成には明らかに著者の想像力が介在せずにはおかれない。歴史の認識的経験は経験世界の認識に劣らず、思考する主体の能動的介在を要する。ところがベンヤミンは、文献モンタージュという方法をとって「何も言うことはない。ただ見せるだけだ」〔V. 574（N1a, 8）〕と主張する。このベンヤミンの方法の矛盾しあうように見える両極にこそ、解釈におけるディレンマの源が存在するのだ。弁証法的形象はその組成において、主観的に過ぎるのか。それとも主観性が足りないのか。

一九七〇年代初めにベンヤミンの全著作集の最初の数巻が出版された。そのときの政治性に満ちた受容のあと、ベンヤミンはあっという間に文化遺産の制度的守護者たる大学機構内において社会的地位を獲得するにいたる。そこで彼は諸学の発展史の中に挿入され、既存の講座に合うよう押し曲げられた。最近のアカデミズムにおいては、ベンヤミンに関する議論は美学論や文学・文化批評に独占されがちで、その結果、今日多少とも哲学的に扱われても、（ベンヤミン自身があれほど攻撃した主観的観念論の）[17]ドイツ・ロマン派の詩の伝統のうちに置かれるか、あるいは（彼が厳しく批判した文化人類学的ニヒリズムが特徴となることの多い）[18]ディコンストラクションやポストモダニズムなどのような最近のポスト主観的思想潮流において考察されることになる。どちらもベンヤミンを捉えることができなかったのは、ベンヤミンが「文学的」な著者ではあるが、用語の伝統的な意味において文学思想家ではなかったという事実による〔アドルノ『ヴァルター・ベンヤミンについて』16〕[19]。ベンヤミンは文学を主観的にではなく客観的表現として解釈していた。芸術のための芸術における「選ばれた語」や、ユーゲントシュティールにおいて「趣味」を強調することは、新しい消費主義の反映であるとして批判した[20]。そしてマラルメの純粋詩の理論における「事象のない文学の問題」を、自らの階級の事柄から自身を遠ざける問題として分析し、その問題はマラルメの「空白、存在、沈黙、空虚」というモティーフの詩において「記録」されているとした。そのような詩は何も言わないどころか、

詩人がもはや自分の属する階級が追求する目標を表現する責任を放棄してしまっていることをわれわれに読み取らせる。自らの詩作を自分の階級の明白な経験全てを根本的に放棄することを基盤にして確立するということは特殊で意味深い困難をもたらす。恐れは詩を難解で秘義的にする。ボードレールの作品は決して秘義的ではない。〔「趣味」I, 1169〕[21]

テクストに関するこのような所見は見るからにマルクス主義的であり、それは現実に対する彼の所見が詩的であることに劣らない。しかしベンヤミンをアレゴリー「文学」の著者として、あるいはたとえ「マルクス主義的」文学批評家としてでも限定してしまうと、弁証法的な精妙さをもってしても解決できない理論のパラドックスにはまり込んでしまうことは必至である。この難問を――しかもそれは知的に重大な問題である――整理するために、以下においてベンヤミンを文学思想家として解釈する上での二つの極端なあり方について考えてみたい。そうすれば、ベンヤミンが西欧形而上学の伝統的言語をがらくた倉庫に放りこんだのは、ただ哲学を融解させて言語の遊戯へと堕してしま

うのを眺めるためではなく、客観世界の形而上学的経験を救出するためであったのだということを示すことができるだろう。

一方の極端な解釈の典型は、文学批評とロマンス語言語学の教授であるハンス・ロベルト・ヤウスがベンヤミンに課した批判である。ベンヤミンによるボードレールの「パリの夢」という詩の解釈について所見を述べながら、ヤウスはベンヤミンがこの詩を、〔詩が労働者も工場も直接は表現していないのに〕[22]「生産の諸力が閉ざされるという空想」として説明していること自体、「寓意家の手法」の例となっており、この方法なくしては「経済的下部構造の状況から文学的上部構造の解釈を得られることはめったにない」〔ヤウス、『受容の美学に向けて』172〕[23]と付け加えている。ベンヤミンによるボードレールの寓意の社会経済的根源の解釈自体がアレゴリー的であると見なしてしまえば、私たちは存在論的な悪循環（その詩がアレゴリー的である〔とベンヤミンが言う〕ことの「現実」は、その詩のアレゴリー的読みである〔とヤウスは言う〕）に陥り、認識論的に無限の退行（その詩がアレゴリー的なのか、あるいはその解釈がそうなのか、あるいはその解釈の解釈がそうなのか……）に見えるだろう。こうしたことをヤウスはまったく気にしないが、それはヤウス自身の「意見」によれば、上部構造についてのマルクス主義的解釈は、たとえ、それが避けようがなく「アレゴリー的」であっても、「その主観的な発見的方法と、それゆえその偏向性を認識し、その結果もはや真の――最終的――「客観的」理解を成し遂げたという教条主義的主張をしなくなる」かぎりにおいては、「解釈論的に正当なもの」となるからである〔同 173〕。（もちろん、客観性の所有権だけは、マルクス主義解釈にとって唯一譲ることのできないものである。）ヤウスの自由主義的多元主義によって希釈され、ベンヤミンのボードレール解釈は、主観的で偏った、しかもそのような性質ゆえに認可された数多くある解釈戦略のうちの一つとして、文学批評の単なるもう一つの方法になってしまう。

ベンヤミンがボードレールの詩のアレゴリー的なものには客観的な拠り所があると信じていたことは、ヤウスも認識している。アレゴリーとして表現される商品の生産という社会的現実がその拠り所である。しかしながらヤウスの言う「ボードレールによるアレゴリーの使用を唯物論的創造として正当化しようとする試み」は、ベンヤミンの他の箇所における洞察に合致しない洞察へと導くとヤウスは言う〔同 179〕。しかし少なくとも、それがベンヤミンの「意見」であり、ベンヤミンにはその意見を述べる権利はあるとヤウスは繰り返す。だがヤウス自身が、ボードレールの詩は、ミメーシスからアレゴリーへと移行する歴史的な連続体に沿って、（文学生産とその批判的受容に基づく）内的美学の発展の一部を成しているということを、意見としてではなく事実として前提にするなら、それは解釈の主観性についての彼自身の主張に背いている。それは文学内の発展的な歴史の連続性の「客観性」を主張する解釈行為である。事実この連続体はボードレールの詩についてよりも、文学の伝承についてより多くを語るようだ。(24) ポール・ド＝マンによるヤウス批判は的を射ており、かなり長くなるが引用する価値がある。ド＝マンはこう述べている。

〔ヤウスの弟子のカールハインツ・〕シュティエールにとっては、〔ヒューゴ・〕フリードリッヒに従ったヤウスに倣って、一九世紀と二〇世紀の叙事詩における自己と表象の危機は、漸進的プロセスとして解釈されるべきであることは言うまでもない。彼によれば、ボードレールはディドロに潜在していた傾向を引き継いだのだ。マラルメは（本人も述べているように）ボードレールが終えたところから始めなくてはならなかった。ランボーはシュルレアリストの実験を始めるときに、さらにもう一歩進めた。つまり、詩の近代性は連続的な歴史の動きとして起こったというのだ。このような共通の創造のプロセスにおける類似性と歴史の和解は、根源であると同時に派生でもあることを許容してくれるので、きわめて高い満足感を与える。息子は父を理解し、その仕事をさらに一歩進め、今度は自分が父親になる〔……〕。そのような記憶と行動の和解こそ、すべての歴史家の夢である。文学研究の領域では、ハンス・ロベルト・ヤウスと彼のグループは、近代性の根源の日付を同定することに何の疑念も感じていないようだが、彼らが実証づけたモダニズムは、この夢の近代のよい例となっている。彼らにとっては、表象から離れていく叙情詩の動きは、近代性の動きそのものであるだけでなく、ボードレールにまでさかのぼる歴史的プロセスであるのだ。〔ド＝マン『盲目性と洞察』182-83〕[25]

もちろんド・マンが言いたいのは、ヤウスの歴史の連続体自体が、父から息子への相続を求める欲望を表現した一つのアレゴリーだということだ〔同 183〕[26]。皮肉なことにヤウスの連続的な歴史の動きというコンテクストにおいては、ベンヤミンの「アレゴリー的」方法はもはや解釈についてのもう一つの主観的で相対的な様式であることをやめ、むしろその動きの頂点となっているのだ。

もしボードレールからベンヤミンまで、アレゴリーの伝承の線が真っ直ぐに続いていると考えるなら、近代文学の歴史はミメーシス的表象に対するアレゴリーの勝利という大歴史物語《サガ》になる。それゆえド＝マンはこう述べる。「意味と対象の間に前提されている対応関係に疑義が呈される。この時点からいかなる外界の事象の存在も余分なものとなりうる」。こうしてヤウスはアレゴリー的スタイルを「「用途のない美」、すなわち外界の現実への指示対応の不在」と特徴づけるにいたり、「アレゴリーはその不在の記号となる。こうして「対象の消失」が主要なテーマとなる」〔同 174〕[27]。ド＝マンによるヤウスの概念枠の説明が正しいとすれば、「その時点から」その枠内において、ベンヤミンの思考を論じることは歪曲となる。なぜならベンヤミンの関心は歴史事象の消失ではなく救出にこそあるからだ。こうなると弁証法的形象とは何かを説明するのに、「アレゴリー」という文学概念は適切なものかどうかが疑問に思われてくる。

ベンヤミンのモダニズムやアレゴリーとの関係は文学理論家のペーター・ビュルガーによっても論じられているがそれはまったく異なった扱い方をされている。シュルレアリスムの研究者であるペーター・ビュルガーは、前衛運動を芸術内における危機として、またそれ以前のブルジョワ美学からの根本的断絶として捉えており、ベンヤミンはこの大きな分断の近代側に立つ者とされている。発展史を退けるビュルガーが依拠しているのは、不連続としての文学伝統というベンヤミンの考えである。それは、古い過去と最も近代的なものを出会わせ、その結果、近代まで成し遂げられずにきたアレゴリーの本質についての洞察が、間を介在する何世紀にもわたる文学の「発展」を飛び越え、遡及的に適用されると、成果のあるものとなりうるという理解である。それゆえ、ビュルガーは「〔アレゴリーという〕カテゴリーの発展と〔……〕、バロックへのアレゴリーの応用（その逆ではなく）を可能にしたのは、ベンヤミンが前衛作品を扱った経験があったからだ」〔ビュルガー『前衛の理論』68〕[28]と言う。ベンヤミンがアレゴリーにおける表現形式として重要であると考えたモンタージュのような構成法は、近代芸術という同時代の経験を反映している。ビュルガーは『ドイツ悲劇』を引用してから〔同〕[29]、次のように述べる。

寓意家は生のコンテクスト全体から一つの要素を抜き出し、それを隔離し、その機能を奪い取る。したがってアレゴリーとは本質的に〔……〕断片である。寓意家は現実の隔離した断片を繋ぎあわせることによって意味を生み出す。それは措定された意味である。初めに断片が存在していたコンテクストから得られる意味ではない。〔同 69〕

ビュルガーは、前衛的モンタージュというアレゴリー形式は、客観的な物質から成る世界を去るどころか、現実を芸術作品へと持ち込んで、隔離された芸術の地位とか全体性という見かけを破壊したのだと主張する。このような「制度」としての芸術〔同 72〕に対する攻撃によれば、（ヤウスには気の毒だが）文化が自己充足的発展をするという歴史の虚構はもはや維持できない。「現実の断片を芸術作品に挿入すれば、その作品は根本的な変容をとげる。〔その部分は〕もはや現実を指し示す記号ではなく、現実そのものとなる」〔同 78〕。ビュルガーにとっては、この動きの最も重要な面は政治的な意義である。「新しいタイプの政治参加の芸術が可能になる」〔同 90-91〕のだ。

政治的、あるいは道徳的教育としての芸術は、決して新しいものではなく、アレゴリーも教訓のための表現媒介として長く用いられてきた。しかしブルジョアジー時代以前の芸術は、宗教や儀式と結び付けられていたので、「人生の現実」に対して「自律的」であると主張することはなく、「現実の断片」であるアレゴリー的表象は、制度への挑戦という効果をもつことはなかった。そのような表象が革命的機能を果たすのはブルジョアジーの時代においてだけであり、それは、本来芸術が隔離されているはずの現実からの直接的介在がその形式に含まれているからだ。芸術はいやおうなく政治に引き入れられるが、それは芸術家の意識的な政治的意図とは無関係にそうなる。前衛芸術の政治的影響力を決めるのは、作品の内容ではなく、「作品が機能する制度」〔同 90〕に対する効果であるからだ。その上、前衛が表象と現実の境界を粉々にすると言っても、近代芸術が持つ政治的衝撃力は非ドグマ的なままであるということであり、決定権のある政治的立場からは独立している。それは鑑賞者による経験的なテストを受け入れる余地をもつ。

前衛作品においては、個々の記号は一義的に、全体としての作品ではなく現実を指す。受容者は生の現実に関する重要な表明としての、あるいは政治的な教訓としてのそれぞれの記号に対して、自由に反応できる。これは作品内の参与の場に重大な影響を及ぼす。作品がもはや有機的全体として受け取られず、また個々の指示的モティーフはもはや全体としての作品に従属することはなく、切り離された中で効果を及ぼす。〔同〕

ビュルガーは、前衛は革新的形式をとっていたが、政治的実践としては不十分であったことを認識している。前衛運動はたしかに既存制度に挑みはしたが、破壊には至らなかった(30)。むしろ既存制度に取り込まれたと言える。ビュルガーが「私たちの時代のもっとも重要な唯物論的作家」と見なしていたブレヒトは、制度としての文化を「再機能化する」という限定的目的のためにのみ、モンタージュという前衛的原則を用いており、〔たとえばシュルレアリストよりは〕現実的であった〔同 88〕。「前衛作品が持ちうる政治的影響力の範囲を定め、〔……〕またブルジョアジーの社会においては生活の現実と区別される領域〔として定義づける〕」〔同 92〕のは、この制度なのだとビュルガーは論じる。ビュルガーは前衛が現実を芸術に持ち込むことと、ブルジョアジーの制度が芸術を現実から分離しておくことの矛盾は、ブルジョアジー社会では解消できないと結論づけ、したがって彼はアドルノにも似た文化的ペシミズムの立場に立つことになる。

ベンヤミンはモンタージュという構成原理に向かった。そのために、かれが唯美的前衛主義の仲間となったか否かは、彼の著作[31]がそもそも唯美主義のカテゴリーに入れられるか否かによって決まる。だがビュルガーの議論から私たちが指摘できるのは、前衛においては基本的なことであり、モンタージュにおいては形式原則として明白なことであるが、このテクニックが可能にするのは、芸術作品への客観的「現実」の侵入と、これら現実の事象の意味に対する主観的な制御との間の往復運動だということである。アレゴリー一般においてそうであるように、モンタージュにおいて、「各部分は記号よりも自律性をもつ」〔同 84〕という事実が二つの対照的結果をもちうるのであり、それが認識論的不安定さを生み出している。一方では、文学生産者は意味を操ることができ、その結果、芸術による「現実への参与」は、政治的プロパガンダと区別できなくなる〔これはマルクス主義全般、中でも、ブレヒトに対して課される非難である〕。他方では、「個々人のブルジョアジーの側のあきらめに等しい……偶然的カテゴリーのイデオロギー的〔……〕解釈」〔同 66〕とビュルガーが呼ぶものの結果として、芸術家は「発見された」事象〔シュルレアリストのいう *objects trouvés*〕のでたらめな並列を、独自に魔術的に「意味」を与えられたものと見なすようになる。第一のケースでは、認識論は指示対象の恣意性ゆえに、今や「事象の消失」に直面しているようである。第二のケースでは「主体の消失」が問題であるようだ。もしどちらも消えてしまうのなら、後に残るのは言語とテクストの痕跡だけになる——じじつベンヤミンを先駆けと呼ぶ構造主義者の一部、ディコンストラクショニスト、そしてポストモダニストたちがとる近代的立場の認識論的基盤と等しくなる。それでは彼らの主張が正当化されたのだろうか。

4

　ベンヤミンの認識論における先に挙げた傾向を最初に指摘したのはアドルノだったが、それはアドルノに称賛よりもむしろ批判を呼び起こした。ベンヤミンの著作において、政治的正しさのために客観的省察が少しでも犠牲にされ、理論をプロパガンダに変える労働者階級の肯定の試みがなされているのを発見したら、アドルノはそれをブレヒトの有害な影響の証拠であろうと考え、ひどく憂慮した〔アドルノからの手紙、一九三六年三月一八日付 I, 1006〕[32]。それとは正反対の「眼を見開いて単に事実を提示する」だけのシュルレアリストに刺激された傾向にも、アドルノは劣らず警鐘を鳴らした。そのため、ベンヤミンへの手紙で、最初のボードレール論は「魔術と実証主義の十字路にある」とし、「そこは呪術で縛られた場だ」と警告している〔同 1096〕[33]。

　しかしベンヤミン自身は、自分の立脚点を十分認識していたようである。弁証法的形象によって彼は意識的にシュルレアリストだけでなく、バロックの寓意家たちとも近い位置に立ったのだ。パサージュ論における理念の絵画的表象は、間違いなく大量出版の最初のジャンルとして広く人気をよんだ一七世紀の寓意画集を模範としていたはずである。パサージュ論における賭博師と遊歩者は近代の空虚な時間を具現化した存在である。娼婦は商品形態の形象であり、装飾鏡やブルジョアジーの室内はブルジョアジーの主観主義の寓意画であり、埃や蝋人形は歴史の不動性の記号であり、機械仕掛けの人形は産業主義のかつての労働者階級の存在の寓意となっており、商店のレジ係は「生きた形象、つまりレジ機械のアレゴリーとして」〔概要覚書23 V, 1250〕知覚される。

　バロックの寓意家についての初期の批評が、自分自身の著作に直接関係していることをベンヤミンが認識していたことは間違いない。悲劇研究が後々まで変わらず重要性をもつのは、それがその後も哲学の進路における自分の位置を確かめるときに分析され尽くした参照点を彼に与えたからである。『パサージュ論』は、類似性だけでなくその相違ゆえに、バロックのアレゴリーに負うているのだと言える。

ドイツ悲劇研究におけるベンヤミンの議論の主要な流れはすでに見てきたが〔第六章参照〕、それは、文学的分析ではなく哲学的分析であったことを思い出してもらいたい。アレゴリーは著者自身の言いたい意味や意図を間接的に伝えるために文学的手法として古代から用いられてきた。しかし哲学においては、アレゴリーは主体ではなく事物の世界が意味を表現する様式として文学的手法とは別の地位をもつ。ドイツのバロック劇作家は、自然の要素の一つ一つを意味作用に満ちたものとして理解しており、真実を顕わにするために人間はそれを解釈しさえすればよかった。しかし各要素が多層的でパラドクシカルな方法で翻訳できるという事実は、暗に言及性（指示対象との関係）が恣意的であることを意味し、それは「意味に満ちた」自然という主張自体を否定するように見える。すでに見てきたように、ベンヤミンがバロック劇作家を讃えていたのは、彼らがこのパラドックスは美学的ではなく「神学的」（したがって哲学的）解釈を求めるのだということを認識していたためである。しかし彼らが用いていた特定の神学的枠組みについては、ベンヤミンは批判していた。それは髑髏の山から精神の蘇りへと弁証法的跳躍をしながら、彼らバロックの劇作家たちが、自分たちのもともとの関心事であった悲しみに満ちた自然というきわめて物理的苦痛を、「不実にも」、悪魔に明け渡したからだ(34)。バロック時代のキリスト教の救いの概念は、この現実の世界ではなく純粋に精神的な主観の内面性という領域に属する出来事として、自然と歴史の両方に対立している。それよりほかに解決法はありうるだろうか。ドイツ悲劇の本は明白には告げていないが、ベンヤミン自身はありうるということを知っていたのだ。

「私は、一九三〇年頃にベンヤミンが少なくとも二人の人間（マックス・リュヒナーと、テオドール・アドルノ）に、カバラをよく知る者にしかドイツ悲劇についての［……］序論は理解できないだろう［……］と告げていたのはとても奇妙だといまだに思っている」〔ショーレム『ベンヤミン』125〕[35]とショーレムは回想録に書いている。さらにベンヤミンはそれを理解できたであろう人間とその繋がりについて論じたことがなかったので、これはさらに驚くべきことであった。しかしショーレムに献本するとき、ベンヤミンは「まるでこの作品が実際カバラの書であるかのように――「ゲルハルト・ショーレムへ。彼のカバラの蔵書の一隅に寄贈」」〔同〕と書いている。ショーレムは問いかける。

彼は私とかくれんぼをして遊んでいたのか。ベンヤミンは何か見せびらかしたい誘惑に屈していたのか、それとも、より理解しがたいものに言及することによって〔彼ら［リュヒナーとアドルノ］にはカバラがまさしくそう思われたに違いない〕、理解不能性〔彼の著作中この序論ほどそれを示すものはない〕という非難を隠すためだったのか、私にはわからない。〔同〕

『ドイツ悲劇の根源』の序論におけるベンヤミンの言語理論がカバラ理論から得られた思想に負うものだということはショーレムには明白なことだった。序論では「哲学の父」はプラトンではなく、アダムであったと論じられている〔『ドイツ悲劇の根源』I. 217〕。ベンヤミンは、神の創造物に名を与えるものとしてのアダムの言語は「戯れや恣意性からかけ離れており、それどころか、それは［……］正確な意味での楽園の状況を確証している」〔同〕と述べる。この言説は哲学が向かうべきモデルである。「哲学的観想」は、「語の根源の知覚」を回復するのだ〔同〕。

序論の理論は、後に続くバロックのアレゴリーについての議論において「論証される」ことになっていた。ショーレム自身がこの「論証」について何も述べていないという事実は残念である〔アドルノへの手紙、一九三五年五月三一日付 V. 1117三節で引用〕。彼自身のための評価基準がすぐそこにあったからだ。一九一七年に始まる若き日のカバラ思想への熱狂をベンヤミンと共有したのはショーレムであったからだ〔ショーレム『ベンヤミン』38〕。当時彼はユダヤ教神秘主義のこの伝統が持つ社会的に急進的な思想を発見したばかりであった。ユダヤ教神秘主義は正統的信仰と合理的改革主義の両方に挑んだため、(36)一九世紀には評判が悪くなり、キリスト教学者よりむしろ多くのユダヤ教徒がそれを退けていた。

ユダヤ教神秘主義の顕れとしてのカバラとメシアの思想は、ショーレムの生涯の研究対象となる。学者として、ショーレムは主にユダヤの知的遺産の中のこの伝統を救出することに関わりつづけた。しかしベンヤミンは哲学者としてその意義を別のところに見出していた。（まさにバロックの時代に再生を経験した）カバラ思想は、バロック時代のキリスト教神学と、その非宗教的形式にあたる啓蒙主義がもつ主観的理想主義の哲学的二律背反に対する代替物を与えた。中でも、カバラ神秘主義は、バロック劇作家による背信的な自然の明け渡しという結果を生んだ精神と物質の分離を避け、救済は反物質的で、別世界の問題であるとする考えを退けた。ショーレムは書いている。

救済について全く別の概念が［……］ユダヤ教やキリスト教におけるメシア主義への態度を決定している。ユダヤ教はあらゆる形態や表明においても、救済とは、公の形で、つまり歴史の舞台上でまた共同体の中で起こる出来事だと主張し続けてきた。それに対し、キリスト教は救済を精神と不可視の領域における出来事として、魂、すなわち個々人の私的世界に反映され、外部のなにものにも対応する必要のない、内的変容を起こす出来事として理解している。〔ショーレム『メシア思想』〕

ユダヤ教メシア思想の概念はすでに歴史的で物質的で集合的な属性をもっていたので、政治的急進主義一般への、特にマルクス主義への移行は容易なことであった。プロレタリアート救済の務めは、ジェルジ・ルカーチやエルンスト・ブロッホなどのようなベンヤミンに近い同時代人たちによっても、メシア主義的用語で語られており、ベンヤミンも同様の理解をしていた[37]。ブロッホは、キリスト教がマルクスの共産主義の目標を予期させる千年王国説のメシア思想の伝統をもっていたと強く主張した。それは、トマス・ミュンツアー（マルティン・ルターに「原-悪魔」と呼ばれるが、ベンヤミンもよく知っていたブロッホの一九二一年のミュンツアーに関する書の中では「革命の神学者」と呼ばれた）の教えの中に、もっとも特徴的に具現化されているという[38]。カバラに関して特徴的なのはメシア思想よりも、むしろその認識論だった。それはかつて隠されていた真理を自然の中で明らかにする神秘的な認識の様式であり、メシアの時代（世俗的なマルクス主義用語に訳せば、階級のない社会的に正しい社会）というコンテクストにおかれて初めて意味をもつ。カバラ主義者が現実とテクストの両方を読むのは[39]、支配的な歴史の設計図（ルカーチのヘーゲル-マルクス主義の目的論を参照のこと）を発見するためではなく、その複層的で断片的な各部を、現在についてのメシア的可能性の記号として解釈するためなのだ。このようにして明らかにされた真理は、カバラの書物のなかで創意に富んだ形で、間接的に、謎解きとして表現され、反-権威主義的な様式の教育を施す。カバラの認識は、制度化された宗教の教条主義ではなく、カバラの信条の「新しく生きた経験と直観」を与えたのだ〔ショーレム『ユダヤ神秘主義の主たる傾向』10〕[40]。

カバラ神秘主義者は物質世界を解釈するとき、その堕ちた状態も、またその結果として真正な現実の統一と比べれば「事物の奈落のような多様性」〔同 13〕があることも、否定はしない〔同 8〕。この点においては、彼らはバロックの寓意家と意見の一致をみる。しかしそのテクストは、統一性が破壊されているにもかかわらず、自然のうちにこれらが現われるとき、神の属性の領域と一〇の「セフィロト」という段階を、「無限の複雑さをもって」描いている〔ショーレム『メシア思想』280〕[41]。はかなく曖昧な現実に直面し、キリスト教の寓意家たちは物理的自然に見切りをつけたのに対し、カバラ思想家たちはそこから始めたのだ。

私の思考と神学の関係は、ちょうど吸い取り紙とインクとの関係である。そこには完全に神学が染み込んでいる。しかし吸い取り紙である以上、書かれたものは何も残らないだろう。〔V. 588 (N7a, 7)〕

5

カバラは神秘的形而上学の神学であり（その信者にはユダヤ教だけでなく、キリスト教の信徒もいたことを念のために言いそえておこう）[42]、神学的形式においてであれ、現世的形式においてであれ、認識経験の構造という点において、観念的哲学の伝統とは異なるものである。その上その違いは、『ドイツ悲劇の根源』の序論において説明された「歴史的、物理的内容」を「真理の内容に変える」という哲学的目標〔『ドイツ悲劇の根源』I. 358〕とは矛盾しないのである。しかしベンヤミンによる悲劇の分析自体は、「カバラ思想」的ではない。むしろこの初期の研究においては、カバラ思想的性質は、バロック期のキリスト教寓意家に対するベンヤミンの批判を形作る隠された神学的代替物の働きをしており、またその批判は、少くとも加入儀礼を経た人には、その代替物を擁護する働きをする。パサージュ論において初めて、ベンヤミンにとってのカバラの規範的地位が外に表現されたのだった。というのは、つまり、パサージュ論において初めてベンヤミンはカバラの基本的前提を自分の哲学的解釈様式として用いたということである。それはパサージュ論の企てがマルクス主義的であるにもかかわらずそうしたというのではなく、マルクス主義的であるからこそそうしたのである。

パサージュ論を支える哲学を神学一般、中でも特にカバラ思想と結びつけると、論争を招くことになる。ベンヤミンの受容を特徴づける党派戦は、彼の思想のマルクス主義的側面と、神学的側面を両極化したうえで、相容れない二律背反であると主張してきた[43]。これらの戦いにおいて、ショーレムは誰よりも党派的な戦闘者であり、ベンヤミンにみられる「神学的」面をあらゆる攻撃に対して擁護した。しかしながらベンヤミンの立場を特定のユダヤの知識の伝統のうちに確保しようとするあまり、ショーレムは、ベンヤミンの思想の科学に浸透していたもっとも深い意味を、すなわちまさに神学に縛られない「マルクス主義」の著述を過小評価することになった。それに対し、マルクス主義者たちは、正当なことだが、ベンヤミンを自分たちの仲間であると主張しながら、一般的にこの収奪要求が自分たちの理論的前提にいかに大きな挑戦をすることになるかを認識し損ねている。

「神学的」というきわめて論議を呼びそうな用語も、ベンヤミンの理論のなかで厳密な哲学的機能を有していたものとして理解すると、おそらく誤解を招く恐れが減るだろう。カバラ思想のパラダイム中の重要な要素が、マルクス主義的政治性にとって必須の革命的ドグマの形而上学的基盤をベンヤミンに与えていた。ただしそれは、非宗教的な女性のモードや、通りの往来などのような歴史的に特定の言説によって表現され、そこにおいては、独断的な神学の痕跡が消滅してしまうのだ。〔ショーレムは一九二〇年に二人が一緒にお遊びで築いた虚構上の「ムーリ大学」のカタログ用に、ある講座を提案したのだが、それがはからずもベンヤミンの「神学」理解にもっとも近づいていたのだ。「宇宙の衣と天の天蓋」というその講座のタイトルは、カバラ思想の学問的仕事からはかなり離れたものであった。ショーレムの「講座」は「宗教史の光明を浴びた婦人用上着と、海浜の簡易更衣所」というものだった〔ショーレム『ベルリンからエルサレムへ』128-29〕〕[44]。その材料は徹底して世俗的で、実際、神学やカバラ思想に言及することなく、パサージュ論を説明してみせることもできる。しかし目に見えない神学的な補強鉄材を無視してしまえば、パサージュ論の企て全体が、ただ恣意的で美学的でしかないものとなり、哲学的革新性をまったく持っていないことになってしまう。

ショーレムのカバラ研究の基本的特徴[45]に、弁証法的形象というベンヤミンの理論のもっとも特異な側面のエコーが見逃しようもなく見出される。ショーレムはカバラという語は、「伝統を通して受け取られるもの」を意味すると告げている。しかしそれと伝統との関係は、本質的にパラドックスに満ちている。神学のほとんどすべてについて言えるように、それは何より第一に聖なるテクストを読む解釈方法である。しかしその読み方は、神秘主義として、権威ある意図という意味でのテクスト解釈の歴史学的アプローチは拒み、書かれた時点では知られなかった隠された意味を求めてテクストを読むのだ。元の意味を捉え直すとか、歴史的正確さという非本質的な関心などは気にかけずに、この神秘主義者たちは創意に喜びを得て、書かれたパッセージをラビ哲学が正しいものとして受け入れたものからでき得る限り離れた仕方で解釈することがしばしばある。伝統に対して向けられる関心は、保存よりも変容のためのものである。彼らは、自分たちの時代を照らし出すために、つまり来たるべきメシアの時代の鍵を自分たちの時代のなかに発見するために、テクストを解釈するのだ。ショーレムは「聖なる書き物」が、「著者の意図から切り離されてしまう運命」について語っているが、それは「テクストが世代によって発見される後世とも呼べるものが、しばしばそのもとの意味［……］よりも重要なものになることがある」からだ〔ショーレム『主たる傾向』14〕。しかし急進主義的な解釈にもかかわらず、この解釈の困難さが美点となるのだ。ここには「対象の消失」などないことに注目してもらいたい。現在の物理的指示対象がなければ、古代のテクストは解読不能である。こうしてパラドックスが生じる。過去のテクストがなければ、現在の現実を解釈することはできないのだが、この現実が、このテクストの読み方を根本的に変えるのである。その結果は伝統的象徴（記号）が「崩れゆく伝統の中で爆発的力」〔ショーレム『メシア思想』68〕を示すとき、「古い結合が全く新しい方法で解釈されるだろう」〔同 67〕。つまり、カバラは過去から別れるために過去を尊ぶのだ。

ショーレムが指摘しているように、明らかに、カバラ思想と異端は紙一重だ(46)。啓示は宗教的律法に背いて真実を示すかもしれない（事実示してきた）のである。これはサバタイ・ツヴィの信奉者のメシア運動であるサバタイ主義に関しては特に言えることである。この運動は一六六五年に急速に広がり、ツヴィが一六六六年に、言語道断なことにイスラム教へと改宗する背教という非律法行為を行うのを目の当たりにしながらも続いた。サバタイ主義者はすでに始まっていたメシア時代においては、ユダヤ律法は有効ではなかったと主張した。実際、彼らはその「罪の神聖さ」〔ショーレム「罪を通した救済」『メシア思想』78-141参照〕を認めさえした。宗教的ドグマの絶対主義的な主張に挑むことによって、その狂信性自体が世俗化を促進し、既存の権威全体を覆す傾向性をもった。この信徒たちは、事実啓蒙主義とユダヤ思想家たちの中の政治的急進主義の真の先駆けであり、通常考えられてきたような中世合理主義者ではなかったとショーレムは主張している。(47)

この新しいユダヤ人〔サバタイ主義者〕のアナーキーな宗教的感覚にとっては、制度的な三大宗教はもはや絶対的価値をもたない〔……〕。フランス革命の勃発が彼らの思想に再び政治的側面を付与したとき、彼ら非拘束的な政治的黙示録の使徒となるために大きな変化などまったく必要なかった。〔……〕存在するものすべての革命を求める必要性は、新しい時代を招き入れるという務めにおいては、きわめて実際的側面を帯びるようになった。〔ショーレム『ユダヤ神秘主義の主たる傾向』319-20〕

メシア思想によれば、新しい時代は楽園の喪失と同時に始まった人類の苦難の歴史的時間を終わらせる。救済の時代は自然が楽園の状態へと回復することが特徴である。しかしながら、カバラの解釈学的理解と歩調を合わせて、この回復は文字通りの回帰ではない。(48)なぜならこの楽園の神話が真理としてあてはめられるはずの現世の状況は、今現われたばかりだからだ。新しい時代の出現と一緒に、古い時代の物語の真の意味が、初めて、しかも思いがけないあり方で顕現するのだ。

カバラにとって創造の物語が中心的であるのには政治的意味がある。アダムとイブは全人類の親であり、したがってメシアの救済は普遍的な歴史の中の出来事として理解され、ユダヤ国家だけではなく、全世界の「楽園追放」を終わらせ、「全創造の根本的な変容」を意味する〔ショーレム『メシア思想』87〕。「現世の事物の豊かさ」[49]を伴う楽園についてのメシア思想のビジョンは普遍的な人類史の目的――「これまであったことがなく、実現することが可能であったこともないユートピア」〔同 71〕をもたらすこと――を定める。しかしカバラ神秘主義者は「救済に導く歴史の進歩」〔同 10〕[50]など存在しないし、その目的を保証する発展的力学もないと信じているので、メシア時代を招じ入れる重荷はそのまま人類の双肩にかかってくる。人間の役割は、神の計画を実現するにあたって自ら望まぬ道具となることではなく、今何が問題となっているかを知り、かつ理解していることが必須である歴史の実行者となることなのだ[51]。ショーレムはメシアの仕事をこう説明している。

人間と神は両極にあって、その存在内において全宇宙にまたがっている。しかしながら神は、すべての起源であり、すべての可能性が隠された宇宙の創造者であり、創始者であるために、すべてを含んでいるのに対して、人間の役割は〔……〕創造のすべての力を完全に実現し、顕現させるための実行者となることによって、この過程を完結させることにある。人間は〔……〕宇宙構造内で完成を請け負う行為者である。人間のみが自由意志という恩恵を付与されているので、その行動を通して、高位と下位の世界で起こる統一を進めるか、途絶えさせるかは人間の力にかかっているのだ。〔ショーレム『カバラ』152–53〕

観念主義の伝統とは対照的に、カバラでは疎外を神から切り離されるのではなく、神を知らないことと考える〔ショーレム『ユダヤ教』55〕[52]。さらに人間が和解をしなければならない相手は神ではなく自然の方である。堕ちた状態にあっても、「神秘のすべてを見通す視線のもとでは」〔ショーレム『カバラ』147〕、物質的自然のみが神聖な知識の源であるのだ――「すべてのカバラ信奉者は、神についての宗教的知識は、その高められた種類の知識さえ、神と被造物の関係についての観想を通さなければ得られないということを理解している」〔同 88〕。自然は邪悪なのではない(53)。バラバラにされ、不完全であるのだ。イサク・ルリヤの「ティクン *Tikkun*」〔トーラを読むためのテキスト。語自体には修復の意味がある〕のカバラの教義によれば、神の属性の「器」が壊れて、物質世界全体に断片化した聖なる火花が散らばった。この壊れた器を癒す仕事は、「人間と神が助け合う」〔ショーレム『メシア思想』46〕企てであり、復興としてではなく、「何か新しいものとして〔……〕世界の調和的状態」〔同 13〕を再構築することなのである。

カバラ神秘主義者にとって、語は神秘的な意味をもつ。失楽園は創造の統一だけでなく、絶対的名前からなるアダムの言語の統一をも破壊したので、言語は歴史の企てにおいて、中心的な役割を果たす。アダムの言語においては、語と指示対象の間には何の間隙もないのに対し、それに取って代わった裁きの言語は自然を完全に堕ちた状態の記号として抽象的に解釈する。人間の道徳的義務の要点は、認識的なもの、つまり自然を神聖な火花を内にもつものとして解釈することによって、神を知らない状態を克服するということにある。自然と言語の間の壊された統一が解釈の方法の個別性を求める。カバラ思想の釈義は、非系統的なものである。解釈の断片の一つ一つがモナド的にそれぞれの中心をもつのだ。小宇宙の内側で大宇宙が読み取られる。神の創造のいかなる部分も、聖なるテクストのいかなる語も、小さすぎることはなく、モナドとして神の一〇の属性の一つを示すので、「救済との関わりにおいて理解され、説明される」意義をもたないはずがない〔一六世紀カフ・ハーケトレト 同に引用 42〕。自然において啓示される聖なる知識は複数存在する。それは多様で不連続な記録として存在し、メタファーや謎々や、神秘として表れる。つまり自然の意味は、バロックの寓意家たちが主張したのと同じようにバラバラで曖昧であるのだ。

この知識が恣意的にならないのはなぜか。カバラ信仰者が自分たちの読みは単なるアレゴリーではないと主張できるのはなぜか。ショーレムはこの問題を明晰に論じている。彼はまずアレゴリーを定義づける。

アレゴリーはあらゆるものがほかのすべてのものの表象になりうるような意味の無限のネットワークと相互関係であるが、それは全て言語と表現の限界の内部においてそうなのである。アレゴリーの内在性についてそこまでは語ることはできる。アレゴリーの記号によって、記号として表現されるものは、まず最初に独自の意味深い文脈をもっているが、アレゴリーになることによってその何かはそれ自体の意味を失い、何か別のものを入れる器となる。実際アレゴリーは言うならば、この時点で、形式と意味の間に開く間隙から立ち昇るのだ。形式と意味はもはや解きがたく繋がり合ってはいない。意味はもはやその特定の形式に限定されることはなく、形式も特定の意味のある内容に限定されることはない。つまりアレゴリーにおいて出現するのは、あらゆる表象に貼り付くことのできる無限の意味である。〔ショーレム『主たる傾向』26〕

つまりショーレムは、(まさにベンヤミンが『ドイツ悲劇』においてしたのと同じように〔『ドイツ悲劇』I. 340参照〕)フリードリッヒ・クロイツァーの『神話学』(一八一九年)の第一巻に依拠して、アレゴリーの内在的意味を神学的象徴の「超越的」な意味に対比させている。(54)

カバラ信仰者にとっても存在するものすべてが、創造のすべてと無限に関連している。彼らにとってもすべてのものがそれ以外のすべてを映し出す。しかしそれを超えて、アレゴリーの網目では覆うことのできない何か、すなわち真の超越性の反映までをも見出すのである。その象徴は何も「意味」せず、何も伝えないが、あらゆる表現を超えた何かを透明にするのだ。アレゴリー構造のより深い部分への洞察は、意味の新しい層をめくるのに対し、象徴は直観的にすべてを一度に理解するか――さもなければ何も理解しない。創造者の生命と被造物の生命が一つになった象徴は――クロイツァーの言葉を借りれば――「存在と認識の真っ暗な奈落の底から私たちの目に至り、私たちの存在全てを貫く一条の光」であるのだ。それは神秘的な現在《いま》――象徴に相応しい時間の次元――において、直感的に知覚される。そのような象徴でカバラの世界は満たされている、いや、全世界が、カバラ信仰者にはそのような象徴体であるのだ。〔ショーレム『主たる傾向』27-28〕

カバラ信仰者は、初めは寓意家のように、聖なるテクストと自然の形象を並置させるかもしれない。しかし歴史の現在が現世のユートピアの可能性で満ちていることが目に見えるように、突然、メシアの救済の光に照らされるように、過去のテクストと現在の形象の両方が結び合わさることがあれば、その時はアレゴリーの恣意性は超越されるのだ。神学的象徴の明断さをもって、「現実は透明になる。無限が有限を透かして輝き、〔……〕現実性を減らすのではなく、増させるのだ」〔同28〕。これが「宗教のアレゴリー的解釈と、神秘主義者による宗教の象徴的理解」の間の「測り知れない相違」である〔同〕。

6

私にとって、また他の「ユダヤ人」にとって大事なのは、ユダヤ性ではない。〔シュトラウスへの手紙　一九一二年一〇月一〇日付　ラビンバック「啓蒙と黙示録の間」に引用96〕

ユダヤ人の思想家として、ベンヤミンは異端者だった[55]。一六六六年のサバタイ・ツヴィの悪名高いイスラム教への改宗という背教は、死の脅威にもかかわらず実行された。ベンヤミンによるマルクス主義の誓いが強制的改宗という要素は持っていないにせよ、その改宗は、彼がショーレムから学んだのは、カバラの反伝統主義という伝統だったという事実とまったく矛盾しない。サバタイ主義者は自分たちの指導者の行為を「ユダヤ以外の人々の間にさえ拡散され、今はイスラムに集中した聖なる火花を立ち昇らせるという使命」として正当化した〔ショーレム『カバラ』266〕。ショーレムは友人に同じような容認は与えず、マルクス主義者として書こうとするベンヤミンの試みは「類を見ない強度の自己欺瞞」〔ショーレムからの手紙　一九三一年三月三〇日付『書簡』II. 525〕以外の何ものでもないと告げた。

ベンヤミンがカバラの歴史についてのショーレムの研究をずっと「有用」だと考えており、あえてマルクス主義者としてそれを読んで「利する」〔ショーレムへの手紙、一九二九年二月一〇日付『書簡』II. 489〕[56]ところがあったとさえ言ったが、カバラのテクストに一般的関心も示さず〔ショーレムへの手紙、一九二六年五月二九日付『書簡』I. 428〕[57]、それをよく知ることもなく、事実「この分野」についての自分の「底知れぬ無知」について言及さえしていた〔ショーレムへの手紙、一九三三年一月一五日付『書簡』II. 561〕。ベンヤミンの初期の著述に「カバラ思想」的要素が見られたとしても、それはヨハン・ゲオルク・ハマンやドイツ・ロマン派の言語哲学を経由して、間接的にもたらされたものであった可能性は高い[58]。そのうえ、パサージュ論の想を得たころに、ベンヤミンの胸を躍らせて眠れなくさせたのは、カバラの『光耀編《ゾハール》』ではなく、シュルレアリストたちのテクストであった。『光耀編』の著者であるモーゼ・ドゥ・レオンはセフィロトの一〇の「神秘的王冠」のなかに神の顔を見た[59]。『パリの農夫』の著者ルイ・アラゴンはガソリンタンクに神の顔を見た〔第八章一節参照〕。そして『光耀編』が生命の木についての瞑想を含むのに対し、ブルトンのシュルレアリスム小説『ナジャ』が瞑想する対象は[60]、女性の手袋、灰皿の煙草、大通りのマツダ社の白熱電球を広告する眩しい看板など、「新しい」自然の事物であった。しかし神話的象徴を他と区別する「感覚と超感覚的事物の統合」〔『ドイツ悲劇』I. 350〕は、ベンヤミンがまさにシュルレアリストのテクスト中に発見したものだった。アラゴンは『パリの農夫』のなかでこう書いている。

> 私には、これらの喜びの本質は完全に形而上学的で、それは啓示を求める一種の情熱的な趣味を意味するように思われ

る。物体が、アレゴリーの幻惑も、〔唯美主義者の〕象徴の特性もなしに私の目の前で変容するのだ。それは観念の表示というよりもむしろ観念そのものだった。それは地上の事物の奥底にまで至った。〔アラゴン『パリの農夫』141〕

『ドイツ悲劇』の寓意家についてと同じく、ベンヤミンは歴史的にはかない事象についてのシュルレアリストの啓示的ビジョンを、美学的な技術としてよりもむしろ哲学的立場として考察した。[61] それは「物質的、文化人類学的霊感の——非宗教的解明」〔II. 297〕であった。シュルレアリストの形象が与えた認識経験は神秘主義のそれと関連付けられていたが、「神秘的」であるより、むしろ「弁証法的」であり、実際、より得難いものだった。ベンヤミンはそれを「宗教的啓示に対する真の創造的克服」と呼び、それに比すれば、（ハシッシュや恋と同じく）宗教的経験などは、その単なる「予備校」にすぎないとした〔同〕。[62]

しかしたとえベンヤミンが精神的啓示に対してこの物理的啓示の優位を主張したとしても、自分の初期の形而上学的著述は、後に彼が「緊張と問題をはらむ介在」を経て採るようになった「弁証法的唯物論の観察方法」と関連があったと主張し続けていた〔リュヒナーへの手紙、一九三一年三月七日付『書簡』ショーレムに送られた写し II. 523〕。[63] さらに彼は、この文脈において——政治的幻滅が大きくなった後半生（彼の人生の終わりごろ）だけでなく、この仕事にかかわっていた時期全体を通して——明白に「政治-神学的カテゴリー」〔V. 1023（M°. 14）〕（万物の復興、救済）を用いながら、「神学」としての「史的唯物論」の方法を説明したパサージュ論の束「N」へと定式化させていった。一九三五年にベンヤミンは完成したばかりのパサージュ論概要に関して書きながら、この仕事がゆっくりとしか進まない理由として、ずっと以前から自分が抱いていた「直接的に形而上学的で、事実、神学的な思考」に根源をもつ「大量の思考や形象」が、「完全なる革命」を経なければならなかったという事実を挙げた。しかもその革命は、この思考を消去するためではなく、「今現在の私の概念にエネルギー全てを注いで育むようにするため」〔ヴェルナー・クラフトへの手紙、一九三五年五月二五日付 V, 1115〕のものだった。

その「完全なる革命」を経ても、神学の伝統は残されるはずであった。矛盾は単に外面的なものにすぎなかった。神学が最初に表現を与えた太古のユートピアのテーマが、始まったばかりの「新しい自然」の近代に、潜在的に真の指示対象を見出したと分かれば、そのパラドックスは自然に解決する。

「一九世紀の根源の歴史」――こうした標題は、もしそれが一九世紀の在庫品のうちに根源の歴史に相応する形式を再認する目論見として理解されるなら、なんの興味をひくものでもなくなるだろう。その概念が意味をもつのは［……］一九世紀がこの根源の歴史の本源的形式として描かれるときである。つまり、根源の歴史の全体が、この過ぎ去った世紀にあったもろもろの形象による新たな集合となるような形で描かれたときなのである。〔V, 579 (N3a, 2: O°, 79 参照)〕

神話的で、根源史的なテーマは、現実の歴史的指示対象をもって初めて、非宗教的な言説として「判読可能」〔V, 577 (N3, 1) 参照〕になる。寓意画の絵解き文として、それらは驚くほどぴったりと一九世紀の形象とも結合する。[64] 自然を人類から疎外する楽園喪失とは、マルクスの初期のテクストが明らかにしているように、歴史的特殊性をもつ商品の生産の正確な描写となっている。[65] 同様に、〔アダムによる〕名づけの言語を聖書が喪失したことは、商品生産を特徴づける抽象労働の本質と一致する。[66] キリスト教のアレゴリーにおいて表現されるようになった古い自然の価値の下落は、市場においてボードレール本人が経験している。そこでは商品の「意味」は、その創造行為ではなく、外的で恣意的な値段であるのだ〔V, 466 (J80, 2/J80a, 1)〕。死と永遠の反復という悪魔的性質は、モードとしてのこの商品世界の周りに癒着する。しかし新しい自然は邪悪なのではない。ティクンの教義が説明した「聖なる火花」は、事物にちりばめられ、社会主義的可能性という超越的要素の形式をとる。その存在は、可能性の実現を妨げている資本主義的社会関係に劣らず現実的なものである。ベンヤミンが「賭博師」に関する一節のなかではっきりと述べているように、罪の唯一の意味は、事物の所与の状態を受け入れ、運命としてそれに従うということである〔第四章参照のこと〕。対照的に、「名は運命以上の大敵を知らない」〔V, 1057 (g°1)〕。人間がもつ歴史的責任とは、解釈という務めであり、(今や、自然の「救出」と同意語となっている)新しい自然の社会主義的可能性と、歴史によるその実現の失敗の両方を、「名づけること」である。この仕事こそがパサージュ論の重要な核である。ベンヤミンはこう述べている。

「自然という書物」という言い方は、われわれが現実をテクストのように読むことができることを示唆している。本論では、まさにそのように一九世紀の現実と関わることにしよう。私たちは、すでに起きたことという書物のページを開くのである。〔V, 580 (N4, 2)〕

7

現実をテクストのように読むことは、その違いを認識することである。

現実に対してつける注釈が、[……]テクストに対してつける注釈とまったく違った方法を必要としていることをいつも忘れてはならない。前者の場合に基礎的学問となるのは神学であり、後者の場合には文献学である。〔V, 574 (N2, 1); (O°, 9)〕

パサージュ論は、「現実」に対する注釈なのだという形而上学的主張をどのように行うか。これが哲学的問題の核へと私たちを連れ戻す。パサージュ論はどういう意味において、単に一九世紀を恣意的で美学的に表現したものとは違うのか。どうしてマルクス主義の目標のために神学的テーマを利用する政治的アレゴリーではないのか。逆にもしそうだったら、この書は（プロパガンダは言うまでもなく）詩という領域に落ち着き、ヤウスの批判が正しかったことになるだろうに。

パサージュ論において、ベンヤミンはアレゴリーを観想するものの活動であると定義づけ、その内省的姿勢は追想のそれであるとしている。

観想家を思索家から根本的に区別するのは、観想家はたんにある事柄について熟考するだけでなく、その事柄についての熟考をも熟考するという点である。観想家とは、すでに大問題の解答を手にしながら、次いでその答えを失念してしまったような人物のことである。いまや彼は、その事柄について観想するよりも、その事柄についての消え失せてしまった熟考を観想するのだ。したがって観想家の思考は、追想の印を帯びている。観想家と寓意家は同じ性質をもっている。〔V, 465〔J79a, 1〕〕

観想家の追想は、死せる知の無秩序な集積を自由自在にあやつる。この追憶にとって人間の知は、とりわけ明瞭な意味でのつぎはぎ細工、すなわち恣意的に切り刻まれ、そこから一つのジグソーパズルの姿で保持された。その身振りはとりわけ寓意家の身振りである。〔……〕寓意家は、彼の知が提供する雑然とした材料の山のそこここから断片をつかみ出し、それを他の断片と並べ、それらが互いに適合するかどうか、つまりその意味がこの像に、あるいはこの像がその意味に適合するかどうか試してみるのだ。結果を前もって言うことは決してできない。というのも、両者間にはどのような自然な媒介も存在しないからである。〔V, 465〔J80, 2〕〕

ベンヤミンは観想者の行動は、流通から外れてしまい、使用価値としては無意味なものを集める蒐集家の行動につながると考えている(67)。もはや役に立つものであることを止めた事物を蒐集するのは、「完結性」のカテゴリーに入る行為であり、ベンヤミンによればそれは、

単にそこにあるだけの存在という事物のまったく非合理なあり方を、特別自分が作り上げた新たな歴史的体系のうちに組み入れることによって、つまり蒐集することによって、克服しようとする素晴らしい試みである。そして、真の蒐集家にとっては、この体系のなかで一つ一つのものは、その時代、地域、産業や、それの元の所有者に関するあらゆる知識を集成した百科全書となるのである。〔V, 271（H1a, 2）〕

たしかにベンヤミンの仕事からして、彼自身が、両方のタイプに近いように見える。つまり、一九世紀の現象を扱うなかで、彼は観想する者であると同時に蒐集する者である。しかし彼自身は自分の仕事を史的唯物論者のそれとして、まったく違った用語で語る。史的唯物論者は、歴史の連続体を「爆破」し、政治的に爆発力を持つ「過去と現在の状況配置」となるように「歴史的事物」を構築し、真理の「閃光」とするのだ。

アレゴリー的形象と弁証法的形象は、別のものである。前者の意味は主観的意図の表現にとどまり、突き詰めれば恣意的である。後者の意味は、社会歴史的真理の表現としてのマルクス主義的意味においてだけでなく、同時に、ショーレムの言葉を借りれば、「真の超越性の反映」としての神秘主義‐神学的意味において、客観的である〔注一二九参照のこと〕。ベンヤミンの「弁証法的形象」はショーレムが「神学的象徴」として語るものに似ている。神学的象徴においては、もっとも「無意味な」現象も「救済との関わりで理解され説明される」〔注一二五参照のこと〕。パサージュ論では、その現象は、無念に苛まれた新しい自然である一九世紀の朽ちゆく事物であり、それらが神秘的「象徴体

corpus symbolicum」として、まったく新しい意味を帯びて蘇るのだ。イデオロギー的意味を解く鍵を与える記号体系は商品という形態である。ただしその事象が救済される記号体系とは（社会的夢想家によってそれが認識され始めたのは、一九世紀にその事物が最初に出現したときだった）、歴史の根源と目標としての世俗的ユートピアという根源‐古代の神学的神話なのである。

　歴史哲学テーゼにおいてベンヤミンは「大革命は新しい暦を導入した」（「歴史哲学テーゼ」I, 704）と述べている。彼が言及しているのはフランス革命委員会が一七九二年を新しい世界の時代の第一年と宣言したことを指している。これは特定の歴史的出来事を普遍的な人類の意義とする身振りである。（ブルジョアジーがどれだけ長きにわたってそうでないふりをしようと）新しい人権や民主的決まり事を表す新しい政治的言説が確立されたいま、社会構造としての階級支配は政治的正統性を失ってしまったはずだ。普遍的物質的安寧を成し遂げる真の可能性をもっている産業革命が進行したいま、階級支配は経済的正当性を失っている[68]。メシアの約束が、神話でなく、実現可能であるという意味で歴史的に「アクチュアル」となれば、その時点から、時間は二つの域において存在する。一つは約束を実現しないで人間の時を刻む（破局的）出来事の連続という世俗の歴史として存在する。そしてもうひとつは、一瞬一瞬が救済の実際の予期によって照らし出される革命的な「現在の時《いま》」として存在する。それはまさに「ユダヤ人にとって〔……〕一秒一秒が、メシアが入ってくることのできる狭き門であった」（同 I, 704）のと同じである。

　この二つの時の域は、新しい時代において連続的につながるものではない。一方は所与であり、他方は連続的に合理的可能性として存在し、両者は重複する（図解G）。政治的革命の行為が歴史の現世の連続体を横切り、そこから人類を爆破しもぎ取るまでは、それらは不連続なまま存在する――「マルクスが考える革命の概念である〔……〕歴史の空の下での跳躍」（同 I, 701）[69]が起こるまでは。進歩の概念が「歴史についての宗教的視点」によって退けられる様を説明しながら、ベンヤミンはロッツェを引用する。「歴史の長い時間の連続のなかに一つだけの進歩を探し求め

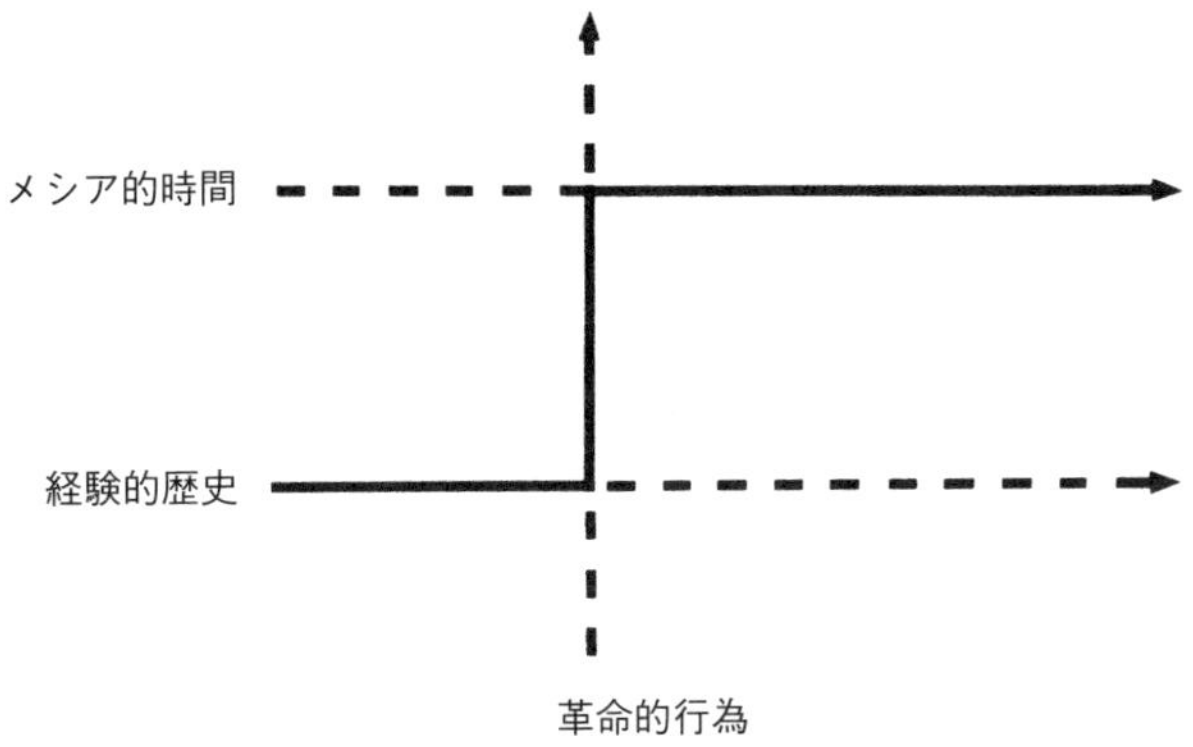

図解G

るような徒労はやめよう。歴史は〔……〕むしろ、その中のそれぞれの各点において高みに向かうという形での進歩をするものと定められているから」〔ロッツェV, 600（N13a, 2）〕[70]。マルクス自身の弁証法的唯物論の概念は——宗教的であれ、非宗教的であれ——目的論的進行としての歴史という概念より、むしろこの考え方に近い。

政治的活動は、歴史の時間の二つの領域の間をつなぐものである。個人の歴史が宇宙の歴史を捉え直すことで二つをつなぐことが可能になるのだ。歴史の根源と目的という形而上学的真理——直接的存在の喪失と、その回復という社会が介在する務め——は、個人的経験によって実証される。宇宙のメシア劇を見通す力を与えるのは、私たち自身が回顧した実現されていない幸福の可能性であるのだ。

私たちは自分が呼吸してきた大気の中でなければ、あるいはともに生きてきた人々の中にいなければ、幸福というものを想念することができない。言葉を変えて言えば、幸福の想念のうちには、救済の想念が共鳴しているのだ——そしてこの点こそが、未来に嫉妬を感じないという奇妙な事実が私たちに教えてくれることである。このような幸福は、まさに誤って私たち自身がかつて置かれていた虚しさと孤独にその基盤を持っている。別の言い方をすれば、私たちの生は、歴史的時間の全体を凝縮するだけの力をもった筋肉なのだ。あるいはさらに別の言い方をすれば、歴史的時間についての真の想念は、完全に救済の形象に基づいている。〔V, 600（N13a, 1）〕

実現されていないユートピアの可能性とは、心理学的カテゴリー（集団的無意識の願望）であるのか、それとも形而上学的カテゴリー（客観的世界の本質そのもの）なのか。おそらくはベンヤミンは（形而上学を支配の形式と考えたことはなく）両方を意味していただろう。近代の精神分析理論なら、直接的現前を求める欲望は決して実現されることはないと論じるだろう。おそらくベンヤミンならそこに大した違いはないと答えただろう。むしろ要点は、このユートピアの欲望は、政治的活動の動機として信頼することが可能であるし、またそうすべきだということだ——たとえこの活動が欲望を介在することが避けがたいものであるためであっても。「可能である」というのは、私たち自身の幸福や絶望といったあらゆる経験が、現在の出来事の進路が現実の唯一の可能性ではないことを教えてくれるからである。そして「そうすべき」「アクチュアル」なものとしてのメシア時代、すなわち可能性として現前しているそれは、してではないからである。「アクチュアル」なのは、革命とは歴史の進路からのメシア的分離として理解されており、その頂点として政治的な意味における爆発的力を集団的無意識内の形象に充たす時間の次元である。この時間の領域との関係において、経験的歴史の出来事を座標に合わせて記入していくと、弁証法的形象の座標構造中に第三の軸が与えられる——このパサージュ論の政治的力と哲学的力の両方にとって決定的重要性をもつ座標軸である。

8

私たちがここまでのところでベンヤミンのテクストを深読みしているとしても、その読み方は彼の指示に忠実であることは確かである。束Nは、「普遍史の真の概念はメシアニズム的なものである」〔V, 608（N18, 3）〕とはっきりと述

べている。「現在《いま》の時」においてこそ、

真理には爆発せんばかりに時間という爆薬が装填されている。意図の死とは他でもないこの爆発であり、そしてこの死と同時に真に歴史的時間、真理の時間が誕生するのだ。〔V, 578 (N3, 1)〕

救済のカテゴリーのもとで追悼され、経験的には終わってしまった歴史の苦難はいまだに続いている。

これは神学である。しかし追悼的想起において私たちは、歴史を原則的に非神学的に捉えることが禁じられるような経験をするのだ。歴史を直接神学的概念によって描こうとしてはならないのと同様に。〔V, 589 (N8, 1)〕

「直接神学的概念」を用いることが禁じられるのはなぜか。それは共産党の路線に背くからとベンヤミンが言おうとするはずはない。むしろそのような概念は新しいものを古い言説へと引きずり戻すことで神学的真実を歪めてしまうからだろう。それに対して、真にメシアニズム的である務めは、新しいものの言説の内に、古いものを再生させることである。

もしベンヤミンが神学の概念を公然と用いるなら、普遍的歴史の諸目標に関してユダヤ教的表現を与えていただろう。それを避けることによって、彼はユダヤ教の目標に普遍史的表現を与えたのだ。この違いは大きい。ユダヤ教は、非宗教的で非ナショナリスト的政治性の中に消失することによって、自らの選ばれた地位を証明するのだ。パラドクシカルなことに、メシア時代においては消失こそが特定の宗教が生存するための代償であったのだ。そのような弁証法的「救済」は、同じものの永遠回帰に対するアンチテーゼとなる。

寓意家は損なわれた自然の形象に道徳的な謎解き文を並置させる。ベンヤミンの急進的な「否定（陰画）の神学」（とアドルノは呼んでいた）は、失われた事物の自然なアウラに代えて、形而上学的アウラを置く。そのアウラは、自然を政治的意味のある無念に苛まれた輝きとするのだ。自然のアウラとは違い、弁証法的形象が与える光明は、経験的歴史とメシア的歴史という対立しあう時の領域の力場において点火される介在された経験なのだ。新しい自然の奇跡的事物である飛行機自体には神学的意味はない。それはむしろ魔術的幻想《ファンタズマゴリア》だろう（ヒトラーの飛行機がリーフェンシュタールの映画「意志の勝利」において、雲の中を神々しく飛んでいく画面が思い出される）。ベンヤミンの考える飛行機の神学的意味は、歴史的事物として「構築」されて初めて現われ出るものだ。飛行機の根源-形象が、歴史的現在の形式と結び合わされると、その二重の焦点が、産業的自然のユートピアの可能性と、同時にその可能性の裏切りとの両方を照らし出すのだ。

爆撃機は、レオナルド・ダ・ヴィンチが空飛ぶ人間に期待していたものを私たちに思い出させてくれる。「真夏の熱気に震える町の石畳の上に、山の頂上からとってきた雪を撒き散らすために」空飛ぶ人間は飛び立つはずだったのだ。〔ピエール＝マクシム・シュール V, 609（N18a, 2）〕

今日の爆撃機はダ・ヴィンチのユートピア的期待の弁証法的アンチテーゼである。哲学的視線がこれらユートピアと現実の形象の並置を凝視すると、科学技術の自然の無垢な元の状態も認めざるを得ないだけでなく、それにもかかわらず科学技術が人類を脅嚇するようになる理由を求めて経験的歴史を研究するように強いる。そのような知識は、経験的歴史の進行に対する完全にニヒルな不信に導きもするが、同時に、この歴史の進行から解放されるように、裏切られた人類の怒りを政治的動員のためのエネルギーに変えることもできる。(71) こうして過去の歴史を救済する神学的啓示と、それを非難する政治教育は、実は同じ一つの努力であるのだ。

9

ベンヤミンの哲学的試みにおいて、史的唯物論の名で神学的解釈とマルクス主義の解釈を融合しようとする試みほど、激しい抵抗を受けたものはない。これほど大音声の批判の大合唱に対しては、直接、立ち向かう必要がある。ベンヤミンのマルクス主義へのいわゆる背教的改宗に関するショーレムの全面的懐疑についてはすでに論じた。ブレヒトはそれに劣らず、マルクス主義者としてこの試みに怖気をふるった。

> ベンヤミンが［……］ここにいる。彼は言う。視線が向けられていると感じたら、たとえ背後であっても、視線を返すのだ（!）。こちらが眺めている対象がこちらを見返すという期待はアウラを生じさせる。［……］それはみな、神秘主義に対立するポーズをとった神秘主義である。それは、唯物論的歴史の概念がとるのはそのような形式なのだ！　ひどく幽霊じみている！〔ブレヒト『労働者誌』[72] I, 16〕

ベンヤミンがパサージュ論で成し遂げたいことを最も正確に伝えていた相手は、アドルノだった。[73] そしてまた少なくとも初めはベンヤミンの弁証法的唯物論のまさに「神学的」極をもっともよく理解し、自分でも用いていたのもアドルノだった。[74] 手紙でアドルノは、二人が共有する「否定（陰画）の」あるいは「反転した神学」に言及している。そして宇宙時代《ヴェルタルター》（太古以来の時代）と経験的歴史《ツァイタルター》を区別したベンヤミンによるカフカ論（一九三四年）への反応として、彼は、「私たちは明白な意味において、デカダンスも進歩も認めない」のだから、経験的歴史という概念は「私たちにとって［……］まったく［……］実存性をもたないのです。あるのは硬直した現在からの延長上に推定される宇宙時代だけなのです。そして私のこの言い分を、理論においてあなた以上に喜んで認めてくれる人はなかろうと私は思います」〔アドルノからの手紙、一九三四年一二月一七日付 V. 1110〕と書き送っている。しかしちょうど一年後に完成されたパサージュ論の概要は、アドルノの熱狂をかなり冷ましたようだ。彼は神学的内容を語るために集団的無意識を指す心理学のカテゴリーを用い、神学的用語の使用を避けるというベンヤミンの戦略に反対だった〔第八章参照〕。アドルノが懸念を強めていった哲学的問題とは、「神話」（経験的歴史の幻想空間）と「調和」（歴史のメシアニズム的目標）との間で、「主体が消滅する」ことだった〔アドルノ「ベンヤミンの特質」235〕。もちろんベンヤミンは人間の政治的行動は経験的歴史と宇宙時代の間のつなぎ目として、必須であるという意味で、人間主体は自立的行為者であることをはっきりと認めていた。人間の革命的実践こそがメシア時代をまねきいれるのであると。しかしアドルノにとってはそれでは十分ではなかった。アドルノが回想録で書いているように、ベンヤミンは「悲劇的英雄の場合と同じく、この自立性を弁証法的プロセスにおける移行の契機に還元してしまい、したがって人間と創造の和解は、自己定立した人間存在の解体を条件とすることになる」〔同 236〕のだ。

結局神学は、経験的歴史に対立するカテゴリーであるのと同じ程度に、経験的歴史のカテゴリーでもあり、そしてマルクス主義も含めて、啓蒙思想家はまともな理由もなしに神学を相手に戦ったのではなかった。最終的にアドルノは、彼の哲学の超越的要素の基盤を作るために神の創造である自然よりむしろ芸術という人間の創造に向かった。彼は代償を支払わなければならなかった。彼自身の理論は、経験的歴史の文化の連続体内部に包摂されうるのだ。予想通り、ロマン主義（芸術）と啓蒙主義（批判的理性）の周りを自転しながら、アドルノの哲学は——アドルノ自身が一九三四年には進んで退けていた——ブルジョアジーの知的伝統の一部を構成するものとして読むことができる。ベンヤミンは哲学と政治の両方の実践の構想を練るための座標軸として、宇宙時間の領域をあきらめるつもりは全くなかった。

ベンヤミンの史的唯物論の概念中に見られる「神学的」なものを捉えようとするすべての試みの中で[75]、ロルフ・ティーデマンの「歴史哲学テーゼ」に関する一九七五年の論文は哲学的にも、知的にも、もっとも綿密なものであった[76]。ベンヤミンの著作の編者として、パサージュ論の未完の草稿を読むことができ、〔特に束「N」の記述を引用しながら〕、ティーデマンは「歴史哲学テーゼ」に関して言えば、神学的、あるいは神秘主義的概念が登場するときには、必ず「唯物論的意図」〔ティーデマン「史的唯物論」90〕を伴うと確信をもって主張する[77]。ベンヤミンの歴史哲学用の覚書からも明白なように、「ここには宗教的意味でのメシアという考えはない」〔同 81〕――「階級なき社会という概念において、マルクスはメシア時代の概念を世俗化したのだ。そしてそれはそうあるべきだった」〔ベンヤミン I. 1231 ティーデマンによる引用　同 83〕。しかしティーデマンは、これはまだ問題の半分にすぎないと分かっていた。

　ベンヤミンがなぜこういう方法で進めたのかを問わなければ、テーゼの解釈は途中でとまってしまうだろう。ある地点で彼はマルクスが「世俗化した」はずの神学の言語へと翻訳し直しており、ベンヤミン自身はそうすべきだと考えているのだ。〔ティーデマン「史的唯物論」95〕

　ティーデマンはベンヤミンが遡行して翻訳し直したことについて、哲学的理由を見つけられずにいる。代わりに彼はそれを政治状況、中でも最も差し迫った「〔一九三九年の〕スターリンとヒトラーとの同盟」という外的原因に見出している〔同 90〕。しかしたとえこれが彼にはベンヤミンの神学言語への退行を説明するものとなっても、彼の見地からすると、それが正当化されることにはならない。革命的破壊と救済の考えを結び付けようとするベンヤミンの努力は最終的には「和解不能なものを結び付けようとする試み」〔同 96〕であったと考えている。そこにティーデマンはベンヤミンの初期のアナーキズムの再興を見出している。

一九四〇年のテーゼにおける政治的実践というベンヤミンの考えは、マルクス主義の冷静さよりも、アナーキストの熱狂の様相を呈している。ユートピア的社会主義とブランキ主義的側面の漠とした混合物となり、メシアニズムを本気で真剣に受け取ることも、真剣に政治に移すこともできない政治的メシアニズムを生み出す。〔同 95〕[78]

（パサージュ論が世に出る前の）一九七二年に書かれた影響力ある論文において、別の理由によるが、ユルゲン・ハーバーマスも、テーゼにおけるベンヤミンの哲学的立場を受け入れがたいとしている。ハーバーマスは過去からの根本的な切断としてのベンヤミンのメシアニズムの概念は、マルクスの歴史の理論とは両立しないと論じる。その理由は、後者においては、経験的歴史の発展そのものが社会主義を生み出すダイナミックな緊張を作り出すからである。「修道士の衣」のように、マルクス主義の上に「歴史についての反進化論的概念」を羽織るわけにはいかないとハーバーマスは言う。「この試みは失敗するしかない。なぜならまるでときおり頭上から射してくる「現在《いま》の時」というアナーキスト的概念は、社会進化という唯物論理論の中に挿入することはできないからだ」。[79]ハーバーマスはベンヤミンの方法の「救済」の極を「経験世界に意味を投じるために、人類が依拠する意味論的可能性」〔ハーバーマス「批判」, 202〕を救い出す試みであると理解している。ベンヤミンは、もし「神話の意味論的エネルギー」が人類から失われてしまえば、「人間の必要性という観点から世界を解釈する詩的能力が失われる」〔同 205〕と信じていたとハーバーマスは言う。それなりの利点をもつとは言え、これは「政治的実践とは必然的関係」〔同 212 215〕がないので、「批判についての保守‐反動的理解」〔同 211〕にすぎないとハーバーマスは続ける。それはイデオロギー批判というマルクス主義の方法に対立するものであり、ハーバーマスによれば、ベンヤミンはその批判的立場には至っていなかったのだ〔同 206〕。[80]最近の著書でリチャード・ウォリンは、伝統に対するベンヤミンのこの保守的で、実にノスタルジックな姿勢は〔ウォリン『ヴァルター・ベンヤミン』82〕、[81]マルクス主義的政治と決して和解できないものだと論じている。ところがウォリンは、ベンヤミンの「史的唯物論への関わり」を判断するにあたってはハーバーマスより自信を持って肯定している。それは「まさに伝統に対してベンヤミンがとった敬意ある姿勢」〔同 264-65〕にある。なぜなら、たとえこの敬意を史的唯物論と結び付けようとする試みが哲学的両義性という結果に終わるとしても[82]、この姿勢こそが上部構造として「通常マルクス主義が文化を軽視してきたことに対する決定的修正[83]」を与えるからである。

哲学者として真剣にベンヤミンを扱ってきた論客の間で、相違はあるが重なり合っているのは、「神学」と史的唯物論を融合させようとする彼の試みは失敗したし、おそらくはそうならざるを得ないものだったという結論である。しかしベンヤミンにとっては、神学が哲学的経験という座標軸として機能し、それがイデオロギーの上部構造の一部としての「宗教」の機能とは異なっていたのだと理解できるなら、この結論は絶対的なものではないように思われる。

10

ベンヤミンの理解によるカバラの解釈方法は事物を「実際にあるがままに」〔V. 578 (N3, 1) 参照〕見せることにはこだわらない反歴史的なものだった。伝統の救済においては、「確固とした、見かけ上は荒々しい介入」〔V. 592 (N9a, 3)〕をすることで、「歴史的事象をその連関からもぎ取ってくることになる」〔V. 595 (N11, 3)〕。カバラの精神においては、過去の「意味論的可能性」の救済は決してノスタルジックな行為ではない[84]。アナーキズムの神話の要素はそれ自体では真の意味をもたず、ただ近代性について絶対的に新しいもの、すなわち階級のない社会の現実の可能性を解く鍵という「アクチュアル」なものとしてのみ意味をもつのだとベンヤミンは信じていた。古代の形象が現実の歴史的可能性への言及となり、そうすることで、もっとも平凡で世俗的現象さえ、政治的意味で満たすことができるようになるとき、それらはもはや神話的ではなく、「純粋に歴史的」になる〔V. 578 (N3, 1)〕。これは政治的ビジョンである。同時に別の解釈の座標軸においては、マルクス主義が近代性の経験的歴史の進路を分析する方法を与えている。

すなわち商品生産は神話的要素を物象化し、上部構造内に文化的幻想空間を作り出すが、それは、物質的現実性をもつにもかかわらず、確実に決して神話のユートピアの約束が実現されることのないようにするのだ。この分析は政治的脱神秘化以外の何物でもない。

神学（超越の座標軸）がなければマルクス主義は実証主義に堕してしまう。マルクス主義（経験的歴史の座標軸）がなければ、神学は魔法に堕してしまう。実際弁証法的形象は「魔法と実証主義が交差する点」に出現するのだが、このゼロ地点においては、どちらの「道」も否定され、同時に弁証法的に克服される。

ベンヤミン自身が認めているように、問題は構成にあった。すなわち、弁証法的形象の材料が、日常の事象や世俗的テクストに見出されるのであれば、その神学的（哲学、政治的）意味が認識されるように、これらをどのように連関させていくべきか。明らかに神学的定式化は、時間の「地獄のような」反復を示す賭博師や、運命に従う「罪」や、運命の最大の敵対者としての「名」に関する記述も含めて、パサージュ論の初期の覚書に姿を現している。この部分はアドルノにはこの構想の「輝かしい第一草稿」として、「天才的」という印象を与えた〔アドルノからの手紙、一九三五年八月二日付 V. 1128〕。しかし一九三五年の概要のころまでには、そのような言説は姿を消す。束「N」が明らかにしているように〔なかでも V. 588（N7a, 7）〕、神学はこの著書に活力を与え続けてきた。しかしそれは表立っては見えなくなるはずだった。ベンヤミンがこのような戦略をとったのは、神学的表現様式を使用することによって新しい自然の意味が宗教的な個別性へと差し戻されることを恐れたからであり、むしろ逆に「新しい自然」が神学をイデオロギー上部構造から引っぱり出して、それを世俗的政治領域に挿入するようにしたかったからだ。

ベンヤミンの言う弁証法的形象は、クロイツァーの神学的象徴の描写にきわめて似ているが、ベンヤミンはそれを近代的なメタファーで説明している。それが与える認識の「稲妻のような閃光」はカメラのフラッシュに例えられ、「静止した弁証法」〔V. 577（N2a, 3；（N3, 1）（N10a, 3）〕である形象自体が、暗室におけるように時間をかけて「現像」

される画像となる。

過去は光が感光乾板に刻み込む像に例えられる像を文学作品の中に自ら残している。未来だけが、このような陰画の中を完全に探り出すだけの効力を備えた現像液を持ち合わせている。〔アンドレ・モングロン　V, 603（N15a, 1）〕

これらの形象は映画のように並置されることになる。(85)

この仕事を決定する現代のリズムについて。映画において非常に特徴的なのは、「発展」の「流れ」が否認されているのを見たいという今の世代の深い欲求を満たす映像の徹頭徹尾がくがくするつながりと、滑るように流れる伴奏音楽との相互作用である。歴史の形象から厳密に「発展」を追い出し、弁証法的に引き裂かれながらではあるが、センセーションと伝統の中で生成を存在の一つの状況布置として描き出すことが、この仕事の傾向でもある。〔初期覚書　V, 1013-14（H°, 16）〕

過去と現在の並置を知覚させる「認識の衝撃」は電気ショックに似ている。（現代における無意識の知覚の衝撃のような断片的形態が、有機的-伝統的全体性と無念そうに対比されるのではなく、意識的知覚のレベルにおいて、道化て模倣され、複製されていることに注意してもらいたい）。ベンヤミンは彼自身の弁証法的形象を「構成する」活動を、事物を建造するプロセスにおいて「爆破する」技術者のそれに例えている〔V572,（N1a, 1）〕。パサージュ論の構想についてエルンスト・ブロッホと一九三五年に交わした会話を、ベンヤミンは「この方法がいかに――ちょうど原子核の破壊の方法と同じように――「むかしむかしあるところに」という古典的な歴史物語の中に封じ込められていた歴史の巨大な力を解放するものであるかを話して聞かせた」〔V, 578 (N3, 4)〕と記している。

政治的な意味での認識論的爆発が起こるのは、現在が、「アナーキスト的間欠性」、すなわちユートピア的な「複数の現在《いま》の時」（ハーバーマス）の爆撃をうけるときではなく、「現在《いま》の時」としての現在が、つい最近の過去の経験的で不敬な断片の爆撃をうけるときである〔V, 576 (N2a, 3)〕。そのうえ、パサージュ論は歴史の経験的「発展」を無視しない。その発展がたとえそれ自体直接的な真実ではないとしても、批判的知識にとっては重要である。束Nにおいて宣言されたテーマとしての目標は、歴史の現実の進行を評価し、その欠落を見出す批判的基準としての原意の啓蒙主義から、進歩の思想の歴史を跡付けるというものである〔V, 598-99 (N13, 1)〕。ベンヤミンによれば、「批判的精神に対する誹謗は、〔一八三〇年の〕七月革命におけるブルジョアジーの勝利の直後に始まる」〔V, 594 (N10, 5)〕。それ以来、いまだに評価に慎重なブルジョアジーの思想家は「防御に回らざるを得ない」〔V, 599 (N13, 3)〕。それに代わる方法の一つは、進歩を社会ではなく科学という限定的意味においてのみ認めることだった。

> テュルゴ〔一八四四年〕においては進歩概念はまだ批判的機能を有していた。進歩概念はまずなによりも、歴史における退行的な運動に人間が注意を向けることを可能にした。意味深いことに、テュルゴは、進歩がまず何よりも数学研究の領域において保証されるものと認識していた。〔V, 594 (N11a, 1)〕

もう一つの方法は歴史の進歩を救済という批判的神学的標準に照らして判断することだった。ベンヤミンは科学や人間社会の進化を真理と同等視することを拒んだ形而上学者ヘルマン・ロツェを引用している。

個々の時代や人間の要求を軽く見て、そうした時代や人々の不運には目を向けずに、ただ人類が全体として進歩すればいいと考えるのは、それがたとえ高貴な感情に包まれていても、やはり慎みのない感激でしかない。……以前に不完全な状況に苦しんだ人々の心の中で幸福と完全さが増大しないような進歩は……進歩ではありえない。〔ロッツェ　V. 599 (N13, 3)〕

ベンヤミンの「一九世紀の根源史」は、(古い神話的要素が非-神話的で、歴史的内容を見出すような) 近代の根源的でユートピア的な可能性と、破滅的で野蛮な現状とを並置させた内的-歴史の形象を構成しようとする試みである。この並置された形象の衝撃によって革命的覚醒を起こそうとするのだ。だからこそ「私には何も言うことはない。ただ示すのみ」〔V. 1030 (O°, 36)〕とベンヤミンは言うのだ。しかし最初のボードレール論同様に、ベンヤミンが歴史的事実のモンタージュに語らせようとしたとき、混みあった都市を歩き、デパートの商品の並ぶ通路を移動する際にセンセーションが吸収されてしまう状態に陥るのと同じく、読者が気をとられたままで、夢うつつのうちにこれらの衝撃を吸収してしまうかもしれないという危険を冒していた。言いかえればそれは、パサージュ論を読む素人の読者が、ベンヤミンの要点を捉えきれないかもしれない危険、加入儀礼を経た人々にしか伝わらないかもしれないという危険である。

「歴史哲学テーゼ」は、「熱狂的な誤解に向かうドアを開け放しにしてはいけない」〔カルプルスへの手紙、一九四〇年四月 I. 1227〕ので、独立した論文として出版される予定ではなかった。しかしテーゼには教育的意図があり、事実パサージュ論の読者が経なければならない加入儀礼《イニシエーション》を与える。最初のテーゼはアレゴリー的形象である。史的唯物論のチェスの差し手の人形の中に隠された神学の「小人」(「チェスの名人」) が糸を引いている。神学は「周知のように、今日では小さく醜くなっていて、しかもそうでなくても人の目にさらしてはならない」〔「歴史哲学テーゼ」I. 693〕のである。しかし後に続くテーゼでは、そこに何か隠れていることを忘れないように、急に小人が引っ張り出され、その属性が晒される。神学が史的唯物論を活性化することを思い出させられるが、その知識を名前で呼ぶとその真実が消されてしまうので、この知識を見えないようにしておくこと――これがベンヤミンの最後の警告である。それを尊重し、そして再び神話の小人を視界の外におくことにしよう。

第八章　大衆文化の夢の世界

1

パサージュ論の目に見える理論装備は、夢の世界としての近代性という非宗教的社会心理学の理論と、夢の世界からの集団的「目覚め」を革命的階級意識とみなす理論の二つである。この二つの定式化には私たちはすでに何度も出会ってきた。ベンヤミンはますます緻密になるパサージュ論の構成を支える非神学的な理論的基盤を与えようとして、注釈の中でこれらの理論を展開させている。その試みすべてが成功したわけではなかった。その理論はシュルレアリスムとプルースト、マルクス、フロイトの要素と、歴史的各世代と子供時代の認識という要素を混ぜ合わせたものだが、その混合物は論理的意味よりもむしろ文学的意味によって結び合わされている。だがベンヤミンがこの理論的モンタージュにおいてとらえようとした歴史的経験の質は確かに伝わり、それこそがこの企てにおいて重要な点であった。そのうえ、この理論は、大衆文化を虚偽意識の幻想世界の出所としてだけではなく、それを克服する集団的エネルギーの源泉としても真剣に扱っているという理由で、近代社会の研究法として異彩を放つものとなっている（そしてそれが多少繰り返しになるとはいえ、本章でそれを系統立てて扱うことを正当化してもくれる）。

8.1 『古代ローマ建築』第2巻（ジョヴァンニ・バティスタ・ピラネーシ, 18世紀）

マックス・ヴェーバーの著作に基づいて[1]、近代性の本質は社会の脱神秘化と脱魔術化であるというのが社会理論の合言葉となった。それとは対照的に、パサージュ論におけるベンヤミンの中心的議論は、シュルレアリストたちの見解に歩を合わせ、資本主義の下では、産業主義は社会に再び魔法をかけ（図8．1[2]、8．2）、それによって「神話的力の再活性化」〔V. 494（K1a, 8）〕[3]が起こるというものだった。ヴェーバーのテーゼは、一八、一九世紀の生産、市場、国家官僚主義、そして音楽や法などの文化諸形式の構造を組織する原理として、抽象的、形式的理性が圧倒的に勝利したことに基礎を置く。ベンヤミンはこれらの見解にあえて挑もうとはしなかった。しかし社会・文化制度が形式において合理化されたとしても、このプロセスは、内容がまったく異なる諸勢力へ引き渡されることを妨げはしなかった[4]。ますます系統立てられていく合理化という表層の下では、無意識の「夢」のレベルにおいて、新しい都会の産業世界が、また完全に魔法にかけられてしまうのだ。他の時代の原森林に劣らず、近代都市においても、神話の「脅かすようでもあり、魅惑的でもある相貌」〔V. 96（K2a.

8.2　ビル看板（ドイツ，20 世紀）

こ」が生きており、いたるところにはびこる。その神話的相貌は「巨人用歯磨き」〔『一方通行路』IV, 132〕を広告する壁面のポスターから覗き込み、「画一的な通り、果てしない建物の列から成り、古代に夢見られた建築、すなわち迷宮を実現した」〔V, 1007（F°, 13）〕合理的な都市計画にも、神話の存在を囁き伝える。それはまた、原型として、「商品が、まったく支離滅裂な夢から出てきた形象のように、果てしない混乱の中に吊るされ、ぞんざいに置かれている」〔V, 993（A°, 5）〕パサージュの中に登場する。

一九世紀の初めに、啓蒙主義的合理性への抵抗としてドイツロマン派は、神話の復活を要求し、「自然の事物」に基づく、「意味すると同時に存在する」新しい「普遍的象徴」（シェリングによる命名）を求めた(5)。二〇世紀に産業文化の「新しい自然」は、このロマン主義者たちが欲したであろう「普遍的象徴」を生み出す神話の力を創造したとベンヤミンは述べている。ただ違うのは、ロマン派は、神話の源泉は、ますます科学技術と結びついていく産業主義のほとんど匿名の創造性にではなく、芸術にあると誤って考えていたのだ。たとえば、ワーグナーはロマン主義の終わりに、個人的な芸術的才能とは、芸術を通して神話世界を紡ぎあげることだと見なしていたのに対し、[6]パサージュ論の概要で強調されるのは、近代の「集団的」想像力を生み出すのは、写真家やグラフィック画家、産業デザイナー、そして技術者であり、そして彼らから学ぶ芸術家や建築家だということだった。

「神話の力」は新しい産業技術の中にあり余るほど存在している――事実、「われわれが今生きている移行期の目覚めの空間」を「神々は特に愛している」のだ〔V1021, (G°, 26)〕。ベンヤミンは神々の遍在を、幸運の兆しと思う程度にはロマン派の伝統を受け継いでいる。神々の遍在は社会変化の前兆となる。神話的体系化という物象化の拘束から自由である限りは、そのような神話の力は肯定される。この時代において「神」について語るというのは、畏怖を呼び起こす未知なる技術の諸力を人間の言語で表すということである。しかし神話的象徴は、必然的に、その象徴を生み出し変化していく歴史の瞬間と同じくらいはかない。ゆえに「神々が空間を占めるのは、稲妻のような閃光として考えられるべき」で、

> 新古典主義が基本的に失敗している点は、列をなして通り過ぎる神々のために、神々と接触するための本質的な関係性を否認するような建物を建てているところにある（悪しき、反動的な建築）。〔同〕

神々の存在、神々が回帰して地上を歩むことが嘆かれるのではなく、その神々に永続的な住処を建造しようとする試みが嘆かれているのだ。

ロマン派は「新しい神話」が産業化以前の伝統的文化に根差していることを望んだ。ベンヤミンは彼の時代の〔ナチスが提唱する〕民族主義的《フェルキッシュ》理論が想定したような社会保守主義は強く拒絶していた。(7) シュルレアリストも新しい神話について語り、それを作りだした。(8) インスピレーションを求めて民族文化に向かい合ったり、あるいは新古典主義のように古代の神話の象徴を現代の形式にくるみこんだりするよりは、都会の産業風景という常に変化する新しい自然自体を驚嘆すべき神話と見なしたのだ。彼らの詩神《ミューズ》は、春のモードに劣らずつかの間で、舞台やスクリーン上のスターであったり、広告塔の広告や絵入り雑誌だったりする。ベンヤミンも「シュルレアリスムの詩神たち」をあげている――「ルナ〔月の女神〕、クレオ・ド・メロード〔美貌で名高いフランスのダンサー〕、ケイト・グリーナウェイ〔イギリスの挿絵画家〕、モルス〔死神〕、フリーデリケ・ケンプナー〔ドイツの作家・社会活動家〕、ベベ・カダム〔フランスの石鹸メーカー。赤ん坊の絵の広告で有名〕、ヘッダ・ガーブレル〔イプセンの同名の戯曲の主人公〕、リビドー、アンゲーリカ・カウフマン〔スイス生まれのオーストリアの画家〕、ゲシュヴィッツ伯爵令嬢〔ヴェーデキントの戯曲『地霊』、『パンドラの箱』の登場人物〕」〔V. 1006 (F°. 4)〕。(9) 一九三四年になってもいまだに「パリに関する最高の本」とベンヤミンが呼んでいたルイ・アラゴンの『パリの農夫』は〔概要覚書3 V. 1207〕、ほかの時代の農夫が魔法にかかった森を彷徨い歩いたように、これらの詩神と連れだって、商品の物神という新しい自然の風景の中を陶酔しながら歩き回る。彼にはエッフェル塔はシマウマに見え、サクレクール教会は魚竜になる〔一九三五年概要 V. 1208〕。ガソリンスタンドにタンクが、神性のアウラの微光を放ちながら、そそり立つ。

> それらは[……]大きな赤い神々、黄色い神々、そして緑の神々だ。人類がこれほど野蛮な運命と力の光景に従ったことはない。名も知れぬ[……]彫刻家たちは、このような金属の幽霊を構築するのだ。偶像は互いに似通い、それゆえに畏敬を誘う。新しい英語やその他の言葉で飾られ、長くしなやかな一本の腕、光り輝く顔のない頭部、一本の足、腹

部には数字が記され、この給油機はときにエジプトの神々、あるいは戦いだけを崇拝する人食い部族の神々のように魅了する。テキサコモーターオイル、エッソ、シェル！　人間の可能性を示す崇高な署名！　じきにその泉の前で、年若い青年が石油ナフサに自分たちのニンフを見つけ、身を滅ぼすところに出くわすだろう。〔アラゴン『パリの農夫』145〕(10)

伝統的な文化的価値観に対する不敬性を示すのはシュルレアリストの諧謔の基本だった。ドーミエやグランヴィルはこの批判的方法を用いた先駆者で、それは近代的な感受性全般の特徴となった。日常生活の最新の陳腐さが古代のアウラと融合されるにせよ（図8．3）、古代そのものが最新のものに持ち込まれるにせよ（図8．4及び8．5）、結果としては、神話と具体的な自然、そして歴史を集合させることで、超越的で永遠の真実を表現したいという神話の要求を（この要求から保守や反動的政治につながる論理もろともに）掘り崩すのだ。ベンヤミンは「人類は和解しながら過去から決別しなければならない――そして和解の一つの形式は楽しい別れである」〔V, 583（N5a, 2）〕と述べている。その後マルクスを引用して、

歴史とは徹底的なものであり、古くなった形態を墓に葬ろうとするときには、多くの段階を踏まえていく。世界史の一形態における最終段階は喜劇である。アイスキュロスの『鎖につながれたプロメテウス』の中にすでに一度悲劇という形で致命傷を負わされたギリシアの神々は、ルキアノスの対話の中でいま一度喜劇という形で死なねばならなかった。なぜ歴史はこうした成り行きをとるのだろうか。それは人間が朗らかに自らの過去と訣別するためである。〔マルクス『史的唯物論』同〕

ベンヤミンは、さらに「シュルレアリスムとは喜劇のうちに前世紀が死ぬことである」〔V, 584（N5a, 2）〕という注

8.3　古代としての近代性そのもの（ニルス・オーレ・ルンド）

8.4 と 8.5　古代を現代風に（ヘルベルト・バイヤー）

釈を付け加えている。

しかしシュルレアリスムの新しい神話は可笑しさの衝撃にとどまらない。モダニストの感受性は因習的に尊ばれているものの正体を暴露するが、その逆もある。つまらないとされている物が敬意の対象に変わるのだ。アラゴンの農夫によれば、奇跡的なものはもっともありふれた日常的な現象――毛皮店、シルクハット、金色の葉のついた検電器、美容院の陳列――から生じるのだ〔アラゴン『パリの農夫』142〕。古い形式に逃げ込むどころか、シュルレアリストの知覚は新しい形式のもつ「形而上学的」本質[11]〔同 141-3〕を直接的に把握する。その本質は歴史の高みにあるのではなく、その内部にある。

〔この新しいもの〕の君臨はその新しさゆえに予言されており、その未来には、死にゆく星が輝いているということが分かり始めた。そうしてそれらは、つかの間の専制者として、何らかの方法で私自身の感受性に付された運命の代行者として私の前に現われてきた。そしてとうとう私は自分が近代の陶酔に浸っているのだ

ということが分かってきた。〔同〕

この近代の神話の神々の特異な点は、時の影響を受けるということにある。彼らは人間の歴史の世俗的で非永続的世界に属し、その中では彼らの力もつかの間のうちに失われる。つまりこれらの神々は死に得るのだ。事実アラゴンも認識しているように、はかなさこそが彼らの力の基盤そのものなのだ。

大空を吸い込んだスポンジのように、人類は神々で満ちている。この神々は生き、その力の頂点に達しては死んでいき、香の焚かれた祭壇を他の神々に譲り渡していく。神々は完全なる変容の原則そのものである。移動の必然性そのものでもある。私はそのとき何千もの神々しい具象の中を陶酔しながら歩き回っていた。動いている神話を見出し始めた。それは正しく現代の神話の名に値する。私はそれをこの名前で心に描いたのだ。〔同 141〕[12]

アラゴンが現代世界を神話的と見なすとしても、その見解を、所与性をつまびらかにする（そうすることで正当化する）神話体系に収めようとはしていない[13]。むしろアラゴンは、手段としての合理性が抑圧している事実を記録している。このいまだ原始段階にある産業主義における近代の現実は、事実、神話であり[14]、これを意識に上らせることは、批判の可能性を削ぐことではなく、それどころか、実際その前提となる必要条件である。アラゴン自身がそのような批判を示唆している。彼はガソリンタンクの神々が存在するようになったのは、人間が自分たちの「活動を機械に〔……〕委任した」ためであり、そこに「思考の機能」を移したからだと認めている。「この機械というものは、思考するのである。この思考が進化していき、機械は予期されていた用途を超えてしまったのだ」〔同 146〕。機械は途方もないスピードで働き、そのため人間を「ゆったりとした自己」から疎外し、人間の内部に機械的運命の「パニックめいた恐怖」を発生させる。「悲劇の近代的形式がある。それは、旋回させる大きな舵取り機のようなもので、ただ、だれの手もその舵に置かれていないのだ」〔同〕。

2

アラゴンに熱狂したからといって、ベンヤミンが自分の仕事のモデルとしてシュルレアリスムがもつ危険性を認識し損ねたことはなかった。シュルレアリストは近代的現実からできた形象を記録するために、意図的に自分たちを夢の状態に置く。彼らはこの夢の経験に進んで浸り、それは公的に展示されはするが、あくまで個人的で私的世界に属するものであり、その活動がアナーキスト的な政治的含意をもち得るのはその私的世界においてのみだった。夢は「集団的現象」(15)であるとするベンヤミン自身の主張は、彼らの概念と意味深い対照を成す。ベンヤミンの言う「夢見る集団」〔V, 492-93（KI, 4)〕は、確かに二重の意味で、つまり一つには夢をみているぼんやりした状態にあるという意味で、そしてもう一つには、それ自らについて意識していないという意味で、「無意識」である。この夢見る集団は、原子化した個人、すなわち消費者から成り、（その反対であるという客観的証拠にもかかわらず）商品の夢の世界はひとえに個人的なものであると思い込み、群衆の中の匿名的な構成員として孤立した疎外感を覚えながらしか、集団への所属感を経験できないのだ(16)。

ここに資本主義文化の根本的矛盾がある。私的生活を特権化し、孤立した個人を主体の概念の基盤とするような生産様式は、まったく新しい形式の社会存在——都会空間、建築諸形式、大量生産商品、無限に再生産される「個人の」経験——を作り出した。その社会存在は、アイデンティティや、人々の生活への従順な同調性こそ生み出しはするが、社会的結束や、自分たちの共通性についての新しいレベルの集団的意識や、いわんや自分たちを包み込む夢から覚める方法などを生み出すことはない(17)。アラゴンが、本当は共通のものによって刺激されているときでさえ、個人のものと感じられる新しい神話的経験を描いてみせたときに、はからずもこの矛盾を表現したのだ。彼が書いたものは大量の集団的経験の幻の経験を、超越するのではなく、そのまま反映していた[18]。ベンヤミンの目標はそのような夢状態を描き出すのではなく、それを追い払うことにあった。弁証法的形象は夢の形象に目覚めをもたらし、目覚めは歴史的知識と同義なのだ。

弁証法的形象においては、特定の時代において存在したものは、〔……〕人類が目をこすりながら、こうした夢の形象をまさに夢の形象として認識するような〔……ある特定の時代〕の眼前においてしか現われないのだ。歴史家がこの夢の形象に関して夢解釈の課題を引き受けるのは、まさにこの瞬間においてなのである。〔V, 580（N4, 1）〕

シュルレアリストは「夢の領域にはまり込んで」〔V, 1014（H°, 17; N1, 9）〕しまっている。ベンヤミンの意図は、「アラゴンとは反対」に、「『夢』や『神話』の中でまどろんだままでいない」で、「目覚めの弁証法によってこのすべてを見破ること」〔一九三五年概要覚書8 V, 1214〕であった。そのような目覚めは、シュルレアリストや他のアヴァンギャルドの芸術家たちが立ち止まった地点から始まるものだった。彼らは文化的伝統を拒むが、そのとき同時に歴史にも目をつぶってしまった。アラゴンの「神話」とは対照的に、パサージュ論は「神話を歴史空間の中に解消することを肝要とする」〔V, 1014（H°, 17; N9, 1）〕[19]のだ。

ベンヤミンの概念にとっては、この「歴史空間」は、前世紀を指すだけでなく、子供時代――中でも一九世紀の終わりごろに生まれた彼と同世代の子供時代――という個体発生的な「自然の」歴史も指していることがきわめて重要であった。

われわれが夢の中に引き入れる目覚めかけた朝の物音とはどんなものだろうか。〔一九世紀のキッチュの〕醜さ、「時代遅れ」〔のその世界の現象〕は、子供時代から聞こえてくるばらばらな朝の声であるのだ。〔V, 1214 一九三五年概要覚書8〕

現代の革命のエネルギーとしての夢みる集団というベンヤミンの理論は、ベンヤミンの認識理論にとって子供時代全般が持つ意義を理解することを求める。それはシュルレアリスムへと私たちを差し戻す回り道であるが、そこを辿ることでベンヤミンが見たシュルレアリスムというこの知的活動の政治的可能性をより明瞭に意識できるようになるはずだ。

3

〔パサージュ論は〕、子供の遊びや、ある建築物や、生活状態などについてときおり現われてくるあの極限的な具体性を〔……〕獲得することと関係があるのだ。〔ショーレムへの手紙、一九二九年三月一五日付 V, 1051〕[20]

与えられた言葉からごく短い文を作るという子供の遊び。この遊びは陳列された品物を注文させられるのに似ている。望遠鏡と花の種、木ねじに銀行券、化粧にカワウソの剥製、毛皮に拳銃。〔V, 994（A°, 8）〕

子供たちは大人が作り上げた既存の世界よりも、無駄な品物に夢中になる。明らかに価値や目的のないものにひきつけられるのだ。「こういったものを使う時、子供たちは大人の作品を模倣するというよりも、遊びながらそれらの屑から作るものを通じて、実に様々な種類の素材相互の間に、飛躍にとんだ新しい関係をつけるのである」〔『一方通行路』IV, 93〕。うち捨てられ、無視された一九世紀の現象へのベンヤミンの認識論的アプローチもそれに近いだろう。ジャン・ピアジェを除けば、認識の理論の展開において、ベンヤミンほど子供を真剣に扱った近代思想家は他にはいない。ベンヤミンが情熱を注いで守った所持品である蔵書の中でも、一九世紀の子供の本は特に大切にされていた〔「子供の本を覗く」IV, 609-15「一〇〇年前のＡＢＣ本」IV, 619-20参照〕[21]。彼は「本の領域でこれほど自分と親密な関係にある」ものはそれほど多くなかったと告白している〔IV, 1049〕。ショーレムはベンヤミンにとっての子供の意義を証言しており、またベンヤミンが自分の子供時代を思い出すプロセスを真剣に考えていたとも述べている。

生涯を通してベンヤミンは子供の世界やその性質にまさに呪縛されたように魅了されていたということはベンヤミンのもっとも重要な特徴の一つである。こうした子供の世界は彼の思索の中で、飽くことなく繰り返されたテーマの一つで、事実、この主題に関して書かれたものはどれも最高の完成度を示していた。〔ショーレム、「ヴァルター・ベンヤミン」175〕[22]

ベンヤミンは子供が遊びのなかから生み出した文は、「大人の使う日常言語より聖書のテクストの言語により近い」〔同〕言葉をもつと思っていた。ベンヤミンは『ドイツ悲劇』の難解さで悪名高い序論について、じつはテクストに入るための「密かなモットー」があって、それは伝承童謡の命令の「切り株をまたぎ、岩を乗り越えよ、ただし足の骨を折らぬ程度に」という精神なのだと、よく話していた〔同〕。子供の国のイメージはベンヤミンの著作全体を通して執拗に登場するので、その理論的意義についての真剣な議論が省略されてきたのは驚くべきことであり、おそらくはそれはベンヤミンが最も政治的な意味のある問題と考えていた子供時代とその認識様式の抑圧を示す兆候に他ならない。

ピアジェもベンヤミンも子供の認識は発達段階の一つで、あまりに完全に克服されてしまうために、成人にはそれはほとんど説明不可能に見えるという点では一致していた。ただしピアジェの方は子供時代の思考が消えてしまうのを観察することで満足していた。彼の認識論における価値観はスペクトラムの大人側に傾いていた。彼の思考は、個体発生の発達の軸上で進歩としての歴史という前提を反映していたが、それをベンヤミンはブルジョアジーの虚偽意識の商標と捉えていた。当然ながら、ベンヤミン自身の関心は、抽象的で形式的な理性の発達段階にではなく、その途上で失われるものに向けられていた。ショーレムによればベンヤミンは〔子供のいまだ歪められていない世界やその創造的想像力〕に魅せられており、「それを〔形而上学者として〕畏敬の念をもって描き、同時に概念的に透視しようとした」〔同〕。

ベンヤミンが子供の意識に見出したものは、ブルジョアジーの教育によっていびり出されたからこそ、〔形式は変わるが〕救済することがきわめて重要なものであった。それは大人の革命的意識の特徴である知覚と行動の断絶のないつながりそのものをもつ。このつながりは行動学者の言う意味での刺激-反応行動に見られる因果性ではない。むしろそれは能動的で創造的な形式の模倣であり、自発的なファンタジーという手段による対応能力を含む。

「子供の引き出しは」武器収納所にして動物園、犯罪博物館にして地下祭室とならざるを得ない。「片づける」ことは、朝星棒〔棒の先端に棘のある鉄球がついた中世の武器〕である棘だらけの栃の実、銀の宝である錫箔の紙、棺である積み木、トーテムポールであるサボテン、紋章盾であるプフェニヒ銅貨、といったひとつの建造物を破壊してしまうことを意味するだろう。〔『一方通行路』IV. 115〕

「子供が生き、命令を与える世界から」発する革命的「合図」〔ラツィスとの共著「プロレタリア子供劇場のプログラム」

II. 766〕とは、模倣的即興性に基づいた創意ある受信を可能とする能力である。知覚と能動的変容は子供たちの認識の二つの極である。「子供の身振りはどれも、受信した身振りに正確に照応する創造的な衝動である」〔同〕。

ピアジェの実験は普遍的で予測可能な反応をテストし、まさにヴェーバーが近代理性の商標そのものだと主張した抽象的-形式的合理性を特権化する。[23] 一方ベンヤミンはブルジョアジー社会が破壊した創造的-自発的反応の方に関心を持っていた。ピアジェの理論は、行為と結びついた認識を、もっとも原始的な認識形式――言語以前の感覚-動因期――としてのみ扱い、子供が言語を獲得してしまうと、その模倣的認識を無視した。ピアジェの実験では、子供の創造的遊び、すなわち可能性でしかない世界を構築することは認識的誤謬として記録される傾向にあった。ベンヤミンにとっては反対に、動因反応の原初的性質こそが注意を払うべき根拠となった。それらは「模倣機能」の証拠であり、ベンヤミンが概念的言語よりも認識にとってより基本となると考えていた身振りの言語の源泉だった。[24] ベンヤミンの考える「実験」とは、「子供の幻想を押さえつけるのではなく解き放つ」〔同〕ことができるように、絵を描いたり、踊ったり、劇をしたりするのを眺めることだった。劇をしながら、子供たちは、

ローマ時代の農神祭の間、主人が奴隷に仕えるように、あらゆるものが逆さになり、演じている間、子供たちは舞台に立ち、注意深く見守る教育者たちに、教え、教育する。新しい力や衝動が〔……〕姿を現す。[25]〔同〕

子供たちの認識は触覚に基づいており、それゆえ活動に結びついている。そしてまた事物の与えられた意味を受け入れるよりもむしろそれを自分の手にとって創造的に使い、そこから新しい意味の可能性を解き放つことによって事物を知るようになるという意味で、革命的力をもっている。（ベンヤミン自身その作品をよく知っていた）ポール・ヴァレリーは、こう書いている。

子供たちは元気で快調なら、みな裂いたり壊したり組み立てたりする〔……〕活動の怪物であり、いつもそうしている。何かすることを思いつけないと〔……〕泣き出してしまう。どんなやり方でもいいので、その物に対してか、それを通してかして活動できてはじめて自分の周りの物を意識すると言っても差し支えないだろう。事実、活動こそが〔……〕すべてなのだ。〔ポール・ヴァレリー『固定観念』36〕(26)

ブルジョアジーによる子供の社会化はこの活動を抑圧した。「正しい」答えをおうむ返しにし、触れることなく眺め、「頭の中で」問題を解き、おとなしく座って視覚上の合図なしに何かをすることを覚えさせる。(27)このようにして習得された振る舞いは、子供の本性に逆らうものだった。さらに大人に関して言えば、そのような認識法の勝利は、革命的主体としては敗北の印となる。(28)

しかし子供たちが存在する限りは、この敗北は決して完全なものにはならないだろう。こうしてベンヤミンはアドルノが「エゴの消失」を歴史の「進歩」の悲劇的結果として説明した際に陥らずにはいられなかった悲劇的結論を避けることができた〔バックモース『否定的弁証法』171 及び各所〕。ベンヤミンの理論は、特定の歴史レベルにおける意識と社会の関係には、子供時代の発達レベルという別の次元が散在していることを認めている。その次元では、意識と現実の関係は独自の歴史を持つのだ。子供には、初めから革命的変身の能力が備わっている。それゆえ、すべての子供たちは「楽園の代表」〔「歴史哲学テーゼ」の覚書 I, 1243〕なのだ。その形而上学的見せかけをはぎとってしまえば、歴史とは子供をもつことであり、(29)したがってそれは、常に始まりへの回帰であったのだ。そこでは革命は世界史の頂点としてではなく、新たなスタートとして登場する。モスクワを訪れたとき、ベンヤミンは偶然ではなく、「着いたとたんに子供時代が始まり」、凍りついた道路のせいで「歩くことさえ覚え直さなくてはならない」と書いている〔「モスクワ」IV, 318〕。

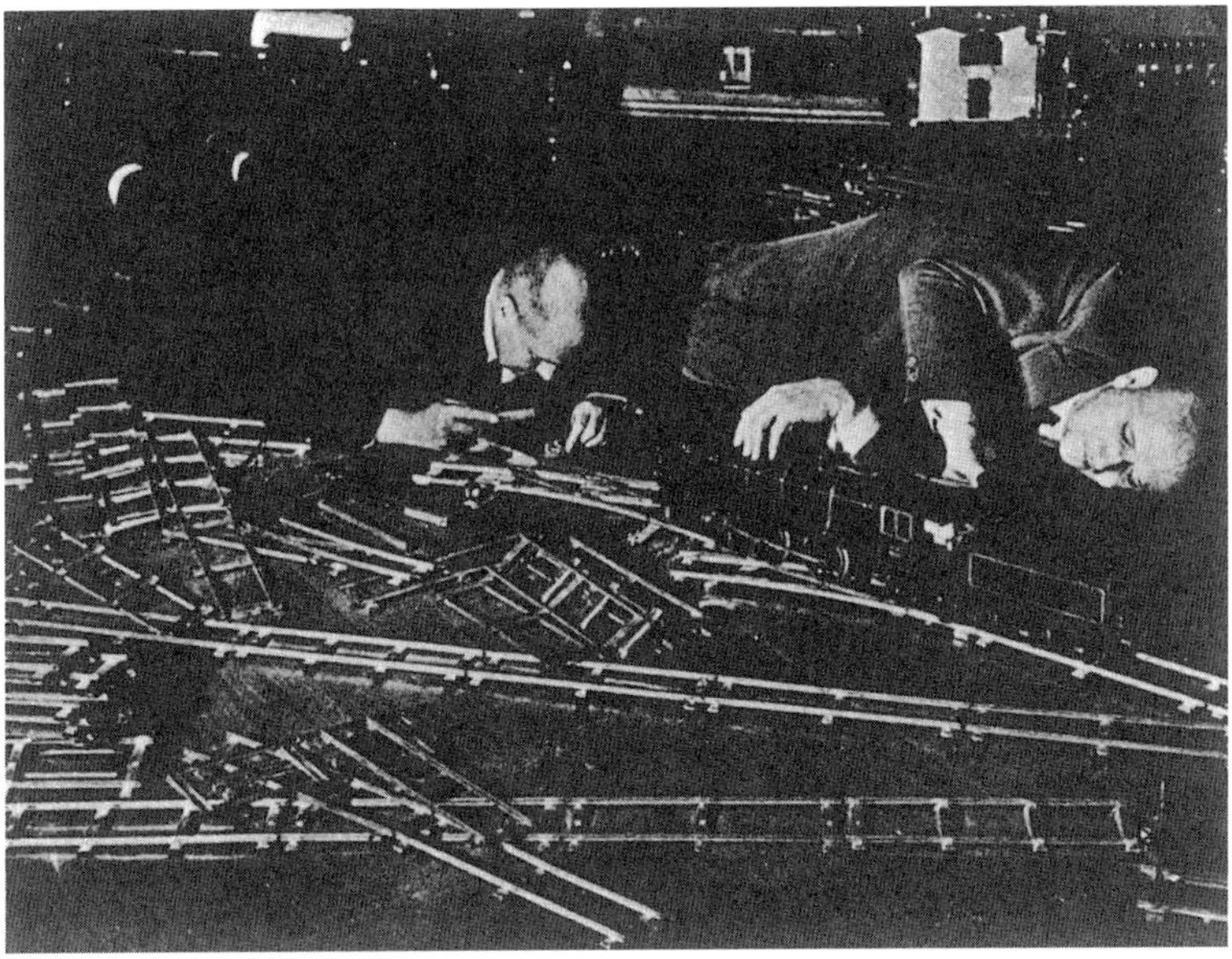

8.6 「鉄道模型協会」（アルベルト・アイゼンシュタット撮影，ベルリン，1931 年）

4

ベンヤミンが子供時代の認識を重要視すると言っても、それは子供時代の無邪気さをロマン化しているということではない[30]。それどころか、子供時代を生き切った人だけが本当の意味で成長できると信じており〔「プロレタリア子供劇場のプログラム」II. 768〕[31]、成長は明らかに望ましい目標であった〔図8．6〕[32]。ベンヤミンは子供の意識の限界を十分意識しており、彼らは「独裁者のように自分の世界で生きる」とも言う〔同 II. 766〕。したがって教育は必要であるが、それは相互的プロセスであった。「教育は何より世代同士の関係に必要不可欠な調整であり、したがって、もし統御という言葉を使うなら、それは子供を統御するのではなく、世代間の関係を統御することではなかろうか」〔『一方通行路』IV. 147〕。

　特に模倣能力に関して言えば、子供の振る舞いを観察する大人は、かつては持っていながら系統発生的にも個体発生的にも衰えてしまった認識様式を再発見できるようになる。一九三三年に書かれ、ベンヤミン自身が自分の言語理論の新しい唯物論的定式化として高く評価していた〔II, 951-55参照〕「模倣能力について」というごく短い論文が、この主張を正確に伝えている。

自然はもろもろの類似を作り出す。動物の擬態のことを考えてみさえすればいい。しかし類似を生み出す最高の能力をもっているのは人間である。類似を見てとるという人間のもつ才能は、似たものになるように、また似たふるまいをするように強いた、かつては強大であった力のその痕跡にほかならない。ひょっとすると人間は、模倣の能力を決定的な誘因としないいかなる高次の機能も有していないのかもしれない。

この能力には、しかしながら、一つの歴史が、しかも個体発生論的な意味におけるのと同様、系統発生論的な意味における歴史がある。個体発生論的に言えば、遊びが、多くの点でこの能力を学ぶ学校となっている。子供の遊びには、いたるところに、模倣の行動様式が浸透していて、それが及ぶ範囲は、一人の人間が他の人間の真似をするということにとどまらない。子供ときたら、店のおじさんや先生の真似をするばかりでなく、風車や汽車の真似もするのだ。〔「模倣能力について」II, 210〕

人類学的にも模倣的認識の技能は不変ではなかった。

模倣する力も、模倣される対象も、何千年もの間変わらず、同一のものであったわけではなかったということを考慮しなければならない。むしろ、類似を生み出す才能——たとえば、模倣をその最古の機能とする舞踏——も、したがってまた、そうした類似を認識する才能も、歴史の変遷の中で変化してきたと見なすべきである。〔同 211〕

「魔術的な照応関係や類似性」のもっとも古い認識装置は、明らかにこの技能に基づいていた[33]。じじつ事物の表現的要素に語らせる実践として、人間の言語自体もその始まりにおいては模倣的で魔術的であった[34]。ベンヤミンは、誕生の瞬間に宇宙と人間存在の間の類似性を「読み取る」古代科学の占星術が、模倣の力を「非知覚的な類似性」〔「模倣の能力について」II. 211〕[35]の方向に向かわせる転換を記したと考えた。この非知覚的類似性は文字の源泉でもあった[36]。ベンヤミンは「近代人の記号世界」において模倣の「この能力の衰退」と見えるものは、むしろその能力が「変形」するなかでの新しい段階であるかもしれないとしている〔同〕。彼は模倣表現の未来の発展の可能性、尽きることのない可能性を拒んではいない。またカメラや映画といった新しい科学技術が明白に例証しているように、その表現は言語に限られているわけでもない〔「言語社会学の諸問題」III. 478〕[37]。科学技術は人類にこれまでなかった知覚の鋭敏さを与えており、自分の時代においてその鋭敏な知覚から、魔術的ではなく科学的な形式の模倣能力が発達しつつあるのだとベンヤミンは信じていた。彼は複製技術時代の芸術作品についての論文において、カメラは知覚の流れを捕捉し、より微妙な身体の身振りを捉えることに注目している。「衝動における無意識的なものが、精神分析によってはじめて私たちに知られるのと同じように、視覚における無意識的なものは、カメラによってはじめて私たちに知られる」〔『複製技術時代の芸術作品』I. 500〕[38]。映画は模倣の力の新しい教育者である。「クローズ・アップによって空間が、スローモーションによって運動が引き伸ばされ」、「物質の全く新しい構造組成」が明らかにされる。

> したがって、カメラに語りかける自然が、肉眼に語りかける自然と異なることは明白である。とりわけ、人間の意識が織り込まれた空間の代わりに、無意識に織り込まれた空間が示されるのである。〔同〕

こうしてはじめてこの「無意識に織り込まれた」空間についての分析が可能になる。映画のカメラマンは外科医のように、材料に「手術のように深く侵入して」〔同 I, 496〕行き、俳優の演技を「一連の視覚テクスト」〔同 I, 488〕にさらす。そのうえ、政治的に重要なことに、カメラに向かって開かれる世界は、その世界の中で行動するうえで大切な知識を与える。

映画は、周囲の世界にあるいろいろなものをクローズ・アップし、私たちに馴染みの小道具の隠れた細部を強調し、レンズの独創的な使用によって卑近な生活環境を徹底的に調査し、そうすることで一面では私たちの生活を支配しているもろもろの必然性をより一層理解させてくれ、他の面では広大な規模の、これまで予想もしなかった自由な活動の空間を私たちに約束してくれることになる。〔同 I, 499〕

こうして科学技術の生産が奪い取ろうとしていた経験の可能性を、科学技術の再生産が人類に取り返してくれるのだ。産業化が時間をスピードアップさせ、空間を断片化させたせいで、知覚の危機を引き起こしたとするなら、映画は時間をスローダウンさせ、「断片的形象」が「新しい法に従って」〔同 I, 495〕結び合わされる新しい空間-時間秩序として「統合的現実」〔V, 1026（O°, 2）〕を構築することによって、その治癒の可能性を示している。工場の組み立てラインも都会の群衆も、人々の感覚に、分断された形象や衝撃的刺激の砲撃を浴びせかける。これに対して集団意識は緩衝器の働きをして、いつも何かに気をとられ、感覚の印象を真に経験させることなく登録していく。衝撃はトラウマ効果を防ぐために「途中で捉えられ、意識によって受け流される」〔「ボードレールのいくつかのモティーフについて」I, 614〕。映画は観客に「専門家の立場」〔『複製技術時代の芸術作品』I, 488〕からこの近代の経験を省察的にじっくり見るという新しい能力を与えるのだ。それに比べると、印刷された語の方は脆弱にみえる——「文字は、印刷された書物に一つの避難所を見出し、そこで自律した生活を送っていたのだが、いまや広告によって、容赦なく路上に引っ張

8.7　ロンドンの街頭広告（20 世紀初頭）

り出され、［……］独裁者によるように垂直状態を強いられる〔街頭ポスターなど〕」（『一方通行路』IV, 103）（図8．7）。

子供は自分の経験世界に精通する手段として本能的に事物を模倣する。精神分析理論によれば、神経症状は、同じく心理的防御をしようとするとき、（不成功に終わるが）トラウマ的出来事を真似るという。ベンヤミンは、産業化のトラウマに対する防御としてではなく、その過程で粉砕された経験の能力を再構築する手段として、この新しい模倣技術を効果的に用いるように集団に教えることができると言っているのだ。文化的製品はすでにこの対抗勢力が発達した兆しを見せていた。ベンヤミンはこう推測する。

動く群衆という日常的な光景は、かつては珍しい見ものであって、眼はまずそれに慣れなければならなかった。〔……〕そうなら、次のような仮説も不可能ではない。すなわち、その課題を克服したあとでは、目は自分が新たに獲得した能力を確かめてみる機会が来るのは、まんざらありがたくないものではないだろう。そうなら、色彩の斑点の騒乱から画面を作り出すという印象主義絵画の手法は、大都市住民の目にとってなじみになった経験の、一つの反映ということになろう。〔「ボードレールのいくつかのモティーフについて」I, 628 覚書〕

ベンヤミンが同じ根拠でチャーリー・チャップリンの映画を称賛したのは驚くにはあたらない。チャップリンは経験の能力を脅かす断片化を模倣することによって経験の能力を救済したのだ。

チャップリンは身振りで新しいもの——人間の表現の動き——を一連の最小の神経感応へと分解した。彼の動きの一つ一つが一連の切り刻まれた動きの断片を合わせたものだ。その歩き方であれ、ステッキの扱い方であれ、帽子の傾け方であれ、よく見ると、それは常に同じく、映画の画像の連続の法則を人間の運動の法則にあてはめた、ぎくしゃくした小さな動きの連続なのである。〔芸術作品についての覚書 I, 1040〕

科学技術の新しい現実を模倣的に再創造する——表現の可能性を人間が発話させる——というのは、その所与の形式に従うことではなく、人間によるその力の再利用を期待するということである。そのうえ、これがまた政治的に重要であるのだが、そのような実践は、ブルジョアジー文化においてははじき出されてしまった想像力と身体的介在の間の繋がりを確立するのである。認識の受容は、もはや観想的ではなく行動と繋がっているのだ。このように認識的経験内において、身体と精神を切り離すことを拒むということこそが、『パリの農夫』におけるアラゴンのイマジスト的表象を特徴づけている。行動は夢の姉妹であるという主張こそが、ベンヤミンがシュルレアリスムの政治的スタンスに抗しがたく惹きつけられた点である。政治的空間は「もはや観想によって測る」ことはできない。

知の分野でのブルジョアジーの優位を崩し、プロレタリア大衆との接触を獲得することが革命的知識人の二重の課題であるとするなら、彼らは課題の後半部を前にして、すでにほとんどお手上げの状態であった。それはこの後半部が、もはや観想によっては達成し得ないものだからである。〔「シュルレアリスム」II, 309〕

むしろ知識人は「たとえ自らの創造的発展を犠牲にしてでも」、この「形象空間」を「起動させる」ために、自分自身を「形象空間」の「重要な拠点」に置かなくてはならない。

というのもそれはもう役に立たないからである。時間切れなのだ。シュルレアリストや、それ以前ではヘーベルやゲオルク・ビューヒナーやニーチェやランボーといった人々の経験が証明しているように、フォークトやブハーリン流の〔正統派マルクス主義の〕形而上学的唯物論を、人間学的唯物論に、断絶なしに移行させることはできない。必ず積み残されてしまうものがあるのだ。集団もまた身体的である。集団のために組織される技術的自然は、政治的にも、物質的にも完全に現実的であるのだから、世俗的啓示によって我々が慣らされるあの形象空間においてのみそれは生み出され得るのだ。身体と形象空間とが深く相互浸透し、その結果、革命のあらゆる緊張が身体的・集団的な神経刺激となり、集団のあらゆる身体的な神経刺激が革命的放電となったとき、そのときはじめて、その形象空間においてのみ、現実が『共産党宣言』が要求している程度にまで自分自身を乗り越えたことになる。その領域から発せられる命令を理解したのは目下のところシュルレアリストたちだけである。彼らはみな毎分ごとに六〇秒間ベルを鳴らす目覚まし時計の文字盤の代わりに、自分たちの顔面の表情を売り渡したのだ。〔同 II, 309-10〕

5

すでに見てきたように、パサージュ論の構想はもともと「弁証法的おとぎ話」〔第二章と第二部の序参照〕[39]として思いつかれた。つまりパサージュ論は、いばら姫の物語のマルクス主義的語り直しとなる予定だったのだ。それは商品の幻想世界の集団的な夢（図8．8）からの、（「弁証法的転覆の最高の例」としての）「目覚め」〔同 II. 309-10〕についての話であった。近代の現実の成れの果てである夢世界の源泉を見定めた束Kの鍵となる文を思い出そう。「資本主義は、それとともに新しい夢の眠りがヨーロッパを覆う自然現象であり、その眠りの中での神話的諸力の再活性化を伴うものだった」〔V. 494 (K1a, 8)〕[40]。「外壁のない家」のようなパサージュはそれ自体「夢のよう」だった〔V. 513 (L1a, 1)〕[41]。事実一九世紀のあらゆる集団建築は夢見る集団の家を提供している」〔V. 1012 (H°, 1)〕[42]。「パサージュ、冬用温室庭園、パノラマ、工場、蝋人形館、カジノ、駅」〔V. 1002 (L1, 3)〕――それに博物館、アパートの室内、デパート、公衆浴場[43]。ベンヤミンは一九世紀の建築の構造は「下意識の役割を果たしている」というジークフリート・ギーディオンの言葉を引用している。「むしろそれは、身体的過程の役割を果たしており、ちょうど夢が生理的過程という足場にまつわりついて生まれてくるように、その周りにやがて「芸術的な」建築がまつわりついてくるようになると言い換える方が、より適切ではなかろうか」〔V. 494 (K1a, 7; O°, 8 参照)〕。

ベンヤミンはバロック時代以来、政治的言説においては時代遅れになった統治体《ボディ・ポリティック》のイメージを蘇らせている[44]。そのイメージの中では一九世紀の夢の要素は集団的な生命の印を示している。

一九世紀とは、個人的意識が反省的な態度をとりつつ、そういうものとしてますます保持されるのに対して、集団的意識の方はますます深い眠りに落ちていくような時代〔*Zeitraum*〕（ないしは時代が見る夢〔*Zeit-traum*〕）である。ところで眠っている人は——狂人もまたそうなのだが——自分の体内での大宇宙旅行に出かけ、しかもその際、彼の内部感覚は途方もなく研ぎ澄まされているので、目覚めている健康な人にとっては、健康な体の活動となっているような己自身の内部のざわめきや感じ（たとえば、血圧や内臓の動きや心臓の鼓動や筋感覚）であるはずのものに、鋭敏な内部感覚は解釈や説明を加えてそこから妄想や夢の形象を生み出すのだ。夢見ている集団にとっても事情は同じであって、この集団はパサージュにおいておのれの内面に沈潜していくのである。私たちはこの集団をパサージュのうちに追跡し、一九世紀のモードと広告、建築物や政治を、そうした集団の夢の形象の帰結として解釈しなければならない。〔V, 492-3（K1, 4; G°, 14 参照）〕

8.8 「マルセイユの浮浪者」
（ブラサイ撮影，1930 年）

ベンヤミンは「目覚めを喚起しようとする最初の刺激は、かえって眠りを深くするものである」〔V, 494（K1a, 9）；（O°, 69）参照〕とも述べている。彼が言っているのは、夢見る状態を深める一九世紀の終わりのキッチュのことである。ユーゲントシュティールの支持者はキッチュを拒否し、「自由な空」へと飛びだそうとするが、彼らが考えるのは「広告がその対象を表現する人工的明るさと孤立化」という観念空間でしかない。このようにユーゲントシュティールは「目覚めているという夢」〔V. 496（K2, 6)〕にすぎなかったのだ。起床のための目覚まし音を最初に鳴らしたのは、「自由についてのラディカルな概念」〔「シュルレアリスムについて」II. 307〕をもつシュルレアリスムであった。ベンヤミンが「シュルレアリスムの遺産」〔ショーレムへの手紙、一九二八年一〇月三〇日付 V. 1089〕を用いて目指したのは、目覚めの衝撃と追想する鍛錬とを結び付けることであり、そうすることで歴史的事象を起動させることだった——「ここで前世紀のキッチュを目覚めさせ、「組み立てライン」の上で目覚まし時計を組み立てている——そしてこれはあくまで狡知をもって成し遂げられる」〔V. 1058（h°. 3)〕。

「私たちは夢の国から身をもぎ離すが、それは狡知なしにではなく、狡知をもってである」〔V. 234（GI, 7）：一九三五概要、覚書8〕。ヘーゲルの用語を使用しているのは意図的であるが、[45] ベンヤミンの意味するところは独特である。ヘーゲルによれば、理性は意識していない歴史的主体の情熱や野心を通して歴史へと「狡知をもって」進んでいくことによって意識的になる。しかしベンヤミンの「弁証法のおとぎ話」においては、狡知とは、夢見る集団に魔法をかけ、その構成員を無意識にとどめていた歴史を「目覚め」を通して出し抜く能力である。[46] ヘーゲルの「理性の狡知」は進歩の神話を肯定し、文字通りに歴史を神格化する。ベンヤミンにとっては、狡知は人間主体が神話の力の上手に立つ策略である。カフカについてのエッセー（一九三四年）において、ベンヤミンは、こう書いている。「おとぎ話とは、神話の暴力に対する勝利の伝承である」〔「フランツ・カフカ」II. 415〕。[47]「オデュッセウスは神話とおとぎ話とを分ける敷居に立っている。理性と策略は神話の中に様々な詭計を挿入した。神話の暴力はもはや無敵であることをやめるのである」〔同〕。[48]

ベンヤミンのおとぎ話の「策略」は、捨て去られた大衆文化の夢の形象を材料にして、集団自身の無意識な過去を、政治的力を与える知識として解き明かすというものだった。[49] ベンヤミンはこれを実行できると信じていたが、それは世代を超えて集団的無意識が伝えられるのは、そのような事物を介するからであった。ある世代の空想で思いつかれた新しい発明は、別の世代の子供時代の経験の中で受け取られる。すると〔子供の認識が重要になるのはここにおいてだが〕、それらは第二の夢の状態に入る。「ある世代の子供時代の経験は夢の経験と多くの共通点を持っている」〔V. 490（K1, 1）〕。私たちはこうして一方で資本主義という時代の子供時代に基づき、他方である世代の子供時代に基づくという二重の夢の理論を与えられる。資本主義が、歴史の夢状態の源泉であったとすれば、世代に基づく夢は個体発生的根源であり、この二つの軸はそれぞれの世代において、特異な配置で交差する。この集団的無意識と個人的歴史の、つまり社会の夢と子供時代の夢の交差するところで、集団的無意識の内容が伝えられる。「どの時代にも夢の方を向く側面――子供のような面――がある。一九世紀にとって、そうした側面がかなり明瞭に浮かびあがってくるのは、パサージュにおいてであった」〔V. 490（K1, 1）：（F°, 7）参照〕。こうして「パサージュ［において］は、私たちは夢の中にいるように、もう一度両親や祖父母の生を生きる」〔V. 1054（e°, 2）：（D2a, 1）参照〕のである。

子供時代は単なる歴史的無意識を受動的に溜めるだけの容器ではない。最も実用的で技術的な発明も、時代の指針に応じて変形され、それは歴史的に特定の形象を古代の形象に逆転させることさえ含む。子供の立場からすると、古代から最近の過去に至るまで、歴史の全スパンは、神話的時間の中で生起するのだ。子供が生きた経験を歴史が語り直すことはない。子供の過去のすべては根源-史という古代領域にある。系統発生の軸内においては、歴史は進歩、モード、そして新しさとして姿を現す。だが子供時代の認識経験が逆転させるのはまさにこれなのだ。

技術的に新しいものは、もちろん初めはもっぱら新しいものとして現われてくる。しかし、すぐそれに引き続いてなされる幼年時代の回想の中で、それはその様相をたちまちにして変えてしまう。どんな子供も人類にとって何か偉大なこと、かけがえのないことを成し遂げる。どんな幼年時代も、技術的な様々な現象に興味を抱き、あらゆる類の発明や機械に夢中になることで、技術的な革新の成果［最新のもの］をもろもろの古い象徴の世界と結びつけるのだ。〔V. 576

〔N2a, 1〕

子供による事物の創造的な知覚は、事実、新しい科学技術が考えつかれた歴史的瞬間――まだ神話段階にある新しい自然に対して、あらゆる種類の古めかしい象徴が備給されていたあの「早すぎた」時代――を思い出させる〔第五章参照〕。違いは、その自然の技術面が、今では歴史的に成熟したという点にある。一世紀かけて、それは「近代的」あるいは「派手な」面だけを示す「単に新しい」ものとなっている。しかし「子供は大人には決してできないことができる。つまり「新しいものを新たに発見する」のだ」〔V, 493（K1a, 3）；（M°, 20）参照〕。この発見は事物に象徴的な意味をもう一度与えて、そうすることで、集団的記憶のためにユートピア的意義を救出するのだ。

事物の中でまどろんでいたユートピア願望は、古い「象徴世界」を生き返らせることによって、それを救出する新しい世代によって目覚めさせられる。ここで、ベンヤミンのおとぎ話は、生得的な原型象徴を含む集合的無意識というユングが措定した理論に近づいてしまうように見えるだろう。両者の違いは、ベンヤミンのもつマルクス主義的感性である。子供の空想が近代の製品に備給されると、それは、今は資本主義の膝の上でまどろんでいても、物質的に豊かな人間社会を提供するという産業主義の原初の約束を再活性化させるのだ。こうして社会主義の革命的政治という観点からすれば、この最も近代的技術的製品の根源-象徴を再発見するということには、きわめて現代的な重要性があり、政治的には爆発力のある潜在性があるのだ。

子供時代からの目覚めという生物学的責務は、集団の社会的覚醒のモデルになる。しかしそれだけではない。ある世代の集団的経験において、この二つは一つに収束するのである。ある世代が意識を取り戻すということは、政治的能力が満ちる瞬間であり、それは歴史的に特異な瞬間であり、そのとき新しい世代は親の世界に造反し、自分自身だけでなく、まどろんでいるその時代のユートピア的可能性をも目覚めさせるだろう。

われわれがこの時代には子供だったという事実は、その時代についての客観的なイメージのうちに含まれている。この時代は、この世代をおのれのうちから生み出すためには、そうあらねばならなかったのである。ということはつまり、我々は夢の連関の中に、ある目的論的な契機を探し求めるということである。この契機とは待つということである。夢は密かに目覚めを待っており、眠っている人はただ目が覚めるまで、死に身を委ねながら、狡知をもってその爪から逃れる瞬間を待っているものである。夢見ている集団もまたそうなのであって、こうした集団にとっては、その子供たちこそが自分たちを目覚めさせる幸運なきっかけとなってくれるのである。〔V. 492 (K1a. 2) ; (M°. 16) 参照)〕

新しい自然を資本主義の呪縛から解き放つために、魔法を解きながら、社会変革の目的のためにその魔法の力全てを救出する。これがベンヤミンのおとぎ話の目標であった。集団の歴史的目覚めの瞬間、子供の問いである「僕はどこから来たの」を、社会史的形式に変えた問い——近代的存在、より正確には近代の夢世界の形象はどこから来たのか——に対して、そのおとぎ話は政治的に爆破力のある答えを与えてくれるはずだったのだ。夢の世界の美的表現たるシュルレアリスムについて語りながら、ベンヤミンはこう書いている——「シュルレアリスムの父親はダダであった。母親はパサージュであった」〔V. 1057 (h°. 1)〕。

6

ベンヤミンが述べたり書いたりしたことは、おとぎ話や子供の本の約束を芳醇な「成熟」によって拒むのではなく、思考がそれらを本当に文字通りに受け取るので、あたかも実際の実現の可能性を彼の知見が受け入れているように聞こえたのだ。〔アドルノ、『ヴァルター・ベンヤミンについて』13〕

「物語作者」という一九三六年のエッセーにおいて、ベンヤミンはおとぎ話を、文化遺産の一形式として論じている。それは、階級支配のイデオロギーに参与するどころか〔第一〇章三節参照〕、自然——動物や活性化された諸力——が、「神話に屈従する」よりも、むしろ神話に逆らって「人間の味方となる」ことをはるかに好むものであることを示すことによって、解放の約束を生かし続けるのである〔「物語作者」II, 458〕。その意味では、歴史の記憶のためにフーリエの社会ビジョンを救出するだけで、歴史家はおとぎ話の語り手となるのだ。自然と人類が実際に同盟するフーリエのユートピア計画は、当時の産業主義が編み出さざるを得なかった人間と（ユートピア計画も含んだ）新しい自然の両方を支配する様式としての神話に挑んでいる。パサージュ論後期の記述は、この点を明らかにし、フーリエの理論を特に子供の遊びと結び付けている。

自然との関係から労働過程を特徴づけるというやり方は、社会体制の刻印を帯びている。つまり、本来、人が搾取されていないとすれば、自然の搾取といった非本来的な言い方をしなくても済むのである。こういう言い方は、原料はもっぱら人間労働の搾取に基づく生産秩序を通じてのみ「価値」を受け取るのだという仮象を固定してしまう。このような生産秩序が終われば、労働のほうも人間による自然の搾取という性格を脱ぎ捨てるだろう。そうなれば労働は、フーリエの論において調和人《アルモニアン》〔フーリエのユートピアの住人〕の情念労働の基礎となっている、子供の遊びをモデルとして行われるだろう。遊びを、もはや搾取されない労働の規範として立てたことは、フーリエの偉大な功績の一つである。遊びによって生気を吹き込まれたそのような労働は、価値の創出ではなく、自然の改善をめざす。こういう自然についてもまた、フーリエのユートピアは、子供の遊びのなかで実際に実現されているような模範を提示している。それは、いたるところが経済活動の場と化した地上のイメージである。ここではこの語の二重の意味〔経済／食堂・旅館 *Wirtschaften*〕が効果を発揮する。つまり、あらゆる場所が人間によって手を加えられ、有用で美しいものにされているとともに、ちょうど道端の旅館のように、すべての場所がすべての人間に解放されているのである。そのようなイメージに従って整えられた地上ならば、「行為が夢の妹でない世界」〔ボードレール「聖ペテロの否認」『悪の華』〕ではなくなるだろう。つまりそのような地上では、行為は夢の妹となるのだ。〔V, 455-6〔J75, 2〕〕

もちろん、パサージュのおとぎ話は、子供に対してではなく、子供時代自体が夢の記憶にすぎない人々に対して語られる。ベンヤミンはこう述べている。

子供が（そして成人がおぼろげな記憶の中で）、母親の衣服の裾にしがみついていたときに顔を埋めていたその古い衣服の襞のうちに見出すもの——これこそが本書が含んでいなければならないものなのである。〔V, 494（k2, 2）; Iº, 8参照〕

彼はこれに「モード」というキーワードを添えている。この子供の出来事の物理的経験を決定するのは、まさにこの母親のスカートというすぐ消えるモードであるのだ。最も基本的な母親への根源-欲望さえが、このように歴史的にはかない材料を介しているが、（プルーストの知る通り[50]）記憶に痕跡を残すのはこのはかない素材であるのだ。このような記憶こそが、私たちが現実に生きている「未完成で、平凡で、慰めはあるがばかげた」世界が、一瞬のユートピア経験をまったく持たないわけではないことの証左であるのだ。ベンヤミンはカフカの歌うネズミ、ヨゼフィーネの描写を引用している。

あわれな束の間の幼年時代のなにがしかがそこにはあった。失われ二度とふたたび見出されることのない幸福のなにがしかが。けれどもまたそこにはなにがしか、われわれの現在の日常生活を感じさせるものもあった。そのささやかな、理解不可能な、にもかかわらずそこにあり続けて押し殺すことのできない快活さを感じさせるものが。〔「フランツ・カフカ」II, 416〕

ベンヤミンは子供による神話理解がそれ自体で真実であると述べたことは一度もない。しかし子供時代は歴史的事象を意味の網目に絡ませるので、その結果成人した世代は、そこに心理的な投資を行って、過去においてよりも現在において「さらに高度なアクチュアリティ」を貸し与えるようになる〔V, 1026（O°, 5）〕。さらに——これがベンヤミンの「策略」の大事な部分なのだが——、都市に棲みつく歴史的事象に、この世代は「自分の直近の青年時代」を「認識する」だけでなく、あたかも落とし戸を抜けるように、通りの舗道の「二重の層をもつ地面」から突然過去に落ち込んで、「死んだデータの数々さえ、経験され生きられたかのような影響」を受け、「幼年時代が語りかけ」てくるのだ。こうして事物によって喚起された認識の経験が「ある祖先の〔幼年時代〕なのか、自分自身の幼年時代なのかはどうでもいいこと」になる〔V, 1052-53（e°, 1）〕。いずれにせよ、うち捨てられた事物が革命の契機としての可能性を持つようになるのは、記憶の痕跡としてなのだ。ベンヤミンはパサージュ論の二つの顔をこう表現している。

7

一つは過去から現在へと向かい、パサージュなどを先駆者として叙述する顔である。そして〔他方は〕これら〔先駆者〕の革命的完成を現在において爆発させられるように、現在から過去へと向かうもので、この方向は、もっとも近い過去に対する悲しげで、夢中になった観想をも、その革命的起爆剤として理解するものである。〔V, 1032（O°, 56）〕

［パサージュにおいて］私たちは夢の中におけるように両親や祖父母の生を、まるで母の胎内において胎児が動物の生を生き直すように、生き直すのである。〔V, 1054（e°, 2）〕

これからは親の家にいったい誰が住むことがあるだろうか。〔ルイ・ヴィイヨ V, 492（K1a, a）〕

社会史の認識の座標軸は、「われわれがこれから航行しようとする海と、われわれが離れていく岸辺とを認識させてくれる」〔V, 493（K1a, 6）〕からこそ必要だったのだ。そのうえ、過去についての寓意的で「悲しげな」観想は、神話的形象のはかなさを強調した。しかし子供時代の象徴的で認識論的な座標軸においてさえ、ベンヤミンは入念に、その形象がどの地点においても歴史によって介在されていることを示そうとした。パサージュ論において、彼は、無意識とは特定の人間の「後天性の状態」であるというエルンスト・ブロッホの主張を引用している〔ブロッホ V, 497（K2a, 5）〕。典型的なのは、一九三〇年代初期に彼が記録した彼自身の子供時代の形象群である。ベンヤミンの経験の背景を与えたのは、人をめぐる形象よりも、むしろ世紀の変わり目のベルリンという歴史的に特定の都会の空間をめぐる形象だった。[51] それは産業主義の製品——鋳鉄のドア、電話、チョコレートが出てくるスロットマシーン、ベルリンのパサージュ——をめぐる形象も含んでいた。これらのテクスト中に、子供のベンヤミンが「新しいものを再び新たに発見」し、成人したベンヤミンが古いものを再発見して認識する神話的で魔術的世界として近代都市世界が現われ出る。[52] このように無意識の形象は（ユングの元型のような）生物学的に受け継いだものとしてではなく、具体的な歴史的経験の結果として形作られるのだ。[53]

ベンヤミンは世代の歴史と集団の歴史との弁証法的な相互の浸透はきわめて近代的な現象であると考えていた——「この記憶に新しい過去と現在との容赦ない対立は、歴史的には新しいものである」〔一九三五年概要の異版 V, 1236〕。

事実、どちらの夢の状態においても神話的力を強めること自体が歴史の役割の一つであった。資本主義の新しい夢の眠りがヨーロッパを覆ったとき、その夢が神話の力を再活性化する原因となった。まさに都市の風景が「子供時代に、半分忘れかけた夢のように、はかなく、悩ましい性質を与える」〔「ベルリン年代記」VI, 489〕のだ。前近代においては、モードはそれほど急速に移り変わることはなく、はるかにゆっくりした技術の進歩も「教会や一族の伝統によって隠蔽されていた」。ところが今では「昔ながらの先史時代的な戦慄は、すでに我々の親たちの周りの世界をも取り巻いている。なぜなら我々がもはや伝統を通じては親たちの世界と結びついてはいないからである」〔V, 576（N2a, 2）〕。ベンヤミンは自身の歴史時代に特有なものをこう描く。

記憶の世界は速度を速めて置き換わり、その中にある神話的なものが、急速に、ますますはっきりと姿を現わす。それよりももっと速くまったく別の記憶の世界が、それに対抗して作られなければならない。今日のアクチュアルな根源の歴史という観点から見れば、技術の加速的テンポはこう映る。〔同〕

近代以前においては、集団的な象徴の意味は伝統の語りを通して意識的に伝えられ、その語りが新しい世代を夢の状態から導き出していた。近代の伝統の分断を考えれば、これはもはや不可能である。

以前の世代の伝統的で宗教的な教育が、その世代のために、これらの夢を解釈してやったのに対して、今日の教育は単に子供の気晴らしをしか目的としてはいない。プルーストが比類のない現象として登場できたのも、追悼的想起のための身体的・自然的な手段を失ってしまい、以前の世代よりも哀れな状態で放置され、そのために孤独で、散漫で、病的な形でしか子供の世界を我が物とし得ないような世代を背景としてのみのことなのである。〔V, 490（K1, 1）；（F°, 1）〕

「現代の人々」にとってのパサージュの「古めかしい印象」と並ぶのは、「息子に対する父親の骨董品めいた印象」であった〔V. 118 (B3, 6)〕。一世代のうちにその顔を徹底的に変えてしまった事物の世界においては、親たちは子供の相談にのることはできず、子供はそうなると「自分でなんとか工夫するしかない」。この工夫は集団的に組織づけられるまでは「孤立」し、まさに「病的」なままだ。ベンヤミンのおとぎ話はこの必要性に対する答えとして考えられたものだった。

伝統の分断は取り返しようがない。その状況を嘆くどころか、[54] ベンヤミンはまさにそこに近代に固有の革命の可能性を見出していた。新しい世代が子供時代の夢の世界から連れ出されるという伝統的なやり方は、社会的な現状維持を永続化する効果があった。対照的に伝統の分断は社会変革の仕事のために、つまりは、一貫して伝統の源泉であった支配的社会状況を分断するために、いまや、象徴の諸力を保守的拘束から解き放つのである。こうしてベンヤミンは主張する——「我々は、親の世界から目覚めなければならない」〔一九三五年概要覚書8　V. 1214〕と。

8

夢の歴史は［……］いまだ書かれていない。〔「夢のキッチュ」II, 620〕

ベンヤミンはこれまで概説してきた二重の夢の理論を少なくともパサージュ論の概要を完成した年である一九三五年までには完成していたと主張している。この時点で文献学的には状況は曖昧になっている。一九三五年の概要は少なくとも六つの異版があり、その言葉遣いの差は重要で、編者が出版したパサージュ論にそのうち三つを含めたほどであった。[55] ただしこの多種類の概要のどれもが次にあげるテーマに言及している。それがすなわち、夢の世界、ユートピア的願望形象、集団的夢の意識、世代であり、[56] そしてなによりも強調されたのが、大衆文化の遺物によって発火する歴史の目覚めとしての弁証法的思考という概念である〔V, 45-59; 一九三五年概要の異版 V, 1223-49〕[57]。そこから目立って抜け落ちているものが「弁証法のおとぎの国」への言及であり、また、眠る統治体《ボディ・ポリティック》という形象である。

一九三五年八月一六日付のカルプルスへの手紙の中で、ベンヤミンはこの初期のサブタイトルをやめた理由として、そうすると材料を「弁解不能なほどに文学的に」形作るしかなくなるからだと述べている〔V, 1138〕。それではベンヤミンは子供時代の夢の状態についての彼の理論を捨てたのだろうか。その同じ手紙の中で、パサージュ論の計画と、子供時代の記憶を語り直す「一九〇〇年頃のベルリンの幼年時代」の形式との絶対的な違いについて語っている。「一九世紀の境界域で遊んでいる子供の視線の先に映る一九世紀の根源の歴史は、歴史の地図に刻まれるものとはひどく異なる顔をしている」〔同V, 1139〕し、さらに「この知識を自分にはっきりさせること」は「〔概要執筆の〕重要な役割」であったとも付け足している〔同〕。しかしそれでも、もし万一、初めの着想のあまりに文学的な形式だけでなく、理論的内容までも放棄したとするなら、アドルノの批判に対して、一九二七年から二九年の初めの構想の草稿から「一語たりとも失われていない」という主張をしたことを正当化するのは難しかったろう[58]。ところが事実ベンヤミンは、その時点まで夢の理論を扱う初めの覚書も、所見も捨てたことはなかったし、その後においてもそうだった[59]。これらの覚書についてアドルノが知っていたのは、一九二九年にケーニヒシュタインでベンヤミンが彼に読んで聞かせた部分に限られていた〔第一章五節参照〕。そこでの彼らの議論に子供時代の夢の状態が含まれていたかは私たちには分からない。私たちに分かっているのは、概要にそれが含まれていなかったのは草案への裏切りだとしてアドルノがベンヤミンを責めたとき、アドルノが嘆いた欠落は、この子供時代の夢の状態ではなかったということだ。アドルノがあれほど惜しんだのは、「否定〔陰画〕の神学」の形象——地獄としての一九世紀の商品世界——であり、子供時代やおとぎ話ではなかった。

皮肉なのは、ベンヤミンがもし子供時代は集団的夢を受け継ぐという理論を精緻化して概要に含めていたら、「神学を犠牲にして」、弁証法的形象を心理学化し、その概念全体を「脱-弁証法化」してしまうことによって、この概念の「魔法を解いてしまった」〔アドルノからの手紙、一九三五年八月二日付 V. 1129〕とするアドルノのもう一つの批判も受けずにすんだかもしれなかったという点だ。二重の夢の理論は複雑で、その表現も実に「弁解できないほど文学的」であったかもしれないが、それなしでは「夢の形象」の革命的力は社会史の座標軸の中だけに置かれなければならなかった。それではあたかも、現代の世代が過去の「失墜した材料」を受け継いだときの特異なやり方で革命的力を創り上げたのではなく、一九世紀の集団的（無）意識の形象としてそれがただそのままそこにあったかのように見えてしまう。アドルノはマルクス主義的根拠によって、集団的無意識という概念に対して反対であり、「はっきりとそしてまた十分に、集団の夢においては階級差の余地はないという警告とともに語るべきだ」と述べた〔同〕。

ベンヤミンが一九三五年の概要についてのアドルノの批判を真剣に受け取めたのは間違いない[60]。しかしそれでも、ベンヤミンは自分の方向性を変えることはなかった[61]。一九三五年以降彼がパサージュ論に付け足した理論的問題に関わる材料は、彼が既に始めていた調査・研究方向を強化した。それは、一九世紀は、「目覚めた」現代の世代が革命的意義を引き出すことのできる集団的夢の根源であったとする彼の夢の理論の基本的前提の根拠を、マルクスとフロイトの理論に置くという方向性である[62]。驚くべきことに（そして弁証法的に）、ベンヤミンはマルクスに集団的夢の概念の正当化を見出しており、その内部の階級差の存在の議論をフロイトの方に見出している。

もちろんマルクスは集団的夢について、肯定的に語ったことがあったし、しかもそれは一度に限らない。一九三五年以後、ベンヤミンは束Nにマルクスの初期の著述から有名な引用をしている。

我々のモットーは……こう言ったらよかろう。意識の変革はドグマによってではなく、自己自身にとって明らかとなっていない神秘的な意識の分析によって可能になる。それはこうした意識が宗教的に現われる場合でも政治的に現われる場合でも同じである。すでに世界はある事柄についての夢を持っているのだから、その事柄を実際に所有しようとするならば、それについての明晰な意識を所有するだけでよいのである。〔マルクスV, 583（N5a, 1）〕

そしてベンヤミンはこの束N（方法論に関する重要な束）の題銘として、マルクスの言——「意識の改革は、自分自身について夢をみている状態から…世界をして目覚めさせることに他ならない」〔マルクスV, 570〕——を選んでいる。

集団的無意識のベンヤミンの理論において、階級差の問題が欠けることは一度もなかった。この理論を最初に定式化したときにおいてさえ、この理論はマルクスの上部構造理論の拡張であり、精緻化したものであると考えていた。集団的夢は支配階級のイデオロギーを明示していた。

つまり問題は、下部構造が思考や経験の素材という点である程度上部構造を規定しているにしても、この規定が単純な反映といった規定ではないとすれば、いったいそれは〔……〕どのように特徴づけられるべきなのだろうか。下部構造の表現として特徴づけられるべきだ、というのがその答えである。上部構造は下部構造の表現なのである。社会を存在させている経済的諸条件は、上部構造のうちに表現される。それは、眠っている人の場合、詰め込みすぎの胃袋がなるほど夢の内容を因果的に「条件づけ」はするかもしれないが、夢の内容のうちに胃袋の反映をではなく、胃袋の表現を見出すのとまったく同じである。〔V, 495（K2, 5）；（M°, 14）参照〕

夢が詰め込みすぎた胃袋の状態を表現するというのは、言うまでもなく、プロレタリアートではなくブルジョアジーの話である。

マルクスは下部構造と上部構造の間に直接的な因果関係を意図してはいなかったとベンヤミンは主張する。「上部構造の一連のイデオロギーが〔社会〕関係を誤った歪んだ形で反映しているという発言からして、すでにそれ以上のことを示している」〔同〕。フロイトの夢の理論がそのような歪曲の根拠を与えている。ベンヤミンが直接フロイトを引用することは限られていたし、した場合も極めて一般論的であった。[63] しかしこの点に関しては、直接的な借用は証明できないにせよ、[64] 考えの明瞭な一致がある。フロイトは「夢における観念は〔……〕願望の充足である」〔フロイト『夢解釈』[65] 123〕とし、それは、両義的感情のため、検閲され、したがって歪められた形で現われるとする。実際の（潜在的）願望は、明白なレベルにおいてはほとんど目に見えないかもしれないが、夢の解釈を経て初めてそこに達することができる。したがって「夢とは（抑圧された）願望の（姿を変えた）充足である」〔同〕。ブルジョア階級が集団的夢の作成者であると考えるなら、それ自体が作り出した産業主義の社会主義的傾向は、それを避けがたく両義的欲望の状態においてとらえるように思われる。ブルジョアジーは自分たちが利益を引き出している工業生産を肯定したがっている。同時に産業主義が自分たちの階級支配の継続を脅かす状況を作り出したという事実を否定したがってもいる。

まさにこのブルジョアジーの両義的感情がパサージュ論の材料としてあらゆる段階においてベンヤミンが加えていった引用の全領域に記録されている。一九世紀のユートピア的著述は、「集団的夢をいれる器」〔一九三五年概要覚書5 V. 1212〕であるが、物神的に技術の発達を社会の進歩と同一視する（サン＝シモン）ことによって、支配階級を救済してもいる。建築物の建造は「潜在意識の役割」をもつが〔同〕、そのファサードは、それが用いる技術の新しさそのものをカムフラージュする。調査しているうちにベンヤミンはカフェがいまだに階級によってランクづけされている「未来のパリ」についての描写を見つけた〔V. 506（K6a, 2）〕。二〇世紀〔ベンヤミンの原文では二八五五年〕へと投射されたパリのイメージには、株式市場に参加するために他の惑星からやってきた訪問者もいる〔V. 261（G13, 2）〕。ベンヤミンは「オペレッタは資本による継続的支配という皮肉なユートピアである」〔一九三五年概要 V, 52〕と述べている。明瞭なレベルにおいては、未来は無限の進歩と継続的変化として現われる。しかし夢見る者の真の願望レベルである潜在的レベルにおいては、それはブルジョア階級支配の永続化を表現している。

(一九三五年六月以前の) 初期の項では、

フロイトが個人意識のもつ性的な意識内容について主張したと同様に、ある集団の抑圧された経済的な意識内容から一つの文学作品なり想像的なイメージなりが〔……〕昇華として、生じてくることがありうる〔……〕。〔V, 669 (R2, 2)〕

か、否かを問うている。その後の定式化においては、ブルジョアジー自身が生み出したユートピアの夢の実現を妨げさせる支配階級の両義的感情を説明している。

ブルジョアジーが作動させた生産秩序が近い将来発展してゆくのを、ブルジョアジー自身もはや直視する勇気がなかった〔……〕。〔ニーチェの〕ツァラトゥストラの永遠回帰の思想と、クッションのカバーに見られる「あと十五分だけ」というモットーは、相補うものである。〔「セントラルパーク」I, 677; V, 175 (D9, 3) 参照〕

ベンヤミンは同じくボードレールの「パリの夢」の幻想創出《ファンタズマゴリア》は、「万国博覧会のそれを思わせる。そこでブルジョアジーが所有と生産の秩序に向かって「止まれ、お前はあまりにも美しい」(ゲーテ) と呼びかけるのだ」〔V, 448 (J71, 1)〕と述べている。一九世紀の文化は未来の空想の潤沢さを解き放ったが、同時に「生産の諸力を維持しようとする強烈な努力」〔一九三五年概要覚書5 V, 1210〕でもあった。夢の明瞭なレベルにおいて、移り変わるモードが社会変容の予表であるとすれば、潜在的レベルにおいては、それは「支配階級の特殊な欲望のカムフラージュ」であり、ブレヒトの言葉を借りれば、「支配者は激烈な変化を嫌悪する」という事実を隠そうとする「イチジクの葉」である〔同 V, 1215〕(66)。

都市の「刷新」と同じく、商品物神もフロイトによる置換の概念の教科書めいた例として眺めることができる。階級搾取という社会関係は、事物の間の関係に置き換えられて、社会革命への危険な可能性がある現実の状況を隠す。一九世紀末までには、ブルジョアジーの民主主義の夢自体がこの検閲形式を経たということは政治的にきわめて意義深い。自由は消費能力と同等視された。ベンヤミンは平等《エガリテ》は独自の「幻想装置」を発達させ〔一九三五年概要覚書5 V, 1210〕、「革命」は一九世紀には「クリアランスセール」を意味するようになったと述べている〔V, 1000 (D°, 1)〕。一九世紀の終わりまでには、明らかにブルジョアジー（そして夢が表現する潜在的願望におけるブルジョアジー）から発した夢は、実際には労働者階級にもひろがる「集団的」なものになる。夢の実現が、せいぜいで夢象徴の歪められた形でしか許されないような階級システム内においては、夢の大衆市場化は、明らかに成長産業であった。最初の覚書において、ベンヤミンはこの大衆市場活動が散乱させた美的スタイルである「キッチュ」をブルジョアジーの階級的罪悪感と解釈した――「商品の過剰生産、すなわち生産者の良心のとがめ」〔V, 1035 (P°, 6)〕。社会的目標はもちろん物質的な豊かさであり、だからこそ夢が集団的願望形象の明白なレベルにおいて、正当に機能したのだ。しかし夢の商品形式は、大衆を豊かにするという国際社会主義的目標が国内の資本主義者の手段によってもたらされるという期待を生み出してしまった。それは革命的労働者階級の政治にとっては致命的な打撃であった。

9

ベンヤミンの世代の子供時代は、最初の夢の大衆市場からなる世紀末の時代に属していた。ベンヤミンは、彼にとって市民生活に参入するための登竜門は、消費者となることであったと回想している。母親に連れられ中心街を歩いていたとき感じた「都市を前にして無力な気分」と「夢心地の抵抗感」を彼は次のように回想する。

当時まだ幼かったとき私は「都市」を「お買いもの」の舞台としてのみ知るようになった。〔……〕少し気分が晴れるのはケーキ喫茶店まで来たときで、そこでやっとマンハイマー〔婦人用コート店〕、ヘルツォーク〔百貨店〕とイスラエール〔当時最大の百貨店〕、ゲルゾン〔婦人既製服で有名な百貨店〕、アーダム〔既製服店〕、エスダース〔ブリュッセルの巨大既製服工場のベルリン支店〕とメードラー〔鞄専門店〕、エムマ・ベッテ、バッド&ラッハマン〔既製服店〕といった名の偶像たちの前にひれ伏していた母の偶像崇拝から逃れたように感じたからだ。測り知れないほど大量に並んだ塊、いや商品の洞窟——それが都市だった。〔「ベルリン年代記」V, 499〕

もしこれまで論じてきたようにベンヤミンの集団の夢の理論が階級区分を無視していないとすれば、政治的目覚めについての彼の理論についても、同じことが言えるだろうか。最初の覚書では、ベンヤミンはその夢を生み出したはずのブルジョアジーはその夢の中に閉じ込められたままであることを示している。

ブルジョアジーは自分自身についての完全に啓発された意識に決して到達し得ない、とマルクスは我々に教えたのではなかったろうか。そしてこれが正しいとすれば、夢見る集団（すなわちブルジョアジー集団）という観念をマルクスのテーゼと結びつけることは、正当化できはしないだろうか。〔V, 1033（O°, 67）〕

そしてその記述のすぐ後に続くのは次の文だ。

それに加えて、この仕事が扱うすべての事実から、プロレタリアートの自己意識化過程においてこの夢見る集団がどう見えるかを示すことは可能ではなかろうか。〔V, 1033（O°, 68）〕

ベンヤミンは自分の都市経験が階級的拘束以外のなにものでもないことを伝えていた。「ベルリン年代記」において彼は「貧しい人々。その世代の金持ちの子供たちには、彼らははるかかなたの場で暮らす存在だった」〔「ベルリン年代記」VI, 471〕と述べている。また彼はこう認めてもいる。

私はベルリンの街路で眠ったことはない〔……〕。貧しさや悪徳が、都市を、日没から日の出まで当てもなくさまよい歩く風景に変えてしまうのだが、それを知る人々だけが、私には許されていない見方でその都市を知っているのだ。〔同 VI, 488〕

そしてパサージュ論においても「街角や縁石や、素足の裏に感じられる石の熱さや埃や角について我々はいったい何を知っていることか」〔V, 1018（K°, 28）〕と問う。

階級分離は否定しようもない。にもかかわらず、ベンヤミンは、経済と文化の歴史の特定の配置の結果として、文化生産者としての知識人や芸術家と、産業生産者としてのプロレタリアートとの合流が事象の状況においてありうると感じていた。世紀の変わり目は文化の「危機」を経験し、そのすぐ後には集団の夢における揺らぎを誘った「商品社会の大振動」〔一九三五年概要 V, 59〕という経済の危機が続いた。この歴史的配置を中心に彼の世代の経験が結合し、そして一九三〇年代もかなり進んだ時点で、ベンヤミンはきわめて不安定であるが希望の源をそこに見出した。それで彼は一九三五年に「パサージュ論の着想はたしかにその源泉はとても個人的なものだったが、その目的は我々の世代の決定的な歴史的関心にある」と告げたのだ〔ショーレムへの手紙、一九三九年八月九日付 V, 1137〕。プロレタリアートにとっては、一九世紀文化のうち捨てられた事物はいまだに手に入れられない生活を象徴していた。ブルジョアジーの知識人にとっては、それはかつてあったものの喪失を表象する。しかしどちらの階級にとっても商品文化によってもたらされたスタイルの革命は、社会革命の夢の形式――ブルジョアジーの社会的コンテクストの内部にあって唯一可能な形式――であった。新しい世代は「考えられるかぎりもっとも徹底した抗催淫剤としての直前の世代のモード」〔V, 130（B9, 1）；（B1a, 4）参照〕を経験した。しかしまさにこれが彼らを「政治的に活性化」させたので、「過去の世代のモードの問題と取り組むことには、したがって一般にそう思われているよりもずっと重要な意味がある」〔V, 113（B1a, 4）〕のだ。親たちの夢の世界のうち捨てられた小道具は、進歩の幻想が、舞台上のものであって現実ではないことの物理的な証拠だった。ベンヤミンはカフカにとっては「この世代にとってのみそうであるように［……］資本主義最盛期の始まりのぞっとするような家財道具が、もっとも明るい子供時代の経験の舞台と感じられた」〔V, 1018（K°, 27）〕としている。失われた子供時代の世界を捉え直そうとする欲望が、その世代の過去に対する関心を決定づける。しかし目覚めを求める欲望を決定づけるのは、世代の成人構成員が覚える必要性にかかっているのだ。

第九章　唯物論的教育

1

自分自身に襲いかかる悲惨が、いかに長い時間をかけて準備されていたのか――それを同時代人に教えることこそ、歴史家が切に望むもののはずだが――それを認識した瞬間に、同時代人は自分自身のもっている力を一段とよく知るようになる。そのように人々を諭す歴史は、彼らを悲しませるのではなく、むしろ武装させるのだ。〔V, 603（N15, 3）〕

結びついた過去に弁証法的に浸透し、それをまざまざと思い描き現在化することは、現在の行動が正しいかどうかの試金石となる。〔V, 1026–27（O°, 5）〕

「歴史哲学テーゼ」(1) は教育的な主張をし、あからさまに政治的である。マルクスが論じたように支配的思想が常に支配者階級の思想であるなら、史的唯物論者は文化的遺産を形成しているそれらの「財宝」にどのような価値を見いだすのか。

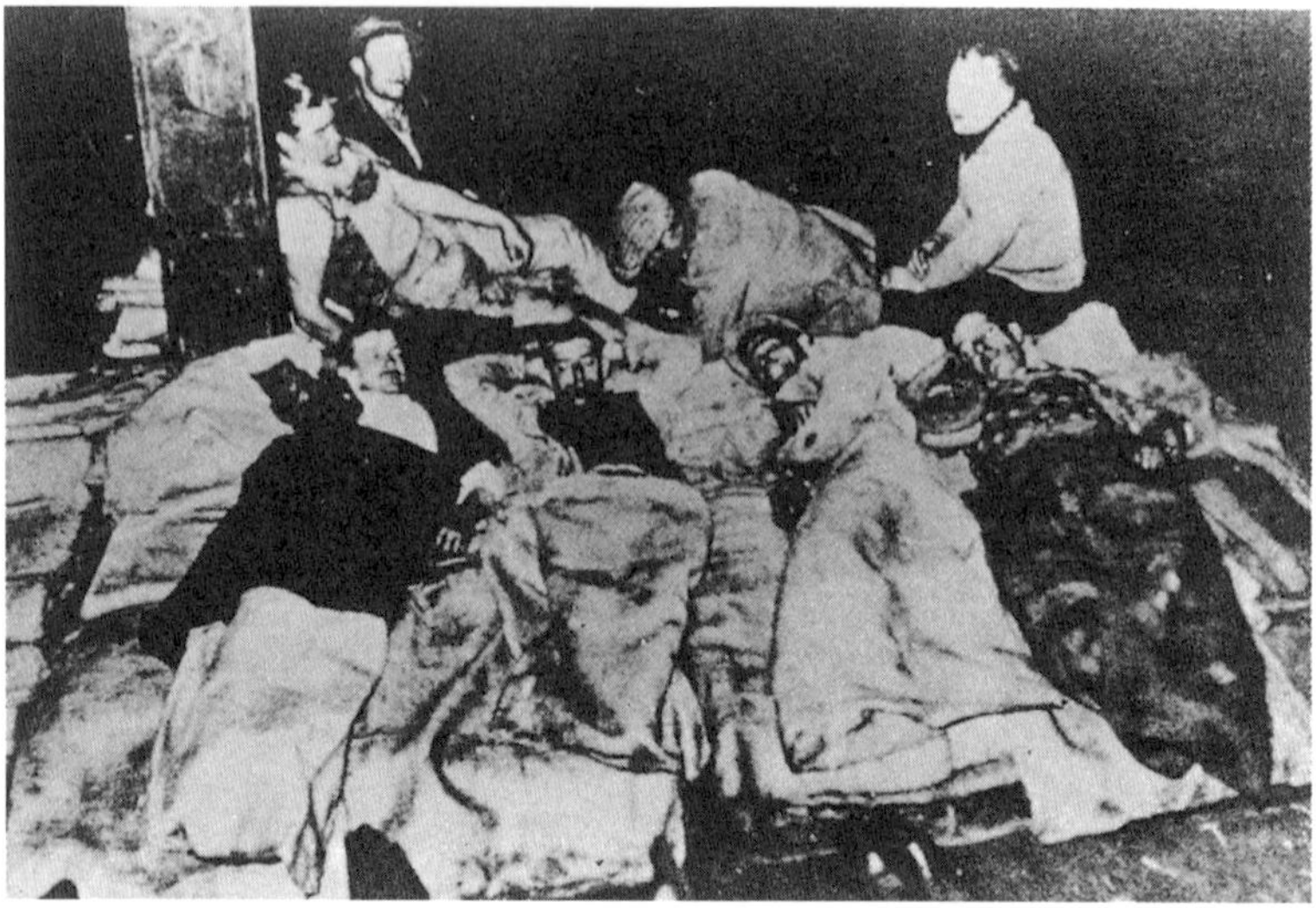

9.1　座り込みストライキ，工場占拠中の労働者．カードで遊んでいる者，眠っている者など（1936年6月パリ）

というのも、この観察者がそのまなざしに見てとる文化財は、その存在を、それを作り出した偉大な天才たちの労苦のみならず、その同時代人たちの言い知れぬ苦役にも負うているのである。文化の記録には、同時にそれは野蛮の記録でもあるということが、分かちがたく付きまとっている。そしてそれ自体が野蛮から自由ではないように、それがあるものの手から他のものの手へと渡っていった伝承の過程もまた、野蛮から自由ではない。〔「歴史哲学テーゼ」I, 696; V, 584（N5a, 7）参照〕

文化の伝承の過程は、「凱旋行進」に見え、そこでは現在の支配者は「地に伏している者たちを踏みつけている」〔同〕。ベンヤミンはこう結論づける――「歴史唯物論者は、なしうるかぎりそうした伝承から離れる。彼は歴史の肌理を逆なですることを、自分の使命と見なす」〔同 V, 696〕。この史的唯物論者の「責務」は、革命の教育にとって重要である。「エードゥアルト・フックス――蒐集家と歴史家」は、ティーデマンの主張によれば

「間違いなくベンヤミン後期の仕事の中で最も重要な」〔編者の覚書 II, 1355〕（そして「テーゼ」同様に束Nに多くを負う）論文であるが、その中でベンヤミンは第一次世界大戦以前の時代において、社会民主党は深刻な理論的過ちを犯したと述べている。そしてその過ちが労働者階級の運動の合併吸収の、さらには一九一八年のドイツ革命の失敗の主たる原因となったとしている。社会民主党には「知は力なり」というスローガンがあった。

しかし社会民主党は、このスローガンのもつ二重の意味を見抜いてはいなかった。プロレタリアートに対するブルジョアジーの支配を強固なものにした、まさにその同じ知が、プロレタリアートに、この支配からみずからを解放する力を与えるだろう、とそう社会民主党は思ったのだ。実際には実践への通路を欠いた知、階級としてのプロレタリアートに、自分の置かれた状況について何も教えることができない知は、プロレタリアートの抑圧者にとって危険なものではなかった。これはなかでも人文学的な知について言えた。経済理論の革命に触れぬまま、人文学は経済学にはるかに後れをとってしまった。〔「エードゥアルト・フックス」II, 472-3〕

ベンヤミンは、文学と芸術の社会学の新しい「マルクス主義的」研究法を、単にフランツ・メーリングやエードゥアルト・フックスやその他の人々の著作の上に築こうとしたのではないことを認識することは重要である。文化史は階級教育の中心であると彼は信じていた。（ひどくグラムシめいて聞こえるが）第二インターナショナルに関しては、「当時、現実がどれほど唯物論者の教育の仕事にかかっているかを認識していたのはごくわずかの人々だけだった」〔同 II, 473〕と彼は述べている。歴史においては、進歩は自動的に起こるものではなかったので、「実践に繋がる道」を与える知識である「唯物論的教育」が重要だった。すべてはそこにかかっていたのだ。(2)

ボードレールの本の覚書において、〔ベンヤミンの世代においてすでに「古典」の地位を得ていた〔「ボードレールのいくつかのモティーフについて」I. 608〕）この詩人の言葉には、現代について革命的価値のあるものは何もないという批判を予想したうえで、ベンヤミンはその批判をはねのけた。(3)

(4)

精神的あるいは物理的産物の社会的機能を、その歴史的伝承の状況や運び手を眺めるだけで判断することができる［と考える］のは卑俗なマルクス主義の幻想である。［……］そもそも安易なかたちで、探求の対象である詩人としてのボードレールと今日の社会とを対峙させようとすること、そしてまた［……］彼の作品の業績評価に対して、ボードレールが進歩的な中心グループに何が言えるだろうかという問いに答えること、このような試みに反対を唱えるものなどあるだろうか。しかも、そもそもその前にボードレールに、連中に話すことはあるかと（……）問うことさえしないままに、である。実は、そうした無批判な問いかけに対して重要な事実が反対を唱えている。［……］それはボードレールを読むにあたって、我々はこれまでずっとまさしくブルジョア社会によって教えを受けてきており、そしてまた実際、その社会のもっとも進歩的人々からは長い間教わってきていないという事実である。〔I. 1166（……）は、覚書で削除された箇所〕

文化はそれが歴史において伝承されるときの保守的な伝承方法ゆえに、反動的効果をもつのである。「文化は物象化されて立ち現れてくる。この文化の歴史は、真正な――すなわち政治的な――経験によって、人間の意識内に送り込まれることもないまま、ただ掘りおこされた記憶項目の沈積物でしかない」〔「エードゥアルト・フックス」II. 477〕。(5)唯物主義的教育の目的は、この政治的経験を与えることであり、革命階級に「人類の背中に積み上げられた」それらの文化の財宝を「振り落とす」強さを与え、「そうして、その財宝を自らのものとする」〔同II. 478〕ことなのだ。

2

〔歴史の研究者は〕過去のほかならぬこの断片が、この現在とともにあるその批判的な状況布置《コンスタレーション》を意識するためには、対象に対する冷静かつ観想的な態度を放棄しなければならない〔……〕。〔「エードゥアルト・フックス」II, 467-68〕

現在と過去の「批判的な状況布置」としての弁証法的形象は、唯物主義的教育の中心にある。ブルジョアジーの歴史-文学装置をショートカットしながら、それらは不連続の伝統を伝承する。あらゆる歴史の連続性が「抑圧者のもの」〔「歴史哲学テーゼ」への注 I, 1236〕であるとするなら、この不連続の伝統は、伝統の連続性が砕け、物質が「裂け目」をみせ、「その地点を乗り越えようとするものにならだれにでも、手がかり」を与えるような「ぎざぎざした切断面」から成っている〔V, 592〈N9a, 5〉〕。それは「新しい始まりの伝統」〔「歴史哲学テーゼ」への注 I, 1242〕であり、「階級なき社会とは歴史の到達点ではなく、あれほどまでに何度も不成功に終わったが最終的には成し遂げられた中断である」〔同 I, 1231〕という理解と照応する。

『一方通行路』においてすでにベンヤミンは認識の形象と革命の実践とをはっきりと結び付けていた。

意志を養い活気づけるものは、思い描かれた形象をおいてほかにない。それに対し、単なる言葉は、意志に火をつけ激しく燃え上がらせることはあるが、その後、意志は焦げてくすぶり続けるだけに過ぎない。形象を正確に思い描くことがなければ健やかな意志はありえない。神経刺激がなければ、思い描くということはありえない。〔『一方通行路』IV, 116-17〕

ベンヤミンにとって重要であるのは、プロレタリアートの集団としての政治的な意志であり、過去を振り返ることによってその意志は動機付けられるのだ。弁証法的形象を構築する歴史家は、必然的に、ブルジョアジーが生産した文化的製品に依拠し、この階級の経験を表現することになる。しかし実際のところ著作の中で労働者を賛美したピエール・デュポンやヴィクトール・ユゴーのような作家より、ボードレールの方が読者に現代について「教える」というより大きな革命的意義を有していた。ベンヤミンは、「おそらくはルソーから始まった——古くからの致命的な誤謬」はロマン主義にすぎないと批判した。その誤謬のせいで「啓発する」という叙述的用語が「遺産相続権を奪われ下僕とされた」人々が送る「特別に単純素朴」な人生に貼り付けられるようになったのだ〔「フランス文学の現在の社会的立場について」II, 787〕。ベンヤミンは現代の「知識人」を揶揄し、彼らは「プロレタリアートの経験の擬態をとるが、だからと言って少しも労働者階級と結ばれていない」と述べる〔同 II, 789〕。むしろ重要なのは彼らが構築する形象の種類なのだ——「肝心なのは、ブルジョアジー出身の創造的人物を「プロレタリア芸術」の巨匠にすることではない。むしろそうした人物を［……］この形象空間の重要な場所において利用することなのだ」〔「シュルレアリスム」II, 309〕。

ベンヤミンがこれら主要なエッセーで繰り返し（一九二八、一九三四、一九三七、そして一九四〇年に）政治参加する知識人の仕事として定義づけてきたことをパサージュ論において実現しようとしなかったとは考えがたい。事実、束Nは弁証法的形象の現在の政治的意味に明白に言及しており、その形象構築は「現在が過去へと喰い込むこと」〔V, 588（N7a, 3）〕として説明されている。「それは過去がその光を現在に投射するのでも、また現在が過去にその光を投げかけるのでもない。そうではなく［弁証法的］形象は、かつてあったものと今とが出会い、ともに一つの状況を作り上げることなのだ」〔V, 576（N2a, 3）：N3, 1〕。そのうえ、「人が目指すべき文体」は「親しみのある言葉［……］共通の言語［……］率直な文体」からなり、「秘義的であるよりは近寄りやすいものである」〔ジュベール V, 604（N15a,

3)〕べきだった。

ベンヤミンの言葉をそのまま受け取れば、彼が記録することを選んだ一九世紀の要素は、彼自身の時代にとって、きわめて特定の政治的意味をもつものとして眺められなければならない。彼の時代とのそのような結びつきはパサージュ論においては表立って述べられることはめったになく、同時代の世界への直接の言及はほとんどない。それでも私たちはその存在を想定できるし、また事実しなければならない。束Nによればその点について疑問の余地はない。

歴史家をとりまいていて、歴史家が今関わっている出来事はテクストであって、炙り出しインクで書かれたテクストとして歴史家の記述の基礎となる。歴史家が読者に提示する歴史は、いわばこのテクストにおける引用となっている。そしてこの引用だけが、だれにとっても読み解くことのできるものとして提示されているのだ。〔V, 595（N11, 3）〕

パサージュ論の政治性を正当に扱うためには、私たちはその下に潜む目に見えないが存在する出来事についてのテクスト――ベンヤミンの世代にとっては「だれでも、みなが〔……〕読むことのできた」であろうもの――を目に見えるようにする必要がある。

ギーディオンは一八五〇年頃の建築から今日のそれの基調をどのように読み取るかをわれわれに教えてくれたが、それとまったく同じに、われわれは、あの時代の生活、そして見たところどうでもいいような、今では失われたもろもろの形式から今日の生活を、今日の形式を読み取ってみたいと考えるのだ。〔V, 572（N1, 11）〕

ベンヤミンがその「一九世紀の根源の歴史」において、なぜ他のものではなくこれらの現象を描いたかについての答えを「今現在の生」が与えてくれるだろうと私たちは期待する。そしてその期待は裏切られない。

3

文献学的研究にはつきものの、研究者を呪縛する閉じられた事実性という外見は、対象が歴史的なパースペクティヴにおいて構成される度合いに応じて消失する。このパースペクティヴの消失線は、僕たち自身の歴史的な経験へと収斂する。そうなると対象はモナドとして自らを構成する。そのモナドにおいては、テクスト中では事実として神話的な硬直性をもっていたすべてのものが、生き生きとしてくるんだ。〔アドルノへの手紙、一九三八年一二月九日付 I.1103〕

ベンヤミンは自分の著作の「教育的」側面とは、「われわれのなかで形象を作り出す媒体を育て上げて、歴史の影の奥深くまでを立体鏡的で、多次元的に、見通すことを可能にすること」〔ルードルフ・ボルヒャルト V.1026（O°.2）；(N1.8)〕だと説明している。(6)立体鏡は、一つの形象ではなく、二つの形象から三次元の形象を作り出す。ベンヤミンが蒐集した一九世紀の事実群は、それだけでは平面体にすぎず、アドルノが不満を言ったように、まさに「実証主義」の域に差し掛かっている。しかしそれは、それらがまだテクストの半分でしかないためである。ベンヤミンの世界の読者は、自分の生きた経験のつかの間の形象から、残り半分のテクストを補うはずだった。(7)「パサージュ」において、ベンヤミンはこれらの形象を明瞭に喚起した。パサージュ論の最初の覚書（一九二七年）で、彼は朽ちゆくパサージュを、華々しくオープンしたばかりの最新流行のシャンゼリゼ通りの描写と結び付けている。

シャンゼリゼ大通りのアングロサクソン風の名前の新しいホテルとホテルの間に、最近アーケードが開通し、パリで一番新しいパサージュがオープンした。そのオープニングでは花壇やあふれる噴水の間でユニホームを着た奇怪なオーケストラが演奏した。混雑のために人々はうめき声をあげながら、砂岩でできた入り口を通り抜け、鏡張りの壁面に沿って押し合いながら進んだ。最新の自動車の銅製の内臓に、材質の良さを証明するため、人口の雨を降らせているのを眺め、油の中で振動するギアを観察し、革製品や、レコード屋、刺繍されたキモノの値段が、プレート上に人造宝石で示されているのを読む。天上からの拡散した光を浴びながら、人々はタイル張りの床面上を滑るように進んでいく。ここでファッショナブルなパリのために新しいパサージュが用意されている一方で、この都市で一番古いパサージュの一つであるオペラ座小路は、オースマン大通りの延長工事によって飲み込まれてしまった。この驚くべき天蓋付きの遊歩廊がつい最近までそうであったように、いくつかのパサージュは今日でもその飾り気なく陰気な隅で空間と化した過去を保存している。時代遅れになった商売は、このような内部空間にまだ生き残っており、商品のディスプレーは、［……］曖昧で複層的な意味をもつ。〔「パサージュ」V. 1041〕

これらの元型的なパサージュは「「近代」の形象が反転して型取りされる鋳型」〔V. 1045（a°. 2）〕である。現在の眩い商品のディスプレーと並置されると、それらは近代史の本質を判じ物として表現する。パサージュやその中身が神話的に保たれているところでは、歴史はそこで可視化される。それは新しい商品幻想空間によって歴史的には取って代わられても、その神話的形式は永らえるのだ。そのような過去と現在の並置は、同時代の幻想空間を不安定にし、商品にあるユートピア的要素のつかの間の半生や、その裏切りの容赦ない反復を意識させる――同じ約束、同じ失望。「「くり返し同一」なものとは、出来事ではなくて出来事における新しさという要素［……］である」〔V. 1038（Q°. 23）〕。いつも同じものとしての新しさという時の弁証法は、モードの代表的特質であり、それはまた近代の歴史経験の秘密でもある。資本主義のもと、最新の神話はつねにより新しい神話によって取って代わられ続けるが、これは新しさ自体が神話的に繰り返すということを意味する。

4

過去は現在に取りついているが、現在はもっともな理由でそれを否認する。というのは、表面上はなにものも同じままではいないからだ。第一次世界大戦は、会社のビルから女性の衣服にいたるまで、印刷用タイプから子供の本の挿絵まで（図9．2～9．16）、あらゆる物の流行の転換点であった。一九二〇年代までには、工芸のすべてにおいて、また科学技術の影響を受けるすべての芸術において、スタイルの変化は全体に及んだ。ドイツではヴァルター・グロピウスのバウハウスがこの変化の旗手だった。(8) パリでは、ル・コルビュジエの仕事がこの新しいスタイルの機能的な面の象徴となり、一方でシュルレアリスムは想像力においてその反映を信号として送っていた。ベンヤミンは「ブルトンとル・コルビュジエを包み込むこと——というのは、現在のフランスの精神を、弓を張るような緊張で満たすことである。この張られた弓から認識の矢で瞬間の心臓が射止められるのだ」〔V573（N1a, 5)〕と述べている。パサージュ論は、そのような知識のための歴史的データを与えるはずだった。ベンヤミンは古いスタイルをこう描写している。

一九世紀においては、住むこととは、人間を容器に入れることと理解されており、その容器の奥深くに人を所持品全てと一緒に深く埋め込んだ。その様子は、製図用具入れの中の、たいていは紫色の別珍か絹張りの深いくぼみの中に他のあらゆる予備部品と一緒に、道具が収められているのを思い出させる。懐中時計、スリッパ、ゆで卵立て、温度計、トランプカード——およそ一九世紀が専用の容器を考え出さなかったものを見つけるのはほとんど不可能なほどだ。そして容器の次には、カバー、細長絨毯、内張り、ソファーカバーなどが続く。〔V, 1033（P°, 3)〕

装飾は一種の容器である。技術の初期の神話段階においては、新しく加工された鉄は構造形態を隠すための線状の

9.2　ドイツおとぎ話（G・アルボトによる挿絵，1846 年）

9.3　ドイツ児童書（テオドール・ヘルマンによる挿絵，1910 年）

9.4　モスクワのデパートGUMの内部

装飾として用いられたことが思い出されるだろう〔第五章参照〕。エッフェル塔も、バルコニーや欄干のいたるところにみられる錬鉄の手すりも、その強度にレースの外観をまとわされた（図9．4）。二〇世紀のスタイルの変化はこうしたことすべてを変えたのだ。仮面や容器や表層的な装飾はすべて姿を消した。機能が目に見えるようになった。新しい感性が日常生活のもっとも習慣的な経験に、そしてそれゆえに、集団的無意識の中へと入りこんだ。建物のエクステリア自体も一つの容器であった。この点で近代の美的様式の反転によって大規模な視覚の変化が見られた（図9．7〜9．12）。「二〇世紀は、その多孔性と透明性、その野外活動によって、こうした古い意味での住むということに終止符を打った」〔V. 292〔14, 4〕〕。

9.5（上） 19 世紀の窓の差し錠（クドゥル，パリ，1851 年）

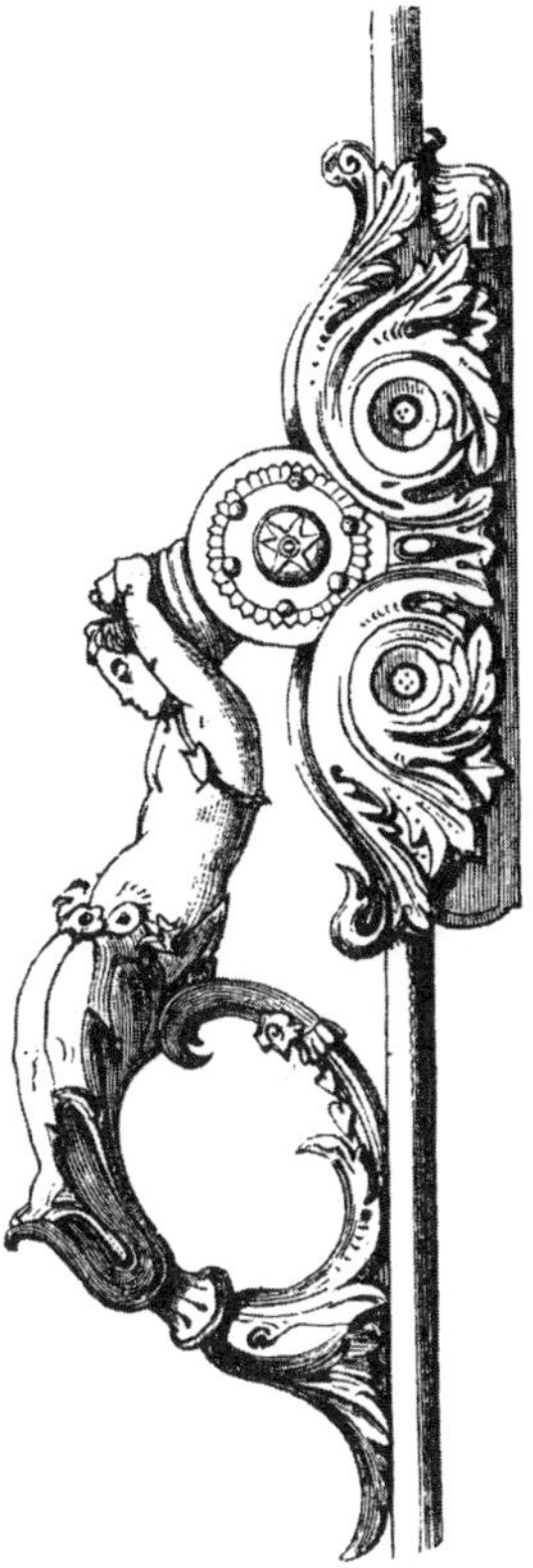

9.6（左） 20 世紀のドアノブ（ル・コルビュジエ，フランクフルト・アム・マイン，1920 年代）

ル・コルビュジエによると、ヴィラと並べてみると初めて一九世紀の室内のイメージが、弁証法的な先鋭性の力を帯びるようになる。後者は、公的区間と居住空間の明白な区分をしていた。室内は閉ざされ、襞飾りをつけられ、薄暗く、黴臭く、そして何よりも私的である（図9．13）。ル・コルビュジエのヴィラは決然と戸外へと開かれ、「プライバシー」は時代遅れとなった（図9．14）。一九世紀のガラス天蓋の下では、花々や庭全体が室内に移された。対照的に、「今日の標語は、移設ではなく、透明性である（ル・コルビュジエ！）」〔V, 528（m1a, 4）〕。

女性が身につけるもの（コルセット、クリノリン、バッスル、そして引き裾）は、それ自体専用の容器であったが、室内に劣らず、それも風通しがよくな

9.7（上） 博覧会玄関（ギュスターヴ・エッフェル，パリ，1878年）

9.8（左） バウハウス（ヴァルター・グロピウス，デッサウ，1926年）

9.9　詰め物をした別珍の椅子（アウグスト・キッチェルト，ウィーン，1851 年）
9.10　作業台（C・F・グラッブ，イングランドのバンベリ，1851 年）

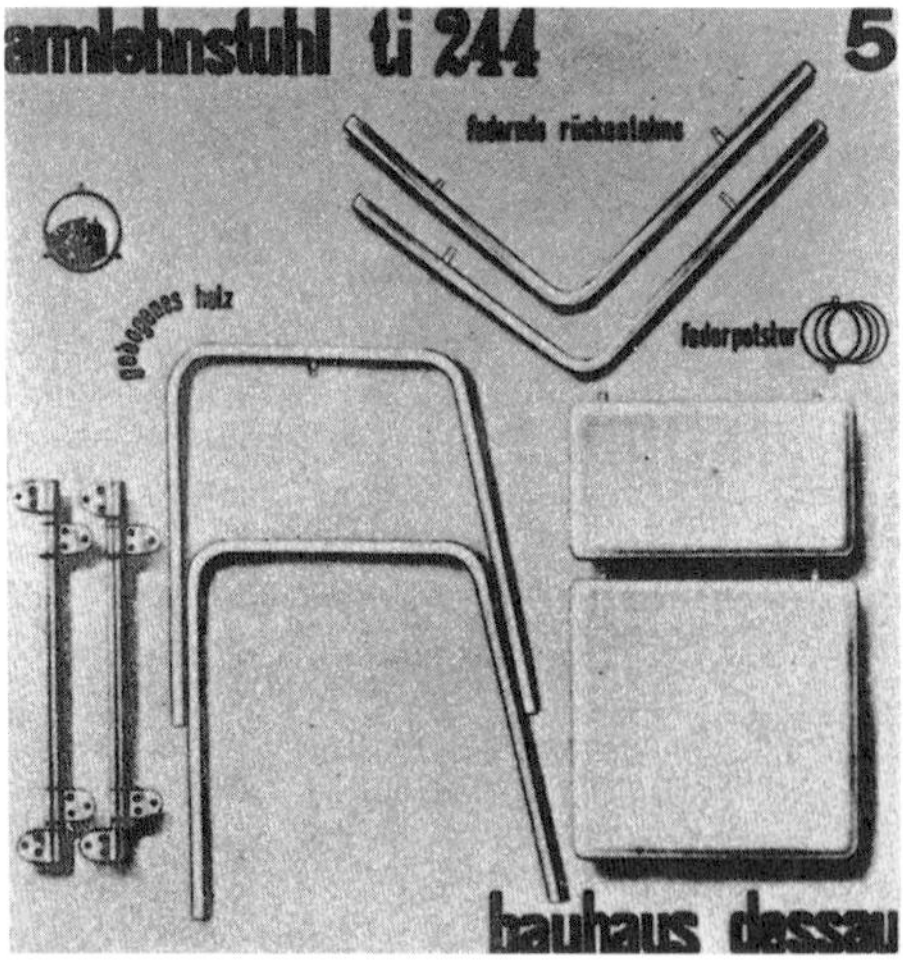

9.11　片持ち梁風の管状スチール椅子（マルセル・ブルーアー，バウハウス，1928年）

9.12　分解可能な椅子（ヨーゼフ・アルバース，バウハウス，1929年）

9.13　19世紀の室内（自宅にいるサラ・ベルナール，パリ）

9.14　20世紀の室内，ヴィラ・サヴォエ（ル・コルビュジエ，フランスのプワスュ，1929-31年）

9.15（上）「シャドー・ダンス」（マーティン・ルイス，1930年）

9.16（左）「あだっぽい女」（コンスタンチン・ギー，1850年）

った〔図9．15〕。官能的なモードもそれとともに変化した。ベンヤミンはこう書いている――「胴体のパサージュとしてのコルセット。今日、安い売春婦たちにおいて慣例となっていること――服を脱がない――は、当時、もっとも上品な作法だったのかもしれない」〔V, 1030（O°, 33）〕。

5

ファシズムを目に見えるようにする歴史の理論の必要性

〔「歴史哲学テーゼ」の覚書 I, 1244〕。

私たちの世代の経験――資本主義は自然死することはないだろう〔一九三五年概要覚書15 V, 1218〕。

パサージュ論の初期段階（一九二七―三二年）において、このスタイル上の革命は、ほぼ間違いなくベンヤミンの中心的関心事であった。[9] 彼は、その社会的機能に劣らず、「社会的内容」の透明性を求めるモダニストの美学も肯定していた。[10] 二〇年代後半の潜在的な充電期間において、資本主義は危機に瀕し、社会的不安定さが、いまだ反動性やファシストの形態へと固まっていなかったとき、ベンヤミンは文化形態の変化を期待とみなし、新しい自然の大きな社会主義的可能性を照らすものと見なしており、それゆえ、政治的に教育的であると信じていた。[11] フーリエはその先駆者として特に重要だった。彼は公的建築物の最初の理想像として、自分の「ファランステール」にパサージュの建築スタイル――公的な空間に結合歩行路としてのギャルリ型街路〔V, 775（W5a, 35）参照〕[12] が備わったもの――を用いた。そして（同時代においては揶揄された）奔放な想像力で、衛星〔V, 783（W9a, 3）〕や宇宙旅行〔V, 776（W6, 4; W6a, 4; W8a, 1）〕は言うまでもなく、電信〔V, 786（W11a, 3）〕、[13] ラジオ、[14] そしてテレビさえ予言していた。

「現在」が革命的可能性を持つかぎり、ベンヤミンは「現在」を肯定的に――事実、目的論的に――「過去が夢見

9.17（上）　1808年に着想したファランステール描画（シャルル・フーリエ，1844年）

9.18（下）　ドミノ住宅計画（ル・コルビュジエ，1915年）

て向かう先である目覚めた世界」〔V. 1058（h°. 4)〕[15]として捉えることができた。しかし三〇年代の出来事は過去をまったく別の状況布置へと引き入れたのだ。特に一九三七年以降[16]、各束に記録されていく形象には以前ほどのユートピア的きらめきはない。「より人間的未来の予期」〔アドルノへの手紙、一九三五年三月一八日付 V. 1102-3〕[17]となるよりも、むしろ現在の中で差し迫った警告として、新しい政治的可能性よりも、繰り返される政治的危機を閃光のように照らし出している。

　この変化をよく示すのは、遊歩者の姿についてのベンヤミンの注釈である。一九世紀の都市の通りを遊歩するベンヤミンと同じ階級の文学生産者の根源であり、近代の知識人の「根源-形式」である遊歩者の探求の対象は近代性そのものである。自室で観想する知識人とは異なり、彼は通りを歩き、群衆を「研究」する。同時に、その経済的基盤はもはやアカデミズムの官僚的地位によっては守られてはおらず、根本的に変わってしまっている。特定の歴史的人物としてボードレールは、遊歩者の資質を具現化している。彼は自分の高度に両義的立場――社会に反抗するボヘミアンであると同時に文学市場用に商品を生産してもいる――を鋭く意識していた。まさにその点が、ベンヤミンの世代の知的生産者たちに、実は彼ら自身の利害は、プロレタリアートの利害とつながるのだという客観的状況を「教える」というボードレールの能力の説明となっている。

一九二〇年代の終わりに、ベンヤミンは、都市という公的空間やそこを動き回る群衆だけでなく、遊歩者のこの公的な方向性を肯定的に捉えていたようである。初期のパサージュ論の覚書（一九二七―二九年）は次のような定式化で始まっている。

街路は集団の居住空間である。集団は永遠に落ち着くことなく、動き続けるのがその本性である。この集団は、自宅の四方の壁に守られている個々人と同じほど多くのことを家々の壁の間で体験し、経験し、認識し、思考する。こうした集団にとっては、商店のピカピカ輝くエナメル塗りの看板が、ちょうどブルジョアジーにとってのサロンの油絵のように、いやそれ以上に、彼らの壁の飾りなのだ。「貼り紙禁止」となっている壁は彼らの書き物台であり、新聞スタンドが彼らにとっての図書館、郵便ポストは彼らのブロンズ像、ベンチがその閨房、そしてカフェテラスが自分の世帯を見下ろす張り出し窓なのである。〔V, 994（A°, 9）;（d°, 1）;（M3a, 4）〕

同一の文が、一九二九年のベンヤミンによるフランツ・ヘッセルの『ベルリン散策』の書評にも登場する。ただし（ベンヤミンの賛同を得ている）主体は、「集団」ではなく「大衆であり、遊歩者は［……］彼らとともにある」〔「遊歩者の回帰」III, 198〕。しかしボードレールに関する最初のエッセー（一九三八年）のころには、このモティーフは重大な変化を遂げている。遊歩者が一人きりで（ベンチで眠ることなく）路上にいる姿が描かれ、いまや壁が彼の机であり、彼はそこに「自分のノートを立て掛ける」。この一節には新たな結論がある。

灰色の舗石のあいだ、そして専制政治という灰色の背景のまえではじめて、生はそのあらゆる多様性において、ヴァリエーションの無尽蔵の豊かさにおいて栄えるのだ――これこそ、政治的に、それらの著作物の背後にあった条件であり、そこには〔遊歩者によって書かれた〕生理機能の本も含まれている。〔「ボードレールにおける第二帝政期のパリ」I, 539〕

この版は明らかに遊歩者に批判的トーンが見え、彼自身の時代の知的「遊歩者」に対する警告の役割を果たしている。ベンヤミンはこの社会的タイプのより近代的形態を挙げている。それは探偵となった遊歩者で、取材範囲をカバーしているレポーターである〔V, 554（M13a, 2）〕。写真報道家は、いつでも撮影できるようにハンターのようにうろつきまわる〔V, 964（m2a, 3）〕。後期の記述では遊歩者は、本当はゆとりある人ではないことが強調される。それどころかうろつきまわることは彼の仕事である。彼は新しいタイプの月給取りの遊歩者であり、情報／娯楽／説得という目的のために、ニュース／文学／広告――これらの形式は明確には区分されていない――を生産する。都市生活の真の状況の報告者のポーズをとりながら、実際には、彼は読者の退屈を紛らせている。彼の大衆市場製品は近代都市において仕事以外の時間という「空白の時間」を満たす〔「第二帝政期のパリ」I, 537-9〕。同時にボヘミアンとしての遊歩者自身がカフェの呼び物になる。ぶらぶらするという「仕事」をする間[18]、公衆に眺められ、彼は「売り物であるという考えそのものを散歩に連れ出す。百貨店が彼が足を向ける最後の場所であるように、彼の姿を最後に具現化しているのがサンドイッチマンである」〔V, 562（M17a, 2）：（M19, 2）参照。どちらも一九三七年以降の記述[19]〕。

サンドイッチマン（図9.19）は、大衆文化のアトラクションを広告するために支払いを受けている。文化的生産者も、同様に、イデオロギーの流行を売り歩くことで利益を得る。ベンヤミンは親ファシスト的ジャーナリストであるグラングワン紙のアンリ・ベローに言及し、彼が「真の月給取りの遊歩者」として「サンドイッチマン」をあげていると述べる〔V, 967（m4, 2）〕。レオン・ブルムの内務大臣のロゲール・サレングロに対してベローが発した国粋主

9.19　サンドイッチマン（パリ，1936年）

義的で反ユダヤ主義的攻撃は、後にサレングロを自殺に至らしめた。そのような政治的な仄めかしは、ボードレールにすでに見受けられる。彼は日記に「冗談」として、「ユダヤ人種を根絶やしにするという目標によってすばらしい共謀が組織できる」〔『第二帝政期のパリ』I, 516〕と書いている。財政的に成功しているベローは、サンドイッチマンさながらにファシスト的文章を呼び売りした。敵意をユダヤ「人種」に向かわせることで、階級対立をカムフラージュし、左翼への攻撃を愛国主義のジャーゴンの下に隠してしまったのだ。後の覚書でベンヤミンは連想する――「遊歩者、サンドイッチマン、制服を着たジャーナリズム――これが広告するのはもはや商品ではなく国家だ」〔『シャルル・ボードレール』の覚書　I, 1174〕。

明らかに遊歩者と大衆両方について、ベンヤミンの見方は変わっていた。

実際のところ、この集団は仮象以外のなにものでもない。遊歩者の目が享受するこの「群衆」は、七〇年後に「民族共同体」が流し込まれる鋳型なのである。自分が目覚めていること、そして一匹狼であることを自負している遊歩者は、その後に何百万人もの目を眩ませた虚像の最初の犠牲者であったという点でも、同時代人に先んじていた。〔V, 436（J66, 1）〕

しかしベンヤミンのプロレタリアート観は、一九三〇年代終わりにおいてすら一貫していた。

劇場の観衆、軍隊、あるいは都市の住民などは、それ自体としては特定の階級に属していない群衆を〔形作る〕。自由市場は、あらゆる商品が自らの顧客である群衆を自らの周りに集めるという意味で、この群衆を急速に〔……〕増大させる。全体主義国家が規範としたのはこの群衆である。民族共同体は、顧客としての群衆との完全な一体化を妨げるすべての要素を、一人一人の個人から追放しようとする。この結びつきにおいて〔……〕唯一の非和解的な敵対者は、革命的プロレタリアートに見出される。革命的プロレタリアートは、その階級の現実によって、群衆の仮象を追い払う。〔V, 469（J81a, 1）〕

6

一八四八年以前（最初のパサージュとフーリエの時代）[20]はベンヤミンにとってはユートピアへの期待の形象の豊かな源泉となっていた。しかしそれは同時に、第二帝政の時代でもあり、その時代性は一九三〇年代に目立って「判読可能」になっていた[21]。ナポレオン三世は初めてのブルジョアジーの専制君主であり[22]、ヒトラーは現代におけるその具現化であった。ヒトラーは彼の支配を歴史的に特異なものとして広告した。一九三四年にベンヤミンはこう書いている――「「これはただ一度しか起きない。二度到来することはない。」ヒトラーは帝国の大統領の地位にはつかなかった。

人々に自分の登場の一回性を印象づけるつもりでいたのだ」〔「歴史哲学、歴史と政治」VI. 104〕。『ブリュメール一八日』というマルクスによるナポレオンのクーデター史がパサージュ論の記述の中で大量に引用され始めるのは偶然ではない。マルクスの文は成功のためのヒトラーの定式は特異なものではないことを示している。ルイ・ナポレオンは共和国の非合法な解体を正当化するために、反乱の後に国民投票を行った。[23] ヒトラーは一九三四年にまさに同じ戦法を用いた。ベンヤミンが関心を示したのは、政治的戦略の類似性だけでなく、新しい文化生産の技術を、解放ではなく社会統制という目的のために使用することも含めて、第二帝政において社会の結合剤を与えた元型的な要素の布置関係であった。一九三六年の束d（「文学史、ユゴー」）への記述では、同時代のフランスのジャーナリストの文を引用している。

一人の炯眼な観察者が、ある日こう言った。ファシズム体制のイタリアは大新聞を発行するのと同じようなかたちで統率されているし、事実イタリアを統率しているのは、一人の大ジャーナリストだ。一日一アイデアがモットーとなり、コンクールが行われ、センセーションが求められる。社会生活のとてつもなく誇張されたいくつかの側面へと、読者は巧みに、粘り強く導かれていき、またいくつかの実際的な目的のために、読者の理解は徹底的に歪められる。一言で言ってファシズム体制とは広告を活用する体制なのだ。〔ド・リニエール V. 926（d12a, 2）〕

同年ベンヤミンは、芸術についての論考を執筆し、そこでマスコミュニケーション・メディアの進歩的可能性を主張しているが、ただしそれはその現在の用法への批判として機能するようもくろまれた議論であった。同様にパサージュ論は（三〇年代にパリの映画界の「スター」であった）ミッキー・マウスと、[24] 先駆者としてのグランヴィルやフーリエ[25]の想像力とを結び付けているが、[26] 芸術論への覚書では「ディズニーの方法のファシズムへの応用可能性」〔I.

9.20　ドイツの武器に貼られたミッキー・マウスの転写ステッカー

1045〕を認めている（図9．20）。

「さまざまな照明」についての束Tは、都市照明の最初の計画は一八世紀の啓蒙主義の「全体照明という理念」〔一八世紀の企画書V, 702（T2, 5)〕〕に基づいていたことを記録している。しかしその反動的な可能性は一八三〇年代にすでに予見されていた。「一八三六年、ジャック・ファビアンが『夢のパリ』を出版した。そこで彼はいかに電灯が光の過多で次々と失明者を生み出し、ニュースを送るテンポがいかに狂気をもたらすかについて詳しく書いている」〔V.（E°, 33)〕。それから一世紀後、都会のイリュミネーションはいかにもそれらしく現実を不明瞭にして惑わせ、大衆がはっきり見ることができるよう助けるどころか、むしろその眼を眩ませた（図9．21）。軽快な広告が「新しいタイプの書き物」を生み出した（図9．22）〔概要覚書3　V, 1207〕。ディスプレーの中での電球の使用は大衆の代替可能性のイメージを示唆する。「何千もの電球がついた分電盤に例えられる人類。切れたら別のものが新たに点灯する」〔同〕（図9．23）。ここでもファシズムは商品文化の代替となるのではなく、物質的な内容は抜き取ったうえで商品化の精巧な技術を我が物として利用している。「抽象は〔……〕現代的な表現手段（照明装置、建築形式など）にとっても、危険なものになりうる」（図9．24）〔V, 500（K3a, 1）〕。

ファシズムは無意識の夢見る状態にある集団にアピールする。それは「歴史における仮象の故郷が自然であることを示すことによっていっそうその仮象を幻惑に満ちたもの」〔V, 595（N11, 1）〕にした。歴史の仮象は（ユングが論じたように）「時代精神の一面性を補う」〔ユング V, 589–90（N8, 2）〕どころか、この反応全体に浸透していた。

ベンヤミンは「人間に〔ファシズムの〕「全的体験」を得させるものは、何より交換価値への感情移入なのだろうか」〔V, 963（m1a, 6）〕と問う。「大規模工業という不毛で幻惑的な時代〔……〕の経験に対して閉ざされた目には、いわば自然発生的な残像として補完的な性質をもつ経験が現われてくる」〔「ボードレールのいくつかのモティーフについて」I, 609〕。そしてファシズムはその残像であった。それは近代文化を非難しておきながら、消費資本主義が生み出す集団夢に、自らの政治的幻想を受け入れる手近な貯蔵所を見出したのだ。目覚めていない大衆心理の多孔性は、大衆文化を吸収したときとまったく同じように、自ら進んで大集会の仕組まれた狂想曲的ショーを受け入れた[27]。そしてサンドイッチマンが劣化した最後の遊歩者であるとすれば、その彼はファシズムにおいてさらなる変身を経ることになった（図9．25）。

7

初期のパサージュ論への記載に、第二帝政時代のオースマンの都市計画に対するル・コルビュジエの批判が引用されている。「オースマンの改造の線引きはまったく恣意的であった。都市計画に基づく厳密な結論ではなかった。それは財政的・軍事的次元の処置だった」〔ル・コルビュジエ V, 184（E2a, 1; E2, 9）〕。後の記述ではオースマンの公的作業

9.21　照明ディスプレー，ルーヴル百貨店（パリ，1920年代）

9.22　ネオンと電飾照明，ギャルリーラファイエット百貨店（パリ，1930年代）

9.23　ベルリンスタジアムでのドイツ絶頂点フェスティヴァル（1938 年）
9.24　「光の館」，ニュルンベルクでのナチス党大集会（1935 年）

9.25 「私はユダヤ人ですが，ナチスに何の不満もありません」（ミュンヘン，1933年）

計画が国家に対する政治的な支持を供するもので、いかに国家の雇用を通して労働者を制御し、経済的には資本家階級を潤したかを強調している。[28] この計画と、当時のヒトラーのドイツ（あるいはブルム〔一九三六―四七年の間、中断を挟んで三期人民戦線内閣の首相を務めた〕のフランス、ルーズベルトの合衆国[29]）における野心的な公共事業計画との類似性に、三〇年代の読者が気づかないはずはなかった（図9．26）。そこでベンヤミンはナポレオン一世の下で王政復古時代に「労働隊」となった兵たちを描いた版画について解説している〔パリ国立図書館版画室 V. 941-42（g2a, 3）〕。ヒトラーのドイツではすでに兵から労働隊へという段取りが逆転されるであろうことを予期することができた（図9．27）。

オースマンの先駆者としては、社会夢想家フーリエよりも技術専門の社会経済計画唱道者であるサン＝シモンの方がふさわしいが、[30] そのもっとも意識的な後継者は、ロバート・モーゼスのような都市建築家であったと言えよう。モーゼスはニューヨーク市の建築コミッショナーでニューディール資金を使って都市の大きな区画の取り

9.26　建築労働者としてフランクフルト高速道路へ向かう失業者の一隊

壊しを行った。その哲学は「建物が込み合って建ち並ぶメトロポリスで作戦行動をするには、肉切斧で周辺を切り開かなくてはならない[31]」というものだった。あるいはベルリンの大がかりな再建計画の指揮を執ったアルベルト・シュペーアのような建築家もオースマンの後継者と言えるだろう。シュペーアは新擬古典主義を用いて、[32]第三帝国の壮麗さを表現するつもりだった（図9．28、9．29）。ベンヤミンは「帝国様式は革命的テロリズムのスタイルであって、そのスタイルにとっては国家それ自体が目的である」〔一九三五年概要覚書5　V，1212〕[33]と述べている。

　重要なことに、ベンヤミンのデータは、ノスタルジーゆえのよくある保守的な取り壊し反対論（ベンヤミン自身はこれには与していなかった）と、その取り壊しを導いた政治的・経済的利害に対する具体的批判とを区別することを可能にしてくれる。ベンヤミンがパリコミューンを批判したのは、その煽動的反抗によってパリがダメージをうけたからではなく、むしろ都市の破壊と社会秩序の破壊とを欺瞞的にも等式で結んだ

9.27 共産党ポスター「ヒトラーは失業者問題を「解決」した．ドイツ人労働者よ！　もし君たちがこうなりたくないなら，ロシア労働者とロシア農民側に来なさい！」

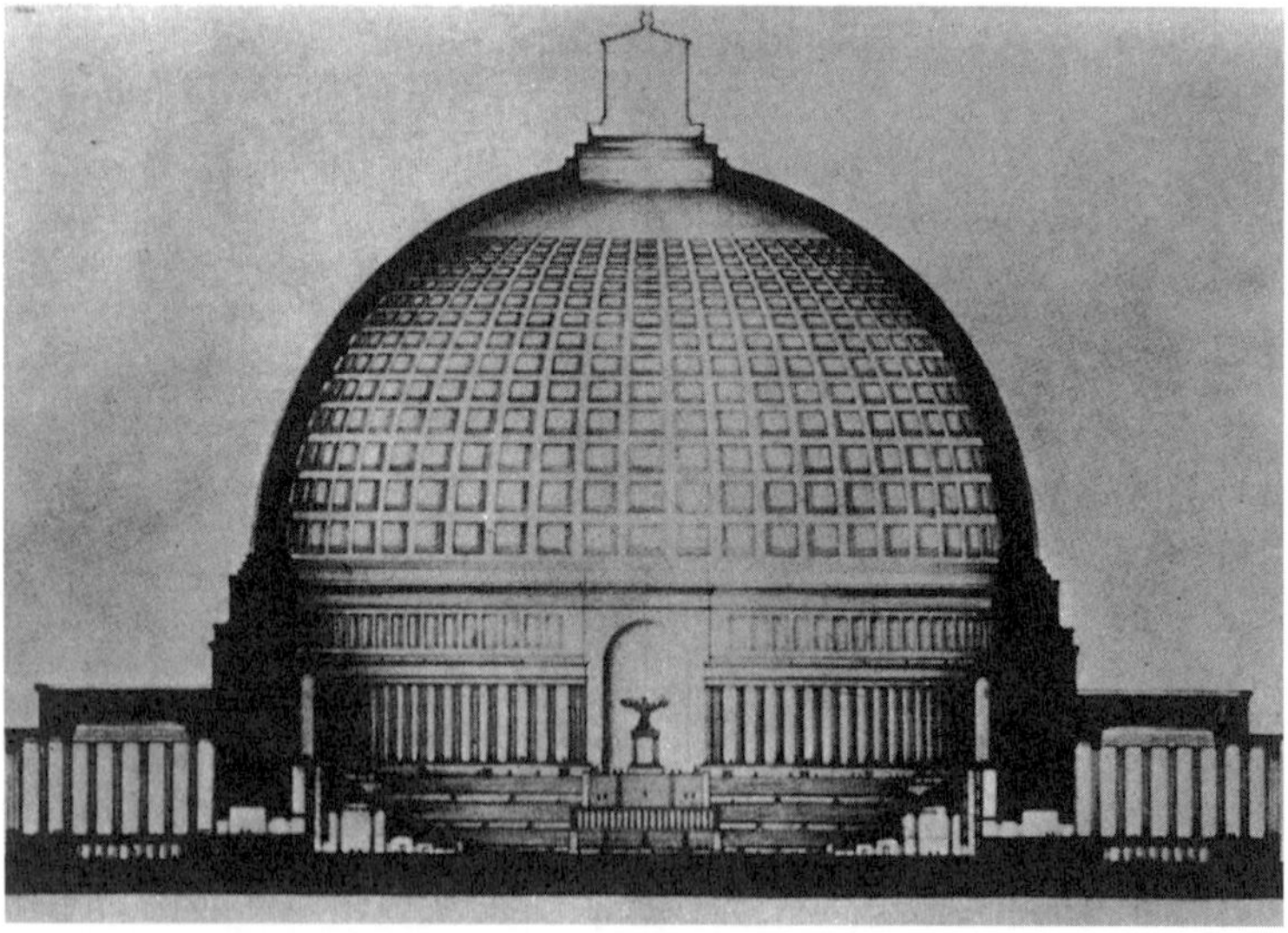

9.28　ベルリン都市改造の模型　南北と東西に走る2本の記念碑的大通りに沿って建造される計画に基く

9.29　「人民ホール」の模型　ヒトラーを讃えるドイツのパンテオンとして設計された．ヒトラーによるベルリン都市改造の中心としてアルベルト・シュペーアによって設計された．

9.30　パリ・コミューンによるパリ焼き討ち（1871 年）

ためである[34]（図 9．30）。ベンヤミンにとって、政治的選択とは、歴史的にパリを保存するかそれとも近代化するかにではなく、（唯一革命的意識を可能にする）歴史的記録を破壊するか、それともこの記録を追想するなかで破壊するかにあった。つまり、過去を忘却し消し去るか、それを現実に活かすかの選択であったのだ。

パサージュ論の記述が時の経過に伴うベンヤミンの立場の変化を示しているように見えたとしても、その変化が示すのは、近代の「自然」のもつ社会主義的可能性に関する幻滅が増大していったというよりむしろ、その可能性が体系的な権力者たちによって歪められている有様をますます意識するようになったということであった[35]。都市の刷新において「進歩」したのは、技術的な破壊力であった。「大都市の発達とともに、それらを破壊する手段も発達した。これによって喚起される未来のビジョンとは何なのか」〔「ボードレールのいくつかのモティーフについて」I, 589; V, 152（C7a, 4 参照）〕。この発達が有益であるのは国家にとってであって、それに抗う人々にとってではない。初期の記述においてベンヤミンは、オースマンの並はずれて広域にわたる取り壊しが、もっとも原始的な道具によって成し遂げられたことを「驚嘆すべきこと」と考えたコルビュジエを引用している。「大変重要なのは、「オースマンの道具」。ル・コルビュジエ著『都市計画』の挿絵。様々なシャベル、つるはし、手押し車など」〔V. 184（E2, 10）〕（図9．31）。

「一八三〇年には、街路にバリケードを作ると言っても、主として縄を張り巡らす程度」〔V. 203（E10a, 2）〕で、政府軍の兵の進行を止めるために、窓から椅子を投げていた〔V. 198（E7a, 3）〕。ベンヤミンの時代には技術的進歩のために、国家への抵抗はより危険なものになっていた。

市街戦は今日独特の技術を獲得するにいたった。この技術は、武装勢力によるミュンヘン奪還の後で、ベルリン政府によって極秘裏に出版された小冊子において手直しを施されたのである。すなわち、もはや街路を前進することは止めて、無人状態にしておき、建物の内部を、壁に穴を開けて進むのである。ある街路を制圧したら、直ちにそこを拠点化することになる。壁の穴を利用して、電話を設置すればよい。ただし、敵の逆襲を避けるために、制圧した地区には直ちに地雷を敷設することだ。……もっとも明白な進歩の一つは、人家や人命などにお構いなしにやればよくなったことである。未来の市街戦では、あのトランスノナン街の戦闘〔一八三四年の民衆蜂起に武装した共和国兵が攻撃し多くの死者を出した惨劇〕でさえも……無邪気で古風なエピソードとなっているだろう。〔デュベック／デスプゼル V. 854（a1a, 1）〕

一九二六年に書かれたこの警告は、オースマンへの参照とともに、一九三五年以前にパサージュ論に記述されていた。ベンヤミン自身は「オースマンの仕事は、スペイン内戦が示すように、今日ではまったく別の手段をもって実行に移されている」〔V. 208（E13, 2）〕と評している（図9．32）。

9.31　オースマンの道具（ル・コルビュジエ『都市計画』より，1931 年）

9.32　スペイン内戦，マドリッド路上での爆弾の炸裂（1936 年）

8

どのような歴史的な認識も、ちょうど釣合がとれて止まっている秤のイメージで捉えることができる。その秤の一方の皿には、かつてあったことが、そしてもう一方の皿には、現在の認識が載っている。前者の皿には見栄えのしない、いくら集めても数が十分にはならないような事実が載っているとすれば、後者の皿には、ほんのわずかだがずっしり重くて量感のある分銅が載っているだけでよい。〔V, 585（N6, 5）〕

人間の尊厳は［……］次のような単純で基本的事実に、自らの考え方を従わせることを求める――すなわち、労働者と向かい合っている警察には大砲があるということ、戦争の脅威があり、すでにファシズムが支配している［……］ということである。〔ルイ・アラゴン V, 579（N3a, 4）〕

一九三四年二月、不況の影響が強まり、パリの街路ではデモが起こっていた。最も激しい抵抗運動は右翼の側から起こった。フランス議会はファシストの暴動に脅かされていると感じていた。ベンヤミンはその動乱の真最中に、サンジェルマン大通りにある滞在中のホテルから、その出来事を見ていた[36]。そのとき書こうとしていたオースマンについての論文との関連で[37]、ちょうど「すばらしいパリの歴史本」を読んでいて、それですっかり「このような闘争や動乱の伝統」の問題に引き込まれたという[38]。事実、その本を読み、オースマンによる大通り建造(サンジェルマン大通りもその一つであった)のあとでは、バリケード闘争は革命実践としては廃れてしまったことを知った〔V. 198(E7a. 3)〕[39]。そのような街路の闘争で、近代的武器で武装した国家を転覆できると信じるのは、一九世紀にすでに致命的であることが実証されていた革命のロマン主義と、ノスタルジーへの耽溺に他ならなかった[40]。おそらく、フランス左翼一般とは異なり、一九三四年の二月の段階で、ベンヤミンが「現在の運動が実を結ぶことはないだろう」と考えたのは、それまでの彼の研究調査による成果であろう〔カルプルスへの手紙、一九三四年二月付け V. 1099〕[41]。

二月の出来事は、ファシズムを最大の危険と見なして恐れていた左翼を団結させた。しかしベンヤミンは左翼の政治的反動にも危険を感じていた。共産党は「共和国を守るために」他の社会主義の派とともに、ファシズムに対抗する人民戦線を組織した。戦線の綱領は、労働者の要求を国家への愛国的忠誠と結びつけた。その最初の大きな成功は、一九三五年の七月一四日に大ブルジョア革命を繰り返される愛国的カルトとして記念する何万人ものデモを組織したことだった[42]。社会主義者レオン・ブルムが指揮する人民戦線は翌年の国民選挙で勝利をおさめた。しかしこの時点で左翼の指導者たちの予測していなかったことが起こったのだ。選挙のすぐ後の五月に、パリ郊外の工場で次々と、労働者による自発的な座り込みストライキが始まり、人民戦線が通常通りの政府の仕事を継続することへの不満を示す意思表示を行った。ストライキの参加者は、祝祭的で陽気なムードにあったが、だからと言って、革命の脅威の現実味が減るわけではなかった[43]。共産党と社会党の労働組合と党幹部はストライキに参加することを拒否した。代わりに、彼らは、所有関係が変わりさえしないなら、労働者に喜んで歩み寄るつもりのあった経済界の幹部と同意形成をした。しかしこの「首相官邸での同意書」への署名が終わってもストライキは継続し、さらにはそれは大型デパートや、カフェ、レストラン、ホテルにまで飛び火した。六月までには一五〇万人ものパリの労働者がストライキに突入した。レオン・トロツキーは亡命先から「フランス革命が始まった……これはありふれたストライキではない。まさに真正のストライキだ」〔トロツキー、コルトンより再引 152〕と宣言した。しかしフランス共産党指導者たちは、人民戦線の綱領にしがみついた。ブルムの政府は、（一八四八年と一八七一年を繰り返すように）トロツキーによるフランス革命評議会設置を求めるトロツキー新聞を抑え、必要となればパリへと進攻できるように機動憲兵隊を準備した。最終的にストライキ参加者は降伏し、流血は避けられた。ブルムは綱領実現のために完全な自由裁量を与えられ、それによって、国民の団結の名の下、経済回復のために社会主義の目標はわきに追いやられた。

出版された書簡集では、ベンヤミンは六月のストライキについては口を閉ざしている。[44] 明確な方向性の欠如と、労働組合の要求に絶望していたのかもしれない。だが彼は、事態の進行を中断させた座り込みのストライキを支持していたであろうし、指導者がいなかったにもかかわらず、ストライキが続いた長さから、労働者の意識はいまだ革命の可能性を保持していると推論したであろう。[45] この危機の年の一九三四年に書かれた「生産者としての著者」という講演の中で、知識人と文壇人たちの政治的教育に対する責任を強調している。同時に一九世紀の作家たち——たとえばナショナリスト的心情と社会主義よりは社会秩序を重んじるラマルティーヌがそのプロトタイプである——によって、いかに政治的に誤った教育が行われてきたかを、パサージュ論の各束に記入し始めた。実際「ラマルティーヌの政治詩学綱領は……今日のファシストの政治詩学のモデル」〔V, 937（d18, 5）：（d1, 2; d1a, 2; d10a, 1; d12, 2; d18a, 1）も参照〕だった。ベンヤミンの人民戦線への不満は、一九三七年の七月の手紙に示されている——「彼らはみな「左派」多数派の物神にしがみついていて、もし右派が同じことをしたら暴動煽動に至るであろう政治を行っているのを気にもかけずにいる」〔フリッツへの手紙、一九三七年七月九日付[46]〕。

人民戦線は国民の団結が階級差を超えることができると主張した。資本主義経済の回復は労働者に職と商品、そしてそれを買う給与を与えることで彼らに利するだろうと論じた。労働者による所有権ではなく、労働者の福利厚生法を議会で通し、フランスの労働者に初めて有給休暇を確保した。対照的にベンヤミンは一八二〇年代にフーリエが考えたユートピア社会では「調和社会人《ハーモニスト》たちは、休暇など知らないし、望みもしない」〔V. 798（W17a, 1）〕と書いている。ブルムはフランクリン・ルーズベルトの称賛者で、政策の手本をニューディール政策に求めた。事実、ヒトラー体制も雇用の拡大による消費の増加という目標を持っていた[47]。（そしてファシズム政権の下の労働者は有給休暇の恩恵を受けた最初の労働者だった[48]。）ベンヤミンが研究を通して明らかにしたのは、国民の団結、愛国主義、そして浪費主義という政治定式が、歴史においていかに散見されたか、そしていかにそれが必然的に労働者階級の裏切りという結果に終わったかであった。

9

〔一八四八年の革命における〕こうした階級関係の幻想的超越に対応する常套句が「友愛」であった。〔マルクス V. 183（E1a, 6）〕

人民戦線の政策の原型は、産業資本主義誕生時の社会理論家サン＝シモンに見出される[49]。この一九世紀初期の思想家の決定的な政治的特質は、労働者と資本家を単一の「産業階級」とする考えにあり、「産業ビジネスのリーダーたちの利害は事実、人民大衆の利害と一致して」おり、それゆえ社会的敵対の問題は「新しい社会システムの平和な確立」によって解決できるという主張であった〔V. 717-8（U5, 2）〕。それは一九三六年六月のパリのストライキへのブルム人民戦線の反応に酷似しているが、サン＝シモン派の新聞グローブ紙は、一八三一年リオンで「賃金を上げるとその産業を苦境に陥れるのを恐れて」〔V, 734（U13, 9）〕労働者蜂起に反対した。労働者問題に対するサン＝シモン派の解決には、社会的規制という観点での国家の介入とある程度の計画経済が含まれている。資本主義は労働者階級の生活の質を改善する商品だけでなく、技術的革新を届けてくれるものとして信頼されている。つまり、サン＝シモン派は右派の（国民社会主義という）形態はもちろんのこと、左派の（人民戦線とニューディールという）形態をとった国家資本主義をすでに思い描いていたのだ。

産業システムのもっとも重要な役目は、社会によって遂行されるべき……労働計画を立てることであるとされている。……だが……〔サン＝シモンの〕理想はその内容において、社会主義より国家資本主義にはるかに近づいていく。サン＝シモンの場合、私有財産の廃止や公用徴収などは問題にされない。国家は産業従事者たちの営みをある程度まで普遍的計画に従わせる……。〔ヴォルギン V, 720（U6, 2）〕

階級対立が否定され、願望によってそれを消すサン＝シモン派の技術への信仰について、ベンヤミンは批判的見解を述べたが(50)、そのとき彼は間接的に自分の時代に蔓延していた政治的方向性を攻撃していたのだ。

万国博覧会は、資本主義の技術進歩を賛美する愛国主義と消費主義の人気のある幻想創出空間であり、サン＝シモン主義のイデオロギーの完全な表現媒体となっている。すでに見てきたように、ベンヤミンはパサージュ論の記述に明瞭にこのつながりを記録しており〔第四章参照〕、かなりのスペースを一九世紀の博覧会の考察に割いている。ここでも、彼自身の時代との類似性は驚くべきもので、それはパサージュ論ではその類似性が決して明白にされないという事実に劣らず驚嘆すべきことだった。ベンヤミンは一九世紀の根源形式の状況布置に入り込む「現在」の形象について、もっとも明白な場合にすら言及することはしない。この沈黙は同時代とのつながりを否定するどころか、たとえ「見えないインクで書かれて」いたとしても、それがこの論の下にあり、まさに文字通りに、『パサージュ論』を支えているという主張を支持するものだ。というのも、万国博覧会は第一次世界大戦の後には以前ほど頻繁に開かれなくなっていたのに、この不況の三〇年代に突如輪をかけた形でそれが回帰したことに、同年代にヨーロッパ（あるいはアメリカ）で暮らしながら気づかないはずはなかったからだ。それはビジネスを強化し、失業者に職を生み出し、同時に公衆「教育」も行う国家助成金を受けた大衆娯楽供給の手段と見なされていた。大規模な博覧会がほぼ毎年のように開かれたのだ。

ストックホルム　一九三〇年
パリ　一九三一年
シカゴ　一九三三年
ブリュッセル　一九三五年
パリ　一九三七年
グラスゴー　一九三八年
ニューヨーク　一九三九年
サンフランシスコ　一九三九年

一九三一年にパリで催された「植民地博覧会」では、商品のみならず、フランス植民地の住民も異国風の品々とともに展示された。ブルトン、エリュアール、アラゴンその他シュルレアリストたちはこの万国博覧会をボイコットするように求めたが、それはこの万国博が人種差別的で帝国主義的であり、植民地主義によって創り出される「何百万もの新たな奴隷」と進歩の名における非-西欧文化の破壊を正当化するという理由と、それが助長するナショナリズム的感傷が国際的な一体性を破壊するという理由による。[51] 一九三七年のパリ万国博は何年も前に宣言され、芸術家と技術の、職人と産業の統合となるはずだった。たとえ競争関係にあっても、人類の平和な進歩に貢献する「壮大で平和的な」諸国の博覧会となるはずであった〔同『万国博覧会パンフレット』〕。それは科学技術の最新の「進歩」――今回はラジオに加えて、テレビ、映画、フォノグラフ、電気、ガス、そして飛行機旅行に、遺伝子工学、X線技術、そして驚異の絶縁物のアスベストまでを含んでいた[52]――を賛美するものだった。この博覧会は一九三六年の国民選挙よりはるか前に計画されており、人民戦線のイデオロギーに完全に沿うものだった。レオン・ブルムはその開催式典を取り仕切ったが、労働者たちは自律的運動の「最後の喘ぎ」として、博覧会用の建造作業中にストライキを行い、開催式典を遅らせた〔インヴァーネル『ニュー・ジャーマン・クリティーク』参照〕。博覧会の「平和大通り」は、ドイツのパビリオンとソビエトのパビリオンに両側からはさまれた（図9.33）[53]。二年後に両国は不可侵条約を結び、四年後には戦争を始めることになる。万国博開催の時点では、両国はトロカデロで向かい合い、共に違いを際立たせようと努力したにもかかわらず、〔ドイツのパビリオンの〕アルベルト・シュペーアによる新古典主義デザインは、ソビエトのパビリオンの新古典主義デザインを補完する形になった。

ベンヤミンの根源形式の探求という観点からすると、一九三七年の博覧会でフランス労働者にささげられた連帯のパビリオンは重要だった。その政治的メッセージは、労働者の国際的結合というより、労働者と国家の連帯という人民戦線の路線を表現しており、現状に挑むのではなく、現状を正当化するという一九世紀の伝統を想起させた。

人間は自分を孤立していると考えることはできない。お互いが関わり合っている。〔……〕似た者同士の連帯。一九世紀半ば以来、フランスにおいて社会的連帯を引き起こす活動は新しい形をとるようになった……サン＝シモンとフーリエは社会協力という概念の紹介者である。〔『連帯パビリオンのパンフレット』〕[54]

9.33　ドイツ（左側）とソビエト（右側）のパビリオン，パリ万国博覧会（1937年）

その後一九三七年以降に記載されたパサージュ論では、ロンドン万国博の際に作られた詩を引用して、このイデオロギーの根源形式を記録している。

金持ちも、学者も、芸術家も、プロレタリアートも、
それぞれ、万人の安寧のために尽力し、
気高い兄弟のように力を合わせ、
みなが一人一人の幸福を望んでいる。
〔クレールヴィル／ジュール・コルディエ V, 256 (G10a, 2)〕

ベンヤミンの研究調査はまた小さな投資家という当時のイデオロギーの根源も露呈させる。

「貧乏なものも、たとえ彼が一ターレルしか持たないときでも、ごく小さい部分に分割された……人民株式に参加することができるし、またそうであればこそ……われわれの宮殿、われわれの商店、

9.34　オリンピックスタジアム（ベルナー・マーハによる建造ベルリン，1934-36年）

われわれの金庫について語ることができるのである」。ナポレオン三世とクーデターの共犯者はこの思想が大いに気に入っていた。……「このようなやり方で彼らは、大衆を公債の安定に関与させ、政治革命を予防できると信じた」。〔フーリエを引用したポール・ラファルグ　V, 770（W3a, 2）〕

ドイツは一九三〇年代には万国博を一度も開催していない。代わりにヒトラーは新しい形の大スペクタクルを実現した（万国博が利益を生まなくなった現代ではそれが万国博を凌駕するようになる）。一九三六年に、オリンピックが、八万五〇〇〇席を備えたベルリンの新しい「オリンピックスタジアム」（図9．34）で開催されたのだ。そこでは最新の工業機械の代わりに、鍛錬を積んだ人間の身体が展示された。オリンピックでテレビが実験的に用いられ、レニ・リーフェンシュタールは競技を映画化し、空間上孤立した個々人から大観衆を作り出す新しい技術的能力を示した。

一八九六年に始まった現代オリンピックは、新古典主義のイデオロギー、すなわち、古代ギリシアの自然な運動競技の卓越性への回帰を期していた。ベンヤミンは、一九三六年の芸術作品についての論文の覚書で、オリンピックを、機械化生産における労働者の生産性を測定する基準を与える目的で、ストップウォッチを用いて労働者の身体活動を詳細に分析したテイラー主義という産業科学にたとえた。まさにこれが新しいオリンピックの決定的特徴であり、こうして古代の催しを求めたつもりが、それは絶対的に近代的なものであることが露呈する。ベルリンの競技者は、時計に逆らって走った。競技結果は「秒単位、センチメートル単位」まで測定された。「スポーツの記録を確立したのは、これらの測定である。古い形の戦いは〔……〕姿を消した」〔芸術論覚書 I, 1039〕。そのような測定はテスト形式であり、競争の形式ではない。「人間を装置で測定することほど近代形式におけるテストの典型となるものはない」〔同〕。これらのテスト自体は展示できないが、オリンピックはそれを表象する形式を与えたのだ。このような理由から、「オリンピックは反動的である」のだ〔同 I, 1040〕。

10

驚くべきことは〔……〕パリがまだ存続しているということだ〔レオン・ドーデ V, 155 (C9a, 1)〕。

一八六七年のパリ博は、国民同士の平和な競争を祝賀し、そこでビスマルクはナポレオン三世の客人となっていたが、三年後には戦場でかつての招待主と顔を合わせて打ち負かすことになる。ヒトラーは一九三七年のパリ博覧会に行っていない。三年後に彼は征服者としてそこに乗り込んでいった。それが彼にとっては初めてのパリ訪問だった。同行したのはアルベルト・シュペーアで、ベルリンをパリ風に、ただし、より壮麗に建て直すというヒトラーの計画の責任者であった。二人を乗せた飛行機は午前六時に到着した。人気《ひとけ》のない街路を車で三時間足らず走りながらパリの文化的「財宝」に立ち寄った。オースマンのもとで建てられたオペラ座こそヒトラーが最も見たがっていたものだ

9.35　ヒトラーがスケッチした勝利のアーチ，ベルリン改造計画用にシュペーアに渡されたもの（1924-26年）

9.36　パリに侵攻するドイツ軍（1940年6月）

った。そのほかにショッピング・アーケードのあるシャンゼリゼ、凱旋門、トロカデロ、ナポレオンの墓、パンテオン、ノートルダム寺院、サクレ・クール聖堂、そしてエッフェル塔（図9．37）を回った。彼はシュペーアにパリを見るのが彼の生涯の夢だったと言い、後に、さらにこう語った。

パリは美しかった。だがベルリンははるかに美しくしなければならない。以前はパリを破壊する必要があるかについてよく考えた。だがベルリンが完成したら、パリなどただの影法師になるだろう。それならわざわざ破壊する必要などあるかね。〔ヒトラー　アルベルト・シュペーアによる引用　172〕

こうしてパリはからくも永らえたのだ。支配者が「平伏する者たちを踏みつけていく勝ち誇った行進」〔「歴史哲学テーゼ」I, 696〕として文化の継承ラインに連なったこの新しく、もっとも野蛮な征服者の熱意のおかげで。

ヒトラーのパリ訪問は一九四〇年六月二五日のことだった。ベンヤミンがその都市から逃げ出したのは、そのわずか数週間前のことで、持ち出すことができたのは「ガスマスクと洗面具」くらいだった〔カルプルスへの手紙、一九四〇年七月一九日付　V, 1182〕。八月中、彼は出国ビザをもたないままマルセイユにいた。九月には非合法にフランスを離れ、スペインへ渡る小さな一団に加わった。その数日前にドイツの空軍がロンドンへの空襲を開始した。火炎爆弾は近代都市の極端な脆さを明らかにした。ベルリンの運命を決めたのも、ヒトラーの都市計画ではなく、同じく火炎爆弾によって決まった（図9．38）。

都市は戦争を経ても生き延びるだろう。それは最新の都市計画を反映して建設され直す。一九世紀のファサードは歴史的「財宝」として復興されるだろう。しかし国家帝国主義、資本と消費のイデオロギー的中心としての近代メトロポリスの意義は、この空襲とともに消滅した。地球上のメトロポリスの人口が現在ほど多かったことはない。地球

9.37　エッフェル塔前のヒトラー（エファ（通称エヴァ）・ブラウン撮影，1940 年 6 月 25 日）

9.38　帝国国会議事堂の廃墟（ベルリン，1945年）

上の各都市が現在ほど似通ったこともない。しかしパリの歴史にベンヤミンが記録したような意味では、二〇世紀終わりに「主要都市」と呼べるものは存在し得ない。パサージュ論は、ベンヤミンも意図しない形で、都会の夢世界の時代の終わりを記録しているのだ。

あとがき　革命的遺産

キムとモナ・ベンヤミンへ

何から現象は救われるのだろうか。その現象が悪評をこうむったり、軽視されたりしている状態から救われるだけではない。いや、むしろその現象が伝承される一定の仕方、すなわち非常にしばしば「遺産として尊重」するという伝承の仕方が引き起こす破局《カタストロフィー》から救われるのである。〔V, 591（N9, 4）〕

1

アブラムスキー教授は一九八〇年にカリフォルニアのスタンフォード大学で研究休暇をとっており、そのときにベルリン生まれのリーザ・フィトコという七〇歳の女性と出会った。彼女は教授に、四〇年前にピレネーを越えてスペインまで行くヴァルター・ベンヤミンを自分が案内したと言った。ベンヤミンが命より大切な原稿（と本人が言っていた）を入れた重い書類カバンをもっていたのをよく覚えているという。彼女の話が重要である可能性を十分意識して、教授はイスラエルのゲルショム・ショーレムに知らせた。ショーレムは彼女に電話をかけて、以下のような話を書き取った。

私はつい数時間前に眠りについた屋根の下の狭苦しい部屋で目覚めたのを覚えています。誰かがドアをノックしていました。［……］私はまだ覚めきっていない自分の目をこすりました。それは私たちの友人の一人のヴァルター・ベンヤミンでした。ドイツがフランスを侵略したときにマルセイユに流れ込んできたたくさんの人々の一人だったのです。

［……］すみません、と彼は言いました。「こんなふうにお邪魔したことをお許しください」。世界がバラバラになろうとしていても、ベンヤミンの礼儀正しさは変わらないと私は思いました。「あなたのご主人が、あなたがここにいらっしゃると教えてくださったのです。あなたが国境を越えて私をスペインまで連れて行って下さるだろうとおっしゃっていました」。

［……］

残っている本当に安全な越境ルートは［……］ずっと西の方のもっと高度のある尾根を渡らなくてはならず、つまりはもっと登るのに骨の折れるところを通ってピレネー山脈を越えなくてはならないということでした。「安全でさえあれば、なんでもありません」とベンヤミンは言いました。「心臓に問題がありましてね。ですからゆっくり歩かなくてはならないでしょう。それにマルセイユから一緒に旅してきた人があと二人いらっしゃいます。グーアラントさんというご婦人と、その十代の息子さんです。この方たちも一緒にお連れくださいますか」。いいですとも。「ですがベンヤミンさん、私はこのあたりの地理にそれほど詳しいガイドではないことをご存知ですか。［……］その危険を冒しても構いませんか」。「はい」と彼は迷うことなく答えました。「本当の危険は行かないことにあるでしょう」。

［……］

私はベンヤミンが大きな黒い鞄を持っていることに気づきました。［……］それは重そうだったので、運ぶのを手伝いましょうと申し出ました。彼は「これは私の原稿です」と説明しました。「ですがどうして、それを持って歩くのですか」。「この書類カバンが私には何よりも大切なのだということをお分かりいただかなくてはなりません」と彼は言いました。「これを無くすことはできないのです。どうしても救わなくてはならない原稿なのです。私自身よりも大切なものなのです」。

［……］

グーアラント夫人の息子さんのホセ――当時一五歳くらいでした――と私が交互にその黒い鞄を持ちました。それは恐ろしく重かった。［……］今ではヴァルター・ベンヤミンは今世紀の主要な学者で批評家であると考えられています。それで私は時々聞かれるのです――原稿についてベンヤミンは何と言っていましたか。内容について何か言っていましたか。それは新たな哲学的概念を切り開いたものでしたかと。なんということでしょう。私は自分が預かったこの小さな集団を山頂に案内するのに手いっぱいだったのです。哲学は山からおりるまで待ってもらわなくてはなりません。そのときに大事だったのはあの人たちをナチスから救うということでした。そして私はこの、この奇妙な変人、変わりもの、奇人と一緒だったのですよ。なつかしいベンヤミン。どうあっても、彼はあの重い黒い鞄を手放しそうになかったのです。私たちはその怪物を山越えに引きずっていったのです。

さて傾斜したブドウ畑に着きました。ここで初めて、そして一度だけ、ベンヤミンは挫けました。もっと正確に言いますと、彼は進もうとはしたのですが、それができず、それから皆に向かって、この登り道は彼の限界を超えていると伝えました。ホセと私は間に彼をはさみ、彼の両腕を私たちの肩にのせて、彼とあの鞄を山の上まで引っ張り上げたのです。彼の呼吸は苦しそうでしたが、一言も不満は言わず、ため息さえつきませんでした。ただときどき、黒い鞄の方を横目で見ていました。

［……］

私たちは水たまりの横を通りました。水は緑っぽくねっとりしていました。ベンヤミンはその水を飲もうと膝をつきました。［……］私は言いました。「もうほとんど着いたも同然なのに［……］。こんなものを飲むなんて考えられないでしょう。チフスになってしまいますよ」。「確かにそうかもしれません。ですが、それでも起こりうる最悪のこととしては、国境を越えた後に私がチフスで死んでしまうことなんですよ。ゲシュタポにはもう私を捕まえることはできないでしょう。そして原稿は無事でしょう。本当に申し訳ありませんが」。そして彼は水を飲みました。

［……］

「あそこがポールボウです！　あなたたちが出頭するスペイン国境当局のある町です。［……］私はいかなくてはなりません。それではさよなら」。

［……］

およそ一週間後に知らせが来ました。ヴァルター・ベンヤミンが死んだというのです。彼は到着した次の夜にポールボウで自殺したのです。〔リーザ・フィトコとショーレムとの電話　一九八〇年五月一五日 V, 1191-92〕

彼の連れのヘニー・グーアラントと息子のホセはアメリカに無事に辿り着いた。彼女は一九四〇年一〇月一一日に従姉妹にむけた手紙の中でベンヤミンの最期の夜のことについて書いている。

一時間にわたって、四人の女性たちと、私たち三人は、［ポールボウの］役人たちの前に座って、泣き、哀願し、絶望にかられながら、私たちの完全に有効な書類を見せていました。私たちは誰一人国籍をもたず、つい数日前に国籍のない人たちがスペインを通ることを禁じる命令が出されたのだと言われました。［……］私が持っていた唯一の書類はア

> メリカのものでした。つまりホセとベンヤミンは収容所に送られるということを意味していました。それで私たちはみな絶望しきって、部屋に戻りました。翌朝七時にリップマンさんがベンヤミンが私を呼んでいると言い、下に行きました。彼は昨晩一〇時に大量のモルヒネを飲んだと言い、病気による死に見せるようにしなくてはならないと言いました。それから、私とアドルノ TH. W……〔ママ〕に宛てた手紙をくれました。そして彼は意識を失いました。私は〔……〕医者を呼びにやりました。死亡証明書が翌朝出されるまで私はホセと私自身の身を案じ、恐ろしい思いに耐えていました。〔……〕私は判事に書類とお金のすべてを預けなくてはならず、彼にそのすべてを〔……〕バルセロナのアメリカ領事館に送ってくれるように頼みました。五年分の地代などを払って墓地を買いました。〔……〕本当に私はこれ以上正確にあの状況を説明できないのです。とにかくそんな状況でしたので、私はアドルノと私に宛てた彼の手紙を読んだ後にそれを処分するしかありませんでした。そこには五行の文が書いてありました。彼、ベンヤミンは、もう進めない、出口がまったく見えない、彼〔アドルノ〕は私から報告を受けなくてはならないし、息子も同様であると。〔ヘニー・グーアラントから従姉妹のアルカディ・グーアラントへの手紙 V. 1195–96〕[1]

後にグーアラント夫人は、ベンヤミンの手紙には「どうぞ私の考えをアドルノに伝えて、私がおかれていた状況を説明してください」と書かれていたと、アドルノに書き送っている〔V. 1203〕。この「考え」とは書類カバンの中の原稿のことを指していたのだろうか。

一九四〇年一〇月にホルクハイマーはスペイン国境警察に詳しい情報を求めた。彼はベンヤミンの死は「自殺ではなく自然死」〔V. 1198 に引用〕であって、押収された彼の個人的所有物は以下にあげる通りだと告げられた。

ビジネスマンが使うタイプの皮の書類カバン、お金がいくらかと、男性用の時計、パイプ、六枚の写真、X線写真（ラ

ジオグラフ）、眼鏡、何通もの手紙、定期刊行物と、その他書類少々。だが書類の内容は書かれていない〔……〕。〔同〕

「重い」原稿についての言及は何もない。「その他の書類少々」は保存されなかった。(2) 墓もわからず、したがって墓守もされていない。(3)

ヘニー・グーアラントは一九四四年にエーリッヒ・フロムと結婚し、一九五二年メキシコで亡くなった。息子の「ホセ」、すなわちジョウゼフ・グーアラントは合衆国の技術工学の教授である。ベンヤミンの編集者ロルフ・ティーデマンは、彼に連絡を取り、こう報告している。

記憶に正確に残っている細部も多くあるが、同時に忘れたか、あるいは不確かでぼんやりとしか覚えていないものも多くある。決定的な問いについては、彼は役に立たない。ベンヤミンが書類カバンをもっていたかどうか覚えていないし、ベンヤミンの原稿を見たかはほとんど覚えていない。また後に母親がそのことについて何か話すのを聞いたことはなかった。〔V. 1202〕

ショーレムは「ベンヤミンの死後に起こったことと関連した何らかの理由で（それについては手紙の中で漠然としか言及してない）グーアラント夫人が〔……〕この原稿を処分してしまった」〔ショーレム V. 1203-94 に引用〕可能性を捨て去ることはできないと信じている。一方ティーデマンは「その結論には同意できない」〔同 1214〕と述べている。国境を超える前に南フランスでベンヤミンが過ごした「三か月以上もの間」に、彼には「短い、あるいは少し長めの原稿を完成させる時間」は十分あったし、「それがパサージュ論についての文以外のものであろう可能性はほとんどない」からである〔V. 1119〕。しかし彼の「細小な筆跡を考慮すると、スペイン当局に渡された「その他書類少々」

に、もっと長い文も書かれていたかもしれない。ただそれが新しい原稿であれば、最後の数か月の彼の手紙の中でそれに言及していない理由が理解できない。ティーデマン自身の推測は、その「原稿」は実はパリを発つ直前に仕上がった歴史哲学テーゼだったというものだ。原稿が生き延びるか否かが「まったく不確か」なまま、ベンヤミンはパリに自分の原稿を置いてきたというのだ〔ベンヤミン V, 1205に引用〕。

皮肉にも、パリを破壊することをやめたヒトラーの決定のおかげで、我々は文化的遺産の一部として『パサージュ論』のためにベンヤミンが残した膨大な量の覚書のコレクションを得ることができた。しかし書類カバンの原稿が、まだどれほど予備的な形であれ、『パサージュ論』の完成形を示唆するものであったとするショーレムの推測がもし正しかったとしたらどうなるだろう。であれば、近代性についてのもっとも重要な文化的注釈としてだけでなく、(不在のままにしばしば推量されてきたように)二〇世紀最大の業績の一つとして現代の我々の世代に尊ばれていたかもしれないこの大作が、息子と自分自身の身の安全に怯えた必死な女性の手によって廃棄されたことになる。

ベンヤミンの自殺の一か月前に、ホセ・グーアラントより五歳年上にあたるベンヤミン自身の息子シュテファンは、母親と一緒にイギリスに逃れた。彼は空襲も生き抜き、本の蒐集家としてイギリスに定住し、結婚し、子供をもうけた。このあとがきはベンヤミンの二人の孫娘と、ロンドンの彼女たちの自宅でその祖父が残した一九世紀の子供の本のコレクションの中から、互いに朗読しあって過ごした夜の思い出に捧げる。

2

危険が、伝統の存続と伝統の受け手をともに脅かしている。両者にとって危険は同じ一つのものであり、それはすなわち、支配階級に加担し、その道具と成り果てるという危険である。伝承されたものを我が物にしようとするコンフォーミズムの手から、それを新たに奪取することが、どの時代においても試みられなければならない。もし敵が勝利をおさめるなら、その敵に対して死者たちさえもが安全ではないであろう。〔……〕しかも敵は勝つことを止めたことがない。〔「歴史哲学テーゼ」I, 659〕

一九八二年（ベンヤミンが一九二六年に教授資格を拒まれた）フランクフルト大学での国際学会において、ベンヤミンの全作品集の第五巻として『パサージュ論』が世に出された。公式の研究発表の翌朝、学生たちも含めたオープンディスカッションが行われ、ベンヤミンの解釈者たちが敵対する知識人派閥を相手に「自分の」ベンヤミン論を主張し合った。この議論について私は何も覚えていないが、おそらくそれは、これまであまりに何度も繰り返されてきたものだったからだろう。その朝、英知は我々研究者の間からではなく、一人のドイツ人の学生から降り立った。彼は突然自分と同じ世代の仲間であったかもしれないユダヤ系ドイツ人がこの部屋に一人もいないことについて語った。彼は彼らがいないことに気づき、その不在をきわめて悲しく思うと告げた。その瞬間、会場に不在の霊が満ちた。私たちは身震いした。

この文化的遺産を手にしながら、私たちはこれらの「財宝」が集められ、保存される前の暴力に気づくことができるのだろうか。一方で他の「財宝」が姿を消し、また数知れぬ別の財宝が作られさえしなかったことに。私自身も含めて、学問的な厳密さだけが知的責任として求められているアカデミズムの人間が、文化の継承を守護し、受け継ぐ存在として信頼しうるのであろうか。それに何より、我々は過去の世代のユートピア的希望とその裏切りの記念碑として大衆文化のうち捨てられた事物を、敬意をもって眺めることができるのか。こうしたことの真実について我々に教えるのはいったい誰であり、我々の後に続く人々にどのような形でそれらは受け継がれるのだろうか。

3

物語は伝達の最古の形式の一つである。それは純粋に出来事それ自体を伝えることを目指してはいない（それをするのは情報である）。物語は出来事が経験として聞き手に与えられるようにするために、出来事を報告者の生の中に係留する。〔「ボードレールのいくつかのモティーフについて」I, 611〕

『一方通行路』においてベンヤミンはこう記している。

そして今日、すでに書物は、学問生産のアクチュアルな方式が教えているように、二つの異なるカードファイル・システムを、古臭いやり方で媒介するものにすぎない。というのも、本質的な点はことごとく、書物を著わした研究者のカードボックスに見出されるのであって、そしてその書物を研究する学者は、それを自分のカードファイルに取り込むのだから。〔『一方通行路』IV, 103〕

『パサージュ論』においてベンヤミンは自分のカードボックスをわれわれに残してくれた。つまり、「必須なものすべて」を残したということだ。『パサージュ論』は近代性の資本主義的根源についての歴史的な語彙集であり、都会の経験の具体的で現実の形象のコレクションである。ベンヤミンはそれらの事実を、政治的に充電され、世代を超えて革命的エネルギーを伝送することができるものとして扱った。彼の方法はそれをもとに、現在の読者の中に政治的意識を呼び覚ます力を持った印刷された構築物を作り出すというものだった。これらの構築物がもつ意図的な不連続性ゆえに、ベンヤミンの洞察は厳格な語りや言説構造に収められなかったし、完成されていたとしてもそうなることはなかっただろう。それどころかそれは、変化する「現在」の変わりゆく要求に応じて、変化する配置や試行的な結合の中をやすやすと動き回る。ベンヤミンが後に続読者に遺産を残す方法は、征服的な諸力が強奪した品としての文化的財宝を継承するというブルジョア方式ではない。むしろ、それは支配することなく教育するユートピア的なおとぎ話の伝統に似た非権威的な継承システムであり、そのおとぎ話の多くは「それら征服的な諸力に対する勝利にまつわる伝統的な物語」〔「カフカ」II. 415〕であるのだ。

歴史哲学テーゼは伝統的な意味でのおとぎ話ではない。しかしその比喩的描写は常に『パサージュ論』を動機づけているものと同じ物語を語っている。ベンヤミンはテーゼにおいては、目覚めではなく「衝撃」について語っているが、それは同一の経験を表す別の呼び名である。「過去の形象」が「夢の形象」に置き換わってはいるが、それは弁証法的両義性をもち、神秘化しながら、「希望の火花」〔「歴史哲学テーゼ」I. 695（第六テーゼ）〕を含んでもいる。「政治的な世界の子供」である革命はまだ生まれてきていないが〔同 I. 698（第一〇テーゼ）〕、それを招き入れるであろうユートピアは、フーリエの子供じみた言葉によって理解できる。そしてフーリエのもっとも突飛で白昼夢めいた自然との協調という夢想が、「驚くほど健全なものだとわかる」〔同 I. 699（第一一テーゼ）〕のだ。「歴史認識の主体は、闘争する被抑圧者階級である」〔同 I. 700（第一二テーゼ）〕ことは確かだが、どの「世代」も「メシアの力」〔同 I. 694（第二テーゼ）〕を有している。歴史は破局として、つまり野蛮と抑圧の地獄めいた周期的反復として登場する。しかしベンヤミンの声にブランキのような「希望のない諦観」〔一九三九年概要 V. 76〕が混じることはない。それどころかベンヤミンは「ファシズムに対抗する我々の立場」を強める必要について語っている〔同 I. 697（第八テーゼ）〕。そして彼の声はこの歴史の周期を打ち砕いて逃れ出るという終末論的概念に導く。そしてそこにおいては、プロレタリアート革命は、メシアによる救済の記号の下に現われる(4)。

歴史哲学テーゼにおいて、ベンヤミンは歴史主義者の「むかしむかしあるところに」という歴史物語をはっきりと拒絶している。史的唯物論者は、「歴史の娼館」でこの娼婦を相手に「身を消耗させるのは他の者に任せ、彼自身は自分の精力を保持したまま、歴史の連続体の爆破をやってのけられるほど成熟している」〔同 I. 702（第一六テーゼ）〕(5)

のだ。しかしこの比喩表現は、その連続体を複製するのではなく破壊するのだから、娼婦化された歴史物語とは異なる物語を語る方法はあったのだ。

歴史哲学の第一テーゼは小人と人形の形象とともに「周知のように［……］と言われている」という表現で始まる〔同 I, 693（第一テーゼ）〕。ベンヤミンは最終的には物語の語り手という立場を選んだのである。彼がこの形式に戻ったのは、世界大戦の連続という伝統ゆえに、残された希望といえば、彼の物語が、連続性を途切れさせるユートピア政治という伝統において、新しい世代の聞き手を見出すという一点にかかっていたからだ。彼らにはベンヤミン自身の世代の夢見る集団は昔の眠れる巨人のように見え、その巨人にとっては「子供たちは自分を起こしてくれる幸運となる」のだ。『パサージュ論』の最初の計画に照らして第二テーゼを眺めてみてもらいたい。

かつてありし諸世代と私たちの世代との間には、ある秘密の約束が存在している。私たちの地上への登場は予期されていたのだ。私たちに先行したどの世代とも等しく、私たちにもかすかなメシア的な力が付与されており、過去にはこの力の働きを要求する権利があるのだ。この要求を生半可に片づけるわけにはいかない。史的唯物論者はそのことをよく心得ている。〔同 I, 694（第二テーゼ）〕

4

もっとも賢明なのは、おとぎ話がかつて人類に教え、そして今でも子供たちに教えているように、神話的世界が振るう暴力に対しては策略と大胆さとで立ち向かうことだ。〔「物語作者」II, 458〕

避けがたいことだが、歴史的出来事は、その後に何が起こるかという観点で書かれる。歴史学が提案する目標である「過去を純粋に」、かつ「「介在するものすべて」をはさまずに眺めるということは〔……〕達成が難しいというより、むしろ不可能である」〔V. 587（N7-5）〕。ブルジョアジーの学者はこの事実を嘆いたが、史的唯物論者にとっては肯定すべきことである。史的唯物論者の目標は、歴史の記述における「コペルニクス的転換／革命」を成し遂げることにある。

歴史を見るにあたってのコペルニクス的転換とはこうである。つまり、これまで「かつてあったもの」は固定点と見なされ、現在は、手さぐりしながら認識をこの固定点へと導こうと努めていると見なされてきたが、いまやこの関係は逆転され、かつてあったものこそが弁証法的転換の場となり、目覚めた意識が突然出現する場となるべきである。政治が歴史に対して優位を占めるようになる。〔V. 490-1（K1, 2）〕

だがブルジョアジーの歴史の記述が転覆されるからと言って、それが即マルクス主義の語りに置き換えられるわけではない。むしろその目標は「現在を批判的位置に置く」〔V. 588（N7a, 2）〕あの過去の抑圧された要素（実現された野蛮と実現されなかった夢）を意識上にのせることにある。弁証法的形象において、革命的可能性の瞬間としての現在は、歴史の断片にとっての集合の北極星の役割を果たす。ベンヤミンは『パサージュ論』においてこう述べている。

他の人々の研究上の試みを、航海に出かける企てという比喩にたとえること。ただその航海で船は磁極上の北極によって既定航路から逸れてしまう。この北極を見出すこと。他の人々にとっては航路からの逸脱であるものが、私にとっては、航路を決定するためのデータであるのだ。〔V. 571（N1, 2）〕

「現在《いま》の時」としての現在が史的唯物論者の航路を保つのだ。その航路設定の力がなければ、過去の再構築の可能性は無限で恣意的になってしまう。

この批判は、私たち自身の現在において最も流行した文化解釈学の形式である「ディコンストラクション[6]」と関わりがある。なるほど確かに解釈学的方法としてのディコンストラクションは、「固定点」としての過去を否定し、現在を強調的に解釈の場に導き、反イデオロギー的でありながら同時に政治的にラディカルであると主張している。しかし思考を捉える革命的可能性の瞬間としての現在という形象が存在しないため、ディコンストラクションは意味の継続的不安定さとして経験されるものを静止させることができない[7]。何であれ「磁極上の北極」に当たるものが欠落しているので、ディコンストラクションはテクストを一連の個人主義的でアナーキスト的行為として「脱-中心化」するのである。社会が静止していても、変化は永遠であるように見える。したがってその革命的身振りは、結局単なる解釈の新奇さに落ち着く。モードが政治の仮装をするのだ。

それに対して、ベンヤミンの弁証法的形象は美学的でも恣意的でもない。彼は歴史的「パースペクティブ」を、現在を作った過去の焦点として、つまり過去の消滅点という革命的な「現在《いま》の時」として理解している。彼はこの標識灯を見失わずにいたのだから、その解釈者たちもそれに倣った方がよいだろう。その恒常的光線がなければ、解釈者たちは、ベンヤミンの著述（あるいは彼ら自身の著述）の眩しさに目がくらんで、その地点を見失ってしまう恐れがあるのだ。

5

現実に、それ自身の革命的可能性を伴わないような瞬間は一つもない。ただそれは特別な瞬間として、つまり全く新しい仕事という観点から、まったく新しい解決の機会として定義づけられるのを待っているだけなのだ。〔「歴史哲学テー

ゼ」覚書 I, 1231〕

「著者自身が自分の作品に関して述べていることを信頼してはならない」〔V, 1046（a°, 4）〕とベンヤミンは書いている。私たちも同じである。ベンヤミンの言うことが正しいならば、文学作品の本当の内容は事実の後にはじめて現われる。つまり作品が生きながらえる媒体たる現実において起きたことの機能こそが、その内容にあたるのだ。言いかえれば、『パサージュ論』を解釈するとき、私たちのとるべき姿勢は、もはや存在しない偉大な著者の書物として、その言葉に不朽の名声を与えて著者へ敬意を表すというものであってはならない。むしろ、私たち自身の「現在」を形作る、きわめて脆く危うい現実に対して敬意を払うべきで、その敬意を通して、ベンヤミンの仕事が今重ねあわされるのだ。

今日パリのパサージュは骨董品のように修復され、かつての壮大さを取り戻している。フランス革命二〇〇年祭の祝賀は少なくとももう一つの大万国博覧会の形をとりそうな様相である。今や老朽化したル・コルビュジエ式の都市再生計画は、「時計仕掛けのオレンジ」のような映画用のわびしい背景になってしまい、一方彼の伝承遺産を拒んだ「ポストモダン」な建造物は、願望形象と物神の両方をまったく別の配置へと持ち込んだ。ウォルト・ディズニー・エンタープライズは、フーリエとサン・シモンの伝統を引き継ぎ、テクノロジー的ユートピアを――そのうちの一つはパリ郊外に――建造中である。パサージュや博覧会、都市計画、そしてテクノロジーの夢がベンヤミンにとってどのようなものだったかを再構築しようとするとき、それらが私たちにとってどのようなものとなったかを無視してしまうことはできない。真理に仕えるために、ベンヤミン自身のテクストが、「連関からもぎ取られ」〔V, 595（N11, 3）〕なくてはならなくなり、しかもときに、まさに「一見、荒々しい介入」〔V, 592（N9a, 3）〕によってそうされなくてはならない。

『パサージュ論』を「神学的」に読解する（テクスト自体だけではなく、テクストの可読性の指標となる変化する現在にもかかわる読み方をする）責任を軽々しく振り払うことはできない。つまり、政治性は無視できないということである。本書の結びとして、巻末につけた画像は、そのような読解のための材料を提供し、読者が自分でこの解釈の企てを始めることを促すはずである。

残　像

1988年　葉書

ヴァルター・ベンヤミン　1932年イビサにて
(写真　テオドール・W・アドルノ，アーカイブ，フランクフルト)

パサージュ　連続／不連続

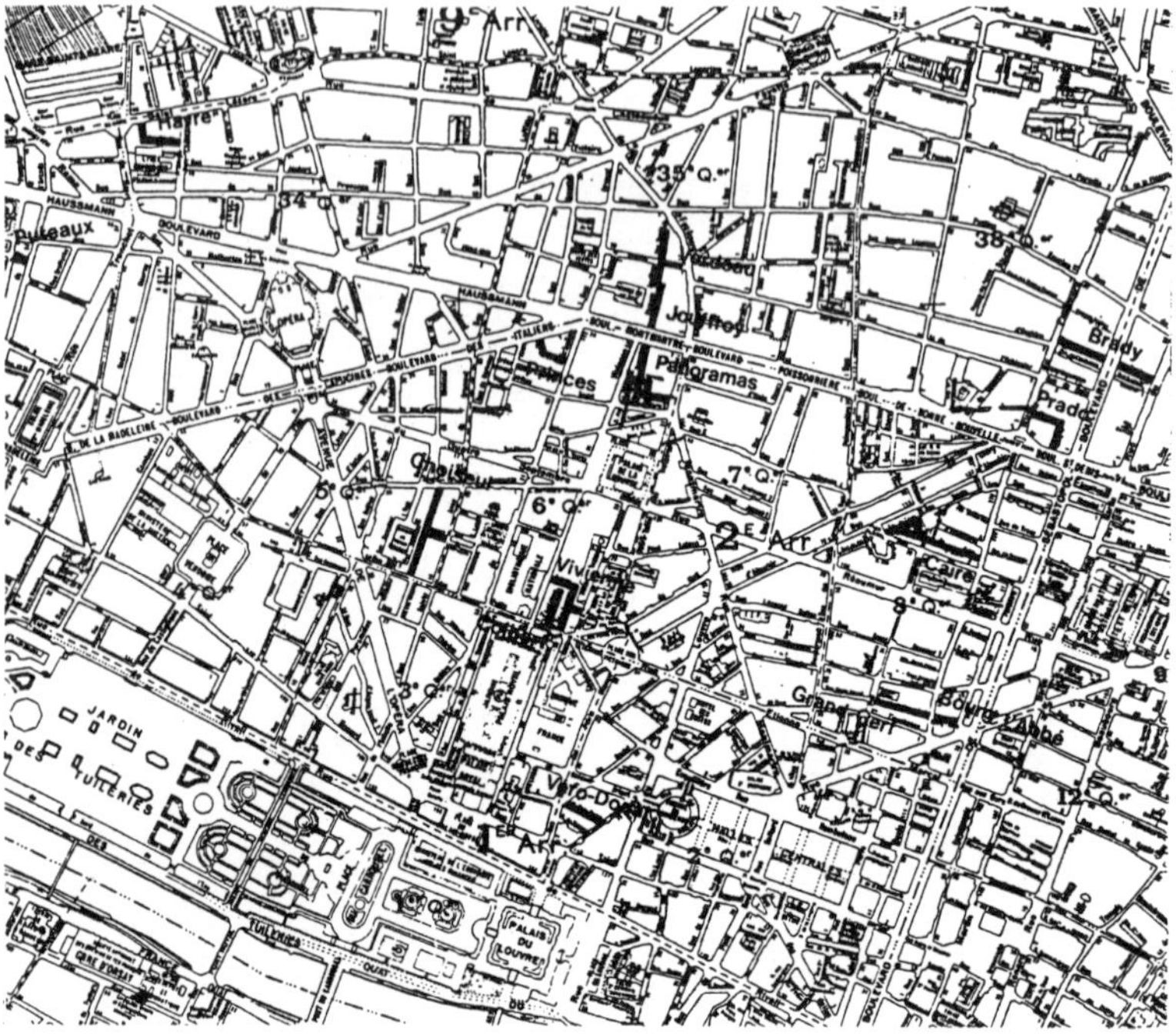

私たちの時代の遊歩者を通してベンヤミンが仕事をした一日を再構築することは難しくない。メトロに着いたら、ベンヤミンはクアトロ・セプタンブル通りでアールヌーボー様式の地下鉄出口を通って地上に出て、パサージュ・ショワズルに行き、緑の多いルーヴワ広場近くから出たはずだ。その閑静な地域はリシュリュー通りで突然終わる。車両がスピードを出して走る車道を渡り、安全な国立図書館に着く。主読書室の「うるさい規則」に慣れて「一日中」そこで仕事をする。読書に疲れたら、図書館から少し歩いてパリ中心部が見渡せるところに行ける。何よりも、彼が近代世界のミニチュア版と見なしたパサージュの生き残り——ショワズル、ヴィヴィアン、コルベルト、ピュトー、ハヴル、パノラマ、ジュフレー、ヴェルドー、プランス、ブラディ、プラド、ケール、ブール・ラベ、グラン・セール、ヴェロ・ドダなど——を見渡すことができる。

修復されたパリのパサージュはいまだに夢世界の働きをしているが、都会の近代性を讃えるよりむしろ、都会からの逃亡という幻想を与えている。英国式のティールーム、アンティーク・ショップ、古い書店、旅行代理店などが、今日のパサージュにおさまっている。

パサージュ・ヴィヴィアン，1832年に建造，1974年より歴史記念物，1982年修復

社会的タイプの弁証法：遊歩者

ユージン・エナールによって1906年に提案されたロータリー

「一八四〇年頃、パサージュではカメを連れ歩くのが優雅な流行だった。（これは遊歩者のテンポの概念を与えてくれる）」〔V. 532（M3, 8）〕。ベンヤミンの時代までにはカメを散歩させるのは、カメにはひどく危険なことになったが、カメほどではないにせよ、遊歩者についてもそうだった。大量生産の高速化の原理が街頭にまで広がり、「遊歩」〔V. 547（M10, 1）〕に戦いを挑んだ。「人類の流れは……穏やかさと静かさを失ってしまった」とル・タン紙は一九三六年に報じている。「いまやそれは奔流となり、人は中でほうり上げられ、押し合い、投げ返され、右往左往させられる」〔V. 547（M9a, 3）〕。自動車輸送がまだ初期段階にありながら、人はすでに大海に飲み込まれる危機にあった。

今日、パリの歩行者ならよく分かっているように、自動車の方が支配的で捕食的な種《しゅ》となった。車は都市のアウラを常態的に突き抜けているので、凝集してアウラとなる前にそれは解体されてしまう。遊歩者は、トラや産業社会以前の種族のように、保存のために非常線がはられ、歩道や公園や地下商店街と

実践されたエナールの「単純で優雅な解決法」．画像の並置はノーラ・エヴェンソンによる

いう人工的に作られた環境内に保存されている。

　遊歩者のユートピア的瞬間は逃げ去ってしまっていた。しかしたとえ特定の像としての遊歩者は消えてしまったとしても、それが具現化していた知覚様式は、近代的存在の中に、中でも大量消費社会に浸透している。私たちが遊歩者に見出しているのは、自分自身の消費者的存在様式が具現化した姿なのだ。（ベンヤミンの歴史的人物についても同じことが言える。商品社会においては、私たちはみな何らかの意味で自分を他人に売る娼婦である。誰もが何かの蒐集家である）。

　ベンヤミンはこう書いている。「デパートは［遊歩者に残された］最後の場所だ」〔V. 562（M17a, 2）〕。しかし知覚様式としての遊歩者は、大衆社会の人々や物の代替可能性という特性のうちに、あるいは広告や、画像ジャーナルや、ファッションや性的雑誌などが与える想像上だけの満足のうちに保たれている。そのどれもが、「見よ、だが触れてはならない」〔V. 968（m4, 2）〕という遊歩者の原則に従っている。ベンヤミンは、遊歩者とジャーナリズムのそれぞれの知覚スタイルの初期の繋がりを検証している。大衆紙が都市の読者層を求めていたとすれば（現在もそうであるが）、より現代的形式のマスメディアは、遊歩者の都市との本質的結合を緩めている。ラジオのリスナーが局を切り替える行為を、聴覚の一種の遊歩であると指摘したのはアドルノである。私たちの時代においては、自分が歩きまわらないでも、テレビが視覚の遊歩性を与えている。特に合衆国においては、テレビニュースのフォーマットが、世界中を撮影した光景として、遊歩者の気散じ的・印象主義的・観相学的眺めを提供している。

このように遊歩者は絶滅したと言っても、炸裂して何百万もの形に飛び散ったのであって、その現象学的特性は、どんなに新しく見えようと、根源形式として遊歩者の痕跡を帯び続けているのだ。これが遊歩者の「真実」であり、それは盛時よりもむしろ後世において可視化されている。

ショッピングバッグ・レディ〔女性の路上生活者〕
（写真　アン・マリー・ルソー，1980 年）

ベンヤミンは一九三四年の著書で、こう述べている。「苦難の描写。これはおそらくセーヌ川の橋の下の情景だと思われる。「……放浪する女性は、頭を前方に傾け、空っぽのバッグを足の間に挟んで眠る。ブラウスは太陽の光で輝くピンで覆われていて、その所帯道具と化粧道具のすべて——ブラシが二つ、むき出しのナイフ、蓋のある鉢——がきちんと並べられて……ほとんどプライベートな室内のような気配を女性の周囲に作り出している」」〔ジュアンドゥー V. 537（M5, 1）〕。今日合衆国では彼女のような境遇の女性は「バッグ・レディ」と呼ばれる。女性を原型的消費者とする社会によって消費／消耗された存在である。ぼろをまとい、使い古された袋に全所有物をいれた彼女たちは、たった今思いきり買い物を楽しんだ後という、グロテスクなまでに皮肉な姿をしている。

遊歩者は街頭を自分の居間として暮らす。だが生活のもっともプライベートな面を通行人に、そして最終的には警察に見られるとするなら、街角を寝室やバスルームや台所として必要とするというのは、まったく別の話である。抑圧された人々（今世紀、これが単に階級に限られた用語でないことが学ばれた）には、公的空間での存在は、国家の監視、一般の人々の非難、そして政治的無力さと同意語になりがちである。

物の世界

板目木版（アルブレヒト・デューラー，16 世紀）

今日，自宅を他のものと区別し，魅力を与えるのは一体何か？
（モンタージュ　リチャード・ハミルトン，1956 年）

「寓意画と広告画との間の緊張関係によって，17 世紀以来，物の世界にどのような変化があったかを推し測ることができる」〔V, 440（J67a, 2)〕

17 世紀の小さな財宝戸棚
（ヨハン・ゲオルク・ハインツによる油画，1666 年）

20世紀の財宝　モダン・ミソロジー博物館のコレクションから
（写真　マシュー・セリグ，サンフランシスコ，ミッション通り693）

蒐集家

物神としての事物

「私有財産がわれわれをあまりにも無能で怠惰なものにしてしまっているので、事物は、それをわれわれが所有するときに初めて、つまりは我々にとって資本として存在するか、我々によって使用されるかするときに初めて、我々のものになるのだ」〔マルクス　V. 277（H3a, 1）〕。

「蒐集することへの欲求は、個人の場合でも社会全体においても、死の徴候の一つである」〔モラン　V. 275（H2a, 3）〕。

救済された物神

「だが子供たちに見られる蒐集をこれと比べてみよ」〔V. 275（H2a, 3）〕。

「蒐集という行為は勉学の根源現象の一つである。つまり学生は知識を蒐集する」〔V. 278（H4, 3）〕。

「蒐集するとき重要なのは、事物が元来のすべての使用機能から抜き出されているということだ」〔V. 1016（K°, 10）〕。

「蒐集家にとってはおのれの蒐集物の一つ一つのうちに世界が現前しており、しかも秩序づけられているという事実を知らねばならないのである。だが秩序づけられているとは言っても、それは思いがけない、それどころか俗人には理解できないような連関に従った秩序である」〔V. 274（H2, 7）〕。

自動的想起に似て、蒐集は「生産的な無秩序」〔V. 280（H5, 1）〕であり、「実践的な想起の一形式」〔V. 271（H1a, 2）〕で、そこでは事物が「われわれの生活のなかに踏み込んでくるのであって、われわれがそれらの事物に踏み込むのではない」〔V. 273（H2, 3）〕。「したがって、政治的な考察はどんな些細なものであれ、いわば骨董品の扱いにおいてこそ、新次元を開くことになるのである」〔V. 271（H1a, 2）〕。

「私が事物に対して実践の点で人間的に関わることができるのは、事物が人間に対して人間的に関わる場合だけである」〔マルクス　V, 277（H3a, 3)〕。

『博覧会カタログ』（ニューヨーク万国博，1939 年）

「六九三九年の人々のため」の一九三八年のタイムカプセルは、ウェスティングハウス電器社が準備し、設置した。その複製が一九三九年のニューヨーク万国博で展示された。

品物の中には次のようなものがある。ミッキーマウス幼児カップ、ウルワース社のラインストーンのクリップ、「ロックフェラーセンター物語」。ピカソ、モンドリアン、ダリ、それにグラント・ウッドの絵画の複製品。フラット・フット・フルージーの楽譜、『風と共に去りぬ』、ラジオ放送の写真。一九三八年八月三〇日付のデイリー・ワーカー新聞（とその他八つのニューヨーク日刊紙）。一九三八―三九年のシアーズ・ローバックのカタログ。退役軍人のゲティスバーグの戦いの七五周年集会のニュース、一九三八年七月にハワード・ヒューが「ニューヨーク万国博一九三九」と名付けられたロッキード一四機に搭乗して世界一周飛行の新記録を打ち立てたニュース、ジェシー・オーエンスが一九三六年ベルリンオリンピックで一〇〇メートル短距離走で勝利したニュース、サッカーと野球の試合、軍需品展示会、日本による広東爆撃（一九三八年六月）のニュース、そしてファッションショーと一九三八年四月三〇日の万国博内覧自動車行列のニュースを含むニュース映画。

アランデル城（写真　ジョーン・セイジ）

フィリップ・ジョンソンとジョン・バージー設計による AT&T ビルディング
(写真　ダニエル・モレッティ，ニューヨーク，1983 年)

プレモダン

ブルジョアジーは個人の家に生活の「虚構としての枠組み」〔「1939年概要」V. 69〕を構築するが、ベンヤミンによれば、彼らが「自分の事業の関心に、自分の社会的機能についての明晰な意識を結び付けようとしない」ので、幻想の仕事は「なおさら差し迫ったもの」となる〔同V. 67〕。ところが、絨毯や椅子を斜めに置くというようなごく些細なことさえ、中世の城塞の稜堡を思い出させるものとされ〔V. 285（I2, 3）〕、攻囲されたときの階級記号を示すのだ。一三世紀の要塞のようにベッドには「銃眼」がつけられた。箪笥は「中世風の外堡」を周囲に張り巡らす〔V. 281（I1, 2）〕。「階段は友人が行き来するための手段というよりは、住居内への敵の侵入を妨げるための軍事的構築物に似たなにものかであり続けた」〔V. 512（L1, 7）〕。「ブルジョアジーの下では、家具と同様に都市にもまた、要塞的性格が残っている」〔V. 284（I1a, 8）〕。一八三三年にパリの街を「堡塁で帯状に」囲い込もうとする提案がなされると「万人が反対」し「民衆の大規模なデモ」が起こった。ル・コルビュジエはこう記した。「要塞化された都市は、今日まで都市計画を麻痺させる拘束であった」〔V. 284（I1a, 8）〕。

ポストモダン

ジョージア州アトランタ、一九八三年。「アトランタの都心は、別時代の要塞に囲まれたように、周囲の都市の上にそびえ立つ。〔……〕低い堀状の州間高速I-85は、流れる交通車線とともに、小高い丘の東側を回って南から北に達し、法曹界の人々や銀行家、コンサルタント、地域の有力者たちを低所得の近隣から保護している」〔カール・アボット『新都市アメリカ』〕。

ロサンゼルスのボナヴァンチュールホテル一九八五年。「ポートマン〔建築家〕は、驚くほど複雑なセキュリティ・システムに守られた上層中産階級の飼育園《ヴィヴァリウム》を建造した。

ポートマンのねらいは、彼の建物の要塞機能を異化し、「人間化」することにあるのに対し、別のポストモダニストの前衛派はその設計において要塞機能をますますイコン化している。最近ウォールストリートとつながったフィリップ・ジョンソンによるメイドゥン通り33はロンドン塔を模した26階建ての建物で、「セキュリティを売りにした……最先端の豪華マンション」と宣伝された。次にジョンソンとそのパートナーのジョン・バージーは、「トランプ城」建設に向けて〔……〕鋭意活動中である。事前の広報によれば、トランプ城は中世風のボナヴァンチュールとなるであろうということだ。それは金の葉でめっきし、銃眼をつけた六つの円錐形のシリンダーがついており、吊上げ橋がついた本物の濠で囲まれる予定である」〔マイク・デイヴィス『ニュー・レフト・レヴュー』no. 151〕。

1930年代フィリップ・ジョンソンのミニマリスト建築は，ル・コルビュジエ風の建築のモダニズムの信条の定義づけを促した．1970年代後半には，「ポストモダニズム」の古典的典型である彼の超高層ビルの最上部は歴史的スタイルを参照した修飾物——写真左側はチッペンデールの家具の特徴的カーブ——をつけ，様々な時代の葛藤しあうスタイルを結びつけた．地上では，AT&Tビルディングは，回廊スタイルのガラスの建築物（右側）を取り入れている（写真　ダニエル・モレッティ）

プレモダン

一九世紀初めの流行。「われわれはこれまで一度も現われたことのないものを見た。決して一緒にすることができないと思われていた類の組み合わせが現われたのだ」〔V. 283（I1a, 1）〕。

一九世紀の室内について

「様式の交代──ゴシック風、ペルシャ風、ルネッサンス風などなど。つまり市民風の食堂の室内には、チェザーレ・ボルジアの宴の間が入り込んできて、婦人の居室《ブドワール》からはゴシックの聖堂が立ち現れ、主人の書斎は虹色に輝きながらペルシャの首長の居室へと姿を変える、という具合である。このような形象をわれわれの目に焼き付けているモンタージュ写真は、こうした世代のもっとも基本的な感覚形式に応えたものだ」〔V. 282（I1, 6）〕。

建築について

「のちの万国博覧会の建築学的観点」──「この上なく異質な趣味同士」〔ゴシック風、オリエンタル風、エジプト風、そして古典ギリシャ風〕が、多様な幾何学的形式の中で結ばれる」〔V. 264（G14a, 3）〕。

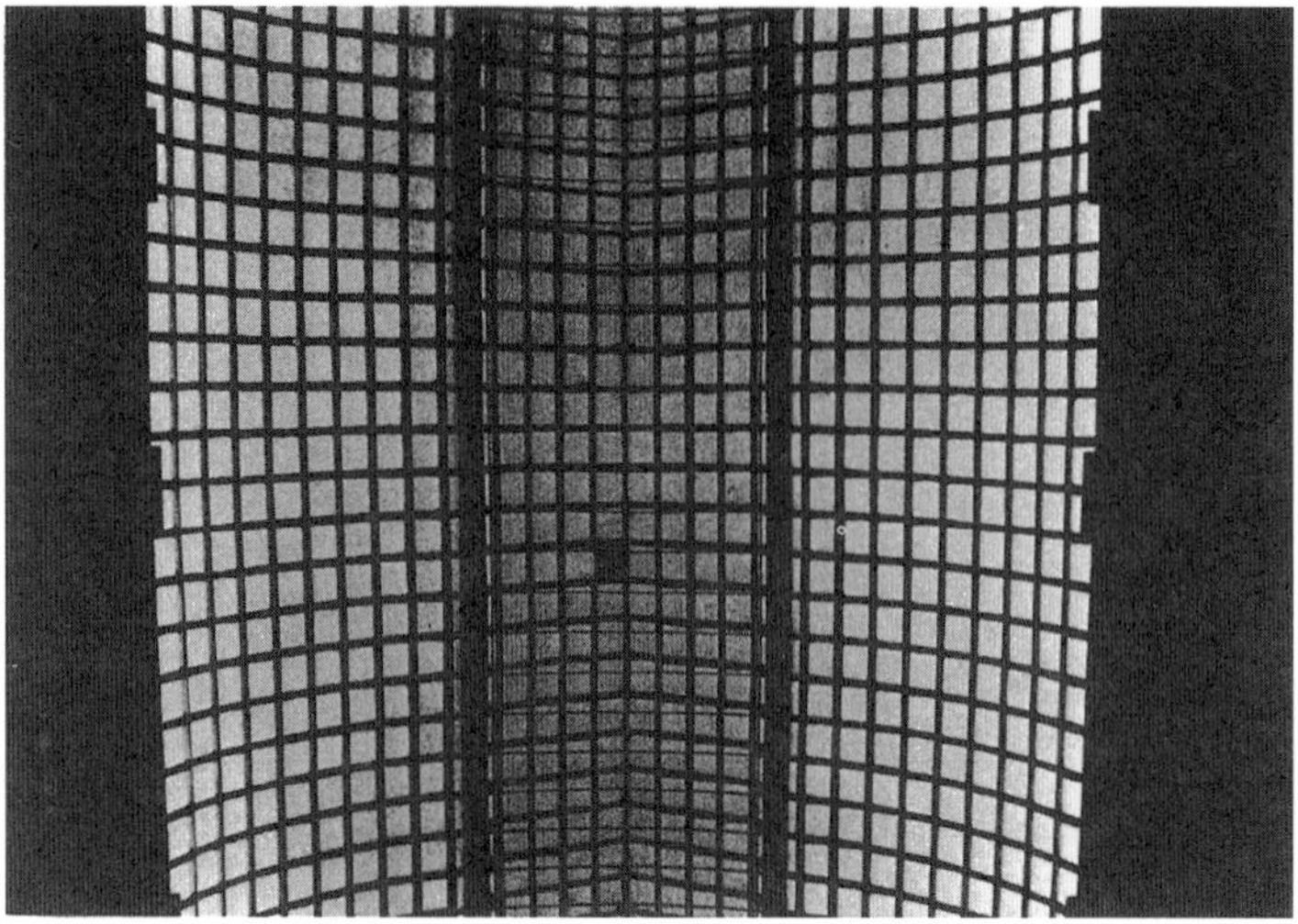

上　最初の壮大なパサージュ建築　ギャルリエ・サン・ユベール（写真　ヨハン・フリードリッヒ・ガイスト，ブリュッセル，19世紀半ば）
下　AT&T ビルディング　地上階の壮大なパサージュの細部（写真　ダニエル・モレッティ）

パサージュ論は資本主義の時代を様式上の「モダニズム」と歴史的に折衷的な「ポストモダニズム」に分けても何の意味もないことを示唆している。なぜならこの二つの傾向は産業文化のそもそもの始まりからそこに在り続けていたからだ。新奇さと反復という矛盾する力学がただ繰り返し更新されてきたのだ。

モダニズムとポストモダニズムは時系列的な時代区分ではなく、芸術と技術の間の一世紀に及ぶ闘争における政治的な立ち位置であるのだ。モダニズムが社会的機能と美学的形式の和解を予期することによってユートピア的憧憬を表現するのに対し、ポストモダニズムは両者の非同一性を認めながら、幻想を生かし続けるのだ。どちらの立ち位置も部分的真実を表す。商品社会の矛盾が克服されないかぎりは、どちらも「新たに」再帰してくるだろう。

メディアのスターたち：政治と娯楽産業

レ・ミゼラブル

レーガノミックス

ÉLECTIONS DU 7 JANVIER

Le COMITÉ ÉLECTORAL DE LA RUE BRÉA, le COMITÉ ÉLECTORAL DES TRAVAILLEURS, le COMITÉ RÉPUBLICAIN RADICAL, le COMITÉ DE LA LIGUE D'UNION RÉPUBLICAINE DES DROITS DE PARIS, de l'UNION et de l'ALLIANCE RÉPUBLICAINES, de l'ASSOCIATION DES TRAVAILLEURS et les COMITÉS RADICAUX DES ARRONDISSEMENTS DE PARIS

Ont choisi pour candidat aux élections du 7 janvier le citoyen

VICTOR HUGO

Ce nom est pour eux l'affirmation la plus nette des principes républicains. Dans les circonstances actuelles, ce nom signifie particulièrement

AMNISTIE

ABOLITION DE LA PEINE DE MORT

DISSOLUTION DE L'ASSEMBLÉE

RENTRÉE DU GOUVERNEMENT A PARIS

LEVÉE IMMÉDIATE DE L'ÉTAT DE SIÈGE

Career Opportunities: President

BEDTIME FOR BONZO

8:00 limited to the college communities $3.00+$.50
Uris
directed by Frederick de Cordova
with Ronald Reagan, Walter Slezak
In this camp classic, Reagan plays a more lively professor of psychology who sets out to prove that a monkey can be taught morality and ethics (too bad he didn't try the same experiment on Ollie North). "That *Bonzo* doesn't sink in its own silliness is due mainly to the unyielding dignity, professionalism, and low-key charm of Ronald Reagan the actor. Reagan's ability to project a generous amiability in the most ridiculously trying situations would serve him well three decades later when he was to make the most reactionary and greed-oriented program in the history of the Republic seem as quintessentially American as mom's apple pie. In the end, Bonzo's trainer has made monkeys of us all" (Andrew Sarris, *Village Voice*). Co-sponsored with Senior Week.
1951 b/w 1 hr. 23 min. USA

フォトモンタージュ（マイケル・ブッシュとレズリー・ギャザウェイ）

文学市場

上 「別世界」（グランヴィル，1844 年）下（写真　ジョーン・セイジ，1988 年）

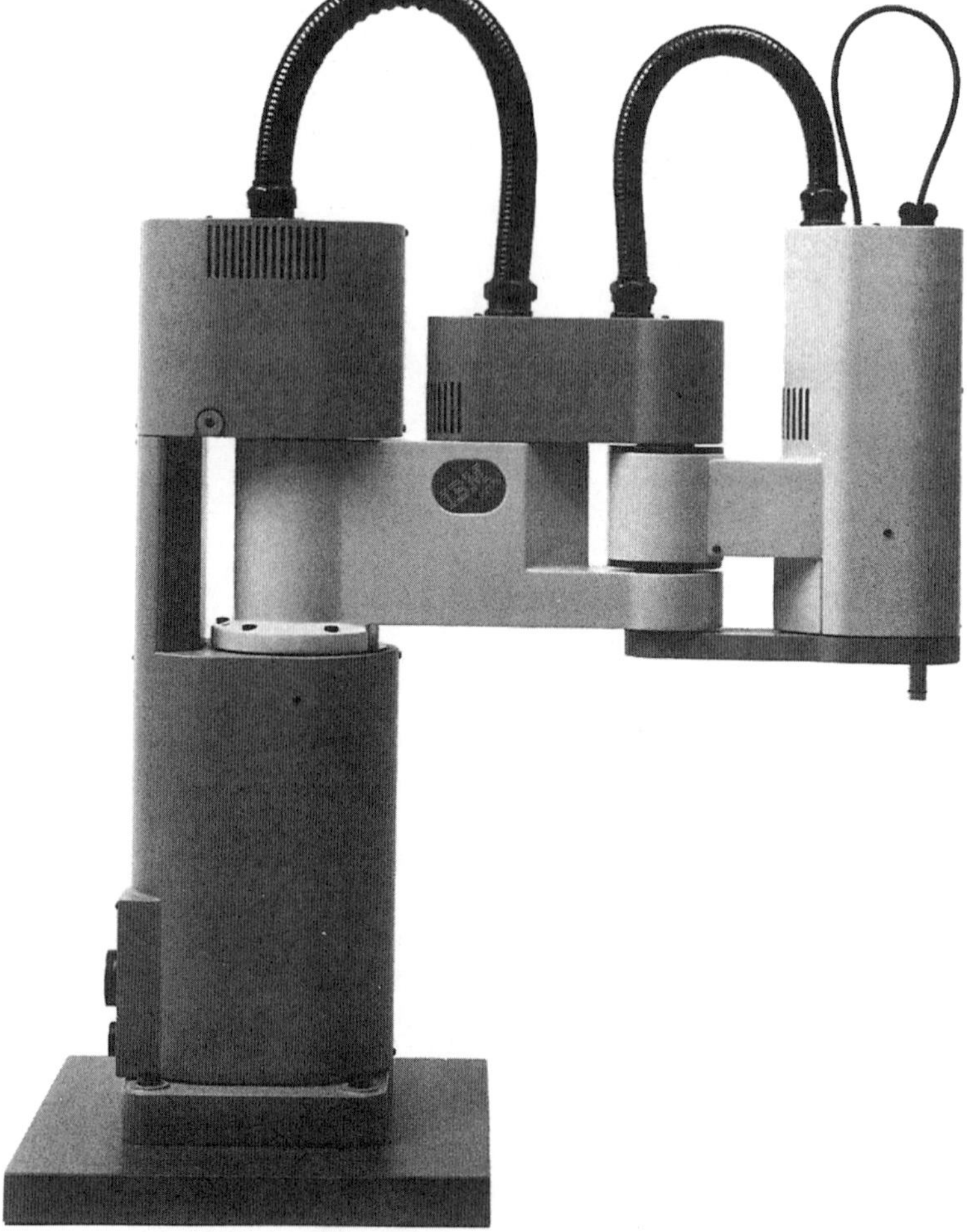

IBM の 7575 ロボット　1987 年度 IDEA 勝者のランダル・マーティンによる設計（IBM 提供）

ロボット工学の根源形式

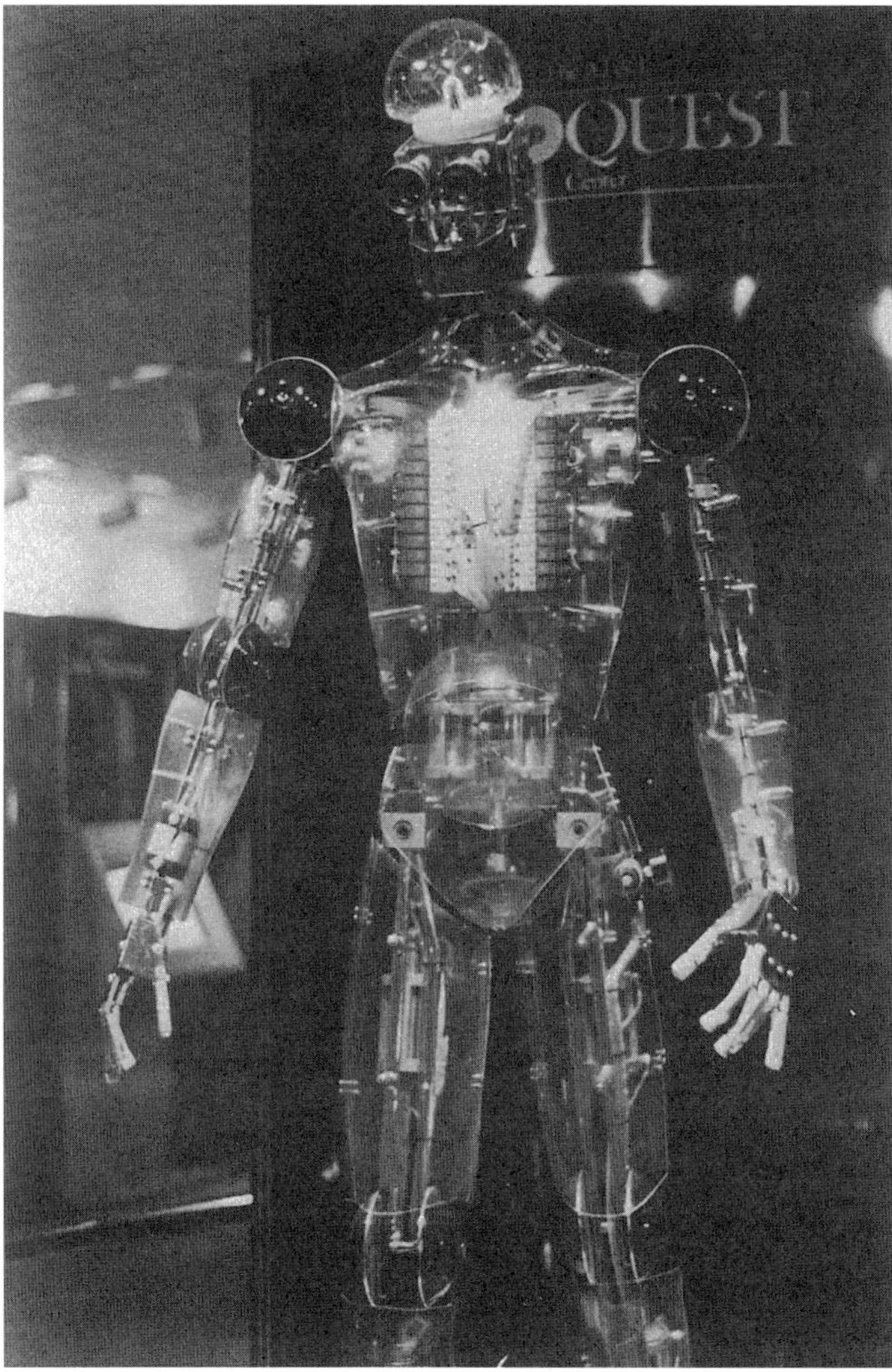

最新人型ロボット「ゴードン」が,「インフォクエスト・センター」でコンピュータのソフトウエアについて説明する.
(写真　ダニエル・モレッティ, AT&T ビルディング, ニューヨーク)

子供時代のお楽しみ

パリのあるパサージュの外で，ねじまき式の玩具を見せる街頭呼び売り人（ミルワルデュモンド写真館，1936 年）
AT&T インフォクエスト・センターで子供たちに話す「ゴードン」（写真 ダニエル・モレッティ，1988 年）

自動人形

（写真　グラント・ケスター）

機械の人形はブルジョア文化の発明品だった。一九世紀にはこのような自動人形はどこにもあった。一八九六年にもなると、「人形のモティーフに社会批判的意味が含まれている時代がある。たとえば次のように――「このからくりと人形が人の気持ちにいかに逆らうようになるか、この社会でまったき自然に出会うとき、いかにほっと安堵の吐息をつくか、これがあなたにわかっていない」」〔リンドゥ V. 848（Z1. 5）〕。皮肉なことに、人形で遊ぶことがもともとは大人の社会関係における養育行為を子供が覚える方法であったのが、モノ化の関係を学ぶための訓練基盤になってしまった。今や女の子たちの目標は「人形」となることなのだ。この反転はマルクスが生産の資本主義‐産業主義様式の特徴と考えたものの典型である。人類の自然化と自然の人間化の約束をした機械は、結局、両者の機械化をもたらしたのだ。

THE NEW YORK TIMES, SUNDAY, NOVEMBER 20, 1983

A host of small labs grapples with the changing technologies of the new field.

By N. R. KLEINFIELD

多数の小規模実験室，新分野の変化するテクノロジーと取り組む（N. R. クラインフィールド，ニューヨーク・タイムズ紙1983年11月20日(日）版より）

最終チェックを担当する女性が取り出したのは、なぜか端のほうに光るドアノブのようなものがはめ込まれた書棚用の腕木に似たものだった。実はそれは人工装具の腰だった。「ほら、これが肩よ」と言いながら、同僚が棚から細い蛇口のようなものをひっぱり出した。「これは手首だと思うわ」。

ここはニュージャージーのラザフォードにある人工装具工場であるハウメディカ社だ。現実世界のサイボーグに向かう大冒険旅行の数ある停泊地の一つである。ここでは腰が作られる。それに膝。肩をいくつか。手首、肘、足首、爪先、親指を少々。よく作るのは顎だそうだ。

人工装具は主として頑丈なクロムとコバルトの合金から作られていた。「医者のなかには、こういう物はどこかの大工店で作られていると思っている人もいます」と、ハウメディカの副社長デイヴィッド・フィッツジェラルドが言う。「我々は宇宙時代の材料を使用しています。もしそうしたければ、ここでジェット機の羽根だって作ることもできます」。彼は冗談を言っているわけではない。腰と膝の材料は、飛行機製造で翼を作るのに使用されているものだ。

ほとんどの部位はセーター同様にSサイズ、Mサイズ、Lサイズ、LLサイズなどの標準サイズで作られる。それが合わない人たちは注文セクターに行く。そこでは誰かが巨大な膝を作っていた。グッドイヤー社〔アメリカのタイヤ企業〕の仕事を任されている人もいた。そのタイヤ会社の人たちは、たまたまアシヒレを一つサメに食べられて無くしたウミガメと出会ったのだ。もしかしたら、ハウメディカ社では、ウミガメの人工アシヒレを作れますか？　ええ、やってみましょう。「有名人の仕事もひきうけていますよ」と注文部の一人が教えてくれた。「アーサー・ゴドフリーの片方の腰はうちの製品です。ギャングの頭蓋骨も作りました。私はケーシー・ステンゲルの腰を作りました。同じものを載せた灰皿もケーシー用に作りました。あれは面白かった［……］」。

この産業は非常に不定型である。売り上げや利益は固くガードされ秘密になっているが、経営陣は身体の模造作成は利益の出る仕事だと認めている。仮に全身の部位を作った場合を計算してみたら、一億ドルを超したそうだ。何億もの未来の約束の報酬が待ち受けている。

「誰もが潜在的な顧客なのですよ」と、ある経営陣は言う。「七〇歳や八〇歳になれば、体のどこかがだめになる可能性は高くなる。明日にでも腰がだめになるっていうこともありうるのです」。

「第三の提案は遠大で、もっと思い切ったものである。体外発生、人工装具、全身移植を主張している。人間のうち、残るのは脳だけで、それがきれいに形成硬膜に収められる。コンセントとプラグと、留め金がついた球体である。原子力電池で動くので、栄養補給は、物理的には余計なので、適切にプログラムされた幻想の中でのみ行われる。脳の容器は制限なく、付属器や、付属装置、機械、乗り物などにつなぐことができる。この人工装具化のプロセスは、20年をかけて進め、初めの10年は部分的置換を行い、不要な器官はすべて家に残していくようにする。たとえば、劇場に出かけるとき、姦通や排便モデュールを取り外して、［……］クローゼットの中に吊るしておく。大量生産し続ければ、市場には、たとえば、罪のない気晴らしとして、部屋から部屋へ頭が転がることができるように自宅の鉄道用の脳線路なども含めて、注文製作の内部部品や付属品が供給され続けるだろう。」

――『未来学会議』スタニスロー・レムのＳＦ小説

予期としての擬古体：フェミニズムの原形

科学技術革命というコンテクストにおいては，アマゾンの女性というユートピア的イメージはまったく新しい意味をもって回帰し，自然と人類の双方を解放する科学技術の能力を示唆する．

廃墟としての願望形象：永遠の逃亡

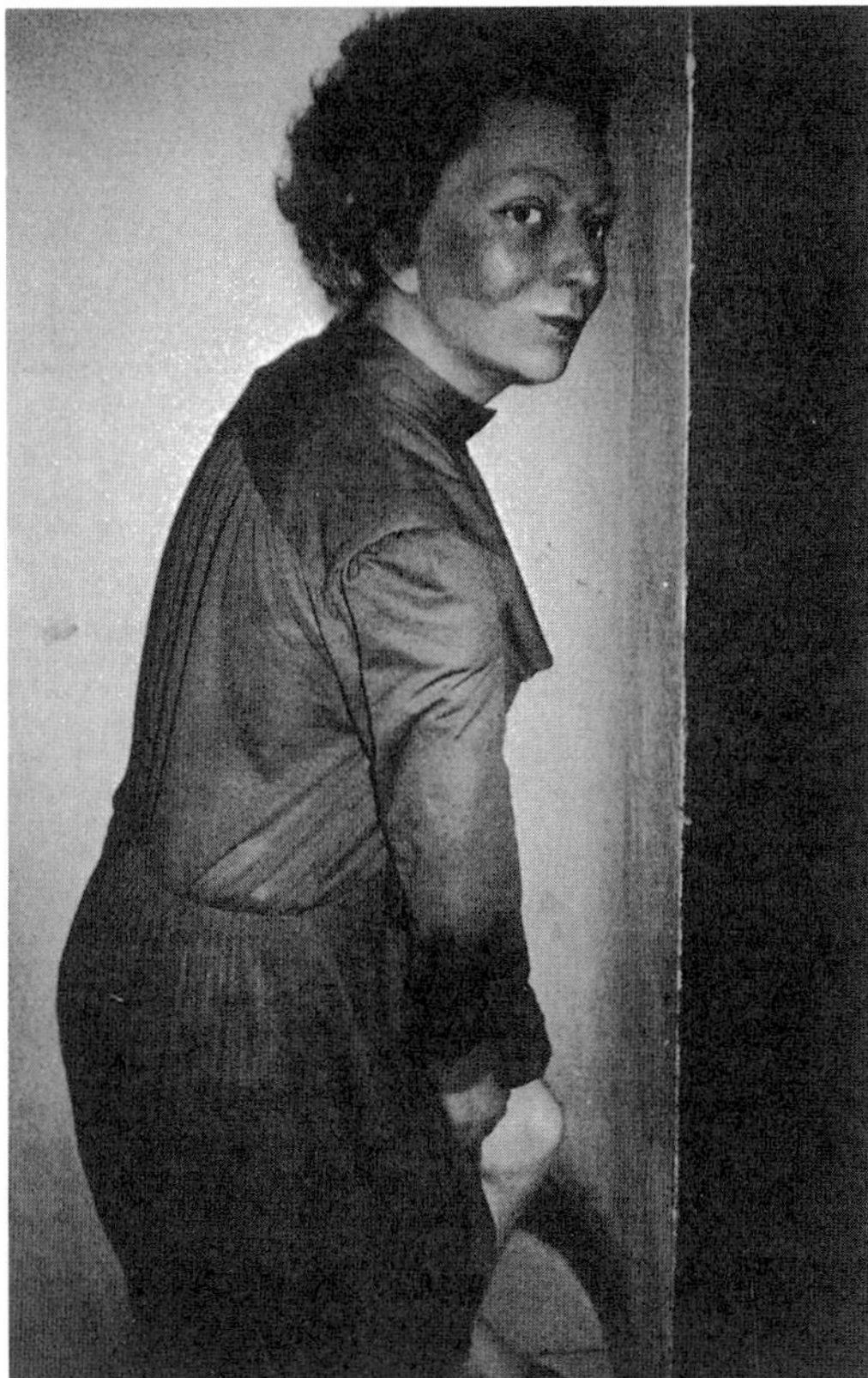

特別コーナーの蝋人形．グレヴァン博物館．
（写真　スーザン・バック＝モース，1984年）

「永遠化の方法のうちでも，蝋人形館がわれわれに残してくれているモードの様々な形跡の永遠化，はかなく過ぎ行くものの永遠化ほど衝撃的なものはない．一度でも見学すれば，グレヴァン博物館のコーナーで靴下止めを直している女性の蝋人形の姿に，アンドレ・ブルトン［『ナジャ』1928年］のように心を奪われるにちがいない」〔V, 117 (B3, 4)〕．

ブルトンとベンヤミンの両方の心をつかんだ蝋人形の女性は，この半世紀間も，ずっと変わらず靴下止めを直し続けている．彼女のつかの間の行為は時の中で凍結している．それは変わることなく，有機的腐朽を拒む．しかし彼女のドレスは黴臭い．その姿も髪型ももはや流行のものではない．明らかに年をとったのだ．

実現されなかった可能性

アベル・ピフレ作の太陽光印刷機．1880 年．同年のチュイルリー公園での博覧会で『ソーラー・ジャーナル』を 500 部印刷してみせた．

実現された虚構

原子力発電（挿絵　フランク・R・ポール，『アメージング・ストーリーズ』〔1926 年刊行開始の世界最初の SF 専門雑誌〕，1939 年）

「そこでは狩猟の流浪の民だけが生きながらえることができた．かつて重要であった北部の都市はうち捨てられた．人々は南へ向かった」．
（挿絵　フランク・R・ポール　ブルーノ・バージェル「宇宙の雲」『驚異の物語クオータリー』3（1931 年秋）フランク・R・ポール管理財団代表，フォレスト・J・アッカマン氏の許可によるリプリント）

記憶の固執

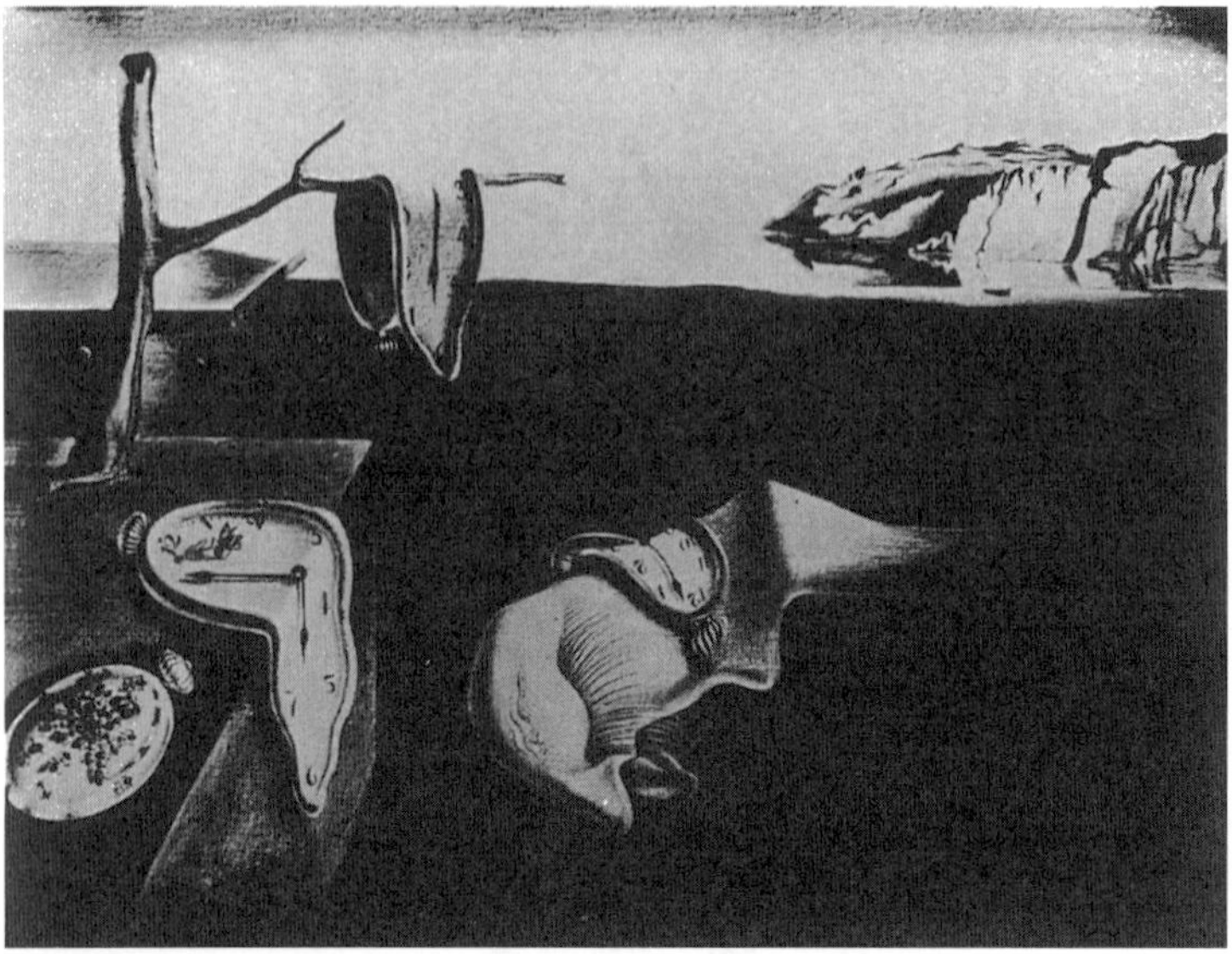

上 「記憶の固執」別名「融ける時計」油彩画（サルバドール・ダリ，モダン・アート・ミュージアム，ニューヨーク，1931 年）

左下 腕時計の針が 1945 年 8 月 9 日広島に原爆が落とされた時間 8 時 15 分を示す．（広島平和記念ミュージアム）

右下 掛け時計が長崎の原爆投下時間 11 時 2 分を示す．（長崎原爆資料館）

空虚な時間

2000年までに残された秒数を記録するパリのポンピドーセンター外のタイムマシーンから出てきた葉書——時間つぶしにコアントロー〔フランス産リキュール〕を飲もう！（1987年春）

モード：死神さま！　死神さま！（V, 110（B, 扉））

新しいものの展示

マガザン・ド・ヌヴォテ〔デパートの前身の流行品店〕/新製品倉庫

モードは「いつも同じ」物の大量生産様式における「新しい物の永遠回帰」である〔「セントラルパーク」I, 677〕.

この最新流行様式の武器の写真は一九一一年に、武装増強予備工作の背後にある財政利害を示し、第一次世界大戦の可能性への警告として世に出された。それは一九三三年の『塹壕砲』の武装についての特集号に、このような財政利害の存続を暴露し、第二次世界大戦の可能性への警告として、再録された。

「破局である伝承が存在する」〔V, 591（N9, 4）〕。

「「今まで通り」というのが、破局であるのだ」〔V, 592（N9a, 1）〕。

注

第I部

序

（1） Walter Benjamin, *Gesammelte Schriften*, 6 vols., eds. Rolf Tiedemann and Hermann Schweppenhäser, with the collaboration of Theodor W. Adorno and Gershom Scholem (Frankfurt am Main: Suhrkamp Verlag, 1972-), vol.V: *Das Passagen-Werk*, ed. Rolf Tiedemann (1982), p. 83 (A1, 1)。以下、ベンヤミンの全集（*Gesammelte Schriften*）からの引用については、巻数とページ数で示す（I-VI）。引用中、著者による省略部分は、［……］としてベンヤミンによる省略と区別する。

（2） パサージュ論は、「歴史意識の理論」を具現化することを意図していた。「そこで私は途上にハイデガーを見出すだろう。そして私は、私たち二人の極めて異なった歴史の見方の衝突から、なにか火花が飛び散るのを期待している」（ショーレムへの手紙、一九三〇年一月二〇日付 V, 1094）。

（3） ベンヤミンは‘*Passagenarbeit*’、あるいは単純に‘*Passagen*’という言葉を使っている。『パサージュ論』（“*Passagen-Werk*”）というタイトルは、ベンヤミンの全集の編者らが原稿につけたもの。

（4） Gershom Scholem, *Walter Benjamin: The Story of a Friendship*, eds. Karen Ready and Gary Smith (London: Faber & Faber, Ltd. 1982), p. 135.

（5） ティーデマンによる注釈は『パサージュ論』を読む際の手引きになる。これがなかったため、セオドア・アドルノのような有能な読み手さえ、この資料の解読ができなかったのだ（V, 1072-73を参照）。『パサージュ論』を研究したことのある読者であれば、筆者がティーデマンの編集作業に多くを負っていることに気づかれると思う。

（6） これらのうちには筆者の初期の著書 *The Origin of Negative Dialectics: Theodor W. Adorno, Walter Benjamin and the Frankfurt Insitute* (New York: Macmillan Free Press, 1977) も含まれる。ベンヤミンの最良の伝記として、Richard Wolin, *Walter Benjamin: An Aesthetics of Redemption* (New York: Columbia University Press,1982) 及び Bernd Witte, *Walter Benjamin* (Atlantic Highlands, N.J.: Humanities Press, 1983) を参照。

第一章　時間的起源

（1） ショーレムは、二人の結婚を何とか保っていたのは、ベンヤミンが「大いに関心」をもっていた息子シュテファンと、経済的困窮（最悪のインフレの年月、ドラは翻訳者として家計を支えた）、彼らに共通するユダヤ的背景、そしてベルリンにいる彼らの友人仲間などのおかげだったと述べている。友人たちのほとんどは同化したユダヤ人たちで（ショーレム自身のシオニズムは例外的だった）、政治的というより文化的な意味で急進的だった。それでも、一九二一年四月までにはすでに、「ヴァルターとドラの婚姻関係の崩壊は明らかになりつつあった」。九年という「彼らの離婚が成立するまでの間、ヴァルターが長い旅行に出かけたり、別々に部屋を借りたりしたときに中断されながらも、ほとんどこの状態が続いた」（Gershom Scholem, *Walter Benjamin:*

The Story of a Friendship, eds. Karen Ready and Gary Smith [London: Faber & Faber, Ltd. 1982], 93-94)。

（2） Scholem, *Walter Benjamin*, 85（同 54 参照）。一九二三年秋（この事件に意味を見出したい読者のために）、「ベンヤミンの父親は重い病から、右足の切断を余儀なくされた」（同 121）。一九二四年、ベンヤミンはナポリの博物館で古代のアポロのトルソを見たが、それはリルケの同名の詩に霊感を与えたものだった（同 64）。ほどなくして彼は「トルソ」という題の箴言を書いた——「自身の過去を、強制と困窮の恐るべき産物として眺めることができる者がいるとすれば、そういう者だけが過去を現在の自身にとって最大限に価値あるものとなしうるだろう。というのも、人が生きてきた過去とはせいぜい、移送中に四肢がすべて崩れ落ちた美しい彫像のようなもので、見る者自身が未来像を彫りあげねばならないような、高価な塊でしかないからだ」（『一方通行路』IV, 118）。

（3） インフレはベンヤミンの父の財力に深刻な打撃を与え、父は長男である彼に銀行の仕事につくようにと圧力をかけた。（綿密に調査された以下の論文を参照のこと。Gary Smith, "Benjamins Berlin," *Wissenschaft in Berlin*, eds. Tilamnn Buddensieg et al. Berlin: Gebr. Mann Verlag, 1987.）

（4） ショーレムはこの時期、日記に以下のように書いている。「いつかベンヤミンがしっかりと哲学講義を行うとしたら、彼の言うことを理解できる者は一人もいないだろう。だがレッテル貼りに終始せず真の問いかけがなされたなら、彼の講義は素晴らしいものになりうるだろう。」（Scholem, *Walter Benjamin*, 34）

（5） Walter Benjamin, *Briefe*, 2 vols., eds. Gershom Scholem and Theodor W. Adorno (Frankfurt am Main: Schrkamp Verlag, 1978), vol. 1, 169.（171も参照。）

（6） ベンヤミンのアカデミックな好みは驚くべきものだった。新カント派のハインリヒ・リカートやヘルマン・コーエン、また現象学者のフッサールやハイデガーら同時代に称賛された哲学者たちを否定し、彼はフランツ・フォン・バーダーを「シェリング以上に印象的」とみなし（Scholem, *Walter Benjamin*, 22）、「グノーシス的キリスト教徒」フローレンス・クリスティアン・ラング（同 115-17）、ユダヤ神秘主義者フランツ・ローゼンツヴァイク（同 138）らを大いに称賛した。一九一六年にミュンヘンに滞在中筆跡学に関する著作が「彼を大いに魅了した」生の哲学者ルートヴィッヒ・クラーゲスのもとで学ぶことを望んだが、クラーゲスはすでにスイスに去っていた（同 19-20）。しかしベンヤミンの学生時代にさえ、彼に指導者がいたときはなかった。彼は知的刺激を主に友人たちから受けていた（友人たちのほうは、彼の「才能」に繰り返し感銘を受けていた）。ショーレムは、彼の最も近しい立場にいた者として次のように当時を語る。「私たちは哲学の教師たちをあまり評価しなかった［……］。わたしたちは大学の導きによらずに、自分の星を追っていたのだ」（同 21）。

（7） 最も有名なナポリ哲学の教授ベネデット・クローチェは「大会に顔は出したものの、これ見よがしに距離をとっていた」（同 344）。

（8） フランクフルト社会研究所における未来のベンヤミンの同僚たちに関しては、彼はまだホルクハイマー、レーヴェンタール、及びマルクーゼとは接触を持たず、十一歳年下のアドルノと、互いの共通の友人ジークフリート・クラカウアーを通じて一九二三年にほんの短時間、会ったにすぎない。アドルノはベンヤミンの最初の印象を次のように回想した。「私が出会った人間のうちでもっとも特異な人物だ」（Theodor W. Adorno, "Erinnerugen," *Uber Walter Benjamin*, ed. Rolf Tiedmann [Frankfurt am Main: Suhrkamp Verlag, 1970] 70）。

（9）　ベンヤミンは教職を希望する気持ちはまったくなかった。学生や講義は「僕の時間を容赦なく絶望的に使い果たすだろう」（ショーレムへの手紙、一九二五年二月一九日『書簡』I, 373）。アドルノは次のように書いている。「彼の好古的趣味は、カフカが保険会社にひきつけられたのと同じ体で、皮肉に学術的キャリアにひきつけられている」（Theodor W. Adorno, "A Portrait of Walter Benjamin," *Prisms*, trans. Samuel and Shierry Weber [London: Neville Spearman, 1957] 232）。

（10）　彼の当時の主著は、ゲーテの『親和力』研究と、博士論文「ドイツロマン主義における芸術批評の概念」だった（I）。

（11）　「皇帝パノラマ館：ドイツのインフレーションを巡る旅」は一九二八年に『一方通行路』に収録される前に、何度か改稿を経ている。ベンヤミンの編集者は異なった版を以下のように区別した（IV, 907を参照）。

M^1 ＝一九二三年秋、ショーレムに提出された原稿（無題）。IV, 928-35.

M^2 ＝「初期に拡張された原稿」（IV, 907）、タイトルは「中央ヨーロッパの現状分析に関する意見」。IV, 916-28.

J^7 ＝一九二七年のオランダ語版で、（順序は異なるが）M^1と*a*に見られる節（どの節がどちらの版からのものであるかは示されていない）、新たに書かれた序文（他のどの版にも見られない）、及びその序文のドイツ語訳が含まれている。IV, 935.

a ＝一九二八年、『一方通行路』で出版されたテクスト。IV, 85-148.

これらの改稿が一九二三年から一九二八年におけるベンヤミンのマルクス主義への移行を立証しているために、以下に引用されている「皇帝パノラマ館：ドイツのインフレーションを巡る旅」の断片は、それらが現れる特定の版と同定でき、また一九二八年の最終版（*a*）との違いがわかる。この手順を通じて明らかになるのは、ベンヤミンがマルクス的な方向性を組み入れるのに、テクストの変更の必要がどれほどの量であったか——つまり、どれほど少なかったか（したがって、一九二三年の時点で彼がどれだけその方向性に近づいていたか——あるいはむしろ、彼のマルクス主義に関する自由な解釈のおかげで、いかにその方向性をそれまでの自分の思考に適合させられたか）ということである。

（12）　「少なくとも、自分の個人的実在がどれほど無力で、もろもろのしがらみにどれほど巻き込まれているかを見極めることによって、その実在を一般に広がる錯覚という背景からもしかしたら切り離すことができるかもしれないのに、むしろ個人の存在の威信を救おうとする盲目の決断が、いたるところで勝ち誇っている」（「皇帝パノラマ館」M^2, IV, 928. 基本的に『一方通行路』*a*, IV, 98において変更はない）。

（13）　最後の文章で「多数」から「階級」という語の重要な置き換えがなされた以外、基本的に『一方通行路』*a* IV, 94-95において変更はない。しかしM^1（一九二三年）のつづきには、驚くべきことに、*a*（一九二八年）では削除された革命への明らかな言及があることに注意されたい。この個所は「権威」によって「抑圧された人々」が「解放の正当な概念を形成し、革命の理念を通じてそのような安定が続くことに期限をもうけうる」ことを認めている。しかしそのような意図は、ブルジョアジー的な語り口とはかけ離れている。「[……] 衰退の過程を抑えこむ試みさえ彼らの意識に上らなかったが、それはまさに彼らが社会や国家の崩壊を、歴史は明確にその逆を示しているにもかかわらずそれ自身で自動的に回復するような例外的な状況として見ていたからだ」(M[1], IV, 928-29)。

(14)『一方通行路』*a* IV, 96において基本的に変更はない。

(15) 一九一五年から「早くとも」一九二七年、「宗教の領域はベンヤミンにとって中心的な重要性を担い、[……] 根本的な懐疑はまったく抱いていなかった。神は彼にとって現実だった [……]」(Scholem, *Walter Benjamin*, 56)。本書第七章を参照。

(16) 最初のシオニズムとの対峙（一九一二年）において、ベンヤミンは次のような立場をとった。「最善のユダヤ人はヨーロッパ文化の価値ある作用とつながっている [……]」。「[……] 我々の文化意識は、人類のいかなる一部分にも文化の概念を制約することを、理念として禁止する」。「文化的シオニズムは [……] ユダヤ的価値をいたるところに認め、その価値のために働く。私はここにとどまる、ここにとどまらねばならないと信じている」。これらの引用は、ベンヤミンのルートヴィッヒ・シュトラウスとの書簡（エルサレムのユダヤ国立大学図書館シュトラウスコレクション所蔵）からのもので、アンソン・ラビンバッハによって以下の重要な（ショーレムによるベンヤミンの初期ユダヤ主義に関する記述の校正と修正をしている）論文に引用及び翻訳されている。"Between Enlightenment and Apocalypse: Benjamin, Bloch and Modern German Jewish Messianism," *New German Critique* 34 (Winter 1985) : 78-124 (94-97を参照)。ラビンバッハは正しいことに、ベンヤミンにとってシオニズムは「観念の領域にとどまる限りにおいての代替案だった――政治ではなく、文化の普遍性についてのユートピア的な約束として」(同 98) としている。ベンヤミンとシュトラウス間の書簡はII, 836-44に一部収録されている。

(17) ショーレムは一九一六年にベンヤミンと交わしたやりとりを伝えている。そのとき「はじめて、パレスチナへ行くのは義務であるか否かの問いが持ち上がった。ベンヤミンは私が擁護した「農業シオニズム」を批判し、シオニズムは三つの事柄から脱却しなくてはならないと言った。つまり「農本的見地、人種イデオロギー、そして [マルティン・] ブーバー (Buber, M.) の「血縁と経験」の議論」だ」(Scholem, *Walter Benjamin*, 28-29)。ショーレムはブーバーの本が当時進行中だった「いわゆる戦争の「経験」」に対して「肯定的なスタンス」をとっていたのに対し (同 7)、ベンヤミンは（病気と見せて）従軍を避けていたと説明しているが、ショーレムが主張しているのは、ベンヤミンは「この特定の戦争に」反対であって、イデオロギー上の信念として平和主義者であったわけではないということである。「それはまったく彼のスタイルではない」(同 24-25)。

(18) Asja Lacis, *Revolutionär im Beruf: Berichte über proletarisches Theater, über Meyerhold, Brecht, Benjamin und Piscator*, ed. Hildegaard Brenner (Munich: Regner & Bernhard, 1971), 431.

(19) ベンヤミンのこの時期からの著作、とくにI, 7-104、及び Richard Wolin, *Walter Benjamin: An Aesthetics of Redemption* (New York: Columbia University Press, 1982), 4-13を参照。

(20) ショーレムはベンヤミンが大抵の場合「当時の政治的時事問

題や戦況を話題にすることを嫌いぬいていた」と回想している（*Walter Benjamin*, 23）。ベンヤミンは当時まだ「プロレタリアートの独裁権という考え」を完全に否定していた。「我々の共感は、大部分においてロシアの社会革命党の側にあった［……］」（同 78）。一九一九年にハンガリーで未遂に終わった社会主義革命については、「彼はハンガリー評議会共和国を子供じみた逸脱であると見ていた。唯一彼にとって重大だったのは、ブロッホの親友ジェルジ・ルカーチの運命だった。当時人々は（誤解だったが）彼が逮捕され、銃殺されるのではないかと危惧していた」（同 80）。

(21) 一九二七年、ベンヤミンは以下のように考察した。「私はいま三〇代から四〇代の年齢の世代に属している。この世代の知識人はきっと、非政治的な教育を享受してきた最後の世代だろう。戦争は、この左翼からおおよそかけ離れた人々を多少とも急進的な平和主義へ駆り立てた［……］。［その］急進化は戦争そのものよりも、ドイツ社会民主党のプチブルジョアジーの成金精神のおかげで失敗に終わった一九一八年の革命に多くを［負っている］」。二〇年代には「自由」とされる知識人は「意識してか無意識にか」「階級のために働いていた」ことが次第に明らかになった（VI, 781）。

(22) ベンヤミンがラツィスと出会った二年後、彼はまだ同様の言葉で語っていた。「私は［……］コミュニストの「目的」はナンセンスであるし非実在的だと思う。だがこのことはコミュニストの活動の価値を少しも減じない、なぜなら活動はコミュニストの目的の訂正であり、また意味のある政治的な目的など存在しないからだ」（ショーレムへの手紙、一九二六年五月二九日付）。

(23) ショーレムはベンヤミンが『ユートピアの精神』を読んだ際、そのすべてに賛同できなかったためにいらだったと伝えている。ベンヤミンはブロッホの著作のいくつかを称賛したが、その他は「彼を激昂させた」（Scholem, *Walter Benjamin*, 109）。ベンヤミンのブロッホへの反応については、Rabinbach, "Between Enlightenment and Apocalypse," pp. 109-21 を参照。

(24) 初期（一九一五年）のショーレムとの会話より。ベンヤミンはその中で「歴史研究がもし本当に歴史に基づいたなら、どんな姿になるだろうかという問い」を議論していた（同）。

(25) 歴史ではなく、物質的自然が意味を持っており、その意味で、神秘主義やアニミズムさえ、ヘーゲルの哲学的な抽象化よりも適切な読解法だった（Scholem, *Walter Benjamin*, 30-31）。

(26) Ernst Bloch, "Erinnerung," *Über Walter Benjamin*, mit Beiträgen von Theodor W. Adorno et al. (Frankfult am Main: Suhrkamp Verlag, 1968), 17.

(27) 「言語一般および人間の言語について」II, 140-57 を参照、及びベンヤミンの初期言語哲学の悪名高い困難な側面について、以前は入手不可能だった資料 VI（一九八六年出版）を参照。ベンヤミンの言語哲学に関する知的モノグラフは以下の二点。Winfried Menninghaus, *Walter Benjamins Theorie der Sprachmagie* (Frankfurt am Main: Suhrkamp Verlag, 1980) 及び Liselotte Woesenthal, *Zur Wissenschaftstheorie Walter Benjamins* (Frankfurt am Main: Athenaüm, 1973)。ベンヤミンの言語理論についてのニヒリスト的（らしくみせている）読解は、（『パサージュ論』のマロック広場に関する項目についてのすばらしい読解で終わる）非常に良く書かれた Michael W. Jennings の以下の近著の第三章を参照。*Dialectical Images, Walter Benjamin's Theory of Literary Criticism* (Ithaca: Cornell University Press,

1987), 82-120. ベンヤミンの言語理論について筆者が多くを学んだのは、以下の論文からである。Daniel Purdy, "Walter Benjamin's Blotter: Soaking up the Dialectical Image" (Cornell University, Department of German Studies, 1986)、及び Christiane von Bülow, "History, Metaphor and Truth in Benjamin" (University of California, Irvine, Department of English and Comparative Literature).

(28) *Walter Benjamin*, 118-119 において、ショーレムは（その変更が正確にはなんであるかを示すことなく）これらの変更を却下している。

(29) 「この変化は彼の政治的急進化のモットーを意味しうる」(publ. note, Walter Benjamin, *One Way Street and Other Writings*, trans. Edmund Jephcott and Kingsley Shorter [London: NLB, 1979], 34)。そのとおり。しかし以下を考慮されたい。一九二七年になって「皇帝パノラマ館」(J^7) のオランダ語訳は、「他のどの版にも対応していない」紛れもなくベンヤミン自身の手になる序文を含み、それは神学と政治のイメージを（自然と歴史と同様に）組み合わせ、やすやすとひとつに融合させている。

「四年戦争が終結して、ドイツでインフレが始まった。このインフレは八年に及び、つぎつぎと国家を襲い、それが休止したのはほんの数ヵ月か数週間だけだった。しかしヨーロッパ中の支配階級には、この数ヵ月か数週間だけで「安定した戦前の関係」の復活を宣言するのに十分だった。しかし（彼らが忘れたがっている）戦争そのものが、この関係を安定化させたという事実——その後その安定化は狂気の域まで達するのだが——そして戦争の終結がまさにこの関係の終わりと一致するという事実を彼らは理解していない。なかなか回復しない悪天候のように彼らをいらだたせるのは、実際のところは彼らの支配する世界の凋落なのである。ドイツで数年にわたって続いた経済状況の低気圧は、この指標によってはじめて、新たな洪水の可能性を考慮させた。

この洪水を起こすのは、歴史ではなく政治の務めだ。年代記作者たちでなく、預言者たちの仕事だ」(J^7, IV, 935)。

(30) 「四年前、私はユダヤ主義を処世訓にすることができた。今ではもうできない」。「私にとってユダヤ主義はそれ自体が目的なのではなく、むしろそれは最も卓越した知性の担い手であり代表であるからだ」（シュトラウスへの手紙、一九一二年一一月付 II, 838）。もちろん、ベンヤミンのマルクス受容についても同じことが言える。彼はマルクス主義の「ドグマ」ではなくコミュニズムの「姿勢」を、「強制的」だと考えていた（マックス・リュヒナーへの手紙、一九三一年三月七日付）。

(31) 一九二七年五月一日に、ベンヤミンの「モスクワ日記」(VI, 782) の出版にあたって序文として書かれたテクスト。出版はされなかった。

(32) 「プロレタリアート子供劇場のプログラム」(II, 768)。「子どもの提案力を抑圧するように調整されたイデオロギーが講じる不公平な手段のせいで、プロレタリアートは自分の階級利害関係を若い世代へ受け渡すことができない。[……] 子供たちに子ども時代を全うすることを保証することによって、プロレタリアートの教育の優越性が示される」(同)。これらの引用は、一九二八年にラツィスとベンヤミンが共同で書いた、プロレタリア子供劇場の背後にある哲学の記述からのもの。ラツィスは「私は、遊びという手段を通じて、子供を目覚めさせ発達させることができると確信していた」(Lacis, *Revolutionär im Beruf*, 22) と彼女の考えを説明し、カプリにおいて、ベンヤミンは「そのことに並々ならぬ関心を」示した（同 25-26）。

(33) ラツィスは次のように続けた。「当時私は彼の回答に満足しなかった。私が彼にバロックの戯曲家たちと表現主義者たちとの世界観の類比をみとめるかと尋ねると、彼は曖昧に答え、そしてそのとき自分はルカーチを読んでおり、唯物的美学に関心を持ち始めていると言った。カプリにいたそのとき、私はアレゴリーと現代詩のつながりを正確に理解していなかった。今から振り返ってみれば、いかにヴァルター・ベンヤミンが鋭敏に、形式における現代の問題を見通していたのかわかる。一九二〇年代にはアレゴリーはすでに「アジプロ」の断片や、ブレヒトの演劇（'Mahagonny,' 'Das Badener Lehrstück vom Einverständnis'）に、十全に評価された表現手法として現れる。西側の演劇、たとえばジュネの戯曲や、ペーター・ヴァイスのそれにおいても、儀式は重要な要素だ」（同 44）。

(34) ベンヤミンがラツィスとの出会いにはじめてふれたのは（名はまだ挙げていないが）、この書簡においてである。

(35) 「この論文はアラビア建築風の形式になっている。外枠は連続しており、アラビアの建物のファサードのように刻み目がなく、中庭において初めて構成要素に分かれていく。同様に、分節された論文の構造は、外側から知覚できるものではなく、内側から開示されるだけである。それが章立ての構造なら、その構造は言葉によるタイトルとしてではなく、数字として示されるのだ」（『一方通行路』、IV. 111）。

(36) ヴィッテは「二〇世紀にドイツ語で書かれた前衛文学のもっとも重要な作品のひとつ」と呼ぶ（Bernd Witte, *Walter Benjamin* [Reinbek bei hamburg: Rowohlt, 1985], p. 65）。とはいえこの作品は、テクノロジーのイメージに満ちてはいるが未来派的な感覚は全くなく、モダニスト美学に本来的な価値を求めているのではない。プラカードの「出来合いの言葉」を採用するまさにそのとき、それは印刷物の革命が犠牲を求めるものでもあることを認識している（IV. 103）。そして、『一方通行路』がしばしば明らかにマルクス主義らしさを示すことがある一方で――ショーレムはそこでみられる「マルクス主義の用語」はいまだ「ただの遠い雷鳴のようなもの」だったと述べる（Scholem, *Walter Benjamin*, 34）――それは階級闘争を現代の神話、つまりプロレタリアの英雄達がブルジョアジーの敵を打ち負かすドラマとして、歴史のスクリーンに投影し、理想化することに警告を発している。「階級衝突の概念は誤解につながりかねない。誰が勝つか？という強さを試すものとは関係がないのだ。［……］そのように考えては事実を理想化して無視することになる。というのは、ブルジョアジーが闘争で勝とうが負けようが関係なく、結局はそれは増大するにつれて致命的になる内的矛盾によって衰退する運命にあったからだ。問題はただ、その失墜がそれ自体で起こるのか、それともプロレタリアートによるものなのかということだけだ。［……］政治的介入や、危険性とタイミングは技術的なものであって――騎士の勇武ではない」（IV. 122）。ブルジョアジーの衰退の覆しようのなさは、ベンヤミンにとって事実の言明にすぎない。しかし新たな文化形式の出現についても同じで、彼はプロレタリアートに仕える技術者として、彼らの表現の可能性を実験してみているのだ。したがって、モダニスト美学とマルクス主義的政治の両方がこのテクストにおいて機能しているが、それらは同一のものとして示されているわけではない。むしろ、文芸誌 *Die Fackel* でジャーナリズムが言語を退化させる効果を独りで噴ったウィーンの著述家カール・クラウス批判においてベンヤミンが言うように、革命後のメディアと文化興行主は、「同盟者」になるのだ。「太古の武具を身にまとい、憤怒に歯をむいて、両手に持った抜身の剣を振り回す中国の神像さながらに、彼［クラウス］はドイツ語の納骨所の前で出陣の踊りを舞う［……］。彼の転向ほどに頼りなげなものがあるだろうか？　彼の人間愛ほど無力なものがあるだろうか？　彼のジャーナリズムとの闘い以上に絶望的なものがあるだろうか？　真に自分の同盟者である諸勢力について、彼は何を知っているのだろう？」（IV, 121）。

（37）「動物に嫌悪を覚えるときに優勢になる感覚とは、接触を通じて彼らに見抜かれることの恐怖である」（IV, 90）。

（38）『悲劇』研究で、ベンヤミンはバロック演劇の「最良の部分」の「再活性化」を試みた「最新の演劇実験」（表現主義）に言及した。彼はこれらの試みを、「実に無益だ」と断じている（I, 30）。

（39）ベンヤミンは従来ブルジョアジーの要塞であった都市が、外からはハイウェイに、内からは新しい建築物の「怪物めいた醜さ」に攻囲され、崩壊しつつあると述べている（IV, 100）。バロック演劇における崩れゆく廃墟の中心的役割については、I, 353-55を参照。

（40）「語らいの自由さは失われた。［……］いまではそれは相手の靴や傘の値段を尋ねることに取って代わられた［……］。それはまるで劇場にとらえられて、望むと望まざるとに関わらず舞台上の芝居を追い、それを繰り返し繰り返し、思考や会話の主題にしなければならないかのようである」（IV, 98）。

（41）「温かみが物事から退いていく［……］。凍え死にしないようにそれらの冷たさを［人々］自身の温かみで埋め合わさなくてはならない」（IV, 99）。

（42）ここで再び、『一方通行路』は『悲劇』研究が理論的に提示しているもの、つまり、変遷を経験する様式の違いとしてのアレゴリーと象徴の弁別を現実的に例示している。「象徴においては、死は、変容され、変貌した自然の相貌が救済の光の中で一瞬あらわになるのに対して、アレゴリーにおいては注視の前に、硬直した未開の風景として、歴史の *facies hippocratica*［デスマスク］が横たわる」（I, 342-43）。本書第六章、第二節を参照。

（43）この文章はラツィスのために書かれ、モスクワ旅行の間に彼が読んできかせたものである（「モスクワ日記」、VI, 297）。

（44）同様の文が『悲劇』研究にも現れる。「あらゆる完成作品はその意図のデスマスクである」（I, 875）。

（45）興味深いことに、これはベンヤミンの調査の手続きについても言えることである。一九二四年、彼はショーレムに『悲劇』研究で採用した「常軌を逸した精度」について書き送っている。「六〇〇以上の引用が、最善の、楽に通読できる順序で使えるようになっていた」（*Briefe*, 339）、そして「書かれたテクストはほぼ全体が引用で構成されている」（同 366）。彼は『パサージュ論』も同様の「常軌を逸した精度」をもって準備したが、本人の言によれば、引用が何千を数えるにつれて、その精度は「悪魔的な強烈さ」となった。

（46）「［カプリへの］旅の話に戻ると、ベルリンでは皆がそろって、私が明らかに変わったと言った」（ショーレムへの手紙、一九二四年一二月二二日付）。

（47）アーシャも（パリ経由で）ベルリンへ向かったが、ベルンハルト・ライヒ（Reich, B.）が彼女に付き添った（Lacis, *Revolutionär im Beruf*, 48）。

（48）ラツィスによれば、それが示したのは「ヴァルターが如何にナイーブだったかということだ。その著作は学問的に見え、フランス語やラテン語のものまで含めて学識ある引用に満ち、幅広い素材に関連付けられていたが、この本を書いたのは学者ではなく、言葉に恋に落ち、才気縦横なアフォリズムを作り上げるために誇張を用いる詩人であったことは明らかだった」(Lacis, *Revolutionär im Beruf*, 45)。

(49) ハンス・コルネリウスは、以下の詳細で決定的な記述に引用されている。Burkhardt Lindner, "Habilitationsakte Walter Benjamin: Über ein 'akademisches Trauerspiel' und über ein Vorkapitel der 'Frankfurter Schule' (Horkheimer, Adorno)," *Zeitschrift für literaturwissenschaft und Linguistik* 53/54 (1984), 155.

(50) 二年後のモスクワ滞在中にベンヤミンがこの『悲劇』の「序文」をラツィスに読みあげたとき、「アーシャは、私が何においても「フランクフルト・アム・マインの大学から拒否された」もの[の出版原稿]を書かねばならないと考えた」(「モスクワ日記」、VI. 326)。

(51) ブロッホは、彼らがパリ在住の外国人だったので、互いの交友に頼りすぎていたかもしれないと振り返っている。一九三〇年代までにベンヤミンはブロッホから幾分距離をとり、ブロッホが自分のアイディア、とりわけ『パサージュ論』の状況布置《コンステレーション》に関する概念を剽窃しているという懸念をあらわにした(V. 1082)。

第二章　空間の根源

(1) Trans. Richard Sieburth, Walter Benjamin, *Moscow Diary*, ed. Gary Smith (Cambridge, Mass.: Harvard University Press, 1987), 25.

(2) Asja Lacis, *Revolutionär im Beruf: Berichte über proletarisches Theater, über Meyerhold, Brecht, Benjamin und Piscator*, ed. Hildegaard Brenner (Munich: Regner & Bernharad, 1971), 44-5.

(3) 「よそ者が熱望し、称賛し、金を出すものはすべて「ポンペイ」だ。「ポンペイ」は神殿の残骸の石膏模造を、溶岩の塊から作ったネックレスを、そしていやったらしいツアーガイドの人柄を、抗いがたいものにする」(IV. 308)。

(4) ベンヤミンとラツィスは、数年間イタリアを支配したファシズムには触れていない(ただしWalter Benjamin, *Briefe*, 2 vols., eds. Gershom Scholem and Theodor W. Adorno [Frankfurt am Main: Suhrkamp Verlag, 1978], vol. 1, 364-65を参照)。

(5) 「ここでは、我が国の博物館でのように、公共空間に自分の姿をさらす気にほとんどなれないわずかなプロレタリアートの憂鬱な、抑圧された態度はみられない。ロシアではプロレタリアートが、本当にブルジョアジーの文化を所有し始めている。私たちの国ではそのような企ては、空き巣泥棒を計画しているかのように見られる」(IV. 323)。

(6) 他のところでは冷静で予言などしないイングランドの労働組合の報告だが、将来レーニンが「聖人にさえ列せられるかもしれない」可能性には触れている。ベンヤミンは次のようにつけ加える。「今日でさえ、彼の肖像の崇拝は測りがたいほどに広まっている」(IV. 348)。

(7) 「現在のモスクワの姿は、あらゆる可能性を図式的省略の形で認識できるようになっている。なかでも、革命の失敗と成功とのそれを」(マルティン・ブーバーへの手紙、一九二七年二月二三日付)。「ロシアで[革命から]最終的に[……]何が導き出されるかは、まったく予測がつかない。本当に社会主義的な共同体かもしれないし、全く違うものかもしれない」（ユーラ・ラートへの手紙、一九二六年一二月二六日付）。

（8） 彼は演劇、映画（「平均でいうと全部それほど良いわけではない」[IV. 340]）、博物館、文芸談議へ足を運び、そして蒐集熱に負けて買い物をした。

（9） 旅行の前に、彼は「遅かれ早かれ必ず」共産党に加わるつもりだとショーレムに書き送った（ショーレムへの手紙、一九二五年五月［二〇―二五日ごろ］付）。しかし、そのような行動は彼にとって実験的なものであり、「是か非かよりも、どのくらい続くか」という問題であった（ショーレムへの手紙、一九二六年五月二九日付）。

（10）「モスクワ日記」（VI. 292-409）は出版された「モスクワ」のエッセイの部分的な草稿と、ベンヤミン自身の状況についてのもっとも個人的な省察を併せている。

（11） Trans. Richard Sieburth, *Moscow Diary*, 73.「私の著作には、近い将来のためにしっかりした枠組みが必要だということが、だんだんと分かってきた。[……] ただ純粋に外的思惑の理由だけが、私をドイツ共産党に加わることをとどまらせている。今こそちょうどよい時機のように思えるのだ、やり過ごすのはたぶん私にとって危険であるような。というのも正確にいえば、党の一員となることは私には一つのエピソードにすぎず、これ以上先延ばしすることはあまり妥当とは言えないからだ」（同 72 [VI. 358]）。

（12） ベンヤミンは彼らの関係を初めから知っていた。ラツィスが（ライヒがミュンヘンに二、三週間いて不在だった間）ベンヤミンと知り合うにいたった（Lacis. *Revolution im Beruf*, 41 を参照）一九二四年夏に、ライヒがラツィスにカプリまで同行していたからである。ライヒもラツィスも、ベンヤミンがモスクワに行っていた間にそれぞれ別の情事があったようだ。ラツィスは赤軍士官と、ライヒはラツィスのサナトリウムのルームメイトと。そしてもちろん、ベンヤミンはまだドーラと暮らしており、彼は彼女にモスクワから誕生日のメッセージを送っていた。

（13） Bernd Witte, *Walter Benjamin: Der Intellektuelle als kritiker. Untersuchungen zu seinem Frühwerk* (Stuttgart: J. B. Metzlerische Verlagscuchhandlung, 1976) 参照。

（14） ユーラ・コーンはベンヤミンが学生時代以来知っていた（そして愛した）彫刻家である。彼女は彼が一九二五年に戻ってきたとき、カプリで彼とともにいたのかもしれない（同 423 参照）。同年に彼女はフリッツ・ラートと結婚した。ベンヤミンは一九二六年夏、彼女と南フランスで再会した（同 439）。

（15） ベンヤミンはモスクワ旅行の前にこの項目にとりかかり、その概要をモスクワへ携えていって編集者たちと議論した。彼らは慎重だった。一九二八年、彼らの関心は一時的に高まり、ベンヤミンはその秋にゲーテの項目を完成させた。翌春、それはきっぱりと拒否された。一九二九年三月、ソヴィエトの教育担当の最終期に、アナトリー・ルナチャールスキー（Lunacharsky, A.）は、ベンヤミンのゲーテ論を評して、百科事典の編者たちに「不適当だ」と書き送った（一九二七年三月二九日）。「なみなみならぬ才能をうかがわせるし、見事に核心をついた見解も随所に含んでいるが、どのような結論もくだしていない。そのうえヨーロッパ文化の歴史におけるゲーテの位置も、私たちにとっての――いうなれば――私たちの文化の神殿におけるゲーテの位置も、説明していない」（*Literaturnoe nasledstvo* [Moscow 1970], trans. Richard Sieburth, in Benjamin, *Moscow Diary*, p. 131 に収録）。最終的にソビエト大百科事典にのせられたゲーテについての項目は、ベンヤミンのオリジナル原稿におよそ一二%ほど一致していた（編者の覚書 II. 1472 参照）。

(16)「パサージュ」と題された数ページの断片（V. 1041–43）は「唯一、ベンヤミンがまだフランツ・ヘッセルとともに雑誌論文を書きたがっていた一九二七年半ばのこの企ての最初の段階から、徹底して系統立てられた一貫性のあるテクスト」である（編者の覚書 V. 1341）。ベンヤミンの論文に見られる初期の共同執筆に関する覚書は、V. 1341–48 に収録されている。それらはのちにプロジェクトから外れるテーマを含み、また発展したプロジェクトの構想により近い、他の初期の覚書（A°及びa°）とは著しく異なる。

(17) 初めは、ベンヤミンはシュルレアリスムにそれほど好意的な印象を受けたわけではなかった。一九二五年七月、彼はショーレムに「一方ではすばらしいポール・ヴァレリー（Valéry, P.）の文章（『ヴァリエテ』、『ユーパリノス』）を、他方ではシュルレアリストたちの怪しげな本」を知ったと書き送った（II. 1018）。モスクワ旅行ののちに変化した彼の認識は、一九二七年六月五日のホフマンスタールへの手紙に記されている。「私はドイツで自分の世代の人々の中にいると、自分の努力や利害からのまったくの疎外を感じるが、フランスでは特有の現象が起きている——ジロドゥや、とりわけアラゴンといった作家たちのような——私の関心が向いている、シュルレアリスム運動のような」。

(18) ベンヤミンはヘッセルの仲間のほうを、愛想のよい知人たちよりも居心地良く感じた。パサージュのアイディアのうち、どれがヘッセルのものかを確信を持って述べることは不可能だが、一九二九年に出版された後者の本『ベルリン散策』からは、ベンヤミンの概念がその哲学的な複雑さにおいて、彼らが共同で考案したオリジナルのアイディアをはるかに凌駕していることは明らかだ。

(19) このエッセイは他のフランスの左翼知識人を「同じ立場にあるロシア知識人層と同様」、彼らの「革命に対する義務感ではなく、文化の伝統に対する義務感」を批判した（「シュルレアリスム——ヨーロッパ知識人の最新のスナップショット」II. 304）。

(20) ベンヤミンはそのような不敬な啓示において薬物に誘発された状態がもつ重要性を排除してはいない。啓示はそのような状態についての省察から来たものであり、その状態そのものではない(ibid.)。ベンヤミン自身によるハシッシュの実験は一九二七年に始まり、一九三〇—三一年にはより頻繁になり、一九三四年までつづいた。VI. 558-618 を参照。

(21) ショーレムはシュルレアリスムが「精神分析の肯定的評価への最初の橋渡し」だったと伝えている（II. 1019）。第八章を参照。

(22) これは実は三度目の書きなおしである。数年前に『ドイツ悲劇』の「序文」で書きなおしただけではない。一九〇八年、ヴィネケンの青年運動のメンバーとして、かつその学生の雑誌『出発』の編者として、一六歳のベンヤミンは、その第二版に次のように書いていた。「だが青春とはいばら姫なのだ——解放者たる王子が近付きつつあるのを予感することもなく、眠り続けている。青春が目覚め、それをとり囲む戦いに加わるために、私たちの雑誌は力を差し出したいのだ」——来る「若者の黄金時代」の道徳的使命にとって啓発的な過去の文学（シラー、ゲーテ、ニーチェ）の読解を通じて。「というのも、若者は、なかでも大都市の若者は、少なくとも一度はペシミズムに陥ることをしなければ、どうやってきわめて深刻な問題、社会的な悲惨状況に立ち向かえるというのか？［……とはいえ］世の状況がどれほど悪かろうと、君たち［若者］はこの世界を高めるためにやってきたのだ。それは高慢ではなく、ただ自分の義務を意識しただけなのだ」（「いばら姫」II, 9-10）。

（23）この成功に際しては（そして、おおむねベルリンでのベンヤミンについては）以下の論文を参照。Gary Smith, "Benjamins Berlin," *Wissenschaften in Berlin*, eds. Tilmann Buddensieg, et al. (Berlin: Gebr. Mann Verlag, 1987), 98-102.

（24）Ernst Bloch, "Erinnerungen," *Über Walter Benjamin*, mit Beiträgen von Theodor Adorno et al. (Frankfurt am Main: Suhrkamp Verlag, 1968), 22.

（25）これらの書評の重要性は Witte, *Walter Benjamin: Der Intellectuelle als Kritiker* に論じられている。

（26）これらのうち数回分の放送原稿の初出は Walter Benjamin, "Radiofeuilletons für Kinder und Jugendliche," Sinn und Form 36, 4 (July/ August 1984)：683-703。より完全に揃ったコレクションは *Aufklärung für Kinder: Rundfunkvorträge*, ed. Rolf Tiedemann (Frankfurt am Main: Suhrkamp Verlag, 1985)。ベンヤミンのフランクフルト・アム・マイン局でのラジオ番組 *Südwestdeutscher Rundfunk* の実例である"Hörmodelle"も参照（IV, 627-720）。ラジオ史に関して素晴らしいオリジナルな研究を明らかにしている、実験的な放送研究は Sabine Schiller-Lerg, *Walter Benjamin und der Rundfunk: Programarbeit zwischen Theorie und Praxis*, vol. 1 of *Rundfunkstudien*, ed. Winifried B. Lerg (New York: K.G. Saur, 1984)。番組の内容についての議論は、以下を参照。Susan Buck-Morss, "Verehrte Unsichtbare! Walter Benjamins Radiovorträge," *Walter Benjamin und die Kinderliteratur*, ed. Klaus Dorderer (Weinheim and Munich: Juventa Verlag, 1988).

（27）一九三一年四月二四日のラジオ放送。Frankfurt am Main. *Aufklärung für Kinder*, 116.

（28）ブレヒトの影響は特に"Hörmodelle"のフランクフルト・アム・マインの成人向けのシリーズに表明されている。ある回の放送ではとある「日常」の出来事を問題化し、上司に昇給を求める様子を、「例と反例」がいかに解決されうるかの「対比」として提示し、その過程でそのような「解決」が生じる階級の文脈を明らかにしていく（"Gehaltserhöhung? Wo denken Sie hin!" [1931] IV, 629-40）。

（29）（傍点はベンヤミンによる）なぜベンヤミンが編集委員会を脱退しようとしているかを説明するために書かれた。委員会は雑誌の趣旨として彼らが合意したものに沿わない論文を採用していた。そのもくろみは実現しなかった（同 826-27）。前年に、ベンヤミンは「ほんの小さな読書サークルを立ち上げ、ブレヒトと自分が指導して、［……］ハイデガーを粉砕する」計画を立てていたが、それも実現しなかったようである（ショーレムへの手紙、一九三〇年四月二五日付）。

（30）ベンヤミンは自身のジャンルを内側から再創造する過程を描写している。「［……］書き物の大衆的性質は消費にではなく、生産におかれている、つまりプロとして。一言で言えば、こんにちのすべての美学的創造性がそのもとにある解決しえない二律背反が征せられるのは、生の関係性を文章化することによってなのだ。そしてそれは印刷された言葉の、最大の堕落たる新聞が闘う場なのである。そして新しい社会においては、そこでこそ言葉の復興が起こるだろう。実際それはもちろん、人を馬鹿にした観念の狭知ではない。必然性——こんにち、それが信じがたいほどの周囲の圧力でまさに最良の人々の創造性を押さえこみ、仕方なくその創造性は、木馬の腹の中にいるように、文芸欄（*feuilleton*）の暗い腹の中にいるのだ。いつの日かこの出版のトロイに火をつけるために」（「一九三一年八月七日から死の日までの日記」VI, 446）。

(31) 一九三一年一〇月、ベンヤミンはショーレムに、これらの極端な失業が、仕事を持っている労働者をこの事実だけで「労働貴族」にしたと書き送り、コミュニストたちは「おそらく社会民主党とたいして違いのないしかたでしか、［この状況を］扱えないだろう」と述べている。事実、国家社会主義党［ナチス］は失業者の代表と認識されるようになっていた。「これまでのところコミュニストたちはこれらの［失業した］大衆との必須のコンタクトを、したがって革命的行動の可能性を［……］、見出していない」。

(32) 「一九三一年八月七日から死の日までの日記」を参照。書き出しは「この日記はそれほど長くなりそうにない」としている（VI, 441）。

(33) 以下の素晴らしい研究に引用されているヘッセルの言参照。Johann Friedrich Geist (inspired by Benjamin), *Arcades: The History of a Building Type*, trans. Jane O. Newman and John H. Smith (Cambridge, Mass.: The MIT Press, 1983), 157–58 (trans. modified).

(34) 「ベルリン年代記」（1931 執筆開始）*Berliner Chronik*, ed. Gershom Scholem (Frankfurt am Main: Suhrkamp Verlag, 1970) 及び「一九〇〇年頃のベルリンの幼年時代」（1932 執筆開始）"Berliner Kindheit um Neunzehn Hundert", IV, 235–403.

(35) フランス国立図書館にあるベンヤミンの文書中の覚書を参照。「一九三二年、外国［スペイン］にいたころ、私は自分が生まれた都市をすぐに、おそらく永久に離れなければならないと分かってきた。私は治療としての予防接種をそれまでに何度か受けたことがあった。この状況でもそれをまもって、私自身の中に、亡命中に最も強く子供時代へのホームシックを引き起こすイメージを故意に思い起こした。免疫材料に健康な身体を［支配させる］程度にしかこのノスタルジアの感情の支配を許さなかった。私はそうするために、恣意的で伝記的なものではなく、過去の必然的で社会的な回復不能性に調査を限定してみた」（Envelope no. 1, Benjamin Papers, Georges Bataille Archive, Bibliotèque Nationale, Paris）。

第Ⅱ部

序

(1) ベンヤミンはこの関連についてしばしば明示的だった。シュルレアリスムのエッセイは「パサージュ論のまえの不透明なついたて」で（V, 1090）、パサージュ論の序文になりえた（II, 1020）。プルーストおよびカフカに関するエッセイは「パサージュ論の一部に」できた（同）。芸術作品についてのエッセイは『パサージュ論』の歴史調査に「繋ぎとめられ」（V, 1150）、芸術の「現時点の位置」（V, 1152）を定め、そこから初めて、その歴史的「運命」について何が決定的だったかを認識することが可能になった（V, 1148）。（ベンヤミンは時折、芸術作品についての論文について、パサージュ論の「一九三五年の概要に相当する」「第二の概要」として語った［V, 1151］）。フックスに関する論文の「最初の四分の一」には「弁証法的唯物論への重要な考察を多くふくんでおり、それらは暫定的に私の［パサージュの］本と一致している」（V. 1158）。二本のボードレールのエッセイ（一九三八年及び一九三九年）には「セントラル・パーク」が決定的な理論上の骨組みを与えているのだが、それらはボードレールについての本の一部として、パサージュ論の「モデル」となるように意図された（V. 1165）。そして最後に歴史哲学テーゼは、「認識論に関して、進歩の理論」という『パサージュ論』の束Nの方法論的覚書に大きく依拠している（I. 1225を参照）。

（2）このテクストの断片は束Gの前に挿入されているのが見つかっている。その部分のいくつかは、以下のベンヤミンのラジオ番組に使われた。"Die Eisenbahnkatastrophe von Firth of Tay," in *Walter Benjamin, Aufklärung für Kinder: Rundfunkvorträge*, ed. Rolf Tiedemann (Frankfurt am Main: Suhrkamp Verlag, 1985), 178-83.

（3）この時からパサージュ論は、国外へ逃れたフランクフルト研究所の公式プログラムとして、英語のタイトル "The Social History of the City of Paris in the 19 th Century" のもと登場した（編者覚書 V. 1097）。

（4）ベンヤミンは一九二九年以降のブレヒトとの交友関係は影響力があったと書いている（アドルノへの手紙、一九三五年五月三一日付 V. 1117）。一九三四年の夏、彼はデンマークで、ブレヒトと生活した。その頃彼は概要の覚書執筆に力を注いでいた。

（5）この議論は本書第Ⅲ部の序で、詳細に考察される。

（6）全体として、それらの文献は研究資料番号八五〇に引用されている（V. 1277-1323、編者によって収集された文献表を参照）。

（7）彼は一九三六年三月に「一次資料研究」が「小さなほんの数箇所」を残して終わったと宣言した（ホルクハイマーへの手紙、一九三六年三月二八日付 V. 1158）が、パリを離れるよう強制されるまで、束に加え続けることになった。

（8）このリスト（V. 81-82）はベンヤミンによる。無題で c. e. f. h とある文字は、彼がさらなる束を計画していたことを示している（編者の覚書 V. 1261 参照）。束Z（「人形、からくり」）は一度も複写されていない。D5とD8の一連も同様である（束のリストにはアステリスクで削除のしるしがされている。日付と項目の複写についてはV. 1262を参照）。項目のうちいくつかは相互参照しており、時にはそれ自体の束はなく、他の束に含まれる副次的なトピックをキーワードにして参照している（例えば、「ハッシシュ」「フラシ天」「物の世界」「埃」「天候」「先駆者」「神話」「夢の構造」）。

（9）ベンヤミンは書簡中である程度虚勢を張ることがありえた。とりわけ研究所の場合にそうだったように、聴衆は彼のかなり危うい資金の源になった。とはいえ、彼のプロジェクトの内在的完成にたいする自信は、明らかに純粋なものだった。その自信はアドルノが概要に向けた批判的な反応によって勢いを削がれた。とくに彼が構想の初期段階で熱心な支持者であったからだ（V. 1128 および 1140 参照）。しかしホルクハイマーは彼のコメントではより好意的で（V. 1143）、研究所の紀要におけるベンヤミンの主要論文では、彼はパサージュ論の一部として練りあげた概念を発展させた。

（10）アドルノは次のように書いた。「人物に基づいて章分けするのは、私には必ずしも適切とは思えません。落ち着かない気分にさせる系統立てられた建物の外観を求めるある種の強制がそこから起こるからです」（アドルノからベンヤミンへの手紙　一九三五年八月二日付 V. 1130）。

（11） 概要の一九三九年版は内容を著しく変更していることに注意（本書第Ⅲ部の序を参照）。

（12） 「私はそれによって、私が［以前］とても秘儀的に扱っていた「認識の現在」という概念に結晶化した知の理論を認識したのです。「現在」においてのみ認識可能で、それ以前、またこれからも認識を得ることがないであろう、一九世紀の芸術の要素を発見したのです」（グレーテル・アドルノへの手紙　一九三五年十月九日付 V. 1148）。

（13） ベンヤミン自身、『ドイツ悲劇』研究の中でドイツ悲劇の歴史的根源を哲学的に再構築する自分の方法を語るのにこの用語を用いている。「根源の学としての哲学的歴史は、遠くの極端なところ、あるいは展開の過剰と思われるものから生じ、そのような矛盾しあうものらが有意味に併存する可能性という特徴をもった総体として、観念布置を浮かび上がらせる形式である」（I. 227）。

（14） 『ドイツ悲劇』研究で、ベンヤミンは哲学的観念を「非連続的なもの」と定義している。「それらは言葉には決して成しえない完全な孤絶性を持って存在する」（I. 217）。『パサージュ論』の初期の覚書では、彼は自分が「厳密な非連続性の世界」を語っていると述べている（V. 1011［G°, 19］）。

（15） この点において特に大衆の消費文化を研究する歴史家としてのベンヤミンは革新的だった。最近の素晴らしい研究や、彼の発見を補強する研究と並んでさえ、それは高く評価されうる。とくに筆者がこの研究にとって有益な多くを学んだ一九世紀フランスに関する書籍を、以下に挙げる。Susanna Barrows, *Distorting Mirrors: Visions of the Crowd in Late Nineteenth-Century France*（New Heaven: Yale University Press, 1981）; Nora Evenson, *Paris: A Century of Change, 1878-1978*（New Haven: Yale University Press, 1979）; Johann Friedrich Giest, *Arcades: The History of a Building Type*, trans. Jane O. Newman and John H. Smith（Cambridge, Mass.: The MIT Press, 1983）; Michael B. Miller, *The Bon Marché: Bourgois Culture and the Department Store, 1869-1920*（Princeton: Princeton University Press, 1981）; Rosalind Williams, *Dream Worlds: Mass Consumption in Late Nineteenth-Century France*（Berkeley: University of California Press, 1982）.

第三章　自然史（博物学）——化石

（1） Theodor W.Adorno, "Characteristik Walter Benjamin," *Über Walter Benjamin*, ed., Rolf Tiedemann（Frankfurt am Main: Suhrkamp Verlag, 1970）, p. 17.

（2） ベンヤミンは実際には、私がこの主張をするのにシュテルンベルガーを用いることを喜ばないだろう。なぜなら直接的な影響はあったものの、それはシュテルンベルガーからベンヤミンへの影響と言うよりも、ベンヤミンのシュテルンベルガーへの影響であって、しかもシュテルンベルガーの著述をベンヤミンは（無様《ぶざま》な）剽窃そのものだと考えていたからである。彼はショーレムに、一九三九年四月二日に次のように書き送っている。「いつかシュテルンベルガーの著書『一九世紀のパノラマ』を手に入れるといい。これがあからさまな剽窃の試みであることが、君にわからないはずはない」（V. 1168）。以下の版では、この二番目の文は省略符号で削除されている。Walter Benjamin, *Briefe*, 2 vols., eds. Gershom Scholem and Theodor W. Adorno（Frankfurt am Main: Suhrkamp Verlag, 1978）, 802.

一二日後にアドルノへ宛てた書簡においても、ベンヤミンの非難攻撃は続いた（シュテルンベルガーが実際にうまく彼のアイディアを「剽窃」していたことを示していた）。ただし正確に剽窃できているのは、唯一タイトルにおいてのみだと彼は書いた。『パサージュ論』のアイディアが登場し、それは二つの形式のフィルターを通っている――第一に、シュテルンベルガーの頭脳を通過しえたもの、［……そして第二は、］第三帝国の文学委員会の通過が許されたものだ。君には何が残ったか、たやすくわかるだろう［……］。シュテルンベルガーの言いようもなく貧しい概念装置は、［エルンスト・］ブロッホからと、彼と私から一緒に盗まれたものなのだ［……］。私がそれを書評――こきおろしてと言う意味だが――すべきかどうか、マックス［・ホルクハイマー］と相談してくれるといい」（V, 1164-65）。

ベンヤミンはのちにニューヨークの社会研究所に書評を送り、それは黙して受け入れられた。彼は一九三九年六月二六日、グレーテル・アドルノに、「私のシュテルンベルガーの『パノラマ』の書評を読んだすべての人の沈黙。あなたでさえ、最近私にあの本について書いてきたのに、破らなかった沈黙」を重く気にしていると書き送った。アドルノはシュテルンベルガーに対し、より肯定的な見方をしていたようだ（V, 1107参照）。シュテルンベルガーの新聞の書評はヒトラーが権力を掌握した後もフランクフルトの *Zeitung* 紙に載っていたが、彼はユダヤ人である妻のために、最終的に迫害を受けた。研究所はベンヤミンの書評を出版しなかった（しかしその後保存され、III, 572-79に収録されている）。

（3） Dolf Sternberger, *Panorama, oder Ansichten vom 19. Jahrhundert* [first published, Hamburg, 1938]（Frankfurt am Main: Suhrkamp Verlag, 1974）, 108-09.

（4） Theodor W. Adorno, "Die Idee der Narugeschichte," *Gesammelte Schriften*, vol.1: *Philosophische Frühschriften*, ed., Rolf Tiedemann（Frankfurt am Main: Suhrkamp Verlag, 1973）, 355.

（5） アドルノは自然の事物と見えるものも、人間主体によって歴史的に創られた限りは、真に自然ではないと論じた。これまで歴史のたどった道を特徴づけてきた自然（人間の体を含む身体的なもの）に対する盲目的破壊性ゆえに、歴史は「歴史的」ではない。筆者は以下の本で、この講演におけるアドルノの議論と、それがベンヤミンに負うているところを詳述している。Susan Buck-Morss, *The Origin of Negative Dialectics: Theodor W. Adorno, Walter Benjamin and the Frankfurt Institute*（New York: Macmillan Free Press, 1977）, chapter 3.

（6） *John Heartfield: Photomontages of the Nazi Period*（New York: Universe Books, 1977）, 11.「エイゼンシュタインの映画のように、ハートフィールドのフォトモンタージュはまったく正反対のイメージをつかい、観客のうちに矛盾を呼び起こす。その矛盾は単なる部分の集合よりも、結合しあう関係を結ぶことで、より強力になる第三の統合的なイメージを生む」（同 13）。ハートフィールドは一九世紀のリトグラファー、ドーミエと比較されてきた（同）。ベンヤミンは、現在の「根源」を追うなかで、ドーミエを『パサージュ論』における重要人物としている。しかしベンヤミン曰く、「予見したとは言えないにしろ、最初に写真の扇動的な使用法としてモンタージュを求めた」のは、アントワーヌ・ヴィールツだった（一九三五年の概要 V, 49）。

（7） 彼は人物より、作品の方をさきに知ったようだ。ベンヤミンの一九三四年のエッセイ「生産者としての作者」は、ハートフィールドの写真の政治的な使用を称賛している（II, 692-93を参照）。

しかし彼はハートフィールドとの出会いには、一九三五年七月一八日にパリから書かれた書簡まで言及していない。「新しい知り会いの中に、うれしいのはめったにない。最近ではジョン・ハートフィールドと知り合ったのが、そのめったにない一例だ。彼とは写真について、じつにすばらしい会話をした」。ハートフィールドは一九三五年五月にはじまった展覧会のためにパリにいた。展覧会は一九三三年にヒトラーに追放されたこの芸術家のための連帯のジェスチャーとして、ルイ・アラゴンや他の前衛左翼の援助を受けていた。一九三四年にプラハで開かれたハートフィールドの展覧会は、ヒトラーの直接の圧力によってナチズムに批判的なポスターが撤去され、政治問題となっていた（*Heartfield*, p. 14を参照）。

（8）「ハートフィールドのフォトモンタージュは［キュビストのような形式的なモダニスト的なコラージュとは］全く別のタイプを体現している。それらは根本的に美的オブジェではなく、読むための画像なのである。ハートフィールドは寓意画の古い技法に回帰して、これを政治的に用いた」（Peter Bürger, *Theory of the Avant-Garde*, trans. Michael Shaw, foreword Jochen Schulte-Sasse, *Theory and History of Literature*, vol.4 (Minneapolis: University of Minnesota Press, 1984), p. 75）。以下を比較参照。「古い寓意画のように、これらフォトモンタージュは絵画と題銘の力強い融合に溶け込んで、寓意画のように、ある世代の心と目に刻まれた」（*Heartfield*, p. 11）。

（9）ベンヤミンからキティ・シュタインシュナイダーへの手紙、Gershom Scholem, *Walter Benjamin: The Story of a Friendship*, eds. Karen Ready and Gary Smith (London: Faber & Faber, Ltd., 1982), 64 に引用。

（10）ダーウィニズムを大衆的に受容したことによるドイツ労働者階級の弱体化は、マルクス主義と相まって、社会主義の進化論を生むという結果をもたらした。この効果については Alfred H. Kelly が以下の文献で探っている。*The Descent of Darwin: The Popularization of Darwin in Germany, 1860-1914* (Chapel Hill: University of North Carolina Press, 1981).

（11）IV, 95-96. M^2版（929）及び M^2（918-19）と基本的に同じ（本書第一章、注11を参照）。

（12）マルクスが『資本論』第二巻をダーウィンにささげたがっていたものの、後者は、自分の名が無神論と結び付くのを嫌がりそれを許可しなかったと長らく信じられていたが、最近それは誤りであると証明された（Lewis S. Feuer, "The Case of the 'Darwin-Marx' Letter: A Study in Socio-Literary Detection," *Encounter* 51, 4 [October 1976] : 62-78 を参照）。

（13）プルーストも、一九一四年以前の世界を「前歴史」と呼んでいたことに留意されたい。

（14）Buck-Morss, *The Origins of Negative Dialectics* 第九章を参照。アドルノもまた「弁証法的形象」という用語を使っており、特にキルケゴール研究（一九三三年）では、その言葉は（V, 576 [N2, 7] でベンヤミンが引用している文中で）主要な役割を担った。しかし一九三五年以降、彼は次第にベンヤミンの「弁証法的形象」が「静的」で「媒介を持たない」と批判するようになった（同 第九章を参照）。

（15）このようなパースペクティブは「観念主義の歴史形象」の特徴だった（アドルノへの手紙、一九三五年五月三一日付 V, 1117）。

（16）『パサージュ論』の初期段階では、ベンヤミンのパノラマの扱いは批判的なだけではなかった。とくに、プレヴォーによる都市の模倣的複製は、「窓のないモナド」として「都市の真のイメージ」を提示したとしている（V, 1008 [F°, 24; also Qla, 1]）。さらに、ベンヤミンはそれらを一九世紀の「夢の世界」と関連させた一方で、それらを写真と映画の根源-形式を先行したものと考えていた（K°, 9; K°, 17; K°, 18）。それらの受容の形態は特に両義的だった。見物人が覗き込む「のぞき穴」（本書第四章、図4．1を参照）という点では、それはプライベートで個人的なものであり続けたし、画像のパノラマが見物人の前を連続して過ぎ去っていくということからは、それは公的で集団的なものだった。

(17)「われわれが写真家に要求しなければならないのは、写真に表題を与える能力である。表題は、写真を流行による磨滅から救い出し、写真に革命的な使用価値を賦与する」（II, 693）。

(18)「クラーゲスのような反動的思想家が、自然の象徴的空間と技術とのあいだに区別を主張することほど浅はかでどうしようもないアンチテーゼはない。技術は「基本的に」「自然の形態」である」（V, 493 [Kla, 3]）。

(19) ベンヤミンが「とりわけ自分にとって重要」と考えたルカーチの新刊『歴史と階級意識』を読んだのは、一九二四年六月、カプリでのことである（ショーレムへの手紙、一九二四年六月一三日付『書簡』I, 350）。彼は九月に、この著作が衝撃的だったのは、「政治的な考慮から出発して、ルカーチは自身の知の理論においてある発言をするに至るのだが、それは少なくとも部分的には、おそらく私が最初に思ったほどにではないものの、極めてなじみのある、私の立場を裏書きしている」と記している（ショーレムへの手紙、一九二四年九月七日付　同 355）。ルカーチの仕事に感銘をうけながらも、早期のうちにベンヤミンは自分たちの知的立場は当初思われたほどには近いものではないと悟っていた。

(20)『歴史と階級意識』において、ルカーチはすべての自然は社会的範疇に入ると、つまりいかなる事物も意識あるいは歴史の外には存在しないと宣言しさえした。彼はのちにこの立場を「ヘーゲルをヘーゲル的にしのごう」とする試みだったと自己批判し、最近熟読したマルクスの一八四四年の原稿は、マルクス自身はそのようなことを意図したのではないことを確信させたと記している。（Georg Lukacs, *History and Class Concsciousness* [1923], trans. Rodney Livingstone [Cambridge, Mass.: The MIT Press, 1971] 234、及び一九六七年の序文を参照。）

(21) 彼の概念はおそらく、一八四四年の原稿で（『パサージュ論』に多くが引用されている）産業による自然の変容の影響を語った初期マルクスに近い。以下を参照。「人間との真の歴史的関係において、産業は自然であり、したがって自然科学である」(Marx, 1844 mss., cited in Landshut and Mayer [1923], cited V, 800 [X1, 1])。

(22) Michel Melot, V, 1324. メロはベンヤミンが研究対象にしなければならなかったもののひとつは、『パリ地勢図』の叢書だったと伝えている。その中では「およそ一五万の多様なイメージ」（スケッチ、地図、雑誌の切り抜き、はがき、写真、ポスター）が区ごとに、また街路のアルファベット順に分類されていた。そしてもうひとつはフランス史の叢書で、こちらは一九世紀に関する数百巻を含んでいた。彼は芸術家のアトリエや人生、サロンなどに関しては『芸術教育』のシリーズも利用した。ベンヤミンはすぐに利用可能なそれらの叢書に甘んじることなく、分類が非常に複雑な資料を追った（同）。

(23)『パサージュ論』のうちいくつかの項は、ティーデマンがアーカイブで徹底的に調べ、ベンヤミンの友人である写真家ジェルメーヌ・クルル（Krull, G.）が撮影した同時代のパリのパサージュの写真とともにVに収録した特定の画像に言及している（V第一巻の末尾を参照）。

（24）　Georg Simmel, *Goethe* [first published 1913], 3rd ed. (Leipzig: Klinkhardt & Biermann, 1918), 56-57.

（25）（以下の｛　｝に入れられた文は、『パサージュ論』にはなく、『悲劇』の「補遺」I, 953にある。）この項は以下のように続く。「「根源」――それは｛歴史的に差異化され、神学的かつ歴史的に生かされ、そして｝異教的な自然の連関から、ユダヤ的な歴史の連関に移し入れられた、根源現象の概念である」（V, 577 [N2a, 4]）。ベンヤミンにとっての「歴史のユダヤ的連関」にかかわるものとしての「神学的」の意味、またこの連関における、新しい自然と古い自然の関係については、本書第七章を参照。

（26）　このような主体のない形而上学的象徴もまた、「神学的」と呼ばれうる（本書第七章、第七節を参照）。

（27）　一八一五年、デイビッド・ブリュースターにより考案された。

（28）「帝国時代に登場する「智恵の板」（*casse-tête*）［チャイニーズパズル］は、構築物に対するこの世紀の目覚めつつある感覚を表している［……］造形美術におけるキュビズムの原理の始まりの予感」（V, 226-27 [F6, 2]）。

第四章　神話的歴史――物神

（1）　これは束N「認識論に関して、進歩の理論」V, 570-611に主題的に扱われている。この決定的な束には、以下の優れた英語訳がある。Leigh Hafrey and Richard Sieburth, "Theoretics of Knowledge, Theory of Progress," in *The Philosophical Forum*, special issue on Walter Benjamin, ed. Gary Smith, XV, nos. 1-2 (fall-winter 1983-84) : 1-40.

（2）　これらの初期の覚書は、ベンヤミンの歴史哲学テーゼ（一九四〇年）にみられる、「現実にあった通りに」歴史を提示するフォン・ランケの試みを「一九世紀のもっとも強力な麻酔薬」と説明する批評も含む（V, 1033 [O°, 71]）。

（3）　以下を参照。「進歩の概念はどこから来るのか？コンドルセから？いずれにせよそれは一八世紀終盤にしっかりと根付いているようだ。エロー・ド・セシェルは論争術を展開する中で、敵を打ち負かすための忠告として次のように言っている。「精神の自由の諸問題と無限に続く進歩に相手をまよわせること」」（V, 828 [Y2a, 2]）。

（4）　アップルトン。以下に引用Norma Evenson, *Paris: A Century of Change, 1878-1978* (New Heaven: Yale University Press, 1979), 1.

（5）「パリという魔法の題を用いれば、芝居も雑誌も本も成功間違いなしだ」（ゴーティエV, 652 [P4, 3]）。

（6）「ここで物事の関係である魔術幻灯的な形態をとっているもの、それはもっぱら、人間同士の特定の社会関係にすぎない」（マルクス『資本論』V, 245 [G5, 1]）。

（7）　水晶宮の長辺は五六〇メートルだった（G8, 5）。

（8）　一七九八年にはすでにパリで国内産業博覧会が開かれ、「労働者階級の人々を楽しませ」た（ジークムント・エングレンダー[1864], V, 243 [G4, 7]）。一八三四年以降は五年ごとに開催された（V, 242-43 [G4, 2-G4, 4] を参照）。

（9）　他の余暇産業の様態も博覧会で大量に生まれた――最初の遊園地、そしておそらく国際的な団体旅行の最初の形式も、外国のパヴィリオンが視覚的な消費のために文化を展示することから生まれたのだろう。「一八六七年には「オリエント区」が呼び物の中心だった」(V. 253 [G8a, 3])。エジプト展示館はエジプト神殿を模した建物であった(V. 255 [G9a, 6])。

(10)「これらの博覧会は、本当に近代的な祭典の最初のものだ」(ヘルマン・ロッツェ V. 267 [G16, 5])。

(11) エッフェル塔は建設に六〇〇万フランかかり、そして一年経たないうちに、入場券の売り上げとして六四五万九五八一フランを稼いだ(V. 253 [G9, 1])。おあつらえなことに、商業より見世物性を重視したために、ニューヨークシティで最初の一八五三年の万国博覧会の組織化は、サーカスの経営をしていたフィニアス・バーナムに任せられた(V. 249 [G6a, 2])。

(12) ロンドンの水晶宮の機械展示についてのウォルポールによる描写を参照。「この機械の間《ま》に展示されていたのは[……]封筒を作る機械、蒸気織機、機関車の模型、遠心ポンプ、牽引車。これらすべてが狂ったように動いている一方で、無数の人々がそのかたわらにシルクハットや労働者の帽子をかぶり、この惑星における人間の時代が終わったことを疑うこともなく、だまっておとなしく腰かけていた」(ヒュー・ウォルポール V. 255 [G10, 2])。

(13) 以下を参照。パリの工房で生まれ、[……][博覧会の会期中に]ロンドンへ里子に出されたというプロレタリアートの「神話」(S. Ch. ブノワ V. 261 [G13, 3])。

(14) プロシアの王は一八五一年のロンドン万国博に反対で、王室の代表派遣を断わった。その計画を支持していた(資金と編成は民間事業者によるものだった)アルバート王子は、展覧会開催前の春に、博覧会の反対者の反論の例を母親に書き送った。「外国の客人たちがここで急進的な革命を勃発させ、ヴィクトリアや私自身をも殺してしまって、赤の共和国を宣言するだろう。こんなに大勢の群衆が集まれば、その結果として必ずペストがはやり[と彼らは信じていた]、あらゆる品物の値上がりが追い払うことのなかった人々を飲み込むだろう」(V. 254 [G9, 3] 中に引用)。博覧会の会期中は、警察による群衆の監視が絶えず行われた(V. 255 [G10, 1])。一八五五年パリ万博では「このときには、労働者の派遣団を送ることは、すべて禁止された。[博覧会が]労働者たちに組織をつくりだす機会を与えると怖れられたのだ」(V. 246 [G5a, 1])。

(15) 図4.3のテクストは一九〇〇年の博覧会に先駆けて宣伝された「一九〇〇年パリにおける世界万国博覧会」からのもので、*Le Livre des Expositions Universelles, 1851-1889* (Paris: Union Centrale des Arts Décoratifs, 1983), 105に引用されている。

(16)「一八五一年は自由貿易の時代だった……今では我々は数十年来、保護関税の領域がますます拡張してゆく時代にいるのである[……]一八五〇年には、こういったことには政府は口出しをしない、ということが最高の原則とされていたのに対して、今や一国一国の政府が企業家とみなされるに至っている」(ユリウス・レッシング V. 247 [G5a, 5])。

(17)「『パサージュ』の取り組みの第二段階は、一九三四年初め、オースマンについて……『ル・モンド』誌に書くフランス語の記事の梗概から始まった」。記事にはならなかったいくつかの覚書が残されている(一九三五年概要覚書19 V. 1218-19)。ベンヤミンは一九三四年、グレーテル・アドルノにオースマンの記事の梗概を書き送り、ブレヒトはそれを重要なテーマであると考えたこと、そしてそのときが「わたしのパサージュ論の構想に最も接近」したときだったと書いている(V. 1098)。

(18) ベンヤミンはエンゲルスを引用している。「わたしのいう

「オースマン式」とは、広く一般に行われるようになった方式であり、住宅街を、特に大都市の中心部にあるそれを、一掃することである。……その結果はどこでも同じである……恥さらしな小路が消えうせて、ブルジョアジーはその成功をしきりに自画自賛する……、だが、そうした小路はまたすぐに［……］どこか別の場所にできてしまう」（V. 206 [E12, 1]）。

(19) 「淑女方の散策。後につく少女たち」（グエン・チョン・ヒエップ V. 45 ［一九三五年概要 V.45］）。

(20) ベンヤミンは以下のように述べる。「パリの建築上の姿にとって、［一八］七〇年の［仏露］戦争は幸いであったかもしれない。というのもナポレオン三世は、引き続きすべての街区をも改造する意図をもっていたのだ」（V. 1016 [K°, 5; E1, 6 も同様]）。

(21) ベンヤミンは以下のように書いている。「幻覚法は都市のイメージに入り込む。遠近法として」（V. 1211 ［一九三五年概要覚書5］）。

(22) ベンヤミンは他のところで次のように述べている。「ユゴーにある、隠しきれない進歩のヴィジョン。燃えたパリ（恐ろしい年）。「なに、すべてを犠牲にせよと！ なに、パンの倉をだと！暁を迎える方舟であり、理想の底知れぬＡＢＣであり、進歩というあの永遠の読者がひじをついて夢想している図書館をだと……」（V. 604 [N15a, 2]）。

(23) 「シュヴァリエは［サン＝シモン主義者の］アンファンタンの弟子で［……そして］グローブ紙の発行人だった」（V. 244 [G4a, 4]）。

(24) 「世界は、パリの葉巻の吸い殻を拾っているだけだ」（ゴーティエ V. 652 [P4, 4]）。

(25) 「グランジ・バトリエール街は特に埃っぽいし、レオミュール街ではひどく汚れてしまうのだ」（ルイ・アラゴン V. 158 [D1a, 2]）。

(26) 「埃という形で、雨はパサージュに復讐をする」（V. 158 [D1a, 1]）。

(27) 「埃吸収機としての天鵞絨《ビロード》。陽光を受けて揺れ動く埃の秘密。埃と応接間」（V. 158 [D1a, 3]）。

(28) ベンヤミンがあげる証拠は、途中で立ち止まった歴史の埃っぽい場面に続く。それは一八三〇年の革命の一二年後（国民衛兵の逃走に始まって、まさにブルボン家を追放し、そこにオルレアン家と「ブルジョアジーの王」ルイ＝フィリップが取って代わった）、若きオルレアン公の結婚を契機に始まった。「大祝祭が催されたのは、フランス大革命の最初の徴候が生じたあの有名な球戯場である。新郎新婦の祝宴のためにこの広間のとり片づけにかかったところ、そこは［一八三〇年の］大革命が残して行ったままの状態であった。床には衛兵たちの宴会の跡があり、蝋燭の燃えさし、壊れたグラス、シャンパンのコルク、踏み潰された近衛連隊のバッジ、そしてフランドル連隊の将校たちのたすき帯などが散らばっていた」（カール・グツコウ 同）。

(29) 「『古いパリはもうない。都市のかたちは――ああ！人の心も及ばないほどに』ボードレールのこの二つの詩句は、メリヨンの作品集のエピグラフとして置くこともできよう」（ギュスターヴ・ジェフロワ V. 151 [C7a, 1]）。

(30) ベンヤミンは、古代においてモードはいまだ知られざるものだったと書いている（V. 115 [B2, 4]）。それはカベが予想したように（V. 120 [B4, 2]）、「モードの終焉」を経験する、革命的なコミュニスト社会においても同様である（V. 1211 ［一九三五年概要覚書5］）。「モードが死ぬのはおそらく――たとえばロシアにおいては――テンポに追いつけないためではなかろうか。少なくともある種の領域においては」（V. 120［B4, 4］: 1028-29［O°, 20］を参照）。しかしベンヤミンは、資本主義の形式のモードのみが想像可能なものではないと考える。一九世紀の空想的社会主義者シャルル・フーリエは、モードの多様さと豊富さを思い描いたが、ただしきわめて品質が高いので無限に持ちそうな商品におけるものだった。「もっとも貧しい住人でさえ……衣装戸棚一杯の季節ごとの衣服を持っているのである」（フーリエ、アルマン・モーブランによる引用 V. 129［B8a, 1］）。

（31）一九二八年三月一七日、ベンヤミンはホフマンスタールに、次のように書き送った。「いま私は、まだ乏しく貧弱にですが、モードの哲学的提示と探究として現在まで行われてきた試みに取り組んでいます。歴史の過程におけるこの自然で全く非理性的な時間の区切りが、いったい何であるのかという問題に」（V. 1084-85）。

（32）以下を参照。Angus Fletcher, *Allegory: The Theory of a Symbolic Mode* (New York: Cornell University Press, 1982), 131; 132-33n.

（33）初期の記述ではモード一般の予見能力を認めている。「哲学者がモードに熱烈な関心をそそられるのは、モードがとてつもなく未来を予感させてくれるからである。［……モードは］来たるべきことがらに対して関係を保ち続けている。それは未来に待ち構えているものを感知する女性集団のたぐいまれなる嗅覚のためである。新しいシーズンが来れば、その最近の服飾のうちには来るべきものを告げる何らかの秘密の旗印が必ず含まれている。その信号を読む術を心得ている者ならば、芸術の最新の傾向ばかりでなく、新しい法典や、戦争や革命のことまで予め先取りして分かってしまうことだろう」（V. 112［B1a, 1］）。ベンヤミンは革命が迫っているときには、身体をあらわにするというファッションの傾向に言及している（V. 119［B3a, 5］）。対照的に、第二帝政時代の張り骨入りスカートのモード、その円錐形の形は、帝国の官僚的な階層制度の形態の模倣だった。彼はフリードリヒ・テオドール・フィッシャー（一八七九年）を引用している。張り骨入りスカート「は、帝国主義による反動の、まぎれもない象徴であって［……それは］革命の良い面も悪い面も、正当なところも不正なところもちょうど釣鐘形のスカートのように包みこんでその上に権力を広げていった」（V. 126［B7, 5; B2, a 7も同様］）。

（34）のちの記述では「女性集団」がもつ予見の力に対する、幸福感にあふれた言及を削除し、より批判的なものになっている。ベンヤミンは次のようなジンメルの批評を引用している。「モードは常に階級のモードであり、上流階級のモードはそれより低い階級のそれとは区別され、後者の階層がこれを取り入れ始める瞬間に、見捨てられる」（ゲオルク・ジンメル［1911］, cited V. 127［B7a, 2］）。一九三〇年代以降の記述ではモードのユートピア的側面を歪める、資本主義の主要な役割を指摘している。ベンヤミンは次のようにフックスを引用している。「モードが頻繁に変化するのは、階級的区別をつけようとする関心によるとはいっても、それはいくつかの理由の一つにすぎない。第二の理由として、私有財産制資本主義の生産様式の結果であると考えられるが、これも……同じように重要である。なにしろそれは利益率を上げるために絶えず交換の可能性を高めなければならないからだ」（エードゥアルト・フックス V. 128［B7a, 4］）。モード、階級的区別、資本主義的生産の必要性の関係性については、V. 124-29,（B4, 6; B6a, 1; B7a, 3; B8a, 1; B8, 2）も参照。

(35) 以下を参照。ベンヤミンの覚書「流行／時間／レーテー（近代）」（V. 1001 [D°. 5]）。

(36) ベンヤミンはルドルフ・フォン・イェーリング（一八八三年）を引用している。「こんにちの我々のモードの第三のモティーフ。その……専制性。ファッションは、人が……「上流社会」に属していることを示す外的水準を含んでいる。これなしでやっていこうと思わないものは、［……］これに従わねばならない」（V. 125 [B6a, 1]）。

(37) 「ロンドンで服を仕立てるという流行は男性にのみつきものである。女性にとっては、外国女性の場合にとっても、流行はいつもパリで服を揃えることだった。」（シャルル・セニュボス V. 126 [B7, 3]）。

(38) 女性の生来の能力についての社会的な含み以外に、弱い理由があるだろうか？

(39) ベンヤミンは「愛の崇拝。技術による生産力を、自然の生産力に対抗する場へ導く試み」に言及している（V. 1210［一九三五年概要覚書5］）。

(40) 「フリーデルはその女性に関して次のように言っている。「女性たちの服装の歴史には驚くほどわずかなヴァリエーションしかない。それは、ニュアンス［……］が変化しているだけのことである。たとえば裾の長さであるとか、髪型の高さ、袖の長さ、スカートのふくらみ、胸の開き具合やウエストの位置など。今日見られる男児風の髪型のようにきわめて革命的な変化でさえ、［……］「同一のものの永遠回帰」にほかならない。」筆者によれば、女性のモードが男性のそれと異なるのは、男性のモードがもっと多様であり決定的な変化をしているという点にある」（エーゴン・フリーデル V. 120 [B4, 1]）。V. 1207 及び 1032（O°, 60）も参照。

(41) 万国博覧会や日用品の展示に関連して、ベンヤミンはグランヴィルの一九世紀中葉のリトグラフを詳細に研究した。パリと関連した天国と地獄のイメージはグランヴィルの『もうひとつの世界』でクラックが異教の天国「幸福の理想郷」を訪れる夢を見、そして同時代の有名人たちがパリのシャンゼリゼ大通りで物的快楽を享受しているのをみる。クラックは黄泉の国へ行くが、そこでは渡し守カロンの冥府の川ステュックスを渡す船の仕事が、（当時パリのように）鉄の架橋がかけられて廃れている（V. 215 [F2, 3]）。

(42) 以下を参照。「花を扱うセクション。当時のモード雑誌には花束を長持ちさせる方法の解説が載っていた」（V. 1035 [P°. 1]）。

(43) ベンヤミンは、この「ひそかに死体のイメージを尊ぶ」断片化が、ボードレール同様、バロック文学に見られると書いている（V. 130 [B9, 3]）。本書第六章参照。

(44) 「服装だけでは堅気の女性と高級娼婦を見分けることが困難になってしまった」（シャルル・ブラン [1872]、V. 124 [B5a, 3]）。実際に「[第二帝政期に] 流行のタイプは、娼婦を演じるような社交界の婦人である」（エーゴン・フリーデル V. 125 [B6a, 2]）。

(45) この文章は以下のように続く。モードは「生あるものにおいて、屍体の持つ諸権利を主張する。無機的なもののセックスアピールに参ってしまうフェティシズムが、モードの生命中枢である。商品崇拝は、このフェティシズムを利用する」（同 B1a. 4 及び B9, 1も同様）。

(46) パサージュを舞台とした娼婦のイメージは、モードと商品、死と欲望に関連して、アラゴンの『パリの農夫』での描写と響き合っている。

(47)「この地下道の寒さときたらひどいもので、多くの［六月の反乱の］囚人たちが体温を保つすべとしてはたえず走り回るか腕を動かすかしかできず、誰一人としてあえてその冷たい石の上に横になろうとする者はいなかった。囚人たちは地下道のすべてにパリの街路の名前をつけて、彼らが出会ったときには、その自分の住所を互いに教え合ったものである」（ジークムント・エングレンダー V. 142［C3a, 1］）。

(48) ベンヤミンは、「崇拝の場やその他の記念建造物の多くが廃墟になり始めていた」場として、パリのパサージュの地誌を紀元二〇〇年のパウサニアスによるギリシャの地誌になぞらえている（V. 133［C1, 5］）。

(49) 賭博は、売春と同様に目新しいものではなかったが、資本主義がその形式を変えた。大都市における売春が商品形態の寓意画となると同じく、「投機は取引所で行われるようになり、封建社会から引き継がれたさまざまの賭博的な投機はすたれる。［……］ラファルグは賭博を、景気の秘儀のミニチュアモデルであると説明している」（一九三五年概要 V. 56-57）。

(50) 進歩の概念を批判して、ベンヤミンは「ストリンドベリの考え」に言及する。「地獄とはわれわれの目前に迫っているものではなく、ここでのこの人生のことだ」（「セントラルパーク」I. 683）。

(51)「言語一般および人間の言語について」（II. 140-57）における、創世記第一章、楽園において神の創造物を名付けるアダムが「最初の哲学者」と呼ばれる箇所に関するベンヤミンの哲学的解釈を参照。人間の「名付け」における受容性と能動性の二極の、ある種の緊張（ドイツ語の“*heissen*”にある、名付けられることと意味することという二重の意味にあらわれている緊張）がある。ベンヤミンは、自然の意味は（人間によって創造されるというよりも）人間に対して露わになっていると主張する。人間は事物の無名で黙した言語を、人間の有音の言語、名を与える言語に翻訳することで、事物の「言語的本質」に発話させる。しかしそれらを創造し、「事物をその名において認識可能にした」のは神の言語である（同 142-49）。（哲学的真理よりも哲学的欲求に神話的な表現を与えているといえる）創世記物語という支えなしには、意味の創造と解釈との哲学的な弁別は困難になる。この問題には本書第七章で立ち戻る。

(52) それは厳密に非連続の世界である。「繰り返し新しいものは、残っている古いものでもなければ、繰り返す過去でもない。それは無数の間歇的なものに横断される一にして同一のものである。（賭博師はそのように間歇的なもののうちで生きる［……］そして、ここから明らかになるのは――［……］地獄の時間」（V. 1011［G°, 19］）。

(53) ベンヤミンはオースマンの回想録（一八九〇）から、後期彼とナポレオン三世の会話を引用している。「ナポレオン：「フランス国民は気が変わりやすいことで通っていますが、ほんとうは、世界でもっとも習慣性の強い国民だと主張する貴方は、まったく正しい」――［オースマン］：「陛下、物に関してはという条件を付け足させていただけるなら、おっしゃる通りです。私には二重の罪があります。市街を全域にわたって「ブールヴァール化して」（*boulevardisant*）、ひっくりかえして《ブルヴェルセ》（*bouleversant*）、パリの住民を騒がせた罪と、それにもかかわらず同じ背景で同じ風景を見させてパリの住民を飽きさせてしまったという罪です」（V. 187［E3, 3］に引用）。

以下を参照。ブランキのオースマン批判。「社会的自発性抜きに、独裁の手によって大きな規模で騒がしく石を動かすことほど悲しいことはない。これほど陰惨な滅亡の兆候はない。ローマ帝国は末期が近くなるにつれて、記念建造物はふえてゆき、巨大になっていった。ローマは自らの墓を建て、死ぬために美しく装っていたのだ」（オーギュスト・ブランキ V. 205-06 [E11a, 1]）。

(54) 「待つことの形而上学」が『パサージュ論』用に、「倦怠」というキーワードのもとで企画された。

(55) 束D「倦怠、永遠回帰」を参照（ボードレールはダンディを「仕事のないヘラクレス」と呼んでいる [D5, 2]）。

(56) ジュール・ミシュレ（一八四六年）は最初の非熟練労働者の専門化について次のように述べている。「織物工場の「退屈の地獄」がここにある。「いつも、いつも、いつも、［……］それが、自動回転装置が我々の耳に叫ぶ不変の言葉だ。誰も決してそれに慣れることはない」（ミシュレ、フリードマンに引用 V. 166 [D4, 5]）。

(57) 次を参照。「退屈はつねに、意識されない出来事の外面である」（V. 1006 [F°, 8; D2a, 2も同様]）。

(58) 「待つことと人を待たせること。待つことは［社会の］寄生虫の存在形態である」（V. 1217［一九三五年概要覚書12及び13］）。

(59) ボードレールの「憂鬱」の原点である。彼のパリは雨が降り、陰鬱な場所だ（V. 157 [D1, 4] を参照）。

(60) 「普通の人間にとっては宇宙以上に退屈なものはない。だからこそ彼にとって、天候と退屈は最も内的に結びつくのだ」（V. 157 [D1, 3]；[D2, 8] を参照）。ベンヤミンは「フランス語‘temps’における両義性［時間と天気］」を書き留めている（V. 162 [D2a, 3]）。

(61) 「賭博人。彼の全身からは時間がほとばしり出る」（V. 164 [D3, 4]）。

(62) 「ブランキは市民社会に屈服することになる。だが、そのひざまづく力は物凄く、そのために市民社会の玉座が揺れ動き出すほどのものである」（V. 168 [D5a, 2]）。

(63) この一節は次のように結論づける。「言語的に素晴らしい力強さがあるこの断片は、ボードレールとニーチェ両者との、もっとも顕著な関係を有している」（V. 169 [D5a, 6]．ホルクハイマーへの手紙 一九三八年一月六日付 I, 1071-72 及び、本書第六章第五節も参照）。

(64) ベンヤミンは「永遠回帰の説」を「複製技術時代の領域において未だなされていないもろもろの驚異的発明についての夢」と呼んだ（「セントラルパーク」I, 680）。

(65) 当時良く知られていたニーチェの「永遠回帰の説」（初期覚書、D10, 1）を考えると、ブランキのテクストを発見したベンヤミンの興奮が、どのようにこれらの理念そのものに発するものかを見てとるのは難しい（たとえブランキの記述の果てしない反復が、商品社会の大量生産をより明瞭に表現しているとしても）。大いなるプロレタリアート革命（そしてマルクス理論の大いなる敵対者）であるブランキのテクストは、（ニーチェにも見られた）ブルジョアジー的な進歩イデオロギーの批判としてだけでなく、プロレタリア階級の覚醒に不可欠な（マルクス主義的）教育として、『パサージュ論』に織り込まれている。ベンヤミンは以下のように書いている。「ツァラトゥストラの代わりにカエサルがニーチェのこの教説の担い手になっている草稿も存在している。これは重要である。それは、ニーチェが自分の教説が帝国主義とどこかで共犯関係にあることを感じていたことをよく示している」

（V, 175 [D9, 5]）。大衆を軽蔑していたニーチェは、決してプロレタリアートの大義を擁護しようとは思わなかった。それに対し、ブランキが彼らのあくなき支持者であるという事実は、教育的観点から、彼自身のあきらめをより強力なものにしている。

（66）「永遠回帰の呪縛圏のなかでの人生はアウラ的なものから脱していない存在を知覚する」（V, 177 [D10a, 1]）。

第五章　神話的自然――願望形象

（1）「私の分析はこの過去への渇きを主要な考察対象として扱う」（V, 513 [L1a, 2]）。

（2）「ファランステールは人間機械装置と形容することができる。これは非難ではないし、またそれが何らかの機械論的なものであるといっているのでもない。そうではなくて、そのきわめて複雑な構成のことを言っているのだ。ファランステールは、人間からなるひとつの機械である」（V, 772 [W4, 4]）。

（3）「[一八]三〇年代の半ばに鉄製の家具が、ベッドの台架、椅子、などとして現れた。[……]、こうした鉄製家具の特別な長所として褒め称えられたのが、鉄を使えば、どんな木材にも見違えるほど似せうるということであったが、そのことは、時代のありようをよく示している」（マックス・フォン・ベーン [1907], V, 212 [F1, 3; F5a, 2も参照]）。以下を参照。「鉄パイプを用いた家具製造業は木製の家具製造業と互角以上に張り合っている[……]」（E・フーコー [1844], V, 225 [F5a, 2]）。

（4）以下を参照。一八七五年の鉄道駅の計画。「地上二〇フィート、長さ六一五メートルの優雅なアーチに支えられた線路」――「イタリア式の建造物」。「鉄道の将来の発展を当時の人々がどれだけ予想していなかったか」（デュ・カン [1875], V, 214 [F2, 1]）。

（5）概要にはいくつかの版がある。この版はM^2（決定版としてVに収録されている最終版）。

（6）ベンヤミンの『一方通行路』について論じたブロッホによる "Revueform der Philosophie" [1928], *Erbschaft dieser Zeit* [1935], vol. 4 of Ernst Bloch, *Gesamtausgabe* (Frankfurt am Main: Suhrkamp Verlag, 1962), 368-71を参照。ブロッホはベンヤミンの記述には「常に新しい「私」が登場し、続いて「自己の抹消」が起こる」という。認識可能な「私」や「我々」の代わりに、「ぶらぶら歩く身体があり、それは何よりもまず耳や目ではなく、温かみや善良さや驚嘆でもなくて、代わりに風土的に敏感になった触感や味覚といった[……]世界の哲学的因子が、ガラス越しのディスプレイに置かれている」（同 369-70）。しかしまさにこのブロッホの著作に、自身の概念にあまりにも近いものが描かれているのに気づいたベンヤミンは、剽窃を恐れてそれらをブロッホと共有することをやめた（ショーレムへの手紙、一九三五年八月九日付 V, 1137）。

（7）「複製技術時代の芸術作品」（一九三五年秋執筆）では、ベンヤミンの著作にはめったに見られないルカーチの用語「第二の自然」を使っている。「しかし我々の解放された技術は、第二の自然として今日の社会に対峙するが、実際に経済危機や戦争が示すように、それは根源社会に与えられた自然の本質に劣らず本質的自然となっている。この第二の自然に対峙し、当然人間がそれを考案したのだったが、長いこと支配せずにいたため、第一の自然のときとおなじ学習過程を経ねばならなくなった」（I, 444）。

（8）これは先に引用した後の方の概要の表現である。

（9）一九世紀中葉、産業主義時代ではあらゆる物がどんな物からでも作り出せるかのように製品を別の形に変形させる商人たちの熱狂について（菓子職人までもが、ケーキを建築や彫刻といった構築物として組み立てた）、ベンヤミンは、それがある「無力さ」に由来していると書いた。その無力さは「一夜にして贈り与えられた技術的手段や新しい材料の過度の豊富さから生じたのだ。そうしたものを自家薬籠中のものにしようと努めたが、その試みは思い違いや不十分な結果に終わった」。しかし彼はこうも付け加える。「一面からいえばそうしたさまざまな試みは、技術生産というものがその当初においていかに夢にとらわれていたかを、最も典型的に立証するものである（建築のみならず技術も、ある段階では集団的な夢の証言なのである）」（V, 213 [F1a, 2]）。

（10）たとえば一九三九年の概要に加えられたセクションで、ベンヤミンはマルクスがフーリエを擁護したと指摘することが重要だと考え、さらに次のように述べている。「フーリエ主義的ユートピアの最も注目すべき特徴のひとつは、後にあれほど流布することになる人間による自然の搾取という観念にはまったく無縁であるという事実である。［……］人間による自然の事実上の搾取と言う後代の考え方は生産手段の所有者による人間の搾取の反映である。社会生活への技術の統合が挫折したとすれば、その失敗の原因は後者の搾取にある」（V, 64. 本書第八章、第六節も参照）。

（11）V, 245 (G5, 1) は『資本論』第一巻のよく知られた一節を引用している。ベンヤミンはこれを以下から採った。Otto Ruhle, *Karl Marx: Leben und Werk* (1928).

（12）アドルノはT^1の版を受け取ったが、それはいくつかの点でここに引用されているどちらとも異なる（編者覚書 V, 1252）。しかし我々が検討しているこの一節はT^1のものとも、すでに引用した最初の版（一九三五年の概要 46-47 からのもの）とも同じである。

（13）これらの文章（注11を参照）は束Gのうちの「確実に一九三五年六月以前に書かれた」初期の記述中にある。つまり、ベンヤミンがアドルノの忠告の書簡を受け取る前に書かれたものである（編者覚書 V, 1262）。

（14）Karl Marx, "Der 18te Brumaire des Louis Napoleon," *Die Revolution* (1852), Karl Marx and Friedrich Engels, *Werke*, vol. 8 (Berlin: Dietz Verlag, 1960), 115.

（15）のちにマルクスは熱心にパリコミューンを支持したが、それは労働者階級が自身の利益のために声をあげたからだった。しかしベンヤミンは、闘争における階級の問題に関しては「自己欺瞞」によってすべてを失ったパリコミューン参加者でさえ、革命の幻想の犠牲になったと記録している。コミューンは「一七九三年の伝統を受け継いでいると感じていた」（V, 950 [k1a, 3]）。「いまだにコミューンに底流する幻想は、プルードンの公式化に際立った仕方で表出し、ブルジョアジーに訴える。「革命によっておまえたちの父親がそうしたように、民衆を救え、おまえたち自身を救え」」（V, 952 [k2a, 1]）。

（16）「我々にあきらかな」という表現の代わりに「根源史的」という言葉を含む初期の項目（O°, 32）を比較参照。K3a, 2 の版は次のようにつけ加えている。「むろん、このことが照らし出すのは、技術の弁証法的本質のうちの一つの契機でしかない。（それがどの契機か言うのは難しい。技術の本質のうちには、たとえ統合《ジンテーゼ》ではないにせよ、反定立《アンチテーゼ》が含まれているからである。）いずれにせよ、技術のうちにはもうひとつ別の契機もまた住みついている。つまり、自然とは疎遠な目標をもたらすという契機で、しかも、自然から自立し自然を征服するような、自然とは疎遠で自然に敵対的な手段によって、それを実現するのだ」。

(17) むしろ、過去から人類を切り離す用意をする喜劇の役割に関して、彼は以下から関連する一節を引用している。Marx, *Critique of Hegel's Philosophy of Right*. V, 583 (N5a, 2).

(18) 芸術作品論と『パサージュ論』との近い関係は、芸術作品論の完成後に書かれた、匿名のオランダ人女性（一九三三年、彼はこの女性に恋愛感情を抱いていた）に宛てたベンヤミンによる書簡に記されている。「私の仕事の重心は［……］、まだあの大作［『パサージュ論』］に関わっている。だが私は図書館で時たましか作業をしていない。その代わりに、歴史研究を中断して、［……］秤のもう一方について考え始めた。というのもすべての歴史的知識は、一対の秤のイメージで概念化できるからだ［……］片方の皿には過去が載り、もう片方には現在の知識が載っている。最初の皿に集められる事実はいくら詳細でも、いくら数を集めても十分ではないのに対して、第二の皿には、ほんの二、三の重く、意義あるものしか載せられない。二ヵ月間現在の芸術の生を決定するものについて思考を重ねて私が得たのはこの第二の皿にのせる知識だった。その過程で、まったく新しい洞察や概念から生じた、途方もない公式に行き着いた。いま私は、聞いたことは多々あってもお目にかかったことのなかった芸術についての唯物論的理論が、実際に存在すると宣言できる。

これは私があなたに出会って以来の最良のものだから、あなたに見せようかとときどき思う」（手紙、一九三五年一一月付 VI, 814）。

(19) ベンヤミンは用心深く、このプロセスの回顧的な分析が、「階級社会の芸術は言うまでもなく」、プロレタリアートが力を握ったあとに芸術がどうなるかを予見させはしないと述べている。しかし代わりに芸術の現在の傾向について、ある予知的主張をすることを可能にするとする（「厳密なる学問」II, 435）。

(20) ベンヤミンの主張を比較参照。「歴史は単に科学であるだけではなく、それに劣らず追悼的想起の一形式でもある。科学が「確認」したことを、追悼的想起は修正することができる。追悼的想起は未完成なもの（幸福）を完結したものに、完結したもの（苦悩）を未完結なものに変えることができるのである。これは神学である。しかし追悼的想起において私たちは、歴史を原則的に非神学的に捉えることが禁じられるような経験をするのだ。歴史を直接神学的概念によって描こうとしてはならないのと同様に」（V, 189 [N8, 1]）。なぜベンヤミンが神学的概念を使うのを「許されていない」のかについては本書第七章を参照。

(21) 概要の食のように欠けた言葉づかいと、『パサージュ論』の芸術と技術の関係に関する資料にある夥しい歴史的情報には最小限のコメントしかつけられていないことから、『パサージュ論』のみを基盤にベンヤミンの議論を厳密かつ体系的に再構築することは不可能である。以下の議論で筆者は、ベンヤミンが概要の直前および直後の年に出版した、関連するエッセイ「生産者としての作者」（II, 683-701）及び「複製技術時代における芸術作品」（I, 435-508）を参考にする。

(22) オッフェンバッハに関するクラカウアーの著作へのわずかな言及を除いて、『パサージュ論』は音楽に関わる素材も所見も著しく欠いている。おそらくフランクフルト研究所のメンバーのうち、アドルノの知的領域だったからだろう。しかし初期の覚書（一九二七年A°の一連）は音楽について述べている。「パサージュのなかの音楽。それは、パサージュの没落とともにはじめてこれらの空間に棲みついたように思われる。すなわち、機械による音楽の時代になってはじめてということである。（蓄音器。「テアトロフォン」はいわばその先駆。）とはいえ、パサージュの精神における音楽が存在した。パノラマ的な音楽である。そういうものはいまや、古臭い上品さを持ったコンサート、たとえばモンテ＝カルロの保養地オーケストラによるコンサートでしか、もはや耳にすることができない――ダヴィッドのパノラマ的な曲（「砂漠」、「ヘルクラネウム」）」（V. 1005-06 [F°, 3]；以下も参照。O°. 61 [「ジャズにおいては騒音が開放される」] 及び H1, 2; H1, 5, Q1a, 6, Q4a, 1）。

（23）ベンヤミンは明らかに、マルクスの上部構造の理論を不完全なものと考えていたので（たとえば次を参照。V. 581 [N4a, 2]）、『パサージュ論』の目的の一つはこの欠陥を埋め合わせることだった。

（24）上部構造が生産力と区別されるというマルクスの理論は、とりわけブルジョアジー的な現象としてよりも、社会的に不変なものとして、芸術とテクノロジーの分業を前提にしている。これは（社会主義の形態が現存の資本主義の関係の中に現れるという、彼自身の議論の適用として）産業資本主義の効果がこの分業を切り崩すものかもしれなかった可能性を見過ごすことになる。

（25）「技師」という表現は一七九〇年代のフランスで初めて使われ、築城術と攻囲術の将校を示す表現として使われた（V. 218 [F3, 6]）。

（26）「理工科学校《エコール・ポリテクニク》の特徴は……純粋に理論的な教育と、公共事業、建築、要塞構築、鉱山さらには造船にさえ関連する一連の実習課程との両立であった……ナポレオンは生徒達が兵営に寄宿することを義務付ける命令を布告した」（ド・ラパランの引用 [1894] V. 982 [r1, 3]）。

（27）バルザックの批判的評価を参照。「理工科学校出の技師に、レオナルド・ダ・ヴィンチが立てるすべを心得ていたあの奇跡のような建築のひとつでも建てられるとは、私は思わない。何しろダ・ヴィンチは機械技師であり、建築家であり、画家であり、水力学の創始者の一人であり、運河の不屈の建築者であったのだ。理工科学校出の優等生達は年少のころから数学の定理の絶対的な単純さに従って仕立て上げられ、優雅さと装飾のセンスを失っている。円柱などは彼らには不要のものに見える。彼らはまさに芸術が始まろうとする地点にまで後戻りしてしまい、有用性だけに固執しようとするのである」（バルザック V. 986 [r3, 2]）。

（28）「穀物取引所《アール・オ・ブレ》が［アーケードに先んじてガラスと自然光を採用して］鉄と銅による混合構造になったのは、一八一一年のことであり……それは建築家のベランジェと技師のブリュネによってであった。これは、われわれの知る限り、建築家と技師を同一人物が兼ねなくなった最初のケースである」（ギーディオン [1928] V. 215 [F2, 6]）。

（29）Johann Friedrich Geist, *Arcades: The History of a Building Type*, trans. Jane O. Newman and John H. Smith（Cambridge, Mass.: The MIT Press, 1983）, 64.

（30）「産業化へ向けてのもっとも重要な一歩は、鋳鉄や鋼鉄を使い、機械的手段で、ある特定の形態（形鋼）を作ったことである。さまざまな分野が絡み合うようになった。つまり、建築物の各部分からではなく、線路を作ることから始めるようになった……一八三二年のことである。形鋼、つまり、鉄骨建築の基礎の始まりがここにある［これによって現代の高層建築が建てられた］」（ジークフリート・ギーディオン [1928], V. 216 [F2, 8]）。

（31）「初期の蒸気機関車のアンピール型から今日の完成した新し

い即物的な形態への道は、ひとつの発展の跡をよく示している」（ヨーゼフ・アウグスト・ルクス［1909］, V. 224［F4a, 7］）。

(32) ベンヤミンは特に、ギーディオンの図六一－六三を参照している。本書に転載されているもの（図5．4）は図六二。

(33) ベンヤミンは新古典主義の建築物はどんな用途にも使用できる、なぜならそれらの建築「様式」は、実用性とは無関係だからだと記している。彼はヴィクトール・ユゴーによる以下のような批評を引用している。ギリシアの神殿を模して建てられた証券取引所は、「王宮にも、下院議会にも、市役所にも、中学校にも、調馬場にも、アカデミーにも、倉庫にも、裁判所にも、美術館にも、兵舎にも、墳墓にも、神殿にも、劇場にも」なることができる（ユゴー V. 227［F6a, 1］）。一方ロンドン万博ののちの水晶宮がどのように使われるべきかを尋ねた新聞の質問に対し、世論は病院から公衆浴場から図書館まで、あらゆる回答をした（V. 225［F5a, 1］）。ベンヤミンはこうコメントしている。「証券取引所は何でも意味することができたし、水晶宮は何にでも使えた」（同）。商品社会の特徴としての意味の恣意性については、本書第六章参照。

(34) 彼は「ロンドンの人々もパクストン自身も切り倒したがらなかった、素晴らしい楡の木」を包み込むという、実際問題に直面していた（マイアー［1907］同 V. 221［F4, 2］）。

(35) ここで言及されている「ゴシック様式の」鉄製のスタイルは、エッフェルによる一八七八年のパリ展示ホールである（本書第九章、図9．7に掲載）。

(36) 「パリの最初のパノラマは、アメリカ合衆国の人が経営するものである……フルトンと名乗る……［彼は］技師［で、蒸気船を発明した……］」（ルイ・リュリーヌ［1854］V. 664［Q4, 2］）。

(37) ダゲールは自分のパノラマが焼失した年に（一八三九年）、彼は写真（ダゲレオタイプ）を発見した（同 Q2, 5 参照）。

(38) 「巨大な子供であるダゲレオタイプが成年に達したとき、そのあらゆる力量と能力が充分に発達したとき、芸術の守護神は彼の襟首をつかまえて、こう叫ぶだろう。「私のものだ！ いまや、おまえは私のものだ。これからは一緒に仕事をすることにしよう」」（アントワーヌ・ヴィールツの引用［1870］V. 824［Y1, 1］）。

(39) ベンヤミンの芸術作品論は、写真の複製が画像を美的対象から実際的なコミュニケーション言語へと変容させたと語っている。「画像を複製する過程は著しく迅速化され、話すことと歩調を合わせられるようになった」（I. 475）。写真の映像は認識経験の範囲を拡大した。「たとえば写真において技術的複製は、オリジナルのもついろいろな面のうち、位置を調節することができ、視点を自由に選べるレンズだけが迫りうる、人間の目には見えない面を強調することができる。あるいは拡大やスローモーション撮影といった手法を使って、自然の視覚がまったくとらえることのできない映像を記録することができる」（同 476）。

(40) ベンヤミンは次のように描写する。「写真と絵画のあいだの闘いの一段階としての、芸術作品の写真による写真複製」（V. 826［Y1a, 3］）。

(41) ベンヤミンは他のところでは友人ジゼル・フロイント（Freund, G.）の写真史に関する一九三〇年の原稿を、なんの批判もなく引用していたが、写真の民主化の影響力については彼に挑んでいる。「写真はまず社会の支配的階層において採用された。実業家、工場主、銀行家、政治家、文学者、学者たちである」。ベンヤミンは疑念をあらわにした。「そうだろうか？ むしろ順序は逆だったと考えるべきではないか？」（V. 829［Y3, 2］）。

(42) ベンヤミンの解釈者たちは、彼が芸術作品の「アウラの凋落」を嘆いたと主張してきた。これはどちらかと言えば、アドルノの立場であり、彼の大衆文化に対する懸念一般の一つだった。『パサージュ論』の資料は、これらの事物の発展の描写において、ベンヤミンがマルクスに比べてノスタルジアに揺さぶられてはいなかったことを明白に証明している。マルクスは一八四八年の共産党宣言で、ブルジョアジーが「「自然な優越者」と人を結びつける、混成の封建的紐帯を情け容赦なくばらばらにひき裂いた」と書いた。

美的アウラは主観的幻想だった。しかし、事物の形而上学的なアウラは、別の問題だった。後者は真実を覆い隠すというより、物の真実があらわになったときにのみ、光を放った。この差異については、本書第七章参照。

(43) ベンヤミンの例はガリマールからのもの（一八〇五年）。「われわれは、公衆と意見を同じくするであろう。表現の細やかさにおいてダゲレオタイプの写真版と拮抗しうる絵画によって今年際立っていた……精緻な画家に、われわれもまた……賞賛を惜しまないのである。」

(44) 一八八二年に被写体の動作を写す写真がはじめて可能になり、写真ジャーナリズムが始まった。

(45) 「一八五〇年ころ、マルセイユには多くて四、五人の微細画家がいた。それなりの評判を得ていたのは、そのうちのせいぜい二人で、年に五〇枚ほどの肖像画を描いていた。これらの芸術家たちはなんとか生計を立てていく程度の収入しかなかった。……それから数年後、マルセイユに四、五〇人の写真家がいた。……彼らはそれぞれ年平均一〇〇〇から一二〇〇枚の写真を取り、一枚一五フランで売っていた。つまり、一人一万八〇〇〇フランの収入になったから、全体では一〇〇万ちかくの売り上げというわけだった。フランスすべての大都市で、同じような発展が見られた」（ヴィダル［1871］、フロイントによる引用 V, 830［Y3a, 2］）。

(46) 「生産者としての作者」で、ベンヤミンは次の事実を批判している。写真は「もはや賃貸住宅を、またゴミの山を、それを美化することなしには写すことができなくなっています。［……］すなわち新即物主義の写真は、惨めな状態までも、それを完璧に流行《モード》に適った流儀で把握することによって、享受の対象とすることに成功したのです」（II, 693）。

(47) 商業的に成功した写真家たちは小道具、背景、加筆修正を使って画家たちを模倣しようとした（V, 831［Y4, 4］参照）。ディズデリはそれら小道具によって歴史的「風俗」絵画を模倣できたと示唆した。（V, 831-32［Y4a, 1］）。

(48) 「輪転機の発明は一八一四年。最初に〔ロンドン〕タイムズ紙で使われた」（V, 835［Y5a, 8］）。

(49) これはパリの共産党の表向きの組織、ファシズム研究所で行われた講演である。

(50) 一八二二年という早い時期に、サント＝ブーヴはすでにこの潜在力を認識していた。「選挙風俗や産業風俗の変化と共に、誰もが、少なくとも一生に一度は、自分のページ、自分の演説、自分のビラをもち、自分のために祝杯をあげてもらえるようになるだろう――著者になることがあるだろう。［……］そのうえ今日では、誰でも少しは売文しているとひそかにつぶやかざるをえない」（V, 725-26［U9, 2］）。

(51) ベンヤミンの議論の中核は、実際は初期の「新聞」からの自己引用で（II, 623-24）、彼が『一方通行路』の補足の一部、あるいは補遺として書いたもので、「新聞」の方は理想的な社会主義の出版社を実在のUSSRのそれと同一視していないという点だけがちがっている。アドルノは「新聞」を「例外的」と考えたとベンヤミンに書き送った（II. 1437）。ベンヤミンはアドルノに「生産者としての作者」を送付することはなかった。

（52） すでにバルザックは嘆声をあげていた。「われわれにあるのは製品である、作品などはもはやない」（バルザック、クルティウスによる引用［1923］V. 926［d12a, 5］）。

（53） 「ジャコ・ドゥ・ミルクールは『アレクサンドル・デュマ小説製造会社』（パリ、一八四五年）を刊行する」（V. 908［d3a, 8］）。

（54） すべての著者がこの成功への道をたどったわけではない（もっとも著名な幾人かは、いまだ国家の庇護に頼っていた）。ベンヤミンは一九世紀を通じて独立した著述家の経済不安の悪化を記している。第一世代「艶なるボエーム」（ゴーティエ、ド・ネルヴァル、ウーセ）が、安定したブルジョアジーの背景を出自に持ち、容易ならぬ経済不安を冒すことなく社会に非同調的になることができたのに対し、一八四三年にまだ二〇代だった「真のボエーム」たちは、典型的な「正真正銘の知的プロレタリアートであった。ミュルジェールは仕立て屋の息子だった。シャンフルーリの父はランの市役所の書記だった。デルヴォーの父はフォーブル・サン＝マルセルのなめし革職人だった。クールベの家は兼業農家だった。……シャンフルーリとシャントルイユは本屋で包装の仕事をし、ボンヴァンは植字工だった」（マルティノ［1913］V. 921［d10, 1］, p. 725［U8a, 5］参照）。ベンヤミンにとって独立した書き手の最も重要な例はもちろんボードレールで、本書第六章で詳細に論じる。

（55） 新聞が最初に労働者階級の読者層に、個人購入で届けられたという事実は、別の受容方式に不利に働いた。パサージュで頻繁に見られた読書室は、小額の料金で本や新聞を共同利用で読める場だった。これらの読書室は、廉価の出版物との競争を余儀なくされ、一八五〇年以降は衰退した（パサージュがそうだったように）。

（56） 日刊紙、月刊誌、隔週誌の年々の創刊数の統計がとられ始めた（V. 737［U14, 6］）。

（57） ベンヤミンは「収入［ユゴーは『レ・ミゼラブル』で三〇万フラン、ラマルティーヌは『ジロンド党史』で六〇万フラン］と政治的抱負との関連」に触れている（V. 913［d6a, 1］）。社会政治的影響は選挙の場に限られなかった。「ジョルジュ・サンドの小説のために離婚数が増加したが、そのほとんどは女性の側から申し出たものだった。著者のサンドは、女性たちの相談相手として膨大な量の手紙相談を行った」（V. 914［d6a, 7］）。

（58） この基本的には理想主義的なスタンスの例えを挙げると、ヴィクトール・ユゴーはノートルダムの塔の形に、自分の名前を大きく投影した〝H〟の文字を読み取った（V. 935［d17a, 1］参照）。

（59） 「皮肉なこと。「農民一揆を予告し、封建制の復興を要求するというのは、バルザック氏の考えついた巧みなアイデアである！　あなたは何をお望みだろうと、これが彼一流の社会主義なのだ。サンド夫人にもまたべつの社会主義がある。シュー氏にしても同じことだ。それぞれの小説家にそれぞれの社会主義があるのだ」」（ポーラン・リメラック［1845］V. 903［d1, 5］, V. 926［d12a, 6］参照）。

（60） 「諸君がわれわれのところに持ち込んできた赤旗は、たかだか、九一年と九三年に人民の血のなかを引きずられてシャン・ド・マルスをひとまわりしたに過ぎないが、三色旗のほうは祖国の名、栄光、自由とともに世界を経めぐった」(一八四八年二月二五日［市庁舎での］ラマルティーヌによる演説、A・マレ／P・グリエに引用［1919］V. 903［d1, 2］)。

(61) 一八四八年四月、ラマルティーヌはロシアの外交官に、フランスの民衆は「健全な常識、すなわち家庭と財産を尊重する気持ちを持っている」ために、「パリの秩序」は守られるであろうと請け合った。さらに、都市へ呼び戻されたブルジョアジーの国民衛兵（十日後には労働者たちのデモを武力で制圧することになる）は、彼の主張では、「数千人のならず者や犯罪分子に支えられたクラブ組織の熱狂家たちを押さえるであろう」(ラマルティーヌ、ポクロフスキーに引用［1928］V. 925［d12, 2］)。

(62) 『『レ・ミゼラブル』は、決定的な事実に関しては本当にあった出来事に依拠している」(V. 925［d12, 1］)。

(63) ユゴーがその後ルイ・ナポレオンのクーデターへの抗戦に参加したとき、その報酬はフランスからの追放だった。

(64) ある批評家がユゴーの語りを風刺した。「私は革命の嵐を吹き起こさせた。古い辞書に赤い縁なし帽をかぶせた。言葉にはもはや元老院議員もない！　平民もない！　私はインク壺の底に、嵐を起こしたのだ」(ポール・ブールジェ［1885］V. 905［d2a, 3］)。四八年六月の革命は、次の判決を下した。「市民ユゴーは国民議会の演壇でのデビューを果たした。彼は、まったく我々が予想した通りだった。身ぶりよろしく次から次へと文をひねり出し、仰々しく中身のない言葉を重ねる演説家だった［……］」(「政治会報」より引用 V. 904［d1a, 1］)。

(65) このように、『パサージュ論』は歴史研究をするが、それはファシズムが「政治を耽美主義化した。それに対してコミュニズムは、芸術の政治化をもって応えたのだ」という、芸術作品論の結論部におけるベンヤミンの政治文化的な表明を裏書きしている。(「複製技術時代における芸術作品」I. 508)。

(66) テクノロジーに対して向けられた「障害や抗議」は、「今ではもはや容易に思い描くことができない」程のものだった。「蒸気機関車」は、線路上ではなく「花崗岩を敷いた道路の上」を走るようになると思われていた(「土星の輪」V. 1061)。

(67) 鉄道の発展は「人々を驚かせた」(デュペック／デスプゼル V. 826［Y1a, 5］)。政治家たちは、新しい鉄道の重要性を認識するほどの感性がなかった。「鉄道は決して発達しないだろうと考えていたティエールは、駅の建設が必要であった時期のパリにいくつかの門を造らせた」(同 V. 220［F3a, 6］)。「オースマンは、駅の［建設のための］政策とでも呼べるようなものをもつことができなかった」(同 V. 223［F4a, 3］)。

(68) これは決定的なポイントだった。ベンヤミンがこれらの史実を蒐集したのは、同時代の著述家や芸術家にたいし、かれらの「技術者」としての客観的利害は、「遅かれ早かれ」「最も熱心にプロレタリアートとの連帯を求める根拠を与える」判断に行き着くことを証明するためだった。(「生産者としての作者」II. 699)。

(69) 初期数年間の理工科学校はサン＝シモンの理論に理解があった(V. 728［U10a, 3］)。マルクスは一八四八年の労働者の暴動について、次のように記した。「民衆の最後の幻想が消えうせ、過去とのきずなが完全に絶たれてしまうためには、フランスにおける反乱をいつも詩的に飾ってきた者たち、つまり、熱狂的なブルジョアジー青年、あの三角帽子の理工科学校の学生達でさえ、弾圧者の側にまわることが必要であった」(マルクスの引用 V. 987［r3a, 2］)。

(70) こうして遊歩者の知覚は白昼夢と混ざり合い、その

「幻想《ファンタスマゴリー》」(V. 540 [M6, 6]) はハシッシュ喫煙者のそれらと同様になる (M2, 3; M2, 4)。

(71) ベンヤミンは、リアリズムは技術の脅威に対する自意識的な反応として、技術と芸術を融合させる初の試みであったと述べている (S5, 5を参照)。ユーゲントシュティールの時代までにはこの脅威は「抑圧と化した」。ユーゲントシュティールの技術との「対決」は、隠れていたために「いっそう先鋭なものに」なった (S8a, 1)。

(72) マルクス主義者たちは伝統的に社会主義を、社会の各構成員が頭脳労働と肉体労働のどちらも行うようになるという意味で、両者の区別を克服することとして思い描いてきた。ベンヤミンの考えは、テクノロジーの革新はどちらの労働も同様にするというものだった。頭脳労働が次第にテクノロジー化する生産装置によって媒介されるのに対し、「肉体」労働は知的なものになる。彼はエッフェル塔の建設現場では、人間の精神エネルギーが「安定した橋脚や起重機」に転化することで、「思考が筋肉の力を支配した」と記している (「土星の輪」V. 1063)。

(73) これらは束X「マルクス」(V. 800-804) の一九三七年以前の記述に頻繁に引用されている。

(74) 「我々にあきらかな」の代わりに「根原史的」という言葉を含む初期の項目 (O°. 32) を参照。K3a, 2 の版は次のようにつけ加えている。「むろん、このことが照らし出すのは、技術の弁証法的本質のうちの一つの契機でしかない。(それがどの契機か言うのは難しい。統合《ジンテーゼ》でなければ、反定立《アンチテーゼ》の方だろう。) いずれにせよ、技術のうちにはもうひとつ別の契機もまた住みついている。つまり、自然とは疎遠な目標をもたらすという契機で、しかも、自然から解放され、自然を征服するような、自然とは疎遠で敵対的でさえある手段によってそれを実現するのだ」。

(75) 戯画化すると、「一九世紀のブルジョアジー社会は、芸術の領野として開拓されたのである」(エードゥアルト・フックス [1921] V. 899 [b1, 4])。

(76) ドーミエは彼自身、古典的な理想に郷愁がないわけではなかった。「帝国の芸術的理念に関して。ドーミエについて。「彼は筋肉の興奮に極度に感激していた。彼の筆は飽くことなく筋肉の緊張と活動を賛美している。……しかし彼が夢見ていた公衆のあり方は、この品位を欠いた……小商人達の社会とは全く違ったスケールのものであった。彼があこがれていたのは、古代ギリシアの人々が力強い美に溢れて立った台座のようなひとつの基盤を与えてくれる社会的な環境であった。……こうした前提に立ってブルジョアジーを見ると……グロテスクな歪みが……生じざるをえなかった」」(シュルテ [1913/14] V. 224 [F5, 2])。

(77) 『もうひとつの世界』でグランヴィルは、登場人物に「この惑星 [土星] の輪が、土星人たちが夕涼みに来る感情のバルコニーに他ならない」ことを示している (グランヴィルの引用 [1844] V. 212 [F1, 7]; p. 1060 [「土星の輪」] 参照)。

(78) ベンヤミンは実際、人はこの商品化された自然の中に、その生産のために犠牲になった労働者の「魂」を見出せるか問いかけている (V. 260 [G12a, 3])。

(79) 彼は「私たちが自然に打ち克ったとか自然を支配している」という「神話的な考え方」を「まったく幼稚な考え」であると批判し、そしてフーリエが「技術のまったく別な受容の道を拓こうとしたこと」を称賛するゲオルグ・ジンメル (一九〇〇年) を引用している (V. 812-13 [X7a, 1])。

(80) "Neues von Blumen" review of Karl Blossfeldt's *Urformen*

der Kunst. Photographiche Pflanzenbilder (1928), III, 152.

（81） ベンヤミンは写真技術についてモホリ＝ナジ（Moholy-Nagy）を引用している。「ここではすべてのものがいまだ新しく、その探求自体が創造的結果につながる」（同 151）。

第六章　歴史的自然——廃墟

（1） ベンヤミンの『ドイツ悲劇』に依拠したアドルノによる「一種の歴史の魔術」としての自然史の定義を比較参照（Adorno, "Die Idee der Naturgeschichte," *GS* I, 361）。

（2） この小説はポン＝ヌフのパサージュの描写から始まる。「[……] 狭くて、暗い回廊 [……] 黄ばんだタイルが敷かれているけれど、それも、すりへって、がたがたしていて、いつも、つーんとくるような湿気がしみ出ていた。ほこりで黒ずんだガラスの平たい屋根が、この路地をおおっていた。

夏の晴れた日に、よごれたガラス越しに白茶けた光が落ちてきて、パサージュをみじめにさまよう [……]。うしろの陰気な店は、ぶきみな真っ黒な穴のようで、なかでは異様な形をしたものがうごめいていた。[……] ポン＝ヌフのパサージュは、散歩するような場所ではなかった」（Emile Zola, *Thérèse Raquin*, trans. Leonard Tancock [New York: Penguin Books, 1978], 31–32）。

（3） 「[わたしたちがここで述べた] ことは、何一つ現実には存在しなかった。たしかに、骸骨がかつて生きていたわけでは決してなく、ただ人間が生きていただけなのと同じく」（V, 1000 [D°, 3]）。

（4） Theodor W. Adorno, "Die Idee der Naturgeschichte" (1932), *Gesammelte Schriften*, vol. 1: *Philosophische Früschriften*, ed. Rolf Tiedemann (Frankfurt am Main: Suhrkamp Verlag, 1973), 356. アドルノは、現在よく知られているルカーチの『歴史と階級意識』でマルクスの商品物神の同義語として使った「第二の自然」の議論ではなく、『小説の理論』での、ルカーチの初期の（ヘーゲル的な）言葉使いを引用している。「人間による創造という第二の自然は、抒情詩的な実体性をそなえていない。つまり、この自然の形はあまりに硬直していて、象徴が生み出される契機が身を寄せることはできない。[……] この自然は第一の自然のように、無言で明白で、無意味であることはない。この自然はむしろ、もはや精神を目覚めさせることのない、硬直し、疎外された意味の複合体なのだ。この自然は朽ち果てた内面性が髑髏［*Schädelstätte*］となって散乱する刑場であって、したがって、この自然を目覚めさせることができるものといえば——もしもそんなことが可能だとすれば——以前の存在あるいは想定された存在において創造し保持していた心的なものをもう一度目覚めさせる形而上学的行為をおいてほかにはないだろう。ただし何か他の内面性によってこの自然が生き生きと経験されることはありえない」（同 356–57）。

（5） ショーレム宛ての書簡（一九二九年九月一六日付）で、彼とルカーチが辿ったやり方こそ違え、互いに似た結論に行き着いたという、ベンヤミンのコメントを参照（『書簡』I, 355 に引用）。

（6） ベンヤミンはバロック時代の寓意的書を「近世のアレゴリー的な事物の見方の真正の記録」と考えていた（『ドイツ悲劇』I, 339）。

（7） この寓意画はバロック研究者ゴットフリート・キルヒナーによって記述されている。「この寓意画の題辞——「人は才のみにて生きる」（'Vivitur Ingenio'）——は精神を通じて続く人生を強調する。画像は、運命と虚栄に満ちた世界の廃墟の風景の前景に死の骸骨を示し、その骸骨は世俗権力のはかない属性である王冠と笏を、手に携え、また足で触れている。隣には平らな岩の上の本が蔦に覆われ、その上には蛇が輪になっていて、どちらも永遠の持続性の寓意的な記号である。絵解き文は図像構成の異なるレベルのつながりを明らかにする［……］。帝国の衰退やその主要都市の崩壊としては、ローマの状況が一七世紀の典型となっている。初期の壮大さについては、残るのは空虚な概念だけである」(Gottfried Kirchner, *Fortuna in Dichtung und Emblematik des Barok: Tradition und Bedeutungswandel eines Motivs* [Stuttgart: J. B. Metzlerische Verlagsbuchhandlung, 1970], 78)。

(8) バロック時代の出版者による、ジェイコブ・アイラーの戯曲に書かれた前文、『ドイツ悲劇』I, 320に引用。

(9) 「意図された効果の核心がたんに全体を示すことにではなく、この全体の構築性自体をはっきりそれとわかるように見せることであったのだとすれば、［バロックの］詩人は、言葉を組み合わせる手つきを、なにもひた隠しにするにはおよばないわけである」(『ドイツ悲劇』I, 355)。

(10) この断片的なテクストは、特にベンヤミンのボードレールに関して企画されていた本と関連して構成された。この「本」と『パサージュ論』の論争的関係は、本書第Ⅲ部の序で議論されている。

(11) 「人工的にこしらえた荒廃［……］は、新しい世界においては画趣に富む廃墟としてのみ目に映る古代の最後の遺産として立ち現れる」(カール・ボリンスキーの引用『ドイツ悲劇』I, 354)。

(12) 「というのも、この［バロック的］思考方法が形成されるにあたってまったく決定的だったのは、偶像および肉体の領域に、はかなさだけではなく罪というものが、はっきりそれとわかるように根をおろしていると見えなければならなかった、ということなのだ」(『ドイツ悲劇』I, 398)。

(13) ベンヤミンはこの零落を、ルネサンスの人文主義および古代そのものにおける動物の寓話に見られた世俗的アレゴリー形式と対置させられる、「近代のアレゴリー」の特質であると考えている。ベンヤミンの独特な図式化において、この「近代」の形式は、一方では「アレゴリーの徹底的な準備の一部」だった神聖ローマ帝国の後期(キリスト教)時代にルーツを持ち(『ドイツ悲劇』I, 397)、他方、ルネサンス期の世俗的人文主義は、最も古いアレゴリー形式の先祖帰り的な再興として現れる。

(14) バロック時代のアレゴリーは、ギリシャ・ローマの古代に対する、このキリスト教的態度に基づいている。この時代に関するアポロン的概念は、啓蒙主義とともに後になってからしか現われてこない。ベンヤミンはヴァールブルグの批評を引用している。「古典主義的に崇高化された古典古代の神々の世界は、ヴィンケルマン以来古典古代そのものの象徴として、いうまでもなくきわめて深くわれわれの心に刻みこまれているので、それらが実は人文主義の学者たちの文化によって新たに創出されたものであるということを、われわれはまったく忘れてしまっている。古典古代のこの「オリュンポス的」側面は、伝統がもたらしたデモーニシュな側面から、まずもって無理やりもぎ取られねばならなかったのだ［……］」(アビ・ヴァールブルク『ドイツ悲劇』I, 400)。

(15) 「アレゴリー的釈義はとりわけ二つの方向性を示した。つまりそれは、古典古代の神々の真の本性、デモーニシュな本性を、キリスト教の立場から確定するためのものであり、同時に、肉体の敬虔なる克服をめざしていた。それゆえ、中世とバロックが好んで偶像と死者の骨を意味深げに並べたがったのも、決して偶然ではないのだ」（同 396）。

(16) この古代の救出は、（一九世紀の新古典主義にあったような）非歴史的な永遠の真実とは無縁のもので、すっかり変わってしまった歴史的現在におけるラディカルな再構築に関わるものだったことに留意されたい。

(17) 「没落の光を浴びて、変容して神々しくなった自然の顔貌が、救済の光のなかに一瞬自らを啓示する」（『ドイツ悲劇』I. 343）。

(18) 『ドイツ悲劇』において、アレゴリーは「凋落の宿駅」と関連付けられている（I. 343）。

(19) 「歴史的生」――じっさいは社会的「破局」――が、その「真の対象だった。この点においてこそ、バロック悲劇はギリシア悲劇と区別される」。ギリシア悲劇の対象は「歴史ではなく神話である」（I. 242-43）。

(20) 「エジプト人たちの象形文字には自然のあらゆる闇を明るくする伝統的英知が含まれている、という神学的確信以外の何が、［……］ピエリオ・ヴァレリアーノの次の文章に表されているというのか。「象形文字を用いて表すということは、神にまつわる事柄および人間にまつわる事柄の本性を明らかにすること以外のなにものでもない」」（『ドイツ悲劇』I. 347）。

(21) 象徴が発展するにつれ「エジプト的、ギリシャ的、そしてキリスト教的な図像言語が互いに浸透しあってしまったのである」（『ドイツ悲劇』I. 348）。

(22) 「というのもこの［バロック時代の］文学では、目標を正確に思い描かぬままにひたすら断片を積み上げてゆくこと、および、奇跡を絶えず待望しつつ繰り返しを高まりと見なすことが、共通する点なのである」（『ドイツ悲劇』I. 354）。

(23) ベンヤミンの近代アレゴリーの問題の分析は、ヴィーゼンタールによってうまく要約されている。「寓意物語作者が意味に対して持つ力のうちには、同時に彼の不能性がある［……］。彼が観察する物質的客体は、「ひとつの意味さえ輝き放つ」ことは「できない」［WB］。この最も極端な特質において、アレゴリーは「空疎化された」寓意画の無意味な組み合わせを表すものになる。寓意画はどれも退けられうる。というのは、それらの無意味さゆえに、寓意画は恣意的に交換可能だからだ」（Liselotte Wiesenthal, *Zur Wissenschaftstheorie Walter Benjamins* [Frankfurt am Main: Athenaum, 1973] 120）。

(24) 「したがってアレゴリーには、一方でものに意味を与える力と、他方でこの意味を本質的に固定することの不能性との間の、ある両義性がおこる」（Wiesenthal, 58）。

(25) 特に「言語一般および人間の言語について」（一九一六年）、『ドイツ悲劇』の本に統合された箇所（I. 398 および 407）、またIIに収録されている「暴力批判論」（一九二一年）、及び「神学的-政治的断章」（一九二一-二二年）を参照。しかし、これらのエッセイのうち最初のものは問題含みである。ベンヤミンは直接そこから、『ドイツ悲劇』の終結部において、彼の寓意物語作者の説明がどこで終わり、どこから彼自身の理論が始まっているのかを明らかにしないまま引用しているために、しばしば彼がバロック的解決を肯定しているように見えるのだ。よりありえそうなのは、彼は神学的な解決を肯定するが、キリスト教のそれはしないということである（本書第七章も参照）。

(26) 「陰謀家の虚しい繁忙さは、一心不乱の観想とは対照的な、品位のないものと見なされた［……］」（『ドイツ悲劇』I. 320）。

(27) ベンヤミンは彼の（一九一七年の）学位論文で、ドイツロマン派について同じ批判をしている。「ドイツロマン主義における芸術批評の概念」II, 7-122。
(28) Rolf Tiedemann, *Studien zur Philosophie Walter Benjamin*, intro. by Theodor W. Adorno (Frankfurt am Main: Suhrkamp Verlag, 1973), 38.
(29) このつながりについて、より徹底した議論は本書第七章を参照。
(30) (及びV, 1117-18)、ショーレムへの手紙、一九三五年五月二〇日付 V, 1112-13も参照。
(31) Susan Buck-Morss, *The Origin of Negative Dialectics: Theodor W. Adorno, Walter Benjamin and the Frankfurt Institute* (New York: Macmillan Free Press, 1977), 20-23および各所を参照。
(32) ベンヤミンは『ドイツ悲劇』の終結部において、キリスト教のアレゴリーにおける「主観性」との関連で、キルケゴールに言及している(I, 407)。
(33) ベンヤミンはキルケゴール研究からブルジョアジーの室内についてのアドルノによる一節を、以下の束に引用している。「室内、痕跡」(束I) V, 290-91 (I3a)。
(34) Buck-Morss, *Origin of Negative Dialectics*, 116-21と、束I「室内、痕跡」(V, 281-300) を比較参照のこと。ブルジョアジーの室内はアドルノにもベンヤミンにも、主観的、内向的な領域へ後退するブルジョアジー意識の寓意画として解釈されている(アドルノからベンヤミンへの手紙、一九三五年八月二日付 [V, 1128] 参照)。
(35) とくに、N2, 7 (V, 575-76) の記述を参照。ベンヤミンは、ボードレールに関する『パサージュ論』の資料の並べ替えを試みて、繰り返しここへ立ち戻っている(本書第III部の序で議論されている)。
(36) 「だが、それはひとつの没落した時代のダンテであり、無神論者の現代のダンテ、ヴォルテールの後にやってきたダンテなのだ」(バルベ・ドールヴィイの引用 [1857] V, 306 [J3a, 1; 以下も参照。J3, 1; J11, 3; J11, 4; J23a, 2; J26, 1; J33a, 10; J37, 3])。
(37) したがってベンヤミンは次のように書いている。「推測が許されるなら、ローマの風刺詩人を読んだときほど、ボードレールが、彼自身の独自性についてよく理解したことは、ほかにはあまりなかったのではないか」(「セントラルパーク」[1939-40], I, 658)。
(38) この断片はフランス国立国会図書館のバタイユ・アーカイブ所蔵のボードレールの本の資料に記されており(「商品」というキーワード下にある)、実質的には、そのあとに続くボードレールについての議論に引用されているすべての断片がそうである。(『パサージュ論』と比較したボードレールの「本」の位置づけの明確化については、本書第III部の序を参照)。
(39) ベンヤミンは(一八四八年六月の革命に対する彼のつかの間の熱狂も含めて)ボードレールの公言していた政治的立場の変遷を記録しているが、彼の詩にある政治的意味の秘密を与えてくれるとベンヤミンが信じているのはこうした公言された立場ではない。彼の詩が持つ政治的な意味とは主観的に意図されたものではない。むしろそれは客観的な典拠によって知られるものだ。
(40) Charles Baudelaire, "Le Cygne," *The Flowers of Evil* [*Les Fleurs du mal*] ed. Marthiel and Jackosn Mathews, revised ed. (New York: New Directions Book, 1962), 329-30 (trans. Buck-Morss). この詩については、V, 450 (J72, 5) を参照。
(41) ベンヤミンが、一九三五年の概要への(批判的)返答の中に、アドルノのコメントに啓示を受けたと考えられる理由がある。アドルノは「商品は、一方では、使用価値が無く疎外された物体ではあるが、それは、他方では生き残るものである。あなたがバロック［悲劇］本において正しくも打ち立てた関係をさらに発展させれば、物神は、一九世紀においてはまさに人間の頭蓋骨にのみ比することのできる当てにならない最終形象なのです」と書いた（アドルノからベンヤミンへの手紙、一九三五年八月二日付 V. 1130）。この文章の横の余白に、ベンヤミンは以下のように記した。「意味は交換価値とどのような関係にあるのか？」（ベンヤミンへの手紙、パリ国立博物館 バタイユ・アーカイブ ベンヤミン文書 封筒5）。実際彼の返答がこの後に続く。

（42） 神による人間創造についてのバロック時代の考えと、資本主義下の製造ラインによる生産物との比較については、V. 463［J78, 4］を参照。

（43）「アレゴリー的直感は一七世紀においては様式を形成する力を持っていたが、一九世紀においてはもはやそうではなかった」（「セントラルパーク」I. 690）。したがって「ボードレールのアレゴリー的な概念化様式は彼の同時代人の誰からも理解されず、ゆえに、結局は取り上げられもしなかった」（V. 426［J61, 3］）。

（44） ベンヤミンは、ボードレールはブルジョアジーに対する密やかな不満を感じた、「不本意な探偵」であると解釈している（I. 543）。ボードレールが「歴史の法廷」の前に立たされたら、彼の作品は、意図せずにではあるが、あの階級支配の犯罪的効果の証人となったろう。つまり、彼の遊歩、群集と市場観察のおかげで、彼は「審理される問題の専門家」になった（V. 459［J76a, 2］）。彼の詩における同様な主題の回帰は、「まさに、繰り返し犯罪現場に犯人を戻らせる衝動に比することができよう」（I. p. 669）。「『悪の華』は断片として［探偵小説に］必須の三つの要素——（1）被害者と犯行現場、（2）殺人者、（3）大衆——を持ち合わせている。だが第四の要素である、情動を帯びた情況を射抜く理解力は欠けている（I. 545）。ボードレールの「階級背信」の「レッテル」は政治的ではなく生産に関するものである。つまり、彼の作品は「ジャーナリズムという流行の風習と相容れなかった」（V. 416［J56a, 5］）のだ。

（45）（国立図書館バタイユ・アーカイブに所蔵されている）「アレゴリー」というキーワードで分類されている、「ボードレール本についての覚書」中の、J22, 4に関するこの所見はベンヤミン自身による。

（46） この詩は一八四三年の夏までに書かれた『悪の華』に収められている二三篇の中の一つである（J38, 1）。ベンヤミンは「この詩において三月前期〔一八一五年のウィーン会議から一八四八年の三月革命前の時代〕の夜が明ける」（J22, 4）と述べている。

（47） ユゴーについてのボードレールの言（一八六五年）参照。「人は特別な才能と愚かさを同時に所有することがありうる。ヴィクトール・ユゴーはそのことをわれわれに端的に教えてくれる——大西洋だってユゴーにうんざりしたんです」（ボードレール V. 338［J19a, 7］）。

（48）「花には感情がないということだろうか？ それは『悪の華』という表題にも関係があるだろうか？ 言い換えれば、花は淫婦の象徴なのか？ あるいは、花はこの表題によってその真の在り処へと追放されるのか？」（V. 348［J24, 5］）。

（49）「機械装置は、ボードレールの中では、破壊的な力の記号となる。人間の骨格は少なからずそのような機械装置である」（「セントラルパーク」I. p. 684）。人間の骨格と建築物の骨組みの両方を意味するフランス語の*armature*は、これらを融合させる（J71, 1参照）。

（50）Jonathan Mayne, *Art in Paris: 1845–1862, Salons and Other Exhibitions* (Ithaca: Cornell UP, 1981) 173を参照。

（51）「象徴と広告像との間で、一七世紀以来、物の世界で起こっている変化を推し測ることができる」（V, 440［J67a, 2］）。

（52）ベンヤミンはボードレール本において「労働市場」の起源を描こうとしていた（V, 715-16［U4, 1］を参照のこと。それはパリ国立図書館バタイユ・アーカイブのキーワード「商品」の下で覚書として列挙されている）。

（53）以下を参照。『資本論』の一八四四年の草稿におけるマルクスの声明。「売春は単に労働者の「普遍的な」売春の［……］「特定の」表現であるにすぎない」（マルクスX2, 1）。

（54）「平素な相互関連という連関から事物を引き離すことは——これは展示された段階の商品の普通の状態である——ボードレールの非常に特徴的なやり方である。それはアレゴリー概念における有機的連関の破壊と関連している」（「セントラルパーク」I, p. 670）。

（55）「〔ボードレールは〕彼の全作品を以ってしてもわずか一万五〇〇〇フランを得たに過ぎなかった」（「ボードレールにおける第二帝政期のパリ」［1938］, I, p. 535）cf. V, 386［J42a, 3; J78a, 1も参照のこと］）。

（56）「早い時期から彼は全く幻想を抱かずに文芸市場を注意深く見ていた」（「ボードレールにおける第二帝政期のパリ」［1938］, I, 535）。

（57）「レリスの発言。ボードレールにとって「親しい／家庭的な」という語は秘密と不穏さで溢れている。それはそれが以前意味していなかったものを表している」（「セントラルパーク」I, 678）——詩「妄執」においては「親しい眼差し」、詩「旅ゆくジプシー」では「親しい天地」。

（58）苦悩はボードレールの「美学的情熱」という概念にとって基本であった（cf. V, 420［J58a, 1］）。

（59）「アレゴリーに対する関心はもともと言語的なものではなく視覚的なものである。ボードレール曰く、「形象、私の大きな、最初の情熱」。問題。いつ商品は都市のイメージにおいて重要になったのかと。建物の正面にショー・ウィンドウが入ってくることに関する統計的な情報を得ることが肝要だろう」（「セントラルパーク」I, 686, V, 302［J1, 6］参照）。商店街はボードレールの観念には現れていないが、ベンヤミンは「朝の薄明」のような詩を読むという経験と柱廊を歩くことを比べている（J88a, 2）。

（60）ベンヤミンは頻繁な呼称の変更を書き留めている（J29, 11）。

（61）一九三九年のボードレールに関する記事において、ベンヤミンは、詩「通りすがりの女に」について、顕著な例をあげている。未亡人のベールをまとう優雅で堂々とした見知らぬ女性が「耳を聾する」通りにいる詩人の前を通り過ぎる。すれ違いざまの一瞬の視線の共有は、ベンヤミン曰く、「最初のひと目による恋というよりは、最後の一目による恋である［……］。「詩人の」肉体をとりこにするもの——「気のふれた男のように身をひきつらせ」——は、自分の存在の隅々までをエロスに占有されている人が持つ幸福感ではない。それはむしろ孤独の男を襲いがちな性の惑乱状態という類のものである」（「ボードレールのいくつかのモチーフについて」［1939］, I, 623）。

（62）「ジュール・ルナールはボードレールについてこう述べている。「彼の心は［……］トランプ真ん中のハートのエースより孤独だ」」（ルナール V. 440 [J67a, 5]）。

(63) 結びの詩は「明瞭なしるし、完璧な絵画」で始まる（V. 413, J70, 4）。

(64) 「モダニティの舞台で活躍する英雄は実は誰よりも役者だ」（V. 461, [J77a, 3]）。

(65) 「笑いは邪悪である、だからこそ深く人間らしい」（ボードレール「笑いの本質について」V. 409 [J53a, 3]）。

(66) 「[ボードレールの詩における]「破壊」の中の悪魔について。「私は［……］彼が肺を焼き、それを永遠の罪深い欲望で満たすのを感じる。」欲望の居場所としての肺とは、欲望が満たされないことをおよそ考えられる限り最も大胆に言い換えたものだ」（V. 440-41, [J68, 1]）。

(67) 「呪われたものの性愛学――ボードレールのそれをこう呼ぶことができるだろう――において、不妊と性的不能は決定的な与件である。これらだけが性における残酷でいかがわしい本能的瞬間に純粋に否定的な性質を与える」（V. 438, [J66a, 9]）。

(68) 「バロックの詩がかくも夢中になっている女性美の細部装飾」について。「そのもっとも高名に値する部分へのこの女性美の断片化、および広く普及している身体の部分と雪花石膏、雪、宝石その他との比較は、多くの場合無機的形式において上手くいく。（このような断片化はボードレールの「美しき船」にも見受けられる。）」（B9, 3。この詩は、「美しき船」のように歩く、ある女性の「多様な美」を称えている。彼女の胸は船首のように突出し、彼女のスカートは帆のようにうねり、彼女の足は魔術師のよう、腕はニシキヘビのよう、首は、肩は、頭は、と詳述していく。）

(69) 以下を参照。情婦。「桃のように傷んだその心」（「嘘への愛」）。または、小さな年老いた女性。「人間の残骸」（「小さな老婆たち」）。

(70) ベンヤミンは「詩はだしぬけに終わる。それゆえにその詩は――ソネットとしては二重の意味で驚くべきことだが――断片的な印象さえ与える」と続けている（V. 441 [J68, 2]）。

(71) ベンヤミンは、「空虚で中身の無い経験」の例として、「真夜中の反省」を引用している（V. 410, [J54, 7]）。

(72) ベンヤミンはこう説明している。中世の寓話が神の記念品（追憶）であるように、「ボードレールにおいてそうした役割を演じる心的能力は、人類の「記念品」である。かつてクローデルはこう書いている。「ボードレールは彼の対象を一九世紀の人々にはまだ可能であった唯一の内的経験、つまり悔恨にした。」しかし、この図はあまりにもバラ色でありすぎる。内的経験の中でも、悔恨はかつては聖別されていた他のものに劣らず死滅している。ボードレールにおける悔恨とは、改悛、美徳、希望さらには苦悶がそうであるように、記念品にすぎない［……］」（V. 407-08 [J53, 1; cf. J33, 8]）。以下を参照。「パサージュで売られているものとは思い出である」（V. 1037 [0°, 76]）。

(73) 「記念品」とは変容の図式である。それに対応するのは「それぞれの記念品とその他すべてとの、終わることなく増殖していく共鳴」である（「セントラルパーク」I, 689）。

(74) ここで、キルケゴールが隠喩的記述として意図したものとは、実際には彼自身の主観的内省への現実の侵入であった、と議論するアドルノのキルケゴール研究と明白な対応が見られる（Buck-Morss, *The Origin of Negative Dialectics*, chapter 7を参照）。ベンヤミンは複数の項目でアドルノのキルケゴール研究（または直接キルケゴール）を引用している（V. 422-3）。

(75) 「錯覚の出現の欠如ならびにアウラの失墜は、同一の現象である。ボードレールはアレゴリーという芸術的手段をそれに役立てた」(「セントラルパーク」I, 670)。

(76) 遠さの魔力の断念について。「「旅」の第一節にその至高の表現は見いだされる。」(V, 417 [J56a, 12])。その節とはこうである。「地図と版画が好きな少年にとって/地上世界は格好の好奇心の的だ/ランプの光のなかでは大きく見え/思い出の目には小さく見える」。

(77) 以下も同様。「星々の反映を送り届けるために、人間の相貌は創造された、と言われている場所はオヴィディウスのどこにあるであろうか?」(V, 336 [J18a, 8])。オヴィディウスにおけるこの部分についてボードレールは、反対に、こう注釈している。人間の相貌が「語る」(?! [WB]) のはせいぜいで「狂暴の表情に過ぎない」(cited. J69a, 3)。

(78) 「再:幻影の消滅:「嘘への愛」」(「セントラルパーク」I, 670)。さらに「遠さの魔術が消えた視線は「あなたの目をサテュロスかニンフのじっと動かぬ目の中に沈めてしまう。」」。(「警告者」V, 396 (J47a, 1))。

(79) 「大量生産商品とともに、特選品という概念を生じさせた」(V, 93 [A4, 2])。

(80) ボードレールは早い段階では、「有益な」芸術に肩入れし、芸術のための芸術を拒絶していた。しかしベンヤミンはこう主張する。「一八五二年以降のボードレールの芸術理論上の立場の発展の実質を大いに見誤ったものでありうる。[……] この芸術(のための芸術) は、(いまだ) それが破壊的であるという意味において有益であり得る。その破壊的噴怒は、芸術の物神的な概念に向けられるものではまったくない」(J49, 1)。ボードレールの立場は彼の生涯を通じて一貫していた。「芸術を存在の全体性というカテゴリーとみなすことの放棄」(J53, 2)。ベンヤミンはこう説明する。「アレゴリーは脆弱性と廃墟の印の下に、存在と芸術の双方を見いだす。芸術のための芸術は、その世俗的な存在の外部に芸術の領域を建設する。その双方に共通しているのは、芸術も世俗的存在も、ドイツ観念論やフランス折衷主義の理論でそうだったように、相互浸透する調和をなす全体性の理念を断念している点である。」(J56a, 6)。

(81) 以下を参照。「進化の観念。この憂鬱な指針。自然ないしは神の保証もない特許品である今日の似非哲学の発明。この近代の灯籠は、認識のあらゆる対象に闇を投げかける。自由は溶け去り、規律は消滅する」(ボードレール V, 397 [J48, 6 : J38a, 7 and J38a, 8])。

(82) 以下を参照。「時計」についてのベンヤミンの所見「この詩について決定的なこととは、時間とは空虚であるということである」(「ボードレールの詩への注釈」I, 1141)。

(83) 「[……] 警告を受けずには/人は一刻も過ごせない」(「警告者」V, 411 (J54a, 1))。

(84) 同様に、ベンヤミンは (それについてアドルノの研究を引用している) キルケゴールの「美学的情熱」とボードレール自身のそれの間に、強い類似点を見いだしていた (特に V, 430-31 [J62a, 3-J62a, 4 and J63, 1-J63, 6] を参照)。

(85) 他の惑星で詳細にわたって反復されるわれわれの「二重性」についてのブランキの見解とボードレールの「七人の老人」を、ベンヤミンは比較している (J76, 3)。

(86) 「ボードレールにとって、それは常に変わらないものから「新しいもの」を引き出す英雄的な努力を要する試みであった」(V, 425 (J60, 7)。(ニーチェの永遠回帰についてブランキ (J74a.

4)、「セントラルパーク」I, 673 参照)。

(87) ゴットフリード・ケラーはメドゥーサの盾という形象にこの表現を与えている。彼はそれを「失われた正義、失われた幸福」の形象と見なしている。この形象はボードレールの「破壊」の最終部でも喚起されている(V, 402 [J50a, 5])。ここでもベンヤミンは心理的な説明を避け、ボードレールにおける性的な不能性のテーマを社会的不能性の寓意として解釈する。同様に、「施しを受けるものの態度を取ることでボードレールはブルジョア社会が定める範例を絶えず検証し続けた。(たとえ自ら進んで維持したのではないにせよ)彼が自ら招いた母親への依存性は、精神分析が強調する原因でだけでなく、社会的な原因による」(V, 427 [J61, 7])。

(88) ベンヤミンはヴェラーレンの詩(一九〇四)を引用している。「諸悪ももろもろの狂った時間も/都市が発酵する悪徳の大樽も、そんなものはとるに足らない/もしいつか……/彫像された光でできた新たなキリストが降臨し/人類を自分の方へ引き上げ/新たな星々の炎で人類に洗礼を施してくれるなら」ベンヤミンはこう注釈している。「ボードレールはこうした展望とは無縁だった。大都市の脆弱性についての彼の理解は、彼がパリについて書いた詩の永遠性の源泉であったのだ」(「ボードレールにおける第二帝政期のパリ」I, 586; cf. V, 458 [J76, 6])。

第Ⅲ部

序

(1) 「J」の記述は、他の束と同様の方法で時期の推定はできない。「ボードレール」の資料でコピーされているものがないからである(他の束資料がコピーされないままとなるのは、一九三七年一二月以降においてのみであるが)。「J」の束のこの特異な地位に関して、編者はいかなる説明も与えていない。しかし、一九三〇年代半ばにベンヤミンがボードレールの箇所を別の一冊の「本」にすることを構想するまで、このファイルが本格的に始まることはなかったと考えることができるだろう。

(2) ベンヤミンは一九三七年一二月から一九三八年一月にかけてアドルノと一緒にサン=レモに滞在し、「テディー」(アドルノ)と議論しているうちに、『パサージュ論』とのこの関係を、ボードレール研究における「傾向」の一つとして「予見した」と書いている。

(3) 研究所の立場を誤読したベンヤミンが、マルクス主義カテゴリーを「マルクス主義に敬意を払うため」に直接的な方法で応用したと示唆することによって、アドルノはベンヤミンに言い訳を与えた。

(4) その発見は、ベンヤミン全集第五巻として『パサージュ論』が世に出る直前に、ベンヤミンの作品のイタリアでの編集者であるアガンベンによって一九八二年春に公表された。Giorgio Agamben, "Un importante ritrovamento di manoscritti Walter Benjamin," *Aut…Aut…* (189/90 [1982]), 4-6 を参照。

(5) ベンヤミンは以下のように述べている。『パサージュ論』資料全体をはじめて通読した際、「ボードレール」に関連しそうなすべての項目に記号と色別コード(注7参照)をつけた。次いで、これらの項目を観念符号、つまりカテゴリー別に一覧表にし、それらの固有の文脈内における意味に関しては短いメモを追加した。それらの意味が固定されていないことは、いくつかの項目が一つ以上の概念符号のもとに現れてくる事実によって示されている。

(6) この第二のエッセイの史料も『パサージュ論』から引かれているにも関わらず、興味深いことに、この第二版において新しいものの多く——とりわけフロイト、ベルグソン、ディルタイ、クラウス、ヴァレリー、プルーストに関する理論的言及——は、『パサージュ論』のどこにも見出されない。(ベンヤミンはフロイトのテクスト「快感原則の彼岸」、およびベルグソンの「物質と記憶」は、「カフカの弁証法的啓蒙」用の重要な「支点」として書き留めている。万一イスラエルに移住することになれば、生活手段の一つとすべく、ベンヤミンは、一九三〇年代にこのカフカ論に同時に取り掛かっていた[II, 1255参照]。)

(7) このフォルダーにアガンベンが最初につけたタイトルとは、「『パサージュ論』(1983-40)のための索引カードと覚え書き」という誤解を誘うものであった。その後、正当なことにティーデマンが、「そして「シャルル・ボードレール高度資本主義時代における叙情詩」のために」というタイトルを追加している。これらの覚え書きは、世に出る前においてでさえ、出版された版の『パサージュ論』を古くさく見せる、という当初のアガンベンの主張は率直に言って根拠のないものである。発見によって明らかとなったものとは、ベンヤミンが多様なパサージュ論の項目の脇に引いた神秘的な「色別コード」であった(ティーデマンが第五巻1264-77で記述)。アーカイブ資料は、ボードレールについての本の符号同様、これら色別符号を解く鍵となるものを含み、色別符号項目がどの見出しに集められるべきかを示している。

(8) Michael Espagne and Michael Werner, "Vom Passagen-Projekt zum 'Baudelaire': Neue Handschriften zum Spätwerk Walter Benjamin," *Deutsche Vierteljahresschrift für Literaturwissenschaft und Geistesgeschichte* (4 [1984]): 593-657. 発見に対して私自身が精読を通じて確認できるのは、それらの報告が正確でかつ極めて優れているということである。私が同意できない点は、むしろその解釈に関してであり、以下で明らかにしたい。

(9) 「ベンヤミンにとって、意図通りの、つまり「一九世紀の根源史」の哲学的総括としての『パサージュ論』という企図の実現は、財政上必要だったジャーナリストの仕事によってさらに未来へと押しやられた。そしてボードレールについての書物の計画は、実際は、徐々に暗くなっていく歴史的状況と、ベンヤミンの剥き出しの生存にかかわる脅威を目前にして、『パサージュ論』計画のもっとも重要な思索と資料を「ミニチュア・モデル」の形式で安全に確定する試みだったのである」(Espagne and Werner, 596)。その考慮について述べられた行間(五九八ページには明確に記されている)の中で、この二人の著者は、本当はベンヤミンの真の関心が他所にあるのに、社会研究所は彼にボードレールの執筆を強制したとほのめかして、罪人としての社会研究所というなじみ深い亡霊を蘇らせる。

(10) 「失敗の原因でありえたもの——弁証法的形象」(Espagne and Werner, 622)についての二人の示唆については、以下の第二節で議論される。

(11) エスパーニュとヴェルナーはこう主張する。「ボードレール論(および「(歴史についての)テーゼ」)から『パサージュ論』の資料を分離させることを正当化することは、今日では困難である」(Espagne and Werner, 597)。これは、まったく正しい。だが、一九二七年から一九四〇年までのベンヤミンの執筆すべてについても同じことが言えるはずである。それだけでなく第六章でのアレゴリーについてのわれわれの議論が示したとおり、『パサージュ論』は彼の初期のドイツ悲劇の研究からも「切り離す」ことはできない。あるいはまたベンヤミンのボードレールについての「本」も、ベンヤミンが初期に行ったこの詩人の「パリ情景」および『悪の華』（III, 7-82）のその他の部分の翻訳からも切断することはできない。自身の哲学観念に、ベンヤミンは衝動強迫的に、妄想的に忠実であった。その事実が、各部分がいかに断片的でも、彼の仕事全体に対しては類を見ない強度な焦点を与えているのだ。

(12)　エスパーニュとヴェルナーは自身の論考で、自分たちの主張と相容れない証拠として存在するこの手紙を無視している。一般的に彼らは、ベンヤミン全集全六巻の編集者注に掲載されており、既に出版されている手紙には十分な注意を払っていない。

(13)　翌週のアドルノ宛の手紙に彼はこう書いている。「（ホルクハイマーに）私が明確に述べた通り、決定的なのは、パサージュの問題意識への責任を否定しないボードレールについての論文は、ボードレールについての書物の一部としてのみ書かれうるということである」（ベンヤミンからアドルノへの手紙　一九三八年一〇月四日付 V, 1168）。

(14)　これは（エスパーニュとヴェルナーがその反対の立場を証明するために言明した）改訂された一九三九年の概要において「概念化におけるすべての新たな発案は［……］ボードレール研究の理論的な結果にその由来がある」という事実についての十分に妥当な解釈である（Espagne and Werner, 601）。

(15)　この前提により、一九三九年の概要の構成におけるいくつかの変更が説明可能となる。もとの第二章「ダゲール、あるいはパノラマ」（以下参照、注18）を削り、「章」は六つに減らされた。あとの五つの章には文字（AからE）が与えられ、ローマ数字が章の小節として再び表れる。各小節は三つの部分に分かれている（テクストのパラグラフ全体の再配列を必要とする処置である）。この変化は些細なものだと退けられてしまうかもしれないが、「ボードレール、あるいはパリの街路」の「D」の章では、一九三五年の概要から「根本的に再構成された」（V, 1171）資料が登場するが、そこで新たな三つの小節がボードレールについての「本」の同じローマ数字をつけられた三つの「部」と、内容そのものでないとしても、少なくとも傾向に対応しているのだ。つまりバタイユのアーカイブで発見されたボードレール本の第一部、二部、三部と指定された覚書は、弁証法的提示の「契機」として、『パサージュ論』第四章の一九三九年の要約の同様に指定された部分と直接対応している。すなわち、(I)ボードレールの詩におけるアレゴリー的表現様式　(II)彼の作品に反映される都市の幻像および、文学の大量生産という社会経済的文脈　(III)商品形態というマルクス主義的記号の下の社会的現実の表現としてのアレゴリーである。

(16)　ある意味、このことは一九三九年の概要から「その本質的な部分が、大部分において芸術作品についての小論のフランス語翻訳にみられる考察で扱われているために」「脱落」した「章」、「ダゲールまたはパノラマ」にすでに起こったことである（ベンヤミンからホルクハイマーへの手紙　一九三九年三月一三日付 V, 1171）。

(17)　ボードレールの論文を完成したことについての手紙。オースマンについての別の論文は、一九三四年以降フランスの共産主義機関誌『ル・モンド』のために企図された（V, 1098）。

(18)　私は第四章で、初期の覚書で支配的である地獄としての一九世紀というテーマの文脈において、これらブランキのテクストについて議論することに決めた。しかし、私が下したその決定は、ブランキの資料が一九三〇年代後半にベンヤミンが立場を大きく変えた兆候だとみなす人々には好まれないであろう。ブランキの宇宙論は、新しい方向性ではなく、ベンヤミンの初期の議論の確認であったのだ。

(19)「ブルジョアジーの王」というルイ・フィリップの歴史的人物像が『パサージュ論』で顕著となることはなかった。彼の名を冠する束は存在しない。概念的に首尾一貫した在りかたで、彼が諸項目において言及されることもない。彼は「パサージュ最盛期」である一八四八年以前の歴史的時期を表すに過ぎないのである(V, 1216 [1935 exposé note no. 10])。

(20) 弁証法的形象の「現在《いま》の時」は、一方においては「商品形態の継続的現象学」としての『パサージュ論』の「最終点」であり、他方においては「石化した過程、継続性の爆発」であった。「その最後の建造ブロックとして機能するはずであったにもかかわらず、弁証法的形象が含意する不連続性は、[テクストの]この構成を危険にさらす。むしろ、向上した自然という提案された理論は、商品物象化の不完全なユートピア的代替を提供するのである」(Espagne and Werner, 622-23)。著者たちは、ボードレールについての「本」において、これら二つの極が「ある種の自己否定的性質を有する」「均衡の試験的かつ一時的状態」に捕らえられていると主張しているのである(ibid., p. 624)。

(21) 彼はそれを「静止した弁証法」と呼んだ(V, 577 [N2a, 3])。第七章第二節を参照。

(22) この世界において、古いもの(地獄の時間)は、新しいものにおいて自己を反復するが、この反復は「厳密な非連続性」の一つなのである。すなわち「常に再び新しいとは、古いものが残存することでも、過去が回帰することでもない。無数の断続が横切る一つの常に同じもののことである」(V, 1011 [G°, 19])。

(23) 彼はショーレムに対し、パサージュの「本」の「内部構造」はドイツ悲劇研究に類似性をもつと書いている。「パサージュ論でも伝統的概念の展開が、中間点に佇むことになるだろう。ドイツ悲劇論ではそれが悲劇の概念であり、パサージュ論ではそれは商品のもつ物神的性質がそれにあたる」(手紙 一九三五年五月二〇日付 V, 1112)。

(24) 初期の覚書で言及されている「痕跡」の理念は(V, 1048 [C°, 1])、束I(室内、痕跡)で展開されている。

(25) 以下の論文において、『パサージュ論』に現れる屑拾いの形相はベンヤミンの方法論の鍵として扱われている。Irving Wohlfarth, "The Historian as Chiffonnier," (*New German Critique*, 39 [fall 1986], 142-68).

(26) Gershom Scholem, *Walter Benjamin: The Story of a Friendship* (London: Faber and Faber, 1981), 197.

(27) たとえば、キーワードが基本的に等位の図式に配列されているカール・クラウスについての小論のための補遺事項(*paralipomena*)を参照(II, 1090)。ベンヤミンは、一九三五年六月一〇日付のアドルノへの手紙の中で、自身の仕事のパターンは「同心円の中心」に向かうものだと説明している(V, 1121)。

(28) そこには同心円(クラウス小論のための「更なる図式」を参照[II, 1092])だけでなく、ボードレールについての「本」の一連の覚書の場合のように、同一ページ内で他のものへと関係することなく円を描いて孤立し、省略された観念の群れも含まれていた(パリ国立図書館バタイユ・アーカイブ ベンヤミン文書封筒5を参照)。

(29) この覚書の第四段落の一部を引用している。Espagne and

Werner, p. 605を参照。

(30) パリ国立図書館バタイユ・アーカイブ　ベンヤミン文書封筒5

第七章　これは哲学か

(1) ブレヒトの影響は、「意味がなく、それゆえ」彼に対する「反感を招くことになる」から、「まさにここで終わらせなければならない」(アドルノからベンヤミンへの手紙　一九三五年五月二〇日付)。

(2) 「その仕事がまさに構想されたままの姿で研究所によって受け入れられることは、私が間違っているならうれしいのだが、まずほとんどないように思われる」(アドルノからベンヤミンへの手紙　一九三五年五月二〇日付)。

(3) ブレヒトおよび研究所双方のマルクス主義概念は、アドルノの考えによると「抽象的過ぎる」ものであり、その分析において「機会仕掛けの神のように」機能する(アドルノからベンヤミンへの手紙、一九三五年五月二〇日付)。一九三八年になるまで研究所の完全なメンバーになることがなかったアドルノ自身、「我々にとって我々自身のカテゴリーの帰結として」思索は行われなくてはならない、と警告している。彼はベンヤミンに「君自身の「根源史」に忠実に、パサージュ論を書くんだ」と激励している。というのもそうあれば、「まさにマルクス主義の最良の著作として、この仕事は挙げられるであろう、と私は深く確信している」(同)からだ。

(4) ベルリンにおいて一九二〇年代以降ベンヤミンの親しい友人であったカルプルスは、アドルノ、ホルクハイマー、ラツィスとともに一九二九年のケーニヒシュタインでの対話に参加した。そのときベンヤミンは『パサージュ論』の最初の覚書を読んだ。一九三五年に彼女はアドルノとともにかなりの時間を共に過ごし、一九三七年に二人は結婚することになる。

(5) この束は企画の最初の段階に作成された覚書を含み(特に初期覚え書きのO°シリーズを参照)、計画の発端から彼の最後のテクスト、「歴史の概念について」までのベンヤミンの方法論における継続性を証明している(「歴史の概念について」一九四〇年)。

(6) 「エンゲルスは言った[……]。「宗教同様に、法はそれ固有の歴史を持っていないことを忘れてはならない」。法と宗教について言えることが、まさに、文化についても言える」(V. 583 [N5, 4])。さらに「政治、法律、知識、芸術、宗教などの歴史などは存在しない」(マルクス V. 584 [N5a, 3])。(同じ意図でエンゲルスを引用し、フックスについての小論でも引用されている(II. 467 [N6a, 1]、)、および(マルクスおよびエンゲルスの批判として読むことができる)[N7a, 2]も参照。「均質の歴史、たとえば経済史は、文学史や法学史同様に存在しない。[……]歴史叙述の連続性は、達成不可能である」。

(7) カール・コルシュに従い、ベンヤミンはマルクス主義を「普遍理論」に還元することを拒絶した。そうではなく、マルクス主義は「研究と実践にとっての完全なる非教条主義的な指針」を提供するのである(コルシュ V. 607 [N17a and N17])。

(8) 作品の「理論」は、「モンタージュの理論に最も密接に関連している」(V. 572 [N1, 10])。

(9) これは、「真に問題含みの構成要素であった。[……]つまり唯物論的な歴史記述が我々に伝えられてきたものより高度な意味で形象にあふれたものであることを証明することであった」(V. 578 [N3, 3])。

(10) 実際のところ、ゲーテの根源現象の概念を「自然との異教的繋がりから引っぱりだし、歴史とのユダヤ教的繋がりへ」連れてきたのだ、とベンヤミンは語っている（V, 577 [N2a, 4]）。ゲーテの根源植物 *Urpflanze* 同様、もとの現象が後から到来するものとともに存在できる一方で、後の形式において発展することになるあらゆる特質を有しているのである（以下、第三章第二節参照）。

(11) 「自らの内部で進歩の理念を無効にする史的唯物論のあり方を提示することを、この仕事の方法上の目的の一つと見なすことができる」（V, 574 [N2, 2]）。

(12) 「唯物論的歴史記述における破壊的あるいは批判的な契機は、何よりも歴史的事象を構成する条件である歴史的連続性を粉砕することで、真価を発揮する」（V, 594 [N10a, 1]）。

(13) 「現在は過去の事象内のどこにおいてその事象の前史と後史が分岐するかを、確定する。それはその事象の核心の周囲を囲い込むためである」（V, 596 [N11, 5]）。

(14) 「かくして、われわれは常に、過去の出来事を感知するのはいつも「遅過ぎる」。「政治」はつねに、いってみれば現在を「予見する」ために「知的機敏さ」を必要とする」（テュルゴ V, 598 [N12a, 1]）。

(15) Adorno, "Zu Benjamins Gedächtnis," *Über Walter Benjamin*, ed. Rolf Tiedmann (Frankfurt am Main: Suhrkamp Verlag, 1970), 15.

(16) 以下を参照。一九三五年の概要。「商品は物神としてのかくも純粋で簡素な形象を提示する。そのような形象は家屋であり街路でもあるパサージュによって提示される。娼婦もまた、売り子と商品が一つとなったものとしてそのような形象を提示するのだ」（V, 55）。

(17) このことは彼の学位論文においてすでに議論されていた（「ドイツロマン主義における芸術の概念」I, 7-122）。

(18) 彼のベン、セリーヌ、ユング批判を参照（V, 590 [N8a, 1; cf. K7a, 2]）。

(19) ベンヤミンは「文学的な著述家と哲学者の境界を尊重することはなかった」（Adorno, *Über Walter Benjamin*, 16）。

(20) 「消費者が自由市場で商品に向かい合うように、詩人は、「芸術のための芸術」においてはじめて言語と向かい合うことになる」（初めてのボードレール小論のために書かれた「趣味」、[I, 1167]）。

(21) 現代思想のいくつかの学派における「不在」のテーマに対するベンヤミンの批判も同じようなものであっただろうと考えてもよいだろう。

(22) ボードレールの詩は、あらゆる自然の活動が停止した凍結した風景における「水、鋼のスレート／階段とパサージュ」のビジョンである。

そして重々しい瀑布が
金属の切り立つ大壁から
まばゆく輝きながら懸かる様は
水晶の幕のようだ。（「パリの夢」『悪の華』）

(23) Hans Robert Jauss, *Toward an Aesthetic of Reception*, trans. Timothy Bahti, intro. Paul de Man, *Theory and History of Literature* vol 2, eds. Wlad Godzich and Jochen Schulte-Sasse (Minneapolis: University of Minnesota Press, 1982), 172.

(24) あらゆる文化的「連続体」に対するベンヤミンの政治的批判は、第九章において詳細に考察される。

(25) Paul de Man, *Blindness and Insight: Essays in the Rhetoric of Contemporary Criticism*, second ed., rev., intro. Wlad Godzich, *Theory and History of Literature* vol. 7, eds. Wlad Godzich and Jochen Schulte-Sasse (Minneapolis: University of Minnesota Press, 1982), 182-83.

(26) ド・マンは、この父から息子への伝達というアレゴリーが、この社会の大学機関において、文化は伝統的に、父系系統に沿って継承されてきたという事実を表現しているのだと指摘することは思いつかなかったようだ。

(27) 対照的に、ド・マンにとって文学解釈の外部に文学史が存在することはない。ド・マンは対象の「物質性」を主張しているが、それはあくまで表象された物質性であり、現前する物質性ではない。彼にとって、「歴史的知識の基盤とは、経験的事実ではなく書かれたテクストである。たとえそれらのテクストが、戦争や革命を装うとしても」(De Man, 165)。なぜなら、テクスト外部に認知の参照点は存在せず、あらゆる知識はテクスト内にあるからだ。さらに、記号と意味の非同一性は、常にそこにあり続けた。脱神秘的文学形式であるアレゴリーは、この非同一性を意識的な表現へと導くにすぎない（同 27）。かくして、ヤウスの歴史的「連続体」を文学的発明であると批判しながら、ド・マンが文学的発明を批判することはないのである。

(28) Peter Bürger, *Theory of the Avant-Garde*, trans. Michael Shaw, foreword by Jochen Schulte-Sasse, *Theory and History of Literature* vol. 4, eds. Wlad Godzich and Jochen Schulte-Sasse (Minneapolis: University of Minnesota Press, 1982), 68.

(29) 「アレゴリーの意図の領域においては、形象は……断片であり、廃墟である。［……］全体性の偽の見せかけは消失したのだ」（ベンヤミン Bürger, 69 に引用）。

(30) 「歴史前衛主義運動は、制度としての芸術を破壊することはできなかった。だがたしかに彼らは、とある派が普遍的な妥当性を有するものとして自己を主張する可能性は、破壊したのである」(Bürger, 87)。

(31) ここで我々は『パサージュ論』に言及している。それとは対照的に、ベンヤミンの初期の仕事である『一方通行路』は、明らかに前衛的な美学作品である。

(32) 「一般的に私が、我々の理論的不一致について感じているように、それは我々の間で何かが本当に起こっていることではなく、むしろブレヒトの太陽が異国の海に再び沈んでいくまで、あなたの腕をしっかり掴まえておくのが私の務めなのです」（アドルノからベンヤミンへの手紙、一九三六年三月一八日付 I, 1006）。

(33) アドルノの立場とは、そういった「主体の消滅」とは、単に現代の大衆社会内部での主体の現実の無力さを哲学において模倣したものに過ぎない、というものであった。

(34) ドイツ悲劇研究における「裏切り（*treulos*）」という語の私の解釈に多くが賭かっていることを、私は意識している（以下の部分を参照：寓意家の「意図」は、彼らのゴルゴタの丘という形象の解釈において、「骨の観想を忠実に［*treu*］持続せずに、代わりに、不実に［*treulos*］復活へと跳躍するのである」[I, 406]）。そしてまた、初期の解釈学者たちは、ベンヤミンがこの言葉とベンヤミン自身の判断の間にある皮肉な距離を確立しようとしていると考えていたのだということも分かっている。しかし、私にはベンヤミンが身体の十字架への磔と精神的な復活というキリスト教的観念を本当に肯定していたとは考えられない。彼の思想の「神学的」要素にとって、それはあまりに異質な概念であるからである。

一九三五年八月二日付のベンヤミンへの手紙の中で、アドルノはベンヤミンの概念に「神学を復興」させるように求めながら、「死の頭にしか比べようのない一九世紀を表す不実な（*treulos*）最終形象としての物神崇拝」に言及している（V, 1130）。彼は商品化された性質自体を「不実なもの」として理解していたようである。余白にベンヤミンはこう注釈を付けている。「交換価値に関しては、この意味は何を表すだろうか?」（パリ国立図書館バタイユ・アーカイブに所蔵されているこの手紙の原本を参照）。この問いへの回答が、ボードレールのアレゴリーについての彼の解釈である（第六章参照）。ボードレールが寓意家の憂鬱な観想を超越することができなかったことを批判するとき、ベンヤミン自身の超越性の観念は政治的なもの（その所与の状態において物質世界の断片を絶え間なく再配置する仕組みを「粉砕する」こと）であり、精神的なもの（物質世界をそっくりそのまま「不実に」放棄すること）ではなかった。これと関連してベンヤミンによるプルーストの賞賛を比較のこと。「彼以前の詩人には未知の情熱によって、彼は我々の生を横断する事物への忠実さ（*die Treue zu den Dingen*）を自分の関心事としたのだ。午後への、木への、絨毯の上の日だまりへの忠実さ、ドレスへの、家具への、香水への、風景への忠実さ」（V, 679［S2, 3］）。

（35）Gershom Scholem, *Walter Benjamin: The Story of a Friendship* eds. Karen Ready and Gary Smith (London: Faber and Faber Ltd., 1982), 125.

（36）「第一次世界大戦以前の数十年間にあったほどかくも空虚で無意味なユダヤ神学が存在してきたことなど無かったと言っても、無礼ではないだろう。［……］「正教会神学は、カバラ嫌悪症とでも呼ばれうるものを患っているのだ」」(Gershom Scholem, *The Messianic Idea in Judaism, and Other Essays in Jewish Spirituality* [New York: Schocken Books, 1971], 321)。

（37）その執筆のための準備の覚え書きと同じく、「歴史の概念について」はこのことをはっきりと示している。「階級の存在しない社会という概念において、マルクスはメシア的時代という概念を世俗化したのだ。そしてそれはそうあってしかるべきだった」（I, 1231）。以下第九節でこの引用について議論する。

（38）ベンヤミンと、一九一四年のこの世代の「新ユダヤ的感性」としての反資本主義的メシア主義との関係に関する優れた論は、Anson Rabinbach, "Between Enlightment and Apocalypse: Benjamin, Bloch and Modern German Jewish Messianism," *New German Critique*, winter 34 (1985) : 78-124 を参照。また、Michael Lowy の素晴らしい仕事も参照のこと。

この伝統に於いて、メシア主義はユダヤ教徒だけでなくキリスト教徒の支持者を有していたことに注意。レオ・レーヴェンタールは一九二〇年代初めに、保守的カトリック哲学者であるフランツ・フォン・バーダーへの彼自身の関心をベンヤミンも共有していたと書いている。「その贖罪の神秘主義の宗教哲学および社会の下層階級との連帯感は、ベンヤミンの歴史哲学テーゼに於いて明白である」(Leo Löwenthal, "The Integrity of the Intellectual: In Memory of Walter Benjamin," trans. David J. Ward, in *The Philosophical Forum*, special issue on Walter Benjamin, ed. Gary Smith, vol. XV, nos 1-2 (fall-winter 1983-84) : 148 を参照)。

（39）「彼らはすべてを利用した。明らかに最後の審判の日を取扱ったテクストだけでなく、それ以外のものも大量に。そして多ければ多いだけ良いのである。絵が色彩豊かに完成すればするほど、贖罪の個々の段階の劇的なモンタージュ創造の可能性とその中身の豊かさは広がるのである」（Scholem, *The Messianic Idea*, p. 32）。

（40） Gershom G. Scholem, *Major Trends in Jewish Mysticism* [first published in 1941]（New York: Schocken Books, 1946）, p. 10.

（41）「[……] 有機的自然も無機的自然も含めて、あらゆる存在領域において、低地（Kelipoth）と混じりあい、そこから分離され持ち上げられる必要のある聖なる閃光であふれていない場はない」（イサク・ルリア Scholem, *Major Trends*, 280 に引用）。

（42） キリスト教カバラについては、Gershom Scholem, *Kabbakah*（New York: Quadrangle, 1974）, 196–200 を参照。

（43） マルクス主義者たちは、ベンヤミンの著作のいくつかにある否定しがたい神学的述語を、隠喩として退けることによってこれを大目に見ようとしてきた。彼らは、マルクス／ブレヒト的なモチーフの意義をベンヤミンの著述の編集者達が十分強調してこなかったと非難する（例 Hildegaad Brenner, "Die Lesbarkeit der Bilder. Skizzen zum Passagenetwurf," *Alternative* 59/60 [1968], 48 以降を参照）。

柵の向こう側では、神学的形而上学とマルクス主義を融合しようとするベンヤミンの努力が、彼を「歴史と政治の間の混乱の最後ではないにせよ、おそらくもっとも理解不可能な犠牲者」にしているとショーレムは考えている（ショーレムからベンヤミンへの手紙、一九三一年三月三〇日『書簡集』II, 529）。

（44） Gershom Scholem, *From Berlin to Jerusalem: Memories of My Youth*, trans. Harry Zohn（New York: Schocken Books, 1980）, 128–29.

（45） 私はここでもっぱらショーレムに頼っている。彼のカバラ解釈が問題含みであることは承知しているが、それがベンヤミンにもっとも重要な影響を与えたものなのである。カバラ用語の綴りは、すべてショーレムの使用例に従う。

（46）「現存している（あるいは今日観察されているものとしての）トーラーはメシア主義の時代には存在しないだろう」（Cardozo [1668], cited in Scholem, *The Messianic Idea*, 65）。以下を参照。「今日そうするように（すなわち、伝統的な生活様式によって）神に仕えたい者は誰であれ、（メシアの）時代には安息日の冒涜者、または植林の破壊者（すなわち、完全な異端者）と呼ばれることになるであろう」（イゲレト・マゲン・アブラハム [1668], 72 に引用）。括弧内の説明はショーレムによるもの。

（47） ユダヤ教学者は、中世のラビの思想の合理主義的方向性から、啓蒙の時代を経て、今日の実証哲学的合理主義までの、直接的かつ段階的な進行の跡を辿った。同時に、メシア的考えをブルジョアジーの歴史の進歩主義に同調させて、そこから革命的な棘を抜き去ったのだ（Scholem, *The Messianic Idea*, 24-33 を参照）。

（48）「世界の再生は、単なる復活以上のことである」（Scholem, *The Messianic Idea*, 14 を参照）。

（49）「その時代においては、飢餓も戦争も、妬みも争いもなくなる。世俗的な物資が豊富に存在することになるのだから」（Maimonides [12 世紀], Scholem, *Major Trends*, 29 に引用）。

（50） 実際、贖罪に先立つのは、進歩ではなく「歴史それ自身が消滅する侵入」である「大破局《カタストロフィー》」なのだ（Scholem, *The Messianic Idea*, 10）。

(51) 「創造過程の段階を知ることは、あらゆる存在の根源への自身の回帰の段階を知ることである」(Scholem, *Major Trends*, 20)。この知識とは、秘義的ではあるものの、学者や哲学者のみが理解できるという意味でのエリート主義的な知識ではない。ショーレムを引用すると、「カバラ主義者自身によって理解されている意味において、神秘主義的な知識とは、彼にのみ、その個人的経験において、明かされる彼の私的事物ではない、ということは覚えておかねばならない。その逆に、より純粋に、より完璧に近づくにつれ、それは人類共通の知識の本来の蓄え［ママ］に近づくのである」(同 21)。

(52) その歴史を通じて、カバラ主義は「神の他者性についてのほとんど誇張された意識」を表明してきた (Scholem, *Major Trends*, 55)。

(53) 「悪を物質とみなすことは、ゾハールおよびその他のカバラ文献でときには見い出されるが、そのどちらにおいても教理として受け入れられたことはない。［……］主要な関心とはむしろ、いかにして神が物質に反映されるか、という問いである」(Scholem, *Kabbalah*, 125)。

(54) 「象徴となるものは、その原型およびそのもとの中身を保持する。いわば、それが他の中身が注ぎ込まれる空っぽの殻となることはないのである。それ自身において、それ自身の存在を通じて、その他の形式では現れ出ない他の現実を透かして見せるのである」(Scholem, *Major Trends*, 27)。

(55) ベンヤミンはもちろん「マルクス主義の異端者」でもあった (Rabinbach, "Between Enlightenment and Apocalypse," 122 を参照)。

(56) ショーレムの回想は、ベンヤミンがカバラについて具体的に何を知っていたかについて、ある程度の概念形成を可能にしてくれる。(パレスチナ移住前の) ショーレムの初期の研究における彼らの対話についてはすでに触れた。その後一九二七年にショーレムがパリに滞在中、(パサージュ計画に着手したばかりの) ベンヤミンは、「私の驚くべき発見を最初に話した人物であった。それはユダヤ教内部で、厳密にユダヤ的概念において発展したメシア的反律法主義であるサバタイ主義の神学である」と述べた (Scholem, *Walter Benjamin*, 136)。

一九三二年にベンヤミンは、ショーレムに後者のカバラについての長い論文の複写を要請し、入手した。それはその年の『ユダヤ全書』(*Encyclopedia Judaica*) vol. 9, 630-732 (同 181) に掲載されたものである。彼は特に (サバタイ・ツヴィに影響を与えることになる) カバラ主義者、イサク・ルリアの弁証法についての箇所を気に入り、その交換として彼自身の手による「ボルシェビキ史」の複写をショーレムに送った。献辞に彼は、こう書いている「ルリアからレーニンへ!」と (同 192)。

(57) 「私の関心がすでにすっかり無能で救いのないものであっても、まだそれは、一般的関心ではなく、あなたの作品への関心なのです」(ショーレムへの手紙、一九二六年五月二九日、*Briefe*, vol. 1, p. 428)。

(58) Winifried Menninghaus, *Walter Benjamins Theorie der Sprachmagie* (Frankfurt am Main: Suhrkamp Verlag, 1980), 91-92. その他各所における論を参照のこと。

(59) 一〇のセフィロトの継承については、Scholem, *Major Trends*, 213 を参照。

(60) この小説は「シュルレアリスム」(II, 295-310) で論じられている。

(61)「すぐそばにある誤り。シュルレアリスムを美学運動と捉えること」（シュルレアリスム論への覚書 II, 1035）。

(62) ドラッグも宗教も完全には拒絶されていないことに注意。「レーニンは宗教を人民のアヘンと呼んだ」（II, 297）。しかし、その両方とも精神を欺くにせよ、視覚を強烈に鋭敏にする。

(63)『パサージュ論』全文書に照らし合わせると、一九三六年のスターリンの粛正の後、あるいは一九三九年のナチスとソビエト間の相互不可侵条約の後になって始めてベンヤミンは神学言語に回帰したという頻繁に言われる解釈は無理がある。彼の政治的ペシミズムは後期になって現われたものであったかもしれないが、彼の神学的言語はそうではない。

(64) ここで予言された黙示録の実現をエイズ、チェルノブイリ、核戦争に見出すことによって、宗教を近代化させうる人々と対比して、極めて重要な差異に注意されたい。現実がテクストの永遠の真実を表すというよりは、テクストが現実の歴史的につかの間の真実を表すのである。つまり、真実はテクストではなく事象の中にあるということだ。未来を予測することはできないテクストは、事後においてのみ記述的に適用されうるのだ。

(65)（一九二八年にはじめて出版された）マルクスの一八四四年の草稿からの引用は『パサージュ論』の記述に頻繁に出現する。ベンヤミンはランドシュット＝マイヤー版のマルクスの初期の『著作集』（一九三二年）を使用している（特に、「マルクス」と題された束X、V, 800-02 および随所、を参照）。

(66) X3a, 4-X4a の項（V, 806-08）は、抽象労働についてのマルクスの理論に関連している。

(67)「蒐集家についての理論。商品のアレゴリーの地位への上昇」（V, 274 [H2, 6]）。寓意家と蒐集家は「反定立的な極」である。同時に、「あらゆる蒐集家には寓意家が宿り」、その逆もまた然りである（V, 279 [H4a, 1]）。

(68) 以下を参照。ベンヤミンによる（マルクスについての）コルシュの引用。「市民としての労働者が自由で、平等な権利を持つ現在のブルジョア社会にとってのみ、経済的な領域において労働者が実際には継続的に自由を奪われているという科学的証明が、理論的発見の性格を帯びるのである」（コルシュ V, 605-06 [N16a, 1]）。

(69) 以下を参照。「歴史の連続体を爆破しているということを意識することは、行動の契機における革命的階級の特質なのである」（「歴史の概念について」I, 701）。

「歴史の概念について」のための覚え書きにおいて、ベンヤミンはマルクスが革命によって意味するところの一般的な理解は、ベンヤミン自身のメシア的なそれとは異なると述べている。マルクスに関して。「一連の階級闘争を通じて、人類は歴史発展の推移において階級なき社会を達成する。＝ただし階級なき社会は歴史的発展の終結点と考えられるべきではない。＝この誤った概念から登場するのは、何よりも、彼の後継者が抱く決して到来しないことが分かっている「革命的状況」という理念である〔。〕＝まさにプロレタリアート自身の革命的政治の利害のためには、階級なき社会という概念に、真にメシア的相貌を再び与えなくてはならない」（「歴史の概念について」覚書 I, 1232）。

(70) マルクスの初期の執筆を引用する初期の項を参照。「批評家は……どのような理論的・実践的意識を出発点としても、既存の現実の特定の諸形式から発展させ、その規範と最終目的としての真の現実へと至る事が可能である」（マルクスからアーノルド・ルーゲへの手紙、一八四三年九月）。そして、ベンヤミンはこう述べている。「マルクスがここで語っている出発点は、直前の発展段階と結びつく必要はまったくない。遠い過去の時代をとりあげることも可能であり、当然、その際にその時代の規範や最終目的は、その後に続く発展段階のことを慮りながら表されるべきではなく、現にある時代自身において、歴史の最終目的の先行形態として表されるべきである」（V. 582-83 [N5, 3]）。

（71）「マルクスによる憎悪の力。労働者階級の闘争欲望。贖罪の理念を持って革命的破壊を横断すること」（「歴史の概念について」覚書 I, 1241）。

（72） Bertolt Brecht, *Arbeitsjournal*, 2 vols., ed. Werner Hecht (Frankfurt am Main: Suhrkamp Verlag, 1973), vol. 1, 16 (journal entry of 25 July 1983). しかしながら、明白に神学的な言語を含んでいるにも関わらず、ブレヒトが「歴史の概念について」を好意的に評価したことに注意。「この論は、（あらゆる隠喩とユダヤ主義にも関わらず）明晰で混乱を避けている」（同 294）。

（73）『パサージュ論』草稿を読んだ二年後に書かれたアドルノの論文「ヴァルター・ベンヤミンの特質」（一九五〇年）は、いまだベンヤミン哲学のもっとも的確な描写であり続けている。「神秘的」および「啓蒙的」という両極を公正に扱っている。アドルノはベンヤミンがカバラに負っているものについて言及するものの、我々がここで見るように、その関連を読み解こうとはしていない。おそらくベンヤミン自身があからさまにカバラに負うところを説明することがなかったからであろう。かくして「新プラトン主義および反律法主義メシアの伝統に彼がどこまで影響されていたかを述べるのは困難である」と述べるのだ（Theodor W. Adorno, "A Portrait of Walter Benjamin," *Prisms*, trans. Samuel and Shierry Weber [London: Neville Spearman, 1967], 243）。

（74） Susan Buck-Morss, *The Origins of Negative Dialectics: Theodor W. Adorno, Walter Benjamin, and the Frankfurt Institute* (New York: Macmillan Free Press, 1977) 88-90. 彼らの知的な友愛関係については、140 以降をも参照。『パサージュ論』に研究所が与えたかもしれない影響についてのアドルノの関心にも関わらず、研究所メンバーの中で高い評価をしたのは彼だけではなかったことに注意。レーヴェンタルは、こう回想している。「このメシア＝マルクス主義のジレンマにおいて、私は完全にベンヤミンの側につく。そう、私は彼の弟子なのです」。マルクーゼにとっても、メシア的ユートピアのモティーフは重要な役割を演じた、と彼は言及している。だがホルクハイマーは「その後の彼は［……］具体的な宗教的象徴主義に突き進んでいき、それは私にとっては若干行き過ぎであった」と述べる（Leo Löwenthal, "The Integrity of the Intellectual: In Memory of Walter Benjamin," *The Philosophical Forum*: 150 and 156）。

（75） この議論でベンヤミンについての最も知的で有能な論者に関して、私がまだ触れていないという事実は説明を要するであろう。その人物は、まさにベンヤミンのメシア主義とマルクス主義政治性が同じ一つのものであると、信じている。私が言及しているのはベンヤミンのテクストの優れた読み手であるアーヴィング・ウォルファースのことである。ド＝マン同様、ウォルファースの方法論とはテクスト批評であり哲学的分析ではない。この二つの分野の間の境界を軽視する最近の試みにも関わらず、ここには差異が存在すると私は信じる。まさにベンヤミンのような極めて「文学的」著述家を解釈する際には、考慮されなくてはならない差異が。哲学は（形象の哲学でさえ）概念的であり、概念はテクストを超えて事象の参照世界（たとえ、それがその表層的属性にすぎなくても）を指し示し、その意味は（たとえ常にテクストの中でしか与えられなくとも）、自律の契機を維持するのだ。アドルノが言うように、完全に知られている事象など存在しないがそれでも、その知識に向けての努力こそが、哲学が放棄してはならないことなのである。このため、ベンヤミンのテクストの完全に内在的で秘義的解釈は、文学の読解としては適切であっても、哲学的読解としては不適切なのである。後者はどう表象されるかだけではなく、執拗に、何が表象されているかにその注意を集中させる。とはいえ、ウォルファースの仕事に私が大いに敬意を抱いていることは書き加えておきたい。彼の微妙な分析とは対照的に、私自身の分析は「粗野な思考」というブレヒト的烙印を押されていることを、すでに私は認めるのだから。

(76) "Historischer Materialismus order politischer Messianismus?" は、最初に、"Materialien zu Benjamin's Theses 'Über den Begriff der Geschichte'," として、同名の選集（ed. Peter Bulthaup [Frankfurt am Main: Suhrkamp Verlag, 1975]）に掲載された。序論の部分に変更が加えられている第二版は、Rolf Tiedemann, *Dialektik im Stillstand: Versuche zum Spätwerk Walter Benjamins*（Frankfurt am Main: Suhrkamp Verlag, 1983), 99–142 に掲載されている。この版は "Historical Materialism or Political Messianism? An Interpretation of the Theses 'On the Concept of History'," in *The Philosophical Forum*, special issue on Walter Benjamin: 71–104 として（Barton Byg によって）翻訳されている。

(77) この論文の初版においては、ティーデマンは明らかにゲルハルト・カイザーに対抗して議論をしている。カイザーは、ベンヤミンは神学と政治を同一視しており、「かくして、神学を世俗化するのでなくマルクス主義を神学にしている」と主張している（Tiedemann, "Historischer Materialismus ... ," in Bulthaup, ed., 80 に引用）。

(78) 彼は批判的にこう結んでいる。「ベンヤミンのテーゼは、都市ゲリラにとっての入門書以外のなにものでもない」（Tiedemann, "Historical Materialism…," *The Philosophical Forum*, 96）。ベンヤミンのアナーキズム、およびベンヤミンの神学と革命的政治を統合しようとする試みへのそれよりはるかに肯定的な評価は、ミヒァエル・レーヴィがその優れた論考で提供している（ここでの私の議論に十全に取り入れるには、その発表があまりに遅かった）。"A l'écart de tous les courants et à la croisée des chimens: Walter Benjamin," *Rédemption et utopie; Le Judaïsme libertaire en Europe centrale* (Paris: Presses Universitaires de France, 1988), 121–61.

(79) Jürgen Habermas, "Bewusstmachende oder rettende Kritik –die Aktualität Walter Benjamins," *Zur Aktualitat Walter Benjamins*, ed. Siegfried Unseld (Frankfurt am Main: Suhrkamp Verlag, 1972), 207.「ベンヤミンは、啓蒙と神秘主義を統合するという自分の意図を極めはしなかった、というのが私のテーゼである。なぜなら彼の中の神学者は、経験のメシア的理論を史的唯物論に役立たせる方法が理解できなかったからだ。その点は、ショーレムに負っているようだ」（同）。

(80) この点についてハーバーマスはアドルノと意見を異にしている。アドルノは「間違ったことに、自分自身の仕事から生じたのと同じイデオロギー批判的意図をベンヤミンに帰することをためらったことがない」（Habermas, 209）。

(81) Richard Wolin, *Walter Benjamin: An Aesthetics of Re-

demption (New York: Columbia University Press, 1982), 225. 「ノスタルジックな意識」をベンヤミンが有していた、という主張は、フレデリック・ジェイムソンがその著書で最初に行った（*Marxism and Form: Twentieth-Century Theories of Literature* [Princeton, N.J.: Princeton University Press, 1971], 82）。

(82) ベンヤミンの人生の「失敗」について、ウォリンはこう書いている。「彼の通常の哲学的プロジェクトそれ自身にも、明らかに相反する解決法が存在している。唯物主義と形而上学の方法論を結合させようとする試み。物質的要素の媒介されていない状況配置から絶対的なものを発生させようとする試み」（Wolin, 272）。ウォリンは最終的には、哲学者としてのベンヤミンの自己理解を拒否する。「ユダヤ神秘主義の深遠な領域への探索を止めることはなかったが、結局ベンヤミンとは、何よりもまず、文芸批評家なのである」（同 26）。ブロッホやルカーチ同様ウォリンは、「歴史的真実の保証としての美的意識」が、ベンヤミンの「全体的枠組み」であった（同 27）とする。

(83) 「マルクス主義者の伝統蔑視は、イデオロギー―批判の方法論の無思慮な使用法においても明らかである」（Wolin, 265）。

(84) ベンヤミンはそのような意識に対して批判的であり、C・G・ユング理論は「現在によって与えられる満足の欠如」ゆえに、芸術家の「ノスタルジア」において古代の形象が呼び出され、その結果、芸術家は「時代精神の一面性を埋め合わせよう」とするという「疑いなく退行的な機能」であると説明している（V, 589 [N8, 2]）。

(85) ベンヤミンの認識論にとっての映画の意味（そして逆に、映画にとってのベンヤミンの認識論の意味）にもっとも知的な分析を加えたのは、ミリアム・ハンセンの論文 "Benjamin, Cinema and Experience: 'The Blue Flower in the Land of Technology'" である。「あなたを見返す」対象についてのベンヤミンの「両義的見解」についての理解と、「視覚の無意識」一般についての彼女の説明において、ハンセンの議論は、ベンヤミンの神秘主義を完全に「アクチュアルな」言説へと導く力があるため、きわめて解明的である（Miriam Hansen, *Cinema and Experience* [Harvard University Press, 2011] を参照）。

第八章　大衆文化の夢の世界

(1) ヴェーバーの初期の仕事にとりわけ比重をおく解釈者の中には（例：ラインハルト・ベンディクス）、合理化の過程を歴史それ自身の進化と混合する者がいる。一方で、適切なことに『経済と社会』の後になって書かれた部分では特に、ヴェーバーは合理化の過程を理想的な様式として、つまり社会構造力学の根本的な形式であり、その出現は西洋の発展に限定されないし、西洋の発展と同義語であるわけでもないものとして理解していることを指摘している解釈者もいる（例：ウォルフガング・モムゼン）。（Wolfgang J. Mommsen, "Rationalisierung und Mythos bei Max Weber," in Karl Heinz Bogrer, ed., *Mythos und Moderne: Begriff und Bild einer Rekonstruktion* [Frankfurt am Main: Suhrkamp Verlag, 1983], 382-402 を参照。）

(2) ピラネージの古代ローマのエッチングは、「おそらく」ボードレールが公言するこの都市への「自然な偏愛」の源泉であったであろう、とベンヤミンは示唆している（「ボードレールによる第二帝政期のパリ」I, 593）。

(3) ヴェーバーに続いて、近代の合理化の鉄の檻を破る方法としてカリスマ的指導者が待望される、と主張することができるかもしれない。しかしベンヤミンによると、ファシズムは世界の再魔術化と大衆の幻影的夢の状態の拡張である（他方『啓蒙主義の弁証法』におけるアドルノとホルクハイマーには、ファシズムは近代の合理性それ自身の拡張と見なされている）。

（4）この点について、ヴェーバーなら同意していただろう。彼は近代化を、理性の本質的な意味ではなく、形式および手段という意味においてのみ、「合理化」の過程として記述している。モムゼンはヴェーバーの良く知られた講演「職業としての学問」の一節を引用している。まさにシュルレアリストに先んじて、近代性に「古い多数の神々」の回帰を認めているのだ。ただしその神々は「魔法の力を解かれ、それゆえ非人格的な力として」、「墓から這い上がり、われわれ人間の生におよぼす力を求め、再び互いに終わりのない抗争を始める」のである（ヴェーバー、Mommsen, "Rationalizierung..." *Mythos und Moderne*, 390 に引用）。

（5）「あらゆる象徴主義は自然から生じ、そこへ回帰しなくてはならない。自然の事物は意味を表わし、かつ存在する。［……］神話においてしか、真に象徴的な素材は存在しない。しかし神話それ自体は、その形式が自然と関係して初めて可能になる。［……］かくして自然の象徴的な見方の再生は、真の神話復権に向けた第一歩となりうるのである」（シェリング．Manfrid Frank, *Der kommende Gott: Vorlesungen über die Neue Mythologie, I. Teil* [Frankfurt am Main: Suhrkamp Verlag, 1982], 198-99 に引用。イタリックはシェリング自身による）。

（6）ワーグナーは民族を芸術の真の源泉とみなしていたが、個々の芸術家が民衆の精神を表現へと導かねばならないと考えた（Frank, *Der kommende Gott*, 226-31 を参照）。

（7）ロマン主義者は一般的に人間の「共同体」の民族主義的な概念に賛成しておらず、その二〇世紀における追従者とは異なり、ロマン主義者の民族概念は明らかに進歩的な政治的含意を有していたことが指摘されてきた。「（シェリングによると）普遍的な神話は、国家における民族のみを結びつけるのではない。それは、文字通り表明されているように、「人間性の再統一」、すなわち公的な権利と私的な権利の区別も、社会と国家の間の断絶もない超国家的共同体を含意していた。それはまさに直接マルクスの「普遍的な人類階級」という理念のうちに生き永らえる思想である」（Frank, *Der kommende Gott*, 203）。

（8）「アラゴン――新たな神話」を参照。一九三五年の概要の覚書9において「パサージュの新たな意味」の下に言及されている（V, 1215）。

（9）その他異版でF°, 10参照。別のリストでは「バルホルン、レーニン、ルナ、フロイト、モルス、マルリット、シトロエン」が含まれている（h°, 1）。アラゴンの一三五ページにおよぶ「オペラ座小路」に「隠れていた」のが発見されたこういった詩神はかくも儚いものなので、まったく人々の記憶から消えてしまっている。一九世紀後半の児童書の挿絵画家ケイト・グリーナウェイは、ヴィクトリア朝スタイルの子供服に関連した名前である。ベイビー・カダムは、カダム社の石鹸の広告イメージである。ヘッダ・ガーブレルはイプセンのフェミニストのヒロインである。「リビドー」はフロイトの生の衝動であり、移ろいやすさそのものを表す（II, 1033参照）。「集団的な夢の存在」として「世界的な旅行者ミッキー・マウス」の名前もベンヤミンは挙げている（『複製技術時代』I, 462）。

（10）以下を参照。ベンヤミン「メトロポリスの力：ガソリンタンク（概要覚書3「パリについての最良の書」V, 1207）」。

(11) それは以下のように評されている。「アラゴンにおいて神話的なものとは、意識と具体的な事物、主観と自然の間の通常の分離が克服され、啓示の瞬間には、分離自体が消え去る経験のことである」(Hans Freier, "Odyssee eines Pariser Bauern: Aragons 'Mythologie moderne' und der Deutsche Idealismus," *Mythos und Moderne*, 165-66)。

(12) 取り壊しの脅威のもと、パサージュは「事実上は儚さを崇拝する聖域となった」(アラゴン、V. 140 [C2a, 9])。ベンヤミン「潜在的「神話」のもっとも重要な目撃者としての建築。そして一九世紀のもっとも重要な建築はパサージュである」(V. 1002 [D°. 7] を参照)。

(13) アラゴンにとって「神話が物語の形式で展開することはほとんどない。神話的物語の語りの構造と、それによって存在する現実の神話的説明がとる系図的形式は、彼の関心の対象ではない」(Freier, "Odyssee eines Pariser Bauern," *Mythos und Moderne*, 164)。

(14) 「私が理解したのは、他でもなく神話とは何よりもまず現実である、ということである」(Aragon, *Le paysan de Paris*, 140)。

(15) 「われわれは夢を」(一)歴史的なもの (二)集団的な現象と考えている」(一九三五年概要覚書8 V. 1214, 1935)。

(16) ロマン主義者たちは先んじてこの問題に取り組んでいた。例えばシェリングは「過去の時代の重要な称揚および現在の力のない懲罰」は拒絶する一方、「原子化された[……]社会が自己正当化する能力がないこと」は認めていた(Frank, *Der kommende Gott*, 195)。

(17) ベンヤミンはS・ギーディオンを引用している。「一九世紀。それは個人主義的傾向と集団的な傾向が驚くほど浸透しあっている世紀である。過去のほとんどの時代とも違って、あらゆる行為に「個人主義的な」レッテルを貼る(自我、国民、芸術)。しかしながら、ひそかに、糾弾された、毎日の領域においては、それは忘我状態にあるかのように、集団的構成のためのもろもろの要素を生み出さなくてはならない。……われわれがかかわらなくてはならないのはこのような素材、つまり灰色の建物、市場、百貨店、博覧会場なのである」(ギーディオン V. 493 [K1a, 5])。

(18) 「彼[アラゴン]は神話を個人化したので、その意識の集団的な形式への接点は、想像的なままにすぎず、それは普遍的なものが具体性を帯びえない個人的な経験に基づくものである」(Freier, "Odyssee eines Pariser Bauern," *Mythos und Moderne*, 167)。

(19) 「アラゴンにおいてはある印象主義的な要素——「神話」——が残っている(そして本書に見られる多くの、内実を欠いた哲学的発言は、この印象主義のせいだと言ってよい)のにたいし、ここでは「神話」を歴史空間の中へ溶解させることが問題である」(V. 1014 [H°. 17; N1, 9 も同様])。

(20) ジークフリート・クラカウアーへの手紙(一九二八年二月二五日)も参照。「[……]まさにこのパリ研究は、私の子供のおもちゃへの関心にとても近い——もしきみがその中でジオラマや、のぞきからくりの言及をみたら、それが何を意味しているかわかるだろう」(V. 1084)。

(21) 一九八五年にはベンヤミンの蒐集した本はクラウス・ドーダラーの指導のもとにフランクフルト大学の児童書研究所へ移された。一九二七年のモスクワ旅行中、ベンヤミンはロシアの児童書蒐集家と「ファンタジー」とよばれるドキュメンタリーの「大いなる計画」について交わした議論のことを日記に書いている

(IV, 1049)。

(22) Scholem, "Walter Benjamin," *On Jews and Judaism in Crisis: Selected Essays*, ed. Werner J. Dannhauser (New York: Schocken Books, 1976), 175.(ショーレムが言及している仕事は「ベルリン年代記」と「一九〇〇年頃のベルリンにおける幼年時代」。)

(23) ピアジェの普遍的な認識心理学を確立するというプロジェクト全体は、形式的な理性の働きの発展という歴史的特異性についてはまったく無知である。それは彼の実験を異文化間に適用しようとすると特に問題となる欠陥である(Susan Buck-Morss, "Socio-Economic Bias in the Theory of Piaget and its Implications for the Cross-Culture Controversy," *Jean Piaget: Consensus and Controversy*, eds. Sohan and Celia Modgil (New York: Holt, Rinegart and Winston, 1982) を参照)。

(24) ベンヤミン「言語社会学の諸問題点」(一九三五年)を参照。ベンヤミンは言語社会学の文献を書評する中で、ピアジェの著作をみとめつつも、予想に違わず、ピアジェがより原始的で「自己中心的」とみなす(「社会化された」言語に対立する段階としての)幼児の言語の使用段階の方に関心を示す。この段階が「状況に」、つまり子供の活動に結びついているためだ。自己中心的言語とは、この活動が中断されたときに起こる思考の一形態である(III, 474)。

(25) ベンヤミンはここで、フォイエルバッハ第三テーゼに対するマルクスの有名な問いに答えている。「人間は環境と教育の産物であり、したがって変化した人間というのは、別の状況と変化した教育の産物であるという唯物論的定説は、環境を変えるのは人間であり、また教育者自身を教育することが必須であるということを忘れている」(Karl Marx, "Theses on Feuerbuch," *The Marx-Engels Reader*, ed. Robert C. Tucker, 2nd ed. rev. [New York: W. W. Norton & Company, 1978], 144)。

(26) Paul Valéry, *Ideé Fixe*, trans. by David Paul, Bollingen Series XLV. 5 (New York: Pantheon Books, 1965), 36.

(27) ベンヤミンは彼自身の学校教育を思い出した。「事物への参照は、歴史への参照と同様まったくなされなかった。耳が、馬鹿げたスピーチのただうるさいだけの声に無力に曝されている間、目に、わずかな逃避の場すら提供してはいなかった」(「ベルリン年代記」VI, 474. trans. Jephcott and Shorter, *One Way Street*, 303)。

(28) 近代において芸術と政治の急進主義が交わるとすれば、それは芸術家たちが模倣的認識を失わずにいて、それを熟達したものにしたという事実と関わりがあるだろう。芸術家は「目の力が弱まるところでは手を使ってより精密に眺め、[……そして] 眼の筋肉の受容的感覚器官の刺激を、手の創造的な衝動に置き換えるのだ」(「プロレタリア子供劇場のプログラム」II, 766)。

(29) 「こんな想像をしてみよう。人が息子の生れた日にちょうど五十歳で死に、その息子もまったく同じことになり、その後もその後も……そうだとする。そうすると、キリストの誕生以来、まだ四十人も生きていないことになる。この仮想の目的は、歴史の諸時代に、人間の生にふさわしい具体的な尺度を当てはめることである」(V 1015 [I°, 2])。『ドイツイデオロギー』でのマルクスのコメントを参照。「歴史とは個々の世代の連続にほかならない」(*Marx-Engels Reader*, 172)。

(30) 「人々は子供の生活における残酷な面、グロテスクな面、気味の悪い面に気づいたのだ。教育者達が、いまだにルソーの夢にふけっていても、リンゲルナッツのような作家、クレーのような画家は、子供の持つ横暴なもの、非人間的なものを把握した」（「昔のおもちゃ」IV. 515）。

(31)「舞台監督の役割は子供のシグナルを、ファンタジーにすぎない危険な魔法の領域から救い出し、それを物質的素材に働きかけるようにすることである」（同 766）。

(32)「ありがちな図だが、家族がクリスマスツリーの下に集まって、父親は息子にプレゼントしたばかりの鉄道で遊ぶのに夢中で、子供のほうはそばに立って泣いている。そうした遊びの衝動が大人を襲ったとしてもそれは子供的なものへとまっすぐに後退したわけではない。子供たちは巨大な世界に囲まれているが、遊ぶときは自分達に合った小さなものを相手にする。だが現実に取り巻かれ、脅かされて逃げ道をもたない大人の男は、巨大な世界を縮小した模型という手段によって、その世界からその恐ろしさを取り去るのだ。耐え難い生活から些細な世界をつくることは、戦争が終わると共に子供の遊びや子供の本に対する関心が高まってきたこととも、大きく関与している」（「昔のおもちゃ」IV. 514）。

(33) 二つのものの類似を知覚することは、魔術の基本である「みずからを対象に似たものにすること」の後に続く「後からの系統発生的にできた習性」である。（「模倣の能力について」II. 211）。

(34) この事物のもつ表現的要素は「精神的本質」だが、それは主体の理性からというよりも、事物（人体も含む）から生じるものだった（「言語一般および人間の言語について」II. 140-57 参照）。

(35) 占星術とは「星の影響や力ではなく、生まれた時間という特定された時における、星々の位置に順応する古代の人間の能力」に関係している（II. 956）。

(36)「筆跡学は、筆跡のうちに、書き手の無意識によって隠されているもろもろの心象を認識する術を教えてくれた。このように書く者の活動のうちに現れてくる模倣という事象は、書くことの発生したはるか遠い時代においては、書くということにとってきわめて重大な意味をもっていたと考えることができる。こうして文字は、言語と並んで、非感性的な交感《コレスポンデンツ》の記録保存庫となったのである」（「模倣の能力について」II. 212-113）。

(37) 言語社会学の当時の著者ら（ピアジェ、ヴィゴツキー、ソシュール、ヤーキーズ、エルンスト・カッシーラー、レヴィ・ブリュルを含む）についての書評は、ベンヤミンが自ら同時代の文献を知るための方法だった。

(38) ベンヤミンはここで、とくにフロイトの『日常の精神病理学』における言い間違いの分析に言及している。

(39) ウォルファースはベンヤミンが「おとぎ話 *Märchen*」という語ではなく“*Feen*”という語を選んだことには意味があると、わたしに指摘した。それは「おとぎの国」を指し、ベンヤミンが物語を語るようにおとぎ話を語る（一九三六年のエッセイ「物語作者」で語るように、近代において次第に衰退した習慣）のではなく、描き出すこと、歴史的表象のモンタージュを通じて、夢の形象を弁証法的形象へと変容させることを意図していたことを意味する。しかし筆者はベンヤミンの「おとぎの国」はおとぎ話と同じく教育的形式としての効果を持つと考えており、したがって以下ではこの用語を交換可能なものとして使う。

(40) 束Kは「夢の町と夢の家、未来の夢、人間的ニヒリズム、ユング」と題されている。

(41) 頭上の屋根からの採光は「夢のような海中の雰囲気」を作り出した（O°, 46; H°, 4 参照）。

(42)「専門家であれば今日の建築様式の先駆けと認めるような建

造物は目覚めの効果をもたらすが、建築を見る目をもたない人には、決して先駆けという印象を与えず、むしろ流行遅れで、牧歌的な印象を与えるというのは、奇妙なことである。（古い駅のホールやガソリンスタンドや橋梁）」（V, 493 [K1a, 4]）。

(43) 特徴的なことに、ベンヤミンは映画館を最後から二番目の「夢の家」であるとしていない。対照的に、集団的空間を技術的に再生産するという点で、映画は逆の効果をもたらす。「酒場や大都市の街路、オフィスや家具つきの部屋、駅や工場は、私たちを絶望的に閉じ込めているように思われた。そこに映画がやって来て、この牢獄の世界を十分の一秒のダイナマイトで爆破してしまった。その結果私たちはいまや、その遠くまで飛び散った瓦礫のあいだで、悠々と冒険旅行を行うのである」（「複製技術時代における芸術作品」I, 461 trans. Harry Zohn, in Walter Benjamin, *Illuminations*, ed. Hannah Arendt [New York: Schocken Books, 1969], 236）。

(44) このような図版の最後のうちには、王の身体が多くのバラバラの追従する個人によって構成されているホッブスのリヴァイアサンの口絵がある。

(45) 一九三五年の概要で彼は次のように書いた。「あらゆる時代は……その終焉を自分のなかに含んでいるのであり、この終焉を――すでにヘーゲルが認識しているように――狡知をもって徐々に発現させる」（V, 59）。

(46) ベンヤミンの「歴史学の新たな弁証法的方法」とは、「われわれが「かつてあったもの」とよぶ夢が実のところ関係している目覚めの世界としての現在を経験するための技法なのである」（V, 491 [K1, 3: F°6を比較参照]）。

(47) 同様に、ベンヤミンはシュルレアリスムの手法は「方法という言葉よりも、トリックという言葉のほうが似つかわしい」としている（「シュルレアリスム」II, 300）。

(48) この文章は次のように続く。「そして伝説に取り組むことでカフカは、弁証法家のためのおとぎ話を書いたのだ。彼はささやかなトリックを伝説の中に組み入れた。そうしておいて彼は伝説から、「不十分な、いや幼稚な手段ですら、救済に役立つことがある」証明を、読み取ってみせるのである」（同）。『パサージュ論』ではオデュッセウスとの対応性は直接的である。「間近に迫りつつある目覚めは、ギリシア人たちの木馬のように、夢というトロイに置かれている」（V, 495 [K2, 4]）。

(49) 「眠りと目覚めによってさまざまにかたどられ区切られている意識の状態は、そのまま個人から集団へ転用することができる。いうまでもなく、個人にとって外的であるかのようなかなり多くのものが、集団にとっては内的なものである。個人の内面には臓器感覚、つまり病気だとか健康だという感じがあるように、集団の内面には建築やモード、いやそれどころか、空模様さえも含まれている。そして、無意識の不定型な夢の形象のうちにとどまっているかぎり、それらは消化過程や呼吸などとまったく同じ自然過程なのである。そうした建築やモードは、集団がそれらを政治においてわがものとし、それから歴史が生成してくるようになるまでは、永遠に等しいものの循環過程に身を置いているのである」（V, 492 [K1, 5]）。

(50) 「プルーストが個人の子供の世界にしたことを、ここでは集団に対して行う」（K1, 2）。プルーストを思わせるように、ベンヤミンは弁証法的形象において「過去が寄り集まって契機となり」、それによって「人類の無意識の記憶へはいっていく」と述べている（「歴史哲学テーゼ」覚書 I, 1233）。

(51) Gelshom Scholem, *Walter Benjamin: The Story of a Friendship* (London: Faber & Faber, 1981) に引用されている一九三二年二月二八日付のショーレムへの手紙において、ベンヤミンはこれらの幼年時代の年代記を「私のベルリンとの関係の歴史」と呼んでいる。

(52) 『パサージュ論』に彼はある幼年時代の記憶を含めた。「何年も前に私は電車の中で一枚のポスターを目にした。それは、尋常な世の中であれば、偉大な文芸作品や偉大な絵画のみが見出しうるような賛嘆者や記録者、解釈者や模倣者をもつことになったであろう作品だった。実際そのポスターは偉大な絵画であるとともに、偉大な文芸作品でもあったのだ。だが、とても深い、そして、思いがけない印象の場合ときどき生じることがあるように、その衝撃が大変激しく、また印象が――こう言ってよければ――私の内部に強烈な打撃を加えたので、それは私の意識の底を突き破って、暗闇のどこかにひっそりと、何年間も横たわることになったのである。私が知っていたことといえば、それが「ブルリッチ塩」[塩の商標名]の宣伝ポスターだということだけだった。[……]さて、ある色あせた日曜の午後「ブルリッチ塩」[……]と、ある標示に書かれているのを発見した」。そこには、この言葉以外何も記されてはいなかった。それでいてこの文字のぐるりに、あの最初のポスターの砂漠の風景が突然何の苦もなく形づくられたのだった。私はその風景を再び目にしたのだ。それはこんな図柄だった。砂漠の前景では馬に牽かれた荷車が進んでいて、それには「ブルリッチ塩」と書かれた袋がいくつも積まれている。その袋の一つに穴があいていて、そこからこぼれた塩が地面にすでに一本の筋をつくっている。砂漠の後景には二本の柱が看板を支えていて、そこには「が最高」と大書されている。ところで、砂漠の道中に散らばった塩の跡はどうなっていたのか? それはいくつかの文字のかたちになり、それらの文字は「ブルリッチ塩」というあの言葉を作り出していたのだ。このナイフのように鋭く、的確に案分された砂漠の予定説と較べれば、ライプニッツ的な予定調和など児戯に等しくはなかったろうか? このポスターのうちには、この地上でいまだかつてだれも経験したことのない事態を暗喩するメタファー、つまりユートピアで満ちた日常を示すメタファーが存在していたのではないだろうか?」(V, 235-36 [G1a, 4])。大衆文化の形態を、人類と和解した自然の徴として創意に富んだ受容をする子供は、幼年時代の認識力には、大衆文化の巧みな操作にたいする解毒剤が含まれていないわけではないことを示していることに留意されたい。

(53) 一九三六年、ベンヤミンはホルクハイマーに、クラーゲスとユング研究所用のエッセイを提案した。「それは、弁証法的形象の概念――『パサージュ』の中心にある認識論的カテゴリー――を、ユングの元型《アーキタイプ》とクラーゲスの古風な形象に対峙させることによって『パサージュ論』の方法論についての考察をさらに発展させることになるはずだった。ホルクハイマーの介入のせいで、この研究が行われることはなかった」(編者覚書 V, 1145)。しかし、『パサージュ論』の資料は、ベンヤミンの議論がとったであろう路線を明確にしている。たとえば、ユングがユートピアのイメージの再発を無意識の内容の「成功した回帰」とみるのに対し、はるかにフロイト(及びブロッホ)寄りのベンヤミンは、無意識の内容の反復回帰とは、ユートピアの欲望の実現を阻止している、社会的抑圧の継続のしるしであると論じた(K2a, 5)。あるいは、ユングなら、乞食のイメージを、集合的心理についての超歴史的な真実を表わす永遠のシンボルとして見ていたであろうことに対して、ベンヤミンにとっての乞食は歴史的人物であり、その永続は原始的な段階の記号であり、精神の記号ではなく、表層の変化こそあれ前-歴史的な神話的レベルにとどまっている社会の現実の記号だった。「乞食がまだ存在するかぎりは、神話もまた依然として存在する」(K6, 4)。

(54) ベンヤミンはこの状況を嘆いているかのようだが、彼は伝統的なブルジョアジーの家族(『一方通行路』で「老朽化した陰鬱な家」[IV. 144]と呼んでいる)を支持してなどはいなかったし、神学に対してどれだけ肯定的態度を示しても、そこには組織的宗教制度は含まれていなかった(——『ベルリン年代記』は、「礼拝の行事にある神聖な側面に劣らず家族的側面」ゆえに、シナゴーグ礼拝を嫌悪していたことを回想している[VI. 512])。『パサージュ論』でベンヤミンは、肯定的な「結婚の社会的価値」として、継続することによって、結婚が最終的な口論や決着を生涯にわたって先送りにするという事実をあげている!(V. 438[J67, 1])。

(55) 概要のさまざまな異版の区別については、編者覚書V. 1251を参照。

(56) (アドルノに送られた)概要の最初のタイプ原稿では、文化の継承者としての世代という概念は以下のような説明ではまだ暗示的に示されていただけだった。「これらの[集合的な]願望形象のうちに、時代遅れのものと決別しようとする懸命な奮闘がある——しかし、その時代遅れのものとは直近の過去を意味している」(V. 1239)。初期のヴァージョン(〝M〟)はより明示的だ。「この直近の過去との不屈の対立は、歴史的には新しいものだ。世代の連鎖における他の隣接者同士は、同じ集合的意識のうちにあって、その集合においては互いにほとんど区別しようがなかった。しかし、現在ではすでに直近の過去とは、夢に目覚めるのと同じ関係にある」(同1236)。

(57) カルプルスへの手紙V. 1140も同様。一九三四年から三五年に書かれた概要の準備段階の覚書のうち、特に(覚書5-9 V. 1209-14 及びのちに書き加えられた覚書 同1249-51)も参照。

(58) とはいえ、ベンヤミンは『一九〇〇年頃のベルリンの幼年時代』の原稿を書き続け、一九三八年まで出版の可能性を考えて資料に手を加えていたことに留意されたい。もっとも決定的な改定はⅣに収録されたものではなく、より最近に発見された、フランス国立図書館のバタイユ・アーカイヴにあるベンヤミンの文書である。

(59) 束Kの記述項目はこの夢の理論に集中しており、一九三〇年代後期に編集されたボードレールの「本」のための覚書に列挙されている。(フランス国立図書館、バタイユ・アーカイヴ)。

(60) 一九三六年末、ベンヤミンはアドルノとサンレモで過ごし、そこでの議論から非常に多くを得たとしている。とくに「計画中の本の、一九三五年の概要の中でもっとも不満がある箇所、つまり集団的無意識とその形象のファンタジーと関わる一連の思考について」(ホルクハイマーへの手紙、一九三七年三月二八日付 V. 1129)。

(61) 一九三五年八月二日付のアドルノの手紙の原本は、バタイユ・アーカイヴのベンヤミンの文書に含まれている。ベンヤミンはそれを注意深く読み、鉛筆でメモをかき、余白に赤で二重線を引いている——必ずしもアドルノの定式化の中でアドルノ自身がもっとも雄弁だと感じたであろう箇所にではなかったが。ベンヤミンのメモには、どうやら同意しかねる箇所を示すらしい感嘆符や疑問符も含まれている。

(62) 概要に対するアドルノの反応を得る少し前に、ベンヤミンは自分がフロイトの理論をフロムやライヒの理論よりも好ましく思っているとアドルノに書き送り、アドルノがフロイトや彼の学派の書いたもののなかに「目下の時点で、目覚めの精神分析とか、そのテーマに関する研究」がないかどうか知らないかと尋ねている。同じ手紙の中で、彼はマルクスの『資本論』第一巻の「研究を始めた」と述べている（アドルノへの手紙、一九三五年六月一〇日付 V, 1121-22）。一九三七年三月、彼はホルクハイマーに「史料調査はいくつか小さな個所を残して終わったので、［『パサージュ論』の］最終的な全体を束ねる計画は、二つの方法論的分析から始まるだろう。ひとつは実用的歴史観に対する批判と、唯物論者が示す文化史に対する批判に関わるものになるだろう。もうひとつは唯物論的歴史-記述の――主題にとっての精神分析の意味に関わっている」と書いている（同 1158）。

(63) ベンヤミンにとっての精神分析理論の重要さを強調することは誤りである。一九三〇年代、彼のフロイト受容の大部分は、シュルレアリスムとフランクフルト研究所という、二つの非正統的な情報源によって介在されたものだった。彼が初めてフロイトの著作と出会ったのは彼が学生だったときで、その出会いは決して肯定的なものではなかった。ショーレムは一九一八年のベルリンにおいて、「ベンヤミンはフロイトについてのポール・ヘーベルリンのゼミナールに出ていて、フロイトの本能論について、これを否定的に評価する詳細なリポートをまとめた。このゼミナールに関連して彼が読んだのは、シュレーバーの『ある神経症患者の回想』で、同じものを扱ったフロイトの論文によりも、はるかに感銘を受けていた［……］。その本の目立った一節からベンヤミンは「大慌てででっち上げられた人間たち」という呼称をとってきた」と伝えている。シュレーバーは、一時パラノイアが絶頂に達したときに、一時的に世界が自分に敵対的な「光線」によって破壊されたと信じたのだが、それでも精神病院の職員や患者は明らかに実在するではないか、と指摘されたときに、そう答えたのである（Scholem, *Walter Benjamin*, 57）。ショーレムはまたつぎのようにも書いている。「数年後に私がフロイトの『夢判断』にひどく失望したことを彼への手紙に書いたとき、彼が反論したかどうかは、記憶にない」（同 61）。一九二一年にベンヤミンは、もしも資本主義が宗教ならば、フロイトの理論は「この信仰の司祭支配」の一部を成すと書いた（VI, 101）。ソヴィエト百科事典のゲーテの項目に、ゲーテが『若きヴェルテルの悩み』でそうしたように、フロイトが「炯眼にも、そして同時に自尊心をくすぐりつつ」ブルジョアジーに彼らの病心理学を描いてみせているとコメントした（II, 709）。

(64) ショーレムは「彼にとってシュルレアリスムは、彼が精神分析をいくぶん肯定的に評価するに至る道の、最初の橋のようなものだった。といっても、シュルレアリスムと精神分析の両方に共通する方法上の弱点について、彼が錯覚していたわけではない」(Scholem, *Walter Benjamin*, 134-35)。一九三〇年代半ばに、彼の夢見る集団という構想が彼をユングに近づけることになるというアドルノの警告に応えてはじめて、ベンヤミンはフロイトをより真剣に勉強することにし、特に、ユング批判を書くと決意した（V, 1069, 1158, 1162 参照）。ふたつめのカフカ論の背景として、彼はフロイトについての覚書を書いた。しかしこのときにおいてでさえ、彼の関心を引いたのはフロイトの中心的な著作よりも、彼自身発見して驚いた、（「模倣の能力について」における）自分自身の言語理論と一九三五年に出版されたフロイトの「テレパシーと精神分析」についてのエッセイとの間にある数々の「類似性」（ヴェルナー・クラフトへの手紙、一九三六年一月三〇日付）であった。――なかでも、テレパシーは、昆虫のうちにすでにある認識形態［!］であり、それは系統発生的に言語の前身であるという概念――であった（II, 953 参照）。束Kの一九三五年以降の記述に見られるフロイトの理論に関係する項は、大部分はフロイト学派の分析家であるテオドール・ライクによる著作からの引用に限られており、それは過去を意識的に再構築すると現在を支配する過去の力を破壊するという事実から派生する、想起による癒しの力に関する部分である（V, 507–08［K8, 1; K8, 2］）。

（65）Sigmund Freud, *The Interpretation of Dreams*,trans. and ed. James Strachey (New York: Avon Books, 1965), 123.

（66）ブレヒトの（一九三五年の文章からの）引用は以下のように続いた。「彼ら［支配者たち］は、月はいつまでも空にかかり、太陽も沈まないのが一番なのである。そうなれば、誰も空腹にはならないし、夕食をとる気にもならないだろう。彼らが銃を撃ったとしても、敵は撃ち返してはならない。彼らの銃弾が最後のものとならねばならないのである」（B4a, 1 に引用）。

第九章　唯物論的教育

（1）一九五〇年にアドルノは歴史哲学テーゼは「認識論的省察の要約であり、その展開はパサージュ論の展開にともなった」と書いた（Theodor W. Adorno, "Characteristik Walter Benjamins," *Über Walter Benjamin*, ed. Rolf Tiedemann [Frankfurt am Main: Suhrkamp Verlag, 1970], 26)。エスパーニュとヴェルナーが、アドルノのこの言葉は（一九四〇年二月二二日付の）ホルクハイマーへのベンヤミンの手紙の中の「彼自身の言葉と文字どおりには一致していない」と主張している。ベンヤミンはその手紙で、歴史哲学テーゼが「第二のボードレールについてのエッセイのための理論的武装となるもの」であると述べており（Benjamin [V, 1129–30], Espagne and Werner, 646 に引用）、彼らはこの事実によって、ボードレール論がパサージュ論に取って代わるものであるとする彼らの主張を補強しようとしている。この主張に対する筆者の批判は、すでに述べた（本書第三部の序）。

（2）一九二七年のモスクワへの旅で彼は、革命以降の社会における文化教育の問題は劣らず深刻であると確信した。そこでは共産党がヨーロッパ文学の「古典」を「最終的には帝国主義の成果といえる歪曲された絶望的な姿で」普及させる試みそのものによって、ブルジョアジーの価値感を広めていたのだ（「モスクワ日記」VI, 339；本書第二章も参照）。

（3）それも「またもっとも多く版を重ねた書物の一つ」になった（「ボードレールにおけるいくつかのモティーフについて」I, 608）。

（4）ブレヒトの見かたと反対である。ブレヒトはボードレールは「決して彼の時代を、いや十年間すら表現していない。彼は長い間理解されることはないだろう。すでに今日でも、あまりに多くの注釈が必要である」と考えていた（ブレヒト　編者によるあとがきに引用 Walter Benjamin, *Charles Baudelaire: Ein Lyriker im Zeitalter des Hochkapitalismus*, ed. Rolf Tiedemann [Frankfurt am Main: Suhrkamp Verlag, 1974], 193)。

（5）ベンヤミンのマルクス理論のヘーゲル的遺産の解釈はまさにこの点を語っている。マルクス理論は、プロレタリアートにドイツ観念論の遺産を受け継がせようとしているわけではない。むしろ、プロレタリアートの真の歴史的状況、すなわち「生産過程そのものにおける彼らの決定的な立場」（C. コルン［1908］「エードゥアルト・フックス――蒐集家と歴史家」II, 473）のおかげで、マルクスによるヘーゲルのラディカルな再読が可能になったのだ。リアルな現在のプロレタリアのイメージは、一撃でヘーゲル哲学を現在に「救い出し」、その哲学にたいするもっとも破壊的な批判となって直撃した。

（6）立体鏡は一八一〇年から一八二〇年の間に発明されたもので、ベンヤミンの歴史的展望の理論の形象だった（アドルノからベンヤミンへの手紙、一九三五年八月二日 V, 1135）。

（7）時おり、パサージュの記述はとても単純に「現在」とつながっているように見える。たとえば過去においては貴族が浴場を訪れたけれども、いまではそれらを訪れるのは映画スターだというように。「技術が言語に入り込むこと」をしるしづけた「鉄の首相」というビスマルクのニックネーム（V, 231［F8, 5］）は、事実として同時代のスターリンの呼び名「鋼鉄の人《スターリン》」と響き合う。ベンヤミンは一八五一年の博覧会におけるハイド・パークの会場で「おとぎめいた見世物のために木々を犠牲にしてはならない」と「警告の叫び」をあげたことを記している（V, 247［G6; G61, 1］）。一九三七年に「廃兵院の遊歩道の友人たち」から同じ叫びが聞かれた。「博覧会という口実で資本を破壊してはならない。木々を守らねばならない！」彼らの抗議にレオン・ブルムは即座に反応し、調査を開始した。（*La Semaine à Paris*, February-August, 1937, [Paris, Bibliothèque de l'Historie de la Ville de Paris]）。このような詳細が『パサージュ論』に取り入れられていたら、この著作はどのように読まれるべきかという示唆を読者に示す効果があっただろう。

（8）一九一四年にコローニュで展示されたグロピウスのモデル工場は壁がガラスでできていた。そしてこの展覧会のためにポール・シェールバルトは彼の「ガラスの家」を建てた（ユートピアの表現としてのガラス建築に関連したシェールバルトへのベンヤミンの言及を参照［一九三五年覚書 V, 46］）。

（9）本書第二部の建物の写真は、ジークフリート・ギーディオンの *Bauen im Frankreich*（1928）からのもので、それらはベンヤミンの初期の情報源の一部であった（よく引用されている以下の本からの項目も参照。Adolf Behne, *Neues Wohnen — Neues Bauen* [Leipzig: Hesse and Becker Verlag, 1927]）。

（10）「技術的な構築形式に特有なのは（芸術形式とは反対に）、そうしたものの進歩や成功が、その社会的内容の透明度に比例していることにある。（だからこそガラス建築が出てきた）」（V, 581［N4, 6］）。

（11）いくらか似た形で、この時期のアドルノはシェーンベルクの無調声音楽を新たな社会秩序を予感するものとする理論を展開していた。しかし彼らの例証には重要な差異があった。シェーンベルクによるブルジョアジーの調声の超越は、孤立したうちに作業をする芸術家の内的な音楽の達成であり、それは彼が受け継いだ音楽の伝統の成果から取り出したものだった。対照的に、モード、建築、装飾、そして「様式」の変容は、一般的に集合的なプロジェクトであり、技師、商業デザイナー、工場経営者やその他の協働を通じて達成された。さらに、自律した芸術としてではなく使用価値として、それらは人々の日常の経験に入り込み、集団的無意識の内容の一部となった。少なくとも潜在的には、ベンヤミンのアプローチはアドルノの文化批評に固有のエリート主義を避けたのである（Susan Buck-Morss, *The Origins of Negative Dialectics* [New York: Macmillan Free Press, 1977], chapter 8, 127-31 参照）。予感としての文化形態という概念はエルンスト・ブロッホにも見られる。

(12) ベンヤミンは初めて「共同炊事場と現在呼ばれている」ものを提案したルドゥの集合住宅の設計にも言及している（カウフマン［1933］V. 742 [U17, 3]）。

(13)「最新情報をつかんでひろめるためにうろつきまわってばかりいる、文明社会では何の役にも立たない連中を、調和社会では人々の食卓を回って歩かせたいとフーリエは望んでいる。それというのも、彼らは人々に新聞を読む時間を節約させてくれるからである。これは、人間の性格の研究から、ラジオの出現を予言するものである」（V. 793 [W15, 5]）。

(14) 彼は「視覚電話」を想像していた。

(15) しかし彼はつねに、夢の形象を両義的なものであると理解していた（第八章第八節を参照）。フーリエのファランステールが公的住宅の兆しである一方で、それはまたパサージュの建築様式を私有化するという、「徴候的な」「反動的な改造」でもあった（一九三五年概要 V. 47）。

(16) ベンヤミンの書簡は、彼がファシズムの脅威に気付くのが遅かったこと、そしてまたソヴィエト主導の共産党がそれに対抗する勢力として不十分であることに気づくのが遅かったことを示している（『書簡集』II. 536, 646, 722 および関連個所を参照）。

(17) これは一九三四年のベンヤミンによる描写である（アドルノへの手紙、一九三五年三月一八日付 V. 1102-3 を参照）。

(18) ベンヤミンは、ジャーナリストがまるでマルクスの以下の定義を知っているかのように振舞うと書いている。「あらゆる商品の価値が［……］それを生産するために社会的に必要な労働時間によって決められている［……］。彼の目には、そしてまた彼の原稿依頼人の目には、こうした「彼の労働時間に相当する」価値がなにか素晴らしいものに見える。もっとも、彼の使用価値の生産に必要な労働時間を目抜き通りで過ごし、言ってみれば衆目に晒すことで、これを一般の公の評価に委ねる特権的状態にあるからいいものの、そうでなければ、そんなことは言っていられないだろう」（V. 559-60 [M16, 4]）。

(19) このテーマをより十全に扱っているものとして、Susan Buck-Morss, "The Flâneur, the Sandwichmand and the Whore: The Politics of Loitering," *New German Critique* 39 (fall 1986): 99-140 を参照。

(20)「盛夏のごとき十九世紀の中葉においてのみ、またその太陽の光に照らされてはじめて、フーリエの空想が現実化された姿を想像することができる」（V. 785 [W10a, 4、後期の記述]）。

(21)「［弁証法的］形象が歴史的な指標を帯びているということは、ただ単に形象がある特定の時代に固有のものであるということのみならず、形象というものは何よりもある特定の時代においてはじめて解読可能なものとなるということを意味している」（V. 577 [N3, 1]）。

(22) ベンヤミンは皮肉をこめて、「ナポレオン三世は、一八四八年に、フーリエ主義グループの一員であった」と記録している（V. 789 [W12a, 5]）。

(23) 一九三五年の概要への最初の覚書は、この過程における段階の年代記、一八四八年十二月十日のルイ・ナポレオン・ボナパルトの大統領選出から三年後の共和国解体、そしてその後に成功した国民投票までの年代記を含んでいる（V. 1206-07）。

(24) バタイユ・アーカイブ所蔵のベンヤミンの書類には、フランスの新聞からのミッキー・マウスとウォルト・ディズニーの切り抜きが入っている（パリ、フランス国立図書館）。

(25) ウォルト・ディズニーによる最初のフルカラーのアニメーション漫画は「花と木」というタイトルで一九三二年に登場した。気難しい切り株が若い二本の木のロマンスの邪魔をするため、火を放って森全体を脅かす。鳥が雲に穴をあけ、雨を降らせて炎を消す。切り株は破壊され、恋人たちは結婚してホタルを結婚指輪とし、花々が婚礼を祝う。『パサージュ論』はグランヴィルとウォルト・ディズニーの作品の違いを記している。すなわちディズニーは「死を思わせる苦行のきざしをまったく含んではいない。この点で、それは、死のかかわりをつねに内包するグランヴィルのユーモアとはかけ離れている」（マッコルラン［1934］V. 121［B4a, 2］）。

(26) フーリエの突飛な発想は、ミッキー・マウスを援用して説明することができる。ミッキー・マウスにおいては、まさにフーリエの夢想と同じ意味で、自然が道徳的に動員されているからだ。そこでは、ユーモアが政治を検証する。マルクスがフーリエの中にとりわけ偉大な諧謔家を見たのがいかに正当であるかを、ミッキー・マウスは確証してくれる（V. 781［W8a, 5］）。

(27) 「ニュルンベルクのスタジアムの両サイドの炎、巨大で圧倒的な旗、行進と語りのコーラスは、［今日の］モダンな観客に、ヒトラー自身が非常に好んで夜ごと見ていた一九二〇年代と一九三〇年代のアメリカのミュージカルのようなスペクタクルを提供する」（George Mosse, *The Nationalization of the Masse* [New York: Howard Fertig, 1975], 207）。

(28) 「語り草になったオースマン夫人のあるサロンにおける素朴な発言。「不思議なの、私どもが建物を買うたびに、いつも、そこにはブールヴァールが通ることになるの」」（V. 192［E5, 4］）。

(29) ワシントンD. C. は不況の時期に新古典的デザインの信条にしたがって再建された。

(30) サン＝シモンの思想は「社会主義的な国家資本主義にはるかに近づいていく」（ヴォルギン［1928］V. 720［U6, 2］）。「サン・シモンはテクノクラートの先駆けである」（U5a, 3）。ベンヤミンは「サン・シモン主義とファシズムの接点」と書き留めている（V. 1211［一九三五年概要覚書5］）。

(31) モーゼス Marshall Berman, *The Experience of Modernity: All that is Solid Melts into Air* (New York: Simon and Schuster, 1982), 290 に引用。

(32) ナチスの国粋主義文化というイデオロギーにもかかわらず、ヒトラーが新古典主義をゲルマン民族の伝統よりも好んでいたため、彼がシュペーアに委託した計画は、過去のゲルマン建築よりもはるかに、ワシントンD. C. の建築計画と似ていた。ベンヤミンは「ギリシア芸術の持つ規範的性格についてのマルクス主義的把握」の修正を試みるラファエルを引用している。「「規範」という［……］抽象的概念［……］は、ルネサンスによってはじめて創り出された。すなわち、最初期の資本主義によって創り出されたということであり、その後、古典主義によって受け入れられ、……歴史的な諸連鎖における位置が定められた」（マックス・ラファエル［1933］V. 580［N4, 5］）。

(33) ナチスの都市計画は、ゲルマン人の魂の「再覚醒」を目標とし、国家建造物の記念碑的な側面を強調した（Robert R. Taylor, *The World in Stone: The Role of Architecture in National Socialist Ideology* [Berkeley: University of California press, 1974] 30）。ヒトラーにとって、「「共同体」建築とは、決して」労働者の住宅や病院などのような「共同体の必要に応じるための建物という意味ではなかった」（同 28）。彼は古代ローマの国家建築物

——神殿、競技場、円形野外大競技場、水路橋——を称賛し、それと対比されたのが、ドイツのヴァイマールの建築的な特徴で、そこでは「ホテルや「ごく少数のユダヤ人が所有する百貨店」」が目立っていた（同40）。一九三八年水晶の夜〔ナチス党員によるユダヤ人迫害。壊されたショーウインドーの破片に因むナチスの命名〕、ユダヤ人によって所有されていた二九店の百貨店が燃やされた。

(34) ベンヤミンのコミューン批判（束Kを参照）は、どちらかといえば、それが一七九三年の精神を受け継いでいるという、「幻想」を抱いていることにある（V, 952［k2a, 1］参照）。これと同じ「幻想」が、一九三六年の選挙においてフランス共産党によって掲げられたことに留意されたい。彼らのスローガンは「コミュニズムは二〇世紀におけるジャコバン主義である」だった（Joel Colton, "Politics and Economics in the 1930s," *From the Ancien Régime to the Popular Front: Essays in the History of Modern France in Honor of Shepard B. Clough*, ed. Charles K. Warner [New York: Columbia University Press, 1969], 186)。

(35) 歴史哲学テーゼにおいて、ベンヤミンが社会民主党の（ファシズムにも見られた）「テクノクラート的な」ユートピアのイメージを批判する文脈でフーリエに言及した箇所を参照。このイメージは労働を美化し、「一八四八年の革命以前の社会主義的ユートピアと、不吉な相違を示す」自然の概念を保持している。「労働は、詰まるところ自然の搾取に帰するものであるのに、おめでたい満足感に浸ってプロレタリアートの搾取に対立させられている。この実証主義的な考え方に比べるならば、フーリエがさんざん嘲弄される因《もと》となったあの夢想は、はるかに健康な感覚が生み出したものだとわかる。フーリエによれば、健全なる社会的労働を確立すればいずれは、四つの月が地球の夜を照らし、両方の極地からは氷が消え去り、海水はもう塩辛くなくなり、猛獣が人間の用を足すことになっていた。こうしたイメージのどれからもうかがえる労働は、自然を搾取することからははるかに遠く、自然の胎内に可能性としてまどろんでいる創造の子らを自然がこの世へと産みおとす、その産婆役を果たすものなのである」（I, 699; V, 775-76［W6, 4］：［W11, 8; W14a, 6; W15, 8も同様］）。

(36) 彼のホテルは「戦略的に特に重要な」、フォ通りとサン＝ジェルマン大通りの角、ブルボン宮殿と上院から遠くない場所にあった（グレーテル・カルプルスへの手紙、一九三四年二月 V, 1099）。一九三〇年代のベンヤミンの秀逸な伝記として、Chryssoula Kambas, *Walter Benjamin im Exil: Zum Verhältnis von Literaturpolitik und Ästhetik* (Tübingen: Max Niemeyer Verlag, 1983) を参照。

(37) この論考はコミュニスト新聞の「ル・モンド」紙〔共産党機関誌『ル・モンド』誌〕向けに計画された。

(38) この書物はこの時期から束E「オースマン式都市改造、バリケードの闘い」に頻繁に引用されている、Lucien Dubech and Pierre D'Espezel, *Histoire de Paris* (1926) である可能性がきわめて高い。オースマンに関する論文は『パサージュ論』のこの束から、資料を引いている。ベンヤミンは一九三四年二月、カルプルスに宛てて、ブレヒトがオースマンを特に重要なテーマであると考え、このテーマを取り上げることで、彼は一時中断していた「私のパサージュ論に再び極めて接近した」と書いている（V, 1098）。この論考は完成しなかったが、もししていれば特定の歴史の瞬間への政治的関連性は著しいものであったろう。

(39) 「内乱戦術」は「古臭かった」（V, 182［E1a, 6］）。一八四八年の革命でエンゲルスはすでにバリケード戦術が「物理的というよりは精神的意味を」もっていたと言った（エンゲルス同 E1a, 5]）。

（40） 一八七〇年の失敗に終わったブランキの反乱について。「当時の市街戦の形態の特徴は、労働者がピストルよりも短剣の方を重用したことである」（V. 204 [E10a, 5]）。バリケードの全盛期は一八三〇年の革命時で、「六〇〇〇のバリケードが市街に確認された」（一九三五年概要覚書19 V. 1219）。「［一八四八年の］六月蜂起の弾圧にあたって、市街戦で初めて大砲が使われた」（V. 202 [E9a, 2]）。

（41） 路上のデモ隊は武力を行使しようとする国家に太刀打ちなどできないことが、その夜あきらかになった。警察と機動隊が群衆を制圧し、一四人を殺害し、一〇〇〇人以上を負傷させたのである（Joel Colton, *Leon Blum: Humanist in Politics* [Cambridge, Mass.: The MIT Press, 1974], 94）。ベンヤミンが『パサージュ論』の概要を執筆したのは一九三四年から三五年という政治的不安定期のことだった。

（42） ベンヤミンはフリッツ・リープとともにいたのだろう。彼は一九三七年に次のように書いている。「きみは、ぼくらが一緒に過ごしたフランス革命記念日のことを憶えているだろうか？ あの頃のぼくらは、小声でしか不満を漏らさなかったが、その不満がいまでは、なんと的を射たものに思えることか」（リープへの手紙、一九三七年七月九日付）。

（43） 「いたるところでストライキが共通の形態をとった。労働者らは昼も夜も施設にとどまり、警備を配置して、心配そうに機械類の手入れをしていた。食べ物や毛布は彼らの家族やシンパから持ち込まれた。娯楽が供給された。破壊行為はほとんどなかった。じっさい、労働者らは工場を、その施設がすでにかれらに属しているかのように扱っているように見え、それだけでブルジョアジーを脅すには十分だった。ル・タン紙は工場を支配している秩序に、なにか不気味なものを見ていた」（Colton, 135）。

（44） ベンヤミン著作集第Ⅶ巻（出版はこれからである）は、彼の書簡から成る予定なので、別のことが示されるかもしれない。

人民戦線と『パサージュ論』の布置関係については、Philippe Ivernel による素晴らしい論文 "Paris—Capital of the Popular Front," trans Valerie Budig, *New German Critique* 39 (fall 1986)：61-84、あるいはオリジナルのフランス語による出版（こちらは著者の名を正しくつづっている）*Walter Benjamin et Paris: Colloque international 27-29 juin 1983*, ed. Heinz Wismann (Paris: Cerf, 1986), 249-272 を参照。丹念な調査を行った Jon Bassewitz の論文 "Benjamin's Jewish Identity during his Exile in Paris" は、ベンヤミンの著作を一九三〇年代パリにおける左翼文化論争の文脈に位置づけている。

（45） じっさい、ベンヤミンが一九三七年一二月のさらなるストライキを回顧的にコメントしているように、その潜在性は指導者によって抑圧された。「ストライキ運動がそれに先立つものの継続である限り、それは不運なものであるようだ。二年のうちに、指導者は労働者たちから直感的な行動という、本質的な感覚を奪うことに成功した——いつ、どのような状況下で合法的行動が非合法的なそれに移るべきか、またいつ非合法的行動が暴力的にならねばならないかという、彼らの間違いのない確かな感覚を奪ったのである。彼らの最近の行動はブルジョアジーに徐々に恐怖をしみ込ませているが、その行動には威嚇する意図、そのための真の力がないのだ」（フリッツ・リープへの手紙、一九三七年一二月三一日付。Chryssoula Kambas, "Politische Aktualität: Walter Benjamin's Concept of History and the Failure of the Popular Front," *New German Critique* 39 (fall 1986): 93-94 に引用)。

(46) 彼はスペイン戦争のときの共産党の日和見主義に対してはまさに批判的評価を下していた。そこでは現実の問題のためにではなく、現地指導者の強欲主義のせいと、スペイン革命の理念とロシア指導部のマキャベリズムの折衷案のせいで、[……] 犠牲を強いられている(カール・ティーメへの手紙、一九三八年三月二七日付)。

(47) 新規の消費製品の生産が国家の資源に食い込むという批判もあったが、化粧品や服飾はファシスト国家ドイツから根絶されることはなかった。それればかりか、それらはこの分野におけるフランス製品の優勢に対抗する国内産業として奨励された。持ち家の需要が奨励された。大衆による自動車の消費が国家の目標であり、それはフォルクスワーゲンの「クラシックな」ビートル・スタイルによって達成された(*Sex and Society in Nazi Germany*, ed. Heinrich Fraenkel, trans. J. Maxwell Brownjohn [New York: J. B. Lippincott Comapany, 1973] 参照)。

(48) 最初の行動として、ヒトラーは「快楽を通じた強靭さ」協会を立ち上げ、旅行、スポーツ、芝居やコンサートなどの余暇活動を組織した。「旅と観光」案内所は休暇のプランをたて――そしてのちにユダヤ人の強制収容所への輸送を組織した。

(49) そこにはある違いがあった。ブルムは共和国の議会制に本気で身を捧げていた。対照的に「サン=シモン主義者は民主主義に対して、ほんのわずかしか共感を持っていなかった」(V, 733 [U13, 2])。急進派でロマンティックなサン=シモン主義のアンファンタンは「ルイ・ナポレオンのクーデタを神の摂理の仕業として歓迎した」(V, 741 [U16a, 5])。しかし彼の階級調和と国家資本主義の擁護は、ブルムやフランクリン・D・ルーズベルトの福祉国家哲学の前兆にもなり、そしてベンヤミンが左翼の中心的な誤りであると考えたのはこの立場だった。その是正が唯物主義者の教育の目標であった。

(50) 「すべての社会的矛盾は、近い将来に進歩が与えてくれるはずのおとぎの国の中で解消してしまうというわけである」(V, 716 [U4a, 1])。

(51) *Le Livre des expositions universelles, 1851-1989* (Paris: Union centrale des Arts Décoratifs, 1983), 137 及び 310 を参照。一八六七年の博覧会では「オリエント地区が呼び物の中心だった」(V, 253 [G8a, 3; G9a, 6 も同様])。

(52) アスベストには専用のパビリオンがあり、内部ではすっかりその物質に囲まれて座ることができたが、後にそれは発がん性物質であることが判明した。

(53) ある先駆けとして「一八八九年の万国博覧会では歴史パノラマが開かれた [……それは] ヴィクトール・ユゴーがフランスをアレゴリー化した記念碑の前に立って終わるものであった。――記念碑は祖国の防衛と労働のアレゴリーを両側に従えていた」(V, 664 [Q4, 5])。

(54) ギュスタフ・クールベの万国博覧会についての「無邪気な夢想」についてのジャン・カスーの引用 (1936) V, 953 (k2a, 6) を参照。クールベは「永遠の秩序、市民による秩序」と言っている。

あとがき　革命的遺産

(1) ヘニー・グーアラントから(彼女の従妹)アルカディ・グー

アラントへの手紙 V, 1195-96, Gershom Scholem, *Walter Benjamin: The Story of a Friendship* (New York: Faber and Faber, 1982), pp. 225-26.（ショーレムは誤ってこの手紙がアドルノに宛てて書かれたと述べている。翻訳は一部修正されていることを断っておきたい。オリジナルでは、「すべての書類を」――ベンヤミンのものもという意味だ――「置いて来なければならなかった」とあり、――他方ショーレムの訳では「私のすべての書類をおいて来なければならなかった」となっている。）

(2) これらの物品はスペイン当局者によってフィゲラスへ送られた。ロルフ・ティーデマンは一九八〇年六月にスペインを訪れ、「その他の書類少々」が含まれているかもしれないベンヤミンに関するファイルがまだ存在しているかを調査した。ファイルは発見されなかった。ティーデマンの旅の記録 V, 1199-1202 を参照。

(3) ハンナ・アーレントが数ヵ月後、ポールボウに到着したとき、彼女は彼の墓の痕跡も見つけることができなかった（Scholem, *Walter Benjamin*, 226)。

(4) おとぎ話は特に罪のあがないと関係している。ベンヤミンは「物語作者」において、ロシアの民間信仰では「キリストの復活を、変容というよりも、むしろ（おとぎ話に近しい意味で）魔法からの解放と解釈していた」と書いている（II, 458-59)。

(5) この批判は一九〇四年には新しいものではなかったことに留意されたい。これは『パサージュ論』のもっとも初期の覚書を言い換えている。その覚書は人を眠りこませてしまう古典的な「むかしむかしあるところに」という歴史物語を拒否することを主張している（V, 1033 [O°, 71]）。

(6) たとえば、Carol Jacobs によるベンヤミン解釈 *The Dissimulating Harmony* (Baltimore: The Johns Hopkins University Press, 1978) を参照。またその著書に対する Irving Wolfarth の素晴らしい批評 "Walter Benjamin's 'Image of Interpretation,'" *New German Critique* 17 (spring 1979) も参照。

(7) ディコンストラクションはポストモダニズムの一形態であり、その哲学は通時的な時代よりも認識論的なスタンスを参照する。哲学的用語としてのモダニズムは、実質的に理性的社会という啓蒙主義的な夢と結びついているのに対し、ポストモダニズムはその哲学的導きをニーチェ、ボードレール、ブランキから得ている。これらの用語をこのように定義するなら、ベンヤミンはモダニストであるとみなされねばならない。

訳者あとがき

本書は、一九八九年に出版されたSusan Buck-Morss, *The Dialectics of Seeing: Walter Benjamin and the Arcades Project* (Cambridge: MIT) のペーパーバック版(一九九一年)の全訳である。

カルトとしてのベンヤミン——ベンヤミンをめぐる戦い

パサージュ論を単一の語りの枠に捉えようとする試みはどれも必ず結局失敗に終わってしまう。断片が解釈者を意味の淵に突き落とし、バロック劇のアレゴリーのメランコリーに匹敵するような認識論的絶望で、そのような試みをした人間を脅かすことになる(私自身、この七年間のあいだに何度かそのような絶望を——あるいは反対に、すでにベンヤミンを我が物と主張しているポストモダニズムの旗の下、自由な記号の落下という享楽にふける甘美な誘惑を——覚えたことを認めよう)。しかし後で論じるように、この企てを単なる恣意性から救ったのは、ベンヤミン自身の政治的な関心であり、それがそれぞれの布置関係をまたぐ大きな方向性を与えているのだ。実際、この膨大な量の調査資料の集合を解釈しようとする試みに正当性があるとすれば、それは、ベンヤミンという名をかこむ偶像崇拝的伝記を増やすという個別的価値によるものではなく、この全体をまたぐ彼の政治的関心が、現在もなお、私たち自身の関心事でもあるという事実によるのだ。(第Ⅱ部序)

長い引用となったが、本書はカルト的人気を保つベンヤミンが、あまりに「暴虐的に」、恣意的に、つまみ食いされている現状から、ベンヤミンとその仕事を救済しようとする試みだと言えるだろう。ジャネット・ウルフの引用を借りて言い直せば、それはポスト構造主義的で解釈学的読解において「読者好みのベンヤミン」の方が好まれている現状において、歴史化された「歴史的」かつ「政治的」ベンヤミンを救済しようとする試みであった。ベンヤミンとその解釈をめぐる論争はすでに何十年も続いており、大まかな分け方ではあるが、それぞれベンヤミンの本来の姿をカバラ神秘主義者とするショーレム、マルクス主義的実践者とするブレヒト、哲学者とするアドルノの間の葛藤を、そのままそれぞれ、ジョージ・シュタイナー、テリー・イーグルトン、そしてロルフ・ティーデマンとバック＝モースが再演したとする見方がある。ただしバック＝モースは本書の中であえて近い立場にあるアドルノとティーデマンと自身との間の差異も詳説している。

少なくともベンヤミン自身はパサージュ論の企画をどのように捉えていたのだろうか。本書はその根源を追うところから始まっているが、ベンヤミンの長期間にわたる準備期間の中で、特に一九三四年—三五年に大きな転換が起こり、その転換を、バック＝モースは、「この構想全体をマルクス主義的視点に基盤を置くための意図的で自意識的な試み」と呼んでいる。ベンヤミン自身、ショーレムへの手紙において、「商品のもつ物神的性質」という概念を「中心」に据えたとしている（第Ⅱ部序）。

バック＝モース自身は少なくともパサージュ論全体をつなぐ政治的関心の一貫性を確信している。認識論的恣意性を主張する二〇世紀後半、本書が執筆された頃の批評傾向、すなわちどのような解釈も「自由」であるとするポストモダニズムやポスト構造主義的なベンヤミン消費が隆盛を誇っており、本書はそれに対する重要な異議申し立てを行っていると言えるのではないか。さらに、そのような批評傾向は、本人たちが言うような解放性や民主性をもつ解答としてではなく、歴史における一時的な、ベンヤミンにとっては批判すべき傾向であったというのがバック＝モースの立場である。

『見ることの弁証法』――パサージュ論再構築

以下に続く各章におけるパサージュ論の資料の配置は、たしかに恣意的なものであるが、解釈の焦点に恣意性はない。パサージュ論には必然的な物語的構造はなく、そのため、断片は自由にグループ化できると言ったからといって、この労作の意味それ自体が完全に読者の気まぐれに任されるかのように、概念構造が全く欠けていると言っているわけではない。ベンヤミン自身が言っているように、混乱の表象が必ずしも混乱した表現である必要はない。(第Ⅱ部序)

端的に言えば、本書で試みられているのは、未完に終わったアーケード・プロジェクト、すなわちパサージュ論の再構築である。現在、日本語でも、ティーデマンの編集を経たパサージュ論の翻訳(岩波現代文庫全五巻とちくま学芸文庫ベンヤミン・コレクション第六巻)を読むことができる。ただし分類され、注釈をつけられてはいるが大量の素材の束でしかない資料と、短いいくつかの概要からなる本来的に完成されていない膨大な残存物を、バック=モースは、はっきりとした意図を持つ企て、一つの「論」として再構築しようとしている。その再構築の中で、ベンヤミンは、(正統ではないにしても明らかに原マルクス的な)マルクス主義の基盤の上に立ち、弁証法的形象という概念と方法によって、強い教育的意図をもちながら、カバラ思想を哲学的にとらえ、人々に近代の歴史の根源を提示しようとした革新的哲学者であったと主張しているのである。しかもバック=モースによるその再構築では古い歴史物語的方法を極力避けて、ベンヤミン自身が主張した弁証法的形象、ないしはその状況配置という方法を踏襲しようとしている。

本書への評価は、バック=モースが単なる恣意的解釈ではなく、ベンヤミンの初期の仕事や、パサージュ論の概要を執筆した時期に重なる他の仕事を精読し、関連づけて、自身の再構築の原則の正しさを証明しようとしていることが根本にある。同時にパサージュ論の再構築を通して眺め直される初期の仕事に潜んでいた意味まで明らかにされていく。そして何より、豊富に含まれた図版も含めて、各断片、節、章、パートの呈示の方法自体が先に述べたようにベンヤミンの方法論をなぞっているのである。

本書の構成は三部から成り、第Ⅰ部において、パサージュ論生成の時間と場所の根源を求めている。当時の恋人や友人との関係を通して、パサージュ論執筆に至るベンヤミンの知的遍歴を追いながら、ベンヤミンが過ごした四つの都市に広がる歴史環境を記述する。第Ⅱ部においては、パサージュ論に見出される多様なモティーフを四つに分けて構造分析を行っている。それぞれのテーマはベンヤミンの重要なメタファーを用いて、化石（自然史）、物神（神話的歴史）、願望形象（神話的自然）、廃墟（歴史的自然）として配置されている。特にテクストと図版の相互作用によるテーマの再構築という方法が顕著にみられるパートでもある。第Ⅲ部においては、パサージュ論の理論枠を検討すると同時に、ベンヤミン自身が生きた時代をパサージュ論と対峙させている。『ドイツ悲劇の根源』に関してベンヤミンが「形而上学的追求と歴史的追求――裏返しにされた靴下」（一章）と名付けた追求は、パサージュ論においても解釈の歴史的極と形而上学的極の間の緊張として保たれている。

歴史物語の拒否と真実の示し方――見ることの弁証法

『パサージュ論』においてベンヤミンがこだわったのは、「真実」の図像的で具体的な表象を示すことであり、歴史上の過去の形象によって哲学的観念が可視化されることだった。そこでは全体化の枠組みなしで、歴史が真実の核を貫く。（第Ⅱ部序）

バック＝モースが論じるベンヤミンの哲学的立場は以下の通りである。ベンヤミンは「むかしむかしあるところに」という形に収まるいわゆる歴史資料編修は全く信用していなかった。進歩という神話による支配者層の自己肯定と、全体化を求める旧来の歴史資料編修は現実を変形する歪曲概念であり、到底受け入れられるものではなかった。パサージュ論でベンヤミンが示そうとするのはむしろ、成熟資本主義社会という今日の歴史の前史、つまり近代の歴史的根源である。その基盤となっているのが「自然史」という概念である。「自然の物質を持たない歴史のカテゴリーなどない。歴史のフィルターを通さない自然の物質などない」（三章）。産業技術と、その技術によって形を変えられた（人間も含む）全物質世界を意味するのに、バック＝モースはジェルジ・ルカーチの「第二の自然」という用語を借用する。私たちは産業革命とともに始まり、日々その相貌を変えている第二の自然の時代を生きている。たとえばオースマンによるパリ大改造もしかりである。ベンヤミンはかつてのパリの痕跡を根こそぎにした大改造をノスタルジックに批判するのではなく、その変化についての人々の反応を示し、同時に改造が経済的には結局資本家たちの資産形成に偏向的に寄与したことを問題にしている。

モダニティがその形式に決定的な切断を加えたこの新しい第二の自然に対峙した当初、まだ人間とその新しい自然との関係構築の方法は見つかっていなかった。鉄骨建築技術の象徴とも言えるエッフェル塔に対する当初の反応はその典型である。ベンヤミンは、パサージュ論において、一方で当時の人間がおそらく覚えたであろう戸惑いや一種の不気味さと、他方で産業時代がもたらしうるすべての人間に与えられる物質的潤沢さへのサン＝シモン的希望のいずれも排除することなく、新しい自然の根源を示そうとしたのだ。「歴史の自然を、ベンヤミンは、矛盾しあう両極において、真理がその本質的なはかなさを表出したものとして――つまり一方で消滅と死として、他方で創造的な潜在性と変化の可能性として――認識していた」（三章）。

バック＝モースによれば、ベンヤミンが依って立つ方法は、単なる方法ではなく彼の哲学的観念そのものでもあった。ベンヤミンの主要概念／方法とする「弁証法的形象」は、事象の状況配置であり、そこに歴史の自然が表出するものとされる。「弁証法的形象」という概念は、「ベンヤミンの思考においては多重決定され」、「ヘーゲル的弁証法に負けないほどの哲学的含意」に富んでおり、「その複雑さを解きほぐし展開すること」が本書の各章すべての目的だとバック＝モースは言う。この弁証法的形象の構築原理はモンタージュである。モンタージュという方法をとれば、「形象の観念的諸要素が、単一の「調和的視点」へと融合されることなく、和解されないまま残ることになる」（三章、傍点訳者）。つまりいわゆる全体化による真実の提示ではなく、記号以上の自律性をもつ形象群が和解されることも、単一の「調和的視点」に融合されることもないまま、一瞬の配置の中に弁証法的に真実が現われ出るというのだ。当然ベンヤミンの言う真実は、永遠不変のものとして提示されるものではない。

弁証法的形象は自然に立ち現れるものではない。歴史的連関から、そこに埋まっていた事象をねじり取り（あるいは爆破し）、その歴史的連関と切断した上で、それらの事象が形象群として何らかの状況配置を形成したそのときに、一瞬真理が照らし出されるのである。しかもベンヤミンが用いる形象には、「長い間打ち捨てられていたコルセット、羽毛のはたき、赤と緑の櫛、古い写真、ミロのビーナスの土産物のレプリカ、シャツの襟のボタン――「秘められた親近性の世界」として廃れかけたパサージュに出現した産業文化黎明期からのみすぼらしい歴史の残存物」（一章）なども含まれる。

もちろんこれらの事象の選択は恣意的に成されるのではない。歴史的連関からの爆破は歪曲の許可ではない。「唯物論的歴史記述は、対象を無造作に選択したりはしない」（『パサージュ論』第三巻 N10a, 1）。ベンヤミンの哲学的関心は「歴史の全体の出来事」が発見される具体的な「微小な個別的契機」となる形象、すなわち現在の根源が見出される「眼に見えるような根源現象」にある。この根源現象という用語は、自然の形態学についてのゲーテの著述から借用してきたもので、ゲーテのその用語をベンヤミンは、プラトンのイデアの本質が知覚形態をもって出現する「イデアのシンボル」であると説明している（三章二節）。つまりベンヤミンはパサージュ論において、彼の生きる現在の本質が知覚的形態をもって出現する「現在のイデアのシンボル」を提供しようとしていたと言うのだ。

眠る大衆——集団的無意識、夢、神話、魔術幻灯

商品物神もフロイトによる置換の概念の教科書めいた例として眺めることができる。階級搾取という社会関係は、事物の間の関係に置き換えられて、社会革命への危険な可能性のある現実の状況を隠す。一九世紀末までには、ブルジョアジーの民主主義の夢自体がこの検閲形式を経たということは政治的にきわめて意義深い。自由は消費能力と同等視された。ベンヤミンは平等《エガリテ》は独自の「幻想装置」を発達させ、「革命」は一九世紀には「クリアランスセール」を意味するようになったと述べている（第八章）。

真理の表出と対照を成すのが、常態としての「幻想」と言えるだろう。真理の表出とはこの「幻想状態」が破られることである。本書にはこの幻想状態をめぐるベンヤミンの多くのメタファー——マルクスとは別の意味で用いられる「魔術幻灯／幻想《ファンタズマゴリア》（創出）」、眠るいばら姫、（ユングの集合的無意識と区別される）集団的無意識、夢、神話——が登場する。

ベンヤミンは資本主義の社会に生きる人々は、ブルジョアジーにその根源を持つ集団的無意識を共有しているとしている。ただしこの用語は、生物学的に受け継がれる生得的原型象徴を含むとするユングの集合的無意識とは明らかに異なるものである。ベンヤミンの言う集団的無意識とは、具体的な歴史的経験の結果として形作られるものである。「一九世紀の終わりまでには、明らかにブルジョアジー〔……〕から発した夢は、実際には労働者階級にもひろがる「集団的」なものになる」（第八章）。事物の意味が記号化・空洞化し、使用価値から交換価値へと移行した社会において、大衆はブルジョアジーの民主主義の夢を共有し、ともに大いなる眠りの中にある。そこでは「自由が消費能力

と同等視」され、「革命はクリアランスセールを意味する」のだ。人々は歴史ではなく、神話の世界に生きるのである。パサージュ、モード、万国博覧会、そしてシュルレアリスムはそれぞれに、資本主義世界に生きる人々が眠り、夢を見、神話の世界に生きていることを記述するための重要なモティーフとなっている。

目覚めと教育のための狡知——パサージュ、娼婦、ボードレール

「私たちは夢の国から身をもぎ離すが、それは狡知なしにではなく、狡知をもってである」。ヘーゲルの用語を使用しているのは意図的であるが、ベンヤミンの意味するところは独特である。ヘーゲルによれば、理性は意識していない歴史的主体の情熱や野心を通して歴史へと「狡知をもって」進んでいくことによって意識的になる。しかしベンヤミンの「弁証法のおとぎの国」においては、狡知とは、夢見る集団に魔法をかけ、その構成員を無意識にとどめていた歴史を「目覚め」を通して出し抜く能力である。ヘーゲルの「理性の狡知」は進歩の神話を肯定し、文字通りに歴史を神格化する。ベンヤミンにとっては、狡知は人間主体が神話の力の上手に立つ策略である。カフカについてのエッセー（一九三四年）において、ベンヤミンは、こう書いている。「おとぎ話とは、神話の暴力に対する勝利の伝承である」。「オデュッセウスは神話とおとぎ話とを分ける敷居に立っている。理性と策略は神話の中に様々な詭計を挿入した。神話の暴力はもはや無敵であることをやめるのである」。

ベンヤミンのおとぎ話の「策略」は、捨て去られた大衆文化の夢の形象を材料にして、集団自身の無意識な過去を、政治的力を与える知識として解き明かすというものだった。ベンヤミンはこれを実行できると信じていたが、それは世代を超えて集団的無意識が伝えられるのは、そのような事物を介するからであった。（第八章）

夢をむさぼる眠れる人々をどうすれば目覚めさせることができるのだろうか。ベンヤミンはパサージュ論の想を得

たとき、それに「弁証法のおとぎの国」という副題をつけている。そしてベンヤミンはこの本によって、狡知をもって神話の世界に眠る人々を目覚めさせようとしたというのがバック＝モースの主張である。「政治的力を与える知識として解き明かす」ために、ベンヤミンが選択した「捨て去られた大衆文化の夢の形象」の材料の中でも、特に目覚めと関わるのが、パサージュと、娼婦と、商品としての詩人、すなわちボードレールである。過去からの亡霊のようにさびれかけたパサージュは、消費社会の短命さをベンヤミンが生きる現在において可視化させ、現在の消費社会もまたはかなく消え去る夢、神話でしかないことを教える。

そして娼婦は、

生き残るためにわが身を売る賃金労働者の原型である。事実、売春は資本主義が物化された寓意画であり、〔……〕マルクスが「価値は……各々の労働生産物を一個の社会的象形文字に変える。後になって人間は象形文字の意味を解読し、自分自身の社会的生産物の秘密を探り出そうとする」と言った意味で、社会の現実の本質を示す象形文字であるのだ。娼婦という形象は判じ絵のようにこの秘密を明かす。商品が陳列されるために諸連関から抜き出されたら、それを生産する賃金労働者の痕跡はすべて消えてしまうのに対して、娼婦の場合、両方の局面が見えたままである。娼婦は、弁証法的形象として、商品の形式とその内容を「統合／止揚」する。（第六章）

労働者の根源現象としての娼婦という概念は、現在ではすでにそれほど新鮮ではないかもしれない。ここで問われずにいるのは、性差のポリティクスだが、バック＝モース自身、娼館での史的唯物論者のメタファー同様、これを問題にすることはない。

集団夢の中では、ブルジョアジーだけでなく大衆も自らを労働者としてではなく消費者として把握する。しかしボードレールは両義的ではあっても誰よりも詩が商品として市場に置かれるものであることを意識していた。「ボードレールは「彼自身の興行主」で、自分を様々なアイデンティティ――あるときは遊歩者、ときに娼婦、または屑拾い、そしてダンディ――として陳列した」（第六章）。

娼婦は彼の抒情詩の主題になるだけではなかった。彼自身の活動の手本になっているのだ。「詩人の身売り」は「避けがたい必然性」であるとボードレールは信じていた。初期の詩の中で（道行く人に向けて）「思想を売り物にし、作家になりたい私だから」と語りかける。『憂鬱と理想』という作品集の中で「「身を売るミューズ」から、ボードレールが、詩作品の発表を、ときとしてどれほど売春と見たかがわかる」。

> 毎晩食べるパンをかせぐためには、否応なく、
> 君も、聖歌隊の子供のように、香炉を振ったり、
> 心にもない讃歌を歌ったりせねばならぬ。
>
> あるいは、すきっ腹の大道芸人よろしく、媚態をさらし、
> こっそり流す涙にぬれた作り笑いを振りまけば、
> 俗衆どもは、腹の皮をよじって高笑い。（第六章）

ベンヤミンのボードレールへのアプローチは文学的ではなく、社会学的なものだったとバック＝モースは主張する。同時にボードレールは両義性をもちながら、アカデミズム機関に属さず売文で生計をたてるベンヤミン自身の自己省

察の材料としても機能し、作家・著述家・詩人の根源現象として多重的に機能している。

モンタージュ、アレゴリー、弁証法的形象——主観と客観

前衛においては基本的なことであり、モンタージュにおいては形式原則として明白なことであるが、このテクニックが可能にするのは、芸術作品への客観的「現実」の侵入と、これら現実の事象の意味に対する主観的な制御との間の往復運動だということである。アレゴリー一般においてそうであるように、モンタージュにおいて、「各部分は記号よりも自律性をもつ」という事実が二つの対照的結果をもちうるのであり、それが認識論的不安定さを生み出している。一方では、文学生産者は意味を操ることができ、その結果、芸術による「現実への参与」は、政治的プロパガンダと区別できなくなる〔……〕。他方では、「個々人のブルジョアジーの側のあきらめに等しい……偶然的カテゴリーのイデオロギー的〔……〕解釈」とビュルガーが呼ぶものの結果として、芸術家は「発見された」事象〔……〕のでたらめな並列を、独自に魔術的に「意味」を与えられたものと見なすようになる。第一のケースでは、認識論は指示対象の恣意性ゆえに、今や「事象の消失」に直面しているようである。第二のケースでは、「主体の消失」が問題であるようだ。もしどちらも消えてしまうのなら、後に残るのは言語とテクストの痕跡だけになる——じじつベンヤミンを先駆けと呼ぶ構造主義者の一部、ディコンストラクショニスト、そしてポストモダニストたちがとる近代的立場の認識論的基盤と等しくなる。それでは彼らの主張が正当化されたのだろうか。（第七章）

ベンヤミンの採る構築原理であるモンタージュは、客観と主観の両極の往復運動をもたらし、事実の消失と主体の消失の危険に直面させられるとバック＝モースは言う。たしかに『ドイツ悲劇の根源』の分析では、モンタージュときわめて親近性を持つアレゴリー表現の指示対象との関係の恣意性に注目している。ただし先にあげた引用文の最後

の問いは、言うまでもなく修辞疑問であり、バック＝モースの答えは「否」である。ベンヤミンが主張するように事象を諸連関（コンテクスト）から切断しもぎ取り配置するという作業を、ベンヤミン自身に行うにしても、バック＝モース自身は、常に「今が史的唯物論者の航路を保つのだ。その航路設定の力がなければ、過去の再構築の可能性は無限で恣意的になってしまう」（著者あとがき）と主張し、ベンヤミンを我が物と主張するディコンストラクションに関して次のように述べる。

解釈学的方法としてのディコンストラクションは、「固定点」としての過去を否定し、現在を強調的に解釈の場に導き、反イデオロギー的でありながら同時に政治的にラディカルであると主張している。しかし思考を捉える革命的可能性の瞬間としての現在という形象が存在しないため、ディコンストラクションは意味の継続的不安定さとして経験されるものを静止させることができない。何であれ「磁極上の北極」に当たるものが欠落しているので、ディコンストラクションはテクストを一連の個人主義的でアナーキスト的行為として「脱‐中心化」するのである。社会が静止しても、変化は永遠であるように見える。したがってその革命的身振りは、結局単なる解釈の新奇さに落ち着く。モードが政治の仮装をするのだ。

それに対して、ベンヤミンの弁証法的形象は美学的でも恣意的でもない。彼は歴史的「パースペクティブ」を、現在を作った過去の焦点として、つまり過去の消滅点という革命的な「現在《いま》の時」として理解している。彼はこの標識灯を見失わずにいたのだから、その解釈者たちもそれに倣った方がよいだろう。その恒常的光線がなければ、解釈者たちは、ベンヤミンの著述（あるいは彼ら自身の著述）の眩しさに目がくらんで、その地点を見失ってしまう恐れがあるのだ。

（著者あとがき）

ベンヤミンの主張する弁証法的形象は、永遠的真理としてではなく、形而上学的極と歴史的極の緊張のなか、閃光・爆破の比喩とともに、カメラに捉えられたような一瞬の静止として思い描かれる。それは常に「現在の時《いま》」という標識灯を見失わずにいたからこそ『パサージュ論』を単なる史実の集合体と見なすことはできないのだ。

個人性と歴史記述

一九三四年再びパリでパサージュ論に取り掛かったとき、この構想は「新しい顔」をもつようになった。かつてヘッセルと書き始めた覚書よりも、社会学的で科学的になり、当然ながら、ベルリンについてのテクストより個人史から遠ざかるものとなった。しかし同時に、プルーストが描いたのが、彼自身の「ありのままの生」でも、追想された生でさえなく、「忘れられた生」であったように、このパサージュ論は、近代の集団的歴史を提示するのだという信念は保持した。夢の形象同様、前世期の遺物である都会の事物は、忘れられた過去に至る象形文字《ヒエログリフ》めいた鍵であった。ベンヤミンの意図は、歴史の痕跡が化石となって生き残っているこれら夢の物神を自分と同世代の人々に翻訳して見せることであった。（第二章）

バック＝モースはベンヤミンの仕事を立体的に看取できるように、状況配置の一つの実践として、ベンヤミンの伝記的事実や、彼が生きた時代の事実を記述していく。革新的芸術形式の政治的革新性を信じる共産党員アーシャとの恋愛関係が、社会主義の実践の場であるモスクワ訪問に導き、そこで観察した社会主義国家における文化状況が、ベンヤミンのマルクス主義思考、中でも社会主義社会における文化についての思考をアクチュアルなものとしていく過程を読者は追うことになる。アーシャと妻ドーラの写真が並べられたページは、単に一人の男性をめぐる二人の女性という意味だけでなく、二つの異なる様式の肖像写真としても興味深い。

ベンヤミン自身の著述のなかでももっとも個人的回想に見える「ベルリン年代記」と「一九〇〇年頃のベルリンの幼年時代」について、バック＝モースは、「この回想はプルーストの個人的記憶とベンヤミンがパサージュ論の構想において想起させようと意図していた集団的歴史とのちょうど中間の位置を占めるものだった。……〔ベンヤミンは〕公的空間である都市ベルリンが、いかに彼の無意識に入り込み、彼の想像力を大きく支配したかに関心があった。……公的空間と結びつくことで、彼自身の最初の階級意識や性の目覚めの記憶が、共通の社会歴史的過去の一部となる」（第二章）と述べている。さらに言えば、集団的歴史としての『パサージュ論』は、大半が引用資料であるにもかかわらず、その蒐集資料の選択とそれにつけられた短い注釈、さらにその配置（束への分類）によって、ベンヤミンの個人的・世代的経験の痕跡を帯びずにはいられない。

第Ⅲ部の最終部分で示されるベンヤミンの生きた時代の人民戦線、ヒトラーのパリ訪問などの記述は、一九世紀の社会事象を語るベンヤミン自身の「今」のときを再現することで、ベンヤミンの示した資料や注釈と、一つの状況配置を成すことを意図している。と同時に、あとがきに加えられたリーザ・フィトコによるベンヤミンの最期についての回想（『ベンヤミンの黒い鞄』に所収）は、個人の悲劇的経験と当時の政治・社会状況を示す形象の働きをしている。個人的経験の回想と、分析的言説の相互作用というベンヤミン自身の特性をバック＝モースは再現しようとしているようである。考えてみれば、ベンヤミンのこの特徴は先に述べた『ドイツ悲劇の根源』における「形而上学的追求と歴史的追求——裏返しになった靴下」、あるいは『パサージュ論』における解釈の歴史的極と形而上学的極の間の緊張と、まさにアナロジーを成していると言えるのではないか。

恣意性からの脱却——隠された小人、あるいは補強鉄材としての神学

アレゴリー的形象と弁証法的形象は、別のものである。前者の意味は主観的意図の表現にとどまり、突き詰めれば恣意的である。後者の意味は、社会歴史的真理の表現としてのマルクス主義的意味においてだけでなく、同時に、ショーレムの言葉を借りれば、「真の超越性の反映」としての神秘主義-神学的意味において、客観的である。ベンヤミンの「弁証法的形象」はショーレムが「神学的象徴」として語るものに似ている。神学的象徴においては、もっとも「無意味な」現象も「救済との関わりで理解され説明される」。パサージュ論では、その現象は、崇められることのない新しい自然である一九世紀の朽ちゆく事物であり、それらが神秘的「象徴体」として、まったく新しい意味を帯びて蘇るのだ。（第七章）

主体の消失と事象の消失の危機にあって持ち出されるのが、ユダヤ教神学、端的に言えばカバラ思想である。バック＝モースはベンヤミンがそれを宗教としてではなく、哲学的な一つの支えとして目に見えないように取り入れていると言う。その隠れた構成原理である「神学的な補強鉄材」を無視してしまえば、「パサージュ論の企て全体が、ただ恣意的で美学的でしかないものとなり、哲学的革新性をまったく持っていないことになってしまう」（第七章強調著者）。たしかにベンヤミンの形而上学的極と歴史的極の相互作用はカバラ思想との親和性を見せる。「カバラ信仰者が現実とテクストの両方を読むのは、支配的な歴史の設計図〔……〕を発見するためではなく、その複層的で断片的な各部を、現在についてのメシア的可能性の記号として解釈するためなのだ」（第七章）。

ベンヤミンの史的唯物論者は、二つの軸にまたがらねばならない。バック＝モースはベンヤミンの主張する弁証法的形象においては、「神学（超越の座標軸）がなければマルクス主義は実証主義に堕してしまう。マルクス主義（経験

的歴史の座標軸）がなければ、神学は魔法に堕してしまう。実際弁証法的形象は「魔法と実証主義の交差点」に出現するのだが、このゼロ地点においては、どちらの「道」も否認され、同時に弁証法的に克服される」（第七章）と主張し、アドルノの懸念と、ショーレムの主張の両方を退けるのである。この隠された神学的要素は、「歴史の概念について」（通称「歴史哲学テーゼ」）の冒頭に登場するあのチェスの差し手の人形を操る「史的唯物論」の中に隠された「チェスの名人の傴僂《せむし》の小人」であるのだ。史的唯物論たる人形が勝つためには、「人の目にさらしてはならない神学をこの人形がうまく働かせる」（第一テーゼ）ことが条件となる。

バック＝モースの主張は、ベンヤミンにおいては、史的唯物論と神学は排除しあう矛盾要素であるというより、彼の概念構造を支える交差する座標軸であり、ここでいう神学は上部構造における宗教の役割ではなく、一つの哲学の座標軸であるというものだ。ベンヤミン解釈のもっとも大きな対立要素は、止揚としてではなく、座標軸の交差点として捉えられるべきであると主張されている。たしかにこの概念イメージは両者を同一の座標上に含みもつことを可能にするという意味で画期的であるように思われるが、その真の共存は交差する点、つまり両者のゼロ地点であるということの含意は追求されていない。

ベンヤミンと『見ることの弁証法』の受容——教育的意図

ベンヤミンの「一九世紀の根源史」は、（古い神話的要素が非-神話的で、歴史的内容を見出すような）近代の根源的でユートピア的な可能性と、破滅的で野蛮な現状とを並置させた内的-歴史の形象を構成しようとする試みである。この並置された形象の衝撃によって革命的覚醒を起こそうとするのだ。だからこそ「私には何も言うことはない。ただ示すのみ」とベンヤミンは言うのだ。しかし最初のボードレール論同様に、ベンヤミンが歴史的事実のモンタージュに語らせようとしたとき、混みあった都市を歩き、デパートの商品の並ぶ通路を移動する際にセンセーションを吸収してしまう状態に陥るのと同じく、読者が気をとられたままで、夢うつつのうちにこれらの衝撃を吸収してしまうかもしれないという危険を冒していた。言いかえればそれは、パサージュ論を読む素人の読者が、ベンヤミンの要点を捉えきれないかもしれない危険、加入儀礼を経た人々にしか伝わらないかもしれないという危険である。（第七章）

文化政治の問題とメディア技術と文化をめぐる問題、特に複製可能性という問題をめぐって「複製技術時代の芸術作品」が議論の出発点としてよく用いられるように、ベンヤミンに対する関心は、ある種の一貫性をもつ。しかし同時に、時代によって関心の理由が変わることもある。ジャネット・ウルフはベンヤミンのカルト的人気の理由として、ベンヤミン自身の写真と彼の個人的悲劇、故国喪失、そして都市という四つの要因をあげている。たしかに本書にはそのすべての要素が含まれている。その中でも、そのうちの三つを成す個人性と、歴史の分析的記述の関係については前節で指摘した。

『見ることの弁証法』の原書が初めて出されてから長い年月がたっているために、本書への評価はすでにある程度かたまっている。出版当初の書評を見ると、内容のうちの伝記的事実のみをくみ上げているもの、逆にまた哲学的系譜を問題とし、本書では政治的要素が消されていると主張するもの、形象によって伝えられるものの不安定さを懸念するもの、あるいはバック＝モースが主張するベンヤミンの一貫性に異議を申し立てるものなどもある。伝記的事実のつまみ食いだけで終わっているものを除けば、どの書評もこの本の意図の重要性は認識しているように思われる。原書はその後ドイツ語、スペイン語、ポルトガル語、ギリシア語、韓国語、トルコ語、そして今回日本語と七か国語に翻訳され、ベンヤミン解釈におけるモダン・クラシックスの一つと呼ばれるに至っている。

ベンヤミンの解釈を読む読者としては、ベンヤミンが二〇世紀前半という特定の歴史状況に生きた人物であるということ、その特殊性自体をすべて無にすることはできないことを肝に銘じておく必要はある。例えば、ベンヤミンの思想が現在の思想状況において、（ポスト）フェミニズムや（ポスト）コロニアリズムについて大きく貢献することはないようだ。バック＝モース自身の意図は、「パサージュ論を読む素人の読者が、ベンヤミンの要点を捉えきれないかもしれない危険、加入儀礼を経た人々にしか伝わらないかもしれないという危険」から、ベンヤミンと読者を救出することにある。バック＝モースの主張するベンヤミン自身の思想とイデオロギーの一貫性については濃淡のある反応が見られる。ウェルクマイスター（D. K. Werckmeister）による書評は多くの興味深い指摘がみられるが、中でもベンヤミンによるマルクス関連の引用（束X）がほぼ全面的に反スターリン派で党を追われたコルシュ（Karl Korsch）の編集するマルクス論集と、コルシュ自身のマルクス論に負っているという指摘は重要だろう。ウェルクマイスターによればベンヤミンのパリ人民戦線に対する距離感は、コルシュの論が導いたものである可能性が高い。また束Xに収められた引用が示すのは、ベンヤミンのマルクス主義への関心は、政治的実践のみが理論を正当化するというコルシュの基本的考えではなく、あくまで商品生産についての綿密な政治科学的定義づけにあったという指摘はきわめて重要だと思われる。

二五年後の邦訳誕生——現在との対峙

「著者自身が自分の作品に関して述べていることを信頼してはならない」とベンヤミンは書いている。私たちも同じである。ベンヤミンの言うことが正しいならば、文学作品の本当の内容は事実の後にはじめて現われる。つまり作品が生きながらえる媒体たる現実において起きたことの機能こそが、その内容にあたるのだ。言いかえれば、『パサージュ論』を解釈するとき、私たちのとるべき姿勢は、もはや存在しない偉大な著者の書物として、その言葉に不朽の名声を与えるような著者へ敬意を表すというものであってはならないということだ。むしろとるべき姿勢とは、私たち自身の「現在」を形作る、きわめてもろく危うい現実に対する敬意でなくてはならず、その敬意を通して、ベンヤミンの仕事が今

重ねあわされるのだ。（著者あとがき）

『見ることの弁証法』の邦訳についてはかつて一度企画があったようだが、何らかの事情で頓挫していたらしい。二〇一二年の春に訳者が思い立ち、勁草書房で邦訳企画が承認されて二〇一四年の邦訳出版に至った。著者のスーザン・バック゠モースは政治哲学、ヨーロッパ思想史、美学、比較文学と広い関心分野をカバーし、その著書はいずれも多くの言語に翻訳されている。

二五年たった今になって本書を翻訳する意義を問われれば、この分野での古典の一つである本書を救済すること、さらに言えば、本節の冒頭であげた著者の主張のように、本書が何らかの機能を果たす機会を創ることにある。楽に読める本ではないと著者本人も警告しているが、それでも明瞭な座標軸を思い描いて構成された本書によって、腑に落ちる瞬間、閃光に照らされる瞬間が生まれることは間違いないだろうと信じている。さらに「哲学の絵本」、あるいは「哲学のおもちゃ箱」のような形象（図版）と本文が組み合わさる形態によって「見ることの弁証法」を実体験されることを願ってやまない。

ベンヤミンの著書に関しては大半が邦訳されており、ボードレール詩集も複数の邦訳があり、本書の翻訳にあたっては、できる限りそれらを活用させていただいた。本書内に引用された『パサージュ論』とボードレールの詩に関しては、基本的に今村仁／三島憲一氏ほかによる邦訳（岩波書店）と、阿部良雄氏訳の『ボードレール全詩集』（ちくま書房）を使用させていただいた。文の連なりや解釈の焦点の違いなどにより、英訳との間に差異がある場合には、本書のコンテクスト上、バック゠モース訳に忠実に訳す場合もあったことをつけ加えておきたい。先達に導かれつつベンヤミン本人や翻訳者の方々と対話するような経験ができたことに心から感謝申し上げたい。注については、一橋大学大学院博士課程の市川昭子さんと、高田英和さんに手伝っていただいた。短期間に翻訳を仕上げることができたのはお二人のご助力のおかげである。最後になったが、本書邦訳の企画から完成までお世話になった勁草書房編集者の藤尾やしおさんに記して謝意を表したい。

高井　宏子

人名索引（アルファベット順）

【A】

アブラムスキー　Abramsky, Chimen　413
アドルノ　Adorno, Theodor W.　5, 28, 45, 62–63, 67, 70–71, 80, 88–89, 93, 148–150, 155, 178, 196, 216–217, 223, 254, 259, 267–268, 283–284, 305, 307, 308, 332, 352–353, 368, 417
アガンベン　Agamben, Giorgio　255注
アップルトン　Appleton, Thomas　98
アラゴ　Arago, François　163–164
アラゴン　Aragon, Louis　41–43, 193, 296, 321, 322, 324, 327, 338, 404

【B】

バーダー　Baader, Franz von　10注, 287注
バルザック　Balzac, Honoré de　172, 175
バローズ　Barrows, Susanna　41注
バゼウィッツ　Bazzewitz, Jon　400注
バタイユ　Bataille, Georges　255–256
ボードレール　Baudelaire, Charles　42, 57, 62–63, 66, 123注, 129注, 136, 181, 197, 217–252, 254–259, 262, 273, 277–279, 298, 356, 363–364, 382, 384, 425注
ベンヤミン（シュテファン）　Benjamin, Stefan　7, 8注, 419
ベロー　Béraud, Henri　384
ビスマルク　Bismarck, Otto von　368注, 407–408
ブランキ　Blanqui, Auguste　63, 67, 130–132, 245, 259, 422, 425注
ブロッホ　Bloch, Ernst　6, 8, 13–14, 26, 137, 141, 286–287, 313, 349
ブロスフェルト　Blossfeldt, Karl　187
ブルム　Blum, Léon　368注, 384, 391, 399–401, 404
ブラックモン　Bracquemond, Félix-Joseph-Auguste　247, 249
ブレヒト　Brecht, Bertolt　5, 15, 28, 45, 57注, 61, 72, 183, 268, 279–283, 307, 356, 364注, 399注
ブルトン　Breton, André　42–43, 296, 370, 404
ブーバー　Buber, Martin　11注, 34–35
ビュルガー　Bürger, Peter　279–281

【C】

チャップリン　Chaplin, Charlie　338
シャトーブリアン　Chateaubriand, François-René de　172
シュヴァリエ　Chevalier, Michel　110
コーエン　Cohen, Hermann　8注, 18
コーン　Cohn（Radt）, Jula　40–41
クールベ　Courbet, Gustave　231, 405注
クローチェ　Croce, Benedetto　9注
クロイツァー　Creuzer, Georg Friedrich　294–295, 312

【D】

ダゲール　Daguerre, Louis-Jacques-Mandé　62, 162注
ダンテ　Dante（Durante Alighieri）

218
ダーウィン　Darwin, Charles　69, 81, 97
ドーミエ　Daumier, Honoré　72 注, 181–183, 322
ダヴィンチ　da Vinci, Leonardo　306
ディドロ　Diderot, Denis　278
ディズニー　Disney, Walt　386 注, 426
デュマ　Dumas, Alexandre　170, 173
デュポン　Dupont, Pierre　366
デューラー　Dürer, Albrecht　209–210

【E】

エーベルト　Ebert, Friedrich　72, 74
エリュアール　Éluard, Paul　404
エンゲルス　Engels, Friedrich　129, 270 注, 399 注
エスパーニュ　Espagne, Michael　255–256, 259, 260, 264, 361 注

【F】

ファビアン　Febien, Jacques　387
フィヒテ　Fichte, Johann Gottlieb　72
フィトコ　Fitko, Lisa　413–416
フーリエ　Fourier, Charles　57, 62, 118 注, 136, 145, 145 注, 148, 187 注, 256, 259, 262, 346, 380–381, 385, 392, 396 注, 401, 405, 422, 426
フロイト　Freud, Sigmund　317, 321 注, 335 注, 353–357, 355 注
フリードリッヒ　Friedrich, Hugo　278
フロム　Fromn, Erich　353 注, 418
フックス　Fuchs, Eduard　363

【G】

ゴーティエ　Gautier, Théophile　175
ギーディオン　Giedion, Sigfried　45, 102, 155–156, 327 注, 340, 367, 380 注
ゲーテ　Goethe, Johann Wolfgang von　35, 86–88, 90–93, 271 注
グラムシ　Gramsci, Antonio　363
グランヴィル　Grandville（Jean Ignace Isidore Gérard）　42, 57, 62, 123, 123 注, 147, 186–192, 255, 258, 262, 322, 387
グロピウス　Gropius, Walter　19, 370
グーアラント（ヘニー・）　Gurland, Henny　414–417
グーアラント（ジョーゼフ・）／（ホセ）　Gurland, Joseph　414–419

【H】

ハーバーマス　Habermas, Jürgen　310, 313
ハマン　Hamann, Johan Georg　296
オースマン　Haussmann, Georges-Eugène, Baron　42, 62, 108–109, 112, 117, 122, 124, 128, 132, 256, 258, 262, 388, 391, 396–397, 399, 409
ハートフィールド　Heartfield, John　71–75
ヘーゲル　Hegerl, Georg Wilhelm Friedrich　8, 47, 180, 184, 196, 260, 272, 342, 364 注
ハイデガー　Heidegger, Martin　2, 6, 8 注, 21, 43, 46 注, 71
ヘッセル　Hessel, Franz　41, 42 注, 48–50, 57, 382
ヒンデンブルク　Hidenburg, Paul von　73, 74
ヒトラー　Hitler, Adolf　28, 46, 71, 74, 386, 391–394, 401, 406–410, 419
ホフマンスタール　Hofmannsthal, Hugo von　41
ホルクハイマー　Horkheimer, Max　9 注, 28, 61, 88, 256, 258, 259, 307 注, 417

ホーゼマン　Hosemann, Theodor　44-45
ユゴー　Hugo, Victor　109, 144, 172-173, 366, 386, 404 注
フッサール　Husserl, Edmund　8 注

【J】

ヤウス　Jauss, Hans Robert　277-280, 300
ユング　Jung, Carl Gustav　85, 311 注, 344, 349, 349 注, 388

【K】

カフカ　Kafka, Franz　9 注, 72, 347, 360
カント　Kant, Immanuel　8
カルプルス（アドルノ）　Karplus (Adorno), Gretel　28, 85, 149, 268-271, 352
キルケゴール　Kierkegaard, Søren　216, 236 注, 245 注
クラーゲス　Klages, Ludwig　8 注, 83, 349 注
クレー　Klee, Paul　113-115, 333 注
コルシュ　Korsch, Karl　45, 270 注, 302 注
クラカウア　Kracauer, Siegfried　6, 9 注, 45, 154 注

【L】

ラブルースト　Labrouste, Henri　157-158
ラツィス　Lacis, Asja　11-12, 15-17, 22, 24-28, 32-34, 38-40, 45, 47, 72
ラマルティーヌ　Lamartine, Alphonse de　128, 172-173, 401
ラングロワ　Langlois, Hyacinthe　247-248
ル・コルビュジエ　Le Corbusier (Charles-Edouard Jeanneret)　19, 183-186, 370, 373, 378, 381, 388, 396-397, 426
ライプニッツ　Leibniz, Gottfried Wilhelm von　18
レーニン　Lenin, V. I.　32 注
レオン　Léon, Moses de　296
リープクネヒト　Liebknecht, Karl　13
ロッツェ　Lotze, Hermann　302, 314
ルイ・フィリップ王　Louis-Philippe, King　62, 116, 259, 260 注
レーヴェンタール　Löwenthal, Leo　9 注, 287 注, 307 注
レヴィ　Lövy, Michael　287 注, 310 注
ルカーチ　Lukács, Georg　13 注, 45, 83, 83 注, 196, 286
ルリヤ　Luria, Isaac　287 注, 293
ルター　Luther, Martin　287

【M】

マラルメ　Mallarmé, Stéphane　276, 278
ド＝マン　Man, Paul de　278-279
マルクーゼ　Marcuse, Herbert　9 注, 45, 307 注
マルクス　Marx, Karl　14, 40, 42, 46, 63, 76, 83 注, 98, 105, 113, 140-142, 145 注, 149-155, 163, 179, 186, 220-223, 227, 305, 307-311, 317, 322, 331 注, 353-355, 358, 361, 363 注, 386
メーリング　Mehring, Franz　363
メニングハウス　Menninghaus, Winfried　14 注, 296 注
メリヨン　Méryon, Charles　117
ミシュレ　Michelet, Jules　140, 148
モーゼス　Moses, Robert　392
ミュンツァー　Münzer, Thomas　287
ムジール　Musil, Robert　45

【N】

ナダール　Nadar (Félix Tournachon)　163-164

ナポレオン一世　Napoleon I (Bonaparte)　391, 409
ナポレオン三世　Napoleon Ⅲ (Louis Bonaparte)　108, 173, 386, 407
ニーチェ　Nietzsche, Friedrich　130 注, 132, 132 注, 245-246, 339, 356, 425 注

【P】

ピアジェ　Piaget, Jean　329-331
ピラネージ　Piranesi, Giovanni Battista　318, 318 注
ピスカートル　Piscator, Erwin　15, 45, 72
プラトン　Plato　18, 86, 90-92
プレハーノフ　Plekhanov, Georgii　105-106
ポロック（ベンヤミン）ドーラ　Pollock, (Benjamin), Dora　7-8, 8 注, 22-23, 28
ポロック　Pollock, Fritz　268
プルースト　Proust, Marcel　41, 50, 52, 77 注, 284 注, 317, 347, 350

【R】

ランケ　Ranke, Leopold von　96 注, 270
ルドン　Redon, Odilon　42
ライヒ　Reich, Bernhard　39, 45
ラインハルト　Reinhardt, Max　72
リヤザノフ　Riazanov, David　105
リーフェンシュタール　Riefenstahl, Leni　306, 407
ランボー　Rimbaud, Arthur　278, 339
ルーズベルト　Roosevelt, Franklin　391, 401, 402 注
ロプス　Rops, Félicien　247, 250
ルソー　Rousseau, Emile　366
リュヒナー　Rychner, Max　284

【S】

サン＝シモン　Saint-Simon, Claude Henri de Rouvroy, Comte de　42, 145, 355, 392, 402, 405, 426
サレングロ　Salengro, Roger　384
シェラー　Scheler, Max　18
シェリング　Schelling, Friedrich Wilhelm Joseph von　319, 319 注, 326 注
ショーレム　Scholem, Gershom　2-5, 8-15, 23-27, 46-48, 50-52, 61, 263, 284-295, 301, 307, 328-329, 359, 413-419
スクーノヴィウス　Schoonovius, Florentius　200-201
スクリーブ　Scribe, Eugène　169-170
ジンメル　Simmel, Georg　86-87, 120 注, 185 注
シュペーア　Speer, Albert　392, 394, 404-405, 409
スターリン　Stalin, Iosif Vissarionouich　297, 309, 368 注
シュテルンベルガー　Sternberger, Dolf　70, 70 注, 81-83
シュティエール　Stierle, Karlheinz　278
シュトラウス　Strauss, Ludwig　10 注
シュー　Sue, Eugène　42, 172

【T】

ティーデマン　Tiedmann, Rolf　5, 9 注, 85 注, 89, 255 注, 307-308, 362, 418, 418 注
トロツキー　Trotsky, Leon　400
テュルゴー　Turgot, Anne-Robert-Jacques　314

【V】

ヴァレリー　Valéry, Paul　42 注, 120,

事項索引（五十音順）

【タ行】

【ナ行】

【ハ行】

【マ行】

【ヤ行】

【ラ行】

図版クレジット

Barnicoat, *A Concise History of Posters*: 8.2, 8.7.
Bayer, Herbert: 8.4, 8.5.
Bibliothèque Nationale, Paris: 3.3, 3.6, 5.5, 5.6, 9.30.
Bleuel, Hans Peter, *Sex and Society in Nazi Germany*: 9.23, 9.24.
Blossfeldt, Karl, *Urformen der Kunst*: 5.24, 5.25, 5.26, 5.27.
Courtesy of Theodor Burggemann, Collection of Children's Literature, University of Cologne: 9.2, 9.3.
Buck-Morss, Susan, private collection: 2.2, 9.4.
Caisse Nationale des Monuments Historiques et des Sites, Paris (Arch. Phot. Paris/S.P.A.D.E.M.): 9.21, 9.22.
Le Corbusier: 5.14, 5.15, 5.16, 5.17, 9.6, 9.14, 9.18, 9.31.
Catalogue of the Crystal Palace Exposition: 4.2, 5.1, 5.2, 9.5, 9.9, 9.10.
Daumier, Honeré: 5.12, 5.13.
Dürer, Albrecht: 6.6.
Eisenstaedt, Alfred: 8.6.
Evenson, Norma, *Paris: A Century of Change*: 4.4.
Fourier, Charles: 9.17.
Fuld, Werner, *Walter Benjamin: Zwischen den Stühlen*: 5.9 (private collection, Gunther Anders).
Geist, Johann Friedrich, *Arcades: The History of a Building Type*: 2.1, 2.3, 2.4, 3.5 (Meyer-Veden).
Giedion, Sigfried, *Bauen im Frankreich*: 3.7, 5.4, 9.7, 9.8.
Archiv Gerstenberg, Wierze: 9.15.
Grandville, *Un autre monde*. Captions by Stanley Applebaum, *Bizarreries and Fantasies of Grandville*: 4.6, 5.3, 5.10, 5.18, 5.19, 5.20, 5.21, 5.22, 5.23.
Guys, Constantin: 9.16.
Heartfield, John, *Photomontages of the Nazi Period*: 3.1, 3.2.
Historisches Museum, Frankfurt am Main: 9.26, 9.27.
Holsten, Siegmar, *Allegorische Darstellungen des Krieges*, 1870–1918: 6.5.
International Museum of Photography at George Eastman House, Rochester, N.Y.: 5.7.
The Jewish National and University Library, Jerusalem: 1.4.
Kiersch, Gerhard, et al., *Berliner Alltag im dritten Reich* : 9.28, 9.34, 9.35, 9.38.
Kirchner, Gottfried, *Fortuna in der Dichtung*: 6.1, 6.2.
Klee, Paul: 4.5.
Lacis, Asja, *Revolutionär im Beruf*: 1.3.
Lewis, Martin (photo by Jon Ries): 9.15.

Le Livre des expositions universelles: 4.3, 9.33.
Lorant, Stefan, *Sieg* Heil!: 6.8, 9.36, 9.37.
Lough, John, and Muriel Lough, *An Introduction to Nineteenth Century France*: 5.11.
Courtesy of Nils Ole Lund, University of Aarhus, Denmark: 8.3.
Miroir du monde, Paris: 9.19.
Museé Carnavalet, Paris: 0.1.
Museum of Modern Art, New York: 6.7.
Naylor, Gilian, *The Bauhaus Reassessed*: 9.11 (Victoria and Albert Museum), 9.12 (Bauhaus Archiv).
Peterich, Eckart, *Gottinnen im Spiegel der Kunst*: 6.3, 6.4.
Pichois, Claude and François Ruchon, *Iconographie de Baudelaire*: 6.9, 6.10, 6.11.
Piranesi, Giovanni Battista: 8.1.
Rohwolt Verlag, Berlin: 1.1, 1.2.
Russell, John, *Paris*: 9.13 (Sirot-Angel).
Schäfer, Hans Dieter, *Das gespaltene Bewusstsein*: 9.20.
Sternberger, Dolf, *Panorama, oder Ansichten vom 19. Jahrhundert*: 3.4.
Taylor, Robert R., *The Word in Stone*: 9.29.
Victoria and Albert Museum, London: 5.8.
Wide World Photos: 9.1, 9.32.
v. Zglinicki, *Der Weg des Films*: 4.1.

文　献

I　ヴァルター・ベンヤミン著書

Aufklärung für Kinder; Rundfunkvorträge. Ed. Rolf Tiedemann. Frankfurt am Main: Suhrkamp Verlag, 1985.

Benjamin papers, George Bataille Archive. Bibliothèque Nationale, Paris.

Berliner Chronik. Ed. Gershom Scholem. Frankfurt am Main: Suhrkamp Verlag, 1970.

Briefe. 2 vols. Eds. Gershom Scholem and Theodor W. Adorno. Frankfurt am Main: Suhrkamp Verlag, 1978.

Gesammelte Schriften. 7 vols. Eds. Rolf Tiedemann and Hermann Schweppenhauser, with the collaboration of Theodor W. Adorno and Gershom Scholem. Frankfurt am Main: Suhrkamp Verlag, 1972-.

ヴァルター・ベンヤミン著書邦訳

『パサージュ論』第 1 巻―第 5 巻，今村仁司・三島憲一他訳，岩波現代文庫，2003.

『ベンヤミン・コレクション』1―6，浅井健二郎編訳，ちくま学芸文庫，1995 (2010-2012).

『ヴァルター・ベンヤミン著作集』第 1 巻―第 15 巻，晶文社，1969-1975 (書簡集を含む).

『ドイツロマン主義における芸術批評の概念』浅井健二郎訳，ちくま学芸文庫，2001.

『ドイツ悲劇の根源』上・下，浅井健二郎訳，ちくま学芸文庫，1999.

『ベンヤミンの仕事』1・2，岩波文庫，1994.

『ベンヤミン／アドルノ往復書簡―1928-1940』ヘンリー・ローニツ編，野村修訳，晶文社，1996.

『図説写真小史』久保哲司訳，ちくま学芸文庫，1998.

II　ベンヤミン英訳文献

Charles Baudelaire: A Lyric Poet in the Era of High Capitalism. Trans. Harry Zohn. London: NLB, 1973.

"Central Park." Trans. Lloyd Spencer. *New German Critique* 34 (winter 1985) : 1-27.

Illuminations. Ed. Hannah Arendt. Trans. Harry Zohn. New York: Schocken Books, 1969,

"N [Theoretics of Knowledge; Theory of Progress]." Trans. Leigh Hafrey and Richard Sieburth. *The Philosophical Forum* (Special Issue on Walter Benjamin. Ed. Gary Smith). XV, nos. 1-2 (fall/winter 1983-84) : 1-40.

One Way Street and Other Writings. Intro. Susan Sontag. Trans. Edmund Jephcott and Kingsley Shorter. London: NLB, 1979.

The Origin of German Tragic Drama. Intro. George Steiner. Trans. John Osborne. London: NLB, 1977.

Understanding Brecht. Intro. Stanley Mitchell. Trans. Anna Bostock. London: NLB, 1973.

Ⅲ アーカイブ

Cabinet des Estampes, Bibliothèque Nationale, Paris.

Caisse Nationale des Monuments Historiques et des Sites, Paris.

Archiv Gerstenberg, Wietze.

Historisches Museum, Frankfurt am Main.

The Jewish National and University Library, Jerusalem.

International Museum of Photography at George Eastman House, Rochester, N.Y.

Musée Carnavalet, Paris.

Museum of Modern Art, New York.

Victoria and Albert Museum, London.

Wide World Photos, New York.

Ⅳ 関連文献

Adorno, Theodor W. *Gesammelte Schriften*. Vol.1: *Philosophische Frühschriften*. Ed. Rolf Tiedemann. Frankfurt am Main: Suhrkamp Verlag, 1973.

邦訳のいわゆるアドルノ全集はないが、著書の大半が邦訳されている。

Adorno, Theodor W. *Prisms*. Trans. Samuel and Shierry Weber. London: Neville Spearman, 1967.（『プリズム――文化批判と社会』（法政大学出版局，1970／改題『プリズメン』筑摩書房，ちくま学芸文庫，1996.）

Adorno, Theodor W. *Über Walter Benjamin*. Ed. Rolf Tiedemann. Frankfurt am Main: Suhrkamp Verlag, 1970.（テオドール・アドルノ『ヴァルター・ベンヤミン』大久保健治訳，河出書房新社，1972.）

Agamben, Giorgio. "Un importante ritrouvamento di manoscritti di Walter Benjamin," *Aut...Aut*...189/90（1982）: 4-6.

Applebaum, Stanley, Intro. and Commentary. *Bizarreries and Fantasies of Grandville*. New York: Dover Publications, 1974.

Aragon, Louis. *Le paysan de Paris*. Paris: Gallimard, 1953.（ルイ・アラゴン『パリの農夫』佐藤朔訳，シュルレアリスム文庫，1988.）

Barnicoat, John. *Posters: A Concise History*. New York: Thames & Hudson, 1985.

Barrows, Susanna. *Distorting Mirrors: Visions of the Crowd in Late Nineteenth-Century France*. New Haven: Yale University Press, 1981.

Baudelaire, Charles. *Art in Paris: 1845-1862. Salons and Other Exhibitions*. Trans. Jonathan Mayne. Ithaca: Cornell University Press, 1981.（『ボードレール全集』第4巻，人文書院，1964.）

Baudelaire, Charles. *The Flowers of Evil* [*Les Fleurs du mal*]. Rev. ed. Eds. Marthiel and Jackson Mathews. New York: New Directions, 1962.（シャルル・ボードレー

ル『ボードレール全詩集』Ⅰ・Ⅱ，阿部良雄訳，ちくま文庫，1998．シャルル・ボードレール『悪の華』堀口大學訳，新潮文庫，2011［1953］．）

Berman, Marshall. *The Experience of Modernity: All That is Solid Melts into Air.* New York: Simon and Schuster, 1982.

Bleuel, Hans Peter. *Sex and Society in Nazi Germany.* Ed. Heinrich Fraenkel. Trans. J. Maxwell Brownjohn. Philadelphia: J. B. Lippincott Company, 1973.

Bloch, Ernst. *Erbschaft dieser Zait* [1935]. Vol. 4 of Ernst Bloch, *Gesamtausgabe.* Frankfurt am Main: Suhrkamp Verlag, 1962.（エルンスト・ブロッホ『この時代の遺産』池田浩士訳，ちくま学芸文庫，1994．）

Blossfeldt, Karl. *Urformen der Kunst.* Photographische Pflanzenbilder. Ed. Karl Nierendorf. Berlin: Ernst Wasmuth, 1928.

Bohrer, Karl Heinz, ed. *Mythos und Moderne: Begriff und Bild einer Rekonstruktion.* Frankfurt am Main: Suhrkamp Verlag, 1983.

Brecht, Bertolt. *Arbeitsjournal.* 2 vols. Ed. Werner Hecht. Frankfurt am Main: Suhrkamp Verlag, 1973.

Brenner, Hildegaad. "Die Lesbarkeit der Bilder. Skizzen zum Passagenetwurf," *Alternative* 59/60 (1968): 48-61.

Buck-Morss, Susan. "Benjamin's *Passagenwerk*: Redeeming Mass Culture for the Revolution." *New German Critique* 29 (spring/summer 1983): 211-240.

Buck-Morss, Susan. "The Flâneur, the Sandwichman and the Whore: The Politics of Loitering." *New German Critique* 39 (fall 1986): 99-140.

Buck-Morss, Susan. *The Origin of Negative Dialectics: Theodor W. Adorno, Walter Benjamin and the Frankfurt Institute.* New York: Macmillan Free Press, 1977.

Buck-Morss, Susan. "Socio-Economic Bias in the Theory of Piaget and its Implications for the Cross-Culture Controversy." *Jean Piaget: Consensus and Controversy.* Eds. Sohar and Celia Modgil. New York: Holt, Rinehart and Winston, 1982.

Buck-Morss, Susan. "Walter Benjamin: Revolutionary Writer." *New Left Review* 128 (1981): 50-75 and 129 (1981): 77-95.

Bulthaupt, Peter, ed. *Materialien zu Benjamins Thesen "Uber den Begriff der Geschichte."* Frankfurt am Main: Suhrkamp Verlag, 1975.

Bürger, Peter. *Theory of the Avent-Garde.* Trans. Michael Shaw, forword Jochen Schulte-Sasse. *Theory and History of Literature,* vol. 4. Eds. Wlad Godzich and Jochen Schulte-Sasse. Minneapolis: University of Minnesota Press, 1984.（ペーター・ビュルガー『アヴァンギャルドの理論』浅井健二郎訳，ありな書房，1987．）

Colton, Joel. *Leon Blum: Humanist in Politics.* Cambridge, Mass: The MIT Press, 1974.

Colton, Joel. "Politics and Economics in the 1930s," *From the Ancien Régime to the Popular Front: Essays in the History of Modern France in Honor of Shepard B. Clough.* Ed. Charles K. Warner. New York: Columbia University Press, 1969.

Le Corbusier. *Toward a New Architecture.* Trans. Frederick Etchells. New York: Dover Publications, 1986.（ル・コルビュジエ『輝く都市』板倉準三訳，SD 選書，鹿

島研究所出版会，1968.）
Le Corbusier. *Urbanisme*. Paris: G. Grès & Cie, 1925.（ル・コルビュジエ『ユルバニスム』樋口清訳，SD 選書，鹿島研究所出版会，1967.）
Crystal Palace Exposition: Illustrated Catalogue. London, 1851.
De Man, Paul. *Blindness and Insight: Essays in the Rhetoric of Contemporary Criticism*. 2nd ed., rev. Intro Wlad Godzich. *Theory and History of Literature*, vol. 7. Eds. Wlad Godzich and Jochen Schulte-Sasse. Minneapolis: University of Minnesota Press, 1983.
Doderer, Klaus, ed. *Walter Benjamin und die Kinderliteratur: Aspekte der Kinderkultur in den zwanziger Jahren*. Munich: Juventa Verlag, 1988.
Espagne, Michael, and Michael Werner. "Vom Passagen-Projekt zum 'Baudelaire': Neue Handschriften zum Spätwerk Walter Benjamin." *Deutsche Vierteljahresschrift für Literaturwissenschaften und Geistesgeschichte* 4 (1984): 593–657.
Evenson, Norma. *Paris: A Century of Change, 1878–1978*. New Haven: Yale University Press, 1979.
Fletcher, Angus. *Allegory: The Theory of a Symbolic Mode*. New York: Cornell University Press, 1982.
A. フレッチャー『アレゴリー・シンボル・メタファー』高山宏ほか訳，平凡社，1987.
Frank, Manfried. *Der kommende Gott: Vorlesungen Über die Neue Mythologie, I. Teil*. Frankfurt am Main: Suhrkamp Verlag, 1982.
Fuld, Werner. *Walter Benjamin: Zwischen den Stühlen*. Munich: Hanser Verlag, 1979.
Geist, Johann Friedrich. *Arcades: The History of a Building Type*. Trans. Jane O. Newman and John H. Smith. Cambridge, Mass.: The MIT Press, 1983.
Giedion, Sigfried. *Bauen im Frankreich*. 2nd ed. Leipzig: Klinkhardt & Biermann, 1928.
Habermas, Jürgen. "Bewusstmachende oder rettende Kritik—die Aktualität Walter Benjamins," *Zur Aktualität Walter Benjamins*. Ed. Siegried Unseld. Frankfurt am Main: Suhrkamp Verlag, 1972.
Heartfield, John. *Photomontages of the Nazi Period*. New York: Universal Books, 1977.
Holsten, Siegmar. *Allegorische Darstellungen des Krieges, 1870–1918*. Vol. 27 of *Studien zur Kunst des neunzehnten Jahrhunderts*. Munich: Prestel-Verlag, 1976.
Ivernel, Philippe. "Paris, Capital of the Popular Front." *New German Critique* 39 (fall 1986): 61–84.
Jauss, Hans Robert. *Toward an Aesthetic of Reception*. Trans. Timothy Bahti. Intro. Paul de Man. *Theory and History of Literature*. Vol. 2. Eds. Wlat Godzich and Jochen Schulte-Sasse. Minneapolis: University of Minnesota Press, 1982.（H.R. ヤウス『挑発としての文学史』轡田収訳，岩波現代文庫，2001.）
Jennings, Michael W. *Dialectical Images: Walter Benjamin's Theory of Literary Criticism*. Ithaca: Cornell University Press, 1987.
Kambas, Chryssoula. "Politische Aktualität. Walter Benjamin's Concept of History and the Failure of the Popular Front." *New German Critique* 39 (fall 1986): 87–98.
Kambas, Chryssoula. *Walter Benjamin im Exil: Zum Verhältnis von Literaturpolitik*

und Ästhetik. Tübingen: Max Niemeyer Verlag, 1983.
Kelly, Alfred H. *The Descent of Darwin: The Popularization of Darwin in Germany, 1860-1914*. Chapel Hill: University of North Carolina Press, 1981.
Kiersch, Gerhard, et al. *Berliner Alltag im dritten Reich*. Düsseldorf: Droste Verlag, 1981.
Kirchner, Gottfried. *Fortuna in der Dichtung und Emblematik des Barok: Tradition und Bedeutungswandel eines Motivs*. Stuttgart: J. B. Metzlerische Verlagsbuchhandlung, 1970.
Lacis, Asja. *Revolutionär im Beruf: Berichte über proletarisches Theater, über Meyerhold, Brecht, Benjamin und Piscator*. Ed. Hildegaard Brenner. Munich: Regner & Bernhard, 1971.
Lindner, Burkhardt. "Habilitationsakte Walter Benjamin: Uber ein'akademisches Trauerspiel' und über ein Vorkapitel der 'Frankfurter Schule' (Horkheimer, Adorno)." *Teitschrift für Literaturwissenschaft und Linguistik* 53/54 (1984): 147-65.
Le Livre des expositions universelles, 1851-1989. Paris: Union centrale des Arts Decoratifs, 1983.
Lorant, Stefan. *Sieg Heil! (Hail to Victory): An Illustrated History of Germany from Bismarck to Hitler*. New York: W. W. Norton & Company, 1974.
Lough, John, and Muriel Lough. *An Introduction to Nineteenth Century France*. London: Longman, 1978.
Löwenthal, Leo. "The Integrity of the Intellectual: In Memory of Walter Benjamin." (1982) In *Critical Theory and Frankfurt Theorists*. New Brunswick, NJ: Transaction Publishers, 1989, p. 73ff.
Löwy, Michael. "A l' écart des tous les courants et à la croisée des chimens: Walter Benjamin." *Rédemption et Utopie: Le judaïsme libertaire en europe centrale. Une étude d'affinité electiv*. Paris: Presses Universitaires de France, 1988.
Lukács, Georg. *History and Class Consciousness* [1923]. Trans. Rodney Livingstone. Cambridge, Mass: The MIT Press, 1971.（G. ルカーチ『歴史と階級意識』城塚登, 古田光訳, 白水社, 1991.）
Marx, Karl. "Der 18 te Brumaire des Louis Napoleon," *Die Revolution (1852)*. Karl Marx and Friedrich Engels, *Werke*, vol. 8. Berlin: Dietz Verlag, 1960.（カール・マルクス『ルイ・ボナパルトのブリュメール 18 日』植村邦彦訳, 平凡社ライブラリー, 2008.）
Menninghaus, Winfried. *Walter Benjamins Theorie der Sprachmagie*. Frankfurt am Main: Suhrkamp Verlag, 1980.（ヴィンフリート・メニングハウス『敷居学――ベンヤミンの神話のパサージュ』伊藤秀一訳, 現代思潮新社, 2000.）
Miller, Michael B. *The Bon Marché: Bourgeois Culture and the Department Store, 1869-1920*. Princeton: Princeton University Press, 1981.
Mosse, George. *The Nationalization of the Masses*. New York: Horward Fertig, 1975.
Naylor, Gilian. *The Bauhaus Reassessed: Sources and Design Theory*. New York: E. P.

Dutton, 1985.（ギリアン・ネイラー『バウハウス』利光功訳，Parco 出版局，1977.）

Passagen. Walter Benjamins Urgeschichte de XIX Jahrhunderts. Munich: Wilhelm Fink Verlag, 1984.

Peterich, Eckart. *Göttinnen im Spiegel der Kunst*. Olten und Breisgau: Walter Verlag, 1954.

Pichois, Claude, and François Ruchon. *Iconographie de Baudelaire*. Geneva: Pierre Cailler, 1960.

Rabinbach, Anson. "Between Enlightenment and Apocalypse: Benjamin, Bloch and Modern German Jewish Messianism," *New German Critique* 34 (winter 1985): 78–124.

Roberts, Julian. *Walter Benjamin*. Atlantic Highlands, N. J. : Humanities Press, 1983.

Russell, John. *Paris*. New York: Harry N. Abrams, 1983.

Schäfer, Hans Dieter. *Das gespaltene Bewusstsein: Deutsche Kultur und Lebenswirklichkeit, 1933–45*. Munich: Carl Hanser Verlag, 1982.

Schiller-Lerg, Sabine. *Walter Benjamin und der Rundfunk: Programarbeit zwischen Theorie und Praxis*. Vol. 1 of *Rundfunkstudien*, ed. Winfried B. Lerg. New York: K. G. Saur, 1984.

Scholem, Gershom. *From Berlin to Jerusalem: Memories of My Youth*. Trans. Harry Zohn. New York: Schocken Books, 1980.（ゲルショム・ショーレム『ベルリンからエルサレムへ――青春の思い出』岡部仁訳，叢書ウニベルシタス，法政大学出版局，1991.）

Scholem, Gershom. *Kabbalah*. New York: Quadrangle, 1974.（ゲルショム・ショーレム『カバラとその象徴的表現』岡部仁訳，叢書ウニベルシタス，法政大学出版局，2011.）

Scholem, Gershom. *Major Trends in Jewish Mysticism*. New York: Schocken Books, 1946.（ゲルショム・ショーレム『ユダヤ神秘主義――その主潮流』山下肇ほか訳，叢書ウニベルシタス，法政大学出版局，1985.）

Scholem, Gershom. *The Messianic Idea in Judaism, and Other Essays in Jewish Spirituality*. New York: Schocken Books, 1971.

Scholem, Gershom. *On Jews and Judaism in Crisis: Selected Essays*. Ed. Werner J. Dannhauser. New York: Schocken Books, 1976.

Scholem, Gershom. *Walter Benjamin: The Story of a Friendship*. Eds. Karen Ready and Gary Smith. London: Faber and Faber, 1982.（ゲルショム・ショーレム『わが友ベンヤミン』野村修訳，晶文社，1978.）

Simmel, Georg. *Goethe* [1913]. 3rd ed. Leipzig: Klinkhardt & Biermann, 1918.（G. ジンメル『ゲーテ』木村謹治訳，桜井書店，1943.）

Smith Gary. "Benjamins Berlin." *Wissenschaft in Berlin*. Eds. Tilmann Buddensieg, et al. Berlin: Gebr. Mann Verlag, 1987, pp. 98–102.

Speer, Albert. *Inside the Third Reich*. New York: Avon Books, 1970.（アルベルト・シュペーア『第三帝国の神殿にて――ナチス軍需相の証言』上・下，品田豊治訳，

中公文庫，2001.）
Stahl, Fritz. *Honoré Daumier*. Berlin: Rudolf Mosse Buchverlag, 1930.
Sternberger, Dolf. *Panorama, oder Ansichten vom 19. Jahrhundert* [1938]. Frankfurt am Main: Suhrkamp Verlag, 1974.
Taylor, Robert R. *The Word in Stone: The Role of Architecture in National Socialist Ideology*. Berkeley: University of California Press, 1974.
Tiedemann, Rolf. "Historical Materialism or Political Messianism? An Interpretation of the Theses 'On the Concept of History.'" *The Philosophical Forum* XV, nos. 1-2 (fall/winter 1983-84): 71-104.
Tiedemann, Rolf. *Studien zur Philosophie Walter Benjamins*. Intro. Theodor W. Adorno. Frankfurt am Main: Suhrkamp Verlag, 1973.
Über Walter Benjamin, mit Beiträgen von Theodor W. Adorno, et al. Frankfurt am Main: Suhrkamp Verlag, 1968.
Valéry, Paul. *Idée Fixe*. Trans. David Paul. New York: Pantheon Books, 1965.
Walter Benjamin zu Ehren: Sonderausgabe aus Anlass des 80. Geburtstages von Walter Benjamin am 15. Juli 1972. Frankfurt am Main: Suhrkamp Verlag, 1972.
Wiesenthal, Liselotte. *Zur Wissenschaftstheorie Walter Benjamins*. Frankfurt am Main: Athenaum, 1973.
Williams, Rosalind H. *Dream Worlds: Mass Consumption in Late Nineteenth-Century France*. Berkeley: University of California Press, 1982.
Wismann, Heinz, ed. *Walter Benjamin et Paris: Colloque international 27-29 juin 1983*. Paris: Cerf, 1986.
Witte, Bernd. *Walter Benjamin*. Reinbek bei Hamburg: Rowohlt, 1985.
Witte, Bernd. *Walter Benjamin: Der Intellektuelle als Kritiker. Untersuchungen zu seinem Frühwerk*. Stuttgart: J. B. Metzlerische Verlagsbuchhandlung, 1976.
Wohlfarth, Irving. "Et Cetera? The Historian as Chiffonnier?" *New German Critique* 39 (fall 1986): 142-68.
Wohlfarth, Irving. "Walter Benjamin' s 'Image of Interpretation.' " *New German Critique* 17 (spring 1979): 70-98.
Wolin, Richard. *Walter Benjamin: An Aesthetics of Redemption*. New York: Columbia University Press, 1982.
v. Zglinicki, Friedrich. *Der Weg des Films: Die Geschichte der Kinematographie und ihrer Vorläufer*. Berlin: Rembrandt Verlag, 1956.

著者略歴

スーザン・バック＝モース（Susan Buck-Morss）

ジョージタウン大学芸術科学大学院修了　博士（思想史）

現在　ニューヨーク市立大学教授，コーネル大学名誉教授．専門は政治哲学，美学，比較文学．

主著　『夢の世界とカタストロフィー』（堀江則雄訳，岩波書店），『テロルを考える』（村山敏勝訳，みすず書房），*The Origin of Negative Dialectics*（Free Press）など．

訳者略歴

高井宏子（たかい ひろこ）

津田塾大学文学研究科後期博士課程満期退学

現在　大東文化大学准教授．専門は英文学，批評理論．

主著　『フェミニズム』（共著，研究社出版）

翻訳　テリー・イーグルトン『ワルター・ベンヤミン』（共訳，勁草書房），トマス・ラカー『セックスの発明』（工作舎），ロバート・スコールズ『読みのプロトコル』（岩波書店）など．

ベンヤミンとパサージュ論

見ることの弁証法

2014年2月20日　第1版第1刷発行

著　者　スーザン・バック＝モース

訳　者　高《たか》井《い》宏《ひろ》子《こ》

発行者　井　村　寿　人

発行所　株式会社　勁《けい》草《そう》書　房

112-0005 東京都文京区水道2-1-1　振替 00150-2-175253

（編集）電話 03-3815-5277／FAX 03-3814-6968

（営業）電話 03-3814-6861／FAX 03-3814-6854

大日本法令印刷・牧製本

ISBN978-4-326-10230-3　　Printed in Japan

http://www.keisoshobo.co.jp